TODD WIGGINS

ZEITGEIST

ROMAN

DEUTSCH VON THOMAS PILTZ

ROWOHLT

1. Auflage März 1999

Die Originalausgabe erschien 1996 unter dem Titel «Zeitgeist»
bei Victor Gollancz, London

Umschlaggestaltung Walter Hellmann
Satz von Libro, Kriftel – Schrift Aldus und Eurostile
Druck und Bindung Clausen & Bosse, Leck
Printed in Germany – ISBN 3 498 07337 0

Für Tricia – wen sonst?

DANKSAGUNG

Kein Student mit einem Hang zum Bücherverschlingen und zur wohlmeinenden Anarchie hätte sich einen besseren Lehrer wünschen können als Professor Ben Boretz, einen der großen Denker des ausgehenden zwanzigsten Jahrhunderts, dessen radikales *Music Program Zero* am Bard College den Rahmen lieferte für umfangreiche interdisziplinäre Arbeit auf den Gebieten von Musik, Film, Kunst, Literatur, Pädagogik, Philosophie, Psychologie, Geschichte und Anthropologie; einen Mann, dessen Intellekt nur von seiner Bescheidenheit und seinem Mitgefühl übertroffen wird. Ebenso möchte ich dem brillanten Professor Charles Stein danken, einem Bodhisattva, wenn ich je einen gesehen habe.

Kein belletristischer Autor hätte sich einen besseren Lektor wünschen können als Ray Roberts, einen Mann von unfehlbarer Stilsicherheit und Eleganz, dessen fortwährende Konspiration mit meiner Frau mir meine Wachsamkeit erhält. Genausowenig hätte ein Autor an einen besseren Verleger geraten können als an Dr. Michael Naumann. Zu einer Zeit, da die Kunst des Büchermachens im Niedergang begriffen ist, schätze ich es als ein großes Privileg, diese beiden Männer zu meinen Freunden und Kollegen zählen zu dürfen.

Dank ist auch Mike Petty abzustatten, der in London die Fahne hochgehalten hat, und ganz besonderer Dank gilt

Lisa Rogers; dazu ein herzlicher Gruß an Gerard Byrne und an Sisco, die Katze.

Mic Cheetham ist nicht nur ein Literaturagent; er ist ein Naturereignis. Besseres als ihn gibt es nicht in seiner Zunft.

Weiterer Dank gilt Paul Marsh, der mir die Welt vom Leibe hielt.

An Jeff Kloske bei Little, Brown in New York: Danke. Ich schulde dir einen.

An Mark Rudolph, M. D.: Die Skalpelle, die du bestellt hast, sind eingetroffen!

Und zum Schluß ein schlichtes Dankeschön für die Liebe und Unterstützung, die ich von meinen Eltern und allen anderen aus den Familien Wiggins, Ramey und Sullivan erfahren habe.

Eine Versicherungsgesellschaft auf
Gegenseitigkeit ist diese Welt
in allen Breitengraden. Wir Kannibalen
müssen diesen Christenmenschen helfen.

Herman Melville, *Moby Dick*

Ich treffe ihn heute abend – an seinem letzten Abend –, nur wenige Stunden vor Beginn des neuen Jahres, des neuen Jahrzehnts, des neuen Jahrhunderts, des neuen Jahrtausends. Zur Feier ihrer Ankunft wird man ihn hinrichten, eine Minute nach Mitternacht. Man hat mir erlaubt, ihn zwischen zehn und halb elf zu interviewen, danach wird er in eine Zelle gebracht, wo er auf das Erschießungskommando warten wird. Wenn er tot ist, werden mir als Erinnerung an ihn nur diese Seiten bleiben, aber sie sind mehr als eine Erinnerung, sie sind sein Lobgesang. Mit meiner gewohnten Anmaßung und Arroganz nenne ich sie ein Requiem für uns alle: ein Requiem für das zwanzigste Jahrhundert.

Die Dunkelheit ist hereingebrochen; es ist jetzt halb sieben. Ich sitze am Wohnzimmerfenster, Stift und Schreibblock in der Hand, bei gelöschtem Licht. Draußen liegt Manhattan, starr und schweigend, gepackt von einem strahlenden, übernatürlichen Frost. Es waren die kältesten Feiertage seit Menschengedenken: Jetzt, da ich dies schreibe, beträgt die Temperatur vierzig Grad unter Null. Seltsamerweise gibt es keinen Schnee – nur eine dünne, undurchdringliche Eisschicht, die New York überzieht wie eine Allergie. Die Quecksilbersäule soll heute abend noch um weitere fünf Grad sinken, und der Bevölkerung ist geraten worden, nicht außer Haus zu

gehen. Kein Ball wird heute nacht auf den Times Square fallen. Wie also wird New York, und damit auch der Rest des Landes, das neue Jahrtausend begrüßen?
Oder, anders gefragt: Wo ist die Party?

Natürlich haben wir einen Wurm reingebracht. Wie üblich. Heute ist der 31. Dezember 1999. Chronologisch beginnt das nächste Jahrtausend erst mit dem Jahr 2001. Wir haben uns vom Anschein täuschen lassen, wieder einmal. Vom jähen Wandel des Ziffernbildes auf unseren Kalendern verführt (und die Symbolik dieser Nullen ist reich, wenn auch vereinfachend), begrüßen wir das neue Jahrtausend ein Jahr zu früh – und das neue Jahrhundert, das neue Jahrzehnt genauso. Nicht, daß ich meine Landsleute von ihrem Irrtum überzeugen könnte: Amerikaner befassen sich selten mit der Vergangenheit, und noch seltener verstehen sie sie. Der Nabel ihrer Welt liegt irgendwo zwischen der Gegenwart und der nahen Zukunft. Wir sind Jünger des Tatsächlichen, das Ideale hat keine Macht über uns. Warum sollte uns das Kleingedruckte der Geschichte davon abhalten, das zu tun, was wir am besten können?
Noch mal: Wo ist die Party?

Heute abend endlich ist die Party nirgends, und die Geschichte wird ihre Rache bekommen. Heute abend – *meine Herren* – ist es verdammt zu kalt, um aus dem Haus zu gehen. Wie eine Ausgestoßene, die Regentage genießt, die sich der Beschränkungen der anderen freut – die sich tatsächlich an Niederlagen jeder Art weidet (denn ist die Niederlage nicht die Anwältin der Passivität?) –, zittere ich vor Schadenfreude. Heute nacht werden keine lüsternen Krakeeler vor den Kameras tanzen, wird keine Trunkenheit sich zu guten Vorsätzen fürs neue Jahr versteigen. Es gibt kaum etwas, das ich mehr verachte als Menschen, die sich zu amüsieren glauben. Da werden Mordinstinkte wach; ich möchte jedem einzelnen an die Gurgel. Ähnliche Phantasien keimen in mir, wenn ich Werbespots für Lebensmittel sehe – die Nahaufnahmen grinsender und mampfender Idioten, die selbstzufriedene Verzückung vor dem geteilten Genuß, deren klägliche Subjekte unweigerlich feistgesichtige Vertreter der europiden Rasse sind, die kein Recht haben sollten, überhaupt zu existieren –

Ich schweife ab. Vergebt mir.

Habe ich schon erwähnt, daß der Heizkessel hinüber ist?

Zurück zu unserem Gefangenen: Keine acht Monate ist es her, da war er noch ein freier Mann, so namenlos wie du und ich. Im Verlauf eines schwülen Abends im Mai wurden er und drei unvollkommene Fremde, gerade aufeinandergestoßen, zu Amerikas Meistgesuchten – ein gewichtiger Titel, wenn man bedenkt, was damals sonst noch alles geschah. (Die letzten Truppen räumten New York erst im November; wären sie geblieben, hätte das Fest am Times Square noch aus einem weiteren Grund ausfallen müssen. Der Geschichte wäre auch das nur recht gewesen.) Auf die authentischste True-Crime-Tour wurde ihre Festnahme direkt im Fernsehen übertragen. Als sich die Zange aus Gesetz und Medien um sie schloß, saß eine gaffende Nation, verbarrikadiert in ihren Wohnzimmern, vor den Bildschirmen und fieberte dem Finale des Tatsachenthrillers entgegen, der sich vor ihren Augen abspielte. Von den vier Flüchtigen wurde er allein vor Gericht gestellt; aber er wird nicht als erster von ihnen sterben.

Nach seiner Verurteilung im vergangenen Oktober fing ich an, ihm Briefe ins Gefängnis zu schreiben. Wie alle anderen

12/13

wollte ich seine Geschichte erfahren – die ganze Geschichte. Und ich wollte sie aufschreiben und der Welt verkaufen. Womit ich soeben begonnen habe.
Und das ist gut so. Er wäre sonst gestorben, ohne daß irgend jemand die Wahrheit erfahren hätte.

Aber halt. Es steckt noch mehr dahinter. Wie soll ich es erklären . .
Sagen wir mal so: Auch mein Leben steht hier auf dem Prüfstand.
Denn ich bin nicht nur eine Kennerin des Versagens. Ich bin selbst eine exquisite Versagerin, und diese Leistung erfüllt mich mit dostojewskischem Stolz. *(Ich bin eine kranke Frau, eine haßerfüllte Frau . . .)* Ich habe im Leben versagt und in der Liebe, aber vor allem habe ich im Schreiben versagt. Ich habe mich immer durch Geschichten definiert: Das Gewebe meiner Identität ist von Kopf bis Fuß aus den Fäden der Phantasie geflochten, da sich die pure Wirklichkeit als unbrauchbar erwiesen hat. Ich bin in einer Bibliothek aufgewachsen, und es waren die Bücher – und nicht etwa irgendwelche großen Taten –, die meinen Charakter geformt haben. So wurde mein Leben zu einem Theater der Worte, das von Augenblick zu Augenblick, wie ein in Echtzeit sich entfaltendes Drama oder ein Roman, neu erfunden wird. Jede Unterscheidung zwischen Wahrheit und Lüge ist gegenstandslos – es kommt nur darauf an, eine gute Story zu erzählen.
Nachdem Wörter mein Lebensnerv sind, schien es nur naheliegend, daß ich mich als Romanschriftstellerin versuchte. Mit dem Resultat, daß ich bis heute noch nicht einen Satz verkauft habe. Ich verkaufe statt dessen meinen Körper: Ich bin eine Hure. Die Wörter haben mich im Stich gelassen,

oder vielleicht war es auch umgekehrt. Ich greife zu meinem Stift, ich stelle mich der leeren Seite ... und muß mich geschlagen geben. Die Zeit hat mich betrogen – mir keinen Durchblick beschert, sondern mich in einen Irrgarten von Gefühlen gelockt, die mich mit Weltuntergangsgedanken schwanger gehen lassen, ohne daß auch nur eine Fehlgeburt dabei herauskommt. Fand ich früher nur die rechten Worte nicht, so umgibt mich heute, mit vierundzwanzig Jahren, ein lähmendes Schweigen, das die letzten Reste meiner Jugend in sich aufsaugt. Was mich nicht weiter schert. Immerhin bin ich die erste, die zugibt, daß meine Schreibereien nicht mehr gewesen sind als unfertige, epigonale Versuche, mißglückte Überbleibsel einer schon vergangenen Laune, die von nichts anderem künden als meinem sprachlichen Bankrott. Schlagt meine Manuskripte auf, wo ihr nur wollt: Unfehlbar werdet ihr drei Sätze finden, die auf jeder Seite wiederkehren:
Ich will nicht alt werden.
Ich will nicht sterben.
Ich hasse euch alle.
Sonst habe ich nichts Wichtiges zu sagen.

Und daher nun diese Geschichte von Verbrechen und Strafe. Nachdem ich mich damit abgefunden habe, daß Romane zur Zeit außerhalb meiner Reichweite liegen, steige ich mit meiner alten Nemesis ins Bett: dem Tatsachenbericht. Und warum auch nicht? Mein Krimi aus dem wirklichen Leben wird den Leuten alles bieten, was sie lesen wollen, all das, was ich für einen Bestseller brauche – Liebe, Verrat und natürlich Mord. Mein Ehrgeiz, eine eigene, künstlerische Vision zu Papier zu bringen, liegt Jahre zurück. Er hat mir nichts gebracht, und heute ist er abgelegt und vergessen. Ich bin eine Hure – beim Schreiben nicht weniger als im Bett. Ich glaube kaum, daß ich einen einzigen Knochen im Leib habe, der noch ganz mir gehört. Bei euch wird's übrigens nicht anders sein.

Was meinen Helden betrifft, muß eines klar sein: Trotz der verzweifelten Lage, in der er sich befindet, beneide ich ihn über alle Maßen. Ich neide ihm, daß er aus der Gesellschaft ausgestoßen wurde. Ich neide ihm den Eindruck, den er in einer Welt hinterlassen hat, für die ich seit so vielen Jahren eine gesichtslose Randerscheinung bin. Einer Eingebung folgend, habe ich ihm ins Gefängnis geschrieben und ihm einiges davon zu erklären versucht. Man stelle sich meine Überraschung vor, als ich vier Tage später einen Antwortbrief von ihm erhielt.

In den vergangenen zwei Monaten haben wir zahlreiche Briefe gewechselt und eine Freundschaft begründet, wie sie seltsamer nicht sein könnte. Ich bin seine einzige Vertraute. Mehr noch, ich bin seine Biographin geworden, und kraft dieses Amtes spreche ich den Kommentar zum Ende dieses verhängnisvollen Jahrhunderts. Nicht, daß meine Motive über jeden Zweifel erhaben wären. Ich bin keine Historikerin, und ich bin auch nicht uneigennützig. Ich freue mich über seine Großzügigkeit, aber man täusche sich nicht – was ich hier schreibe, schreibe ich aus purem Egoismus. Das Amerika der Jahrtausendwende ist eine erlösungssüchtige Gesellschaft, und wer bin ich, mich diesem Trend zu widersetzen? Ich habe immer meinen Vorteil im Sinn gehabt, mein eigenes, verschwiegenes Programm. Ich will einen Bestseller schreiben. Ein glücklicher Zufall fügt es, daß seine Lebensgeschichte genau in den Plan paßt. Ich habe ihn aussaugen, sein Blutegel sein müssen, und vieles von dem, was folgt, ist die Frucht solcher Mühen. Erst viel später – um genau zu sein: heute – ist mir klargeworden, wie sehr diese Geschichte zu meiner eigenen geworden ist und wie einsam ich sein werde, wenn die Kugel in sein Herz dringt. Ich habe sogar gute Gründe, ihn zu lieben, aber davon später.

Die Wahrheit ist, daß ich ihm mein Leben verdanke. Auch ich war eingesperrt in den vergangenen Monaten, in einer anderen Art von Gefängnis, im Gefängnis meines Gewissens. Justitia ist tatsächlich blind, denn seine Verbrechen sind nichts im Vergleich zu meinen. Ich weiß, daß er unschuldig ist, während ich des Mordes schuldig bin und doch frei herumlaufe. Ich bin es, wenn überhaupt jemand, die morgen vor das Erschießungskommando treten sollte. Ich habe von seiner Wirkung gesprochen, und darin liegt eine Ironie: Er ist berühmt für Verbrechen, die er nicht begangen hat, während ich mit den meinen namenlos geblieben bin. Man könnte glauben, daß das Verbrechen mein Leben verändert, meine Isolation verringert, mir wenigstens den unwiderleglichen Beweis verschafft hätte, daß ich tatsächlich existiere und eine Spur, wie flüchtig auch immer, in der Welt hinterlassen habe. Aber auch hier habe ich versagt. Sich zu seinen Verbrechen zu bekennen, und sei es unter falschem Namen, ist schon die halbe Miete. Tut man's nicht, bleibt es wie Ficken ohne Orgasmus. Aber so sehr ich mich auch bemühe – mir fehlt der Mut. Ich bleibe, was ich vorher war: schön, unbedeutend und sehr, sehr allein. Solange ich über sie schweige, können mir meine Verbrechen nicht helfen.

Aber vielleicht kann es diese Erzählung.

Vielleicht wird sie mir sogar die Kraft geben, mich zu bekennen – oder meine Schuld für immer zu begraben.

Denn Gott weiß, daß es meine letzte Chance ist. Schweigen ist dasselbe wie Tod, so haben wir's gelernt. Wenn das stimmt, dann ist diese Geschichte mein letzter Versuch, mich aus dem Grab herauszuziehen. Sie ist meine Nabelschnur, mein Weg ins Leben, und er, dessen Geschichte ich erzähle, ist meine Mutter.

Und mehr als das: Er ist mein Heiland. Er ist das Medium meiner Errettung. Er wird sterben und mir die Erlösung bringen.

Der Priester, jung und hellhäutig, aber rot angelaufen, rannte den Broadway hinunter, als sie ihn zum erstenmal sahen, in der einen Hand einen Aktenkoffer und in der anderen eine Kalaschnikow. Dorian hatte an der Kreuzung 125. Straße vor einer roten Ampel gehalten, direkt unter den Stahlträgern der Hochbahnlinien 1 und 9. Der Priester in seiner wehenden Soutane, keine zwanzig Meter mehr entfernt, nahm plötzlich den Wagen ins Visier – ein fünfundsechziger Mustang-Cabrio, dessen Verdeck wegen der drückenden Maihitze offen war. Er spurtete quer über die Kreuzung, wich mit knapper Not dem Verkehr aus und hechtete, eine Wolke aus Kunstfasern, auf den Rücksitz, wobei er ein dringliches *«Losfahren, los, los, los!»* psalmodierte.

Im tiefen Frieden eines Tals in der Grafschaft Gwynedd aufgewachsen, war Dorian nicht auf die widernatürliche Schwüle von New York vorbereitet, geschweige denn auf waffentragende Kirchenmänner am Rande Harlems. Eine mittägliche Übelkeit kroch über sein bleiches Gesicht, ein Schimmer, der von innen die Haut durchdrang – unmöglich wegzuwischen oder abzubürsten. Auch seine Kleidung war dem Anlaß nicht angemessen: Auf den Londoner Left-Bank-Stil, oder was er dafür hielt, geeicht, trug Dorian in jeder Lebenslage einen abgewetzten dunklen Anzug samt passendem Rollkragenpullover, dank welchem er im Augenblick erbärmlich schwitzte. Seine blassen blauen Augen wandten sich hilfeheischend an den schwarzen Gefährten, der neben ihm saß. Prophet, prächtig herausgeputzt im weißen Kaftan mit Fes und Nickelbrille, würdigte den Priester mit der Knarre keines Blickes. Er stieß nur einen angewiderten Seufzer aus und brummte: «Verpiß dich aus diesem Auto.»

Der Priester beugte sich, sobald er seine Röcke züchtig wie eine Debütantin geordnet hatte, ungläubig nach vorn. Er schien nicht viel älter zu sein als sie – höchstens fünfundzwanzig –, und seine Züge waren südländisch und ebenmäßig, möglicherweise italienisch. «Wie bitte?» sagte er.

Ein grünes Licht folgte dem roten. Dorian packte das Lenkrad, sein Fuß zitterte über dem Gaspedal. Prophet starrte ungerührt in die mittlere Ferne. Andere Autofahrer sahen zu, daß sie dieser kleinen Ecke in der großen Stadt den Rücken kehrten. Der Mustang blieb stehen, von niemandem angehupt.

Prophet seufzte abermals. «Ich sagte, verpiß dich aus diesem Auto.»

Der Priester ließ sich zurücksinken, sichtbar ratlos. Dann rammte er, nach einer Denkpause, den Lauf seiner Maschinenpistole in Prophets Nacken: «Das solltest du dir noch mal überlegen.»

Prophet schnaubte verächtlich. «Ich geb dir zehn Sekunden», sagte er. «Dann hast du einen Tritt im Arsch. Eins.»

«. . . Moment mal.»

«Zwei.»

«Die Kanone funktioniert, du Arschloch.»

«Drei.»

«Zum Teufel. *Losfahren* hab ich gesagt –»

«Vier.»

«Prophet», sagte Dorian.

«Fünf.»

«Ich sagte –»

«Sechs.»

«Prophet.»

«Sieben, *was?*» Sein Blick folgte Dorians Gebärde, die auf eine näherkommende Phalanx von Polizisten in Uniform wies. Passanten duckten sich hinter Autos und Telefonmasten, sahen in gleichgültiger Erwartung zu. *(Schon wieder . . .)*

«Allmächtiger!» sagte der Priester.

Die Polizisten waren noch dreißig Meter entfernt, hatten ihre Pistolen gezogen. *«Polizei!!!»* brüllten sie, um etwaige Zweifel zu zerstreuen.

«Prophet, was um Himmels willen –»

«Gib Gas. Sofort.»

«Dort lang . . .?»

«Gib Gas!»

Mit einem unwilligen Kreischen setzte sich der Wagen in Bewegung, schlingerte die 125. Straße nach Westen hinunter, wo am Horizont der Hoffnungsschimmer von New Jersey aufblitzte.

«Welche –»

«Da vorne rechts», sagte Prophet.

Unter den mächtigen Pfeilern des Riverside Drive fuhren sie an abweisenden Lagerhäusern und Autofriedhöfen vorbei, dann «Links!» auf den Fluß zu und schließlich «Rechts! Jetzt rechts!» («Schon *recht*, verdammt noch mal!») auf eine Zufahrtsrampe, die sich mit den Nachbarrampen zu einer dreispurigen Verschwörung in Richtung Norden verbündete, stets argwöhnisch beäugt von Hochhausfassaden und Reklametafeln, deren eine die Eröffnung einer Klinik für Sterbehilfe zu Discountpreisen am Times Square annoncierte.

«Schneller», sagte Prophet.

«Herrgott, ich fahr schon hundertdreißig!»

«Schneller. Was is?» Er drehte sich um, als sich der Priester nach vorne beugte. Die Augen des Priesters wirkten braun aus der Ferne, doch von nahem betrachtet kamen sie Prophet so golden vor wie ein blankpolierter Ehering.

«Ich wollte nicht hier lang», sagte der Priester.

«Wenn du aussteigen willst, bitte schön. Leg einen Zahn zu, Dorian.»

«Scheiße, dann halt wenigstens an!»

«Vergiß es, Pater, wenn du nicht tausend Bullen am Arsch haben willst, okay, hier, Dorian, hier jetzt rechts.»

«Die Brücke? Nehm ich die Brücke oder die Cross Bronx –»

«Die Brücke, du Idiot.»

«Obere oder untere Fahr –»

«Egal, *hier*, nimm die obere, *paß auf!* –» als ein Lieferwagen sich laut hupend vor ihrer linken Flanke in Sicherheit brachte «– gut jetzt, bleib einfach in der Spur, und alles ist okay.»

«Gottverdammt noch mal», sagte der Priester.

«Was ist das Problem?»

«Daß ich nach SoHo wollte, das ist das Problem!»

«Wer sein Leben dem Verbrechen weiht, muß die Folgen tragen», sagte Prophet fröhlich. «So, wie ich es sehe, tun wir dir einen Gefallen. Und hör endlich auf, mit diesem Scheißding rumzufuchteln. Steck's unter den Sitz.»

«Warum zum Teufel sind wir überhaupt losgefahren?» rief Dorian. «Wir hätten ihn der Polizei überlassen sollen. Und wenn ich's recht bedenke, wär ich überhaupt besser daheim in Abergynolwyn geblieben.»

«Sehnsucht nach dem keltischen Hinterhof», höhnte Prophet und bemühte sich um einen glaubwürdigen walisischen Akzent: «Taliesin, Taliesin, warum nur bist du – Mann, was zum Teufel ist jetzt schon wieder?» als ihn der Priester von hinten auf die Schulter tippte.

«Hör mal, ich muß *wirklich* –»

«Du bist ganz still, kapiert? Sobald wir irgendwo halten, steig ich aus und trete dir in deinen fetten, papistischen Arsch.»

«Prophet», sagte Dorian, als sich die Brücke neigte, um Fort Lee zu begrüßen, während New York hinter ihnen in einem ungesunden Dunst verblaßte, «wohin soll ich –»

«Immer auf der 95 nach Süden, und bleib auf der Überholspur. Gott im Himmel, was für ein Verkehr.»

«Ich glaube, ich sollte euch warnen», sagte der Priester.

«Warnen wovor, Aquinas?»

«Also, erst mal: Ich bin überhaupt kein Priester.»

«Wär ich nie drauf gekommen», sagte Prophet.

«Doch, ich meine, ich war schon einer, bis gestern nachmittag, aber dann wurde ich so was wie exkommuniziert.»

«So 'n Pech aber auch. Nach dem Arschtritt wollt ich eigentlich beichten und mir die Sünden von meiner armen schwarzen Seele nehmen lassen. Jetzt bleibt mir nur der Arschtritt und das Schuldgefühl.»

Der Expriester starrte ihn an. «Ach. Ach so! Ach, *leck mich*, du kleiner –»

«Maul halten, alle beide», bellte Dorian. «Wo zum Teufel fahren wir eigentlich hin, Prophet?»

«Ich dachte, wir wollten nach Kalifornien.»

«Schon, aber ich meine *jetzt*, wo fahren wir –»

«Kalifornien?» fragte der Expriester.

«Geh auf die 80 West dort vorne und bleib drauf», sagte

22/23

Prophet. Dann, sich umwendend: «Richtig gehört, Augustinus. Wenn du aussteigen willst, solltest du dich beeilen.»

«Gottverdammt, ich wollte nach SoHo! Allmächtige *Scheiße* –»

«Was gibt's in SoHo?» erkundigte sich Dorian.

«Meine Bude. Meine *Medikamente* ...»

«Hast du Allergien?» sagte Prophet.

«Nein, ich hab keine Allergien. Ich bin schizo*phren*, du kleiner –»

«Ai! Yo!»

«Schnauze, Prophet», sagte Dorian. «Wieviel Zeit haben wir, bis die Wirkung der Medikamente nachläßt? Vielleicht können wir irgendwo halten und Nachschub besorgen.»

«Keine Chance, ich brauch *Stelazin*, das gibt's nur auf Rezept, du kannst nicht einfach irgendwo *reinlatschen* und –»

«Vielleicht sollten wir ihn zurückbringen, Prophet.»

«Vergiß es. Der Bursche hält mir 'ne Knarre an den Kopf, also wird er gefälligst dorthin fahren, wo ich will. Dreht er durch, sperren wir ihn in den Kofferraum.» Er wandte sich zu dem Expriester um. «Wie heißt du überhaupt?»

«Fish.»

«*Fish?*»

«Na ja, auch nicht schlimmer als Prophet!»

Prophet rutschte fast auf den Wagenboden vor Lachen: «*Fish!!!*»

«Was hast du eigentlich angestellt, ehe du in unseren Wagen gehüpft bist?» fragte Dorian.

«Bewaffneter Raubüberfall.»

«Du meinst: auf eine Bank?»

«Auf ein Cracklabor.»

«Verdammter Idiot», sagte Prophet ernüchtert.

«Machst du so was öfters?»

«Bewaffneten Raubüberfall? Hör mal, damit eins klar ist: Ich hab die *schlimmste* Scheißkrankheit, die's auf der Welt gibt, und sie ist gerade so eben unter Kontrolle, und ich bin aus der Kirche *rausgekickt* worden und *keine* Pfarrei gibt mir 'n Job und alles ist *voll* im Arsch, kapiert? Ich besitze ganze fünfzig Dollar, also beschwer dich nicht über den ‹bewaffneten Raubüberfall›. Beschwer dich beim Scheißjahrhundert.»

«Wem?»

«Dem zwanzigsten Jahrhundert. Das ist kein Zeitalter, es ist eine Krankheit. Eine Seuche. Es ist der eigentliche Schauplatz des Verbrechens.»

«Dann wirst du uns mögen», sagte Dorian, während rund um sie her eine Landschaft aus Fabriken und Motels auftauchte, einige der letzteren mit Stundentarifen, ganz zu schweigen von der Reklametafel, auf der eine finster dreinblickende Achtzigjährige mit einer zierlichen Pistole herumfuchtelte und den Vorbeifahrenden versicherte, ihre Lady Zygote® sei so klein und handlich, daß selbst sie spielend damit klarkomme ... «Wir sind Philosophen, genau wie du.»

«Halt die Schnauze, Dorian, ich bin kein Philosoph», sagte Prophet. «Ich bin Propagandist, kapiert? Oder muß ich dir auch noch in den Arsch treten?»

«Ach, laß doch diese Schwarzenmasche», schnaubte Fish. «Du siehst aus, als wärst du keine einsfünfzig hoch. Ich hab schon *Igel* gesehen, die hätten dich in den Arsch treten können.»

Prophet warf sich über die Rückenlehne nach hinten und stieß dabei Dorians Hand vom Lenkrad. Der Wagen schleuderte über zwei Spuren, was einen benachbarten Sattelzug in schockierte Wut und einen roten Porsche schlingernd ins Bankett versetzte.

«Herrgott!» Dorian bremste bis auf sechzig herunter. Der Sattelschlepper zog mit einem anklagenden Donnern an ihnen vorbei und verschwand in der Ferne, während der verschreckte Porsche vorsichtige fünfzig Meter hinter ihnen blieb. Unterdessen hatte Fish die Handgelenke von Prophet gepackt, der aufheulte wie ein Ungeheuer im Urwald.
«Laßt das, alle beide!»
Fish löste finsteren Blicks seinen Griff.
«Und jetzt», sagte Dorian, «ehe wir noch einen Meter weiterfahren, wollen wir ein paar Dinge glasklar festhalten. Fish, ich bin auf dem Weg nach Kalifornien. Wenn du mitkommen willst –»
«Ja, aber was ist mit meinem Stelazin?»
«Tja, Fish, da kann ich dir auch nicht helfen. Ich kann dich höchstens hier rauslassen, wo sind wir, in Willowbrook?» Sie fuhren an endlosen Parkflächen vorbei, randvoll mit Autos, die sich wie Drohnen um eine Königin, in diesem Fall ein Einkaufszentrum, drängten. «Du wirst wahrscheinlich einen Bus nach New York kriegen, nur deine Kanone müßtest du wohl bei uns zurücklassen.»
«Scheiße!»
«Ganz genau: ‹Scheiße›. Mir scheint», sagte Dorian, dem jede Gelegenheit willkommen war, seine Theorien auszubreiten, «daß dieses Wort zum Dreh- und Angelpunkt der westlichen Zivilisation geworden ist. Wenn man unser geliebtes zwanzigstes Jahrhundert in einem Wort zusammenfassen wollte – tja, dann könnte ich mir bestimmt kein besseres vorstellen. Aber egal, wie lautet die Entscheidung? Eins ist klar, wenn du Familie oder sonst wen hier hast, kannst du nicht einfach nach Kalifornien abrauschen.»
«Ich war Priester, schon vergessen? Und meine Eltern haben mich verstoßen. Sie sind Juden.»

«. . . Aha. Na schön, ist eben dumm gelaufen. Vielleicht sollte ich erwähnen, daß ich bisexuell bin, nur für den Fall, daß es dir was ausmacht.»

«Na hör mal, wir haben 1999. Warum sollte's mir was ausmachen?»

Dorian warf Fish einen schnellen Blick zu. «Tja, ich war immer schon scharf auf Kerle in Schwarz, ganz zu schweigen von so mediterranen Typen. Hast du vor, diesen Fummel noch weiter zu tragen?»

«Viel Klamotten hat er sonst nicht mit», warf Prophet ein. Und zu Fish: «Wieviel Kohle hast du da eigentlich rausgeholt?»

«Ich hab's noch nicht gezählt», erwiderte Fish, ließ seinen Aktenkoffer aufschnappen und fingerte durch die Banknotenbündel, von welchen ihm das wissende Antlitz Benjamin Franklins entgegenblickte. «Mein Gott – vielleicht fünfzig Riesen?»

«*Was!*» sagte Dorian.

«Hör mal, ich hatte keine Ahnung, daß es so viel sein würde, ich hatte nie was anderes vor als 'ne Art Mundraub –»

«Herr*gott*, sitzen wir in der Scheiße.»

«Glaub ja nicht, daß ich dir jetzt noch Benzingeld zahle, Dorian, wenn du verstehst, was ich meine.»

«Na ja, wenigstens keine fortlaufenden Seriennummern», sagte Fish, der das Kleingedruckte auf den Scheinen studierte. «Was ist los, halten wir . . ?»

Der Wagen bremste auf dem Seitenstreifen. «Wir müssen so schnell wie möglich das Geld loswerden», sagte Dorian. «Ich bin nur Gast in diesem Land. Das letzte, was ich brauchen kann, ist –»

«Ist dein hübscher Arsch im Knast, stimmt's?» kicherte Prophet. «Ach, Dorian, du bist so sauber und so weiß und so, so

26/27

unantastbar. Wenn du unter der Dusche stehst und so 'n richtiger schwarzer Kerl kommt rein – wie bisexuell bist du dann?»

«Prophet –»

«Ich wette, so genau willst du's gar nicht wissen, stimmt's, Glendower? Kann mir schon denken, wie das in Oxford war, lauter schöne blonde Männer wie du, alle in weißer Krikketkluft, und dann diese zarten Augenblicke beim Staken in einem stillen Altwasser, stimmt's, alter Knabe? Du und irgendein Viscount im blauäugigen Clinch –»

«Prophet, Himmel noch mal!»

«Weit weg von Attica, das Ganze, soviel ist mal sicher. Ich meine, mal ehrlich, man kann sich Oxford und den Knast von Attica kaum auf dem gleichen *Planeten* vorstellen, stimmt's, alter Knabe?»

«Prophet, du machst ihm angst!» sagte Fish.

«Wenn du so was noch ein einziges Mal zu mir sagst», krächzte Dorian, «dann, dann werde ich –»

«Na klar, dann wirst du», sagte Prophet. «Walisische Übermenschen, kenn ich aus meinen Alpträumen. Heil den kymrischen Farben.»

«Also, ich will wirklich niemanden in Schwierigkeiten bringen», sagte Fish. «Laßt mich in der nächsten Stadt raus, ich komm schon irgendwie weiter.»

«Neinneinnein, du bleibst, wo du bist. Wir fahren nach Kalifornien und machen uns 'ne schöne Zeit.»

«Scheiß drauf, genau», sagte Dorian und setzte den Wagen wieder in Bewegung. «Wenn der Sommer vorbei ist, bin ich wieder daheim in Gwynedd, und wer zum Teufel kann mich dort schon finden.»

«Alles *klar*!» rief Prophet und schlug auf das Armaturenbrett.

«Und schließlich kann keiner behaupten, daß *ich* den Überfall begangen hätte.»

«Ich werde sagen, ihr wart meine Geiseln», sagte Fish.

«Wir werden nicht auf Schmerzensgeld klagen», versicherte ihm Prophet.

«Ich meine, was zum Teufel macht's schon aus», sinnierte Dorian, ebenso an den Himmel wie an seine Gefährten gewandt. «Mein Buch ist von jedem Verleger in New York abgelehnt worden. Meine Prüfungen an der Columbia University hab ich allesamt verhauen. Das Auslandsstipendium haben sie mir gestrichen. Ich hab nur noch fünfhundert Dollar in der Tasche, und alle meine Freunde in Oxford sind HIV-positiv. Meine Zukunft liegt in der Landwirtschaft, falls ich überhaupt noch eine Zukunft habe und nicht Aids statt dessen. Was hab ich schon zu verlieren?»

«Stimmt genau», sagte Prophet. «Ich hätte es nicht besser formulieren können. Bist du dabei, Fish?»

«Na ja», erwiderte Fish, «ich werde in der Fahndung stehen, sobald sie auch nur ein bißchen nachgeforscht haben. Meine Neurochemie ist die Lachnummer der Schöpfung. Man hat mich exkommuniziert, weil ich der Fleischeslust erlegen bin. *Ich* habe ganz bestimmt nichts mehr zu verlieren.» Er seufzte. «Und wenn ich's mir recht überlege: Was ist schon so Besonderes an SoHo?»

Kein schlechter Anfang, nicht wahr?
Ich glaube, diese Story könnte funktionieren.
Ist Ihnen der Schwung der Schreibe aufgefallen, der flotte Rhythmus, der so ein exquisites Gegengewicht zu den beziehungsreichen, ziselierten Sätzen meines eigenen Berichts bildet? Ideal für die rasch erlahmende Aufmerksamkeit.
Und damit auch alles ganz klar ist: Einer von diesen drei Männern – Prophet, Dorian oder Fish – ist mein Briefpartner in der Todeszelle. Das vorangegangene Kapitel markiert den Anfang des Weges, der ihn dorthin führte. Und es kommt noch besser.

Von mir gibt es auch eine Geschichte zu erzählen, die zu der meiner Freunde parallel verläuft und auf die ich immer wieder im Verlauf dieses Buches zurückkommen werde. Die Abschweifung wird nicht umsonst sein – das dürfen Sie mir glauben. Ich kann Ihnen beste Unterhaltung auf meine Kosten versprechen, allein schon deshalb, weil Mord noch die geringste meiner Errungenschaften ist. Beispielsweise wurde ich selbst einmal fast ermordet. Ich war sogar für eine kleine Weile tot, und mein Bericht über das, was danach kommt, wird, zu Ihrer freundlichen Kenntnisnahme, ebenfalls enthalten sein. War Lazarus so entgegenkommend?

Wie dem auch sei – ich kann meine Verstrickung in seine Geschichte nicht verständlich machen, ohne auch etwas von meiner eigenen zu erzählen, und Sie werden sehen, daß die beiden am Ende sehr schön zueinanderfinden. Je mehr ich darüber nachdenke, desto mehr bin ich davon überzeugt, daß mein Leben in den vergangenen Jahren kein schlechtes Lesefutter abgibt; und vielleicht kann ich mich, wie schon angedeutet, sogar dazu durchringen, Ihnen zu verraten, warum Mord zuweilen für alle Beteiligten die beste Lösung ist.

An einem dampfigen, feuchten Abend in Manhattan im September 1998 erschien ich, Venus Wicked, existentialistisches Callgirl und selbsternannte Autodidaktin, in der Eingangshalle der Fifth Avenue Nummer 923 und fragte nach Mr. Yoram Bickel. «Er erwartet mich», beschied ich, ganz von oben, den Wachmann, der mich mit bebenden Nüstern und gekräuselter Oberlippe musterte. Es muß das Parfum sein, dachte ich. Ich hatte erst an diesem Nachmittag eine Gratisprobe davon erhalten. Es hieß *Narcissa,* und das zu recht: Nach einer üppigen Anwendung war mir das Wasser im Munde zusammengelaufen, und ich wurde prall von Selbstbewußtsein wie seit Jahren nicht mehr. Vielleicht kämpfte der Wachmann nur gegen seine Lust an, was normal gewesen wäre, mit oder ohne Parfum. So eine Wirkung habe ich nun mal auf Männer, und auf viele Frauen ebenso.
Nicht, daß ich wie eine Hure gekleidet gewesen wäre. Auf Wunsch des Kunden trug ich einen schwarzen Rock, eine passende Kostümjacke, eine gestärkte weiße Bluse und schwarze Strümpfe. Ich hätte zu einem Vorstellungsgespräch unterwegs sein können. Gemessen am Preis meiner Klamotten (die von meiner Agentur gestellt wurden, dank

eines Großabnehmervertrags, den sie mit irgendeiner Mafiafamilie aus dem Textilviertel hat), hätte ich auch auf dem Weg sein können, die ganze verdammte Firma zu kaufen. Dies war mein erster Besuch bei einem Kunden. Erst an diesem Vormittag, als ich entdeckte, daß meinem Bankguthaben von vierzig Dollar offene Rechnungen in Höhe von fast tausend Dollar gegenüberstanden, hatte ich mich dazu entschlossen, eine neue Laufbahn einzuschlagen. Ich war nach New York gekommen, um Romane zu schreiben, aber schlußendlich schrieb ich nur sehr wenig. Ich war zu sehr damit beschäftigt, über das Schreiben *nachzudenken*. Es gibt tausenderlei Ablenkungen, denen unveröffentlichte Autoren begierig erliegen, wie zum Beispiel stundenlanges Herumlungern in Buchhandlungen oder Bibliotheken, wo sie die Neuerscheinungen durchblättern und sich wortreich versichern, daß sie selbst das alles viel besser könnten. Neid ist die Mutter der Erfindung, und die Selbstüberschätzung ist ihr Vater. Notwendigkeit malt auf einer weitaus kleineren Leinwand. Jede ernsthafte Romanschreiberin möchte, wenn sie ehrlich ist, die Werke ihrer Mitbewerber und Mentoren überbieten, ausstechen, im Endeffekt ungeschrieben machen (daß ich das will, ist jedenfalls so sicher wie das Amen in der Kirche). Doch obwohl ich Neid und Selbstüberschätzung bis zum Erbrechen in mir angehäuft hatte, machte mich das Gegengift namens Faulheit unfruchtbar. Meine Tage waren ausgefüllt mit fleißiger Kritik am Werk der anderen, so daß mir herzlich wenig Zeit für mein eigenes blieb. In den wenigen müßigen Augenblicken malte ich mir aus, was ich mit den zu erwartenden Reichtümern anstellen würde, und unterdessen ging ich allmählich pleite. Einer Eingebung folgend, wandte ich mich dem Theater zu, das mir das nächstgeeignete Ventil für meine schöpferischen

Neigungen zu sein schien. Ich bewarb mich um die Hauptrolle in einem psychosexuellen lesbischen Thriller einer gewissen Kell Sumner mit dem Titel *Das ist der Punkt.* Das Vorsprechen endete in einem Desaster, überwiegend deshalb, weil ich an einer akuten Lebensmittelvergiftung litt und mich, knappe Millisekunden vor einem tiefen Kuß, auf (oder vielmehr in) die Lebensgefährtin der Autorin übergab.

Am Rande des Ruins wurde ich, mit einem von A bis Z erlogenen Lebenslauf bewaffnet, bei einem Jobvermittler namens Ploy in Midtown Manhattan vorstellig, was sich als weiterer sinnloser Schachzug erwies. (Ich hätte meiner Selbstanpreisung einen zweiten Doktortitel hinzufügen sollen; einer allein reichte offenbar nicht mehr aus.) Mein letztes Gespräch mit Mindi, meiner «Chancen-Beraterin», verlief folgendermaßen:

«Dieser Hausmeisterposten bei der Hafenverwaltung», sagte ich. «Ist schon eine Entscheidung gefallen?»

«Hab ich dir das nicht gesagt?» Mindis Stimme klang gleichzeitig zirpend und heiser, wie ein Singvogel mit Kehlkopfkrebs.

«Ich kann mich nicht erinnern.»

«Sie haben jemand anderen genommen.»

«Wie das? War ich überqualifiziert?»

«Nein», erwiderte Mindi, «aber der andere Bewerber hatte einen Doktortitel in *Ingenieurwissenschaften,* das fanden sie praktisch, falls mal was an der Toilettenspülung ist.»

«Das ist doch Blödsinn, Mindi. Ich hab einen Doktor von Yale.»

«Schön und gut, aber seiner war von Harvard. Was soll man da schon machen?»

«Und, hast du irgend etwas anderes?»

«Da wäre eine Stelle als Straßenkehrer in Midtown.»
«Wo genau?»
«57. Straße Ost, zwischen der fünften und Lexington Avenue. Interessiert?»
Ich fuhr mir mit der Hand durchs Haar, während ich darüber nachdachte. «Warum nicht. Aber tu mir einen Gefallen, Mindi: Ändere meinen Lebenslauf. Ich will meinen Doktor in Physik. Sag ihnen, ich hab den optimalen Winkel berechnet, wie man den Kehrbesen hält, und ich kann die Unterlagen in dreifacher Ausfertigung vorlegen.»
«Das wäre glatt gelogen, Süße.»
«Wär es nicht, Püppchen. Mein Doktor in Chemie war gelogen. In Wirklichkeit hab ich ihn in Physik. Ich wollte nur die Hafenverwaltung überzeugen, daß ich mich mit Waschmittelrückständen auskenne.»
Sie hat mich bis heute nicht zurückgerufen.

Einstein hat einmal geschrieben, der Mensch könne nur gedeihen, wenn er in einer Gemeinschaft, in einer Schutzgemeinschaft aufgehe, «in der er sich als vollständig akzeptiertes Mitglied fühlt und die nichts von ihm fordert, was seinem natürlichen Empfinden zuwiderläuft». Was einen weiteren Grund für meine Niederlagen darstellt: Ich war eine Außenseiterin, sowohl für die Mehrheit als auch für die Außenseiter, d. h. die «Gegenkultur», die in müder Symbiose neben dem Establishment hertrottet, gefangen in ihren eigenen, strengen Bräuchen. Die «Avantgarde» verfolgt die gleichen Ziele wie das Establishment, sie nutzt nur andere Mittel, um sie zu erreichen.
Ich hingegen betrachtete mich gern als durch und durch unabhängig. Wie sonst hätte ich mich so einsam fühlen können?

Vor New York hatte ich die Weiten Amerikas durchwandert, ein Leben als Zaungast gelebt. Ich schlief auf offenem Feld oder in Baumhöhlen oder in verlassenen Scheunen. Ich war eine Wanderin, die viel sah und wenig Anteil nahm. Ich war auf einer alten Harley unterwegs, die ich einem versoffenen Sioux in Nebraska abgewonnen hatte. Ein Aufseher im Waisenhaus hatte mir das Schachspiel beigebracht, und ich machte mir diese Fähigkeit zunutze, wann immer ich Geld brauchte. Allerdings gibt es nicht viele Leute, die Schach spielen, und ich wünschte mir bald, ich hätte Poker oder Poolbillard oder irgend etwas anderes gelernt, das in den Eingeweiden des ländlichen Amerikas marktgängiger war.

Mein kostbarster Gewinn war ein Schimpanse namens Gerard, der zu meinem einzigen Freund und Vertrauten wurde. Ich nahm Gerard einem alten Hell's Angel ab, der das Tier von einem totgeschlagenen Kollegen geerbt hatte. Ich habe schon immer die Tierwelt den Menschen vorgezogen, und so war ich es gewesen, die Gerard als Spieleinsatz vorgeschlagen hatte – nicht zuletzt deshalb, weil er als Sozius auf dem Motorrad mitfahren konnte. Wir sahen ziemlich gut aus auf der Straße: Blutsverwandte, nur durch ein paar Millionen Jahre getrennt.

Das Waisenhaus, in dem ich aufwuchs, war ein ehemaliger gotischer Landsitz im nördlichen Staat New York, dessen ursprüngliche Einrichtung liebevoll erhalten worden war. Die Bibliothek enthielt eine passable Mischung aus romantischer, viktorianischer und moderner Literatur, durch die ich mich systematisch hindurcharbeitete. Als es in den Regalen kein Buch mehr gab, das ich nicht gelesen hatte, begann ich zur Leihbücherei in Rhinebeck zu laufen, das eine halbe Meile entfernt lag.

Es gibt einen Begriff für mich und meinesgleichen: Wir sind

Artefakte. Wir passen nicht in die Zeit, die uns hervorgebracht hat: Wir sind Wiedergänger aus der Vergangenheit. Ich hielt mich in der Gesellschaft von Schriftstellerinnen auf, die längst gestorben waren; ich reiste zurück in der Zeit, um sie zu besuchen. George Eliot, Mary Wollstonecraft, Emily Dickinson, Virginia Woolf – sie waren meine Mütter und Freundinnen, meine Wegweiserinnen in den weiten Landschaften der Phantasie: Eliot dank ihrer Bildung; Wollstonecraft dank ihrer Politik; Dickinson dank ihrer Sensibilität und Woolf dank ihres Todes in den Wellen. Doch als ich älter wurde, dämmerte mir, daß solche Ahnen mir nicht dazu verhelfen würden, der modernen Gesellschaft ähnlich gewitzt zu begegnen wie normale Mädchen meines Alters. Dazu hätte es eines Lektüreplans bedurft, der mehr an unserer Massenkultur orientiert war, etwas wie – ja, was? (bitte helfen Sie mir) – *Sweet Valley High School?* Etwas von der Bestsellerliste? Oder (noch schlimmer) etwas vom Kaliber jener «literarischen» Autobiographien in Romanform, die in Schriftstellerseminaren verzapft werden und voll sind von mißbrauchten Kindern, Drogensucht und schauderhaften Metaphern?

Besser, man vergißt Bücher ganz. Hält sich ans Fernsehen. Hält sich an Snuff-Filme, wenn's sein muß. Alles, nur keine Literatur.

Ich verließ das Waisenhaus mit achtzehn und zog fünf Jahre lang herum, wobei ich all jene Überlebenstechniken der Straße lernte, die mir fehlten. Ich lernte, *cool* zu sein. Als ich endlich in Manhattan eintraf, machte ich mich auf die Suche nach einer Wohnung, in der Gerard willkommen sein würde, was das Angebot praktisch auf null reduzierte. Bei den Vermietern rief Gerards Anblick nur Entsetzen hervor und nicht das kindliche Staunen, das ich erwartet hatte. (Das

Ärgerliche an Vermietern – das Ärgerliche an Erwachsenen ganz allgemein – ist ihr einzigartiger Mangel an Neugier.) Ich erwog bereits, Gerard zu verheimlichen, aber dazu ist er entschieden zu lautstark: Er kreischt und keckert für sein Leben gern. Nachdem New York weder für seine Toleranz noch für Zurückhaltung bekannt ist und ich nie eine Schußwaffe besessen habe, schien es mir klüger, meine Nachbarn nicht zu provozieren.

Schließlich fand ich eine Bleibe an der Upper West Side, nicht weit von der Columbia University. Ich teile mir die Wohnung mit einem Anglistikprofessor namens Lank, dem das ganze Haus gehört und der die anderen Stockwerke vermietet. Lank ist groß und altersschwach und verbringt den größten Teil seines Lebens in einem schwarzen Samtanzug, der seit Jahren nicht gereinigt worden ist. Sein Gesicht ist schmal und eingefallen, die Wangen hängen kraftlos herab, und seine blauen Augen sind so wäßrig und blutunterlaufen, daß man ein Brennen in den eigenen Augen fühlt, wenn man in die seinen blickt. Verfilzte graue Haarbüschel umkränzen seine speckige Glatze, die von Leberflecken übersät ist. Seine Lippen sind schmal, und die Zunge bleckt immer ein wenig hervor, als sei er ständig im Begriff, eine Briefmarke abzulecken. Sein hervorstechendstes Merkmal jedoch ist der künstliche Darmausgang. Lank ist dazu verdammt, sich an der linken Hüfte in einen Lederbeutel zu entleeren, den er ständig am Leibe trägt. Meist geben seine Därme ihren Inhalt ohne Vorwarnung von sich, worauf er an sich hinunterblickt und bemerkt: «Na, wie schmeckt dir diese Opfergabe, altes Mädchen?» Die olfaktorischen Begleiterscheinungen, die niemals gering sind, erreichen ihren Gipfel, wenn seine Verdauung von einem Virus heimgesucht wird. Sobald Lank sein Sprüchlein aufgesagt und die

Entleerung abgeschlossen hat, erhebt er sich brummend und wankt ins Badezimmer, wobei die Ausscheidungen mit jedem Schritt geräuschvoll gluckern.

Noch etwas ist ungewöhnlich an Lank, und es erklärt, warum ihm Gerard willkommen war: Seine Wohnung ist ein gottverdammter *Zoo*. Wie Gott und Adam beim Begutachten des wimmelnden Lebens, so führte mich Lank durch seine Zimmer und nannte mir die Namen seiner Hausgenossen: Anne Boleyn, ein bösartiger Ara; Lovelace, eine großäugige Tigerkatze; neun Piranhas, jeder nach einer Bacchantin benannt; ein Aquarium voll namenloser Goldfische, die den vorgenannten als Futter dienten; ganze Schwärme von Nymphensittichen, deren jeder nach einem Elementarteilchen hieß; drei Iltisse namens Licker, Sticker und Prikker; ein Verschlag voller fetter, geiler Karnickel; ein trübsinniges Gürteltier, Ponce geheißen; ein verschreckter Collie, Boudicca; und ein knurrender Dackel, Muzzlehatch. Zu guter Letzt wurde ich einen staubigen, selten begangenen Korridor hinabgeführt. Ich hörte das Rascheln von Ratten unter den Dachsparren und sah, daß die Decke am Verrotten war (Verfall allüberall, dachte ich mir). Am Ende des Flurs lag eine verschlossene Tür.

«Diese Tür muß immer geschlossen gehalten werden», sagte Lank, die Hand auf der Klinke. «Sonst wird aus Gerard eine Mahlzeit.» Er schloß auf und öffnete die Tür, und ich spähte hinein. Zwei feiste Ratten lungerten im Vordergrund herum, aber es war die Schlange, die meinen Blick fesselte.

«Anakonda», flüsterte Lank, als das Ding seinen Kopf hob, um uns anzustarren: «Neun Meter lang. Dreißig Zentimeter dick. Trägt den Namen Killjoy.»

Ich sah der Schlange in die Augen und spürte, wie mir das Blut in den Adern stockte. Schwer und massig über den

Boden fast des gesamten Zimmers geringelt, war diese Killjoy ein Monstrum: Kein anderes Wort wäre ihr angemessen gewesen. Ihre Schuppen waren smaragdgrün und von einem eleganten Zickzackmuster durchzogen. Gerard genügte ein Blick, dann floh er kreischend den Flur hinunter.

«Mein Gott», flüsterte ich. «Womit füttern Sie die?»

«Naja, sie frißt eine Menge Ratten», sagte Lank, «aber die reichen ihr natürlich nicht. Theoretisch könnte sie ein Krokodil verschlingen, aber das größte, was ich ihr bieten kann, sind Kaninchen. Ich habe sie praktisch von Geburt an aufgezogen, falls Sie sich das vorstellen können.» Lank zog die Tür zu und drehte den Schlüssel im Schloß. «Und wie gesagt: Immer gut verschlossen halten. Sonst könnte auch aus uns eine Mahlzeit werden.»

Ich war heilfroh, ein Dach über dem Kopf zu haben, so daß ich Schlange und Scheiße in Kauf nahm. Tatsächlich gab es wenig zu beanstanden. Wie ich ist auch Lank ein Fossil, vorsintflutlich, ein Überbleibsel aus einem längst abgedankten Zeitalter. Seine Bibliothek enthält die meisten Werke des literarischen Kanons, dazu alle möglichen Bücher über Geschichte, Philosophie, Naturwissenschaften. Statt meinen großen unamerikanischen Roman zu schreiben, verbrachte ich so manchen Abend damit, die Luft der Vergangenheit und die Duftschwaden von Lanks Scheiße einzuatmen. Oft ließ er sich über seine Lieblingsautoren aus, die Kavalierdichter des siebzehnten Jahrhunderts. Er hatte das Gesamtwerk von Sir John Suckling auswendig gelernt und war in der Lage, das Alltagsgeschehen mit Verszitaten dieses Mannes zu würzen. «Warum so trüben Sinns, du junger Sünder?» fragte er etwa, während er am Fenster die

Festnahme eines Drogendealers unten auf der Straße beobachtete. «Sag an, warum?»
Als die Monate vergingen, leerte sich mein Kühlschrank, und auch mein Magen wurde nicht mehr voll. Mit nonchalantem Gleichmut sah ich mein Geld dahinschwinden, entwarf ganze Kapitel meines Romans und schrieb kein einziges Wort. (Ehrlich gesagt: Ich *hasse* das Schreiben . . .)
Als Hunger keine abstrakte Bedrohung mehr war, sondern etwas Fühlbares, und Ploy den amerikanischen Traum noch immer nicht hatte Wirklichkeit werden lassen, dachte ich ernsthaft über die verbleibenden Optionen nach – Betteln, Straßenmusik, schwerer Raub. Prostitution kam mir nicht in den Sinn, bis plötzlich mein BH aufplatzte und mich an meine beiden größten Gottesgaben erinnerte.
Ich geb's zu: Ich bin ein Schätzchen, ein Knaller, ein Hammer, ein *Babe*. Ihr braucht mir das nicht zu glauben. Kommt her und überzeugt euch selbst, taxiert mich, macht euch ein Bild von meinen Schönheitsfehlern. Dazu sind Frauen doch da, oder? Damit ihr prüfen könnt, wozu wir gut sind. Damit ihr prüfen könnt, ob wir *gut genug* sind. Und blöd, wie wir sind, spielen wir das Spiel mit – so wie ich es gerade tue.
Fangen wir mit folgender, einzigartiger Besonderheit an: Man hat mich schon für eine Angehörige so gut wie jeder Menschenrasse dieser Erde gehalten. Und was noch merkwürdiger ist: Ich kann selbst nicht sagen, welche dieser Vermutungen der Wahrheit am nächsten kommt. Ich weiß nicht, wer meine Eltern waren, vielleicht ist deshalb auch die Literatur so wichtig für mich. Ich habe keine Blutsverwandten, keinen kulturellen Hintergrund, aus dem ich erwachsen wäre, und meine äußere Erscheinung macht alles nur noch verzwickter. Einerseits kann ich mir die ethnische Zugehörigkeit aussuchen, kann zu jedem Vorschlag so gut ja

sagen wie zum nächsten. Andererseits fühle ich mich oft bedeutungslos und entrechtet, jedes genealogischen Ankers beraubt. Ich habe keine Geschichte, keine Wurzeln, die irgendeinen Teil der Erde zu meinem eigenen machen. Ich bin alles und nichts – und beides zugleich.

Die Einzelheiten:

Meine Haut ist im Prinzip mittelhell, und meine Haare sind glatt, schwarz und dick. Schon sind viele Möglichkeiten offen, obwohl man zuerst an den mediterranen Typ denkt.

Meine Augen sind dunkel – auch ein weitverbreitetes Merkmal –, doch in den Winkeln verjüngen sie sich fast unmerklich zu delikaten Schlitzen, die entfernt an eine asiatische Abkunft denken lassen.

Meine Nase ist schmal, gerade und vergleichsweise neutral. Aber die Nüstern sind auf eine Weise aufgeworfen, die ein wenig negroid wirkt.

Meine Lippen sind von vielen Männern gepriesen worden, und der Grund ist naheliegend: Sie sind weich und voll und bilden, wenn nicht im Einsatz, eine Zuckerschnute, wie man sie sich einladender nicht denken kann. Oft habe ich mir, wenn ich Lippenstift auftrug, im Spiegel spontan einen Kuß gegeben – was meistens schon der Höhepunkt des Abends war. Jedenfalls sind sie dünn genug, um europid zu wirken, und dick genug, um einer Afrikanerin gehören zu können. Je nachdem, in welcher Frisur und Länge ich die Haare trage, wie das Licht beschaffen ist und welche Jahreszeit wir gerade haben (ich bin im Winter blaß, im Sommer sienabraun), hat man mich schon für eine amerikanische Ureinwohnerin gehalten, für eine Mexikanerin, eine Kubanerin, eine Puertoricanerin, eine Brasilianerin, eine Peruanerin, eine Spanierin oder Portugiesin, eine Israelin, eine «Jüdin», eine Libanesin, Türkin, Perserin, Ägypterin, Marokkanerin,

Araberin, eine «Schwarze», eine Französin, eine dunkle Irin, eine Italienerin, Griechin, Bulgarin, Rumänin, Russin, eine Inderin, eine Pakistani oder Bangladeshi, eine Burmesin, Malaiin, Indonesierin, Filipina, «Asiatin», Hawaiianerin ... (wow!) ... sowie unzählige Kombinationen all dessen. Wenn ich mir die Haare bleiche – was von Januar bis zur Frühlingsmitte, wenn meine Haut am hellsten ist, durchaus vorkommt –, vervielfachen sich diese Möglichkeiten noch weiter.

Ich akzeptiere und verwerfe all diese Hüllen nach Lust und Laune, wie man modische Kleidung wechselt. Alle haben sie die gleiche (Un)gültigkeit, den gleichen Reiz, und keine kann ich lange an mir tragen. Andere Menschen sind da weitaus entschiedener. Erst kleben sie mir, oft nach heftigen Disputen («Was *bist* du denn nun?»), ein Etikett auf; dann folgt umstandslos das dazugehörige Klischee, so als kennten sie mich besser als ich selbst. Da jede Wahrnehmung eines Kontexts zu bedürfen scheint, habe ich oft beobachtet, daß Menschen, ehe sie mich in eine Schublade gesteckt haben, alles, was ich tue, mit einer gewissen Unsicherheit registrieren. Es ist, als müßten meine Taten oder Worte im Hinblick auf meine geographische Herkunft interpretiert werden. So war es beispielsweise in einem großen New Yorker Verlagshaus, wo ich ein Lektoratsseminar besuchte. Nach der Veranstaltung schlenderte ich durch die Foyers und blätterte in den Neuerscheinungen und wurde immer wieder für eine neue Mitarbeiterin gehalten. Als Experiment ließ ich alle, die mich nach meinem Namen fragten, in diesem Glauben, nannte aber jedesmal ein anderes Pseudonym mit jeweils unmißverständlicher ethnischer Zugehörigkeit – Lakeesha Washington, Myra Katzenblum, Sook-Hee Kim. Nun findet man kaum Schwarze im New Yorker Verlagswesen, wäh-

rend Juden allgegenwärtig sind. So wurde Myra mit beflissener Vertraulichkeit begrüßt («und wo sind Sie zur Schule gegangen?»), während Lakeesha ein vages Unbehagen hervorrief («Aus welcher Abteilung sind Sie eigentlich?» – eine höfliche Form der Erkundigung, ob sie unten am Empfang arbeitete oder überhaupt *lesen* konnte).
Was niemand versteht – und ich versuche auch nicht, es zu erklären –, ist, daß ich mich selbst von einem Augenblick zum nächsten neu erschaffe. Ich bin ein Chamäleon, das sich jeder neuen Umgebung anpaßt, so daß mein wahres Ich, wenn es denn existiert, stets wohlverborgen bleibt. Wenn Wörter eine Religion sind, die Literatur ein Olymp und die Romankunst dessen oberste Gottheit, dann besteht die Hölle aus Beständigkeit, Unveränderlichkeit und Dauer. Ich verabscheute all jene, die mich «in den Griff kriegen» wollten, weil ich mich selbst nie im Griff hatte – und weil ich es mir gern anders überlege. Gewißheit ist eine Gnade und ein Fluch, bringt Erleuchtung und Verzweiflung, Hoffnung und Enttäuschung zugleich; und dies war das Paradox, das ich durch meine Welt der Vorspiegelung trug.
Oder, um es einfacher auszudrücken: Ich wollte so viel Macht, wie ich nur kriegen konnte.

Zurück zu meiner äußeren Erscheinung. Da ist noch etwas, das euch verblüffen wird.
Ich bin eine 70D und war es schon mit dreizehn Jahren. Im Grunde ist es ja ganz nett, tolle Kurven und minimale Fettpolster zu haben, und das nur dank einer Laune der Erbanlagen. Doch was dabei herauskommt, ist niederschmetternd – so erscheint es mir jedenfalls, wenn ich, zumal an warmen Tagen, die Straßen meines Mißvergnügens beschreite. In grauer Vorzeit war es das Privileg von Bauarbeitern und

42/43

Müßiggängern, Frauen auf der Straße nachzupfeifen. Heute ist es jedermanns Hobby, dem nadelgestreifte Gutverdiener ebenso frönen wie ihre zerlumpten Brüder. Man möchte meinen, daß zehntausend Jahre menschlicher Kulturentwicklung zu einer Evolution des Balzverhaltens geführt hätten, aber ich bin zu einem gegenteiligen Schluß gekommen. Die Männer von heute unterscheiden sich kaum von ihren Vorfahren, die die Prärien durchstreiften und sich am Arsch kratzten. Ich kann mit solchen Irrlehren wie freier Wille, Monogamie und Treue nichts anfangen. Jeder Mann, welcher Rasse oder Klasse er auch angehört, ist dem untertan, was ich das Eine Gebot nenne. Kultiviert euch bis zum Abwinken, Jungs, dem Einen Gebot bleibt ihr ewig unterworfen. Warum sonst bin ich als Hure so erfolgreich?

Es scheint seltsam passend, daß für mich, die ich keine Vergangenheit und keine Herkunft habe, das älteste Gewerbe der Welt die Hauptverbindung zur Menschheit darstellt.
Ich spreche von meinem Beruf als Hure in der Gegenwartsform, was nicht ganz zutreffend ist: Ich habe mich, im vergangenen Frühjahr, vorzeitig zur Ruhe gesetzt. Doch wie ein Offizier bis an sein Lebensende seinen Rang behält, so werde auch ich mich lebenslänglich als Hure begreifen. Die Hurerei ist so sehr zu einem Teil meiner Persönlichkeit geworden wie die Literatur: Wenn man einmal vom Lesen absieht, habe ich mich nie so lebendig gefühlt wie während einer Sitzung mit einem Freier. Es ist die einzige wahre Berufung, die ich jemals hatte, und obwohl ich ihr nur für kurze Zeit nachgegangen bin, bleibt sie mir im Blut. Und im übrigen – wer weiß, was die Zukunft bringt? Mag sein, daß ich den aktiven Dienst irgendwann wieder aufnehme; also ist es verfrüht, von Ruhestand zu sprechen. Nennen wir es

eine unbefristete und unbezahlte Beurlaubung aus medizinischen Gründen, weil ich bei der Erfüllung meiner Pflicht den Tod gefunden habe.
Meine Spezialität war sehr gewalttätiger (und sehr teurer) Sex. Mundpropaganda verbreitet sich rasch in Manhattan, und so hatte ich binnen weniger Monate nach meinem Debut einen Kreis treuer und bedürftiger Stammkunden um mich versammelt. Ich wurde bezahlt, um zu schlagen und mich schlagen zu lassen; ich wurde bezahlt, um zu fesseln und gefesselt zu werden; ich wurde bezahlt, um zu kratzen, zu beißen, zu prügeln, zu boxen, zu würgen, zu peitschen, zu steinigen und das alles auf Video aufzunehmen. Kurz gesagt, ich wurde bezahlt, um das zu tun, wonach sich reiche Männer am Ende des zwanzigsten Jahrhunderts sehnen und was ihre Ehefrauen ihnen nicht geben können. Mein Preis war zweitausend Dollar. Nicht schlecht, werdet ihr denken, aber wartet: Dreiviertel davon bekam meine Agentur. Obendrein mußte ich zwischen diesen Allkampfübungen in der Regel für einige Tage pausieren. Die Verletzungen brauchten Zeit, um zu heilen, und manche Kunden hatten nichts dafür übrig, ein Mädchen mit offenen Wunden zu ficken.
Trotzdem schäme ich mich meines Berufes so wenig, wie ich ihn romantisiere. Der Entschluß, meinen Körper zu vermieten, wurde aus rein rationalen, aus Nützlichkeitserwägungen gefällt. Doch im Lauf der Zeit wurde mir klar, daß die Hurerei – zumal im Vergleich zu meinen künstlerischen Fehlschlägen – mir eine Kraft verlieh, die ich nie zuvor gekannt hatte. Tatsächlich gibt es keinen anderen Beruf, der Frauen so viel Macht in die Hand gibt. Machtlos als Autorin, verschaffte ich mir als Hure Gehör. Nun ist der Schriftsteller, wie Don DeLillo meint, ein naher Verwandter des

Terroristen, und selbst in unserem analphabetischen Zeitalter erlaube ich mir zuweilen die Überzeugung, daß Worte, richtig eingesetzt, so wirkungsvoll sein können wie Gewehrkugeln. Und doch übt weder der Autor noch der Terrorist so viel Macht aus wie eine einzige Hure. Die Fotze ist mächtiger als Feder und Schwert zusammen. Was eine Schriftstellerin von ihrem Publikum verlangt oder eine Terroristin von der Regierung, kann ihr verweigert, kann sogar ignoriert werden. Die Hure aber, wie jede andere Frau, ist durch das schlichte Faktum ihrer Weiblichkeit stets unbesiegbar. Sie kann mißhandelt, sie kann sogar getötet werden. Aber niemals wird man die Oberhand über sie gewinnen. Der Geschlechtsakt ist für jeden Mann ein Akt der Unterwerfung. Als Hure, als Feministin und als Möchtegernautorin lebte ich von dieser Unterwerfung. Ich war auf der Welt, um es aus ihnen herauszupressen.
Daher mache ich mir auch keinen der Euphemismen zu eigen, die die politische Korrektheit für «Hure» geprägt hat – Kopulationsfachfrau, Hormontherapeutin, praktische Spermiologin. Ich bin eine Hure. Angesichts des fundamentalen Charakters meiner Tätigkeit und des Fehlens jeder gesicherten Herkunft empfinde ich mich selbst mehr als elementares denn als menschliches Wesen. Ich bin wie Wasser, zeitlos und unwandelbar. Ich werde getrunken; und obwohl man mich am Ende wieder auspißt und keine Spur von mir zurückbleibt, dauert es nie lange, bis neuer Durst nach mir erwacht.

Ich hatte also die gelben Seiten durchgeblättert und dabei festgestellt, daß die Begleitagenturen nach den Rechtsanwälten den meisten Raum einnahmen. Es gab sogar ein Regionalverzeichnis, eine nach Stadtvierteln aufgeschlüsselte Liste der lokalen Anbieter. Die größten Organisationen kümmerten sich um den Bedarf beider Geschlechter und trugen Namen wie *Schliff mit Pfiff* oder *Schmuckstück*. Es gab Spezialvermittler (*Papa Keß*, für Lesben) und unter diesen wiederum Spezialisten für besondere Minderheiten (*Rund & Rollig*, für übergewichtige Lesben). Ich übersprang die rein männlichen Institute (*Geliebter Schnauzer*, *Symposion* [nicht übel, das!]) und entschied mich schließlich für eine Hetero-Agentur an der Ecke Broadway und 53. Straße, die sich *Vorsehung* nannte. Ich telefonierte mit dem Direktor, einem gewissen Cornell Bodleian, und wurde gebeten, sogleich dort vorzusprechen.

Der Empfangsraum von *Vorsehung* war im Bauhausstil möbliert – viel Leder und Chrom, dazu Halogenlampen und Aschenbecher aus Bronzeguß. An der Rezeption saß eine gertenschlanke, haarlose Schwarze, die mit einem offensichtlich vorgetäuschten unamerikanischen, undefinierbaren Akzent sprach. («Füllen Sie bitte dieses Formular aus» wurde zu: «Fielen Sie biete diesis Forrmularr auß» – Sudanesin via Zagreb, durfte man vermuten. Zweifellos eine Frau von meinem Kaliber.)

Der Raum war überfüllt mit Bewerbern beiderlei Geschlechts, alle in ihren besten Samstagsklamotten. Düfte hingen schwer in der Luft; eine Aspirantin litt an einer Allergie und wurde von einem Nesselausschlag überwältigt. Die Frau am Empfang wählte 911 und hatte ihren fremdländischen Akzent prompt verloren («Yeah, Jack, schick jemand rüber, aber verdammt plötzlich»). Das Opfer – eine Blondine in einem schwarzen Supermini – wurde auf den Boden gelegt, wo sie in einem fort nieste. Wir drängten uns alle über sie, fühlten den Puls, murmelten ängstliche Ermunterungen – kein Gedanke daran, daß unsere Nähe alles nur noch schlimmer machte, wozu mein *Narcissa* einen eigenen, ironischen Beitrag leistete. Als nach einer halben Stunde die Sanitäter eintrafen, hatte ihr Gesicht die Farbe von Lakritze angenommen und war in Rotz gebadet. Sie bekam eine Adrenalinspritze und wurde schlotternd und japsend hinausgerollt, um sich in die Staus des Stadtverkehrs zu mischen.

Endlich wurde auch ich zum Vorstellungsgespräch gerufen. Bodleian war ein ehemaliger Mr. Olympia, Mitte Dreißig, blond und blankgeschrubbt, von makellosem Äußeren, sein Gesichtsausdruck so frisch wie geschlagene Butter. Sein rosiges Golfhemd und die weiße Baumwollhose saßen wie eine zweite Haut und unternahmen keinen Versuch, die schwellenden Körpermassen zu bändigen. Seine Muskeln zeichneten sich wie tektonische Verwerfungen darauf ab – ein sich ständig veränderndes Muster aus Grabenbrüchen und geologischen Revisionen.

«Dr. Wicked!» rief er aus und streckte mir eine Hand entgegen, die sich anfühlte wie eine feuchte Socke. «Wie sind Sie eigentlich zu diesem Namen gekommen?»

Venus Wicked ist natürlich ein Künstlername, und was es mit meinem Doktortitel auf sich hat, habe ich bereits erzählt. Und wenn schon – die Wahrheit zu sagen hat seinen Zauber verloren, und als Währung ist sie an den Börsen des modernen Lebens wertlos geworden.

«Venus war eine sibirische Volksheldin», beschied ich ihn. «Sie hat in Jalta eine wichtige Rolle gespielt.»

«Sibirisch?»

«. . . Das liegt in New Jersey.»

«Ach», sagte Bodleian. «Na ja, nenn mich einfach Corn. Und ehe wir uns hinsetzen, wollen wir gleich mal sehen, was du hast.»

«Sie verschwenden keine Zeit», sagte ich, während ich meine Bluse aufknöpfte.

«Nennen wir's eine Vorauswahl. Kann allen Beteiligten langfristig viel Ärger ersparen.»

Schließlich stand ich wunschgemäß entblättert vor ihm.

«Uff!» sagte Bodleian und beugte sich zu einer näheren Inspektion nach vorn. Sein Gesicht trug den Ausdruck eines Chemikers, dessen Petrischale eine unerwartete Entdekkung ausgebrütet hat. «Was für herrliche Möpse! Und sie sind *echt*!» Wie in Trance inspizierte er die Objekte seiner Begierde von allen Seiten und tastete schließlich, ohne den Blick von ihnen zu wenden, nach einem Maßband auf dem Schreibtisch.

«Was meinen Sie, sollten wir sie nicht mal messen?» fragte ich, wie eine stolze Mutter.

Bodleian blickte grinsend auf. «Hast du heut abend schon was vor?»

Aber kehren wir zurück in die Fifth Avenue 923. Ich entstieg dem Aufzug in einem eleganten, eichenholzgetäfelten Foyer, dessen zahllose Spiegel mein Bild in die Unendlichkeit vervielfachten. Ich zupfte ein paar Locken zurecht und nahm eine elegante und entspannte Pose ein, als ein Mann den Raum betrat.

Er war klein und dickbäuchig und trug einen marineblauen Anzug mit einem gelben Schlips. Sein Haar hatte die Farbe und Beschaffenheit von Stahlwolle. Sein Gesicht war fleischig und voller Pusteln, und seine blauen Augen standen dicht zusammen, was ihm einen zugleich forschenden und zurückgebliebenen Gesichtsausdruck verlieh. Er schien mindestens sechzig zu sein, und seine ganze Erscheinung ließ wenig Zweifel daran, warum ich angeheuert worden war.

«Sie müssen Dr. Wicked sein», sagte er und streckte eine Hand aus.

«Mr. Bickel?» entgegnete ich, aus Höflichkeit in fragendem Tonfall. Seine Hand war warm und weich, wie ein frischer Krapfen.

«Yoram», sagte er mit verschwörerischem Lächeln. «Folgen Sie mir.»

Er führte mich in ein Wohnzimmer von gewaltigen Ausmaßen, einen museal anmutenden Raum, in dem die Möbel offensichtlich mehr dekorativen als praktischen Zwecken dienten. Ein mit Büchern verbrachtes Leben versetzt mich in die Lage, auf allen Gebieten über gewisse Kenntnisse zu verfügen, und so musterte ich die Möblierung mit kritischen Blicken. Das vergoldete Madrassofa schien echt zu sein; ich vermutete seinen Ursprung um 1805 in Barcelona. Die Stühle aus der Zeit des ersten Karl stammten aus dem Besitz des Herzogs von Gloucester, der sie zur Versteigerung gegeben hatte, um seinen zerbröckelnden Familienstammsitz renovieren zu können. Der Jvorak-Kronleuchter, der mit fürstlicher Heiterkeit über allem thronte, hatte einst den Speisesaal einer grauen vatikanischen Eminenz verschönert. Unter den Gemälden befanden sich zwei Vaublins und einer von drei Pol-Pot-Akten, unvollendet. Was alles zusammen bedeutete, daß Yoram gut und gerne eine acht-, wenn nicht sogar neunstellige Summe wert war.

Wir gingen weiter in den angrenzenden Raum, einen Wintergarten voll flüsternden Laubwerks. In der Mitte lag ein langgestreckter Swimmingpool. Eine Tür führte auf eine Terrasse hinaus, die den Central Park überblickte. Yoram bedeutete mir, mich in einen Neruda-Korbstuhl zu setzen, dessen hohe Rückenlehne wie zum Angriff hinter mir aufragte. Er setzte sich mir gegenüber.

«Erzählen Sie mir ein wenig von sich, ehe wir anfangen», sagte er. «Ich – ich habe so etwas noch nie gemacht, und ich finde, daß wir vielleicht erst das Eis brechen, uns erst ein wenig kennenlernen sollten und so weiter.»

«Selbstverständlich.» Ich lächelte. «Ich wurde in Venezuela geboren, als Kind baptistischer Missionare. Wir lebten bei einem Indianerstamm, den Waorani. Ich habe meine prägenden Jugendjahre im Regenwald verbracht und kam erst mit siebzehn nach Amerika. Meine Eltern wurden von einer verfeindeten indianischen Splittergruppe massakriert, die von einer amerikanischen Ölgesellschaft vertrieben werden sollte, während mir die Flucht mit einer anderen Familie gelang.»

«Mein Gott», flüsterte er.

«Anschließend», so fuhr ich munter fort, «schrieb ich mich an der University of Chicago ein und promovierte in vergleichender Religionswissenschaft. Jetzt bin ich an der juristischen Fakultät der New York University. Mein Ziel ist, die Kreationisten gegen weltliche Verfolgung zu verteidigen.»

«Dann ist dieser, dieser Job», stammelte er mit fahrigen Handbewegungen, offenbar nicht willens, meinen Beruf beim Namen zu nennen, «also nur dazu da, die Rechnungen zu bezahlen?» Er schien sich Sorgen zu machen, daß ich womöglich dabei bleiben könnte, der arme Idiot, so als würde es mich – und ihn – entlasten, wenn ich nur Teilzeithure wäre.

«Ich bin durch und durch Profi, Mr. Bickel», entgegnete ich, nun einer anderen Strategie folgend. «Können wir es dabei belassen?»

«Tja, dann lassen Sie mich etwas von mir erzählen», sagte er, von seinem neuen Thema sichtbar angetan. «Ich bin einundsechzig, und meine Frau ist zweiunddreißig. Ihr mußten beide Brüste amputiert werden, jetzt sieht ihr Oberkörper aus wie eine Autobahnbaustelle. Zwei Jahre lang hab ich den Mitfühlenden gespielt, aber jetzt hängt's mir langsam zum Hals raus, so wahr ich hier sitze. Ich bin doch noch jung. Ich habe Bedürfnisse. Verstehen Sie mich?»

«Aber natürlich», sagte ich und dachte: Du kleiner Haufen Eselscheiße.

«Ich meine, mein Leben kann doch nicht aufhören, nur weil sie keine Titten mehr hat, oder?»

Jude aus Brooklyn, neureich. Könnte seinen Akzent nie abschütteln, selbst wenn er wollte; die Evangelen haben also nichts zu befürchten. «Aber ja», sagte ich.

«Ich meine, schauen Sie sich das an.» Er deutete auf die nähere Umgebung. «Ich habe alles, was man für Geld kaufen kann, aber was ist schon Geld, letzten Endes?»

«Also sprach Sisyphus.»

«Wie bitte? Haben Sie was von Syphilis gesagt?»

«Keine Sorge, es war nicht ganz von Nietzsche.»

«Gott sei Dank.» Er schien sich ein wenig zu entspannen. «Also, wie wär's jetzt mit einem Drink?»

Wir laberten eine halbe Stunde lang bei einer Flasche 64er Sarrault. Er hatte keine Kinder. Er war ein Immobilienhai mit eigener Bauträgerfirma. Er verhandelte gerade über die Errichtung eines Kasernengeländes und einer Lkw-Rastanlage in einem Vogelschutzgebiet auf Long Island. Er bekam eine Glatze, aber die erste Haartransplantation sah vielversprechend aus, oder nicht? Er zog an ein paar Strähnen, um ihre Festigkeit zu demonstrieren.

«Gut, Yoram», sagte ich endlich, um die Prozedur zu beschleunigen. «Wie hätten Sie's denn gern?»

Er senkte den Blick. «Nun tja, hm», begann er, «ich denke,

was man vielleicht machen könnte, wäre so was wie . . . also, für den Anfang, vielleicht könnten Sie mir, äh, einen blasen und, und dann, ich weiß nicht, könnten wir vielleicht Sex im Pool haben u-und, und dann irgendwann, wenn's Ihnen nichts ausmacht, könnten Sie mich vielleicht ein wenig, äh, äh, schlagen . . .»

Tja, das klang nicht allzu schwierig.

Improvisierend stand ich auf und streifte mir gelangweilt erst den einen, dann den anderen Schuh ab (Yoram spähte wie gebannt zu mir hinauf); schlenderte lässig zwischen den Pflanzen herum, als bewunderte ich ihre Schönheit (sein Blick war fest auf meinen Arsch geheftet); zog versonnen meine Kostümjacke aus, die ich quer über seinen Schoß drapierte (er schluckte, wie unter Schmerzen, und stieß dann ächzend Luft aus); befingerte zerstreut die Knöpfe meiner Bluse, die ich von oben nach unten öffnete, um mich dann, ganz ohne Eile, aus ihr zu schälen (seine Augen verdoppelten ihren Umfang); zog geistesabwesend den Reißverschluß meines Rocks auf und ließ ihn unter Verrenkungen auf den Boden gleiten (er starrte auf die schwarze, durchscheinende Unterwäsche und leckte über trockene Lippen); rollte methodisch einen Strumpf, und dann den anderen, hinunter und deponierte sie auf meinem verwaisten Stuhl; fügte den Strumpfhaltergürtel hinzu (er holte tief und asthmatisch Luft) . . . und unterbrach mich fürs erste, damit Yoram seinen Ofen schüren und um des Leidens willen ein wenig leiden konnte. Dann kniete ich vor ihm nieder und ließ eine Hand an seinem Schenkel emporgleiten, die dort ziellos herumkreiste, bis sie sich, wie zufällig, über seinem Ding schloß – einem teigigen, winzigen Ding. Überrascht zerrte ich ihm die Hosen herunter und mußte (mit einiger Verärgerung) feststellen, daß meine Darbietung an ihn verschwendet gewesen war. Ich entledigte ihn seiner Unterhosen (Tangaschnitt, rot) und fixierte meinen Widersacher – einen verschreckten kleinen Stummel, der sich im Gestrüpp von Yorams Schamhaar versteckt hatte. (Lag nicht etwas Arglistiges in der Art, wie er herausblinzelte? Oder etwas unverhohlen Verschlagenes? Ich verspürte das Bedürfnis, ihn zu kneifen und zu pieksen, so wie man einem trägen Haustier Beine macht.)

Herr im Himmel.

Ich wagte nicht, Yoram in die Augen zu blicken.

Statt dessen begann ich mit einer Reihe mündlicher Gefälligkeiten, doch weder Lippen- noch Zungenspiele vermochten den kleinen Scheißer aus der Reserve zu locken, und auch mit einer Akupressurbehandlung am Damm war nichts auszurichten. Als mir schließlich eine Kiefersperre drohte, gab ich auf und sank zurück auf die Hinterbacken. Der unbotmäßige Penis sackte auf dem Bauch zusammen, wies hinauf zu Yorams Kinn, als wolle er mir den Stinkefinger zeigen. Das würde eine lange Nacht werden.

«Ich weiß auch nicht, was mit ihm los ist», sagte Yoram weinerlich. Er verstummte für eine Weile, dann: «Ich hab eine Idee. Wenn Sie mich ein wenig schlagen, vielleicht klappt es dann besser.»

«Wie Sie meinen, Yoram.»

Er stand auf und zog sich splitternackt aus, wobei eine Figur mit O-Beinen, hängenden Schultern und einem mächtigen, wabbelnden Bauch zum Vorschein kam. Dann bat er mich, hinter ihn zu treten und mit dem Versohlen zu beginnen. Achselzuckend versetzte ich ihm ein paar Hiebe.

«Da kommt er», schnurrte Yoram.

Es war wirklich bemerkenswert. Bei jedem Schlag streckte

sich sein Schwanz ein wenig mehr aus. Es war wie bei einer Ketchupflasche, auf die man hinten schlägt, um vorne den widerspenstigen Inhalt herauszulocken. Schub um Schub bahnte sich Yorams Penis den Weg in die weite Welt, bis er zu einem zehn Zentimeter langen Zapfen angewachsen war, der waagerecht hin und her schwankte. Damit schien er sein Maximum erreicht zu haben.

Erleichtert hakte ich meinen Büstenhalter auf und warf ihn zur Seite. Ich schlüpfte aus meinem Höschen. Dann griff ich nach meiner Handtasche, entnahm ihr ein Femidom (dicker als sein männliches Gegenstück, das Kondom, und somit weniger «gefühlsecht») und versiegelte mich so dauerhaft wie eine Zeitkapsel.

Endlich präsentierte ich mich Yoram, ansonsten völlig nackt.

«Jesus Christus», flüsterte er und legte zögernd seine Hände um meine Brüste.

«Mein Vater, mein Vater, warum hast du mich verlassen», erwiderte ich, stolz auf meine Schlagfertigkeit.

«Ich will dich ficken», sagte er. «Auf der Stelle.»

«Wollen wir's im Pool machen?» schlug ich vor.

Wir ließen uns auf den Stufen am flachen Ende des Beckens nieder. Sobald er sich eingenistet hatte, begann Yoram anerkennend zu grunzen, als staune er über die Zweckmäßigkeit, mit der menschliche Körper konstruiert sind. Als stecke so viel Gedankenarbeit dahinter.

Ich umschloß ihn mit festem Griff, und das Wasser erzeugte zusätzliche Reibung. Trotzdem – und trotz der beiden vollreifen Titten vor seiner Nase – gelang es Yoram nicht, seinen biologischen Auftrag zu erfüllen. Zwanzig Minuten vergingen, doch kein innerer Pornofilm und kein verzweifeltes Nuckeln konnten ihn über jene empfindliche Schwelle tra-

gen – jedenfalls nicht, bis wir die Schritte hörten, die sich aus dem Wohnzimmer näherten.
«O mein Gott», ächzte er, als der Neuankömmling den Raum betrat.
Es war eine Frau, dem Augenschein nach Anfang Dreißig, von einem Baldachin üppigen Blondhaars beschirmt, mit porzellanblauen, halb zusammengekniffenen Augen. Sie trug ein weißes Abendkleid, das sich keine Mühe gab, den zerstörten Anblick ihrer Brust, das chirurgische Narbenmuster, zu verbergen. Weit davon entfernt, mich abgestoßen zu fühlen, merkte ich, daß ich ihren Mut bewunderte. Sie stand zu dem, was sie war, und wer etwas beschönigen wollte, konnte ihr den Buckel runterrutschen.
Yorams Unterkiefer klappte herunter; sein Sperma schoß heraus. Bei seiner dritten Kontraktion war es mir gelungen, ihn hinauszudrängen, und er vergoß die Reste seines Samens in eine chlorierte Gehenna.
«Was zum Teifel?» fragte die Frau in einem schwerfälligen, irgendwie osteuropäischen Akzent.
«Hera!» japste Yoram und fuhr zurück bis zum gegenüberliegenden Beckenrand. Das Wasser reichte ihm kaum an die Hüften; sein Penis baumelte in Fünf-Uhr-Stellung, erschöpft, eine Windfahne in der Flaute. «Ich dachte, die Oper . . .»
Sie wandte ihre Aufmerksamkeit mir zu, war aber offensichtlich nicht beeindruckt. «Wärr zum Teifel sind Sie? Sind Sie neies Freindin?»
«Das ist Dr. Wicked», stellte mich Yoram vor und rutschte plantschend an meine Seite. Er schob einen besitzergreifenden Arm rund um meine Hüfte. Ich schüttelte ihn ab.
«Hallo, Hera», sagte ich ruhig.
«*Doktorr?* Was zum Teifel? Sie besorrgen's ihm, was?»

«Äh . . . Doktor der Theologie, um genau zu sein», entgegnete ich milde. «Spezialistin für die targumische Evangeliendeutung. Wycliffe-Stipendiatin. Sie wissen schon.»

«Sie saugänn ihm Schwanz, ja?» forschte sie, einen Schritt nähertretend. «Ist sich Blass-Nummärr, ja?»

Ich schielte zu Yoram. «Nun ja, nicht wirklich. Er –»

«Ich wärrd Ihnen was sagen», sagte sie mit erhobenem Finger. «Immer will er nur Blass-Nummärr, immer sag ich ihm nein, ja?»

«Tatsächlich?»

«Einmal ich hab verschluckt ein Zwiebel, und *würrgänn* tut's mich heute noch.»

«Ach», sagte ich und rutschte unauffällig in Richtung Ausstieg. «Das ist ja – schrecklich!»

«Nein», schnappte sie, «Sie verstähn *garr-nix.*» Sie ging um das Becken herum zu den Stühlen. «Ich hoffe, Sie haben gemacht gutte Blass-Nummärr, denn was jetzt passiert, wird Ihnen leid tun.» Sie bückte sich, raffte meine Kleider zusammen. «Sind Ihre, ja?»

Ich erwiderte nichts. Hera verließ den Raum und kehrte einen Augenblick später mit einem Müllbeutel wieder. «Genau hinsehen», riet sie mir im Vorbeigehen, während sie meine Kleidungsstücke in den Beutel stopfte. Sie öffnete die Tür zur Terrasse und trat hinaus. Dann schleuderte sie den Beutel mit Anlauf hoch über die Fifth Avenue hinweg. Am Geländer blieb sie stehen und blickte ihm nach. Als sie schließlich in den Wintergarten zurückkam, schnaubte sie: «Viel Spaß beim Suchänn im Dunkälln.»

Ich wischte mit der Handfläche über das Wasser und spritzte sie naß. Sie trat zurück, starrte baff auf ihr nasses Kleid. Ich verpaßte ihr eine weitere Dusche und noch eine. Ich war nicht wütend auf sie, hatte auch nicht das Recht dazu: Ich war wütend auf Yoram, weil er mich auf ihre Kosten benutzt hatte. Doch der Verlust meiner Kleider verführte mich zu einer Antwort an die falsche Adresse. Als ich fertig war, stand sie tropfnaß da.

Hera kreischte und verschwand abermals. Als sie zurückkehrte, hatte sie einen kleinen schwarzen Revolver in der Hand. «Rrraus aus dem Beckänn», befahl sie und wedelte mit dem Lauf in meine Richtung. «Soforrt!»

«Hera –» flehte Yoram.

«Maul halten, Fettsack. Ich wärrd's ihr zeigen. Loss jetzt, Bewegung.»

Ich kletterte aus dem Pool und stand nackt da, mein Puls wie ein Dampfhammer. Ich war nicht scharf aufs Sterben, jetzt noch nicht.

«Rrraus, rrrauss», drängte Hera und trieb mich ins Wohnzimmer. Schlotternd und reichlich Wasser auf den Perserteppich tropfend rannte ich hinaus ins Foyer, wo Hera für mich den Aufzugknopf drückte. Während wir warteten, sagte sie:

«Nie wiederkommen, sonst gäht sich Pisstolle los.»

Die Aufzugtür öffnete sich und enthüllte einen runzligen und verblüfften Liftboy. «Rrein, rrein», sagte Hera und gab mir einen Stoß. «Du sorgst dafür, daß sie abhaut, Seamus. Laß sie nicht wiedärr rauf, ja?»

«Ja, Ma'am.»

Seamus starrte mich – oder jedenfalls meine Brüste – während der Fahrt nach unten unverwandt an. Irritiert fragte ich ihn, ob er mir seine Kleider leihen könne. Seamus griff geistesabwesend nach seiner Uniformmütze und setzte sie mir auf den Kopf. Ich riß sie herunter und benutzte sie, um mir das Wasser von Armen und Beinen abzustreifen. Als der Aufzug hielt, klatschte ich sie ihm wieder auf seinen Kopf.

Die Eingangshalle. Argwöhnisch, daß ich meinen kleiderlosen Exodus verzögern könnte, aber auch voll Bedauern über das bevorstehende Ende unserer kurzen Bekanntschaft, geleitete mich Seamus, währenddessen seine Mütze zurechtrückend, bis zur Außentür. Ich suchte nach einer alten Zeitung oder einem Feigenblatt, um meine Blöße zu bedecken, fand aber nichts. Draußen unter der Markise stand der Portier, der Stielaugen machte und mir seinen Regenschirm anbot.

Ich zerrte das Femidom aus mir heraus und drückte es ihm in die Hand. «Kannst mich mal», sprach ich und trat hinaus in den strömenden Regen.

Passanten waren gnädigerweise nur spärlich unterwegs, doch ich hatte eine gute Meile Fußmarsch zu meiner Wohnung an der Upper West Side vor mir – nicht gerade eine erfreuliche Aussicht. Regen oder nicht, ich hegte keinen Zweifel, daß ich mein Ziel nicht unvergewaltigt erreichen würde. Ein paar Dutzend Taxis standen bereits Schlange, um mir die Mitfahrt anzubieten, und Kosenamen in hundert verschiedenen Akzenten drangen an mein Ohr. Einen Arm über die Brust geworfen und eine Handfläche vorm Dreieck, schlüpfte ich zwischen den Autos hindurch, bis ich den Park erreicht hatte.

Die Flugbahn von Heras Wurf kalkulierend, flankte ich über die Mauer und begann zwischen den Bäumen zu suchen. Der Boden war aufgeweicht und rutschig, und ich machte mich darauf gefaßt, auf Rattengift, wenn nicht sogar auf Ratten zu stoßen. Ich schnürte hin und her, den Blick fest auf den schlammigen Boden gerichtet. Eine halbe Stunde später, verdreckt und zerschnitten, stolperte ich über den Beutel. Er war beim Aufschlag aufgerissen und hatte seinen Inhalt verstreut. Die Kleidungsstücke waren vollkommen durchnäßt; beim Anziehen spürte ich ihre klamme Kälte. Aber, um Becketts unsterbliche Worte via Estragon zu zitieren: Da war nichts zu machen. Wenigstens hatte Hera meine Handtasche mit eingepackt.

Die Schuhe in der Hand, stapfte ich zurück zur Fifth Avenue und (was sonst?) hielt ein Taxi an. Der Fahrer, ein grinsender Italiener namens Rudolfo, warf einen kurzen Blick auf mich und hob, als er die Warnung in meinen Augen sah, beschwichtigend die Hände. «Keine Sorge», sagte er, «ich werd nicht mal fragen.»

KAPITEL 3

EIN PORTRÄT VON DORIAN BRAY, MIT LEISER HINTERGRUNDMUSIK...

Seine hervorstechendste Eigenschaft ist ein Videoclip, der ständig in seinem Kopf abläuft, wieder und wieder, mit nur kleinen Variationen. Die **Aufblende** zeigt eine Villa an der Küste, einen mit Steinplatten ausgelegten Patio, einen Panoramablick auf den Pazifik. Er liegt zurückgelehnt in einem Liegestuhl, einen Martini griffbereit, und wartet geduldig, bis die Blondine mittleren Alters – die genug Make-up im Gesicht hat, um damit einen Kuchen zu glasieren – ein Mikrofon an ihrem weißen Designerblazer befestigt hat. Eine sanfte Brise setzt ein, und er blinzelt in einer Manier – wissend, einfühlsam, aber auch irgendwie spöttisch –, die ihm die Aura eines Weisen verleihen soll. Eine Schar namenloser Handlanger lauert im Hintergrund, kümmert sich um Licht und Kameras und um den Ton.

Sind wir dran? fragt die Interviewerin.

Kamera läuft!

Die Welt, in der er aufwuchs, ist mit nichts zu vergleichen: das Dysinni-Tal in der Grafschaft Gwynedd, Wales, das eine Burgruine beherbergt und zehntausend Schafe. Es regnet unaufhörlich, und die Wiesen zeigen hundert Schattierungen von Grün. Von seinem Schlafzimmerfenster aus konnte er den alles überragenden Gipfel des Cader Idris sehen, die Heimat der Riesen. Wer diesen Berg bestieg, so hieß es in den walisischen Sagen, der wurde unsterblich. Er hatte es viermal versucht, doch immer zwang ihn das Wetter zur Aufgabe. Bei seinem letzten Versuch, unmittelbar bevor er die Heimat verließ, um an die Universität zu gehen, hatte er es bis hundert Meter unter den Gipfel geschafft, als ihn eine Windbö um Haaresbreite in den Abgrund und den sicheren Tod schleuderte. Dieses Erlebnis wurde zu einer Metapher für sein ganzes späteres Leben.

Ich sitze hier neben einem der einflußreichsten und meistfotografierten Männer dieser Erde . . .

Die Sagenwelt seiner Heimat prägte seine Jugend. Sein Tal war ein Traumland, nicht weniger mythenumwoben als irgendein Traumland der Literatur. Obwohl das Christentum bis in die entlegensten Winkel von Wales vorgedrungen war, hatte sich die Grafschaft Gwynedd stets ihren heidnischen Charakter bewahrt. Die Geister der alten Götter waren noch lebendig in den Wäldern und den düsteren Seen unter den Wasserfällen, wo sie Zeugnis ablegten von der Existenz von Mächten, die wir niemals begreifen. Denn wer das Dysinni-Tal betritt, fühlt sich als Eindringling in einem Reich, das nicht mehr ganz von dieser Welt ist, das Geistern gehört und nur widerwillig an uns Lebende verliehen wurde.

In der kurzen Zeit von nur drei Jahren, die seit seiner Übersiedlung aus Großbritannien in die USA vergangen sind, hat sich Dorian Bray, der Philosoph und selbsternannte Hohepriester der Kultur, einen Namen als herausragender Sprecher seiner

Generation gemacht. Erstes Aufsehen erregte er 1999 mit seinem Buch *Eine Theorie von allem*, das weltweit in vierzehn Millionen Exemplaren verkauft wurde und allgemein als Bibel einer Philosophie der Popkultur betrachtet wird. Seit der Veröffentlichung dieses Buches hat er landesweit als Kolumnist, als erster Herausgeber und Universalkritiker der prämiierten Zeitschrift *Schieflage*, als Moderator einer eigenen TV-Show im Vixen Network, als Berater des Weißen Hauses für nationale Angelegenheiten, als Drahtzieher bei Konzernfusionen, als Inhaber des Archibald-Fairfax-Huntington-Lehrstuhls an der Harvard University und natürlich als Vorsitzender der Dorian-Bray-Stiftung von sich reden gemacht, die sich weltweit in der Hungerhilfe, der medizinischen Forschung und der Bildungsförderung engagiert. Mr. Bray, *Die Macht und die Herrlichkeit* heißen sie willkommen.

In vieler Hinsicht war das zwanzigste Jahrhundert nie in das Tal vorgedrungen, und auch die Familie Bray paßte sich der modernen Welt nur ganz allmählich an. Elektrischer Strom wurde 1948 verlegt, das Telefon kam 1964. Das Hauptgebäude des Hofes hatte noch immer keine Zentralheizung, und im Winter (oft genug auch im Sommer) konnte Dorian die Wolken seines Atems nicht nur im Freien sehen, sondern auch im Haus.

Hatten Sie eigentlich früher irgendeine Vorahnung, daß, daß – all dies mit Ihnen geschehen würde?
Eine sehr interessante Frage. Anfangs war ich überzeugt, daß ich Landwirt werden würde, so wie mein Vater. Aber als ich zwölf Jahre alt war, kauften wir unseren ersten Fernseher, und plötzlich änderte sich alles.

Und wie es sich änderte . . . Ständig saß er vor diesem Fernseher, Stunde um Stunde, ein Augenzeuge tausend neuer Welten, die ihn lockten wie eine Religion, die ihn zur Flucht aus diesem hinterwäldlerischen Heidenland aufstachelten, ihm süßen Verrat einflüsterten. Er war noch nie aus Wales herausgekommen. Er war ein Einzelkind, der letzte seiner Familie, und der Hof war seit zehn Generationen immer vom Vater auf den Sohn übergegangen. Doch als er diesen ersten Blick auf die weite Welt erhascht hatte, wenn auch nur aus zweiter Hand, stand für ihn fest, daß er nicht in Gwynedd bleiben würde. Sein Vater hatte, überraschenderweise, nicht viel dagegen einzuwenden. Den Brays gehörten tausend Morgen Land, ebenso viele Mutterschafe und hundert Rinder; und sie beschäftigten vier Farmhelferinnen aus der weiteren Verwandtschaft. An den örtlichen Verhältnissen gemessen waren sie reich. Euan Bray verlangte freilich nach einem plausiblen Grund für den Weggang seines Sohnes; und so setzte Dorian, der bislang ein mittelmäßiger Schüler gewesen war, fortan all seine Energie daran, gute Noten nach Hause zu bringen.
Wir spulen vor zum Jahr 1997, Oxford University: Das naive Bürschchen aus Gwynedd trat ins Magdalen College ein wie ein frischgeschlüpftes Küken. Physisch ein Spätentwickler, nahm seine aufkeimende Sexualität eine Reihe von seltsamen Wendungen. Er ließ sich mit einer Gruppe von jungen Anarchisten ein, sämtlich Engländer, die im Prinzip heterosexuell, sich gegenseitig jedoch gern zu Diensten waren, wenn der Trieb sich meldete. Obwohl jeder von ihnen die Wahre Liebe in den Armen einer Frau suchte, konnte er jederzeit auf seine Kumpel zurückgreifen – in den meisten Fällen auf Dorian, der immer einsprang, wenn die Not am größten war.

Hochgewachsen, hager und von zarter Statur, hatte Dorian nie den Mut gefunden, sich Frauen zu nähern. Trotz seines stutzerhaften guten Aussehens war er schüchtern und fühlte sich in ihrer Gegenwart nicht wohl. Diese Befangenheit hatte wenig mit fehlendem Selbstbewußtsein oder mit Furcht vor peinlichen Situationen zu tun: Für ihn war die Frau ein Rätsel, ein Wesen von göttlicher und zugleich tödlicher Schönheit, das niemand verstehen, ja, das man kaum als *menschlich* bezeichnen konnte. Mädchen waren wie Amulette, voll von unvorhersehbarer Magie: Man brauchte uraltes Geheimwissen, um sie gefahrlos zu beschwören. Nachdem ihm solche Kenntnisse fehlten, richtete sich Dorian in der Rolle des Voyeurs ein. Er wurde von Frauen *angezogen* – so redete er es sich zumindest ein. Jedenfalls verbrachte er mehr Zeit damit, sie zu studieren, als mit irgend etwas anderem. Er beobachtete sie in der Bibliothek, wo sie über ihre Bücher gebeugt saßen, und war hingerissen von den Falten auf ihrer Stirn, dem nachdenklichen Zug um ihre Lippen. (Wenn sie sich etwas notierten, gab er sich der kuriosen Hoffnung hin, sie hätten ihn bemerkt und sich prompt in ihn verliebt und wären im Begriff, ihm eine diesbezügliche Nachricht aufzuschreiben.) Er beobachtete, wie sie sich in den Pubs versammelten, wo ihre Lippen vom Wein glänzten. Und im Verkehrsgewühl des Stadtzentrums von Oxford nahmen sie, unabhängig von ihrer Figur oder Gestalt, seine ganze Aufmerksamkeit in Anspruch. (Einmal hätte er den geliehenen Wagen eines Freundes um ein Haar über die Brüstung der Magdalen Bridge gefahren, nachdem er in einem entgegenkommenden Cabrio eine attraktive Mähne ausgemacht hatte, die in Wahrheit einem Afghanen gehörte.) Irgendwann in der Zukunft, und zwar gewiß in der näheren, würde er eine jener normalen und altersgemäßen Beziehungen aufnehmen, die jedermann für selbstverständlich hielt, und endlich mit einer Frau im Bett landen. Bis dahin fehlte es ihm keineswegs an Vergnügungen. Männer zu ficken war das einfachste von der Welt; und trotz seiner Fixierung auf und theoretischen Vorliebe für Frauen – trotz seiner hartnäckigen, wenn auch nie auf die Probe gestellten Überzeugung, daß die heterosexuelle Liebe symbolisch, ästhetisch und essentiell überlegen war – kannte er keine Hemmungen oder Schamgefühle, wenn es darum ging, sich an die Kerle ranzumachen. An ihnen war nichts geheimnisvoll, nichts unbekannt. Sie sättigten sein physisches Bedürfnis, wenn schon nicht das spirituelle. Und wenn auch sie nicht greifbar waren, masturbierte Dorian, bis die Vorhaut wund und der letzte Spermatropfen aus seinen erschöpften Eiern abgemolken war.

Soviel ich weiß, besuchten Sie ein Jahr lang die Oxford University und schlossen Ihr Studium dann an der Columbia University in New York ab. Wann begannen Sie mit der Arbeit an Ihrer *Theorie von allem*?
Ich glaube, die Initialzündung erfolgte bereits im Magdalen College. Ich hatte diesen Grundgedanken über den Ruhm – wie man ihn erwirbt und erhält usw. Ruhm beruht auf Konsum, und Konsum beruht auf Rohstoffen. Der Rohstoff der Politik ist Rhetorik, für den Journalismus ist es der Skandal, für Schauspieler ist es die eigene Person – Sie sehen schon, worauf ich hinaus will. Nun wächst oder schwindet der Ruhm in direkter Abhängigkeit vom Appetit. Manche Rohstoffe sind Fast Food, manche sind ein fünfgängiges Menü, manche halten sich unbegrenzt frisch. Andere rufen Allergien hervor, und die Berühmtheit oder der Fan begeht Selbstmord mit ihnen. Wie dem auch sei, ich begann mich jedenfalls zu fragen, ob es möglich ist, sich Ruhm

zu erwerben, der nicht der Zeit unterworfen ist, der niemals abnimmt. Gibt es beispielsweise so etwas wie einen Ruhm im Epizentrum allen Ruhms – einen *Metaruhm*, wenn Sie so wollen –, auf den jede andere Erscheinungsform von Ruhm nur verweist? Ein Ruhm, der in jeder Hinsicht unvergänglich, den Schwankungen des öffentlichen Geschmacks nicht unterworfen ist?

Sechs Jahre lang war das Fernsehen seine einzige Verbindung zur Massenkultur gewesen; jetzt suchte er das unmittelbare Erlebnis. Er wollte die Extreme der Erfahrung auskosten, wollte auf dem Hochseil der Jugend tanzen und den schwindelerregenden Abgrund ignorieren, der darunter lag – den Abgrund namens Wirklichkeit, die geduldig ist bis an den Tod. Sein Ziel war das Größte, Schnellste, Klügste, Meiste. Er wollte Stil, und er wollte es *cool*. London war aufs angenehmste dekadent mit seinem einzigartig androgynen Glanz und seinem gelassenen Drogenkonsum. Aber um ehrlich zu sein: England war schon seit fünfzehn Jahren nicht mehr in, und Dorian spürte, daß die wirkliche Szene in Amerika zu finden war. Er schrieb sich für ein Studienjahr am Columbia College in New York ein, wo er die wahre Avantgarde der Popkultur am eigenen Leibe zu erleben hoffte.

Manhattan, 1998 ... Wie eh und je ein Knotenpunkt, an dem sich die Moderne in verwirrendem, unfaßbarem Tempo neu definierte. Sein Verdacht bestätigte sich: London war eine Offenbarung gewesen, doch New York war eine Klasse für sich. Er saugte das Schlimmste, was die Stadt zu bieten hatte, in sich auf wie ein Wüstenreisender, der endlich auf Wasser gestoßen ist – gierig, unersättlich, ungeduldig. Er probierte jede Droge einmal aus, die meisten zweimal, und entwickelte eine besondere Vorliebe für *Antimaterie,* ein Halluzinogen, das neue Mythen hervorbrachte, so lebendig wie jene der Kindheit. Die schiere Geschwindigkeit und Gewalt von New York überrumpelten ihn, und er sah das gnadenlose Chaos als Befreiung, setzte auf die zerlumpte und doch so prächtig herausgeputzte Anarchie. Alles war möglich in Amerika, wo der Eskapismus zu einer schönen Kunst erhoben worden war (alles, was du brauchst, ist Tempo, Babe). Maßlosigkeit wurde als eine Tugend betrachtet; tatsächlich war sie das Fundament der Kultur, der Grundstein einer gewaltigen und jeder sonstigen Bedeutung baren Ökonomie.

Seht, wie Dorian sich diese neue Welt zu eigen macht, in der die Nebel von Dysinni längst vergessen sind. Seht, wie er in seiner rastlosen Suche nach *des Messers Schneide* die Bordelle seiner Generation erobert – die Clubs.

Er betritt einen Club, und er fühlt sich an das Totenreich erinnert: Die Luft ist geschwängert von Rauch und Verzweiflung, und es dauert nicht lange, bis man alle Hoffnung fahren läßt. Alles setzt sich aus Schatten zusammen, aus sich überlagernden Wogen von Bewegung. Es ist ein Fest, eine Versammlung der Wichtigen, der Anmaßenden, der wettstreitenden Auras. Die Luft ist voll von Versprechungen. Jeder bietet sich jedem an, und die rasenden Bewegungen, die pulsierenden Rhythmen versichern uns, daß wir jung und unsterblich und, ja, wirklich lebendig sind. Entschlossen fliehen wir das Leben und geben uns dem Potentiellen in tausend Variationen hin – der Segnung eines Kusses, den uns ein Fremder auf die Lippen drückt, oder dem Rausch einer noch mächtigeren Verzückung. Hier, wo das Leben unendlich viele Masken trägt, gibt es Schönheit inmitten der Finsternis, wie flüchtig auch immer – den fließenden Fall einer Haarlocke über das Gesicht einer Frau, die goldreifumgürtete Zartheit ihres Handgelenks, den schwebenden Zufall eines getauschten Blicks, der so viele Möglichkeiten andeutet, die niemals Wirklichkeit werden; hier, wo Fremde, nach kurzer Begegnung, auch für den Rest des Lebens Fremde bleiben ...

Dorian sondiert diese düsteren Abgründe, gleichermaßen fasziniert und abgestoßen. Er sehnt sich danach, dieser Kultur anzugehören, erfährt jedoch nirgends, wie man die Mitgliedschaft erwirbt. Es gibt geheime Losungsworte, Handzeichen, Myriaden von Ritualen, zu denen er keinen Zugang hat. Wie könnte er hier seinen Platz einnehmen, wie eine herausragende Position erreichen? Ausgeschlossensein ist der zweitschlimmste Fluch, das Schlimmste von allem ist Anonymität. Doch diese Welt zu ignorieren ist ihm unmöglich. Sie strahlt eine Vitalität aus, die Quintessenz der Jugend, die so heilig wie der Gral und genausowenig greifbar ist. So viele Menschen, die aus dem Strom des Vergessens trinken ... So viele Menschen, die Gefolgschaft leisten, die folgen ... Auf welche Weise lassen sie sich führen?

Dorian lehnt an der Theke, einen Scotch in der Hand, und überlegt, wie er an dieser Welt nicht nur teilhaben, sondern sie beherrschen und nach seinen eigenen Plänen verändern kann. Herrschaft erfordert entweder brutale Gewalt oder außergewöhnliche Schläue. Für die Rolle des Attila eignet sich Dorian nicht, aber wie wäre es mit der des Hexenmeisters? Kontrolle durch *Offenbarung*, durch sparsame Preisgabe einer verborgenen letzten Wahrheit (oder zumindest ihren Anschein) – dieser Trick war so alt wie die Religionen selbst. Gab es das, irgendeine noch nicht erkannte Wahrheit, auf die man Amerika scharf machen konnte? Und wenn ja, welche?

Sie haben dafür gesorgt, daß Philosophie heutzutage sehr in Mode ist.

Na ja, da gibt's genügend Vorbilder. Die großen Philosophen haben Jahrhunderte, sogar Jahrtausende überdauert. Mein Geniestreich war es, eine Philosophie zu formulieren, die in der Massenkultur wurzelt – man könnte sie eine Philosophie für das neue Jahrtausend nennen –, und sie zu verpacken wie einen Gebrauchsgegenstand, wie einen beliebigen Rohstoff. Es ist äußerst befriedigend, daß der Appetit darauf so grenzenlos war.

An der Columbia University war er bereits zu Halloween in allen Kursen durchgefallen. Noch schlimmer war die Neuigkeit aus Oxford, daß einer seiner Freunde vom Magdalen-College den HIV-Test positiv bestanden hatte. Auch die anderen unterzogen sich der Reihe nach dem Test – alle mit dem gleichen Ergebnis. Einer ganzen Gruppe junger Männer war im Handumdrehen das Todesurteil verkündet worden.

Die Nachricht machte ihn fertig. Zwar war Safe Sex bei seinen Freunden die Regel gewesen, aber er erinnerte sich an vier oder fünf Orgien, bei denen alle, er selbst eingeschlossen, gefährlich leichtsinnig gewesen waren. Er hatte Angst, sich ebenfalls testen zu lassen. Überdosierungen aller Art, von Krankheiten ganz zu schweigen, setzten seinem Körper bereits übel zu. Er sah aus und fühlte sich wie Scheiße.

Er wußte bereits, daß Columbia ihn im folgenden Jahr nicht mehr zulassen würde, und er befürchtete, von Magdalen dasselbe zu hören. Aber er spürte auch, daß eine Rückkehr nach Großbritannien, eine Rückkehr in die Wildnis von Gwynedd ein Eingeständnis seiner Niederlage gewesen wäre. Das Fernsehen hatte Dorian mit der Sehnsucht nach

Ruhm infiziert – egal wie, egal warum. Die Jugend ist nicht weniger darwinistisch als das Erwachsenenalter, und Wettbewerb herrscht unter Freunden wie Feinden. Dorian war zu dem Schluß gekommen, daß nur Berühmtheit ihn an die Spitze der Nahrungskette bringen würde. Nur der Ruhm konnte ihn über den kleinsten gemeinsamen Nenner erheben, über die Massen, die gewiß denselben Ehrgeiz hatten wie er – wahrgenommen zu werden.

Er hatte seine ersten Monate in New York als Forschungsphase verstanden; jetzt erhielt die Vollendung seiner Mission die oberste Priorität. Er zog sich so völlig aus der Öffentlichkeit zurück, wie er zunächst in ihr gebadet hatte, und widmete jeden wachen Augenblick der Arbeit an seiner Offenbarung. Er schrieb sich im zweiten Semester in fünf Seminaren ein und besuchte kein einziges, ja, er verließ kaum noch sein Zimmer. Er arbeitete, von Alkohol befeuert, ganze Nächte durch, bis seine Schreibhand verkrampft und arthritisch war. Im Morgengrauen brach er zusammen, und um vier Uhr nachmittags wachte er, meistens verkatert, wieder auf, um ein Frühstück aus Whisky und bitterer Schokolade einzunehmen. Er gewöhnte sich die Drogen ab, wurde aber immer abhängiger von schottischem Whisky, vor allem Glenlivet. Er wusch und rasierte sich kaum noch und entwickelte eine starke Abneigung gegen jede körperliche Anstrengung. Selbst *Stehen* war ihm schon zuviel, ganz zu schweigen von Fortbewegung. Das einzige, worauf es ankam, war seine OFFENBARUNG, die allerdings eine etwas andere Gestalt annahm als der philosophische Essay, von dem er im Refugium seiner Phantasie schon vierzehn Millionen Exemplare verkauft hatte.

Denn er ging mit einem Roman schwanger. Er interessierte sich nicht für Literatur als Kunst, nicht für Kunst um ihrer selbst willen. Aber er wollte den Roman als Vehikel für seine philosophischen Thesen, für seine Offenbarung benutzen. Der Titel, *Eine Theorie von allem*, blieb unverändert, und wie bei den meisten Erstlingsromanen nährte sich die Handlung aus seiner Biographie. Es war eine Geschichte vom Erwachsenwerden eines walisischen Provinzlers, der sich in eine reiche amerikanische Schönheit – eine Mischung aus den zirka hundert Kommilitoninnen, die Dorian aus der Ferne angeschwärmt hatte – verliebte. Der Protagonist hatte einen Hang zu umfänglichen Monologen über den Sinn des Lebens und zu leicht exzessiver Nabelschau, und seine Liebe blieb am Ende unerfüllt. Der Höhepunkt der Handlung bestand im Selbstmord des Helden vor den Augen seiner Liebsten: Er schluckte eine Sprengladung, eilte in die Mitte des Speisesaals, rief sie zu sich und explodierte ihr ins Gesicht. Auf diese Weise würde er ihr ewig unvergeßlich bleiben, sein Fleisch und Blut vereint mit ihrem, ehe sie mit schwerem Schock in Ohnmacht fiel ...

Als er den Roman vollendet hatte, war Dorians Haar schulterlang. Sein Bart war verfilzt und verkrustet, sein Zimmer ein Schlachtfeld, auf dem Plastikabfälle und Schimmel triumphierten, ein verrottendes Exil, in dem Heerscharen von Insekten Zuflucht gefunden hatten. Ihn selbst aber erfüllte ein hochmütiger Stolz, eine hämische Genugtuung über die wohlvorbereitete Rache. Er sammelte die Manuskriptseiten – fleckig, zerrissen, mit Klebstreifen zusammengestückelt – auf und heuerte einen Nachbarn an, der sie ihm abtippte.

Was die wesentlichen Inhalte seiner Offenbarung anbelangte, so muß man sagen, daß Dorian ein intellektueller Scharlatan war. Er hatte genug von den Großen gelesen, um sich einen Platz am Magdalen College zu erobern, doch ihre Weisheit war so rasch aus seinem Kopf entwichen wie ein

Sommergast, der am Urlaubsende seine Ferienwohnung räumt. Um dem Defizit abzuhelfen, hatte er sich eine gebrauchte Enzyklopädie gekauft und die kurzen Artikel über alle berühmten Künstler und Denker studiert, die er darin finden konnte. Der Anschein von Gelehrsamkeit war wohlgelitten in den Kreisen der Popkultur – wahre Gelehrsamkeit dagegen nicht, also brauchte er sich ihretwegen keine grauen Haare wachsen zu lassen. In der Gesellschaft galt Freuds Grundregel der Rede nicht; er mußte versuchen, sich mit mediengerechten Häppchen verständlich zu machen. Wenn Dorian seine Philosophie, für die er sich das Label «Neuer Hedonismus» ausgedacht hatte, zusammenfassen sollte, fing er gerne mit den «ideologischen Fundamenten» an, auf denen sie basierte. In Kurzfassung: Amerika behauptete, auf einer Kantschen Ethik aufgebaut zu sein. Das frühe Neuengland war berühmt für seine puritanische Kultur, randvoll mit Ge- und Verboten, gepanzert mit Pflichtgefühl. Aber Amerika hatte sich rasch in eine *aristotelische* Kultur der Selbstverbesserung, des Strebens nach individueller Vervollkommnung verwandelt, zum Teufel mit dem Utilitarismus. (Dorian wies auch darauf hin, daß Nietzsche einen Schritt über Aristoteles hinausgegangen war und so seinen berühmten Willen zur Macht entwickelt hatte.) Dorian machte dieses Prinzip zur Basis seines Neuen Hedonismus, der sich über die Vorstellung lustig machte, *jeder* könne glücklich sein. Die Gesellschaft, so verkündete Dorian, war auf ewig dazu verdammt, Zermürbungskriege zwischen ihren Fraktionen auszuhalten. Dementsprechend war der Neue Hedonismus aus zwei Idealen geschmiedet: der Gewehrkugel und dem skrupellosen Verkaufen. Sein Leitsatz lautete kurz und schmerzlos: *Nimm's dir.*

Dies also war Dorians heimliches Wissen, die Bibel, deren

Weisheit er allein kannte und für deren Offenbarung Amerika zahlen würde. Man muß ihm eines zugute halten: Bei aller Gier nach Ruhm und Reichtum, bei aller ernsthaften Verlogenheit seiner Selbstinszenierung glaubte er doch aufrichtig, etwas Tiefgründigem auf der Spur zu sein. Andererseits sind alle Selbsttäuschungen aufrichtig.

Aber stimmt es denn nicht, daß Ihre Philosophie von manchen als «Philosophie der Dekadenz» bezeichnet worden ist?
Doch, aber den Betreffenden ist anscheinend nicht klar, wie ironisch ihr abwertender Gebrauch dieses Begriffs ist.
Wie meinen Sie das?
Ganz einfach, ich stimme ihnen zu! Schauen Sie, der amerikanischen Populärkultur wird doch seit Jahren, genaugenommen seit Jahrzehnten der Vorwurf gemacht, sie führe, in welcher Form auch immer, zum gesellschaftlichen Niedergang. Man sollte sich daran erinnern, daß die Popkultur ein Sproß am Baum des freien Marktes ist. Den Künstlern selbst die Verantwortung zuzuschieben ist völlig ungerechtfertigt. Man beschuldigt die Zweige, nicht die Wurzeln. Das erste Grundgesetz des Kapitalismus ist der Profit, und das erste Grundgesetz des Profits heißt Verkaufen. In einer kapitalistischen Wirtschaft ist ein aristotelisches oder nietzscheanisches Denken der natürliche – und tatsächlich auch der einzig vertretbare – Modus. Der Neue Hedonismus erkennt dies an und sieht keinen Grund, dies nicht zu bejahen. Man kann Kapitalismus nicht ohne Dekadenz haben, und daher wird das Streben nach Ruhm und Wohlstand zur größten denkbaren Tugend. Jeder sollte ihr nacheifern.
Aber kann sich eine solche Form von Kultur langfristig selbst erhalten?
Ayn Rand hat geschrieben, daß selbst die Umweltverschmutzung ein Zeichen des Fortschritts ist. Ich glaube, das sagt alles.

Mit dem abgetippten Manuskript marschierte Dorian zu Kinkos Copy Shop an der Ecke Broadway und 114. Straße und ließ es zwanzigmal vervielfältigen. Als die Kopien fertig waren, schleppte er sie zum nächsten Postamt – er mußte zweimal gehen –, wo er drei Stunden damit zubrachte, sie in Kuverts zu stopfen und diese mit Adressen zu versehen. Dann entließ er sie mit einem Gebet und einem Kuß in die weite Welt.

Das Semester näherte sich seinem Ende, und das Gespenst der Abschlußprüfungen schwebte über dem Campus. Da er auf dem akademischen Sektor nichts mehr zu verlieren hatte, verwandte Dorian die Hälfte seiner Ersparnisse auf den Kauf eines zerbeulten alten Ford Mustang, den er während der langen Frühlingsnachmittage, als alle anderen büffelten, wieder aufmöbelte. Nachdem er New York kennengelernt hatte, war er bereit, einem anderen amerikanischen Mythos nachzuspüren: der Autofahrt, quer durch den Kontinent, nach Kalifornien.

Von der Hölle der Prüfungen befreit, verspürte er doch eine heftige Sehnsucht nach ihnen, wenn er die anderen beobachtete – die nächtelangen Arbeitssitzungen in der Bibliothek, die therapeutischen Gruppentreffen, die Anti-Stress-Behandlungen, die Lerntechnik-Optimierungskurse. An dieser Universität war alles auf ein Ziel gerichtet, diente alles der Erfüllung eines alten, traditionsreichen Rituals, von dem er nun ausgeschlossen war. Jeder Wälzer, jeder Rucksack voller Bücher, der vor seinen Augen durch den Hof geschleppt wurde, spiegelte ihm sein eigenes Versagen wider – um so mehr, als seine Lektüre nur noch aus *Bunter Hund, Tagesgerüchte, Des Gentlemans Popost* und ähnlichen, dem Klatsch geweihten Periodika bestand. Sein Kopf verwandelte sich in eine Datenbank, in der ganze Listen von

Berühmtheiten mit ihrem Jahreseinkommen oder den Abfindungssummen ihrer Scheidungen gespeichert waren. Durch welche *Leistungen* diese Berühmtheiten ihren Status erlangt hatten, war ihm vollkommen gleichgültig. Ihm kam es nur darauf an, so bald wie möglich mit ihnen gleichzuziehen.

Der Roman, so redete er sich immer wieder ein, würde ihn retten. Er stellte sich begeisterte Lektoren vor, eilig einberufene Verlagskonferenzen, erbitterte Bietergefechte. Die Börse prall von einem Vorschuß, wie ihn das Buchgeschäft noch nicht gesehen hatte, würde er aus Kalifornien zurückkehren, ein Penthouse in Manhattan beziehen und sich als der avancierteste Anwalt einer wahnsinnig gewordenen Welt etablieren. Der Roman würde ein Bestseller werden. Es würde eine Lesereise geben und Übersetzungen und Fernsehinterviews. Die Kritiker würden einstimmig in den höchsten Tönen schwelgen. (Er malte sich aus, wie er, sanftem Druck nachgebend, einräumen würde, daß dies wohl der bedeutendste Roman sei, der je geschrieben wurde.) In den Nächten, wenn die anderen Studenten ihre Lehrbücher lasen, bis sie Tinte pißten, polierte er seine Dankadressen, die er bei der Verleihung des National Book Award, des Pulitzerpreises und natürlich auch des Bookerpreises halten würde – der erste Autor, der alle drei Auszeichnungen bekam. (Die USA, so überlegte er, würden ihm die amerikanische Staatsbürgerschaft auf dem Silbertablett antragen.) Sein größter Triumph war, daß man ihn eigentlich gar nicht als Romancier bezeichnen konnte: Er war ein brillanter, revolutionärer Denker, der sich dazu herabgelassen hatte, mit der linken Hand und dem nötigen Augenzwinkern wenigstens einmal diese merkwürdige und archaische Kunstform zu bedienen. Genausogut hätte er seine einzigartigen Talente auch im Film oder auf der Bühne zur Geltung bringen können. Dies war nun mal das Vorrecht der Visionäre, der *Metaberühmtheiten* . . .

(Luftaufnahme eines weitläufigen Villenbesitzes; die Sprecherin aus dem Off fährt fort:) Die Einkünfte aus seinem Buch, aus Fernsehauftritten, Lesungen, Maklertätigkeiten, der Zeitschrift *Schieflage* und seinem Aktiendepot haben Dorian Bray ein Vermögen von geschätzten 250 Millionen Dollar eingebracht. Neben seiner 1500-Quadratmeter-Villa in Malibu unterhält Bray eine dreistöckige Stadtwohnung an der Fifth Avenue in Manhattan, ein Haus im exklusiven Londoner Stadtviertel Knightsbridge . . .

Der Termin der Abreise rückte näher, und seine selbstadressierten Antwortkuverts begannen, eines nach dem anderen, zu ihm zurückzufinden. Zu hochmütig, um für eine Rücksendung des Manuskripts Sorge zu tragen – und auch überzeugt, daß dazu keinerlei Notwendigkeit bestand –, hatte er seinen Sendungen lediglich normale, freigemachte Briefkuverts beigelegt, die durch ihre pure Existenz verhindern sollten, daß das Manuskript ungelesen und kommentarlos in einer Schublade verschwand. Er hatte sich hinreichend informiert, um zu wissen, daß Verleger, die der Verführung eines Romans erliegen, sofort zum Telefon greifen: Die Briefpost ist das Medium des Fehlschlags. Er öffnete die Briefe noch nicht; nein, er wollte über sie lachen, sobald ein gesunder Abschluß im sechs- oder siebenstelligen Bereich erfolgt war, der ihm die Statur und Muße verleihen würde, mit dem Finger auf jene zu zeigen, die das Genie nicht erkannten, selbst wenn man's ihnen auf den Bauch band. In der Zwischenzeit waren die helleren

76/77

Köpfe in anderen Häusern sicher schon in den Chefetagen vorstellig, um Sonderetats von beträchtlicher Höhe absegnen zu lassen ...

... einen Landsitz mit 320 Quadratkilometern Grund im schottischen Hochland, eine eigene Insel in der Ägäis ...

Neben all dem blieb immer noch das Problem, eine Frau ins Bett zu kriegen. Wenn er Columbia erst einmal verlassen hatte – wenn er auf großer Fahrt war –, stand ihm kein Reservoir an potentiellen Kandidatinnen mehr zur Verfügung. Da hatte er eine Idee: Er würde am Schwarzen Brett eine Mitfahrgelegenheit anbieten. Vielleicht fände sich eine Begleiterin, die zu mehr bereit wäre als nur der Ablösung am Steuer. Andererseits mußte es Argwohn erwecken, wenn er gezielt eine Frau suchte, womöglich noch eine schöne Frau ... Schließlich entschied er sich für die neutrale Lösung **– mit dem Auto nach Frisco: wer fährt mit?** – und hoffte das Beste.

... eine Mehrheitsbeteiligung an Harrod's, einen Sitz an der New Yorker Börse ...

Als der Tag der Abreise gekommen war, hatte Dorian bereits Rückkuverts von neunzehn der zwanzig angeschriebenen Verlage erhalten. Er trottete zum Postamt, um sein Postfach aufzulösen, und gab sich immer noch der Hoffnung hin, daß der eine ausstehende Verlag – Kaput, Man & Sons – seiner Verpflichtung gegenüber dem abendländischen Kulturerbe Genüge tun und eine Millionenauflage vom Stapel lassen würde. Als er sich seinem Postfach näherte, sah er im Sichtschlitz einen Streifen weißes Papier leuchten. Grimmig schloß er das Fach auf und entnahm ihm ein einziges Kuvert, das mit seinem eigenen, neurotischen Gekritzel beschriftet war und die Unmöglichkeit seiner Erlösung proklamierte.

. . . gehören ihm ferner die Hälfte von Nordamerika, der größte Teil Europas und hundert Prozent von . . . von . . .? . . .

Die Augen dick von plötzlichen Tränen, stakste er mit krampfhafter Selbstbeherrschung zum Schalter. Er konnte sich keinen Nervenzusammenbruch im Postamt leisten, sie würden ihn womöglich auf der Bahre raustragen, am Ende gar in einen Sanitätsraum . . . So kniff er die Augen zusammen, schnitt gräßliche Grimassen, täuschte einen allergischen Anfall vor. Er legte seinen Postfachschlüssel auf den Schalter und schob ihn dem Mädchen hin, das dahinter saß – einer Latina, die unter anderen Umständen phallische Reaktionen bei ihm ausgelöst hätte.
«Also dann – bis nächstes Jahr?» fragte sie.

. . . ist für viele nichts Geringeres als eine Gottheit, ein göttlicher Sendbote, der ausgeschickt wurde nach . . . nach . . .

Scheiß drauf. *Scheiß auf alles.*

Nach einem Weinkrampf in seinem Wagen fuhr er zu dem festgesetzten Treffpunkt – den West Gates am Broadway –, um zu sehen, ob irgend jemand auf seinen Aushang reagiert hatte. Er fand einen wartenden Mann von kleinem Wuchs und schwarzer Hautfarbe vor, vielleicht neunzehn Jahre alt, gutaussehend und in würdevollem, senegalesischem Chic gekleidet.

Dorian seufzte, als er seinen neugefundenen Reisegefährten betrachtete, der so gar nichts mit der Frau seiner Träume gemein hatte. Mit dem Mann seiner Träume übrigens auch nicht.

«Ich bin bisexuell», sagte Dorian aus heiterem Himmel, während sie seinen Koffer einluden. «Das soll keineswegs ein Antrag sein – und wenn ich das sage, bedeutet es natürlich, daß Sie nicht unattraktiv sind. Aber ich dachte, es würde Sie vielleicht interessieren.»

«Ich bin Rassist», erwiderte Prophet gutgelaunt. «Ich hasse alle Weißen, und wenn ich das sage, bedeutet es natürlich, dich eingeschlossen. Ich dachte, es würde dich vielleicht interessieren.»

«Alles klar», sagte Dorian. «Aber du zahlst trotzdem deinen Benzinanteil?»

Als das Gepäck verstaut und das Verdeck abgenommen war, fuhr Dorian los, zur 125. Straße und Richtung Westen, in Erwartung einer Epiphanie.

«Pornographie», keuchte Dorian, den Blick auf die Programmbroschüre auf dem Fernseher geheftet. «Volle drei Kanäle mit *Pornographie*.»

Prophet, auf die danebenstehende Couch gelümmelt, wollte eine Bestellung beim Zimmerservice aufgeben. «Ich sehe keine Weinliste auf der Speisekarte», sagte er ins Telefon.

Fish stand auf dem Balkon am anderen Ende der Suite und blickte in die Abenddämmerung hinaus. Die bewaldeten Hügel waren in sanftes Karmesinrot getaucht, und ein Chor von Zikaden hatte mit seinem Gesang begonnen. Kein Haus, kein Gebäude war zu sehen, nur tiefe Ländlichkeit am Ende dieses ersten Tages ihrer Reise. Er blickte zwölf Meter weit hinunter auf den Boden und überlegte, ob er den Sprung überleben könnte. Vielleicht, wenn er genau richtig aufkommen würde ...

«Vergiß deine weiße Hausmarke, Baby, ich will 'ne Weinkarte sehen, ein Chardonnay oder Zinfandel oder sonstige Billigpisse ist das letzte, was ich brauchen kann, ich rede von 32er Pauillac oder 34er St. Julien, kapierst du, was ich meine? Oder ein 58er Artaud, 'ne zauberhafte kleine Lage gleich neben Nizza ...»

«Wie *soll* ich mich da nur entscheiden?» grübelte Dorian.

«Vergiß die Scheiße und hör zu. Ich will 'nen Teller Capellini mit einer leichten Sauce. Ich will 'ne Schüssel braunen Reis. Ich will 'ne Portion Tomaten, aufgeschnitten, ohne alles. Ich will . . . ich will etwas Brokkoli, und zwar gedünstet, nicht gekocht. Yeah, prima, jetzt wart 'ne Sekunde . . . Fish? Komm her, bestellen.»

«Hat schon mal jemand was von Debbi Deutschmark gehört?» fragte Dorian.

«Sind diese Gemüse in Butter geschwenkt?» fragte Fish das Telefon. «Nein, es geht mir nicht ums Cholesterin, ich bin allergisch gegen Milchprodukte . . . Okay, aber können Sie mir *garantieren*, daß der Topf nach jedem früheren Kontakt mit Butter gründlichst gesäubert wurde?»

«Scheiße, es gibt nur ein Bett», sagte Prophet im Schlafzimmer.

«Gut, dann nehme ich das New York Sirloin, gut durchgebraten, und wenn ich ‹gut durchgebraten› sage, dann will ich das Ding wie aus dem Krematorium, okay? Wenn ich irgendwo rot sehe, wenn ich auch nur braun sehe, dann schick ich's zurück. Und bringen Sie mir ein paar Semmeln, zehn oder zwölf Stück vielleicht. Nein, das ist nur für mich. Genau. Dorian?»

«Es sollte wirklich mehr als einen Fernseher geben», sagte Dorian, als er das Telefon übernahm. «Ja, ist dort der Zimmerservice? Ja, ich möchte eine Flasche vom besten Scotch; oder lieber zwei Flaschen . . . Ja, und ich brauche ein großes Glas dazu, das größte, das Sie haben, ja? Nein, wir zahlen bar. Vielen Dank.»

Fish war zu dem Tisch hinübergeschlendert, an dem Prophet vor einem Laptop saß. «Was machst du da?»

«Oh, mir kann man allen möglichen Unfug zutrauen, du schuppiges Sternbild, du.»

«Nein, im Ernst, was ist das?»
«Mein mobiles kleines Faxmodem. Ich hab da nämlich so 'ne Liste von Paßwörtern und persönlichen Identifikationsnummern, und damit kann ich mich in fremde Systeme reinschleichen und Speicherinhalte rauf- oder runterladen, ohne daß es irgendeiner merkt. Ich nenn es ‹unter falscher Flagge reisen›, und es ist praktisch narrensicher, wenn auf der anderen Seite nicht ein besonders schlauer Fuchs sitzt. Gut, jetzt schau mal her. Hier ist die Faxnummer der Redaktion vom *Time Magazine*, und nun paß auf ...» Er tippte auf ein paar Tasten, und schon erschien ein Text auf dem Bildschirm, den Fish überflog:

ZUR SOFORTIGEN VERÖFFENTLICHUNG

Ein Sprecher der schwarzen nationalistischen Gruppierung Afrikanische Faust! hat vor einer Bombe gewarnt, die am 16. Mai an einem oder mehreren der nachstehenden Orte explodieren wird: der Metropolitan Opera im Lincoln Center; dem Metropolitan Museum of Art; oder dem Pierre Hotel. Der Sprecher forderte alle Afroamerikaner auf, die genannten Orte in der fraglichen Nacht zu meiden, und empfahl allen Weißen, den Arsch zusammenzukneifen.

«Herr im Himmel! Prophet!»
«Steile Sache, findest du nicht?»
«Hast du so was schon mal gemacht?»
«Ich hab schon Dinger gedreht, die würdest du nicht glauben – Netzrechner lahmgelegt, Dateien zum Absturz gebracht, so 'ne Art Sachen. Jetzt schau zu. Ich drück hier hin, und schon ist das Fax unterwegs. Als nächstes schick ich's auf Rundreise zu allen Tageszeitungen der Stadt und zur Polizeidirektion.»

«Für so was kannst du in den Knast kommen, verdammt!»
«Und du kannst in den Knast kommen für bewaffneten Raubüberfall. Hör zu, Mann, du mußt den Schnabel halten über das, was du hier siehst. Es ist nicht ernst gemeint, aber ich darf es niemandem zeigen.»
Fish zog sich einen Stuhl heran. «Und ich dachte, *ich* wäre verrückt.»
«Ach, du bist ein Bösewicht auf deine eigene, kleine Tour, aber du bist kein Schwarzer, Mann, und das sagt alles.»
«Aber ich bin schizophren. Ich bin auch ein Opfer.»
«Scheint eher, daß du Zoff mit Gott hast und nicht mit der Regierung, aber hey – wenn du's mal ausprobieren willst, bitte schön.»
«Hast du das gesehen, Dorian?»
«M-hm? Nein, aber ich find's toll», sagte er, während der Bildschirm des Fernsehers zum Leben erwachte und eine Gruppe von jungen Schwarzen zeigte, die auf einer Straße, augenscheinlich einer eleganten Großstadtpromenade, drei Dutzend blutverschmierter, hellhäutiger Leichen ausplünderten; es folgten ein verschreckter, ebenfalls hellhäutiger Reporter und Bilder vom Einsatz der Nationalgarde. «Je mehr ich darüber nachdenke, desto mehr bin ich für totale Anarchie. Mir liegt jedenfalls nichts mehr an der Weltordnung. Soll doch alles den Bach runtergehen.»
«Was hast du sonst noch gemacht?» fragte Fish, als der Bildschirm von einem weiteren hellhäutigen Mann übernommen wurde, der einen dreiteiligen, schwarzen Anzug trug und verkohlte Ruinen, vermutlich von einem Supermarkt, besichtigte, in denen ein ähnlich gekleideter, grimmig blickender Schwarzer auf die Überreste einer Registrierkasse deutete.
«Tja, wo wir gerade beim Präsidenten sind, ich hab mir

letzte Woche seine Visa-Kartennummer besorgt. Hab ihm einen Rasenmäher-Traktor nach Camp David geschickt.»

«Nein!?!»

«Aber ja, Baby. Wahrscheinlich kommt das Ding nicht durch den Zoll, aber es ist die Idee, die zählt, stimmt's? Und natürlich die Rechnung.»

«Scheiße noch mal», sagte Fish. «Dann könnten wir den Präsidenten auch für dieses Hotelzimmer blechen lassen?»

«Wir haben schon mit gestohlenem Bargeld bezahlt, vergiß das nicht. Außerdem ist es gut, die Tarnung zu wechseln, keine Spur zu hinterlassen. Was dagegen einen gewissen Senator aus Kansas anbelangt . . .»

«Oder Utah . . .»

«Oder New York . . .»

«Oder einem der beiden Carolinas . . .»

«Einen gewissen Abgeordneten aus Georgia?»

«Ein Kabinettsmitglied?»

«Oder vielleicht», sagte Prophet verträumt, «einen ganz bestimmten Richter am Obersten Bundesgericht?»

«Du meinst . . .?»

«. . .?»

«. . .!»

«Wie wär's, wenn wir ihm eine Ladung Aerobicanzüge schickten?» sagte Prophet.

«Oder spermizide Gleitcreme?»

«Alles Mist», sagte Dorian, als die Kamera einen ausgemergelten jungen Burschen im Rollstuhl heranzoomte, der, wie die Sprecherin aus dem Off berichtete, aus einem Fenster im zehnten Stock geworfen worden war und den Sturz überlebt hatte, um nun seinen Vater der Tat zu bezichtigen. «Wie kriegen wir das hier auf den Schirm?»

«Was denn?» fragte Prophet und griff nach der Programmbroschüre. «Ach, vergiß diesen Primitivdreck, Mann. Wart mal 'ne Sekunde, ich zeig dir, wo's wirklich abgeht.» Er wühlte in seinem Koffer herum und zog schließlich ein Set säuberlich aufgewickelter Verbindungskabel heraus.

«Was hast du vor?»

«Ich schließe meinen Computer an den Fernseher an. Okay, jetzt stell Kanal drei ein.»

Der Text von Prophets Presseveröffentlichung wurde sichtbar, gefolgt von einem Bildschirmmenü, das verschiedene Telefonnummern zur Auswahl anbot. Prophet klickte eine an, und schon begann das Modem zu wählen.

«Die Gebühren für das hier lassen wir natürlich woanders abbuchen», sagte er, als ein weiteres Menü erschien, auf dem alle wichtigen Kreditkarten aufgeführt waren. «Wie wär's mit dem Bürgermeister von New York City? Ich glaube, ich hab seine Amex-Nummer hier irgendwo.»

«Und was wird das alles, wenn's fertig ist?» fragte Dorian.

«Das, mein Freund, wird eine Neuheit namens *Wunschtheater*. Schon mal davon gehört?»

«Was, du hast *Wunschtheater* abonniert?»

«Ich nicht, aber der Bürgermeister von New York hat soeben.»

«Ich hör zum erstenmal davon», sagte Fish. «Aber ich hab ja auch ein sehr behütetes Leben geführt.»

«Das ist der Renner zur Zeit», sagte Dorian aufgeregt. «Es ist absolut genial. Man loggt sich einfach in dieses nationale Rechenzentrum ein, in dem Abermillionen von Bytes gespeichert sind, und mit Hilfe der Dateien und Programme, die man sich von dort herholt, kann jeder seine eigenen kleinen Filme auf den Schirm zaubern.»

«So was wie Trickfilme?»

«Nein, jedenfalls sieht's nicht so aus. Grundsätzlich funktioniert das Ganze so, daß man Schauspieler und Gegenstände wie Autos oder Pistolen von allen Seiten abfotografiert und diese Bilder digitalisiert, so daß man sie in jeder denkbaren Weise verändern und bewegen kann. Bis zu zwölf Personen kann man sich auf den Schirm holen, und man kann sie alles machen lassen, was sie in normalen Filmen auch tun, nur viel, viel schlimmer. Man kann sie ficken und Selbstmord begehen und sich gegenseitig auffressen lassen – die Möglichkeiten sind buchstäblich unbegrenzt. Man kann auch den Blickwinkel beliebig ändern, er ist 360-Grad-benutzergeführt, und alles in Echtzeit! Bis jetzt ist es noch mehr oder weniger Underground und sauteuer. Soviel ich weiß, kann man für jede einzelne Nutzung zahlen, aber billiger ist es mit einem Langzeit-Abo, vor allem, wenn man häufig damit spielt. Ich hab erst letzte Woche davon gelesen, es ist anscheinend nicht ganz legal, und die Regierung ist schon hellhörig geworden, von wegen freie Meinungsäußerung und all das.»

«Nichts davon muß uns jetzt kümmern», sagte Prophet, während er die Abbuchungsvollmacht eingab. «Es gibt übrigens auch einen Eins-zu-eins-Modus. Vorausgesetzt, daß gerade jemand frei ist, können wir im Prinzip eine Schauspielerin mieten, die uns über ein Video-Downlink live zugespielt wird. Ich könnte mein Mikro anschließen, dann können wir uns direkt mit ihr unterhalten.»

«Und sie, kann sie uns sehen?»

«Nein, wir haben keine Kamera hier.»

«Entscheidungen», murmelte Dorian. «Mein Gott, wie ich die Freiheit hasse. Sie ist so eine Last.»

«Wir haben die ganze Nacht», sagte Fish. «Warum fangen wir nicht mit einem Film an?»

«Gut.» Prophet tippte auf die Tastatur, und auf dem Bildschirm erschienen die Gesichter mehrerer junger Frauen. «Sie haben nämlich ein ganzes Archiv von Leuten, unter denen man sich seine Filmbesetzung aussuchen kann, Männer und Frauen. Scheiße, sie haben sogar Tiere im Angebot. Jetzt schaut her, wir können zwischen den Kandidaten hin und her fahren, bis wir jemanden gefunden haben, der uns gefällt.»

«Herr im Himmel, das ist ja wie Gott spielen», sagte Dorian, in die eingehende Betrachtung der Gesichter und Körperteile versunken. «Mach weiter, die Frauen hier sehen zu prolo aus. Aber die dort, genau, und die, und – die da, damit wir etwas orientalisches Blut in unsere Mischung kriegen.»

«Und was sollen wir mit ihnen anstellen?» fragte Prophet.

«Erst mal sollen sich ein paar gegenseitig befingern und die Pussy ausschlecken, und ein paar andere läßt du dabei wichsen. Dann sehen wir schon, worauf wir weiter Lust haben.»

«Was soll das, Mann», sagte Prophet mit angeödetem Gesicht. «Was Schwächeres fällt dir nicht ein?»

«Tscha, was würdest du denn vorschlagen?»

«Ich», sagte Prophet, «ich finde, daß wir uns das Thema Sex in den Hintern schieben können. Der ganze Witz bei dieser Sache ist doch, daß wir Künstler sein können! Warum lassen wir die Mädels nicht schöne Posen einnehmen, so wie Statuen, und dann –»

«*Was?*» schnappte Dorian. «Prophet, der ganze Witz an dieser Sache hat absolut nichts mit Kunst zu tun, es geht um *Sex*, schlicht und einfach. Du lieber Gott, bei dem, was du dir vorstellst, kannst du genausogut in einem Zeichenkurs Modelle abmalen.»

«Na und? Ich meine, warum willst du das sehen, wenn Frauen so einen Mist machen? Oder auch Männer mit Frauen?»

«Was *glaubst* du, warum?»

«*Ich* glaube», sagte Prophet, «daß wir noch was für die Phantasie übriglassen sollten. Es macht, ich weiß nicht, irgendwie mehr Spaß macht's dann. Und außerdem ist es weniger entwürdigend.»

«Hör zu, Prophet», sagte Dorian langsam: «Meine Phantasie kann ich spielen lassen, wenn ich auf der Straße spazierengehe. Und was die Frage der Entwürdigung betrifft, die ist einfach irrelevant. Diese Menschen auf dem Bildschirm existieren gar nicht. Hör um Gottes willen auf, so heikel zu sein.»

«Okay», lenkte Prophet ein. «Aber eins laß dir gesagt sein: Du hast keinen guten Geschmack.»

Als das Essen gebracht wurde, waren sie bereits in die Betrachtung von neun jungen Frauen verschiedenster Nationalität vertieft, die rund um einen Brunnen auf einem öffentlichen Platz an sich herumspielten und sich dabei mit künstlichen Stimmen aus dem digitalen Sampler unterhielten. Prophet bediente die Maus, zoomte abwechselnd zu Nahaufnahmen heran und fuhr wieder zurück in die Totale.

«Diese große Blonde da», sagte Dorian. «Mach ihre Titten kleiner. Und die Frau, die so ägyptisch aussieht, laß sie ins Wasserbecken scheißen. Ist das machbar?»

«Wenn meine Benediktiner das sehen könnten», sagte Fish, der an einem lederartigen, verbrannten Fleischlappen aus der Lende eines beklagenswerten Rindes herumsäbelte. «Die würden das fressen wie sonst was, ihr würdet's nicht für möglich halten.»

«Können wir jetzt mal langsam unser Drehbuch ändern?» fragte Dorian, der sich einen Scotch einschenkte und einen tiefen Zug nahm.

«Kein Problem. Was soll passieren?»

«Also, nachdem diese Weiber doch nur virtuell sind, kann's ihnen nicht schaden, wenn wir ein paar Viecher ins Spiel bringen. Oder, noch besser, könnten wir sie nicht *ermorden*?»

«Verdammt noch mal, Dorian –»

«Ach, spiel hier nicht den Unschuldigen, Prophet, du hast dich doch bestimmt auch schon gefragt, wie es sich anfühlt, jemanden umzulegen. Oder ist dein radikales Getue nur Fassade?»

«Ich will doch nur sagen –»

«Diese Menschen existieren nicht», wiederholte Dorian. «Wir können mit ihnen machen, was wir wollen, ohne Schuldgefühl oder Verantwortung. Wir können sie in tausend Stücke zerschnipseln und als Vorspeise beim Festbankett in einem Altenheim servieren lassen. Wir können alles machen, wovon andere bloß träumen. Das ist das Wunderbare an der Sache, ich meine, wer auch immer das erfunden hat, ist ein verdammtes *Genie*!»

«Dummes Zeug.» Prophet hatte wieder ein paar Menüs auf den Bildschirm geholt. «Also gut, wer bringt wen um?»

«Nimm 'ne Neue», sagte Dorian. «Wie wär's mit der Kubanerin, über die wir vorhin weggegangen sind? Die mit dem dichten Busch?»

«Wird gemacht», sagte Prophet. «Und welche Waffen? Wir haben die Wahl zwischen Brechstange, Eispickel, Pistole, Gewehr, Schrotflinte, Maschinengewehr, Küchenmesser, Jagdmesser, Baseballschläger, Seilschlinge ... ach, schau dir die Liste doch selber an, wir brauchen ja die ganze Nacht, bis wir durch sind. Können wir's nicht ein bißchen einfach halten?»

«Seilschlinge», überlegte Dorian. «Tscha, sie kann unmöglich alle erdrosseln, außer, wenn die im Rollstuhl hängen wie Stephen Hawking. Es wäre völlig unrealistisch, und außerdem will ich die Mädels kämpfen sehen ... Nimm den Baseballschläger. Nein, warte, gib ihr den Baseballschläger für die ersten beiden, dann laß sie ein Jagdmesser rausziehen für die zwei nächsten, und für den Rest kann sie ein Maschinengewehr nehmen. Paß auf, daß wir alles gut in Nahaufnahme kriegen, meinst du, das geht?»

«Herrgott, du bist schon ein krankes Schweinchen ... Aber du sollst haben, was du dir wünschst, diese Menüs haben schließlich alles im Angebot.»

«Kann sie hinterher das ganze Blut trinken?» fragte Fish.

«Prima Idee», sagte Dorian.

«Also hört mal, Leute, das geht zu weit.»

«Ich wußte, daß du ein Weichei bist.»

«Rutsch mir doch den Buckel runter ... Also gut, ist geritzt. Was noch?»

«Laß sie auf die Leichen pissen», sagte Dorian, «und dann soll sie jede einzelne faustficken.»

«Dorian –»

«Warte, laß mich doch mal machen.» Er griff nach der Maus.

«Finger weg, Mann ... Okay, jetzt hab ich auch das im Programm, aber nun ist Schluß, verstanden? Ich hätte nie geglaubt, daß ihr so weit geht.»

«Amen, amen. Bist du bereit, Fish?»

«Film ab.»

Sie sahen zu, wie die wohlgeformte Latina mit einem Baseballschläger auf der Szene erschien und ihr erstes Opfer niederknüppelte, das masturbierend am Brunnenrand saß. Als die Tragödie ihren Lauf nahm, rückte Dorian immer dichter an den Fernseher, spürte seinen Herzschlag in der Kehle pochen und staunte beglückt über das Blutbad, das er ersonnen hatte. Fish kniff zuweilen ängstlich die Augen

zusammen, wenn er an die vielen schizophrenen Wahnvorstellungen dachte, in denen er selbst der Ermordete gewesen war. Prophet saß mit verschränkten Armen da und starrte auf den Fußboden.
Als die Farce auf dem Bildschirm endlich endete, war ein tiefer Seufzer von Dorian zu hören. Seine Handflächen waren feucht, er schwitzte am ganzen Leibe. «Gott segne die Technik», sagte er und machte sich auf den Weg ins Badezimmer. «Ich weiß nicht, wie's bei euch ist, aber ich könnte mich sehr leicht an so was gewöhnen.»
Prophet fixierte Fish, der sich wieder seinem Essen zugewandt hatte.
«Na und?» sagte Fish. «Der Bursche hat halt viel verdrängt.»
«Willst du damit sagen, daß es dir gar nichts ausgemacht hat?»
«Was ist schon dabei? Es ist ein aufgemotztes Videospiel, sonst nichts. Ich bin überrascht, daß bisher noch niemand drauf gekommen ist.»
«Fish», sagte Prophet, und seine Augen zogen sich enger zusammen, «was für 'ne Sorte Priester warst du eigentlich?»

«Ich schau dich an», sagt Gyeppi Natare zu dem kahlköpfigen, schnurrbärtigen Fremden, der vor ihm steht, «und ich sehe die Milchkaffeeversion eines schwarzen Mannes.»

Columbia University, Januar 1999. Der junge Mann, der als Kenley O'Hare der Jüngere bekannt ist, beobachtet die lang erwartete Konfrontation zwischen seinem Zimmergenossen und seinem Vater. Die Wände des Raums sind mit schwarzen Gesichtern bedeckt – Malcolm X, DuBois, Garvey in seinem Napoleon-Outfit. Mächtige Bücherregale ächzen unter der Last nahezu sämtlicher Black-Studies-Texte, die man kaufen kann, alle säuberlich in alphabetischer Folge aufgereiht. Und mittendrin steht Gyeppi Natare, der Sohn des bekanntesten schwarzen Separatisten in Amerika. Der Vorwurf, den er an Kenley senior richtet, klingt für dessen Sohn nur zu vertraut; er hat ihn sich in den vergangenen vier Monaten oft genug selbst anhören müssen.

Natare, der sich wie Kenley im ersten Studienjahr befindet, ist der Anführer eines engagierten Kaders schwarzer Intellektueller. Sein Vater ist Kweisi Ndugu Natare, Präsident eines neosozialistischen Kollektivs im Norden des Staates New York, das unter dem Namen Karibu bekannt ist. Eine Mischung aus Kibbuz und Utopia, ist Karibu das Modell einer autarken Gemeinschaft, in der zwanzigtausend Afroamerikaner fast völlig unter sich leben. Kweisi Natare – der früher Jackson Gawain hieß – ist Erbe eines Vermögens, dessen Grundstock vor drei Generationen von einer weißen Matriarchin gelegt worden war, als sie ihren Leibeigenen, unter denen sich seine Vorfahren befanden, in einem Anfall von Reue ihren Besitz vermachte. Ein Jahrhundert später gelang es Kweisi, seinen Anteil durch erfolgreiche Spekulation an der Wall Street zu vervielfachen. Mit vierzig Jahren war er der reichste Schwarze in Amerika und wurde auf drei Milliarden Dollar geschätzt. Er gründete Karibu – was auf Suaheli «Willkommen» heißt – im Jahre 1994 auf dem Gelände eines aufgelassenen Colleges für Geisteswissenschaften, und seitdem ist die Siedlung zum Sammelplatz für rechtlose Schwarze geworden. Heute ist Karibu eher eine Stadt als eine Siedlung, zu der auch fünfzehntausend Morgen neu erworbenes Farmland gehören.

Für Gyeppi war es keine Frage, daß Kenley genauso militant sein würde wie er selbst. Er konnte sich nicht vorstellen, daß es in der Endphase des Jahrhunderts noch Schwarze geben sollte, die für die Rassenintegration eintraten. Für Kenley jr., der wahrscheinlich das unpolitischste Wesen des gesamten Campus ist, bleibt der schwarze Nationalismus ein Buch mit sieben Siegeln. Für Kenley sr. stellt sich die Sache noch einfacher dar: Radikale Politik führt nicht zu guten Noten. Sie führt nicht zu akademischen Weihen. Sie hat auch nichts mit Kenleys Fach zu tun, nämlich Astrophysik. Und, was das wichtigste ist, sie führt nicht zum *Erfolg*.

Kenley sr. hat sich während der Winterferien alles über Gyeppi Natare anhören müssen. Jetzt, zum Beginn des zweiten Semesters, hat er seinen Sohn an die Uni zurückbegleitet, um den neureichen Schreihals in seine Schranken zu weisen.

«Wagen Sie es nicht, so mit mir zu sprechen, junger Mann», warnt er Natare. Er ist von hohem Wuchs, und seine Stimme ist so volltönend, wie es nur die Stimme eines schwarzen Mannes sein kann. Kaum jemand, der sich ihm in den Weg zu stellen wagte, aber Gyeppi Natare läßt sich nicht einschüchtern. Obwohl nur von durchschnittlicher Statur, zeigen seine beiläufig verschränkten Arme und sein hämisches Grinsen, daß er in seinem kurzen Leben schon viele Widersacher in die Knie gezwungen und den Sinn des Wortes Rückzug nie gelernt hat.

«Wie der Sohn, so der Vater», schnaubt er. «Onkel Toms Wiederkehr.»

«Sie sind ein rechter Plagegeist», erwidert Kenley sr., «aber ich will Ihnen eines sagen, junger Freund: Ich bin nicht im geringsten beeindruckt. Es ist ein Jammer, daß Ihnen Ihr berühmter Vater keine Manieren beigebracht hat.»

Eine verblüffende Äußerung. Immerhin schreiben wir 1999, und das Wort «Manieren» wird nicht mehr häufig in den Mund genommen – schon gar nicht in New York. In Kenleys Heimat, in seiner Jugend dagegen herrschten Moral und Anstand als absolute Werte. Die Prügelstrafen reichten bis in Kenleys Pubertät hinein – er wurde geschlagen, wenn er geflunkert hatte, und er wurde geschlagen, wenn er zu spät nach Hause kam. Einmal bezog er Prügel, weil er in einem läppischen Test eine Eins minus bekommen hatte. Die Strafen waren nicht brutal – er wurde nicht bis aufs Blut geschlagen, und es blieben keine Narben zurück –, aber er hatte schon mit zwei Jahren gelernt, daß es sich ziemte, in Gegenwart seines Vaters leise aufzutreten. Die feinsten Nuancen jenes Basso profundo konnten – ja, sie konnten Bände sprechen. Und als Zuchtmittel war er um vieles wirkungsvoller als die Rute.

Kenleys Vater war Mathematikprofessor, seine Mutter Kinderärztin; er hatte keine Geschwister. Obwohl nicht religiös, hatte die Familie eine Bibel eigener Art: Emily Posts *Etiquette*, der Leitfaden für bürgerliche Wohlanständigkeit in allen Lebenslagen, an dem sich ihr Familienleben orientierte. Wie man das Eßbesteck halten sollte, war da geregelt, und daß man im Haus niemals Hüte trug. Und bis zu dem Tag, da er seine Familie verließ, um aufs College zu gehen, sprach Kenley seinen Vater mit «Sir» an.

«Das ist wohl alles, was man in Shaker Heights lernt», höhnt Natare. *«Manieren!»*

Shaker Heights, Ohio, wo Kenley geboren wurde, ist ein Städtchen der vielen Viertel. Von holländischen Rassisten Anfang des zwanzigsten Jahrhunderts als protestantische Enklave gegründet, hat sich der Ort im Laufe der Jahrzehnte in ein vielsprachiges, grellbuntes Mosaik verwandelt. Juden und weiße Katholiken waren, sobald sie die Armut der Einwanderergeneration abgeschüttelt hatten, die ersten, die die Vorherrschaft der weißen angelsächsischen Protestanten anfochten. Die Schwarzen zogen später zu und ließen sich in weniger ansehnlichen Wohnvierteln nieder. Im Jahre 1980, als Kenley geboren wurde, machten sie bereits ein Drittel der Bevölkerung aus, doch ihr Durchschnittseinkommen lag weit unter dem ihrer weißen Mitbürger.

Der Sittenkodex von Shaker Heights ist eine kleine Abschweifung wert. Dem Geist der Brüderlichkeit folgend, gründete jede ethnische Gruppierung ihren eigenen Golfklub. Die Protestanten waren in den beiden örtlichen Klubs, Shaker und Canterbury, tonangebend. Die Juden mußten sich bereits etwas außerhalb ansiedeln, in Oakwood, was schon zu Cleveland Heights gehört.

Die Schwarzen belegten einen verwahrlosten öffentlichen

Platz mit Beschlag, der Highland Park hieß und unmittelbar an einen Friedhof grenzte. Golfer, die nach einem langen Drive zwischen Grabsteinen nach ihrem Ball fahndeten, waren kein ungewöhnlicher Anblick, und nie war ein geschniegelter Vertreter der Golf Association zur Stelle, um eine hilfreiche Regel zu verkünden. Die Plätze von Shaker und Canterbury hatten nationale Turniere zu Gast und glänzten mit wohlgestalteten Fairways und Bunkern voller feinstem Sand. Auf den Bahnen von Highland waren Fairway und Rough nicht zu unterscheiden, und die zwei oder drei Sandbunker, die es dort gab, hatten die Konsistenz von Zement.

Um die Mitte der neunziger Jahre war, nicht anders als in den beiden vorangegangenen Jahrzehnten, die Rassenfrage das zentrale Thema an der High School von Shaker Heights. Die Schwarzen bildeten eine Subkultur, die Weißen eine andere, und selten reichten sich beide die Hände. Die Weißen zerfielen, wie es ihre Gewohnheit war, in feindselige kleine Cliquen von unterschiedlichem Isolationsbedürfnis. Die Schwarzen bildeten eine kompakte große Masse, in der jeder den anderen kannte. Die Weißen machten keine territorialen Rechte geltend (nicht zuletzt deshalb, weil sie dazu physisch nicht in der Lage waren), während die Schwarzen eine oder zwei Eingangshallen zu ihren ureigenen Versammlungsplätzen erklärten, die zu durchqueren für einen Weißen alle Tapferkeit erforderte.

Alle Tapferkeit mußte auch Kenley O'Hare jr. mobilisieren, wenn er sich dorthin wagte. Er verbrachte den größten Teil des Tages in Leistungskursen, watteweich umgeben von der weißen Elite. Aber die letzten Stunden gehörten dem Sport, dem die offizielle Rassentrennung noch bevorsteht. Auf diesem allgemeinen Schlachtfeld, von schwarzer Übermacht

umgeben, war Kenley unweigerliches Objekt von Hohn und Spott. Man bedenke: Er war kaum mehr als einsfünfzig groß und wog keine fünfzig Kilo. Seine beste Zeit im Fünfzigmetersprint lag bei 8,9 Sekunden. Er schaffte gerade mal fünf Liegestütze. Seine Leistungen auf dem Spielfeld bestanden aus verlorenen Bällen, verpatzten Würfen und vergeblichen Fangversuchen. Beim Basketball, jener ewigen Arena schwarzer Großtaten, erwarb sich Kenley den Spitznamen Air O'Hare – eine Anspielung nicht auf seine Sprungkraft, sondern auf die Flugbahn seiner Freiwürfe.
So verwundert es nicht, daß Kenley jr. seine schwarzen Brüder haßte. Sie hänselten ihn wegen seiner Statur. Sie hänselten ihn wegen seiner guten Noten. Und sosehr er darunter litt – er wagte es nie, sich zu wehren. Sowenig wie jeder andere war er scharf darauf, grün und blau geprügelt zu werden. Nach der Schule floh er nach Hause und schloß sich in seinem Zimmer ein, wo ein Computer und ein Teleskop seine treuesten Freunde waren.
Bei den Mitschülern in den Leistungskursen war er eine Legende, und die Wunderdinge, die man sich von ihm erzählte, entsprachen meistens der Wahrheit. Mit sechs Jahren kannte er jedes Sternbild am sichtbaren Himmel, und gleichzeitig legte er den Grundstein für sein Griechisch. Mit neun Jahren meisterte er die Maschinensprache, das UNIX-Hilfsprogramm C und PASCAL, und ehe er die Mittelstufe erreichte, hielt er einen Platz auf der nationalen Rangliste der Schachmeister. Bereits in der neunten Klasse schleppte sein Lehrer Hochschultexte über Trigonometrie und Infinitesimalrechnung in den Matheunterricht, damit Kenley sich nicht langweilte. Was seine Mitschüler jedoch am meisten beeindruckte, war sein Ruf, der beste Hacker des Mittleren Westens zu sein.

In seinen Mußestunden drang Kenley zum Spaß mit dem Computer in die Rechenzentren großer Firmen ein und stöberte in den finanziellen Lebensläufen zahlloser Fremder. Er stahl nie etwas; er sah sich nur teilnahmsvoll um. Wenn er gewollt hätte, wäre es ihm ein leichtes gewesen, Beschäftigungszeiten zu löschen, Kreditrahmen zu manipulieren, Krankengeschichten zu fälschen. Er hätte gigantische Geldbeträge nach Belieben zwischen den Konten herumschieben können. Er hätte Telefonanrufe umleiten können: Der Anschluß eines Bestattungsunternehmens ließ sich beispielsweise problemlos mit der Nummer einer schwulen Telefonsex-Hotline verbinden. Er hätte die Noten von Tausenden von Collegestudenten im ganzen Land verändern können. Er hätte überall Computerviren zurücklassen und ganze Netze zum Kollaps bringen können.

Aber er tat nichts dergleichen. Er schlich sich ein, aber er spielte nicht den Wandalen. Der Thrill lag im Knacken der Sicherungen, nicht im kriminellen Akt. Im übrigen dachte er sich, daß es angesichts so intimer Kenntnisse, die Konzerne und Regierungen über Bürger und Verbraucher angehäuft hatten, mehr als legitim war, den Verästelungen dieser Macht nachzuspüren. Er war ein selbsternannter Wachhund, kein Schädling. Im Umgang war er sanft und zurückhaltend und im Kreis seiner weißen Freunde recht beliebt. Die Spitznamen, die sie sich für ihn ausgedacht hatten, gefielen ihm schon besser: Gandalf, Pythagoras, Vulkan und Drachenbezwinger.

Es stand von jeher außer Frage, daß er die Abschiedsrede für seinen Schülerjahrgang halten würde. Als es an die Auswahl einer Universität ging, konnte er sich weite Reisen sparen: Die Colleges selbst legten ihm einen roten Teppich aus. Seine Mailbox floß über von liebedienerischen Lockungen sämt-

licher Ivy-League-Universitäten, ganz zu schweigen von Stanford, Williams, Duke, Swarthmore, Amherst, dem MIT und dem CalTech. Kenley sr., der gleichfalls Jahrgangsbester seiner High School gewesen war, hatte am Columbia College studiert, und es wurde stillschweigend erwartet, daß auch sein Sohn sich dort einschreiben würde. Während die anderen Unis ihn mit Vollstipendien, Immatrikulationsprämien, freien Flugtickets für die Anreise und Aktienoptionen zu ködern versuchten, bewarb sich Kenley in aller Stille bei Columbia und bat um baldige Entscheidung. Drei Tage später, ehe er noch die Chance hatte, einen Gesprächstermin zu vereinbaren, brachte ein Fed-Ex-Kurier den Brief mit der Zusage, dem ein ganzes Päckchen voller Prämien beigefügt war. Kenley blätterte die Verträge, die Versicherungspolicen, die Mappe mit den Wertpapieren durch: Alle Gebühren und Kosten für die nächsten vier Jahre waren aus den Formularen gelöscht. Statt dessen wimmelte es in diesem Angebot von ausländischen Bankkonten, Zahlungsplänen und steuerfreien Zuwendungen. Ein Dienstwagen würde ihm ab dem zweiten Studienjahr zur Verfügung gestellt werden und nach Studienabschluß in sein Eigentum übergehen.
«Die Zeiten haben sich geändert», sagte Kenley sr., während er seinen Taschenrechner herauszog. «Als ich studierte, hatte ich drei Nebenjobs, und während ich an der Promotion arbeitete, sogar vier.»
Sein Sohn zuckte die Achseln. «Hauptsache, ich kann meinen Computer mitbringen.»

«Ich muß dich warnen, Nigger», sagt Gyeppi Natare zu Kenley sr. «Du glaubst, du kannst dich vor uns verstecken in deinem Shaker Heights, aber da irrst du dich *ge-wal-tig*. Nicht mehr lange, und wir brennen deine Stadt nieder, glaub nur nicht, daß deine Milchkaffeehaut dich dann rettet. Keine Chance, Baby, wir haben eine *ganz* besondere Behandlung für euch in petto, kapiert?»

Für einen Augenblick sieht es so aus, als würde Kenley sr. die Beherrschung verlieren. Sein Mund ist zu einer wütenden Grimasse verzerrt, und seine fleischige Faust hebt sich, während er die Entfernung bis zu Gyeppis Kinn abschätzt und sich ausmalt, wie er es zerschmettern wird. Die Faust bebt, schwankt hin und her, erinnert an einen Kampfstier, der vor dem Losbrechen im Sand scharrt. «Wenn ich dieses eine Wort je wieder von Ihnen höre», knirscht er, «werde ich dafür sorgen, daß Sie von dieser Universität verwiesen werden. Und zwar für immer. Haben Sie mich verstanden?»

«Wer zum Teufel glaubst du, daß du bist?» gibt Natare, scheinbar überrascht, die Handflächen gen Himmel gekehrt, zurück. «Mein Vater könnte diese ganze Uni *kaufen*. Ich bin die größte Attraktion auf diesem Campus, und mich wird *niemand* unglücklich machen. Geh doch hin zum Präsidenten, laber ihm die Hucke voll. Er wird dir in deine fette Albinofratze lachen.»

Zitternd läßt Kenley sr. den Arm wieder sinken. Er rückt sein Jackett zurecht und dreht sich auf dem Absatz um. «Komm mit, Kenley. Wir lassen dich in ein anderes Studentenheim verlegen.»

Natare schnaubt. «Gut so, Nigger, zieh nur deinen blonden Schwanz ein. Soll ich dir was sagen, Mann? Deine Zeit ist ab-ge-lau-fen. Du bist ein Dinosaurier, und du weißt, wie's den Dinos ergangen ist.»

«Kenley, ich sagte, wir gehen.»

«Wirst du auch brav sein und folgen?» verspottet Natare den jüngeren Kenley. «Wirst du hinter deinem Daddy herkrabbeln wie ein braves Vogelscheuchenbaby?»

Während des ersten Semesters hatte Kenley das Zimmer oft gemieden. Natares Jünger fielen häufig in Scharen ein und machten es sich auf seinem Bett bequem, wo sie bis in die frühen Morgenstunden hockenblieben und sich ihren Klugscheißereien hingaben. Ihm blieb dann nichts anderes übrig, als im Labor oder im Rechenzentrum sein Notquartier aufzuschlagen. Er hat genug von Natares Haßtiraden gehört, und keine hat sonderlichen Eindruck bei ihm hinterlassen. Er hatte auch nicht darum gebeten, einen schwarzen Zimmergenossen zugeteilt zu bekommen oder überhaupt in einem überwiegend schwarzen Studentenheim zu wohnen. Die Universität hatte so entschieden – wohl in dem Irrglauben, praktische Integration bereite ihm Schwierigkeiten.

Kenley hatte den Spott, der an der High School von Shaker Heights über ihn ausgegossen worden war, nicht vergessen, und genausowenig überraschte es ihn, wie schnell er Gyeppis Feindseligkeit auf sich zog. Er kam mit seinen schwarzen Brüdern eben nicht klar – punktum. Und doch war die Verachtung, die Gyeppi ihm bezeugte, von anderer Qualität. An der Schule hatten ihn die guten Noten und die schlechten Sprünge zum Außenseiter gemacht, und die Hänseleien waren zwar allgegenwärtig, aber nur oberflächlich, fast beiläufig gewesen. Niemandem war er so wichtig, daß er regelrechten Haß erregt hätte.

An der Uni ging das alles tiefer. Natare hatte unverrückbare Vorstellungen davon, was es bedeutete, ein Schwarzer zu sein; daß Kenley ihnen nicht entsprach, wurde als Verrat an seiner Rasse gewertet. Und jetzt, am ersten Tag des neuen Semesters, wird ihm allmählich klar, was das bedeutet.

Wegen seines Vaters.

Was hat sein Vater an sich, das ihn plötzlich abzustoßen beginnt? Ist es seine selbstgerechte Art? Diese selbstherrliche

Gewißheit, daß man ihm gehorcht, so als wäre Kenley noch ein Kind? Sind es Erinnerungen an die Schläge von damals? Liegt es womöglich daran, daß Natare, wie ein abgefeimter Demagoge, endlich den wunden Punkt in Kenleys Seele gefunden, den Vater zur Waffe gemacht hat? Und sich damit plötzlich ganz wunderbar verständlich macht?

Als spüre er, wie hin- und hergerissen Kenley ist, hakt Natare nach. «Ich hab immer gehofft, ich kann aus dir noch einen Schwarzen machen», sagt er zu ihm. «Ich hab gewußt, daß dein Kopf voller Scheiße ist, aber ich hab geglaubt, ich könnte dich kurieren. Hab ich mich etwa getäuscht?»

«Kenley! Jetzt komm!»

Es ist der Tonfall. Der Tonfall, der früher den Prügeln vorausging.

«Nein.»

Beide Männer starren ihn an. Keiner von beiden verliert leicht die Fassung, und es läßt sich unmöglich sagen, wer überraschter ist.

Dann öffnet Kenley sr. den Mund, spricht im beherrschten Tonfall eines Anwalts, dessen wichtigster Zeuge gerade vom festgelegten Kurs abgewichen ist: «Würdest du das bitte wiederholen, junger Mann?»

«Ich sagte: Nein. Ich will hier bleiben.»

In seiner ganzen Laufbahn als Vater hat Kenley sr. nie Widerspruch erfahren. Er müht sich, der neuen Situation zu begegnen, ihre Folgen zu erfassen. Wie soll er reagieren? Äußerlich unbewegt, verschafft er sich eine Denkpause: «Das meinst du doch nicht im Ernst, oder?»

«Ich bin jetzt erwachsen. Ich laß mich nicht mehr rumkommandieren.»

«Kenley –» die Stimme klingt geduldig und herablassend «– ich will dir eines sagen. Dein Großvater hat mir beigebracht, daß man seine Eltern unter allen Umständen zu respektieren hat, und zwar unabhängig vom Alter. Du bist an der Columbia University, um zu studieren. Du bist nicht hier, um ein Rebell zu werden.»

«Halt deine Schnauze und sag mir nicht, wozu ich hier bin!»

In der Stille, die diesem Satz folgt, weicht er bereits zurück, hält schützend die Hände vors Gesicht. Er hat keine Ahnung, wo seine Worte hergekommen sind, was ihm den Mut verliehen hat, sie auszusprechen.

Aber Kenley sr. schlägt nicht zu. Er starrt seinen Sohn an – nicht nur zornerfüllt, sondern auch mit dem Ausdruck eines geradezu kindlichen Verlustgefühls. Er wendet den Blick ab, und es ist, als wolle er damit zugeben, daß die Beziehung zu seinem Sohn nie mehr die gleiche sein wird wie vorher. Daß er im nächsten Augenblick wie unter Zwang zurückfällt in den alten Tonfall, der den Wandel leugnet, berührt Kenley jr., der seinen Vater endlich als Sterblichen erlebt hat, um so schmerzlicher.

«Du hast sehr großes Glück, mein Sohn», sagt Kenley sr., während er nach der Türklinke greift (und es klingt fast ergreifend, fast *besitzergreifend* ...), «daß ich die Studiengebühren für dich nicht aus meiner Tasche zahle, denn ich würde diese Unterstützung sofort einstellen. Und du hast auch sehr großes Glück, daß ich dir nicht *deinen jämmerlichen Arsch versohle*!» Er tritt hinaus in den Flur und wirft, aus feuchten Augen, einen letzten Blick zurück. «Ich erwarte eine Entschuldigung. Und. Zwar. Bald.»

Die Tür fällt zu, ein fragendes Schweigen bleibt zurück.

Kenley starrt die Tür an, legt seine Stirn in Falten. In den Kanälen seiner Seele ist ein Damm geborsten. Neue Welten sind plötzlich sichtbar geworden, mit schockierender, mit verwirrender Klarheit.

Er atmet tief durch und sucht Natares Blick. Natare kommt näher, wendet seine Augen nicht von ihm. Es folgt eine lange Pause, in der sie sich ansehen, ohne auch nur einmal zu blinzeln, und in der etwas von dem einen auf den anderen übergeht.
Natare lächelt, seine Augen leuchten voller Leidenschaft: «*Bruder . . .*»

Aber so einfach war es nicht.
Obwohl er sich alle Mühe gab, von heute auf morgen ein anderer zu werden, sich mit schwarzem Bewußtsein zu tränken – und sich zum Zeichen dessen auch einen neuen Namen gab –, wurde der Mann, der jetzt Prophet hieß, nicht nur von seiner Überzeugung geleitet. Er hatte sich nicht nur dem schwarzen Patriotismus ergeben, sondern auch Gyeppi Natare – dem Charisma eines Feindes, der jetzt ein Freund sein würde, und dem schwindelerregenden Gefühl der plötzlichen *Zugehörigkeit.*
Aber es gab Stolpersteine. Noch vier Monate später war seine Sprache ein befremdliches Gemisch verschiedener Jargons, und er mußte immer noch gegen die Macht lebenslanger Gewohnheit ankämpfen. In seinem angepaßten Elternhaus war das Englisch der Weißen gesprochen worden, aber im Vollgefühl seiner neuentdeckten schwarzen Identität (oder zumindest dessen, was Natare ihm als solche darstellte) war er zuversichtlich, die langen Jahre der Konditionierung ungeschehen machen zu können. Es kam darauf an, sich immer unter Schwarzen aufzuhalten, dann würde die Angleichung schon erfolgen. Da dies in der naturwissenschaftlichen Fakultät und auch in allen anderen Gebäuden der Universität mit Ausnahme seines Wohnheims und der Pförtnerloge ein Ding der Unmöglichkeit war, verbrachte er immer weniger

Zeit im Labor und immer mehr Zeit in seinem Zimmer, wo er sich in einem Schnellkurs, den Natare für ihn zusammengestellt hatte, mit der Geschichte der Schwarzen vertraut machte. Zum erstenmal in seinem Leben fühlte er sich als Teil von etwas, das größer war als er selbst.
Politisiert, wie er nun war, nahm er die Welt unter einem ganz neuen Blickwinkel wahr. Alles stand in einem neuen Zusammenhang, und dieser Zusammenhang war simpel: Seit 1619 waren die Schwarzen das unfreiwillige Rückgrat der Neuen Welt gewesen. In einem Land, das großenteils ihr eigenes Werk war, spielten sie noch vierhundert Jahre später die Rolle einer unterdrückten Subkultur. Die «Black Panthers» waren längst Geschichte; die Revolution des Dr. King war im Sande verlaufen. Aber jetzt, kurz vor der Jahrtausendwende, gaben die Afroamerikaner eine neue Unabhängigkeitserklärung heraus – eine, die sie selbst verfaßt hatten . . .

Doch da gab es noch ein anderes Problem.
Kenleys sexuelle Vorliebe richtete sich nicht nur auf das andere Geschlecht: Sie richtete sich auf dessen *weiße* Vertreterinnen, und das schon, solange er denken konnte. Zwar fand er schwarze Mädchen nicht von vornherein unattraktiv; aber nachdem sie ihn an der High School mit konsequenter Verachtung gestraft hatten (was Wunder angesichts so vieler tiefschwarzer Sportskanonen, die die Basketbälle nur so durch die Körbe peitschten), entwickelte sich eine Neigung zu weißen Mädchen, die sich immer weiter verfestigte.
Wenn es um das andere Geschlecht ging, war Kenley nicht nur schüchtern; er war aus tiefstem Herzen Romantiker. Seine cybergeilen Freunde waren immer die ersten, die sich die neueste elektronische Pornographie aus dem Netz herunter-

luden, während Kenleys Geschmack subtiler, verinnerlichter war. Seine Wichsphantasien drehten sich um die Seele, nicht den Leib. Sie handelten von kultivierten Frauen europäischer Herkunft, von verstohlenen Zärtlichkeiten in gepflegten Parkanlagen, beim Picknick am Flußufer, bei müßigen Bootspartien. Die Frauen trugen lange, elegante Kleider. Sie schützten sich mit kleinen Schirmen vor der Sonne und hatten zierliche, schneeweiße Hände. Ihre Gesichtszüge waren weich und sanft, aus ihren Augen strahlte Alpenfrische, und ihre Bewegungen wurden von Nocturnes und Arabesken untermalt. Das Aufblitzen milchweißer Waden unter einem absichtslos geschürzten Rock gab ihm mehr als die Schauspielerin, die sich breitbeinig auf seinem Gesicht niederließ. Was letzteres anbelangte, so hatte er auch für die modernen Softpornofilme mit ihren täuschenden Schnitten und pseudo-evokativen Schatten keinen Nerv. Er haßte ihre modischen Übertreibungen, ihre so glatte wie unelegante Oberflächlichkeit. Hardcore war natürlich noch viel schlimmer: Was konnte es Langweiligeres geben, als anderen Menschen beim Ficken zuzusehen? (Keine Handlung, wie bescheiden auch immer; nur die stupide Wiederholung des Ewiggleichen.) Wenn er für sich alleine mit dem *Wunschtheater* spielte, bestand seine bevorzugte Szenenfolge aus einem schlichten Spaziergang zwischen den Standbildern nackter Frauen in klassischen Posen – nicht gerade typisch für Männer seines Alters. Und man stelle sich noch folgendes vor: Prophets heimliche Hoffnung war, daß seine erste Liebe auch seine Ehefrau werden würde. Er glaubte an Seelenverwandtschaft.

Er wagte es nicht, seine sexuelle Vorliebe Natare zu enthüllen, der jeden Kontakt zu Weißen, der nicht unbedingt nötig war, mißbilligte. Doch die Frauen, die Natare umgaben, verschafften Prophet keine Erleichterung. Sie mochten ihn, bewunderten ihn, respektierten ihn – und beließen es dabei. Die Gesetze der Anziehung scheren sich nicht um so wohlmeinende menschliche Kopfgeburten wie Rassensolidarität. Prophet war und blieb das zwergenhafte Genie, das nicht als erotisches Gegenüber wahrgenommen wurde.

So war es nicht Liebe, sondern Kameradschaft, die ihn nährte – und natürlich der missionarische Eifer, der ihn rasch ergriff. Natares Clique verbrachte ganze Nächte in den Cafés am Broadway, wo Gyeppi als Kronprinz Hof hielt. Mit dem erwachenden Stolz auf seine schwarze Herkunft regte sich eine Unversöhnlichkeit in Kenley, die ihn zunächst fast verlegen machte, bis sie schließlich die freundliche Wesensart seiner früheren Jahre verdrängte. Wie passend war es, daß er einen neuen Namen angenommen hatte: Denn er war, wie so viele unter Gyeppis Einfluß, zu einem völlig anderen Menschen geworden. In der Welt des weißen Terrors, predigte Natare, mußte ein Afrikaner seine schwarze Hautfarbe unablässig zur Schau tragen. Er mußte ein lebendes Symbol des Widerstandes sein, durfte sich niemals an den Rand abdrängen oder einlullen lassen. Er mußte den weißen Mann bei jeder Gelegenheit daran erinnern, daß sein ganzes Leben ein einziger aktiver Protest war. Natare hatte für diese Einstellung das Kürzel AFRO geprägt («Afrikaner Formieren Radikale Opposition»), was wiederum Teil eines umfassenderen Programms namens ALARM war («Afrikaner Lernen Anarchie, Revolution, Machtübernahme»). Den Gegenpol hierzu bildete die feige Anpassermentalität, die er als SÜNDE bezeichnete («Schwarze Überlegenheit Nicht Deutlich Erkennen»).

«Der Knackpunkt bei den Weißen», sagte Natare eines Abends, «ist, daß sie alles für selbstverständlich halten. Sie haben nicht die Spur eines Zweifels, daß die Welt weitergehen wird wie bisher, daß sie jeden Tag zur Arbeit gehen und ihren Lohn bekommen und ihre Kinder aufs College schicken werden und daß alles klargeht, auch mit der ganzen Rassenfrage, die regelt sich wie von selbst. Sie glauben, daß die Schwarzen nicht ihr Problem sind, daß sie tot und begraben sind wie all die alten Probleme. Sie glauben, die Gesetze werden uns in Schach halten. Sie glauben, wir sind nicht stark genug, um es mit dem System aufzunehmen. Und ich sage euch, es liegt an Leuten wie uns, aufzustehen und ihnen in die Visage zu brüllen: *Hirnschiß, Mann! Hirn-Schiß.*»

Während seiner High-School-Zeit war es Prophets schlimmstes Vergehen gewesen, Leitungskapazitäten im Wert von Tausenden von Dollars zu verbrauchen, ohne den Telefongesellschaften einen Cent zu bezahlen. Jetzt, als er das – von seiner Kleinwüchsigkeit nur noch befeuerte – Bedürfnis verspürte, seine neuen Freunde zu beeindrucken, begann er in den Computernetzen Amok zu laufen. Er suchte die Rechenzentren der fünfhundert größten Konzerne heim, wo er manchmal Daten veränderte – beispielsweise den Sekretärinnen Millionengehälter anwies, während er den Vorstandsvorsitzenden auf den Minimallohn zurückstufte – und manchmal das ganze System zum Absturz brachte. Er richtete fiktive Bankkonten ein, die Natare dann einer bedürftigen schwarzen Familie aus einem Slumviertel zuteilte. («Scheiß auf Karl Marx, Mann, wir nehmen die Umverteilung selber in die Hand.») Er verschaffte sich Zugriff auf die Kontoabrechnungen von Prominenten und Politikern und ließ ihnen mit Hilfe ihrer Kreditkartennummern Unmengen von unbrauchbarem Zeug frei Haus anliefern.

Eines Abends im April, kurz vor den Abschlußprüfungen, zog Natare die Tür ihres Zimmers zu und fragte Prophet: «Wie sehr können wir dir trauen?»

Prophet, der gerade an seinem Schreibtisch saß, blickte überrascht auf. «Was hast du gesagt?»

Natare setzte sich dicht neben ihn. Normalerweise legte er die Füße auf seinen Schreibtisch, nun aber beugte er sich, die Ellenbogen auf die Knie gestützt und die Hände aneinandergepreßt, nach vorne und fixierte Prophet mit einem bohrenden, fast skeptischen Blick. «Bist du einer, der dichthalten kann?» fragte er schließlich.

Prophet zuckte die Achseln. «Glaub schon.»

«Denn was ich dir jetzt sagen werde», sagte Natare, «darf diesen Raum nicht verlassen. Kapiert?»

Von Natares ungewohnter Weitschweifigkeit wachgerüttelt, setzte sich Prophet in seinem Stuhl auf. «Was soll das heißen?»

«Soll heißen, du plapperst nichts davon aus. Zu niemandem.»

Gyeppis Tonfall war kühl und seine Warnung nichts Ungewöhnliches. Trotzdem war Prophets Neugier geweckt. Er nickte.

«Du hast Karibu noch nicht gesehen», begann Natare, «aber eines Tages wirst du es kennenlernen. Vielleicht wirst du dir sogar überlegen, ob du dich dort oben niederläßt. Wir könnten dich jedenfalls gut brauchen.»

«Klingt nicht übel», sagte Prophet.

«Ich hab mit meinem Vater geredet», fuhr Natare fort. «Hab ihm alles über dich erzählt, wie gut du am Computer bist, Sicherungen knacken und dich reinschleichen und das ganze Zeug. Mein Vater hat da ein paar Pläne.»

Prophet rutschte auf seinem Stuhl hin und her, hoffte das

Unbehagen zu verbergen, das ihn bei diesen Worten beschlich. «Was meinst du damit?»
«Wie gesagt, das geht nur dich und mich was an.» Natares Blick bohrte sich in den seinen. «Ich hab dir schon erzählt, wofür mein Vater einsteht. Er hat sich der Schaffung eines eigenständigen schwarzen und indianischen Staates innerhalb der Grenzen der USA verschrieben. Bis das erreicht ist, hat er Karibu, was schon heute ein Staat im Staate ist. Wir sehen ganz klar, was die Regierung für uns tun kann und was sie nie und nimmer für uns tun wird. Um nichts in der Welt wird Uncle Sam seine Kolonien ziehen lassen, nicht ohne einen zweiten Bürgerkrieg. Drum stellt sich die Frage, wie weit mein Vater gehen wird, um seinen Traum zu verwirklichen. Und ich kann dir sagen – jetzt kommen wir zu dem Kram, den du nicht ausplappern wirst –, daß er bereit ist, den Weg bis zum Ende zu gehen. Wenn es soweit ist.»
Prophet versuchte, die stetige Beschleunigung seines Pulsschlags zu ignorieren. «Bis zu welchem Ende?»
«Nehmen wir zum Beispiel die IRA», sagte Natare. «Da waren Kämpfer, die ihre Heimat vom Joch der Kolonialherren befreien wollten. Und es waren Kerle, die nicht nur politisch, sondern auch militärisch aktiv wurden. Und genau das ist unser Problem hier in diesem Land. Geredet wird genug hier, aber es passiert nichts.
Nimm so was wie Oklahoma City als Beispiel. Könnte hier niemals passieren, hat's geheißen. Yeah, genau – willst du wissen, was ich davon gehalten hab? *Ich* hab gesagt, warum zum Teufel hat das so lange gedauert? Wir haben dieses ganze verdammte Land, Mann, und alles könnte hochgehen wie 'ne Zeitbombe, wenn nur jemand wüßte, wie man's macht. Die halbe Bevölkerung könnte in ihren Kellern hokken und Bomben basteln, denn eins ist doch klar, Mann: Die

Bullen können nicht jeden einzelnen überwachen. Amerika ist verdammt noch mal zu groß.
Genauso damals in Oklahoma: *Plötzlich* hat alles auf die Rechtsradikalen gestarrt, auf die weißen Rassisten. *Plötzlich* sieht jeder, daß irgend so ein kurzgeschorener weißer Dummbeutel alles in die Luft jagen und die Palästinenser alt aussehen lassen kann. Aber vier Jahre später sind wir immer noch nicht an dem Punkt, wo die Leute etwas Ähnliches von den *Schwarzen* erwarten würden. Weißt du, warum? Ich wette, die halten uns für zu blöd. Ich wette, die trauen uns nicht mal zu, daß wir an so was *denken.*»
Prophet schluckte. Er schaffte es mit knapper Not, Natares Blick standzuhalten. In den vergangenen Monaten war in der Black Student Union viel von Revolution die Rede gewesen – die Rede und immer nur die Rede. Natares Jünger bekamen leuchtende Augen, wenn sie von den Rassenunruhen von 1992 sprachen und davon, wie dicht die schwarze Gemeinschaft daran war, wieder loszuschlagen. Besondere Hoffnung setzten sie auf einen aktuellen Prozeß gegen einen weißen Polizisten, der irrtümlich einen schwarzen Zivilfahnder erschossen hatte. Ein Freispruch für den Weißen würde sicher zum Zündfunken für neue Unruhen werden. Er hatte den schwarzen Kollegen für einen Straßenräuber gehalten und ihm fünf Schüsse in den Rücken verpaßt.
Über den Prozeß hinaus hatte die BSU jedoch keinerlei konkrete Pläne für die Revolution, die sie erwartete. Sie war noch nicht einmal so weit wie beispielsweise die Animal Liberation Front. Die Universitätsverwaltung – und nicht die Gesellschaft als Ganzes – war der Punchingball, an dem sie sich abarbeitete; und einen weißen Professor feuern zu lassen, weil ihm ein verbaler Ausrutscher unterlaufen war, verlor allmählich den Reiz des Neuen.

Doch nun deutete Gyeppi etwas an, das keine Spielerei mehr war. Prophet fragte sich, vor wie vielen anderen er schon die gleiche Rede, die ein Initiationsritual zu sein schien, gehalten hatte. Er fragte sich, wie viele bestanden hatten.

«Mein Vater hat sich Gedanken über das Problem gemacht», fuhr Natare fort. «Was das weiße Amerika am Ticken hält, ist nur unsere Zersplitterung. Ihm war klar, daß die Schwarzen jede Menge Motivation haben, eine Regierung zu stürzen. Was ihnen aber fehlt, ist die Organisation. Sie brauchen starke Führer. Sie brauchen eine gemeinsame Stoßrichtung. Sie brauchen eine Vision, eine Vorstellung, wie die Welt aussehen *könnte*, wenn Schwarze am Drücker säßen. Mit Karibu haben wir das jetzt alles. Der Spaß fängt erst richtig an.»

Prophet gab sich Mühe, mit ruhiger Stimme zu sprechen: «Was soll ich tun? Geld überweisen? Ein Virus in die Pentagon-Computer schmuggeln?»

Natare schüttelte den Kopf. «Nix dergleichen, jedenfalls noch nicht. Da gibt's 'ne Menge Kram, über den ich jetzt nicht reden kann, über den du auch nichts zu wissen brauchst. Außerdem will ich dich langsam anlernen. Jedenfalls glaubt mein Vater – und ich bin seiner Meinung –, daß wir die neuen Technologien für unsere Zwecke einsetzen können. Bis jetzt kennt er nicht allzu viele Typen, die ähnliche Tricks draufhaben wie du, und er möchte in der Richtung weiterkommen. Er hat schon eine komplette PR-Abteilung, aber an der ist alles streng legal. Er hat Lobbyisten in Albany und Lobbyisten in Washington. Aber in den nächsten Jahren werden wir einen großen Schritt vorwärts machen, und du weißt, was auf dem Spiel steht. Ich geb dir eine Chance, von Anfang an dabei zu sein.»

«Yeah, aber ich bin ein Hacker, Gyeppi», sagte Prophet, ohne auf den letzten Satz einzugehen. «Was hat das mit PR zu tun?»

«Jede Menge hat's damit zu tun», erwiderte Natare, «vor allem bei dem, was wir vorhaben. Verstehst du, wir brauchen bessere Wege der Informationsverbreitung – zur Desinformation, um genau zu sein. Wir brauchen Methoden, um die Medien mit Propaganda zu überfluten, deren Herkunft nicht zu ermitteln ist. Klar, klar, da gäb's 'ne Million anderer Dinger, die du für uns drehen könntest, aber meinem Vater kommt's erst mal darauf an, bei keinem unserer Schritte eine Spur zu hinterlassen. Wie gesagt, alles, was er bisher unternommen hat, war legal bis zum Abwinken, selbst seine Steuererklärung stimmt bis auf den letzten Cent hinterm Komma. Aber solange wir mit Geld und Daten rummurksen, hängen wir uns aus dem Fenster, ohne dafür zu kriegen, was wir wollen. Wir brauchen einen Draht zu den Medien, über den wir die Dinge in Bewegung bringen können, ohne daß Karibu in Erscheinung tritt. Wir werden uns statt dessen eine fiktive schwarze Terroristengruppe ausdenken.»

«Aber wozu soll das gut sein?»

«Wozu jeder Terrorismus gut ist, Mann! Um Terror zu verbreiten! Es wird das gleiche sein wie Bombendrohungen bisher, nur daß wir nicht ins Telefon reinquasseln, sondern Modems verwenden. Bei der Briefpost ist das Problem die Laufzeit – außerdem gibt man Material aus der Hand, das verräterisch sein kann. Beim Telefonieren ist das Problem, daß man kaum Zeit hat, irgendwas zu sagen. Du mußt deinen Sermon runterrasseln wie ein Weltmeister und trotzdem Schiß haben, daß sie deinen Anruf zurückverfolgen. Mit einem mobilen Faxmodem dagegen können wir unsere Propaganda regelmäßig loswerden und auch ganz schön ins Detail gehen. Wir können *Mythen* schaffen, immer mit soviel Wahrheitsgehalt, daß wir ernstgenommen werden. Es darf kein Tag vergehen, an dem nicht irgendwo ein paar weiße Säcke unsretwegen Fracksausen kriegen. Wir wollen ihnen das Gefühl einimpfen, daß jeden Augenblick die Revolution ausbrechen kann, verstehst du, was ich meine? Je mehr sie die Hosen voll haben, desto besser für uns. Und das alles ist nur der Anfang. Es soll ihnen nur sagen: Ihr könnt nicht fett und feist in euren weißen Wohnvierteln hocken und so tun, als gäb's uns nicht. Ihr lebt nicht auf der Insel der Seligen. Das ganze Sicherheitsgefühl, das die haben, ist nichts als Selbstbeschiß, Mann! Sie sind verwundbar wie sonstwas! Was in L. A. passiert ist, war nur ein *Kratzen an der Oberfläche.* Wenn wir uns organisieren, wenn wir diesen ganzen Kram wirklich zu Ende denken – wie zum Teufel sollen sie uns dann noch aufhalten?»

Prophet atmete tief durch. «Eins versteh ich nicht», sagte er leise. «Dieses Propagandazeug. Ich hab nichts dagegen, wenn den Weißen Angst eingejagt wird, ganz klar, aber ich will nicht dafür verantwortlich sein, daß sie wirklich verletzt werden. Ich hab nichts dagegen, ihnen Lügen zu senden, aber das müssen auch Lügen bleiben. Wenn ich eine Bombendrohung losschicke, dann darf's keine Bombe geben.»

Natare hob seine Hände. «Und wenn ich dir sage, daß es keine Bombe gibt?»

Jetzt endlich wandte Prophet den Blick ab. Er merkte, daß ihn fröstelte, und er konnte dem Drang nicht widerstehen, die Arme um sich zu schlagen. Herrgott, dachte er. In was für eine Scheiße hab ich mich da reingeritten.

«Hör zu», sagte Natare, der sich jetzt wieder zurücklehnte. «Ich will dich nicht unter Druck setzen. Willst du's nicht machen, mußt du's nicht machen, klar. Ich sag dir nur, daß Sachen passieren werden, die du im Traum nicht für möglich hältst. Ich geb dir die Chance, dabeizusein. Ich geb dir die Chance, dich selbst zu beweisen. Denn eins steht fest, solange jeder nur auf seinem Arsch sitzen bleibt, rührt sich gar nichts. Von den alten Knackern auf dem Capitol können wir nichts erwarten. Alles hat sich heute polarisiert, und du mußt dich entscheiden, auf welcher Seite du stehen willst. Es gibt die weißen Konservativen, die uns niemals helfen werden. Es gibt die weißen Liberalen, die sich nicht mal selbst helfen können. Es gibt auch Schwarze, die haben sich kaufen lassen und sich in der weißen Welt hübsch eingerichtet, keiner von denen wird das Boot zum Kentern bringen. Also ist die Zeit gekommen, wo du entweder ersaufen oder zusehen mußt, daß du aus dem Wasser rauskommst. Und eins laß dir gesagt sein: In Karibu kümmern wir uns um einander. *Zwanzigtausend Schwarze schmeißen ihren Laden selbst*, und ein paar Indianer sind auch noch dabei. So könnte's überall sein, Mann. Und wenn du uns jetzt hilfst, dann *garantiere* ich dir, daß ein guter Job auf dich wartet, wenn du erst mal mit der Uni fertig bist.»

Prophet zögerte noch immer. Natares Tonfall wurde verführerisch.

«Noch eins laß dir sagen, Mann. Das neue, schwarze Amerika, das ist noch Jahre weit entfernt. Geb ich ja zu. Ich sag ja gar nicht, daß über Nacht alles anders wird. Aber wenn Kerle wie du auf unserer Seite sind, dann geht's eben schneller. Du mußt was tun für dein Volk, Mann, eh es zu spät ist.»

«Tja», sagte Prophet mit jenem euphorischen Schwindelgefühl, das sich einstellt, wenn man sehenden Auges etwas Verbotenes tut, wenn man eine Entscheidung trifft, die das Leben verändern wird; «ich meine, Scheiße noch mal, so gesehen, wie soll ich da noch nein sagen?»

Als die Sommerferien bevorstanden, schrieb er seinen Eltern einen Brief, in dem er sie über seine neue Identität informierte und hinzufügte, daß er die Ferien nicht zu Hause verbringen würde. Ein schwarzes Jugendlager nördlich von Oakland, das in einer losen Verbindung mit Karibu stand, hatte ihm einen Job als Computertrainer angeboten.
Inzwischen wurde eine Strategie entwickelt. In regelmäßigen Zeitabständen sollte Prophet seine Propagandabotschaften an verschiedene Massenmedien und Organe der Exekutive absetzen. Gyeppi würde ihm die Basisinformationen liefern, die darin enthalten sein mußten; der jeweilige Wortlaut blieb ihm überlassen.
«Einheit, Tatkraft und Willen», sagte Gyeppi am Morgen von Prophets Abreise. «Das isses, worauf es ankommt, Mann. Jetzt ist der Krieg in aller Form erklärt.»

x

In seinem Arbeitszimmer, mit Blick auf die Wiese hinter dem Haus, faltet Kenley sr. den Brief zusammen und sieht hinaus in den späten Frühlingsregen. Nicht weit entfernt sitzt seine Frau, beobachtet ihn.
«Und?» sagt sie schließlich.
Er dreht sich um, macht eine wegwerfende Handbewegung. «Denk dir nichts», sagt er. «Das geht vorüber.»

KAPITEL 6

VON BIKERN, STRIPTEASESCHUPPEN UND DEM ZUSAMMENBRUCH DES LOGISCHEN POSITIVISMUS . . .

Weder Prophet noch Fish waren vorurteilsfrei genug, das Bett mit Dorian zu teilen – was letzterer mit Gleichmut zur Kenntnis nahm. Ihm konnte ohnehin nichts Besseres passieren, als die Nacht auf dem Sofa vor dem Fernseher verbringen zu müssen. Wie hätte er es auch im Nebenzimmer ausgehalten in dem Wissen, daß da noch mehr Pornographie darauf wartete, von ihm abgerufen zu werden? Schlaflos hätte er sich im Bett herumgewälzt und -geworfen, vor seinem inneren Auge all die nackten Frauen, die er versäumte, und wie eine Sirene hätte ihn der Bildschirm gelockt . . .

Sobald die anderen zu Bett gegangen waren, forderte er in aller Stille einen Film aus dem hoteleigenen Kabelfernsehen an. Die Wahl fiel ihm nicht leicht: Schließlich ließ er so storylastige Streifen wie *Ursula: Hure, Heldin, Ehemann* und *Eine Schlampe namens Selma Sinnlos* links liegen und entschied sich für *Miezen-Mixx*, in den Hauptrollen Raissa Rubel und Kara Krone, komplett mit Star-Interviews und einem *The Making of . . .*-Anhang.

Er hatte beiden Scotch-Flaschen den Garaus gemacht und verspürte ziemliches Kopfweh. Er betrachtete den Film mit glasigen Augen, schaffte es ebensowenig, Erregung zu spüren wie den Fernseher auszuschalten. Die Parade der Silikonbrüste, der Hinterbacken im G-String, der vorgetäuschten Orgasmen und der kratzenden Fingernägel machte nicht den geringsten Eindruck auf ihn. Es muß am Scotch liegen, dachte er. Das war die einzig mögliche Erklärung, es sei denn ...

... Es sei denn, Amerika machte ihn, nach all dieser Zeit, nun endgültig mürbe.

Und damit nicht genug: In der Nacht hatte er seinen wiederkehrenden Traum. Einmal mehr.

Er befindet sich in einem Krankenhaus, anscheinend eingeliefert wegen Drogensucht. Die Pflegeschwester heißt Rachel. Sie erscheint eines Abends in seinem Krankenzimmer und will LSD, was unter den gegebenen Umständen absurd ist. Eine Weile sitzt sie rauchend auf seinem Bett, und sie tauschen ihre Lebensgeschichten aus. Sie ist klein und hohlköpfig, arm an Figur und ärmer noch an Geist. Sie nennt sich selbst «verfickt». Sie hat nie von Adolf Hitler gehört. Sie ist Jüdin. Nach einer Weile starrt sie ihn eindringlich an und drückt ihm ihre Lippen auf den Mund. Es folgt ein trockener, tabakhaltiger Kuß, einer von der Sorte, die einem auf Tage hinaus die Spucke verseucht. Sie ist aggressiv auf sanfte Art, direkt und ohne Eile. Als er es mit ihren Brüsten zu tun bekommt, drückt er sie unschlüssig, so als prüfe er eine Frucht im Supermarkt. Seltsam, wie weit ihre Brustwarzen herausstehen. Er hat die spontane Idee, etwas an ihnen aufzuhängen, wie die Drahtbügel in der chemischen Reinigung.

Wenig später gibt ihm ihre Fotze Rätsel auf. Er rubbelt über dem Schambein, erwartet einen Orgasmus. Prompt wird

seine Hand in das feuchte Dickicht weiter unten umgelenkt, wo ihm ein paar tastende Griffe die Korrektheit seines alten Biologielehrbuchs bestätigen. Er erwägt die Möglichkeiten – bohren, drücken, klopfen –, als Rachel etwas sagt und er erschrocken zusammenzuckt. «Mach so», flüstert sie und führt seine Hand. «Ich *weiß*», erwidert er beleidigt. «Glaubst du, ich mache das zum erstenmal?» (In müßigen Stunden fragte er sich oft, wie er von Sinneswahrnehmungen träumen konnte, die er noch nie erlebt hatte. Würden sie sich im wirklichen Leben genauso anfühlen? Waren Träume eine Verbindung zu einem großen, übermenschlichen Bewußtsein?)
Zeit vergeht. Rachel windet sich auf dem Bett, reibt mit den Händen über ihre Brüste, als müßte sie sich für sein Versagen weiter unten entschädigen. Tatsächlich gehen ihm gerade ein paar Verse von Tennyson durch den Kopf, über die grausame Unsterblichkeit, als ihm Rachel etwas ins Ohr flüstert.
«. . . Wie bitte?»
«Ich möchte, daß du mich jetzt liebst», wiederholt sie.
Da ist es – sein Paßwort zur erträumten sexuellen Reife. Er blickt auf sie hinab. Ihre Kleidung ist verrutscht; ihr Nabel steht hervor wie ein geschrumpfter Zeh. Plötzlich kommt ihm die ganze Situation absurd und hoffnungslos vor. Wer zum Teufel *ist* dieses Wesen? Was geht's ihn überhaupt an?
«Vergiß es», sagt er.
«Was ist denn?» Sie fühlt sich abgelehnt, entmutigt – er hört es an ihrem schmollenden Ton.
«Ich kann nicht», sagt er und versucht, zerknirscht zu wirken. «Ich weiß, ich hätte es dir früher sagen sollen. Tut mir leid, daß ich dich getäuscht habe.»
Sie starrt ihn an. «Was soll das heißen?»

Mit einem erstickten, tonlosen Flüstern: «Ich habe keinen Penis, Rachel. Ich bin ein Eunuch. Oder vielleicht ein Hermaphrodit, ich weiß es nicht genau.»
Sie setzt sich auf, baff vor Staunen: «Du bist *was?*»
«Angeboren», erwidert er und schlägt die Beine übereinander, um näheren Nachforschungen zu wehren. «Ich geb's ja zu, ich hätte es dir früher sagen sollen . . .»
Sie knöpft ihre Hose zu, streift die Bluse herunter. «Ich glaub dir kein Wort. Du perverses Schwein.»
«Aber ich mag dich nun mal so gern, und –»
«Verdammtes Monster», bellt sie und zieht ihre Jacke wieder an. «Was bin ich für ein verdammter Idiot. Fick dich doch selbst. *Fick dich ins Knie.*» Sie rauscht hinaus, die Tür fällt krachend zu, seine geliebte Stille hat ihn wieder. Und das Finale? Er faßt sich, nachdenklich und bedauernd, zwischen die Beine. Und stellt fest, daß er die reine Wahrheit gesagt hat.
Wenn er aufwacht, dann stets mit einem Schrei.

×

Sie schlängelten sich über Nebenstraßen zwischen Hügeln an diesem zweiten Tag ihrer Reise. Die übernatürliche Hitze lag mit schwereloser Macht über der Landschaft, der Asphalt gleißte im Licht, die Luft warf Wellen wie kollabierende Raumzeit. Als der Abend dämmerte, fuhren sie in südlicher Richtung durch endlose Wälder, und das letzte Dorf lag viele Meilen hinter ihnen. Gerade, als es völlig dunkel wurde, flammte in der Ferne ein Licht auf.
Es entpuppte sich als grelles Neon, als ein Leuchtfeuer, das sie aus dem Wald heraus auf einen verdreckten Parkplatz lotste, wo sie vor einem umgebauten Schuppen und einer Phalanx von Harley-Davidsons hielten, die den Eingang be-

wachten. Eine blinkende Leuchtschrift über der Tür verkündete **Dusty's Funhouse**, darunter lauerte die handgemalte Ergänzung **Live-Girls, spliternackt**! Hinter jedem Fenster schimmerten bunte Lichter, der Tiefbaß einer Trommel erschütterte die Luft.

«Amerika!» sagte Dorian fröhlich, während er den Zündschlüssel herumdrehte. «Amerika, wie wir es lieben.»

«Warum zum Teufel halten wir hier?» brummte Prophet.

«Kannst du nicht lesen?»

«Das könnte gefährlich werden», sagte Fish zu Dorian.

«Da passiert nichts, womit unser brauner Bomber nicht fertig würde, versprochen. Kommst du, Prophet?» während er schon seine Tür öffnete.

«Dorian», sagte Prophet, «ich find das verdammt rücksichtslos von dir. Das letzte, was ich brauchen kann, ist –»

«Ist ein großer, böser Biker, der auf schwarze Zwerge scharf ist?» Dorian lehnte sich zu Prophet hinüber und versuchte, ziemlich erfolglos, dessen Tonfall zu imitieren. «Na, haste's schon mal auf die harte Tour probiert, Booker T.? Kann mir's genau vorstellen, wie so 'ne Glatze in Leder über dich herfällt und sich die Levis runterreißt, und du denkst dir: *Autsch*, ich hab doch immer gehört, weiße Männer hätten *kleine* Schwänze –»

«Mann, halt endlich die Schnauze.» Prophet stemmte mit Schulterdruck seine Tür auf und stieg aus. «Wenn du glaubst, du kannst mich kitzeln, mußt du früher aufstehen. Gehn wir.» Er spurtete los, auf die Tür des Schuppens zu. Sie mußten rennen, um zu ihm aufzuschließen. «Bist du dir sicher, Dorian?» sagte Fish. «Ich meine, wir sollten auf keinen Fall –»

«Nein, nein, nein!» Prophet streckte abwehrend die Hände aus. «Dorian glaubt, ich hab Schiß, stimmt's? Schwachsinn.

Ich werde mein gottgegebenes Recht wahrnehmen, überall hinzugehen, wo ich will.»
«Außerdem haben wir ja die Kanone», überlegte Fish, als sie bereits die Eingangstür erreicht hatten.
Sie betraten eine wummernde, verqualmte Vorhölle. Direkt gegenüber der Tür lag die Theke, dicht belagert von bärtigen, gorillaähnlichen Gestalten, jede über einen Barhocker gesackt, als müßten sie diesen durch Körpereinsatz an der Flucht hindern. Schwarze T-Shirts wölbten sich über Fettwülsten, die der Daumen der Schwerkraft nach unten drückte. Zur Linken standen drei Poolbillardtische, um die weitere müßige Hominiden herumstanden. Zur Rechten erstreckten sich mehrere Bankreihen, alle besetzt, und dahinter eine kleine Bühne mit zwei seitlichen Vorderbühnen. Auf diesen erhob sich jeweils eine übermannshohe Metallstange, um die sich ein weibliches Wesen herumwand.
Die eine Tänzerin war klein und hellhäutig und verbarg ihr Gesicht unter einem ausladenden Gebirge gelber Haare. Ein Netzwerk aus glitzerndem Silbergespinst bedeckte ihre winzigen Brüste und verhüllte die Brustwarzen. Unten trug sie einen knappen Tanga, so knapp, daß er wie Zahnseide zwischen ihren Hinterbacken verschwand. Als wolle sie auf diese Besonderheit hinweisen, preßte sie sich rückwärts an die Stange und begann, ihr Arschloch daran zu reiben.
Ihre Kollegin war eine Indianerin, einsachtzig groß und vielleicht hundertfünfzig Kilo schwer, mit Brüsten, an denen sich ein ganzes Land in Hungersnot hätte gesundsaugen können. Sie trug einen karmesinroten Slip und einen passenden BH von industrieller Dienstbarkeit. Ihr Gesicht war mit schimmerndem Make-up glasiert; ihr dunkles Haar, das in Zeitlupe auf und ab wogte wie Seetang auf der Dünung, glich einem langen, fast bis zum Boden reichenden

Schal. Sie bewegte sich unbeholfen, wälzte sich nur langsam hin und her und grinste dümmlich – aber sie war eindeutig die Favoritin der Menge. Jede Bewegung ihrer Beine löste eine Kaskade von Wellenbewegungen im Fett aus, die sich brachen und überlagerten und an das hektische Gedrängel von Schweinen vor dem Futtertrog denken ließen. Ihr Bauch lappte in schweren Falten über den Gummizug ihres Höschens und drohte, als sie letzteres abgelegt hatte, sich wie ein Vorhang über ihre Scham zu senken.

«Große Klasse!» kreischte Dorian und klatschte in die Hände.

Ihre Ankunft hatte ein paar neugierige Blicke auf sich gezogen, aber es war Fish und nicht Prophet, der am eingehendsten gemustert wurde. Sein priesterlicher Anblick schien bei den Bikern jedoch allenfalls Heiterkeit zu erregen. Prophet blickte trotzig um sich, hielt jedem Blick stand, dem er begegnete, und war einigermaßen enttäuscht, daß ihn niemand zu mehr herausforderte. Die Biker waren vom Alkohol benebelt und jeder Bewegung abgeneigt: Der Hauptstrom ihrer Aufmerksamkeit floß zu den beiden Frauen auf der Bühne, die sich jetzt aneinander rieben wie zwei eheliche Vipern.

Dorian drängte mit seinen Begleitern zur Bar; als sie sich umdrehten, betrat eine junge Frau den Raum, die offensichtlich mehr Interesse weckte als die drei Reisenden: Alle Köpfe wirbelten zu ihr herum; keine Rede mehr von benebelt.

Der Neuankömmling stammte augenscheinlich nicht aus der Gegend. Nichts in ihrem Gesicht ließ darauf schließen, daß sie diesen Schuppen kannte. Sie trug ein geblümtes, grünes Kleid in bäuerlichem Stil, und ihre nackten Arme, obwohl dünn, wirkten doch geschmeidig und voller Spannkraft. Ihr dunkles Haar war nach hinten zurückgekämmt und gab eine herzförmige Ansatzlinie und verblüffend graue Augen frei. Eine Mehrheit hätte sie wohl eher als attraktiv denn als schön bezeichnet – ihr Mund war ziemlich schmal und das Gesicht etwas zu rund –, aber sie hatte eine so starke Ausstrahlung, wirkte so anmutig und selbstbewußt in ihrer Haltung, daß Dorian ganz hingerissen war. Lebensklugheit war in ihren Zügen zu lesen, aber auch Naivität; sie hätte fünfzehn sein können und genausogut dreißig. Dorian schielte zu Prophet und Fish hinüber und sah, daß auch sie gebannt waren.

Den Bikern hatte es die Sprache verschlagen. Keiner von ihnen schaute noch zu den Tänzerinnen, die nun ebenfalls in den Zigarettendunst hinausspähten und sich nur noch mechanisch bewegten, während sie der Ursache für die Ablenkung auf die Spur zu kommen suchten.

Nur für einen Sekundenbruchteil blitzte Unsicherheit in den Augen der Frau auf. Sie bahnte sich ihren Weg zur Theke, reckte tapfer das Kinn nach vorne, verzog angesichts der Rauchschwaden ihr Gesicht. Die Biker quittierten ihr Vorankommen mit wachsendem Interesse. Als sie die Bar erreicht hatte, quetschte sie sich zwischen zwei langhaarige Gorillas und beugte sich über den Tresen, um mit dem Barmann zu sprechen.

Der Wirt dieser gastlichen Stätte, der grauhaarig und bebrillt, ansonsten aber ein Ebenbild seiner Kundschaft war, warf ihr einen langen, prüfenden Blick aus eng zusammengekniffenen Augen zu, als stünde er vor einem Rätsel. Dann griff er ohne Eile unter den Tresen und zog ein altes, schwarzes Telefon mit Wählscheibe hervor, das er vor die Frau hinstellte. Eingezwängt und grimassierend hob sie den Hörer ab und begann gleichzeitig, in einer kleinen schwarzen Brieftasche zu wühlen.

In grinsendem Einverständnis mit seinen Kumpels faßte der Biker zu ihrer Linken nach unten und packte ihr Hinterteil. Es war kein kurzes Kneifen: Seine Finger suchten und fanden einen festen Griff, worauf er sie noch dichter an die Theke drückte. Sie reagierte nicht auf die Belästigung, sondern zog mit grimmiger Miene eine Visitenkarte aus der Brieftasche und drückte die Gabel, um die Leitung freizubekommen. Den Hörer zwischen Schulter und Wange eingeklemmt, hielt sie mit einer Hand die Karte und begann mit der anderen zu wählen.

Derweil blieb die Pranke des Bikers unlöslich mit dem Gesäß seines Opfers verbunden. Seine Unterlippe war hinter den Zähnen verschwunden, während er seine Beute abgriff und seinen Kameraden unter auf und nieder zuckenden Augenbrauen einen verschwörerischen *Na-Jungs-was-sagt-ihr-dazu?*-Blick zuwarf. Er schien Zuspruch zu erhalten, denn im nächsten Augenblick setzte seine andere Hand zu einem schleichenden Angriff rund um den Bauch und aufwärts an. Schlagartig drehte sich die Frau zwischen seinen Händen um und knallte den Telefonhörer gegen sein linkes Ohr. Während er noch zurückfuhr, rammte sie zwei Finger in seine tiefliegenden blauen Augen und schlug ihren Ellenbogen gegen seine Nase. Er sackte rücklings in den Schoß eines Kumpels, während der Biker, der rechts von ihr gewesen war – und jetzt hinter ihr stand – seinen Arm unter ihr Kinn schlängelte.

Sie packte ihn an Ellenbogen und Schulter und vollführte einen perfekten Hüftwurf. Er stürzte zu Boden, und sie trat ihm in den Nacken.

Dann startete sie ihren Sprint zur Tür. Die drei Reisenden, aus ihrer Verblüffung erwacht, setzten sich in Bewegung, um ihren Rückzug zu decken. Dorian hatte sich noch nie in seinem Leben so gefürchtet, aber das Adrenalin milderte die Angst, und er fühlte sich zu allem bereit. Als zwei Biker die Frau abfingen, versetzte sie dem ersten einen Fußtritt auf die Kniescheibe (ein deutliches Knacken war zu hören, gefolgt von einem Schmerzensschrei) und dem zweiten einen Fausthieb in die Kehle, dem noch eine kurze Gerade auf die Schläfe folgte, während er schon zu Boden ging. Dann war sie draußen, und die drei Reisenden drängten sich nach ihr durch die Tür.

«Hier lang!» schrie Fish, der hinter ihr auf den geparkten Mustang zulief.

Sie wurde langsamer, blickte sich verwirrt nach ihm um. Dorian erfaßte die Situation – sie wußte ja nicht, wer die drei waren und ob sie ihnen trauen konnte. Doch in diesem Augenblick quoll die Vorhut der Biker aus dem Schuppen, einige von ihnen mit Billardstöcken bewaffnet.

«Komm mit», keuchte Dorian und packte sie am Handgelenk. Sie ließ sich zum Wagen führen, wo Prophet schon auf den Vordersitz gesprungen war und Fish die Kalaschnikow aus dem Kofferraum zog.

«Bring den Karren zum Laufen», sagte er, als sie näher kamen. «Ich halte die Burschen auf.»

Wahrend Dorian den Anlasser orgeln ließ und die Frau auf den Rücksitz rutschte, legte Fish auf die wachsende Horde wütender Biker an, die sich in kaum fünf Metern Entfernung vor ihnen aufbaute.

«Keine Bewegung!» befahl er ihnen, während Dorian rückwärts ausparkte. Ohne seinen Blick abzuwenden, glitt Fish an der Seite des Wagens entlang, bis er ein Bein hinüberschwingen und auf den Rücksitz klettern konnte.

«Bleibt sauber, meine Schäfchen», rief er, als der Wagen anfuhr. «Mich ruft die Pflicht ...»

«Können wir das Verdeck zumachen?» sagte die Frau. «Ich find's ein bißchen frisch.»
Als sie sicher verpackt waren, fragte Dorian: «Wie heißt du eigentlich?»
«Lucky», antwortete sie. «Und frag mich nicht, warum, okay? Das ist Privatsache.»
«Würde mir nicht im Traum einfallen», sagte Dorian, um einen gepflegten Tonfall bemüht. «Im übrigen sind wir an dergleichen gewöhnt.» Er stellte sich und seine beiden Begleiter vor. «Und was hat dich in dieses kulturelle Mekka geführt?»
«Mein Wagen hat gebockt, deswegen bin ich vom Freeway runter, um eine Tankstelle zu suchen», erzählte sie. «Ziemlich bald hatte ich mich verfahren, und dann ist das Auto ganz zusammengebrochen. Es steht ungefähr eine Meile weiter. Ich bin den ganzen Weg zu Fuß zurückmarschiert.» Sie strich sich die Haare aus den Augen. «Schönen Dank auch, euch allen. Es wurde langsam ungemütlich in diesem Schuppen.»
«Barbaren!» sagte Dorian gutgelaunt. «Wir, unsererseits, haben dort nur angehalten, um uns nach dem Weg zu erkundigen. Aber du hast dich wirklich tapfer geschlagen. Ich glaube, du hättest uns gar nicht gebraucht.»
«Ich bin dran», sagte Prophet. «War das Kung-Fu oder was?»
«Eine Art Karate, *Goju,* wie es auf Okinawa gelehrt wird.» Sie wandte sich an Fish. «Laufen heute alle Kleriker mit einer Knarre rum, oder wie soll ich das verstehen?»
«Nicht fragen», mischte sich Prophet ein. «Das ist sozusagen Privatsache.»
«Schon gut», sie lächelte. «Wie dem auch sei, hier kommt mein Wagen. Da vorne rechts.»
Die Männer machten große Augen, als sie einen silbrigen Bentley passierten, der sich auf den Randstreifen gezwängt

hatte. Verdutzt holte Dorian aus und wendete. Er richtete den Scheinwerferkegel auf Luckys Wagen und hielt wenige Meter davor an.

Der Bentley – ein 93er Turbo, wie Dorian gleich erkannte – war völlig heruntergekommen, seine Karosserie mit Rostflecken übersät. Unten tropfte eine schwarze Flüssigkeit heraus. Ein Türgriff fehlte. Dorian schielte zu Lucky hinüber und überlegte, wie unverblümt er sie wohl fragen konnte, ohne unhöflich zu wirken. «Bist du so stinkreich, oder sieht das nur so aus?» fragte er schließlich.

Fish schnaubte mißbilligend, aber Lucky lachte nur, während sie die Fahrertür öffnete und einstieg. «Er ist ein Geschenk von meiner Mutter. Sie ist diejenige mit der Kohle. Der Wagen sieht so beschissen aus, weil ich ihn in New York als Funktaxi gefahren habe, und auf der Straße parken mußte ich ihn noch dazu. Das sagt wohl genug darüber aus, wie reich ich bin.»

«Du bist Taxi gefahren», staunte Prophet, «mit *dem* da?»

«Von 93 bis 97. Wahrscheinlich hätte ich ihn lieber verkaufen und aufs College gehen sollen oder so was, aber ich konnte mich einfach nicht von ihm trennen. Ich hab gehofft, daß er noch bis Kalifornien durchhält.» Sie entriegelte die Motorhaube. Dorian stemmte sie hoch und inspizierte die Innereien. Die Keilriemen waren ausgeleiert, die Benzinschläuche porös, die Batterie war mit klebrigem, weißem Schaum bedeckt. Er spürte, wie sich Hoffnung in ihm regte. «Versuch ihn anzulassen», rief er.

Der Motor gab ein schwindsüchtiges Husten von sich, gefolgt von spotzenden Geräuschen, die wieder erstarben.

«Mach das Licht an.»

Sie gehorchte, aber die Scheinwerfer glommen so schwächlich, daß es kaum zu erkennen war.

Dorian ließ die Haube zufallen. «Die Lichtmaschine ist hinüber», sagte er. «Ich glaube kaum, daß man heute abend noch Ersatz bekommen kann, und ein paar andere Sachen stehen, ehrlich gesagt, auch schon auf der Kippe. Ich fürchte, dieser Wagen ist Geschichte.»
Sie stützte ihre Stirn aufs Lenkrad. «Oh, bitte nicht», murmelte sie.
«Nicht verzagen, es gibt immer einen Ausweg», fuhr Dorian fröhlich fort. «Wir können dich heute noch hinfahren, wo du willst, und morgen –» er zuckte die Achseln «– tscha, wir fahren schließlich auch nach Kalifornien. Du bist mehr als willkommen, wenn du uns begleiten willst.»
«Danke, aber ich möchte lieber nicht», erwiderte sie, als sie aus dem Wagen auftauchte. Sie umkreiste ihn mehrmals, aber ihre Gedanken schienen woanders zu sein. «Du glaubst wirklich, da ist keine Hoffnung mehr?»
«Ich bin mir ganz sicher!» log Dorian unbeirrt. «Die Batterie ist jenseits von Gut und Böse, und der Kühler hat auch schon bessere Jahre gesehen. Warum willst du nach Kalifornien, wenn ich fragen darf?»
«Meine Mutter liegt im Sterben. Ich bin auf dem Weg nach Hause.»
«Ah, ich verstehe. Wenn das so ist», sagte Dorian gravitätisch, «dann bestehe ich darauf, daß du mit uns kommst. Es wird keinen Ärger geben, das kann ich versprechen.»
Sie sah ihn an. «Und den Wagen soll ich hier stehenlassen?»
«Warum nicht? Irgendwann wird ihn jemand abholen und als Schrott verkaufen. Wenn ihr beide jetzt noch einen Augenblick allein sein wollt . . .»
Er beobachtete, wie sie mit sich kämpfte. Jetzt, da sich ihr Adrenalinspiegel wieder normalisiert hatte und ihr außerdem dämmerte, daß sie mehr Zeit als ursprünglich erwartet

mit ihren Nothelfern verbringen würde, nahm sie sie zum erstenmal richtig wahr, so wie jemand, der in einen fremden Traum versetzt wird – ein absurdes Trio, Mann für Mann so unerklärlich wie ein runtergewirtschafteter Bentley. (Denn Bentleys, das steht fest, sieht man nicht oft in einem shredderreifen Zustand – jedenfalls nicht öfter, als man von einem schwarzen Freiheitskämpfer, einem bisexuellen Pseudodandy und einem schizophrenen, exkommunizierten jüdischen Priester mit Maschinengewehr aus einer zwielichtigen Stripteasebude gerettet wird.) Tatsächlich musterte sie die drei – den Pater, den Patrioten, den feinen Pinkel – mit so ungläubigem Erstaunen, daß Dorians Wangen zu glühen begannen. «Wir sind bloß Studenten von Columbia», fügte er besänftigend hinzu. «Will sagen, du brauchst dir keinerlei Sorgen zu machen.»
Sie zählte ihn mit einem langen Schweigen aus, hielt seinen Blick gefesselt. «Du auch nicht», sagte sie schließlich. «Bis jetzt.»

Sie fuhren noch bis zum nächsten Dorf und hielten endlich vor einem viktorianischen Haus, in dessen Vorgarten ein Schild **Bed & Breakfast** versprach. Die Wirtin, eine ältere Dame, die Prophet mit bebenden Nüstern zur Kenntnis nahm, starrte sie eine gute halbe Minute aus zusammengekniffenen Augen an, während Dorian anbot, ihren Preis zu verdoppeln und schließlich zu verdreifachen. Erst als Lucky um ein Einzelzimmer bat, durften sie eintreten.
«Vielleicht hat sie eine Orgie befürchtet», sagte Dorian hoffnungsvoll, während er nach Luckys Gepäck griff, um es aus dem Wagen zu heben.
«Ich komm schon klar, Dorian», erwiderte sie und drängte ihn zur Seite. «Und das andere war nicht komisch.»

Als Lucky ihr Zimmer bezogen hatte, zögerten die drei Männer keine Sekunde und liefen in den Hinterhof, von wo aus ihr Fenster im ersten Stock zu sehen war. Wenige Meter vor der Fassade wuchs ein Ahornbaum, dessen Krone sich über dem Dach des Hauses ausbreitete. Dorian nahm das Haus und den Baum ins Visier, dessen unterste Äste nur knapp außerhalb seiner Reichweite lagen.

«Paßt», sagte er. «Gebt mir Anschub.»

«Moment mal», sagte Prophet. «Ich bin der kleinste. Ich sollte zuerst rauf.»

«Prophet, nicht mal um einen Lageplan fürs Eldorado würde ich mir das hier abhandeln lassen, Himmel, sieh doch nur!» Ein weiteres Licht war angegangen, das gekachelte Wände, unzweifelhaft von einem Badezimmer, aus dem Dunkeln schälte. «Sie nimmt eine Dusche!» Er sprang den Baumstamm an und krallte sich wie ein wahnsinniges Eichhörnchen in die Rinde.

«Vielleicht putzt sie sich nur die Zähne», sagte Fish. «Oder sie muß pissen», sagte Prophet.

«Es wäre mir eine Ehre, der Miktion dieses Mädels beizuwohnen. Also, Fish, du stellst dich dorthin, vor den Stamm.» Er nötigte seinen Kumpan, sich gebeugt, den Kopf gegen die Rinde gestützt, aufzustellen, und schnellte über Fishs Rükken mit Geheul ins Geäst. Als er rittlings auf dem untersten Ast zu sitzen kam, stellte sich eine kurze Erinnerung an seine Kindheit ein. Er war seit zehn Jahren auf keinen Baum mehr geklettert und hatte vergessen, wieviel Spaß das machte.

Er stieg weiter zum nächsten Ast, der bis auf anderthalb Meter an die Fassade heranreichte. Dann schob er sich vorwärts, nur das Fenster im Blick, an dem nicht einmal Läden seine Neugier zu behindern drohten, und erreichte die Einblick gewährende Position in dem Moment, in dem sich ein undurchsichtiger Duschvorhang hinter einer bleichen Gestalt schloß. Er spürte, wie der Pulsschlag in seinem Penis pochte, spürte das klingelnde Gefühl, das vor einem nahenden Orgasmus warnte.

«Und?» rief Prophet von unten.

Er konnte nicht antworten. Er war zu sehr mit dem Versuch beschäftigt, Einzelheiten hinter dem Vorhang auszumachen. Doch die Gestalt, die sich abzeichnete, blieb formlos und unbestimmt; kein Tintenklecks von Schamhaar belohnte seine Mühen.

«Bleib stehen, Fish, ich komm rauf», sagte Prophet.

Unterdessen begann die Scheibe zu beschlagen, und Dorian sah immer weniger, was er mit gemurmelten Obszönitäten und dem Versuch quittierte, sich vorzubeugen und das Fenster mit ausgestreckten Fingern zu erreichen. Aber natürlich bildete sich die Kondensation auf der Innenseite; all sein Wischen brachte ihm nichts, und bald war ihr schemenhaftes Bild ganz verschwunden.

«Was ist los?»

Er drehte sich um und sah Prophet, der anderthalb Meter unter ihm lauerte. Seine weiten Gewänder hingen vom Ast herunter wie zum Trocknen aufgehängte Bettlaken.

«Ich muß das Fenster aufkriegen.»

«Weiß nicht recht, ob das 'ne Top-Idee ist – hey, Fish, wie zum Teufel kommst denn du hier rauf?«

«Levitation», sagte Fish, der direkt unter Prophet hockte und seinen Talar in reizvollem, schwarzem Kontrapunkt baumeln ließ. «Ich hab gewartet, bis ich unbeobachtet war. Dorian . . .?»

«Das ist unerträglich», ließ sich der Waliser vernehmen, der immer noch am Fenster herumwischte.

«Hoffentlich schläft die Wirtin schon», sagte Prophet.

Mit einemmal verlor Dorian das Gleichgewicht und stürzte ab. Blitzartig streckte er die Arme aus und bekam den Ast gerade noch zu fassen, an dem er nun hing wie ein glückloser Turner.

«Mist», sagte Prophet. «Geduld, Geduld, bin unterwegs, festhalten, Mann!» Er zog sich höher am Ast hinauf.

Dorian fühlte, wie ihm das Leben durch die Finger glitt. Der Sturz, wenn auch nur fünf Meter tief, schien ihm schon den halben Weg zur Ewigkeit auszumachen. Instinktiv trat er mit den Füßen gegen das Badezimmerfenster. Die untere Scheibe zerbrach, und die Scherben klirrten höhnisch nach innen auf den Boden. Er ließ den Ast los und konnte sich, schon im Fallen, gerade noch am Fensterbrett festklammern. Die Zeit blieb stehen, während aus einer unbestimmten Entfernung langsam anschwellende Plumpsgeräusche an sein Ohr drangen.

Japsend zog sich Dorian hoch genug, um seine Ellenbogen auf das Fensterbrett stützen zu können; hoch genug auch, um einen Blick in das Badezimmer zu werfen, wo er Lucky nackt auf der Toilette sitzen sah, ein Handtuch wie einen Turban um den Kopf geschlungen und mit den Händen blitzartig die Brüste bedeckend, nur Millisekunden, ehe er die Nippel zu Gesicht bekommen hätte. Im gleichen, flüssigen Bewegungsablauf schlug sie die Beine übereinander, so daß nichts zu sehen war als die kahle Ebene des Bauches mit seiner süßen Andeutung der Schätze, die darunter lagen.

Er durchlebte den grausamen Augenblick der Erkenntnis (ein schneller Rücklauf in der Hoffnung auf andere Ergebnisse, aber nein: er hatte nichts gesehen) und spürte die Mißlichkeit seiner Lage um so drängender, je bewußter ihm wurde, wie nahe er dem ersehnten Blick auf eine nackte Frau soeben gekommen war.

»Ähhm . . . Hilfe!?» versuchte er.
Als Antwort vernahm er ein Klopfen an der Tür und eine ältliche Frauenstimme: «Hallo? Alles in Ordnung da drinnen?»
«Bestens», rief Lucky, deren Blick sich mit Dorians traf. «Ich hab nur eben ein Glas zerbrochen.»
«Brauchen Sie Hilfe?»
«Nein, es geht schon. Alles in Ordnung. Vielen Dank.»
«Lucky . . .?»
«Ach, Dorian. Wenn du dich sehen könntest.»
«Ich kann alles erklären, aber nicht jetzt, *bitte!* Hilfst du mir rein?»
«Tja, das dürfte schwierig werden, Dorian. Ich bin mitten in einem schönen, ergiebigen Schiß.»
«Ich schau nicht hin, Ehrenwort. Ich halte die Augen geschlossen –»
«Tut mir leid, aber ich kann dir nicht trauen, Dorian. Und überhaupt, darum geht's gar nicht.»
«Lucky, ich, ich – ich blute!»
«Das Gefühl kenn ich. Leb wohl, Dorian. Und vergiß nicht, dich abzurollen, wenn du unten aufkommst, okay?»
Er merkte, wie er den Halt verlor, und schloß mit dem Leben ab.
«Ach ja, eins noch», sagte sie, während er scheibchenweise aus ihrem Gesichtsfeld verschwand. «Solltest du irgendwelche Absichten hegen, spar dir die Mühe. Ich bin eine Lesbe, Dorian, und daran kannst *du* ganz bestimmt nicht ändern.»
Sie schenkte ihm ihr bezauberndstes Lächeln und winkte mit den Fingerspitzen, als er, mit einem Aufschrei, zur Erde stürzte.

Im Zimmer der Männer lag Dorian stöhnend auf dem Bett, während Prophet auf seinen Computer einhackte und Fish ihm über die Schulter sah:

ZUR SOFORTIGEN VERÖFFENTLICHUNG

Führer der Afrikanischen Faust! haben heute bei einem Treffen an einem geheimgehaltenen Ort in New York City erklärt, daß sie bis zum Jahr 2005 alle Weißen aus der Regierungsgewalt entfernt haben würden.

«Wer weiße Haut hat, kann einpacken», wurde eine Sprecherin, die unter dem Namen Mama Bantu bekannt ist, zitiert. «Wir haben anders entschieden.»

Die schwarze Unabhängigkeitsbewegung, die ihre Aktivitäten ähnlich geheimzuhalten versteht wie einst die Freimaurer, wird auf ca. 40 000 Mitglieder innerhalb der USA geschätzt. Um einen Kommentar gebeten, äußerte ein hoher FBI-Beamter, der ungenannt bleiben wollte, die Befürchtung, daß diese Drohung äußerst ernst zu nehmen sei. Die Möglichkeit eines Krieges zwischen den Rassen werde in FBI-Kreisen nicht ausgeschlossen.

«Ob der Fernseher wohl Kabelanschluß hat?» fragte Prophet, während das Fax zu den üblichen Empfängern unterwegs war.

Ihr Zimmer war mit Dielenbrettern aus Kiefernholz und altertümlichen, hölzernen Bettgestellen ausgestattet. Den Betten gegenüber gab es einen Kamin, dessen Sims mit einer Reihe alter, gebundener Bücher dekoriert war. Auf dem Nachttisch war eine Karaffe voll Brandy postiert worden. Der Fernseher war ein altes Schrankgerät aus den siebziger Jahren, eingebaut in ein mächtiges Walnußgehäuse mit Schiebetüren.

Dorian war als erstes über den Brandy hergefallen, um dann

eine halbe Stunde im Badezimmer zuzubringen, wo er sich, zwischen herumliegenden Scherben balancierend (die Lucky als Anhängerin des Verursacherprinzips liegengelassen hatte), dem eingehenden Studium seiner Verletzungen widmete. Tatsächlich stellte sich heraus, daß er nur einen winzigen Kratzer am Handballen davongetragen hatte. Er durchwühlte den Medikamentenschrank, bis er auf eine Rolle Verbandsmull stieß, von der er sich ein meterlanges Stück herunterschnitt.

Er betrachtete den Schaden, den er angerichtet hatte. Das Haus schien für diese Nacht keine weiteren Gäste zu beherbergen, und er war ziemlich sicher, daß die Vermieterin über ein eigenes Badezimmer verfügte. Bei dieser Sachlage fühlte auch er sich für die Scherben unzuständig. Auf dem Rückweg zum Schlafzimmer erwog er, bei Lucky vorbeizuschauen und ihr seine Wunde zu zeigen, um so vielleicht ihr Mitleid zu erregen. Vor ihrem Zimmer blieb er auf den knarzenden Dielen des menschenleeren Flurs stehen und ging in die Knie, um einen Blick durchs Schlüsselloch zu werfen. Anscheinend war sie schon zu Bett gegangen, denn im Zimmer herrschte Finsternis. Dann erbebte plötzlich die Tür von einem Schlag, der ihr von innen versetzt wurde. Verdattert und mit pochender Stirn kugelte Dorian hintenüber. «*Gute Nacht,* Dorian», sang eine Stimme von jenseits der Tür.

Jetzt lag er auf seinem Bett, voller Groll und Selbstmitleid. Heute nacht war er es, der schlafen wollte, und die anderen waren hellwach. Seufzend überlegte er, wie er seinem Elend abhelfen könnte. «Kann ich mal deinen Laptop benutzen?» fragte er.

«Wozu?» fragte Prophet, während Fish den Fernseher einschaltete.

«Ich will an dieser landesweiten Partnervermittlung teilnehmen.»
«Und was wird aus Lucky?» stichelte Fish. Unterdessen wurde auf dem Bildschirm ein uniformierter Wachmann, sekundiert von einem zähnefletschenden Dobermann, sichtbar, der seinem Publikum verkündete, jeder könne für nur 99,95 Dollar Eigentümer eines solchen scharf abgerichteten Kampfhundes der Marke Safeboy® werden. *Denken Sie immer daran*, schloß er mit düsterer Miene, *Ihr örtlicher Polizeihund braucht Unterstützung.*
«Stell CNN ein», sagte Prophet, der gleichzeitig mit seinem Modem das *Trulove Network* anwählte. «Wer soll die Rechnung dafür kriegen? Der Verteidigungsminister?»
«Mir egal», sagte Dorian mürrisch. Vom Bildschirm grinste ein Mann im weißen Arztkittel, der die Zuschauer daran erinnerte, daß Phalloplastiken jetzt ambulant implantiert werden konnten und von den meisten Krankenversicherungen übernommen wurden.
«Das ist mein Vater!» japste Fish, kurz bevor das Bild einem bärtigen Holzfäller namens Dave Platz machte, der selbstbewußt verkündete, früher Davina geheißen zu haben.
«Dein Vater macht künstliche Schwänze?» vergewisserte sich Prophet.
«Ja, was man da sieht, ist seine Klinik, das Scarsdale-Institut für künstlerische Chirurgie. Ich wußte gar nicht, daß er jetzt überregional arbeitet.»
«Hast ihn wohl schon länger nicht gesehen?»
«Seit einem Jahr nicht.»
«Na ja», Prophet zuckte die Achseln. «Bei mir dasselbe.» Unterdessen tippte Dorian:

Hindu-Asylant, 45, Windelträger, sucht warzenreiche großzü. weiße Sie, Alter egal, für gemeinsamen Selbstmord in Madrid,

und drückte die **ENTER**-Taste.
«Na bitte, wir sind drin!» rief Prophet und deutete mit dem Finger auf das Mopsgesicht des New Yorker Polizeichefs Russell Chunk, der gerade vor der versammelten Presse erklärte, daß zwar weder die Polizei noch das FBI über irgendwelche Erkenntnisse hinsichtlich einer Gruppe namens Afrikanische Faust! verfügten, man es im Hinblick auf die Rassenunruhen, die der gestrige Freispruch eines weißen Polizisten vom Vorwurf der Tötung eines schwarzen V-Mannes in New York und fünf anderen Städten ausgelöst hatte, jedoch für geboten halte, die Attentatsdrohungen gegen drei Gebäude in Manhattan ernst zu nehmen und näher zu untersuchen.
Dieser Verlautbarung folgte das Bild einer bleichen und besorgt dreinblickenden Anchorfrau, die ihrerseits nur das Vorspiel zu einer Nahaufnahme verwilderter Straßenköter und wimmelnder Ratten war, die sich mitten auf einem offensichtlich großstädtischen Boulevard an mehreren Dutzend Leichen von ehemals weißer Hautfarbe gütlich taten.
«Die Revolution kriegt euch alle», sagte Prophet und klatschte in die Hände. «Sieht ganz so aus, als wären wir gerade noch rechtzeitig aus New York rausgekommen.»

Lediger Er, 29, sucht unfruchtbare Witwe mit Rachegelüsten für wissenschaftliche Studien. Geringe Gebühren. **[ENTER]**

«Ich werd noch berühmt, Baby!»

«Unglaublich», sagte Fish, als er auf dem Bildschirm einen untersetzten Weißen mit dunklem Anzug und Krawatte sah, der sich ein Taschentuch vors Gesicht hielt, während ein ähnlich gekleideter Schwarzer auf eine säuberlich ausgelegte Reihe von Leichen in einer Schulturnhalle oder einem improvisierten Leichenhaus deutete. «Das Urteil muß gestern verkündet worden sein, unmittelbar nachdem wir Manhattan verlassen hatten. Ich hätte gestern abend besser auf die Nachrichten achten sollen, ich hab überhaupt nichts mitbekommen.»

ICH: Umgänglich, unterernährt, 60. DU: schwer erziehbar, scheu, 16. **[ENTER]**

«Die Kacke ist am Dampfen», sagte Prophet, «aber keiner kann behaupten, diese Schießbudenfiguren wären nicht gewarnt worden. Trotzdem bin ich froh, daß ich etwas für unsere Sache tun kann, ohne daß jemand dabei zu Schaden kommt; hörst du mich, Glotzo?»

Der Präsident wohnte anschließend einer nichtöffentlichen Krisensitzung des Stadtrats bei, nachdem er Reportern noch versichert hatte, daß weitere Einheiten der Nationalgarde –

«Darf ich beim nächsten mitmachen?» fragte Fish.

«Du kommst auf den Geschmack, Baby. Ich will dir was sagen: Ich glaube, ich habe meine Berufung gefunden», sagte Prophet, während die Kamera durch einen Gerichtssaal schwenkte und schließlich auf einen mißmutigen jungen Weißen im Zeugenstand gerichtet blieb.

Syphilitischer Zwerg, 13, verspielt und ungezogen, ist bereit, Stuhlprobe an die Auserwählte abzugeben. **[ENTER]**

Wollen Sie damit sagen, Mr. Oven, daß sie Lucy de Kornbluth getötet haben, nur weil sie *häßlich* war?
Ja.
Daß Sie, sobald Sie sie ansehen mußten, grippeähnliche Symptome verspürten?
Ja.
Und zu diesen Symptomen zählten auch heftige Schmerzen in der Brust?
So ist es.
Und es ist richtig, daß Sie davon überzeugt waren, Sie müßten sterben?
So hat's sich angefühlt.
Dann kann man also sagen, daß Sie in Notwehr handelten, als Sie Lucy de Kornbluth angriffen? Daß Sie verzweifelt versucht haben, einem Herzinfarkt zuvorzukommen?
Ja.
Mr. Oven, haben Sie sich jemals einer psychiatrischen Untersuchung unterzogen?
Ja, ich hab mit so 'nem Burschen gesprochen.
Hatten Sie den Eindruck, daß er von Ihrer Geschichte überrascht war?
Null. Er hat gesagt, er hat schon viele solche Fälle gesehen.
Hatte er einen Namen für Ihr Leiden?
Oh. Ja, ja, er sagte, es heißt – es war – äh –
Nannte er es das «bösartige Ästhetik-Syndrom»?
. . . Genau!

Arabischer Gentleman, früheres Staatsoberhaupt und Veteran der Dschihad, jetzt als Gerichtspathologe tätig, sucht vier bis sechs schlanke jüdische Mädchen, 14–18, zur Entspannung zwischen Autopsien. Denk dran: Formaldehyd ist ein Aphrodisiakum. Ich möchte Dich drin baden und dann sauberlecken. **[ENTER]**

«Na, hast du deine Traumfrau schon gefunden Dorian?»
«Wie stehen die Chancen», sagte Dorian aufblickend, «welche Chancen hab ich, daß sie vor unserer Abreise noch mal duscht?»

KAPITEL 7 TRENDS IN DER HETEROSZENE, ODER: DES ANWALTS LETZTER SEUFZER . . .

Ich lege meinen Stift zur Seite und stehe auf. Höchste Zeit, den Kreislauf wieder in Schwung zu bringen.

Ich habe lange Unterhosen an, einen Trainingsanzug, ein Sweatshirt, zwei Pullover, einen daunengefütterten Parka, eine Strickmütze (mit Bommel) und dicke Schaffellhandschuhe. Außerdem habe ich mich in sämtliche Decken eingewickelt, die ich besitze. In diesem mobilen Kokon schlurfe ich im Zimmer auf und ab und schmiede Mordpläne für den Servicemann, der sich um den Heizkessel kümmern sollte. Ich habe ungefähr zwanzigmal auf seinen Anrufbeantworter gesprochen und nicht eine verdammte Antwort erhalten.

Professor Lank hat, bevor er zu einer Fakultätsparty im Nebenhaus aufbrach, freundlicherweise einen reichlichen Holzvorrat kommen lassen und in der Bibliothek ein Feuer angemacht. Alle Verschläge und Käfige sind dorthin gebracht worden; die Tiere haben ihre Zwistigkeiten hintangestellt und drängen sich vor dem Kamin zusammen. Ich war auch schon dort und habe mich an Ponce, das Gürteltier, gekuschelt, aber nicht die nötige Ruhe zum Schreiben gefunden. Außerdem reicht der Platz nicht für alle, und ich könnte es nicht ertragen, irgendeines von den Tieren erfrieren zu sehen. Nur Killjoy ist nicht dabei. Lank hat heute vormittag einen Heizlüfter für Killjoys Zimmer gekauft, der gut zu funktionieren scheint. Seine Wärme hat auch die Ratten angelockt, und Killjoy hat sich an ihnen gütlich getan. Die anderen Bewohner unseres Hauses gehören zu dem Yuppie-Volk, bei dem diese Gegend hier seit kurzem angesagt ist. Die meisten sind junge Berufseinsteiger, gerade raus aus dem College, die sich durch ihre ersten Assistentenstellen kämpfen und tapfer Kredite abzahlen. An den Wochenenden kehren sie oft ins elterliche Nest in Connecticut oder Boston zurück, so als wären sie noch nicht gänzlich flügge. Nach der Stille zu schließen, ist heute abend jedenfalls keiner von ihnen im Haus.

Manchmal wünschte ich, ich hätte einen Job bei einem Verlag angenommen, obwohl es in Wahrheit kaum eine unbekömmlichere Umgebung für einen angehenden Schriftsteller geben dürfte. Aber schließlich kommt keiner von uns ohne Kompromiß durchs Leben, und mein Vorsitz über den langsamen Tod der Literatur hätte mir immerhin einen monatlichen Scheck und eine geregelte Krankenversicherung eingetragen. Innerhalb weniger Jahre wäre ich eine angesehene Lektorin mit eigenem Autorenstamm gewesen. Ich wäre mit Agenten zum Lunch gegangen und hätte Manuskripte zum Lesen mit nach Hause genommen, in meine geordnete Welt. (Wie alt ich mich anhöre. Ein bezahlter Fick ist alles, was es dazu braucht; die Weltanschauung ist danach nicht mehr dieselbe.) Vielleicht wäre mir jemand begegnet, den ich hätte lieben können, und vielleicht wäre ich in der Folge eine *Ehefrau und Mutter* geworden. Ich hätte auch Verlagsleiterin werden können. Ich hätte ein normales Leben führen können.

Aber es hat nicht sollen sein . . . Ich habe der großen Herde meiner Artgenossen den Rücken gekehrt und mich in die Sackgassen des Nonkonformismus geflüchtet. Abgesehen von der Langeweile gibt es für den, der sich in der Welt der Mehrheit durchsetzen will, nur eine Schwierigkeit zu überwinden: die Arschkriecherei. Wenn man anderen in den Arsch kriechen kann – ein Fähigkeit, für die mir gottlob die Anlage fehlt –, dann fügt sich alles andere wie von selbst. Nonkonformismus dagegen ist ein mühsames Geschäft. Nonkonformismus erfordert Mut, Energie, Ausdauer. Wie leicht wäre es, sich dem Sog des großen Stromes zu ergeben, sich treiben zu lassen. Die Stromschnellen, denen man hin und wieder begegnet, sind gefährlich, aber zu meistern. Die Richtung ist vorgegeben. Man muß nur dafür sorgen, daß man in der Strömung bleibt. *Vorausgesetzt, man kann in diesen Arsch da kriechen.*

Ganz anders ist es an den Ufern, in dem Dickicht, das an der Wassergrenze wuchert. Nur selten gibt es hier einen Saumpfad, Wegweiser führen in die Irre, Karten sind lückenhaft. Erfolg ist etwas Unbekanntes: Nicht einmal Liebe habe ich gefunden, und mein Beruf streut nur Salz auf diese Wunde. Ganz egal, ob ich vergöttert oder vergewaltigt wurde: Fleischliche Zuwendung, sei sie unterwürfig oder aggressionsbeladen, hinterläßt immer einen schalen Nachgeschmack, den nur die Liebe tilgen kann. Wenn Liebe im Spiel wäre, könnte ich einem Mann seine Schwächen vergeben. Ich könnte mir sogar meine eigenen Schwächen vergeben. Aber ich habe nie geliebt, und jede meiner Sitzungen war nur ein grausamer Hinweis auf das, was mir entging. Die größte Einsamkeit, die man überhaupt erleben kann, erwartet einen, so meine Überzeugung, als Nachspiel eines Ficks mit jemandem, den man nicht liebt. Dann hasse ich den Mann. Dann hasse ich mich selbst. Dann brauche ich diesen

Haß mehr als sonst irgend etwas, denn er allein hält mich am Leben.
Widerspreche ich mir etwa? Na schön, ich widerspreche mir.
Ich bin froh; daß ich in dieser großen Wohnung mit ihren vielen Zimmern lebe. Ich könnte es nicht ertragen, in eines dieser engen Löcher gepfercht zu sein, die man *Studios* nennt – ein wirklich krasser Fall von Etikettenschwindel. Wird in diesen Studios irgendeine Kunst praktiziert? Die Kunst des Fickens vielleicht? Ich glaube nicht. Ficken ist eine Wissenschaft, keine Kunst. Es ist mechanisch und meßbar. Die Liebe dagegen – die Liebe ist eine Kunst und wird es bleiben, bis die Neurobiologen ihr Werk der Entzauberung vollendet haben.

x

Gestatten Sie mir ein paar Bemerkungen über die Männer, die ich einmal meine Kunden nannte – eine soziologische Abschweifung, wenn Sie so wollen, gefolgt von harten Fakten.
Es gibt keinen Ort, an dem ein Mann mehr von sich preisgibt als im Bett. Diese Offenherzigkeit bedient sich nicht notwendigerweise der Sprache. Ebenso beredt kann die Wahl der bevorzugten Praktiken sein oder auch die Wahl der Position. Ich finde es bedeutsam, wenn auch wenig überraschend, daß das Ficken – wie das Essen, die Kunst, die Kleidung – eine Frage des *Geschmacks* ist. Mit Ausnahme von Hagestolzen oder Idioten oder fundamentalistischen Christen sind wir uns alle einig, daß das Ficken ein lohnender Zeitvertreib ist. Was nicht heißt, daß wir es alle gern tun. Ich spreche von Männern, die keine Befriedigung finden, deren Beischlaf unterhöhlt ist von Angst. Der Höhepunkt

lindert nichts, löst vielmehr unbändige Empörung aus, so als hätte der Akt des Fickens entgegen allen Erwartungen sein biologisches Versprechen nicht erfüllt. Als hätte er statt dessen einen schlechten Scherz auf ihre Kosten gemacht. Ich meinerseits wurde dann zum Blitzableiter ihrer Frustration, zur Zielscheibe ihrer fehlgeleiteten Wut. Oft, wenn mich irgendein Hollywoodmogul oder Wall-Street-Tycoon mit Fußtritten durch den Raum trieb – oft hatte ich das Bedürfnis, ihn zu fragen: Was ist eigentlich los mit dir? Was zum Teufel geht hier vor? Hätte ich es getan, und hätte ich eine Antwort erhalten, so wäre vielleicht ein gewisses Muster zutage getreten, und ich hätte das Ergebnis meiner Forschungen in einem unserer gelehrten Journale veröffentlichen können.

Schon ehe es zu dem Zwischenfall kam – dem meiner Fast-Ermordung – hatte ich begonnen, mir Sorgen zu machen. Meine Sitzungen waren selten saftiger, sauberer Sex. Sie waren auch selten saftiger, schmutziger Sex. Sie ähnelten mehr einem Ringkampf, und kaum eine verging ohne Blutvergießen (besser seins als meins). Die Grenzen des schlechten Geschmacks wurden regelmäßig überschritten, und selbst die Grenze zwischen Leben und Tod war bei vielen dieser wilden Jagden nach dem Unerreichbaren nicht fern. Alle Mittel und Methoden waren recht, von vorn und hinten, von unten und oben, das Innerste nach außen gekehrt und alles zugleich. Ich vermute, daß Gott – wenn er denn existierte, was nicht der Fall ist – an nichts dergleichen dachte, als er seinen Saft in die Ursuppe spritzte und die ersten Aminosäuren entstanden; oder als die ungeschlechtliche Vermehrung ihr Monopol verlor und das Schlachtfeld des Sex entstand. Die Fortpflanzung sollte eine einfache, zielgerichtete Sache sein – wozu dann dieses ganze Brimborium?

Wo auf dem Boulevard der Evolution begannen wir, auf Abwege zu geraten? Seit Jahrzehnten haben wir ganze Industrien, die nichts anderem gewidmet sind als dem Sex, die Filme und Magazine und Bücher und Hilfsmittel aller Art produzieren, und allmählich kann man nicht mehr umhin, zu fragen: Was soll das alles? Dieser ganze Aufwand für den wohltemperierten Orgasmus? Für diesen flüchtigen, undefinierbaren Augenblick? Liegt es vielleicht daran, daß der wahre Feind nicht die Enthaltsamkeit ist, sondern die *Langeweile*?

Die Mechanismen der Reproduktion sind im höchsten Grad schal geworden. Normaler, heterosexueller Geschlechtsverkehr ist nur noch ein pubertäres Vorspiel zu immer raffinierteren Abarten. Meine Theorie, richtig oder falsch, ist die, daß wir etwas suchen, das *jenseits* des Koitus liegt. Als Kinder machen wir uns auf, rund um das eheliche Baseballquadrat zu laufen, und mit jeder Ecke kommen wir unserem Ziel eines Homeruns näher, nämlich unserem ersten Fick. Heute kann uns der Homerun nicht mehr befriedigen, also was dann? Ist es das, was sich hinter der Qual unserer flüchtigen Begegnungen verbirgt? Die Suche nach einem fünften Eckpunkt des Quadrats? nach einer neuen Ebene des Kitzels? Ist die sexuelle Sehnsucht nicht zyklisch, sondern linear und daher zu unendlichem Fortschritt, zu unendlicher Komplexität verdammt?

Kommen wir zu meinem Kunden Baker Lewis. Er stammte aus guter protestantischer Familie, ein Abfallprodukt der herrschenden Oberschichten der Ostküste – beziehungsweise dessen, was 1999 von ihnen übrig ist, und das ist Gott sei Dank nicht mehr der Rede wert. Er war Sozius in einer Anwaltskanzlei der Hochfinanz, einer jener Sozietäten, die sich freizuhalten wissen von Kunstfehlerprozessen, Beleidigungsverfahren, der juristischen Absicherung feindlicher Übernahmen, der Verteidigung von Straftätern und all dem banalen Hickhack, das unsere streitsüchtige Republik unterfüttert. Baker hatte eine attraktive Frau, Wohneigentum am Sutton Place, ein Landhaus in Bedford. Mit anderen Worten, er hatte nicht viel Grund zur Unzufriedenheit.

Unsere Treffen fanden für gewöhnlich in Hotels statt, oft mitten am Tag. Baker schätzte das Carlyle besonders, aber manchmal stiegen wir auch im Westbury oder im Sherry Netherland ab. Er wirkte immer angespannt und verbrachte den größten Teil unserer gemeinsamen Zeit damit, von seinen Problemen zu salbadern (frigide Frau, frigide Sekretärin, die Last, weiß und reich zu sein) und mich zu schlagen. Er hatte die Gewohnheit, drei oder vier Sätze abzusondern, die meistens auf einer tragischen Note endeten – z. B. einer Kanzleikollegin, die Strafanzeigen wegen sexueller Belästigung erstattete –, und dann auf mich einzudreschen, um sich auf diese Weise zu erleichtern. Natürlich gab es auch Sex, aber dieser Sex fühlte sich immer zögerlich und kompliziert an, so als wäre Baker seiner selbst nicht sicher oder in Gedanken ganz woanders. Dann riß er sich plötzlich wieder zusammen und schlug auf mich ein.

Und das alles sagt noch nichts über die Spielarten, bei welchen Baker Entspannung suchte. Von den üblichen sexuellen Praktiken unbefriedigt, brütete Baker ständig neue Szenarien aus, die seiner Lust aufhelfen sollten. Einmal kaufte er zwei Schäferhundkostüme, und wir hüpften auf allen vieren herum, um der tierischen Leidenschaft Tribut zu zollen. Bei einer anderen Gelegenheit heuerte Baker den besten Hengst aus Cornell Bodleians Stall an, einen gewissen Adamo Rogaine, von dessen Mitwirkung er sich einen bisexuellen Dreier voll höchster Wonnen versprach. Nach einem ersten Blick auf Adamos Büchsenöffner («mein Gott, der hat einen Schwanz wie ein Rhinozeros») beschloß Baker, sich der neuen Erfahrung behutsam zu nähern, zu welchem Zweck er eine Karotte zum Vorschein brachte. Ich führte das Gemüse in sein Rektum ein und versuchte, seine Prostata zu reizen. Nicht nur zeigte Baker keinerlei Erregung und sah mit dem grünen Blätterbüschel, das fröhlich aus seinem Hintern ragte, ziemlich lächerlich aus; nein, die Karotte brach auch noch ab, als ich sie wieder herausziehen wollte. Ein halbstündiges Gefummel mit diversen Zangen zeitigte kein Ergebnis, so daß Baker nichts anderes übrigblieb, als eine Flasche Rizinusöl zu leeren und verbittert auf den natürlichen Abgang zu warten. In einem dritten Fall bestand Baker bei seiner ständigen Suche nach einem neuen Faktor X darauf, es an einem öffentlichen Ort – konkret: im A-Train um zwei Uhr morgens – zu treiben, was die Aufmerksamkeit einer schwarzen Jugendbande erregte und zu einem Koitus interruptus mit Verlust all unserer Wertsachen führte.

Und jetzt zum Angelpunkt der Geschichte. Genau genommen gibt es zwei oder drei.

Wir liegen, an diesem dienstäglichen Frühlingsmorgen, im ehelichen Schlafgemach von Bakers doppelstöckigem Appartement am Sutton Place. Herkömmliche Lebenserfahrung ließe vermuten, daß sich Bakers Frau anderswo befindet, zum Beispiel auf Reisen. Aber im Gegenteil: Sie ist unten in der Küche und macht uns Frühstück.

Er liegt auf dem Rücken und starrt an die Decke. Eine Hand schlüpft unter die elfenbeinfarbene Bettdecke, es folgt das Geräusch von Sandpapier auf Holz. Baker kratzt sich am Sack.

«Die Sache hier schnarcht mich langsam an, Venus. Sie

schnarcht mich *echt* an», sagt er und popelt mit der anderen Hand in der Nase. (Baker haßt es nämlich, für einen steifen Wall-Street-Bonzen gehalten zu werden, und er verschmäht kein sprachliches Klischee, um zu demonstrieren, daß er gut drauf und voll im Trend ist.) «Ich finde, wir sollten mal Klartext reden, wie es mit dieser Beziehung weitergehen soll, meinst du nicht?»

Ich habe unterdessen überlegt, wie ich diesem Frühstück entkommen kann.

«Ich finde, so wie bisher kann's nicht bleiben», fährt er fort und schnipst einen Popel durch den Raum.

«Möchtest du eine Neue, Baker?» (Nach der vergangenen Nacht halte ich es für das Beste, wenn ich diesen Mann nie wiedersehe. Ich brauche ihn nicht – oder doch? Warum lasse ich mir so was gefallen? Warum habe ich Baker nicht gesagt, daß er sich selber ficken – ach was, daß er einen durchgelutschten Drops ficken soll, das wäre eher sein Format.)

Er wirft mir einen wirren Blick zu, so als nähme er meine Anwesenheit erst jetzt zur Kenntnis. «Wie bitte? Um Himmels willen, nein. Worauf ich hinaus will, ist, daß ich meine Frau verlassen muß.»

Oh. Nur das nicht.

«Nein, das bringt uns auch nicht weiter», sagt er und verzieht das Gesicht, während mir Dankgebete auf den Lippen tanzen. «Vielleicht – vielleicht ist sie es, die uns verlassen sollte. Weißt du noch, was ich gestern abend über Mord gesagt habe?»

Ach, *das* . . . Ich schätze die Entfernung zur Tür ab, etwas über fünf Meter. Ich könnte auf dem Weg dorthin sogar noch mein Kleid aufsammeln. «Was meinst du damit?»

«Hackebeil und Messer, die Frau liegt im East River, schon geht alles besser.» Er schnaubt selbstzufrieden.

«Baker –» ich versuche, besänftigend und warnend zugleich zu klingen – «das hat man schon im Kino gesehen.»
«Alles hat man schon im Kino gesehen!» bellt er. «Es gibt keinen gottverdammten Gedanken in der Welt, der noch original ist. Kein einziges Scheißoriginal. Sag mir, daß ich recht habe.»
Und er hat recht. Hollywood hat dem Leben eine Menge Erstaufführungsrechte abgenommen. Selbst die schlichte Existenz ist ein Klischee: Alles war schon zu sehen, in jeder denkbaren Kombination, und der Restwert ist nicht eben hoch.
«Ich geh unter die Dusche», sagt er und klettert aus dem Bett. «Denk drüber nach und laß mich wissen, was dabei rausgekommen ist.»
Während ich mich anziehe, lasse ich die Ereignisse des vergangenen Abends Revue passieren. Baker hatte mich «ganz spontan» in seine Wohnung bestellt und mir versichert, daß seine Frau auf Verwandtenbesuch in Newport sei. Als ich um ca. 21 Uhr eintraf, stellte ich fest, daß er gelogen hatte. Bakers Frau – eine zierliche Brünette in den Dreißigern – saß in Wahrheit auf einem Klappstuhl im Wohnzimmer, und zwar gefesselt und nackt. Sie verfolgte meine Ankunft mit weit aufgerissenen Augen, in denen eine Angst stand, wie ich sie in meinem ganzen Leben noch nicht gesehen hatte.
Der Raum war mit vielleicht zwei Dutzend weißen Kerzen geschmückt, die alle brannten. Alle Möbel waren an die Wände gerückt, so daß in der Mitte eine freie Fläche entstanden war; dort hatte Baker ein rotes Pentagramm auf den weißen Teppichboden gesprüht. Aus den Lautsprecherboxen drang düstere, von Blechbläsern dominierte Musik – Berlioz, wie ich später erfuhr. Die Vorhänge waren zugezogen.
Baker selbst war in einen schwarzen Umhang und sonst

nichts gehüllt – ziemlich schick für einen Wall-Street-Anwalt, vor allem zusammen mit dem schwarzen Lippenstift. Er hatte einen Knüppel mit poliertem Messinggriff in der Hand. Seine blonden Haare waren glatt an den Kopf geklatscht, wodurch seine lange, schmale Gesichtsform unterstrichen wurde. Ich glaube, Baker hatte den kleinsten Mund, den ich jemals, Mann oder Frau, gesehen habe. Seine Lippen waren kaum merkliche Abweichungen von der sonstigen Gesichtshaut, schmale rosige Striche, die sich unweigerlich ausgetrocknet und spröde anfühlten, ähnlich wie sein stoppeliges Kinn. Auch seine Zähne waren ungewöhnlich klein: sie erinnerten mich an unreife junge Maiskörner.

Baker hatte mich angewiesen, ein schwarzes Abendkleid mit nichts darunter zu tragen. Ich gebe zu, daß mich solche Kostümierung erregt – das zugige Gefühl zwischen meinen Beinen, die raschelnde Reibung der Seide an meinem Schamhügel. Für Baker ging es dabei nur um Bequemlichkeit: Er haßte jedes Hindernis und lehnte daher Unterwäsche ab.

«Meine Liebe», rief er mit lauter Stimme, um die Musik zu übertönen, «ich glaube, du hast Raina noch nicht kennengelernt.»

Ein Frösteln durchfuhr mich, als ich seine Frau so gefesselt sah, aber ich war zu baff, um irgend etwas zu tun. Ich stand wie angewurzelt da und versuchte, zu begreifen. Die Musik dröhnte in unheilvollen, immer gleichen Intervallen, es klang wie ein Todesmarsch.

«Ich dachte, wir machen heute abend ein paar Rollenspiele», verkündete Baker. «Ich bin der blauäugige Teufel. Du, Venus, du stellst dich in der Mitte des Zimmers auf. Ach ja, zieh deine Schuhe aus.»

Ich tat, wie mir geheißen. Obwohl nur die Kerzen brannten,

war der Raum hell erleuchtet, was Baker plötzlich zu stören schien. Er lief von Kerze zu Kerze und löschte mehr als die Hälfte von ihnen, wobei er immer wieder den erzielten Effekt überprüfte, bis die Beleuchtung seinen Wünschen genau entsprach. Es war jetzt wesentlich dunkler im Zimmer, und die Gemälde an den Wänden schienen unheimlich zu flackern. Baker zog einen Athame, einen zeremoniellen Dolch, hervor, mit dem er Rainas Fesseln löste. Vorsichtig rieb sie ihre wundgescheuerten Handgelenke, ertastete das Gefühl der Freiheit.

«Also dann. Raina, ich möchte, daß du zu Venus in die Mitte gehst», fuhr Baker fort und schubste sie in meine Richtung. «Na los, beweg dich.»

Raina sah mich nicht an, als sie näherkam. Ihre Augen waren groß und braun, ihr Körper war schlank und knochig, ihr üppiges Haar erbärmlich zerzaust. In ihrem Gesicht waren frische Blutergüsse. Sie mußte sich gewehrt haben, als er sie an den Stuhl fesselte, und jetzt war sie offensichtlich fix und fertig. Kurz vor mir blieb sie stehen und wandte sich nach ihm um.

Baker hatte unterdessen ihren Stuhl in eine Zimmerecke getragen und sich hingesetzt. Er betrachtete die Szene wie ein kritischer Beobachter, wie ein Regisseur auf einer Probe.

«Und jetzt», sagte er, wobei er die Hände aneinanderlegte, «jetzt fickt euch.»

Ich schielte zu Raina, die ihre Augen niedergeschlagen hatte, und starrte dann wieder Baker an, der erwartungsvoll seine Hände öffnete.

«Ich sagte: Fickt euch.»

«Baker», sagte ich, «ich bin nicht hergekommen, um –»

Er sprang auf, so daß der Stuhl polternd umfiel, und war mit wenigen Schritten bei mir. Ehe ich noch reagieren konnte,

hatte er mit seinem Knüppel ausgeholt und mir einen Schlag gegen die Rippen versetzt. Meine Knie knickten unter dem Schmerz ein, aber Baker war noch nicht zufrieden. Er schlug mir mitten ins Gesicht. Ich ging zu Boden, war benommen und konnte mich nicht bewegen, aber er packte mich bei den Haaren und zerrte mich wieder hoch, stützte mich, bis ich mich wieder auf den Beinen halten konnte. Seine eiskalten blauen Augen durchbohrten mich förmlich, weit entfernt von jedem Bedauern. «Ich wiederhole mich nicht gern, kapiert?» sagte er und rammte mir den Knüppel unters Kinn, so daß sich unsere Blicke trafen. «Und jetzt, zum letztenmal: Fickt euch.» Er kehrte zu seinem Stuhl zurück. «Und macht keine so jämmerlichen Gesichter dabei. Es soll aussehen, als wenn ihr Spaß dabei habt, okay? Zeigt ein bißchen Lust und Laune.»
Eine normale Frau wäre in diesem Augenblick in Tränen ausgebrochen, aber mich erfaßte eine eigentümliche Heiterkeit. Es liegt ein Gefühl von Macht darin, Zeuge eines Aktes der Vergeblichkeit zu werden, zumal wenn man selbst das Objekt der Begierde ist. Wie oft habe ich mich an Bakers Wut gelabt, habe sie mit spöttischer Miene über mich ergehen lassen. Je mehr er mich schlug, je größer seine Aggression wurde, desto stärker wurde ich. Ich fühlte mich, als sei ich das Gefäß, das den Schlüssel zu seiner Erlösung enthielt, und seine Mühen machten ihn für mich zu einem klassischen Sisyphus: Er würde mich ficken und schlagen und wieder ficken, nur um dort zu enden, wo er begonnen hatte. Doch heute nacht war eine unschuldige Dritte im Spiel, die ich berücksichtigen mußte. Raina zitterte, als ich sie in die Arme nahm, ihre Haut war kalt und glatt. «Mach dir keine Sorgen», flüsterte ich. «Wir stehen das gemeinsam durch, okay? Tu einfach so, als ob.»

Der Berlioz dröhnte weiter. Ich küßte sie wie eine Liebende, so sehr wollte ich sie trösten. Baker drehte den Stuhl mit der Lehne nach vorn und setzte sich breitbeinig darauf, das Kinn auf die Arme gestützt. Er dirigierte uns mit seinem Knüppel und beobachtete angespannt, abwägend, wie ein Filmemacher, der den einen, perfekten Take erwischen will. Woraus der wohl bestand?

Ich hatte nie zuvor mit einer Frau geschlafen, und das hier war keine ideale Premiere. Sie vertraute sich meiner Führung an, gab halbherzige Küsse zurück, und ich fragte mich unversehens, wer sie wohl war und wie sie an Baker Lewis geraten war. Die übliche Geschichte, vermutete ich: Er war nicht immer so wie jetzt, er stand unter starkem Streß, ihre Eltern hatten die ganze Sache arrangiert. Und jetzt mußte ich, um viele Jahre jünger als sie, eine bezahlte Hure, sie vor ihrem eigenen Mann beschützen.

«Laß das Kleid fallen, Venus», befahl Baker.

Als das Abendkleid auf den Boden glitt, drehte Raina den Kopf zur Seite, und als meine Brustwarzen ihren Arm streiften, zuckte sie zurück. Baker sprang auf, und allein die Drohung eines erneuten Angriffs reichte aus, damit sie sich mir wieder zuwandte. In ihren Augen glänzten jetzt Tränen. Ich faßte ihr Handgelenk und zog sie langsam zu Boden. Die Posaunen blökten noch immer ihre Todeshymne. «Hilf mir, Raina», flüsterte ich, während ich ihre Schamlippen zu umkreisen begann: «Und laß dir von mir helfen.»

Plötzlich verstummte die Musik. Ich blickte zu Baker. «Neinneinnein, nicht aufhören», rief er und winkte mir, weiterzumachen. «Ich finde das alles äußerst faszinierend. Kannst du dir vorstellen, Venus, daß meine Frau in den sechs Jahren unserer Ehe noch keinen einzigen Orgasmus gehabt hat? Wir waren bei allen Spezialisten, die es in Manhattan dafür gibt, aber keiner hat irgendeinen Defekt bei ihr gefunden. Stimmt's, altes Mädchen?»

Ich spürte, daß Raina wieder zitterte. Sie würde nicht mehr lange durchhalten. Ich ging zu direkter Stimulation über, um sie auf diese Weise vielleicht abzulenken.

«Als der sensible Bursche, der ich nun mal bin», fuhr Baker fort, «bekam ich solche Schuldgefühle, daß ich jeden Sex mit meiner Frau eingestellt habe. Warum soll ich ihr das Trauma immer wieder zumuten, wenn sie nichts davon hat? Raina hält mich für grausam, aber in Wahrheit mache ich das alles für sie. Außerdem habe ich eine kleine Theorie, die ich auf die Probe stellen möchte.»

Ich hatte inzwischen einen Rhythmus gefunden. Überraschenderweise öffnete sie ihre Schenkel ein wenig weiter, was es mir leichter machte.

«Ich will dir mal was sagen, Venus», fuhr Baker fort. «Seit Jahren höre ich nichts anderes mehr als Frauenbewegung hier und Frauenbewegung da. Sexuelle Belästigung. Vergewaltigung beim Rendezvous. Man hat es langsam so satt, daß man überhaupt nichts mehr mit Frauen zu tun haben will. Immer wird nur gehetzt und gejammert, gehetzt und gejammert. Ich schaue auf der Straße eine Frau an, und zack, schon zerrt sie mich vor Gericht. Ist das Gerechtigkeit?»

Etwas Merkwürdiges geschah mit Raina. Unter anderen Umständen wäre ich überzeugt gewesen, daß sie *geil* wurde.

«In Wahrheit leben wir seit den achtziger Jahren mit einer verdammten Doppelmoral. Eine Frau darf anziehen, was sie will, auch wenn es praktisch nichts ist, aber dem Mann ist es verboten, auch nur die kleinste Reaktion zu zeigen. Willst du meine Meinung hören? Ich finde, daß es eine sexuelle Belästigung ist, einen Minirock zu tragen. Wenn ich eine

Frau im Minirock sehe, ist mein erster Gedanke, ihr den Fetzen runterzureißen und sie auf der Stelle durchzuvögeln. Und daran ist nichts verkehrt. Es ist natürlich. Ein biologischer Prozeß. Ich bin so programmiert. Und deshalb sollte es Frauen nicht erlaubt sein, sich so anzuziehen – oder man muß dieses verdammte Gesetz gegen sexuelle Belästigung kippen. Das Risiko ist zu groß. Die Versuchung ist zu groß. Da kann man mich doch nicht für verantwortlich machen.»

Raina schwamm in ihren Säften, und auch ich wurde allmählich feucht.

«Und jetzt zu meiner Theorie. Sie ist noch im hypothetischen Stadium, aber demnächst schreibe ich alles genau auf und bring's als Buch heraus, so lang und breit wie nötig. Und wenn ich das sage, dann rede ich von einem Bestseller. Ich rede von Fernsehauftritten, von Talkshows, von *60 Minutes*, von *Good Morning America*, von *20/20*. Ich rede von *Nightline* in Luxusausgabe. Aber egal, hör mir zu. Ich gehe davon aus, daß der weibliche Orgasmus ein Mythos ist. Und nicht nur ein Mythos, viel schlimmer: Er ist eine *Verschwörung*! Mit dem Orgasmus ist es wie mit dieser ganzen verdammten Bewegung, die Tausende von Jahren zurückreicht und immer nur den einen, offensichtlichen Zweck verfolgte, die Männer zu kontrollieren. Ich habe in all diesen verdammten Biologiezeitschriften nachgeschlagen und keiner kann mir erklären, wozu es ihn überhaupt gibt. Er spielt keinerlei Rolle in der Evolution! Klar, klar, es gibt einen Haufen *Theorien*, aber keine Indizien. Und wenn die Frauen den Männern nicht beweisen können, daß sie ihn haben, wie sollen wir dann wissen, daß er existiert? Er ist wie die kalte Kernfusion – Beschiß, Beschiß, Beschiß.»

Oh, aber das hier fühlte sich gut an. Ich zog sie näher an mich heran.

«Aber je länger du darüber nachdenkst, desto klarer wird dir, daß der ganze Sex genauso ein Beschiß ist. Im Endeffekt ist nicht viel dran, er ist eigentlich eine komplette Enttäuschung. Ich denk mir oft, daß ich es besser lassen sollte. Ich würde mir eine Menge Ärger ersparen. Aber das Problem ist, sobald du damit angefangen hast, kommst du nicht mehr davon los. Du bist süchtig geworden, und es ist wie mit jeder anderen Sucht – du brauchst eine immer größere Dosis. Und dafür habe ich dich, Venus. Ich bezahle dich, und deshalb kann es mir scheißegal sein, ob du einen Orgasmus hast oder nicht.»
Sie näherte sich der kritischen Masse. Ich spürte, wie sich ihre Muskeln zurückzogen, ihr Geschlecht sich öffnete wie eine Blume.
«Aber irgendwann kommt der Tag, an dem selbst du mir nicht mehr genug sein wirst, Venus. Ich werde die 42. Straße rauf und runter tigern – falls Disney sie bis dahin nicht völlig aufgekauft hat – und in Pornokinos abspritzen. Ich werde fünfzig Huren anheuern und die eine Hälfte vögeln und der anderen Hälfte zusehen, wie sie sich gegenseitig ficken, und auch das wird nicht mehr genug sein. Ich werde etwas brauchen, was darüber hinausgeht, Venus. Sex wird zu langweilig geworden sein. Der nächste Schritt, so wie ich es sehe, ist Mord. Und daran ist auch nichts verkehrt. In der Steinzeit haben sie Dampf abgelassen, indem sie ein paar Speere in die Nachbarhöhle geschmissen haben. Warum sonst schaltet man heute die Abendnachrichten ein und schaut sich an, wie sich alle gegenseitig abmurksen? Ich sag dir eins, ich kann's kaum noch erwarten, das alles aufzuschreiben!»
Raina öffnete sich weit, und mein Finger schien bis zu ihrem innersten Kern in sie einzudringen. Ich hielt sie eng an mich

gedrückt, als sie erschauerte, als sie wahrhaftig einen verwunderten, langen, urtümlichen Schrei ausstieß. Etliche Augenblicke vergingen, bis ihr Zittern abgeklungen war.

In Bakers Züge malte sich ungläubiges Erstaunen. Ich mochte mich irren, aber ich hätte schwören können, daß Tränen in seinen Augen standen. Als er endlich etwas sagte, klang er wie ein Kind. «Das hat sie doch vorgetäuscht, oder?» fragte er, als wäre das die offensichtlichste Sache der Welt.

Ich war für einen Augenblick entwaffnet, aber Raina wußte es besser. Statt einer Antwort gab sie mir einen tiefen Kuß, bei dem mir ganz anders wurde. Doch schon im nächsten Moment stand sie auf und ließ meine eigene Erregung im Halbfeuchten stecken. Sie schwankte ein wenig, und ich fragte mich, ob sie, vor diesem Abend, überhaupt schon jemals einen Orgasmus gehabt hatte, mit oder ohne Baker. Als sie an ihrem Ehemann vorbeiwankte, sagte sie: «Ich schlafe heute nacht im Gästezimmer. Und was dich betrifft – fick dich doch selbst.»

Baker verfolgte ihren Rückzug wortlos, der Situation nicht ganz gewachsen. Auch ich war von der plötzlichen Stille, dem jähen Abbruch dieser bizarren Begegnung verwirrt.

«Ich glaube, ich gehe jetzt», sagte ich nach einer Weile und hob mein Kleid auf.

Baker schreckte aus seinem Stupor auf. «Du gehst *nicht*», erwiderte er und erhob sich. «Du wirst die Nacht hier verbringen. Komm mit nach oben.» Er packte mich am Arm und schob mich in die Diele hinaus.

Wir hatten das Schlafzimmer kaum betreten, als er mich schon aufs Bett schmiß und sein übliches Kommando grunzte: Beine auseinander . . .

Er fiel über mich her, krallte eine Hand um meinen Hals,

ohrfeigte mich mit der anderen. In seinen Augen glänzte ein wütender Eifer, so als erfülle er einen heiligen Schwur. Er begann, an meinen Brüsten zu knabbern, nuckelte ungefähr eine halbe Minute lang an ihnen herum, bis er, dessen plötzlich überdrüssig, mir einen Fausthieb in die Magengrube versetzte. Dann starrte er mit einem Ausdruck verwirrter Gier auf meine Möse, als fühle er einen Zwang, sich über sie herzumachen, ohne genau zu wissen, warum. Er versuchte es mit Schlecken, aber wieder überkamen ihn Zweifel. Er zog mich hoch, packte meinen Kopf und schob seinen Schwanz in meinen Mund. Als auch dies seinen Reiz verloren hatte, nahm er mich bei den Ohren und überlegte, ob er am rechten oder am linken zerren sollte. Links gewann. Danach schmatzte er mit viehischem Genuß meinen Arsch ab, was ihn dazu inspirierte, zwei Finger in mein Rektum zu bohren, die er anschließend, nicht ohne Zögern, ableckte.

Er war wie ein Kind (beziehungsweise ein Erwachsener – schließlich schreiben wir die Neunziger), dessen Aufmerksamkeit nur für Millisekunden bei einer Sache verweilt. Endlich stieß er mir mit zusammengebissenen Zähnen den Schwanz in die Möse, rieb sein Schambein gegen das meine, im Gesicht der Ausdruck vergeblicher Vergeltung. (*Na los,* fauchte ich, jede Nervenfaser empfänglich für seine fehlgeleitete Wut, *na los, du Eliteschulenscheißkerl. Zeig mir deinen besten Schuß.*) Er schien bestürzt, daß ich seinen Schwanz ohne Anzeichen von Schmerz in mich aufnehmen konnte, und stieß nur um so fester. Er packte meine Brüste, als wolle er etwas Vergessenes aus ihnen herauswringen, seine Augen waren voller Erwartung, er schrie, *Nun komm schon, verdammt noch mal!* Aber wieder: Was wollte er eigentlich? War Baker Lewis auf der Suche nach der fünften Ecke des Quadrats?

Ich blickte in dieses wütende Gesicht und lächelte. *Immer noch da,* flüsterte ich höhnisch. *Immer noch am Leben ...* Und ich faßte hinunter zwischen meine Schenkel und trieb mich zu dem Orgasmus, der mir vorher verwehrt worden war. Ich schrie vor Lust und Verachtung. Meine Zuckungen brachten Baker aus dem Gleichgewicht, so daß er sich zurückziehen mußte. Ich rollte mit ihm, legte ein Bein über ihn und schwang mich meinerseits in den Sattel. Unter mir sah ich seine kalten Augen, in denen die Angst stand. Ich begann, ihn hart zu reiten, aber seine Hormone verweigerten die Gefolgschaft, und sein Schwanz schrumpfte zusammen wie ein schockiertes Soufflé. Ich blickte ihm stur in die Augen, machte ihm sein Versagen bewußt.

«Denk noch mal über deine Theorie nach, alter Knabe», sagte ich spöttisch. «Ich kann die ganze Nacht weitermachen.»

Ich hoffe, daß Raina in dieser vergangenen Nacht etwas über sich selbst erfahren hat. Vielleicht wird sie den Mut finden, ihn zu verlassen. Auch ich sollte ihn verlassen, aber natürlich werde ich es nicht tun. Ich habe seit unserer letzten Begegnung nicht so viel Spaß gehabt wie heute nacht. Um nichts in der Welt würde ich darauf verzichten.

Baker kommt ins Schlafzimmer zurück und beginnt sich anzuziehen. Auch die Katze schleicht herein, eine Katze, die Baker Lewis verhaßt ist. Raina besaß sie schon vor der Heirat, und die Katze gehörte, ob Baker nun wollte oder nicht, zu ihrer Mitgift. Sie ist ein majestätischer Anblick: eine schwarze Perserkatze, löwenhaft und gebieterisch, mit kalten grünen Augen, die voll schamloser Verachtung auf die Welt blicken, die sie umgibt. Man kann sich vorstellen, wie sie ihre Tage verbringt, wie sie mit trägem Desinteresse durch die Wohnung wandert, ihr Fell leckt und Löcher in die

Luft starrt. Sie ist wie ein teures Inventarstück, nur lebendig.
Baker jedoch – ja, selbst diese Katze ist Teil seiner Angst –, Baker verabscheut dieses Wesen. Er haßt alles an ihr, aber am meisten haßt er, daß sie ihn ignoriert. Sie ist entrückt, unerreichbar, weder gutes Zureden noch Zornausbrüche können ihre Aufmerksamkeit erzwingen. Raina hat sie auf den Namen Sappho getauft und füttert sie mit gekühltem Kaviar und frischem Lachs. Die Katze nimmt diese Liebesgaben huldvoll entgegen, als etwas, das ihr gerechterweise zusteht. Was mich betrifft, so finde ich diese Sappho verdammt *cool* . . .
«Verfluchte Lesbenkatze», grummelt Baker. Er ist nun vollständig angekleidet, nur die Schuhe fehlen noch. Er steckt einen Fuß in einen schwarzen Slipper und zieht ihn nicht minder schnell zurück.
«Himmeldonnerwetter, diese Scheißkatze, *verflucht noch mal – Raina!*» Der beschmutzte Fuß baumelt in der Luft, während Baker auf dem anderen herumhüpft. «Raina!»
Von unten erklingt ihre Stimme: «Was ist?»
«Die Katze hat mir wieder in die Schuhe geschissen!»
«. . . Oh.»
«Wieder ein Paar im Eimer, *verdammt noch mal, Raina, kann sie nicht lernen, aufs Katzenklo zu gehen*?»
«Tut mir leid.»
«Ja, dir tut's leid. Diesem Katzenvieh wird's leid tun, sag ich.» Baker zieht die Socke aus und wirft sie nach dem Foto seiner Frau, das auf dem Nachttisch steht. Die Socke trifft das Bild, schmiert einen zarten Damenbart aus Katzenkot über Rainas Gesicht, prallt ab und landet auf einem elfenbeinfarbenen Kissen, wo sie ebenfalls einen Fleck hinterläßt.
Er ist geschlagen. Er will es nicht wahrhaben, aber ich glau-

be, ich habe ihn in Grund und Boden gestampft. Vielleicht ist hier wirklich nichts mehr zu holen für mich.
Wir gehen nach unten.

Unter allgemeinem Schweigen betreten wir die Küche. Raina steht über den Herd gebeugt.
«Ich gehe jetzt besser», sage ich. «Ich hole nur noch meine –»
«Ich hab euch Rührei gemacht», unterbricht sie und greift nach einem Kochlöffel. «Orangensaft steht schon auf dem Tisch.»
«Raina, das ist lieb von dir, aber –»
«Ist schon in Ordnung. Setz dich.»
Sie hat für mich aufgedeckt. Ich nippe an dem frischgepreßten Saft, während Baker mir gegenüber Platz nimmt. «Ich sag's dir zum letztenmal, Raina, wenn diese Katze noch mal in meine Schuhe scheißt, werde ich mich rächen.»
«Ich habe gesagt, es tut mir leid.»
«Na, dann steck doch ihre Schnauze ins Katzenklo. Wenn das noch einmal vorkommt, nehme ich sie mit nach Bedford und spritze sie mit dem Schlauch ab.»
«Einen Teufel wirst du tun.»
«Oder ich mische ihr Valium ins Futter, dann wirst du schon sehen, ob sie noch die Treppe raufkommt.»
«*Baker . . .*»
«Pirandello-Slipper, handgemacht, aus Italien, tausend Dollar das Paar.»
«Kann man sie denn nicht reinigen?» frage ich. Einerseits möchte ich so schnell wie möglich hier weg; andererseits will ich mit Raina unter vier Augen sprechen, will mit ihr bereden, was gestern abend passiert ist. Im Moment ist ihre Miene undurchdringlich, sie weicht meinen Blicken aus.

«Na, womit denn?» bellt er zurück und starrt mich wütend an. «Hast du schon mal versucht, Katzenscheiße von handgegerbtem Leder runterzukriegen?»

«Hier ist dein Kaffee», sagt Raina und stellt die Tasse vor ihn hin.

Eine Minute später sitzen wir zu dritt um den Tisch. Ich habe keinen Appetit, knabbere aber höflichkeitshalber an den Rühreiern herum. Rainas Blutergüsse sind im Morgenlicht bestens zu erkennen. Mein Gott, wie hat er sie zugerichtet: Ihr Gesicht sieht aus wie eine angefaulte Frucht.

«Du kannst das Wohnzimmer aufräumen, und schmeiß die Kerzen weg», teilt Baker ihr mit, während er in den Eiern herumstochert. «Williamson soll dir bei den Möbeln helfen.»

«Ich werde dir helfen, Raina. Keine Sorge.»

«Nichts da, ich will, daß du verschwindest», sagt Baker. «Das letzte, was ich will, ist –» er runzelt, plötzlich nachdenklich, die Stirn.

«Spürst du es?» fragt Raina, die sich zurücklehnt, ihn mit eisiger Neugier beobachtet.

Er starrt sie an. Ich erkenne diesen Gesichtsausdruck – die aschfahle Haut, die hochgezogenen Brauen, das machtlose Beben der Lippen. In seinem Körper geht etwas vor, das nicht sein sollte.

«Ich habe bis zum letzten Augenblick gezögert», fährt sie fort und verschränkt dabei die Arme. «Selbst nach der gestrigen Nacht – selbst nach diesem letzten Jahr war ich noch hin und her gerissen, ob ich es tun sollte. Weißt du, was den Ausschlag gegeben hat? Die Katze. Was du über die Katze gesagt hast.»

«Du?» erwidert er und seine Augen weiten sich. «Du hast – *das* getan?»

«Baker», sagt sie ziemlich trocken, «du wirst in einer Minute tot sein. Strychnin hat nun mal diese Wirkung.» Sie deutet auf seine Tasse. «Der Kaffee natürlich. Klassisch.»
Baker reißt den Mund auf, entweder in Reaktion auf Rainas Worte – und die jähe, unbegreifliche Erkenntnis seines Todes –, oder weil in seinem Inneren der Schmerz zu wüten beginnt. O süße Heimtücke! Er zittert am ganzen Leib.
«Wenn du auch nur annähernd ein ganzer Mann wärst», sagt Raina mit nüchterner Stimme, «dann könntest du eine Entschuldigung in Erwägung ziehen, ehe du stirbst.»
«Raina», flüstert er, beide Arme um die Brust geschlungen, «Raina, hol schon das verdammte Gegengift, und mach schnell . . .» Das Atmen fällt ihm bereits schwer.
«Ich weiß nicht, ob es eins gibt», sagt sie versonnen. «Selbst wenn, wüßte ich nicht, wo ich suchen sollte. Nein, dir wird nichts anderes übrigbleiben, als zu sterben, Baker. Also, wird's noch was mit der Entschuldigung?»
Er versucht aufzustehen und bricht zusammen. Sein Körper windet sich in heftigen Krämpfen. Jeder Atemzug ist ein verzweifelter Sieg, der die Niederlage doch nicht aufhält. Er hustet Blut.
«Ich gehe übrigens nicht davon aus», sagt Raina, «daß ich dafür ins Gefängnis komme. Ich habe mich noch nicht entschieden, was ich sagen werde – Herzanfall, Ersticken, vielleicht sogar Notwehr. Aber mach dir deshalb keine Sorgen, mir fällt schon etwas ein. Und Venus ist ja auch noch da, um meine Aussage zu bestätigen.»
Seine Kiefer klaffen starr; die angeschwollene Zunge dringt heraus wie eine Opfergabe. Er bemüht sich, Blickkontakt zu Raina aufzunehmen, während in seiner Kehle das Blut gurgelt. Sie wendet sich ab und ißt in aller Ruhe weiter.
Während alldem habe ich regungslos und schweigend dage-

sessen. Als er endlich seinen letzten Atemzug getan hat, denke ich nur eins: Von diesem Essen rühre ich keinen Bissen mehr an.

Eine Minute vergeht, bis ich meine Stimme wiederfinde. «Raina, es – es tut mir leid.»

«Du bist nicht schuld daran.»

Gott sei Dank. Vielleicht bin ich davongekommen. «Gibt's, äh . . . irgend etwas, was ich für dich tun kann?»

Sie zuckt die Achseln, ihr Gesicht ist unbewegt. «Nein . . . nein, ich glaube nicht. Vielleicht wäre es am besten, wenn du jetzt gehst?»

«Bist du sicher, daß du jetzt allein sein solltest?»

«Hör zu – Venus, nicht wahr? Daß es so was gibt . . .» Der Anflug eines amüsierten Lächelns huscht über ihr Gesicht.

Es ist vieles unausgesprochen zwischen uns, und einiges davon hat nichts mit ihrem gewesenen Ehemann zu tun.

«Mach dir bloß um mich keine Sorgen. Ich habe das Gefühl, dies wird der glücklichste Tag meines Lebens.»

KAPITEL 8

WIE DIE KATHOLISCHE KIRCHE ZU RETTEN IST...

«Vergib mir, Vater, denn ich habe gesündigt», sagte die junge Frau mit einem tiefen Blick in seine Augen. «Und vergib mir auch, was ich jetzt gleich tun werde.» Mit dieser vorauseilenden Abbitte packte sie den gutaussehenden jüdischen Priester aus Scarsdale, zerrte ihn hinunter auf die Kirchenbank, preßte ihre Lippen auf die seinen und faßte ihm unter die Soutane.

Schon wieder, dachte er und tat nichts, um sie abzuwehren oder zu ermutigen. Warum war er ihrer Bitte – die von den weiblichen Schafen seiner Herde immer häufiger an ihn herangetragen wurde – nachgekommen, ihr die Beichte im Kirchenschiff und nicht in der anonymen Sicherheit des Beichtstuhls abzunehmen?

Der Sommer hatte 1999 früh begonnen. In dieser zweiten Maiwoche näherte sich die Quecksilbersäule bereits der Vierzig-Grad-Marke, und auch in punkto Luftfeuchtigkeit war alles geboten. Natürlich hatte die Kirche in Greenwich Village West, die unserer Lieben Frau von den Blumen geweiht war, keine Klimaanlage, und Priester sind immer zu warm angezogen.

Die Frau hieß Sonya und sah wie sechzehn aus. Ihre Haare und die Augen waren dunkel, ihre Haut hatte die Farbe von Honig. Das dünne weiße Kleid, das sie trug, war so gut wie durchsichtig: Die delikaten Spitzenmuster ihrer Dessous schimmerten hindurch wie ein gerade erst freigelegtes altes Fresko.

Die Kirchenbank war hart und schmal. Nach kurzem Gefummel setzte sich Sonya auf und zog ihn bei der Hand. «Komm mit», sagte sie, «laß es uns auf dem Altar machen.»

«Aber Sonya –»

«Ach, *komm* schon.»

«Naja –» (sie beugte sich über ihn, bohrte ihre Zunge in sein Ohr) «– schon gut, schon gut, Gott im Himmel, aber laß mich wenigstens die Türen verriegeln.»

Sie streifte die Schuhe von den Füßen. «Dann beeil dich.»

Schon unterwegs zum Portal, rief er: «Ich hoffe, du hast ein Kondom dabei.»

«Ich nehm die Pille.»

«Das ist nicht das einzige Problem.»

«Ach *komm* schon», sagte sie abermals. «Woher, zum Teufel, sollte ein Priester Aids haben.»

Er hatte es nicht – er war erst letzte Woche getestet worden –, aber er gehörte mit Sicherheit einer Risikogruppe an. Das Priesterseminar der Benediktiner, an dem er die vergangenen Jahre verbracht hatte, war alles andere als die Oase der Kontemplation und Abstinenz gewesen, die er erwartet hatte. Schon seine Lage – an der 27. Straße West, zwischen der zehnten und der elften Avenue – hatte sich als schweres Handicap entpuppt, bestand die eingesessene Bevölkerung in diesem Viertel doch überwiegend aus Huren, Dieben und Obdachlosen, die auf den tristen Straßen herumlungerten wie Testobjekte für die missionarischen Fähigkeiten der Studenten. Er hatte sich ein Zimmer mit drei anderen Zöglingen namens Hector, McGuigan und Vesuvius geteilt. Als er dort eintraf, fand er die drei hintereinander kniend auf dem Bett vor, so nackt wie Gott sie geschaffen hatte. Vesuvius vögelte Hector; Hector vögelte McGuigan; McGuigan spritzte gerade ab.

«Holla, der neue Zimmergenosse», keuchte Hector und lächelte Fish an. «Nur keine falsche Scheu, Mann. Komm an Bord!» Fish starrte sie schockiert an. «U-und das Zölibat? U-und die *Hölle*?»

Hector runzelte die Stirn, unverdrossen pumpend. «Schau uns an», sagte er. «Wir sind dabei, diesen ganzen Mist zu ändern, okay?»

Und so funktionierte das: Bei Tag schritten die Benediktiner feierlich einher, die Hände gefaltet, die Mienen ernst, das Gewicht der Erbsünde auf ihren Schultern. Sie studierten die Evangelien, sie grübelten über den Apokryphen, sie versenkten sich tief in die Erkenntnisse eines Augustinus, Anselm oder Aquinas. Sie segneten alles, was ihnen vor die Finger kam, und Pater Beckett gab eine unvergeßliche Einführung in den praktischen Exorzismus («kotzen sie grün, müßt ihr die Sache ernst nehmen; wenn nicht, ist alles nur hysterisches Theater»). Sie nahmen lange Sitzungen im Beichtstuhl auf sich und spülten jede Falte ihres Gewissens blütenrein. Sie zerbrachen sich den Kopf über die Erlösung. Sie sangen lauthals jene selbstverständlichste aller Proklamationen, die so kindlich ist in ihrem Pathos: *Laßt uns das Geheimnis des Glaubens verkünden aller Welt ...*

Bei Nacht war alles anders. Mit Geldern aus dem Kirchensäckel wurden Huren aus der Nachbarschaft angeheuert. (Die Akolythen brauchten nur vor die Haustür zu treten und irgendeine der schon angegrauten Damen herbeizuwinken, die dort ihren Standplatz hatten.) Wie Fish bald erfuhr, bildeten diese Benediktiner eine heimliche Sekte namens «Priester Initiieren Neues Testament (ökumenisch und dionysisch)», deren Denken (und Treiben) der Erzdiözese bislang völlig verborgen geblieben war. Laut den Positionspapieren der Gruppe hatte der Vatikan längst aufgehört, der Kirche von Nutzen zu sein. Was beispielsweise die Ehelosigkeit der Priester anging, so lagen die Protestanten mit fünfhundert Jahren Vorsprung im Rennen. Das Zölibat war von einem Papst Gregor dem soundsovielten eingeführt worden – keiner konnte sich erinnern, von welchem –, und zwar Hunderte von Jahren nach dem Tod Jesu Christi. Also – was bewies das schon? War Paulus unbeweibt geblieben? Oder Simon Petrus? Oder irgendeiner der galiläischen Zwölf?

«Steuerfreiheit!» grunzte Pater Beckett eines Abends, während ihm eine stämmige Straßenhure einen blies und Fish darauf wartete, daß er an die Reihe kam. «Ist sie nicht eine Gottesgabe!»

Tolle Tage waren das für dieses Kind der Aschkenasim, diesen jungen Adonis, dessen Neurochemie der Welt ein gefährliches und phantastisches Antlitz verliehen hatte.

Als er am 26. Juni 1994 um 23 Uhr 43 zu Bett ging, war Michael Fishbein nichts weiter als der Sohn eines berühmten Spezialisten für plastische Chirurgie (Vater) und einer Grußkartendesignerin (Mutter); ein frischgebackener Absolvent der High School von Scarsdale mit Bestnoten; und ein baldiger Studienanfänger am Vassar College. Am 27. Juni um 2 Uhr 48 hatte er sich, nachdem er scheinbar grundlos aus dem Schlaf hochgeschreckt war, in ein lallendes Wrack verwandelt, gepeinigt von Panikattacken, die nur das Vorspiel zu einer tiefen existentiellen Krise waren.

Dergleichen war nicht vorgesehen – nicht im privilegierten, wohlanständigen Scarsdale, in das der Lärm von Lodz immer leiser, aus immer größerer Entfernung herübertönte, je weiter die Alten des Tages Mühsal hinter sich ließen. Selbst glühende Zionisten sehen das Heilige Land mit anderen Augen, wenn ihr Blick auf den weiten Rasenflächen, den eleganten Villen, den Erfolgsgeschichten der amerikanischen Judenheit ruht, fern von allen bewaffneten Fanatikern. Natürlich unterstützen wir Israel als *Idee*, aber vorerst ist es doch so *angenehm* in Scarsdale ...

Was für ein vielversprechender junger Bursche ... Brillant, verwöhnt und arrogant, war der junge Michael auch noch mit der Gabe der Schönheit gesegnet. Die meisten Teenager verzehren sich in Selbstzweifeln über ihr Aussehen; er kam gar nicht dazu. Im Gegenteil, schon als er zwölf war, liefen ihm die Mädchen nach, und er erhörte ihre Anträge mit der Selbstsicherheit des zuvorkommenden Fachmanns. Normalerweise setzt die erfolgreiche Paarung in der High School voraus, daß eigene Raffinesse und die Hand der Vorsehung zusammenwirken, und der gemeine Knabe zögert monatelang, bis er einen Zug macht. Der Zufall bietet verschiedene Strategien an, deren jede kritisch durchleuchtet werden will. Manche Lehrer erstellen den Sitzplan ihrer Schüler in alphabetischer Reihenfolge, was einen potentiellen Freier auf unverdächtige Weise in die Nähe seiner Angebeteten zu rücken vermag; oder es gibt den altehrwürdigen Vorwand, Hilfe bei den Hausaufgaben oder bei der Examensvorbereitung zu benötigen. «Hast du *Childe Harold's Pilgrimage* auch auf Nummer elf gesetzt?» kann sich beispielsweise als zweckdienliche Eröffnung eines Sondierungsgesprächs empfehlen. Worauf es ankommt, ist, Zurückweisung zu vermeiden, jene ätzendste der Erfahrungen im jugendlichen Alter. Wie ein versierter Anwalt vor Gericht stellt man nie eine Frage, deren Antwort man nicht schon kennt.

Nichts von all dem bei Fish. Wenn er nach dem Unterricht zu seinem Spind kam, lungerte schon der ganze Zirkel seiner Bewunderinnen in der Nähe herum und beobachtete jede seiner Bewegungen. Im letzten Schuljahr hatte er bereits jedes willige Mädchen seiner Altersgruppe beglückt und wandte sich daher den jüngeren Jahrgängen zu. Seine Freunde mußten die Erfahrung machen, daß es sich keineswegs empfahl, paarweise mit ihm und seiner augenblicklichen Gefährtin auszugehen: In fünfzig Prozent der Fälle endete der Abend für sie einsam und eifersüchtig, während Fish im Nebenzimmer einen flotten Dreier zelebrierte. So verwunderte es nicht, daß er sich für ein Studium am Vassar College entschied. Häßlichkeit gehört nicht zur genetischen Ausstattung von Vassar, wo ein unerbittliches Gesetz der Attraktivität herrscht – wo die nur Durchschnittlichen wie Christen in der Löwengrube sind, die unweigerlich gefressen werden. Es wäre die ideale Bühne für ihn gewesen.

Jener Sommer im Jahre 1994 – der eine Atempause der selbstzufriedenen Rückschau, der schattigen Nachmittage hätte werden sollen – ließ sich vielversprechend an. Er arbeitete halbtags in der Klinik seines Vaters, meistens in der Abteilung für Phalloplastik, wo er gleichmütig Fotos von Fünfundzwanzigzentimeter-Schwänzen sortierte, die aus Fettgewebe aufgebaut wurden. Eine endlose Prozession von Frauen in den verschiedensten Stadien der Verwandlung zog an ihm vorbei. Manche kamen zu psychotherapeutischen Behandlungen, bei denen sie die Festigkeit ihres Entschlusses glaubhaft machen mußten; andere erhielten Injektionen, die ihren Hormonhaushalt umstellen sollten. Diejenigen, die ihr Ziel erreicht hatten, verließen den Operationssaal mit einem Plastikstab in der Hand, den sie bei Bedarf in die Harnröhre ihres neuen Gliedes einführen konnten, um eine Erektion zu simulieren. (Natürliche Erektionen und Ergüsse lagen noch ein paar Jahre außer Reichweite; für den Orgasmus sorgten die erhaltenen Reste der Klitoris.) Fish beobachtete amüsiert, wie sich hübsche, junge Streunerinnen in stämmige, derbe Kerle verwandelten – und wie, in der benachbarten Abteilung für Penisentfernung, das Gegenteil geschah.

Doch kehren wir zurück zu den schicksalhaften Morgenstunden des 27. Juni: Er wollte sich gerade in seinen unruhigen Schlaf zurücksinken lassen, als ihn ein schrecklicher Gedanke durchzuckte. Dieser Gedanke hatte keinen Vorläufer: Aus unerklärlichen Gründen drang er in sein Bewußtsein, ohne erkennbare Genese. Was auch immer seine Quelle war – unterm Strich läßt sich der Inhalt so zusammenfassen: Fish wurde bewußt, daß er lebte.

Eben noch drehte er sich schläfrig in seinem Bett herum; und im nächsten Augenblick saß er kerzengerade da, sein Herz hämmerte, und er starrte, die Augen angstvoll aufgerissen, seiner Körper an. Er wedelte mit den Fingern, als nähme er sie zum erstenmal wahr – als wäre die Bewegung etwas Fremdes. Was war diese Hülle aus Fleisch, diese Anhäufung von Molekülen, die er durch eine ungewisse Welt lotste? Millionen von chemischen Prozessen spielten sich überall in diesem Körper ab, und er wußte nichts davon, konnte nichts davon mit seinem Willen beeinflussen. Durch ein wohlmeinendes Wunder schienen sie alle so zu funktionieren, wie sie sollten, und ihn dadurch am Leben zu erhalten. Und doch . . . und doch kam ihm das alles so fragil, so *verletzlich* vor. Jeden Augenblick konnte irgend etwas schiefgehen . . . wie konnte es überhaupt sein, daß *nicht* jeden Augenblick irgend etwas schiefging und ihn rasch und umstandslos zu Tode brachte?

Fish sprang auf und durch den Flur bis vor das Schlafzimmer seiner Eltern.

«Dad?» sagte er zögerlich und klopfte an den Türrahmen. Jeremy Fishbein war mit einem tiefen Schlaf gesegnet und strafte selbst die heftigsten Störungen mit Mißachtung. Seine Frau war das genaue Gegenteil. Tatsächlich hatte sich Fish im Lauf der Jahre immer wieder die Frage gestellt, ob sie überhaupt jemals schlief. Die leiseste Gefährdung des prekären Status quo – ein Gähnen der Katze zwei Stockwerke tiefer oder ein Insektenflug unter dem Dach – genügte, um sie aufzuwecken. (Später als erlaubt nach Hause zu kommen, war für ihn immer eine heikle Angelegenheit gewesen, und er kam fast nie ungeschoren davon. Er nahm sich eine halbe Stunde, um die Treppe hinaufzuschleichen, zwei Stufen pro Minute, und wagte dabei kaum zu atmen – aber wenn er die Schwelle seines Zimmers erreicht hatte, erklang vom anderen Ende des Flurs unweigerlich das vertraute «*Michael . . .*») An diesem Abend war es nicht anders: Ihre Stimme klang so wach, als hätte sie ihn längst erwartet.

«Michael?»

«Mom?» sagte Fish drängend, während er von einem Fuß auf den anderen hüpfte, als wolle er aus der Haut fahren, um seinem unvollkommenen Körper zu entfliehen.

«Was ist denn?» fragte sie und blinzelte gereizt.

«Mom, ich, ich – ich existiere!»

«Wie bitte?»

Er streckte ihr wie zum Beweis die Hände entgegen. «Ich bin am Leben!»

«Michael, hast du irgend etwas genommen?»

«Ich muß sofort in die Notaufnahme!»

Sie begriff noch immer nicht. «Meinst du, du bist krank?»

«Nein, aber ich *könnte* todkrank sein!»

Inzwischen klar bei Sinnen, erhob sie sich aus dem Bett und tappte zur Tür. Sie setzte schon Fett an und hatte das Alter erreicht, in dem verführerische Negligés von eher sackförmigen Nachtgewändern, wenn auch mit Designermuster, abgelöst werden. Sie legte ihm eine Hand auf die Stirn. «Was zum Teufel ist los, Michael?»
Er preßte einen Finger gegen seinen Hals, suchte den Pulsschlag. Sein Herz galoppierte fröhlich dahin, aber was bewies das schon? Es konnte jeden Moment stolpern und stehenbleiben! «Ich muß dringend in die Notaufnahme», wiederholte er.
Sie zog ihre Hand zurück. «Fieber hast du keins. Hast du Schmerzen in der Magengegend?»
Er wurde immer überdrehter, sprang hin und her, rang seine Hände, war felsenfest überzeugt, daß er von einem Augenblick zum anderen sterben würde. Der Tod schien ihn schon in die Waden zu beißen ... wie könnte er ihm noch entwischen? *«Hör auf mit dem Quatsch und laß uns endlich gehen!»*
Sie runzelte die Stirn und wandte sich ab. «Du hast etwas genommen. Ich hab mir's gleich gedacht.»
«Mom, ich habe *nichts* –»
«Schon gut, schon gut, mach dir keine Sorgen.» Sie wühlte in ihren Schubladen. «Warte unten auf mich, wir gehen gleich los. Sie sollen dein Blut untersuchen. Wenn du irgendwelche Drogen genommen hast, kommst du mir bis zur Jahrtausendwende nicht mehr aus dem Haus.»
Er stellte eine willkommene Abwechslung für das gelangweilte Personal in der Notaufnahme dar, das nur einen kurzen Blick auf diesen tobenden Schönling zu werfen brauchte, um unter Lachkrämpfen zusammenzubrechen. Schließlich nahm eine kichernde Krankenhausärztin seine

Kreislaufwerte, zapfte ihm etwas Blut ab und schloß eine längere Befragung – denn selbst in seinem Wahn war er noch unwiderstehlich – über eventuelle Bruchleiden an. Der er sich begierig unterwarf, denn ihm lag daran, daß kein Winkel seines Inneren unberücksichtigt bliebe.

«Tut das weh, wenn ich so mache?» fragte sie und zupfte an seinem Penis.

Er zog die Stirne kraus. «Nein, aber haben Sie da irgendeinen Verdacht?»

Sie preßte die Lippen aufeinander, ihre Schultern zuckten. «Je nun», sagte sie mit Mühen, «vielleicht sollten Sie mir verraten, warum Sie glauben, daß Sie dem Tod geweiht sind.»

«Ach, es könnte alles mögliche sein. Ich meine, Leukämie oder Aids oder eine Strahlenkrankheit. Glauben Sie vielleicht, daß es Prostatakrebs ist?»

Selbst sie war nicht darauf gefaßt, seine Prostata befingern zu sollen. Sie rang um eine Formulierung, die ihn diesbezüglich beruhigen konnte, aber er war schon einen Schritt weiter.

«Was ist, wenn ich irgendeine Krankheit habe, die noch niemand entdeckt hat? Wenn ich der einzige Mensch auf der Welt bin, der sie hat?»

«Wissen Sie was?» erwiderte sie und blickte zu ihm hoch. «Dafür hab ich genau die richtige Lösung.»

Er bekam eine Spritze Ativan und wurde in friedvollem Dämmer nach Hause geschickt.

Später, beim gemeinsamen Frühstück, scherzten seine Eltern über den Vorfall. Die Blutuntersuchung hatte keinerlei Drogenkonsum ergeben, und Jeremy Fishbein bekundete sein Bedauern, die ganze Show verschlafen zu haben. Er gab seinem Sohn für einen Tag frei, bot ihm fünfhundert Dollar an und erteilte Fish – sobald seine Frau das Zimmer verlassen hatte – den guten Rat, in die Stadt zu fahren und sich flachlegen zu lassen.

«Dazu brauche ich nur nach nebenan zu gehen», sagte Fish und gab ihm das Geld zurück. «Oder nach gegenüber, wenn du's genau wissen willst. Aber trotzdem schönen Dank.»

Die Stimme seines Vaters sank zu einem verschwörerischen Flüstern herab. «Du vögelst *Sarah Tannenbaum*?»

«Ach, die schon seit ein paar Wochen nicht mehr. Ich meinte ihre Schwester Liza.»

Jeremy schob das Geld in seine Brieftasche und schüttelte den Kopf. «Gleich wirst du mir erzählen, daß du auch ihre Mutter übern Rettich gezogen hast. Nein, keine Antwort bitte.»

Nachdem seine Eltern beide gegangen waren, blieb Fish allein am Küchentisch sitzen und fühlte sich ganz genesen. Er döste für zwanzig Minuten weg und genoß den Dämmerzustand, in den ihn die Spritze versetzt hatte. Als er die Augen wieder aufschlug, stellte er fest, daß es in der Küche nur so wimmelte von –

– von *Fischen*?

Es mußten Tausende sein. Sie glitten in vollkommener Stille durch den Raum, Haifische, Rochen und Aale, auch Seeschildkröten und Seeigel, in allen Formen und Farben. Sogar eine Seeschlange war dabei, die sich um seinen Hals wand wie eine lebendige Schlinge. Schwerfällige Barsche mischten sich unter schwänzelnde Kaulquappen; ein Krake katapultierte sich aus dem Kühlschrank; eine Schule von Piranhas umkreiste mit lüsternen Seitenblicken sein Gesicht. Fasziniert streckte er eine zitternde Hand nach ihnen aus, aber sie schraken zurück, und er konnte nicht feststellen, ob sie tatsächlich existierten.

Dann bemerkte er einen Goldfisch, vielleicht einen halben Meter groß und in einen Nadelstreifenanzug gekleidet. Er stand auf dem Küchentisch. In der einen Flosse trug er eine Aktentasche, ein Bowler saß schräg über seinen Glupschaugen. «Wer zum Teufel sind Sie?» sagte Fish.

«Ein Sendbote», erwiderte der Goldfisch, «des weiteren Versicherungsvertreter und Anwalt. Darf ich Platz nehmen?»

Fish antwortete nicht. Der Goldfisch setzte sich auf eine Frühstücksflockenschachtel und musterte die herumschwimmenden Fische. «Haben Sie sich bereits mit allen bekanntgemacht?» fragte er.

«Die haben sich nicht vorgestellt», sagte Fish. Er hatte das undeutliche Gefühl, daß irgend etwas nicht ganz in Ordnung war, doch er wollte verdammt sein, wenn er dahinterkäme, was es war. «Was wollen Sie von mir?»

«Ich will offen zu Ihnen sein, Michael: Ich bin so etwas wie ein Absahner. Meine Auftraggeber haben mich zu Ihnen geschickt, nachdem sie von Ihrem kleinen Problem heute morgen erfahren hatten. Wir dachten, Sie können unsere Dienste gut gebrauchen.»

«Ich verstehe nicht», sagte Fish. «Wollen Sie, daß ich die Klinik verklage, oder was?»

«Nein, nichts dergleichen. Es reicht viel tiefer.»

«Dann wollen Sie, daß ich meine Eltern verklage?»

«Wenn Sie gestatten –» der Goldfisch öffnete seine Aktentasche und blätterte in einem Dossier – «ah, da haben wir's, gut. ‹Der Patient zeigte Symptome des panischen Angstsyndroms, verbunden mit der irrationalen Überzeugung, sein Tod stehe unmittelbar bevor.› Interessant.» Er blickte auf. «Warum hatten Sie solche Angst?»

«Hören Sie, es war Nacht, es war stockdunkel, wahrscheinlich habe ich schlecht geträumt. Jetzt geht's mir prima.»
«Davon würde ich nicht ausgehen, Michael. Meine Erfahrung lehrt mich, daß solche Sachen nur schlimmer werden. Woher wissen Sie, daß es sich kommende Nacht nicht wiederholt?»
Fish warf die Hände empor, was einen Schwarm Elritzen auseinanderscheuchte. «Tja, das weiß ich wohl nicht.»
«Na sehen Sie – und genau hier können wir helfen. Meine Kanzlei verfügt über langjährige Erfahrung in der Bewältigung von Existenzkrisen, Michael. Wir erfreuen uns eines untadeligen Rufs.»
Eine Qualle zuckte vorbei. «Und was machen Sie genau?»
«Es ist alles ganz einfach», sagte der Goldfisch. «Wir gehen von der Voraussetzung aus, daß das Leben nichts anderes ist als ein großes Minenfeld, auf dem man sich nur mit äußerster Vorsicht bewegen darf. Stellen Sie sich einmal vor, auf wie viele verschiedene Arten man zu Tode kommen kann, Michael, und wie gering der Einfluß ist, den Sie darauf haben. Wildfremde können Sie auf der Straße niederschießen. Ihr Haus kann von einem Tornado zerfetzt werden. Ein Lastwagen kann sie überfahren. Ein wahnsinniger Koch kann Ihr Essen vergiften. Ganz zu schweigen von den vielen Krankheiten, die immer noch unheilbar sind. Jede davon kann Sie jederzeit treffen, und Sie können kaum etwas dagegen tun. Und stellen Sie sich erst vor, wie das *früher* war! Selbst für das tägliche Brot war oft ein hoher Preis zu zahlen! Denken Sie an all die armen Pechvögel, die in den urzeitlichen Wäldern ihre Nahrung suchten und an den Schwarzen Nachtschatten, an die Beeren der Eibe, an den Schierling gerieten. Ähnlich aussehende Pflanzen hatten sie oft genug und ohne böse Folgen verzehrt; sie zu probieren

war nur natürlich. Und jetzt stellen Sie sich die besagten Pechvögel vor, wie sie sich am Boden winden und sich die Bäuche halten. Irgendein Stammesgenosse, der dabeistand und zufällig noch nichts gegessen hatte, nahm den Vorfall zur Kenntnis und berichtete der Sippe daheim in der Höhle: *Tollkirsche = Tod*. Und dasselbe galt für die Heilkunde: Versuch und Irrtum war die Regel. Und das nennt man die gute alte Zeit.»

«Na schön. Und was wollen Sie damit sagen?»

«Ja, finden Sie es denn nicht unerträglich, daß die Fortdauer Ihrer Existenz mehr oder weniger ein Lotteriespiel ist?»

Die Piranhas schwebten nur wenige Zentimeter vor seinem Gesicht, starrten ihm direkt in die Augen. «Ich dachte, ich kann ohnehin so gut wie nichts dagegen tun.»

«Aber lassen Sie mich doch ausreden. Sie müssen wissen, Michael, daß wir Spezialisten sind, die unseren Kunden zu einem Grad an Kontrolle über ihr Leben verhelfen können, der Probleme solcher Art, wie Sie sie heute morgen erlebt haben – nennen wir es mal Thanatophobie –, praktisch ausschließt.»

Fish schlug nach den Piranhas, als wären es Stechmücken. Sie wichen ihm aus und nahmen ihre vorherige Position blitzschnell wieder ein.

«Was wir tun», sagte der Goldfisch, «ist folgendes: Wir stellen Ihnen ein Gremium von Fachleuten zur Seite, das jede Ihrer Entscheidungen, die im Leben zu fällen sind, begleitet. Sie können sich das wie Ihr persönliches Beraterteam vorstellen, das Ihnen vierundzwanzig Stunden am Tag zur Verfügung steht.»

Die Piranhas begannen an seinem Gesicht zu knabbern. Jetzt war eine taktile Brücke von Fisch zu Fish geschlagen, und der Schmerz, der daraus folgte, war wie eine Offenba-

rung. Sie nagten an seinen Lippen, an seinen Augäpfeln, seinen Ohren, Dutzende und Aberdutzende von ihnen; und in diesem Augenblick wußte er, ohne Wenn und Aber, daß er wahnsinnig geworden war.
Er sprang vom Tisch auf, schlug wieder nach den Angreifern. Seine Hände glitten nicht einmal durch sie hindurch – sie schienen auf einer völlig anderen Ebene der Materie zu existieren, in einer anderen Raumzeit, die mit der seinen nur an wenigen Punkten verbunden war. Er fand das verdammt unfair. Sie konnten ihn angreifen, aber ihm war es verwehrt, ihnen mit gleicher Münze heimzuzahlen. Der Goldfisch verfolgte das Geschehen mit ernster Miene.
Fish verlor das Gleichgewicht und stürzte zu Boden, wo er einen Eishai und zwei Teufelsfische verdrängte. Der Körper des Hais war rauher als Sandpapier, ein Schmirgel, der ihm die Haut am linken Oberarm abschürfte. Seine linke Hüfte traf auf den scharfen Rückenhöcker eines dritten Teufelsfischs, des giftigsten Lebewesens im ganzen Ozean. Ein glühender Schmerz kroch an seinem Bein entlang, der Fisch lag zerschmettert unter ihm, das Rückgrat steckte ihm im Fleisch. Unterdessen setzten die Piranhas ihr wildes Treiben fort. Einige schienen in seine Nasenlöcher eingedrungen zu sein, andere verschlangen seine Zunge.
«Hilfe!» schrie er, an den Goldfisch gerichtet, dem Trauer und Mitleid ins Gesicht geschrieben standen. «Um Himmels willen, helft mir, diese Dinger von mir wegzukriegen!»
«Tja, da könnte ich durchaus etwas arrangieren», sprach der Goldfisch. «Allerdings müßten Sie unsere Bedingungen akzeptieren, das versteht sich wohl von selbst.»
Fish kämpfte sich auf die Knie hoch, klammerte sich an die Tischkante, stieß den Tisch ruckartig nach dem Goldfisch. «Wieviel? Verdammt noch mal, wieviel soll's kosten?»

«Oh, das ist das Erfreulichste an der ganzen Sache», sagte der Goldfisch in aller Ruhe. «Unser guter Rat kostet Sie nämlich, im Gegensatz zu vielem anderen, kein Geld – nur Ihre Seele!»

«Mir ist alles recht, nur bitte, *bitte, sorgt dafür, daß ich dieses verdammte Viehzeug los bin!*»

Der Goldfisch steckte eine Brustflosse in den Mund und stieß einen schrillen Pfiff aus.

Erschrocken zogen sich die Piranhas zurück, drehten sich um, suchten nach dem Störenfried, der sie unterbrochen hatte. «Wir bleiben in Verbindung», rief der Goldfisch. «Jul-lidö-hö . . .» Er grinste, während sich die Piranhas auf ihn stürzten und ihn mitsamt seinem Nadelstreifenanzug verschlangen.

«Jesus», japste Fish. Die Küche war plötzlich fischfrei, und seine Wunden waren wunderbarerweise geheilt. Er stand auf, taumelte zur Spüle und drehte den rechten Wasserhahn auf. Er schaufelte sich kaltes Wasser ins Gesicht, durchnäßte dabei sein ganzes T-Shirt. Ohne den Hahn abzudrehen, schleppte er sich zum Telefon.

Im nächsten Augenblick lag er, hingestreckt wie eine Leiche, auf den Dielenbrettern des Vorraums, wußte nicht mehr, wie er dorthin gekommen war, und sah sich von Hirngespinsten umzingelt. Riesige Bühnen öffneten sich in seiner Seele, auf denen Komödien, Tragödien und hin und wieder auch das unvermeidliche Musical gespielt wurden. Ein wahrer Zoo von Theaterfiguren trat auf und ab, und die Darsteller waren Tiere und Menschen und alle denkbaren Zwischenformen, eine tiermenschliche Parade unter Einschluß aller Kreaturen aus der Mythen- und Sagenwelt: Stiermenschen und Schlangenmenschen, Oger und Elfen, Trolle und Basilisken, Pferde mit Greifenköpfen und Medusen. Alle nahmen begierig Anteil an seinen Angelegenheiten, und jedes dieser Wesen hatte einen eigenen, präzisen Plan, wie er für die nächsten fünf Sekunden leben sollte. Offensichtlich waren sie die Ratgeber, die ihm versprochen worden waren. (Zum Glück sprachen sie alle Englisch, auch die Termiten.) Sie seien gekommen, um ihm zu helfen, versicherten sie. Ihnen läge nichts am Herzen als sein Wohlergehen.

Für den Rest des Tages begleiteten sie ihn überall hin, eine Gesellschaft von Doppelgängern, die ihn tadelten und lobten, ihm Ratschläge erteilten oder einfach weise Kommentare zu jedem Gedanken in seinem Kopf abzugeben wußten – ausgenommen natürlich die Gedanken, aus denen sie selbst bestanden. (Aber das konnte man ihnen einfach nicht sagen. Sie waren felsenfest davon überzeugt, unabhängig von ihm zu existieren, und wer war er schon, ihnen da reinreden zu wollen?) Zusammen bildeten sie ein Exekutivkomitee, dessen Erlaubnis er für alle Entscheidungen einholen mußte: Sie mußten *alles* absegnen, so als wären seine eigenen Regungen nur Gesetzesvorlagen, die noch den Kongreß durchlaufen mußten. Unglücklicherweise konnten sie sich selbst kaum jemals einig werden: Parteipolitik gehörte so untrennbar zu seinem Wahnsinn wie zum Capitol. Während sie diskutierten und debattierten und filibustierten und sich verzankten, stand Fish, unfähig zu eigener Willensäußerung, stumm dabei und wartete auf ihre Entscheidung. Da er sie nicht abwählen konnte, gewöhnte er sich an, sie das Politbüro zu nennen. Sie, und nur sie, konnten den Sensenmann in Schach halten.

Die Stunden dieses Tages hinterließen keine Spur in seiner Erinnerung. Untätig und willenlos wanderte er im Haus umher und folgte den Befehlen des Politbüros wie ein Roboter. Er saß, er stand, er lehnte sich zurück, er ging – für ihn war alles eins. Er konnte sich nicht vorstellen, jemals wieder ein glücklicher Mensch zu sein, jetzt, da er von der absoluten Gefährdung des Lebens überwältigt war. Er staunte, daß er achtzehn Jahre lang in seliger Ahnungslosigkeit hatte existieren können, so als wäre das Faktum seiner Sterblichkeit ein Staatsgeheimnis. (Wie hatte er denn *nicht* wissen können?) Selbst die nationalen Lieblingsbeschäftigungen, Sex und Gelderwerb, hatten ihren Reiz verloren. Sie waren bedeutungslos, gemessen an dem Nichts, vor dem er nun stand.

Am späten Nachmittag, als sein Vater in die Auffahrt einbog, hockte er apathisch in der Küche, konnte sich nicht entscheiden, ob er etwas essen sollte oder nicht, und wartete auf den Spruch des Politbüros. Er untersuchte einen Apfel auf Einstichstellen – wer wußte schon, was für Psychopathen, bewaffnet mit Zyanidspritzen, in Lagerhäusern ihr Unwesen trieben – und wollte gerade eine Lupe zu Hilfe nehmen, als sein Vater zur Tür hereinkam.

Zehn Minuten später saßen sie mit grimmigen Mienen im Wartezimmer eines befreundeten Psychiaters, eines gewissen Ira Feldspar. Keiner sprach ein Wort. Neben ihnen sackte ein depressiver Neurastheniker halbtot auf dem Boden zusammen. Ein manisch Enthemmter lief hin und her, in schnatternde Selbstgespräche vertieft. Jeremy hatte die Arme vor der Brust verschränkt, starrte ein Loch in die Wand gegenüber und lauschte einer inneren Stimme, die beinahe schrie: *kein Vassar College, kein Examen, keine Enkelkinder ...*

Im Behandlungszimmer hörte sich Dr. Feldspar unbewegt Fishs Erzählungen vom Politbüro an. Noch keine halbe Minute war vergangen, als er schon begann, Rezepte auszuschreiben, während Fish immer weiterredete. Mit leiser

Stimme wurde Jeremy vom Arzt informiert, daß sein Sohn an paranoider Schizophrenie leide. Das sei eine ernste Sache, denn die Schizophrenie, wenn unbehandelt, gelte als die gefährlichste aller Krankheiten, da sie die zentrale Instanz des Menschen, sein Bewußtsein, angreife. Die Wahrnehmung werde auf vielfältige, phantastische Weise verzerrt, die Wirklichkeit löse sich auf. Es gebe keine Heilung, aber mit Hilfe der richtigen Medikamente sei es *vielleicht* möglich, Fish die Einweisung in die Psychiatrie zu ersparen und ihm ein normales Leben zu ermöglichen. Clozapin empfehle sich als das wirksamste Mittel, leider mit oft tödlicher Nebenwirkung. Statt dessen solle Fish es mit Stelazin versuchen. Auch hier seien viele Nebenwirkungen zu erwarten – Tremor, Benommenheit, Erschöpfung, Übelkeit –, aber mit ein wenig Glück bleibe ihm ein organischer Hirnschaden erspart. Freilich, man könne nie sicher sein ...

Das Stelazin wirkte tatsächlich. Jedes Individuum reagiert anders auf Psychopharmaka, und Fish hätte ohne weiteres dazu verdammt gewesen sein können, sein restliches Leben in geschlossenen Abteilungen und halluzinatorischen Wahnzuständen zu verbringen. Statt dessen zügelte das Stelazin seine Wahrnehmung, und es zügelte auch das Politbüro, das sich von nun an mit einer Nebenrolle begnügen mußte. Seine Mitglieder tauchten zwar immer wieder einmal auf und schworen Rache für seinen Verrat (denn sie wußten ganz genau, daß er sie mit Stelazin hinterging), aber er fand, daß er sie in den meisten Fällen einfach ignorieren konnte.

Um sein Leben wieder in den Griff zu bekommen, mußte er sich aber auch noch mit dem Nichts auseinandersetzen. Der Tod lag ihm immer noch schwer auf der Seele, und er würde nie wieder derselbe sein wie vor dem fatalen Zwischenfall,

als Jugend und unbekümmerte Dreistigkeit sich verschworen hatten, ihm alles möglich – und alles Mögliche gut – erscheinen zu lassen. Stelazin vermochte nichts gegen das Nichts – es konnte ihm nur die Fähigkeit verleihen, ihm zu seinen eigenen Bedingungen, ohne Einmischung des Politbüros, entgegenzutreten.
Seine Eltern, die über seine Fortschritte hocherfreut waren, gaben sich der Hoffnung hin, daß er im Januar, zum Beginn des zweiten Semesters, sein Studium in Vassar aufnehmen könnte. Doch Fish hatte andere Pläne. Während des Herbstes 1994 und den ganzen Winter 1994/95 hindurch verbarrikadierte er sich in der öffentlichen Bibliothek seiner Heimatstadt, wo er über altersschwachen Bänden brütete, die schon seit Jahrzehnten niemand mehr in die Hand genommen hatte. Um mit dem Nichts ins Reine zu kommen, suchte er Hilfe bei den herausragendsten Denkern der Vergangenheit, die doch sicher ein paar Einsichten zu diesem Thema vorzuweisen hatten. Anders als bei Dorian hatte das überhaupt nichts mit persönlichem Ehrgeiz zu tun: Er las, um sein Leben zu retten.
In chronologischer Reihenfolge arbeitete er sich durch alle bedeutenden Philosophen und Theologen, von den Vorsokratikern bis zu Heidegger, hindurch – und wurde fast immer enttäuscht. Die meisten ihrer Gedanken waren veraltet, und er sah keinen Sinn darin, Philosophie nur im Kontext ihrer Entstehungszeit zu studieren. Er suchte Antworten, die dauerhaft gültig waren, doch die Naturwissenschaft hatte den größten Teil der Philosophie schlicht entbehrlich gemacht. Er durchschaute die «Gottesbeweise», die Anselm von Canterbury und Descartes vorgelegt hatten, auf den ersten Blick. Noch ärger war Kant, der hundert Seiten brauchte, nur um zu zeigen, daß die Existenz Gottes

weder bewiesen noch widerlegt werden könne. Berkeley hob sich durch die schiere Kühnheit seiner Ideen wohltuend ab – die Welt ist Bewußtsein, und Wahrnehmung ist der Urgrund der Realität: nicht übel für einen Westler anno 1710 –, aber unter dem Gewicht des logischen Positivismus gab auch er spürbar nach. Mürrisch kämpfte Fish sich durch den Existentialismus, dessen Zurückweisung der Descartesschen ewigen Wahrheiten ironischerweise weniger befreiend als hemmend zu sein schien. Sartre behauptete, daß der Mensch seinen Handlungen selbst einen Sinn verleihen müsse – eine erschreckende These, ließ sie doch keine Hintertür mehr offen für den großen göttlichen Plan. Das vor allem war es, was Fish suchte: Beweise für einen solchen Plan, für eine Straßenkarte, die den Weg zum Himmel wies; Beweise, die ihm bestätigten, daß er mehr war als ein wertloser Sack voll Scheiße auf der Müllkippe eines unpersönlichen, unbeständigen Universums.

All das führte ihn zu ein paar beunruhigenden Fragen über die Natur des freien Willens. Wenn Schizophrenie, manische Depression und Zwangsneurose – die wichtigsten psychischen Störungen – einen biologischen Ursprung hatten, dann war geistige Gesundheit Schicksal und nicht Willenssache. Klarer Verstand – und damit das Denken selbst – war die Folge von Prozessen, die jeder bewußten Beeinflussung entzogen blieben. Wenn Fish sich nicht mit Willenskraft vom Politbüro befreien konnte und eine Chemikalie erfolgreich war, wo er versagt hatte, so folgte daraus, daß er kein freier Mensch war. Chemische Vorgänge im Gehirn und nicht Willensentscheidungen entschieden darüber, ob man normal war oder nicht.

Kein Philosoph und kein Theologe konnte Fish den Beweis oder den Mut geben, dessen er bedurft hätte, um jenen

Kierkegaardschen Sprung zu wagen, mit dem Menschen sich so verzweifelt um die Erkenntnis ihrer Zufälligkeit zu drücken versuchen. Was Kierkegaard selbst betraf, so hatten sein Argument für die Absurdität eines Gottesbeweises und seine Betonung der subjektiven religiösen Erfahrung genau das Gegenteil des erwünschten Effekts. Fish war nicht daran interessiert, sich seinen eigenen Gott zu backen. Er wollte Indizien, die die Existenz des Einen Gottes bewiesen. Heidegger bot noch weniger Trost; der beste Rat, den er zu bieten hatte, bestand in der Behauptung, daß wahre Freiheit nur aus entschlossener Konfrontation mit dem Tod erwachse, und das allein war reichlich wenig, um Fish bei eben dieser Konfrontation zu helfen. Um einige Illusionen ärmer, wandte er sich einer neuen Quelle der Erkenntnis zu: der Naturwissenschaft.

Fish hatte die Thora gelesen, doch wie die anderen philosophischen und theologischen Texte, durch die er sich gequält hatte, erschien auch sie ihm jetzt als kolossale Zeitverschwendung. Die Verdrängung liebgewonnener theologischer Glaubenssätze durch saubere, nachprüfbare Wissenschaft zog sich durch die ganze Geistesgeschichte der vergangenen zweitausend Jahre; doch auch der Wissenschaft ging es nicht anders als Laios, dem der eigene Nachwuchs zum Verhängnis wurde. Die Newtonsche Physik war der allgemeinen Relativitätstheorie zum Opfer gefallen, die ihrerseits von der Quantenmechanik verdrängt wurde. Für jeden Wissenschaftler, der von der endgültigen Theorie träumte, trat ein anderer auf, der Kuhns Partei ergriff und die Weltformel zum Hirngespinst erklärte. War die Wissenschaft nun ein anwachsender Strom, den nur Singularitäten begrenzten, oder blieb ihr Kampf ziellos und vergeblich? Fish hoffte, daß ihn die Naturwissenschaft näher zu Gott führen könnte, daß sie ihm das notwendige Fundament bieten würde, von dem aus er zum großen Sprung in den Glauben ansetzen konnte. Natürlich wurde er enttäuscht. Viele Paläontologen waren überzeugt, daß der Mensch seine Entstehung äußeren Bedingungen verdankte, die zwar einmalig und ungewöhnlich, aber von äußerster Zufälligkeit waren. Wären beispielsweise die Dinosaurier nicht von einem Meteoriteneinschlag dahingerafft worden, so hätte die Evolution der Säugetiere nicht stattfinden können – die Dinos wären zu erfolgreiche Wettbewerber gewesen. Überdies hatten die Neurobiologen längst entdeckt, daß der Geist – anders als es der von Descartes postulierte Dualismus wollte – gar nicht existierte, daß er nichts weiter war als ein praktischer Euphemismus, mit dessen Hilfe man die komplizierten Vorgänge im Gehirn beschreiben konnte. Wie Gilbert Ryle schon in den vierziger Jahren geschrieben hatte, gibt es kein geheimnisvolles Haus der Seele, kein Gespenst in der Maschine: Das Denken ist ein rein physiologischer Ablauf. Die Metaphysik – und die Metaphysiker – hatten da gar nichts zu melden.

Hatte Sartre das Gefühl der Isolation in Fish geweckt, so machte die Wissenschaft alles nur noch ätzender. Er sah sich selbst als sinnlose Anhäufung von Atomen, der eine *Identität* zuzubilligen anmaßend und absurd war. Der freie Wille hatte nicht die Spur einer Chance gegen die Herrschaft der Biologie, die ihren ureigenen Gesetzen folgte. Sein Bewußtsein – und damit seine Identität – stand ja bereits unter dem Einfluß einer künstlichen chemischen Substanz. Er spielte kurz mit dem Gedanken an Selbstmord, jenem äußersten Akt der Freiheit bei Camus, doch selbst hier brachten ihm Gesetz und Herrschaft der Biologie im Namen der Selbsterhaltung eine Niederlage bei.

Allmählich schloß sich der Kreis. Obwohl er wußte, daß die Erkenntnisse der Wissenschaft hieb- und stichfest waren, weigerte er sich, persönliche Konsequenzen daraus zu ziehen. Er ging zurück zu Kierkegaard, berief sich auf den großen Spuk der Subjektivität und nahm den Standpunkt ein, daß er glauben könne, was zum Teufel er wolle. Er entschied sich, bis auf weiteres an einen Gott zu glauben ... aber nach wessen Spielregeln sollte er ihn verehren?

Das Christentum, der Fluch seiner Vorväter, lockte ihn wie der Versucher persönlich. Anders als die Juden konnten sich Christen mit dem Gedanken trösten, daß der Messias schon gekommen war und die Erlösung gleich hinter der nächsten Ecke lag. War es nicht tragisch, dachte Fish, daß die Verehrung dieses Juden, die den Nichtjuden von Juden verkündigt worden war, später über die Juden kam wie ein Unglück? Ein jüdischer Witz, voll feinster Ironie. Doch die Sünden der Vergangenheit waren nicht sein Thema. Daß das Christentum jahrhundertelang in schlechten Händen gelegen hatte, bewies wohl noch nicht (oder doch?), daß es an sich *böse* war; und was die theologischen Dogmen anbelangte, so konnte es sehr wohl sein, daß die Christen recht hatten.

Nächste Entscheidung: orthodox, katholisch oder protestantisch? Die Orthodoxen mit ihrer östlichen Kultur kamen ihm einfach zu fremd vor; und die Protestanten, die zwar intellektuell am saubersten dastanden, legten zu großen Wert auf blinden Glauben. Fish konnte sich nicht einfach im Bett zurücklehnen und sich Gott nahe fühlen. Er brauchte Rituale, und niemand, ausgenommen natürlich die Druiden, stellte bessere Rituale auf die Beine als die Katholiken. Ach, das Ritual ... wie unentbehrlich war doch seine Tünche, um der Skepsis ihre Angriffsflächen zu nehmen.

Mit seiner neuentdeckten Frömmigkeit gewappnet, bewarb sich Fish bei diversen Priesterseminaren, um dort seinen Glauben zu festigen und die Weihen zu erhalten. Seine Eltern drohten, ihn zu verstoßen; er kündigte ihnen trotzdem die Gefolgschaft auf. Er machte seine Aktiva – ein Sparbuch, ein paar Schatzbriefe und ein kleines Aktiendepot – zu Bargeld, was ihm ungefähr zehntausend Dollar einbrachte. Dann suchte er einen Geistlichen, der sich bestechen ließ. Mit Taufe, Kommunion und Firmung versehen, hielt Fish Einzug in dem Benediktinerkloster an der 27. Straße und war sicher, die richtige Entscheidung getroffen zu haben. Vor dem Gekreuzigten kniend, von göttlicher Allmacht geblendet, genoß er das Gefühl der Heiligkeit, das ihn nunmehr durchströmte. Plötzlich war die Welt wieder sinnerfüllt. Plötzlich bedeutete das bloße Faktum des Lebendigseins keine Krise mehr. Plötzlich hatte auch er ein *Gesetz* . . .

Seine Eltern hielten Wort: Jeremy verbot ihm, ins elterliche Heim zurückzukehren, solange er nicht den Talmud auswendig rezitieren konnte – auf Hebräisch natürlich. Die Fishbeins waren nicht religiös, aber in ihrem Selbstverständnis jüdisch genug, um seine Desertion zu den Gojim zu verurteilen. Wie Jeremy zu sagen pflegte: «Vielleicht kann Gott ihnen verzeihen, aber das ist sein Job, nicht meiner.» Zunächst jedenfalls haderten sie mit jedem Gott, den es geben mochte, weil er ihnen die Schizophrenie in die Familie geschickt hatte. Alle möglichen anderen Krankheiten hatten ihr Ghetto, in dem sie einem nicht gefährlich werden konnten. Die Sichelzellenanämie befiel nur Schwarze, abgesehen von dem gelegentlichen Italiener oder Griechen. Brustkrebs oder einen Tumor an den Eierstöcken bekam man nur als Frau. Alzheimer war eine Krankheit der

Hochbetagten. Muskelschwund war erblich. Dem Aidsvirus konnte man problemlos aus dem Weg gehen. Warum also mußte ihr Sohn ausgerechnet von Schizophrenie befallen werden?
«Ich bin ganz sicher», sagte Jeremy ein paar Tage später, «daß diese Schnapsidee mit dem Kloster nur eine Laune ist. Er kommt zurück. Du wirst schon sehen.»

Und nun schrieb man Mai 1999, aber er war kein einziges Mal zurückgekehrt. Er war jetzt ein junger Priester an Unserer Lieben Frau von den Blumen und nahm einer jungen Frau nach der anderen die Beichte ab und wurde von nahezu jeder flachgelegt. Zwar dämpfte das Stelazin seinen Trieb, aber es konnte andere nicht davon abhalten, sich über ihn herzumachen. Überdies war er viel zu höflich, um abzulehnen. Er haßte es, Frauen zu enttäuschen.
«Woher soll ich wissen», sagte er auf dem Rückweg durch das Kirchenschiff, «daß nicht du womöglich irgendeine Krankheit hast?»
«Vertrau mir, Baby.» Sie wartete vor dem Altar auf ihn, barfuß und erhitzt, die Augen halb geschlossen, die Lippen feucht und offen. Sie stand mitten in dem Streifen Sonnenlicht, der durch die Obergadenfenster hereindrang und ihren Körper verführerisch durch das dünne Baumwollkleid hindurchschimmern ließ. Er zog sie an sich, wollte ihr einen Kuß aufdrücken, aber sie zerrte ihn zu Boden und hockte sich breitbeinig über ihn. Sie schob seine Soutane hoch, nestelte am Gürtel, hatte nach kurzer Zeit alles Erforderliche freigelegt. Dann streifte sie ihr Höschen herunter, schleuderte es zur Seite (es landete auf einer Kerze, an der es hängenblieb wie eine weiße Fahne der Kapitulation) und preßte ihr Becken auf das seine.

Bei den meisten dieser Begegnungen blieb er passiv, was hauptsächlich auf die dämpfende Wirkung des Stelazins zurückzuführen war. Oft packte die jeweilige Partnerin seine Hände und drückte sie sich auf die Brüste, oder sie schlug ihn sogar, um sich zu vergewissern, daß er nicht eingeschlafen war. Diesmal aber vibrierte er vor Geilheit, vielleicht zum erstenmal seit Jahren. Die Nummern, die er im Priesterseminar geschoben hatte, waren größtenteils dem Gruppendruck geschuldet – gemeinschaftliches Ficken hatte einen ähnlichen Stellenwert wie anderswo gemeinschaftliche Saufereien –, und er konnte sie beim besten Willen nicht als sexuelle Großtaten werten. (Einmal hatte er auch dafür bezahlt, und zwar nicht mit Abhängigkeit, sondern mit Ansteckung. Als er eines Morgens erwachte, fand er seine ganze Lendengegend mit einem rötlichbraunen Knötchenausschlag bedeckt. Weder Wasser noch Seife noch Gebet vermochten diesen Bewuchs zu exorzieren, der bald nässende weiße Bläschen austrieb und erst nach einem Monat wieder von ihm wich.)
Doch bei dieser Frau, dieser hinreißenden Brünetten . . . tja, da wollte er verdammt sein, wenn er sich nicht amüsierte. Er strich mit den Händen über ihre Rippen und spürte, wie sein Schwanz ein wenig anschwoll. «Warum ziehen wir nicht *alles* aus?» schlug er vor.
Er kämpfte sich aus seinen Gewändern, sie zog sich das Kleid über den Kopf und schlüpfte aus dem BH. Ihre Brüste waren groß und standen eng zusammen: Sie schienen sich gegenseitig den Platz streitig zu machen, und die Brustwarzen waren nach innen geneigt, so daß es aussah, als würde ihr Oberkörper schielen. Ihre Schamhaare waren säuberlich, aber rigoros gestutzt und sprossen nur innerhalb der engen Grenzen eines Tanga-Beinansatzes. Er war ein wenig ent-

täuscht: Sein Geschmack tendierte mehr zum Starkbehaarten, zum *Urwald.*
Aber er wollte sich nicht beklagen – nicht mit einer strammen Erektion, um die er sich zu kümmern hatte. Sie stürzten sich aufeinander, direkt vor dem Tabernakel, gegen welches sie bald stießen. Fish langte hinein und holte einen Kelch heraus, der für die nächste Messe vorbereitet war. Er schüttete den Wein über ihre Brüste, ließ ihn über ihrer beider Bäuche laufen und die Geschlechtsteile benetzen, was sie in gefährliche Erregung versetzte. Als er begann, den Wein von ihren Brustwarzen zu lecken, brach sie in einen Schreikrampf aus und zerschmetterte eine Madonna, die in der Nähe stand.
Sie vögelten auf dem Pult, auf dem die Bibel gelegen hatte, bis sie von ihnen zur Seite gefegt und mit einem gotteslästerlichen Poltern auf den Fußboden geschleudert worden war. Sie legten sich geweihte Oblaten auf die Zungen und lösten den noch nicht gewandelten Leib Christi im vermischten Speichel ihrer tiefen Küsse auf. Was den Menschensohn selbst anbelangte, so blickte er aus seinem vergoldeten Gefängnis mit großem Kummer – oder war es Sehnsucht, vielleicht gar Neid? – auf sie herab.
Der Schweiß floß in Strömen zwischen ihren Körpern, steigerte sein Verlangen. Ihr Hals schmeckte nach Salz. Lag nicht etwas fundamental Göttliches in diesen nackten, schlüpfrigen Leibern, in ihrer elektrisierenden, fiebrigen Verklammerung? War es nicht das, was der Katholizismus eigentlich sein sollte? Eine Theologie, in der Reinheit aus dem Orgasmus erwuchs und nicht aus der Enthaltsamkeit? PINT hatte mit allem recht gehabt: Es gab keine unfehlbarere Methode, die kränkelnde katholische Kirche zu retten, als die Erhebung des Fickens zum Sakrament. *Im heiligen*

Stand des Fickens . . . Es brauchte nicht mehr als eine Umkehrung der Parteilinie, und schon würden die Gläubigen in Scharen zurückkehren. Die Beichte würde eine völlig neue Bedeutung erhalten. *(Vergib mir, Vater, denn ich habe gesündigt; ich habe zwei Tage vergehen lassen, ohne zu ficken . . .)*

Sie stand jetzt über die Kommunionsschranke vor dem Altar gebeugt. Er war hinter ihr, stieß in sie hinein, umfaßte ihre Brüste mit den Händen, während sie unten durch das Geländer hindurchfaßte und sich selbst wichste. Er hatte sich seit ewigen Zeiten nicht mehr so gut gefühlt.

Ein Rütteln war vom Portal zu hören.

Er blickte erschrocken auf und hielt inne.

«Mach weiter!» japste sie mit einer Drehbewegung ihrer Hüften. «Die Tür ist verriegelt!»

Die Nähe potentieller Zeugen begann ihn noch stärker zu erregen. Die Türflügel bebten, als würde ein Poltergeist an ihnen zerren, und er spürte, wie er in die Zielgerade einbog, die Prachtstraße zum Palast, und alles war nur noch Schweiß und Fleisch und Fotze und Spritzen, als sich ein Schlüssel im Schloß drehte und die Kirchentür aufschwang. Vom Portal eingerahmt, starr vor dem grellen Tageslicht draußen, stand da die unverwechselbare, bärenhafte Silhouette von Bischof Abdul, dem grämlichen libanesischen Prälaten der hiesigen Erzdiözese.

Die Liebenden lösten sich nicht voneinander, hatten keine Eile, ihre Blöße zu bedecken, wie es von Adam und Eva berichtet wird. Sie blieben noch in der Erschöpfung vereinigt, sackten übereinander auf die Kommunionsschranke. Im Mittelgang kam Abdul langsam näher, sein Gesicht versteinert, sein schwarzer Bart wie der Vorbote dessen, was der zusammengekniffene Mund gleich hervorbringen würde.

«Darf ich fragen», forschte er, den Kopf leicht schiefgelegt, «darf ich fragen, wie sich das nennt, was er da treibt, Bruder?» Die Frage klang nicht rhetorisch: Er schien von aufrichtiger Wißbegier erfüllt zu sein.

Fish leckte sich, noch keuchend, die weinbenetzten Lippen. «Ich habe dieser Frau die Beichte abgenommen», erwiderte er unwillig, so als wäre seine gegenwärtige Befindlichkeit die natürlichste Konsequenz derartiger seelsorgerischer Pflichterfüllung. «Und das, was Ihr hier seht, hochwürdigster Vater, i-ist – ihre Buße.»

«Sehr interessant», sagte Abdul und trat noch näher heran. «Ich dachte, daß er vielleicht Dämonen aus ihr austreibt.»

«Genau», sagte Fish, der jetzt zitterte. «Das auch.»

Abdul lächelte. Er war nur noch wenig mehr als einen Meter entfernt – ein Bär, der seine Beute in die Enge trieb, die keinen Fluchtweg hatte. Er musterte die beiden von oben bis unten, widmete vor allem Sonyas Körper höchste Aufmerksamkeit und einen leichten Anflug von Verwirrung, als finde er eine langgehegte Vermutung an ihm nicht bestätigt. «Ich glaube», sagte er schließlich, wobei er ihnen den Rücken zuwandte, «ihr beide solltet euch jetzt besser ankleiden.»

Sechs Stunden später, in den kimmerischen Tiefen der Bowery, stand Fish auf einem gottverlassenen Parkplatz neben einem anderen Libanesen, diesmal einem Waffenhändler, und kaufte ihm von seinem letzten Geld eine Kalaschnikow ab. Bischof Abduls Worte hallten noch in seinem Innern nach: *Ich glaube, er kann getrost davon ausgehen, junger Mann, daß er exkommuniziert wird.* Unfähig, sich dem Urteil seiner Glaubensbrüder zu stellen, und ebenso unfähig zu einer gedemütigten Heimkehr nach Scarsdale, war er mit nichts als seiner (wieder angelegten) Amtstracht am Leibe

geflohen. Auf einem Konto bei einer nahen Bankfiliale hatte er ungefähr eintausend Dollar, die er komplett abhob.
Er entschied sich für die AK-47, weil es die durchschlagendste Waffe war, die der Libanese im Angebot hatte. Schon sah er sich ein skrupelloses Leben als Verbrecher führen, um Leib und sündige Seele zusammenzuhalten. Er hatte einen Unterschlupf in einem von Obdachlosen bevölkerten Lagerhaus in SoHo gefunden, nur ein paar Straßen von der Kirche entfernt, in dem er sich ein oder zwei Tage aufhalten konnte, aber er mußte auch an seine Zukunft denken. Er war arbeitslos, und er hatte nichts gelernt, was auf dem Markt gefragt war. Er hatte seine High-School-Ausbildung, einen Abschluß in Theologie und einundzwanzig Tabletten Stelazin. Für welchen Broterwerb qualifizierte ihn das?
Es kam ihm nicht in den Sinn, daß er mit einer Pistole, die viel billiger und leichter zu verbergen war, besser bedient gewesen wäre. Nein, ihm leuchtete sofort ein, daß die Kalaschnikow, weil sie das Prunkstück in der Sammlung des Waffenhändlers war, auch für ihn der beste Kauf sein mußte – um so mehr, als er keinen Schimmer hatte, wie man sie bediente. Der Händler, dem nicht verborgen blieb, daß mit diesem jungen Priester etwas faul sein mußte, holte eine Segeltuchhülle aus dem Laderaum seines Lieferwagens. Er bot sie Fish als kostenlose Dreingabe an und gab ihm den guten Rat, die Kalaschnikow lieber nicht offen herumzutragen.
Am nächsten Morgen kundschaftete er ein Crackhaus in Morningside Heights aus, von dem er gerüchteweise gehört hatte. Ein paar Dealer aus der Gegend verkauften den Stoff in einem Reihenhaus nahe der Amsterdam Avenue, und es schien keine große Affäre zu sein. Einer der Schlafgenossen im Lagerhaus hatte ihm den Tip gegeben, daß Geldkuriere

ideale Opfer seien; und außerdem solle er sich bei seinen Aktivitäten vom eigenen Hinterhof fernhalten. Und so lag er nun in seinen priesterlichen Gewändern auf der Lauer, die Segeltuchtasche in der Hand, der einzige Weiße weit und breit. Er hatte keine Ahnung, was er im entscheidenden Moment tun würde; er wußte nur, daß er hungrig war und daß er mehr Stelazin brauchte.

Gegen Mittag fuhr ein Audi vor, dem ein Latino in scharfen Klamotten entstieg. Er verschwand im Haus und ließ den Motor laufen. Aha, dachte Fish und machte einen langen Hals. Er zog die Maschinenpistole aus der Hülle und versteckte sich hinter einem parkenden Auto. Wie erwartet tauchte der Kurier fünf Minuten später wieder auf, einen Aktenkoffer in der Hand. (Was Fish nicht wissen konnte: Dieses Reihenhaus war der Außenposten eines großen, stadtweiten Rauschgiftrings. Fish hätte nicht im Traum ahnen können, wieviel Geld er gleich einnehmen würde.)

Mit klopfendem Herzen, aber um die entschlossene Miene eines Raubmörders bemüht, huschte er aus seiner Deckung hervor und war in Sekundenschnelle hinter dem Geldboten. Er rammte ihm die Maschinenpistole in die Nieren. «Den Koffer fallenlassen», sagte er. «Sofort.»

Der Kurier wußte nicht, ob er grinsen oder die Stirn runzeln, drohen oder flehen sollte. Er hatte keine Ahnung, wer ihn da überfiel und für wen der Angreifer arbeitete. Er drehte den Kopf, als er den Aktenkoffer losließ, und sah Soutane, Halskragen, Kalaschnikow. «*Hä?*» stieß er verblüfft hervor. Sobald er sich den Koffer geschnappt hatte, befahl Fish dem Mann, sich mit dem Gesicht nach unten auf den Bürgersteig zu legen. Völlig verdattert – offenbar hatte er es noch nie mit einem Geistlichen zu tun gehabt – gehorchte der Kurier. «Gott segne dich», sagte Fish zum Abschied und sprintete in

Richtung Broadway davon. Er hatte schon den halben Weg zurückgelegt und verlangsamte seinen Schritt, um die Maschinenpistole zu verstauen, als er die Polizisten sah. Und die Polizisten ihn.

Die vergangenen vierundzwanzig Stunden hatten eine tiefgreifende Wandlung seiner Persönlichkeit bewirkt – vor allem aufgrund der abenteuerlichen Nacht, die er inmitten von betrunkenen Pennern in dem aufgelassenen Lagerhaus verbracht hatte. Hier, wo er mit seiner Kalaschnikow Eindruck machte, waren Fish die Spielregeln einer völlig anderen Existenz aufgegangen. Mit seinem Überleben in der Gefahr, seiner Fähigkeit, sich so schnell einen harten, dem Leben auf der Straße angepaßten Panzer zuzulegen, hatte er sich selbst am meisten überrascht. Er war nicht mehr das selbstsüchtige Kind reicher Eltern, das er in seiner Jugend gewesen war. Auch nicht der zarte Zögling eines Priesterseminars auf der Suche nach Gott und Gnade, nur einen Schritt von tiefster Selbstvergessenheit entfernt. Er fühlte sich plötzlich von seiner Vergangenheit befreit, fühlte sich aus dem Nichts eine neue Identität erschaffen, für die nur die Gegenwart zählte. Nach Jahren der Passivität war er wie süchtig nach der schieren *Körperlichkeit* seiner neuen Umgebung, nach dem Tempo, mit dem sich das Leben bewegte. Nie zuvor waren seine Sinne so hellwach gewesen.

Jetzt aber, als er zu rennen begann, schneller, als er je in seinem ganzen Leben gerannt war, wurde ihm klar, daß er kein Meisterkrimineller, kein Möchtegernmafioso war: Er war nur der dämlichste Expriester in ganz Amerika. Wenn Gott selbst sich seiner nicht erbarmte, würde er bald die Kanzel mit dem Knast vertauscht haben, und niemand auf der Welt würde sich im geringsten darum scheren.

Er hatte sogar sein Stelazin vergessen.

KAPITEL 9

DAS SCHICKSAL DES AMERIKANISCHEN ROMANS, ODER: DUMPFBACKEN AM DRÜCKER...

Der Interstate Highway schlängelte sich zwischen endlosen grauen Hügeln hindurch. Wieder senkte sich die Hitze von einem Himmel herab, der weiß und klebrig war wie Kautschukmilch; Blütenpollen lagerten sich als dünner Film auf der Windschutzscheibe ab. Das Verdeck war geöffnet; Prophet saß am Steuer, Fish auf dem Beifahrersitz. Die Rückbank teilten sich Dorian und Lucky in jener fröhlichen und argwöhnischen Vertrautheit, die der Jugend vorbehalten ist. Sie war geneigt, ihm seine Eskapade zu vergeben, nicht zuletzt deshalb, weil er am übelsten davongekommen war und sich in jeder Hinsicht zum Narren gemacht hatte. Stärker noch fiel ins Gewicht, daß sie in dem Stripteaseschuppen ihre Brieftasche verloren hatte, so daß ihr kaum etwas anderes übrigblieb, als sich ihnen anzuschließen. Die Möglichkeit, daß ihre reiche Mutter ihr Geld schicken könnte, wurde nie erwähnt.

«Du siehst erbärmlich aus, Dorian», sagte sie und deutete auf den Verband an seiner rechten Hand.

«Tscha, und du, du bist die erste attraktive Lesbe, die ich jemals getroffen habe.»

«Ach, tatsächlich? Und wie viele Lesben hast du bisher kennengelernt?»

«Oh, gar nicht wenig, gar nicht wenig. Meistens sind

sie groß und stämmig und ziehen sich an wie des Teufels Großmutter.»

Sie seufzte. «Du bist so berechenbar. Es ist gar nicht die Vorstellung, daß Frauen miteinander ficken, die dich verbittert. Nein, es ist die Vorstellung, daß du davon ausgeschlossen bist. Du möchtest, daß Lesben aussehen wie Supermodels. Du möchtest, daß sie's miteinander treiben, damit du an der Bettkante sitzen und zuschauen und geil werden kannst, um dich dann ins Getümmel zu stürzen und ihnen zu zeigen, was ein richtiger Kerl ist. Ziemlich seltsam, so was von einem angeblichen Bisexuellen zu hören.»

«Tscha, das ist es ja gerade: Ich bin für alles offen, für alle Möglichkeiten.»

«Du bist spitz, das ist es und nichts weiter. Und deshalb bist du mein Sklave. Du würdest alles tun, um mich auf die Matte zu kriegen, dafür hast du sogar schon Blut vergossen.»

«Du gemeines kleines Miststück, du.»

«Besten Dank. Und jetzt möchte ich etwas von dir wissen, Dorian: Was glaubst du eigentlich, das du mir bieten kannst? Was hast du, das ich brauche? Einen Schwanz?»

«... Tscha, das könnte immerhin ein Anfang sein.»

«Dildos funktionieren besser, finde ich. Ganz zu schweigen von Vibratoren.»

«Das ist nicht dasselbe.»

«Nein, für *dich* offenbar nicht. Aber sag mal ehrlich: Hat eine Frau es dir jemals so gut besorgt wie du dir selber?»

«... Um die Wahrheit zu sagen, Lucky: Das entzieht sich meiner Kenntnis.»

Sie betrachtete ihn eingehend; ihre Haare flatterten im Wind. «Du bist noch Jungfrau?»

«In Hetero-Hinsicht: Ja. Jetzt ist es raus. Jetzt hast du richtig Macht über mich.»

Sie schürzte bedauernd die Lippen. «Ach, Dorian, tut mir echt leid. Die Berührung einer Frau kann sehr erotisch sein. Ihren nackten Körper zu spüren ist einfach *göttlich*. Wenn du wüßtest, was du alles verpaßt hast . . .»

«Teufel nochmal, du *bist* ein gemeines kleines Miststück. Unser Gespräch ist hiermit beendet.» Er griff in seinen Rucksack und zog eine Handvoll Briefkuverts heraus.

«Was ist das?»

«Dies, liebe Lucky, sind all die Absagen, die zu öffnen ich mich noch nicht getraut habe.»

«Absagen?»

«Ja, die Sache ist nämlich die: Ich bin Philosoph oder gebe zumindest vor, einer zu sein, und was du hier siehst, ist das Resultat von einem Jahr Arbeit an einem Ideenroman. Nachdem wir uns einig sind, daß ich nicht mehr tiefer fallen kann, ist der Augenblick günstig, sie sich mal anzusehen.» Er fingerte durch das Bündel: Stymied & Shyster, Wanton, Doubleplay, LarkerFollies, Smell, Drown, Tandem Louse, Thicket Pissific, Alfred Canuck, Kaput Man, Big Black, Quilliam Sorrow, Norse Cormorant, New American Lumpen/Mutton-Piglet, Scribbler, ROT, Hysterion, Whorolt, St. Marvin's Dress, Henry Dolt . . . «Ja, sie sind alle da, und nun schau dir das an: Nicht mal bei Kaput will man mich drucken. Ich hätte auch noch Wildebeest versuchen sollen, die sind noch schlimmer.»

«Wovon handelt es denn, dein Buch?»

«Vom Leben und der Liebe und von Sex und Tod und praktisch allem anderen, was es so gibt.» Er fischte einen Umschlag heraus. «Gut, dann wollen wir mal:

Sehr geehrter Mr. Bray, wir bedanken uns für die Zusendung Ihrer *Theorie von Allem*, müssen Ihnen aber leider mitteilen, daß sich dieser Text nicht in unser Verlagsprogramm einfügen

würde tscha, wundert nicht, hast du den *Scheißdreck* gesehen, den sie im Programm haben?» Er warf den Brief zur Seite und riß den nächsten Umschlag auf. **«Sehr geehrter Autor, wir ziehen unaufgeforderte Manuskripteinsendungen zur Zeit grundsätzlich nicht in Betracht** ah ja, was sonst, man muß eben heutzutage schon als Berühmtheit auf die Welt kommen, sonst braucht man den nächsten *Ulysses* gar nicht einzuschicken.» Der Brief wurde der Entsorgung durch den Fahrtwind übergeben. «Der nächste. **Lieber Dorian** na, das fängt gut an, du verlogener kleiner Schleimscheißer **besten Dank für die Gelegenheit, *Eine Theorie von Allem* für unser Haus zu prüfen** genau, das war doch wirklich ein seltenes Privileg für euch Säcke. **Obwohl mir vieles durchaus gefallen hat, schienen mir die Figuren zu wenig positive Identifikation zu bieten, um weitere Schritte in Erwägung zu ziehen** eins mußt du dir nämlich merken, Lucky: Du darfst nie die kostbaren Gefühle der Gutmenschen verletzen, verstehst du? Die wollen einen Helden, heute mehr denn je, das Gute soll siegen, das Böse unterliegen, die Welt wird wieder heil, und wenn diese Idioten nicht gestorben sind, dann salbadern sie noch heute, herrgottnochmal, der nächste: **Sehr geehrter Mr. Bray, vielen Dank für Ihre Zusendung. Für uns kommt jedoch nur Material mit weltweiter Bestsellereignung in Betracht, das problemlos verfilmbar ist** prima, direkter kann man's kaum sagen. Und jetzt paß auf, jetzt wollen wir mal sehen, was dieser Mister Machsierunter damit meint.» Er wühlte in seinem Rucksack herum und zog schließlich eine Zeitungsbeilage hervor. «Da haben wir sie, die *New York Times Book Review*. Machen wir uns mal schlau, was Sache ist. Fühlen wir unserem riesigen amerikanischen Lesepublikum den Puls, sehen wir nach, was für ein Tief das bibliophile Barometer anzeigt.» Er kämpfte mit dem Luftzug, faltete die Seiten auf ein keines

Format zusammen. «Hier, die Bestsellerliste, Hardcover ... auf Platz eins ist Bubba Gristle mit *Meine Leiche gehört mir:* **Ein Sexskandal im Leichenhaus verstrickt einen unkonventionellen Rechtsanwalt in einen Kampf mit den Mächten des Bösen.** Würd ich mir glatt kaufen, wenn die Leichen im Chor ‹Jingle Bells› sängen. Nummer zwei: *Königin im Cabrio* von einer gewissen Dawn Querulous: **Im Post-Glasnost-Moskau sucht ein Supermodel nach seinem verlorenen Ich.** Hmm ... Warum nicht so: **Auf der Suche nach dem Sinn des Lebens in den Innereien eines Supermodels,** unter dem Titel *Eingeweideschau bei Eileen*. Zum dritten: *Der letzte Walzer in Wilmington* von Lionel Bay Dollar: **Eine Putzfrau in einer Universität verfällt dem Charme eines Gastprofessors; nach der Trauung stirbt sie an einer allergischen Reaktion auf die Hochzeitstorte.** Bleibt nur die Frage, ob sie ihm vorher noch die Eier pochiert hat.» Er stöhnte auf. «Den vierten Platz belegt die gewichtige *Stunde der Entscheidung* von Bryce Kellogg. **Ein CIA-Agent kann im letzten Augenblick verhindern, daß die albanische Mafia die Wasserversorgung des Pentagons mit einem Homosexualitätsgen verseucht.** Direkt aus dem Leben, was? Das nächste Mal werden es die ruchlosen Burmesen sein. Noch ein Versuch, die Nummer fünf: *Die Milchstraßen-Erleuchtung* von Skippy McScurvy. **In einer Schatztruhe vor der Küste von Bora-Bora werden die Geheimnisse des Universums entdeckt** verstehst du jetzt, was ich meine?» Er schleuderte die Zeitung in den Wind, der sie zerfledderte und in Fetzen auf die Böschung regnen ließ. «Ich kann nicht mithalten, Lucky. Rechtsanwälte, Ärzte, Maschinisten, Stripperinnen, Nutten – alle glauben, daß sie Bücher schreiben können. Alle sehen sich im Spiegel schon mit Lorbeerkränzen um die Stirn, und in New York gibt es eine ganze Verschwörung von teuer ausgebildeten und intellektuell verarmten Lektoren, die sie in dieser Selbsttäuschung auch noch bestärken. Mir dagegen bleibt nichts anderes übrig als der Selbstverlag. Vorausgesetzt, daß ich mich nicht vorher umbringe. Es ist genau so, wie schon Swift gesagt hat: ‹Wenn ein wahrer Genius auf dieser Welt erscheint, so erkennt man ihn unfehlbar daran, daß sich alle Dummköpfe gegen ihn verbünden.›»

«Also, ich muß schon sagen, Dorian, das schafft mich, daß du ein Buch geschrieben hast und alles. Darf ich's mal lesen?»

Er schwieg, und ihr kam es so vor, als glänzte da im Augenwinkel eine – schnell weggewischte – Träne. «Ich hab's verbrannt.»

«Du hast es ... *verbrannt*?»

«Vor zwei Tagen. Kurz bevor wir von New York weg sind.»

«Aber woher wußtest du, daß diese ganzen Briefe da Absagen waren?»

Er erklärte es ihr.

«... Und es ist überhaupt kein Exemplar übriggeblieben?»

«Nur mein handgeschriebenes.»

«Ach, ich würde es wirklich gern lesen.»

Er blickte sie an. «Ich dachte, du verachtest mich.»

«Ich verachte dich nicht, Dorian. Ich hab nur einfach keine Verwendung für dich, jedenfalls nicht so, wie du's gern hättest. Glaub's oder glaub's nicht, ich halte dich für einen ziemlich gutaussehenden Burschen, jedenfalls auf diese flachbrüstige englische Art.»

«Genaugenommen bin ich Waliser. Völlig andere Hausnummer.»

«Ja, und ich bin eine Lesbe», erwiderte sie. «Du könntest aus, aus *Kamerun* sein, und ich wüßte immer noch nichts mit deinem Zipfel anzufangen, okay? Ende der Durchsage.»

Der Nachmittag brachte Gewitter und eine verfrühte Dämmerung. Regengüsse droschen wütend auf den Wagen ein, so als wollten sie ihm etwas heimzahlen, und der Highway war bald überflutet. Die Sichtweite betrug kaum noch zehn Meter; verwischte Streifen von Rücklichtern tauchten aus dem Nichts auf und wurden wieder verschluckt, geisterhaft und flüchtig. Dorian hatte das Steuer übernommen; Lucky saß auf dem Beifahrersitz. Das Verdeck war geschlossen, aber der Wolkenbruch schien heftig genug, um es zu durchlöchern.

Wie die Insassen zum Schweigen, so zwang die Natur den Mustang zu einer Schleichfahrt. Der Wagen bewegte sich wie durch eine zeitlose graue Unterwelt, eine düstere Höhle ohne Ausgang. Ein Blitz stach auf sie sein, Donner trampelte über sie hinweg. Nur Fish fühlte sich noch ganz wohl in seiner Haut. Mit kindlicher Freude blickte er in die Sintflut hinaus. «Seht euch das an!» wisperte er.

Selbst Prophet wirkte nervös. «Vielleicht sollten wir auf dem Randstreifen halten, Dorian.»

«Wenn du meinst.»

«Weiterfahren!» rief Fish.

«Hey! Was war das?» sagte Lucky, als eine schemenhafte weiße Gestalt am Straßenrand vorbeihuschte.

Dorian spähte in den Rückspiegel. «Sieht aus wie ein Mädchen.»

«Halt an! Stoß zurück!»

«Lucky, ich kann hier nicht zurückstoßen, vielleicht kommt einer hinter uns.»

«Gut, dann halt wenigstens an, okay? Fahr da rechts ran, ich will nur mal sehen, ob sie Hilfe braucht.»

Dorian lenkte den Wagen auf den Randstreifen, ließ ihn ausrollen.

«Haben wir einen Regenschirm?» fragte Lucky.
«Ich nicht», sagte Dorian. «Fish hat nur so was Ähnliches. Du, Prophet?»
«Hab nicht dran gedacht, einen mitzunehmen.»
«Macht nichts.» Sie zog ihre Schuhe aus und öffnete die Beifahrertür, was einen Regenschwall ins Wageninnere schwappen ließ. Sie stieg aus, knallte die Tür zu und begann mit hochgerafftem Kleid durch die Pfützen zu waten. Der Regen durchnäßte sie auf der Stelle, trommelte mit tausend Fingern auf ihr herum und bildete einen Vorhang, der so dicht war, daß sie ihn am liebsten mit den Armen geteilt hätte wie dichtes Buschwerk, dessen Dornen man aus dem Weg gehen will.
Unvermittelt tauchte das Mädchen vor ihr auf, das völlig regungslos mitten im Unwetter stand. Es mochte ungefähr fünfzehn Jahre alt sein, und seine Haut hatte eine seltsam ungleichmäßige Färbung, changierte zwischen aschgrau und bronze, wie von einer Krankheit gefleckt. Es wandte sich Lucky zu, zerbrechlich und wehrlos gegen den Wolkenbruch, das blaue Kleid an den schmächtigen Körper geklatscht, die blonden Haare in nassen Strähnen an den Schultern klebend. Das Gesicht war voller Traurigkeit, die Augen waren eingesunken, die Lippen bebten.
«Sollen wir dich mitnehmen?» rief Lucky.
Der Gesichtsausdruck des Mädchens blieb unverändert, ließ nicht erkennen, ob es die Frage verstanden hatte. Lucky trat näher heran, die Augen gegen den Regen zusammengekniffen. «Brauchst du Hilfe?»
Das Mädchen lächelte und wandte scheu den Blick ab, als wäre es gefragt worden, ob es einen bestimmten Jungen mochte, und hätte dies bejahen müssen. Vielleicht ist sie eine Autistin, dachte Lucky. Als Lucky ihren Arm berührte,

reagierte sie nicht. Lucky beugte sich ein wenig herunter, um auf Augenhöhe zu kommen.

«Bist du allein?» Sie suchte die dunklen, blauen Augen des Mädchens, bekam kurzen Blickkontakt. «Brauchst du Hilfe?»

Das Mädchen begann zu zittern, und trotz der Regentropfen war die Träne zu erkennen, die einem Augenwinkel entschlüpfte und über die Wange hinunterlief. Lucky legte dem Mädchen die Hand auf die Stirn und stellte fest, daß sie glühend heiß war vor Fieber.

«Mein Gott», flüsterte sie. Sie schaute sich um, vergewisserte sich, daß kein anderer Wagen in der Nähe wartete, und sagte dann: «Komm mit. Ich verspreche dir, daß dir nichts geschieht, okay? Komm einfach mit.»

Gefügig, wie es war, ließ sich das Mädchen bei der Hand nehmen und durch Wasserfluten, die schon bis an die Waden, fast bis an die Säume ihrer Kleider reichten, zum Wagen führen. Dort angekommen, öffnete Lucky die Tür, schob das Mädchen auf den Beifahrersitz und half ihm behutsam, nach innen zu rücken. Dorian zog sich erst vor der tropfnassen Gestalt zurück, dann hielt er inne, um sie sich genauer anzusehen. Das Mädchen war ganz und gar bezaubernd, mit zarten, fein geformten Gesichtszügen und einem Baumwollkleid, das entgegenkommenderweise die Umrisse beachtlicher Brüste und, ganz schwach, die kleinen Höcker der Brustwarzen erkennen ließ. Ganz unbestreitbar eine Alternative zu Lucky, dieser unbekehrbaren Lesbe. Das Mädchen schlang bibbernd die Arme um den Oberkörper. Inzwischen war auch Lucky auf den Vordersitz geklettert und hatte die Wagentür zugeschlagen.

«Dreh die Heizung auf», sagte sie.

«Lucky, bei dieser Schwüle –»

«Dreh die verdammte Heizung auf!» Lucky fröstelte es ebenfalls – nicht so sehr, weil sie naß geworden war, sondern aufgrund der seltsamen Begegnung. Als Dorian immer noch zögerte, beugte sie sich hinüber und schob selbst den Regler bis zum Anschlag. Ein Stoß heißer Wüstenluft fuhr ihnen ins Gesicht.
Prophet starrte das Mädchen an, in dem unheimlichen Gefühl, es längst zu kennen. Sein ganzer Körper reagierte mit instinktiver Sympathie. Selbst in ihrem durchnäßten Zustand hatte sie eine verblüffende Ähnlichkeit mit all den Frauen, die seit Jahren seine Phantasie heimsuchten und Zeugen all seiner kleinen Tode geworden waren. Die perfekte Symmetrie ihrer Gesichtszüge, die weiche Wölbung ihres Halsansatzes, die nackte Unschuld in ihrem Blick – all das erweckte eine Leidenschaft in ihm, die so jäh und so heftig war, daß er fast in Ohnmacht fiel ...
«Wie heißt sie denn?» fragte er und beging, was er als SÜNDE kannte.
«Weiß ich noch nicht. Laßt sie erst mal in Ruhe trocknen: Dorian, vielleicht sollten wir beim nächsten Motel halten und rausfinden, wer sie ist. Bei diesem Sauwetter zu fahren hat eh keinen Sinn.»
«Du meinst, wir sollen sie mit ins Motel nehmen?»
«Fahr schon los, verdammt.»
«Sie ist wunderschön», sagte Prophet leise.
«Sie könnte eine Mörderin sein», sagte Fish. «Sind wir nicht in Kentucky oder so was?»
«Sie könnte eine Prinzessin sein», flüsterte Prophet. «Sie könnte *alles* sein.»
Mit Zwischengas und guten Worten brachte Dorian den Mustang wieder in Fahrt, beiderseits Gischtvorhänge aufwerfend. Ohne ihnen eine Atempause zu gönnen, prasselte

der Platzregen auf die Straße und die liegengebliebenen Fahrzeuge, zwischen denen sie sich ihren Weg bahnten. Immer wieder setzte der Motor des Mustangs aus, und immer wieder erwachte er zu neuem Leben. Jeder Meter war ein Sieg über die Naturgewalten.

«Dort», sagte Lucky, als am Straßenrand ein blaues Schild erkennbar wurde. «Benzin, Essen, Zimmer, sehr gut, halt durch, wir haben's fast geschafft.»

Das Motel nannte sich Pleasant Acres und bestand aus Reihen aneinandergefügter Bungalows mit je einer überdachten Veranda. Unter etlichen dieser Vordächer lagen Gäste im Greisenalter in Liegestühlen und glotzten in den Wolkenbruch hinaus. Auf der anderen Seite des Parkplatzes erhob sich eine abgesonderte Baracke, an der das Schild **BÜRO** prangte. Dorian stellte den Wagen ab, und sie sprinteten hinein.

Eine beleibte Frau mittleren Alters saß hinter einem Schreibtisch und las in einem Taschenbuch, das sie wie eine Zeitung umgeschlagen hatte. An der Seitenwand stand ein Getränkeautomat, der mit seinem handgemalten Schild **AUSSER BETRIEB** jeden Durstigen enttäuschte. Die Reisenden tropften erwartungsvoll. Die Frau hinter der Theke blickte auf und fixierte sie mit unverhohlenem Widerwillen.

«Zwei Zimmer», sagte Lucky.

Das Gesicht der Frau blieb unbewegt, obwohl Worte aus ihrem Mund drangen: «Ich glaube nicht, daß etwas frei ist.»

«Papperlapapp», entgegnete Lucky gleichmütig. «Zwei Zimmer.»

Die Frau starrte sie noch einen Augenblick lang an, dann begann sie, ihre Körpermasse in Bewegung zu setzen. Nach zwei vergeblichen Anläufen hatte sie so viel Schwung gesammelt, daß sie sich hochwuchten konnte. Der Stuhl

ächzte erleichtert auf. Sie schlurfte zur Rezeptionstheke. Bei jedem Schritt gaben ihre limonengrünen Hosen ein scheuerndes Ritschratsch von sich, so als wolle sie an der Reibfläche zwischen ihren Schenkeln ein Feuer entfachen. Sie griff unter die Theke; eine schwammige Hand brachte zwei Anmeldungsformulare zum Vorschein.
«Ausfüllen», sagte sie.
«Mit einem Stift ginge es leichter», sagte Dorian und lächelte verbindlich.
Der Blick der Frau verhakte sich in seinem, und an ihrem Gesicht war abzulesen, was sie dachte: *Ein Kathole, ein Nigger, ein Ausländer und zwei Nutten ...* Sie schob einen alten Kaffeebecher über die Theke. Er enthielt kurze Bleistifte ohne Radiergummi, wie sie von Golfern benutzt werden.
Dorian nahm einen Bleistift und kritzelte **Lionel Bay Dollar, 14 Wankum Lane, Cedar Bend, SD 12345** in sein Formular. Die Rezeptionistin hob das Papier hoch und musterte es aus verquollenen Augen. Sie runzelte die Stirn. Sie beugte sich nach vorn und wühlte abermals unter der Theke. Schließlich zog sie ein schmales, gebundenes Buch hervor: *Der letzte Walzer in Wilmington* von Lionel Bay Dollar. Bedächtig schlug sie die hintere Klappe des Schutzumschlags auf und studierte das dort abgedruckte kleine Schwarzweißfoto, das einen alten Mann mit einem Froschgesicht zeigte, der versonnen an einer Klampfe herumfingerte. Ihr Blick wanderte von dem Foto zu Dorians Gesicht und wieder zurück. Er spürte förmlich, wie es in dem trägen Räderwerk ihres Gehirns arbeitete.
«Na so was», sagte er und ließ sein entwaffnendstes Lächeln aufblitzen. «Das ist ja ein gruseliger Zufall.»
Draußen im Regen, argwöhnisch beäugt vom Kollektiv der

Alten mit den leeren Buddhagesichtern (man war versucht, sie mit einem Feuerwehrschlauch abzuspritzen oder Löwen auf sie zu hetzen, um zu sehen, ob vielleicht doch noch Leben in dieser zähen Trägheit steckte), schleppten die jungen Leute ihr Gepäck in zwei nebeneinanderliegende Zimmer am Ende einer Bungalowreihe.
Irgend jemand war so aufmerksam gewesen, die obligatorischen Bibeln offen auf die Nachttische zu legen, damit man sie nicht etwa in den Schubladen übersähe. Fish griff sich eine und begann zu lesen, wobei ihm gleich der ärgerliche Widerspruch im 1. Buch Mose ins Auge sprang, wo Gott die Welt zweimal und unter völlig verschiedenen Umständen erschafft. Prophet baute seinen Computer auf einem Tisch am Fenster auf, während Dorian an der Zimmertür der beiden Frauen herumlungerte.
«Suchst du irgendwas?» fragte Lucky.
«Wollte nur sehen, ob ich mich nützlich machen kann.» Er fuchtelte großspurig mit den Armen herum. «Was kann ich für euch tun?»
«Abhauen?» schlug Lucky vor, die gerade das Badezimmer inspizierte.
Er ging ihr nach. «Ich dachte, daß ihr vielleicht Hilfe braucht.»
Sie drehte den Hahn über der Badewanne auf, hielt prüfend die Hand in den Wasserfall. «Irrtum, Dorian, wir kommen sehr gut alleine zurecht.»
Dorian drehte sich nach dem neuen Mädchen um, das noch in der Tür stand und in den Regen hinausblickte. Ja, das war eine klare Alternative. So jung und wahrscheinlich nicht minder unberührt als er . . .
Lucky drehte das Wasser wieder ab und richtete sich auf. «Ich weiß genau, was dir durch den Kopf geht, Dorian»,

sagte sie im Hinausgehen, «und ich rate dir, zu verschwinden, ehe ich dich in eine peinliche Situation bringen muß.»
Dorian starrte auf die Badewanne, dann ließ er seinen Blick an der Wand aufwärts wandern. Ohne ein weiteres Wort ergriff er die Flucht.
Im Zimmer der Männer – wo Prophet inzwischen eifrig auf dem Computer tippte und Fish, noch immer kopfschüttelnd, zum 3. Buch Mose vorgedrungen war – ging Dorian sofort ins dortige Badezimmer, das direkt ans Bad der Frauen anschloß. Wieder ließ er seinen Blick über die Wand schweifen, wo er nach Löchern, Ritzen oder sonstigen Öffnungen suchte, die ihm Einblick in den Nebenraum gewähren konnten. Er betrachtete den Lüftungskanal an der Decke und überlegte, ob er ihn öffnen sollte und eventuell hineinkriechen konnte.
Nebenan hörte er Badewasser einlaufen. Er spürte, wie sich sein Penis regte. In wenigen Augenblicken würden sich nackte Frauen gleich jenseits dieser dünnen Wand befinden – aber ihm unerreichbar, wie immer.
Wie immer . . .
Er legte seine Stirn an die kühlen Kacheln, das Gebrabbel des Fernsehers im Zimmer sein einziger Trost. Er hörte nicht genau hin, bekam aber trotzdem mit, was da verhandelt wurde:

Es stimmt doch, Ms. Pilgrim, daß Ihr Gatte bis zu seiner Ermordung ein treuer und liebender Ehemann war?
Hm, na ja – ja.
Und ebenso stimmt es, daß er sich rührend um Ihre gemeinsame kleine Tochter gekümmert hat?
Schon, aber –
Und es stimmt nicht minder, Ms. Pilgrim, daß Ihr Mann sich in

den vier Jahren Ihrer Ehe niemals ungebührlich verhalten oder Ihnen Gewalt angetan hat?

Hören Sie, dazu muß ich –

Ja oder *nein*, Ms. Pilgrim.

. . . Ja.

Warum, Ms. Pilgrim, erwarten Sie dann von diesem Geschworenengericht, daß es Sie von der Anklage des Mordes an Ihrem Ehemann freispricht?

Ich hab schon erzählt –

Erwarten Sie *ernsthaft*, daß wir dieses schändliche Verbrechen ungesühnt lassen, nur weil eine *Wahrsagerin* behauptet hat, Ihr Leben wäre in Gefahr?

Hören Sie, sie hat gesagt, sie sieht in meiner Zukunft einen Mann mit einem Messer.

Und was hat Sie veranlaßt, ihr Glauben zu schenken? Hat sie überhaupt den *Namen* Ihres Mannes genannt, als sie von diesem geheimnisvollen Angreifer sprach?

Nein, aber –

Hat sie ihn denn *beschrieben*?

Nein, aber sie hat gesagt, das ist jemand, den ich kenne.

Wie viele Männer kennen Sie denn, Ms. Pilgrim?

Woher soll *ich* das wissen?

Es könnten gut Hunderte sein, nicht wahr?

. . . Schon möglich.

Hat diese Wahrsagerin – diese, Madame Finkelstein –, hat sie Ihnen *jemals* etwas vorhergesagt, das auch eingetroffen ist?

Na ja, geht doch schlecht, wo ich gerade zum erstenmal bei ihr war, oder?

Und stimmt es tatsächlich, Ms. Pilgrim, daß Sie Nachsicht für Ihre Tat erwarten, weil Sie angeblich an etwas leiden, das sich «mißweisendes Prophetie-Syndrom» nennt?

Ja, genau, das war's, was mir mein Anwalt gesagt hat!

Dorian schlenderte zurück ins Zimmer, wo er gerade noch erfuhr, daß die Direktübertragung der Beweisaufnahme im Fall Der Staat Wisconsin gegen Pilgrim für eine Viertelstunde unterbrochen würde, um den beiden Experten im Studio, Kevin Bonus und Leigh Yalie, Gelegenheit zu ein paar Hintergrundinformationen **[klick]**
«Schau, ob du irgendwo Nachrichten findest», sagte der immer noch tippende Prophet, aber auf dem Bildschirm erschien nur ein langsamer Kameraschwenk durch ein vorstädtisches Kinderzimmer, dessen Wände mit Airbrush-Porträts verschiedener hellhäutiger Männer bepflastert waren, während ein Sprecher aus dem Off eine neue Posterserie mit authentischen Schwerverbrechern anpries, Preis pro Poster nur **[klick]**
«Du glaubst doch auch nicht, daß Dinosaurier auf der Arche Platz gefunden hätten, oder?» fragte Fish.
«Sieht nach CNN aus», sagte Dorian, als auf dem Schirm eine Fahraufnahme aus einer Wohnstraße in einem Nobelviertel zu sehen war, lauter Villen im georgianischen, im Tudor- und im Kolonialstil, alle lichterloh in Flammen. An einer Straßenecke erfaßte die Kamera zufällig einen jungen Schwarzen, der unter dem Gewicht eines geschulterten Fernsehgeräts schwankte.
«Die Brüder haben ganze Arbeit geleistet», sagte Prophet mit einem abwesenden Blick auf den Bildschirm.
«Welche Stadt ist das?»
«Keine Ahnung. Ich weiß nicht, wie weit der Funken übergesprungen ist. Jedenfalls ist die Sache noch prächtig am Laufen, wie's scheint. Wir sollten auf Abstand bleiben.»
«Das ist alles sehr interessant», sagte Dorian, der sich auf einem der Betten zurücklehnte und eine Flasche Jack Da-

niel's öffnete, die er in seinem Gepäck mit sich führte. «Es ist wie der Sturm auf die Bastille. Die Weißen sind die Monarchie, und die Schwarzen machen Bourbonen aus ihnen allen. Prost und ex!»

x

Lucky drehte den Hahn zu und zog einen Finger durch das Wasser. Dann stand sie auf und ging ins Zimmer hinüber. Das Mädchen saß zusammengekauert auf der Bettkante, immer noch zitternd. Die Tränenspuren standen ihm noch immer im Gesicht wie gefrorene, in Porzellan gebrannte Bäche, aber wenigstens weinte es jetzt nicht mehr.

«Ich habe ein Bad bereitet», sagte Lucky. Ihr gefiel die förmliche Ausdrucksweise, die sie vielleicht auch gegenüber einer Geliebten angewendet hätte. «Das letzte, was wir jetzt brauchen können, ist, daß du dir eine Lungenentzündung holst. Komm mit mir.»

Das Mädchen signalisierte weder Zustimmung noch Widerwillen, als Lucky es ins Bad geleitete. Vor dem Spiegel blieb Lucky stehen, betrachtete die beiden Gesichter, die sie darin sah. Beide sahen sie gespenstisch aus im Licht der Leuchtstoffröhre – ein unmenschliches Licht, dachte sie –, doch beide waren auch anrührend in ihrer Verletzlichkeit: mit ihren verfilzten Haaren, der bleichen Haut, den nassen, am Körper klebenden Kleidern. Sie empfand wie eine Mutter für dieses Mädchen und auch wie eine Schwester und wie eine Partnerin. Sie fing einen Blick auf, den sie als Einverständnis deutete.

Sie wußte nicht recht, was sie nun tun sollte. Sie hatte angenommen, daß das Mädchen in die Wanne steigen und sich dann um sich selbst kümmern würde. Statt dessen stand es nur da und starrte mit leerem Blick auf sein Spiegelbild. Um

Zeit zu gewinnen, bückte sich Lucky und prüfte noch mal das Wasser, das sich schnell abkühlte.
«Hast du einen Namen?» fragte sie schließlich. Sie erwartete keine Antwort, aber sie hatte das Bedürfnis, zu fragen, und sei es nur aus Höflichkeit. Als das Mädchen stumm blieb, fuhr sie fort: «Ich heiße Lucky. Das ist ein blöder Name, ich weiß, aber er wurde mir von jemandem gegeben, den ich einst liebte.» Sie unterbrach sich, war selbst verblüfft über die Vergangenheitsform, die sie diesem Satz verliehen hatte. Sie empfand ein leichtes Schuldgefühl: *So viel* Schmerz hatte ihre Mutter nicht verdient. Oder doch?
Langsam, als wäre es seiner Bewegungen nicht sicher, faßte sich das Mädchen an den Hals und zog eine Kette hervor, die unter dem Kleid verborgen gewesen war. In billigem Goldimitat waren die Buchstaben **ARIEL** eingearbeitet.
«Ariel», sagte Lucky und nahm die Kette in die Hand. «Das ist ein schöner Name. Und ich weiß jetzt endlich, daß du mich hören kannst.» Sie gab die Kette wieder frei. «Du mußt etwas Schlimmes erlebt haben, aber mach dir keine Sorgen. Ich werde dir niemals weh tun. Hast du mich verstanden?» Sie war erleichtert, als Ariel ein kurzes Nicken zustande brachte.
«Und jetzt stecken wir dich in die Wanne», sagte Lucky.
Ariel stand nur da und zitterte.
Lucky holte tief Luft. «Okay, hör zu . . . Ich helfe dir beim Ausziehen, einverstanden? Wenn ich etwas tue, was du nicht willst, dann sag's mir.» Ihre Hände zitterten nun auch, als sie Ariels Kleid von oben nach unten aufknöpfte. Ariel verharrte reglos. Als Lucky fertig war, schob sie das Kleid von Ariels Schultern und ließ es zu Boden fallen. Das Mädchen trug nichts darunter, und Lucky hielt den Atem an.
Ein Gittermuster aus Narben und Striemen bedeckte ihren

Bauch und ihre Brüste und die Schenkel, manche bläulich und rot, andere grausam weiß. Sie bildeten ein schreckliches Netz der Schmerzen, das selbst die zartesten Regionen, die großen Knospen an ihren Brüsten und die weiche Haut ihres Geschlechts, nicht verschonte.

«Mein Gott», flüsterte Lucky. «Wer hat dir das angetan?»

Ariel schlang wieder die Arme um sich, und die Art, wie ihre Brüste sich dabei nach oben wölbten (was Männer aufreizend gefunden hätten), konnte man nur als flehentlich bezeichnen. Sie drückte die Augen fest zu, als Lucky nun hinter sie trat, um das ganze Ausmaß der Versehrungen abzuschätzen. Auch Ariels Rücken war gezeichnet, und unten an ihrem Hintern verdichteten sich die gräßlichen Spuren. An den Armen war sie weniger schwer verwundet, aber Lucky begriff jetzt, warum ihr die Haut des Mädchens fleckig erschienen war. Ariel war mißhandelt worden bis knapp an die Grenze des Todes.

«Tut es noch weh?» fragte Lucky. Vorsichtig streckte sie ihre Hand nach Ariels Schulter aus. Das Mädchen wich nicht zurück, also ließ Lucky ihre Finger vorsichtig über den Rücken hinuntergleiten. Sie spürte nichts von den Striemen, die schon Teil der Haut geworden waren, unveränderlich und so unmerklich wie eine Straßenmarkierung für Füße oder Reifen oder Regentropfen.

«Uff», sagte Lucky. «Da gibt's ein paar Sachen, die wir herausfinden müssen.»

Das Badewasser war nur noch lauwarm. Lucky zog den Stöpsel raus, drehte die Dusche auf und ließ sie laufen, bis das Wasser fast zu heiß war. Sie zog sich ebenfalls aus und ermunterte Ariel durch ihr Beispiel, in die Wanne zu steigen. Das Wasser deckte sie beide zu wie gnädiges Vergessen. Sie lenkte Ariel in den Strahl der Dusche und sah, wie das

Gesicht des Mädchens sich in einer jähen Überwältigung verkrampfte. Lucky hielt sie unter den heißen Strahl, bis sie nicht mehr zitterte. Ariel begann sich zu entspannen, sie schloß die Augen und legte den Kopf in den Nacken, um das Wasser auf ihr Gesicht prasseln zu lassen. An ihrem Hals baumelte verloren das Namenskettchen, so als böte es eine Antwort an, die doch niemand entschlüsseln konnte.
Lucky goß sich Shampoo in die hohle Hand und massierte es in Ariels Haare ein, während sie ihre eigenen Gefühle zu sortieren versuchte. Ganz im Vordergrund stand ein fürsorglicher, ein beschützender Instinkt, wie sie ihn noch nie an sich wahrgenommen hatte, auch wenn er machtvoll zu sein schien. Dahinter lauerte eine unverhohlen sexuelle Sehnsucht, denn Ariel war so schön. Lucky versuchte, dieses Gefühl zu unterdrücken. Sie haßte sich dafür, daß sie es überhaupt empfinden konnte.
Als sie Ariels Haar ausspülte, merkte sie, daß das Mädchen schon wieder schluchzte. Sofort zog Lucky sie an sich. Sie war überrascht, als Ariel reagierte, sich an sie klammerte wie an eine Rettungsboje. Lucky drückte ihre Lippen auf Ariels Ohr, küßte es zärtlich und flüsterte: «Hab keine Angst, alles wird gut. Wir kriegen das schon alles hin. Ich verspreche es dir.»

Später, nachdem Lucky ihr ein frisches Kleid gegeben hatte, fiel Ariel in einen Schlaf der Erschöpfung. Auf Kissen gestützt, barg Lucky den Kopf des Mädchens an ihrer Brust und streichelte ihr träge über das Haar.
Da klopfte es an der Tür, und Dorian rief ihren Namen. Aufseufzend bat ihn Lucky herein. Sie beobachtete ihn genau, als er die Lage sondierte und sein Verlangen kaum verbergen konnte.

«Geht's ihr gut?» sagte er schließlich.

«Weiß ich noch nicht. Sie redet nicht, jedenfalls bis jetzt.»

Er wollte etwas sagen, aber seine Stimme gehorchte ihm nicht. Lucky konnte in seinen Gefühlen lesen, und sie wurde milder gestimmt. Er empfand noch etwas anderes als pure Geilheit. Sie war sicher, daß er die Liebe erkannte, die sie Ariel in diesem Augenblick spendete. Auch er sehnte sich danach, diese Liebe von ihr zu empfangen, und eine andere noch dazu.

«Wir dachten, daß ihr vielleicht bald etwas essen wollt», sagte er.

«Würde ich auch gerne», erwiderte Lucky, «aber ich möchte sie nicht aufwecken. Soviel will ich dir sagen, Dorian: Dieses Mädchen hat die reine Hölle hinter sich, und ich weiß nicht, wie wir ihr helfen können. Aber egal – bist du so lieb und bringst uns etwas zu essen aufs Zimmer?»

Sie sah, wie er sich an ihrer Zuwendung wärmte. Sie wußte, daß ihm die Vertrautheit dieses Augenblicks lange im Gedächtnis bleiben würde, um in jenen sehnsüchtigen Momenten hervorgekramt zu werden, in denen Männer von Frauen träumen und nicht wahrhaben wollen, was niemals sein kann.

«Aber gern», sagte er. «Ich hab keine Ahnung, was es hier so gibt, aber wir bringen euch eine schöne Auswahl. Ach so – soll's vegetarisch sein?»

«Egal», sagte sie.

Als er gerade gehen wollte, rief sie ihn bei seinem Namen. Er drehte sich um.

«Danke», sagte sie.

KAPITEL 10

ERWEITERTE HORIZONTE, ODER: WIE MAN MIT MORD DAVONKOMMT...

Acht Uhr abends. Herrgott, ist das kalt hier. Ich brauche einen Kaffee.

«Gerard?» rufe ich.

Auf dem Flur ist ein Gehoppel zu hören, und im nächsten Augenblick steht er schon in der Tür. Ach, Gerard . . . mir fehlen die Worte, um auszudrücken, wie sehr ich ihn liebe. Er ist etwas über einen Meter groß und hat das weiseste, das teilnahmsvollste Gesicht, das ich kenne. Ich muß betonen, daß er kein Haustier für mich ist. Er ist ein Freund, schlicht und einfach ein Freund, der mich so gut versteht wie nur irgend jemand auf diesem Erdball. Nicht nur, daß er bemerkenswert intelligent ist: er hat auch eine unerschöpfliche Bereitschaft, zu verzeihen. Ganz egal, wieviel Mist ich in dieser Welt baue – Gerard wird mich niemals verurteilen. Er akzeptiert mich so, wie ich bin. Und falls Sie jetzt denken, daß ich den Fehler der Vermenschlichung begehe, dann lassen Sie sich eines sagen: Ich schere mich einen feuchten Dreck um das empiristisch-reduktionistische Dogma in punkto Denkvermögen der Primaten.

«Hey du», sage ich. «Wie wär's, wenn du uns beiden einen Kaffee machst? Ich bin zu durchgefroren und zu faul, um es selbst zu tun.»

«Kaffee» ist eins der Wörter, die Gerard auf Trab

bringen, nicht zuletzt deshalb, weil er ihn selbst so gerne trinkt. Er hüpft den Flur hinunter, und bald hört man Geschirrklappern aus der Küche.
Da habt ihr's, ihr verdammten Positivisten. Und nun verpißt euch.

Im April dieses Jahres, kaum einen Monat vor dem Zwischenfall, wurde ich von einem Mann namens J. S. Bane gemietet, der bereits zu einem regelmäßigen Nutznießer meiner Gaben geworden war. Er war der Präsident einer Medienberatungsgesellschaft, die sich ! nannte (ausgesprochen: Punktum) und sowohl in der Werbebranche wie als Public-Relations-Agentur tätig war. Ein Weißer mit schwabbligem, kinnlosem Gesicht, behauptete Bane, vierzig Jahre alt zu sein, sah aber zwei Jahrzehnte älter aus. Auch von seinen Haaren war nur noch ein Kranz grauweißer Büschel übrig, der ihm große Ähnlichkeit mit einem Zirkusclown verlieh.
Bane war nicht verheiratet – was ein Segen war, denn ich hatte schon das Leben von genügend Frauen zerstört. Noch nie jedoch das Leben eines Mannes, es sei denn, man zählte Baker Lewis mit. J. S. Bane war mein erster Schritt zum Ausgleich der Bilanz.

Wir befinden uns in seinem Büro, das auf die Kreuzung 60. Straße und Fifth Avenue blickt. Zur Ausstattung gehören ein Khan-Wittgenstein-Schreibtisch, ein Multimediaterminal (komplett mit allen Endgeräten für Virtual Reality) und eine ganze Latte von Plakaten, auf denen die verschiedensten Produkte und Promis abgebildet sind, die von ! vertreten werden. (Mein Lieblingsposter stammt aus der Serie für Lady-Zygote-Damenpistolen und zeigt eine grellgeschminkte, miniberockte Revolverheldin – die Antwort der Waffenindustrie auf die Frauenbewegung –, die ein elegantes kleines Schießeisen auf den Betrachter richtet. Darunter steht die Botschaft **STOPP die Gewalt!** Knapp unterlegen, weil zu mehrdeutig, war der Slogan **Du wirst da unten eine Menge Spaß haben, Baby** . . .)

Der postmoderne Schreibtisch ist nichts weiter als ein Klotz aus schwarzem Marmor ohne Schubladen. J. S. liegt nackt auf diesem Tisch; ich sitze breit gespreizt auf seinen Oberschenkeln. Außerdem würge ich ihn mit einem schwarzen Seidenschal, damit er, in seinen Worten, «die maximale orgasmische Intensität» erreicht.

Es ist halb zehn am Vormittag. Wann immer wir in seinem Büro ficken, führt J. S. gerne nebenher Gespräche über die Freisprecheinrichtung seiner Telefonanlage. Tatsächlich habe ich mich kaum über ihn gestülpt, als der Kasten zu quäken beginnt. Und schon erklingt im Lautsprecher das weibische Gurren von Sloane Lisp, Banes ebenso effizientem wie schwulem Sekretär.

«Ich hab Liz Unger von *Fortune* auf eins.»

«Stell sie *uaaah!* durch . . . J. S. Bane hier.»

«Mr. Bane, dürfte ich einen Augenblick Ihrer Zeit in Anspruch nehmen?»

«Schon möglich, Liz. Hängt davon ab, was Sie wollen.»

«Es geht um diese Gerüchte, daß die Steuerfahndung bei Ihnen –»

»Kein *hwuh!* – kein Kommentar, Liz, außer, daß Punktum jeden Gesetzesverstoß kategorisch dementiert . . . wer noch, Sloane?»

Sein Gesicht wird ein wenig zu blau für sein Wohlbefinden. Ich lockere die Schlinge.

«Dov Weissfeld von *Time* auf drei.»
«Ich übernehme ... Dov, was liegt an?»
«J. S.? Ja also, mir ist zu Ohren gekommen, daß Sie diese Woche Gespräche mit Präsidentschaftskandidaten führen.»
«In den nächsten beiden Wochen, um genau zu sein.»
«Darf ich fragen, mit wem?»
«Birdsong, Lumumba, Pine, noch ein paar andere.»
«Und was ist mit unserem ehemaligen Vizepräsidenten?»
«Ja, seine Leute strecken die Fühler aus. Aber noch *ahh!* – noch ist nichts fix.»
«Glauben Sie, daß Sie es schaffen könnten?»
«Sagen wir mal so. 1998 haben wir Goldblatt, Hinds und Picardi ins Repräsentantenhaus gebracht und Junkins und Malibu in den Senat. Der derzeitige Bürgermeister von New York und der Gouverneur des Staates New York, beide sind von Punktum gemacht worden. Jeder Kandidat, der sich durch uns repräsentieren ließ, hat gewonnen.»
«Was ist Ihr Honorarvorschuß?»
«Mehr *puh!* – mehr als Sie je verdienen werden, Dov. Wie dem auch sei, ich muß los, wir reden später ... wer noch?»
Sein Schwanz wird härter, sein Blick glasig. Ich mache meine Sache wirklich ziemlich gut.
«Madelein auf eins.»
«Stell sie durch ... *hallo*.»
«Ich hab über dich nachgedacht, J. S.»
«Und ich über dich.»
Ich verlangsame meinen Rhythmus, sperre die Ohren auf.
«Hast du dich schon entschieden?» fragt sie.
«Du bist wirklich schamlos, weißt du das?»
«Das Leben ist kurz, J. S. Wenn ich etwas will, dann versuch ich's zu kriegen. Aber egal – wie ich höre, ist deine Geliebte bei dir, während wir hier sprechen.»

Ich runzle die Stirn. Er wendet den Blick ab, und es folgt eine lange Pause.

«Du willst mich doch auch, oder?» sagt sie.

Ich grinse ihn an. Er blickt finster zurück, so als wolle er sagen *Das geht dich einen Scheißdreck an.*

«. . . Ja, ich *hiooo!* – will dich auch, natürlich.»

«Ich hab sie mal gesehen. Sie ist hübsch.»

Na *danke*, Madelein, sehr freundlich.

«Da hast du recht.»

«Aber auch irgendwie merkwürdig, ich kann sie gar nicht einordnen. Hat sie italienisches oder spanisches Blut?»

Da haben wir's wieder.

«Ich hab sie nie gefragt, Madelein.»

«Ich finde, so wie sie aussieht, könnte sie sogar jüdisch sein, oder eine Mischung aus irisch und schwarz. Aber wenn man sich ihre Augen ansieht, ist es wieder mehr wie indonesisch oder so was? Jedenfalls, ich würde sie auch gern ficken, weißt du.»

Ich breche in Lachen aus. Er streckt einen Arm aus und versucht, mir den Mund zuzuhalten. Ich beschleunige mein Tempo, ziehe mit der einen Hand an der Schlinge und kitzle ihn mit der anderen am Sack. *(Hoden klein, ging allein . . .)*

«Ach, tatsächlich?»

«Tatsache. Glaubst du, daß sie vielleicht –»

«Nein, Madelein, so was würde sie – *chah! chah!* – nicht tun. Sie ist in diesen Dingen . . . *orthodoxer* als du.»

Das würde dir so passen, alter Bock.

«Ein wahrer Jammer», sagt sie. «Aber egal, auch wenn du sie liebst, reg ich mich nicht auf. Liebe oder nicht, auf jeden Fall sind Menschen nicht für die Monogamie geschaffen. Das geben die Gene nicht her.»

«*Ouououuh* – was du nicht sagst.»

«Wir sind zum Ficken da, sonst nichts. Alles andere ist ... wie soll ich sagen, eine Erfindung.»

«Ich bin sicher, daß du recht hast, Madelein. Aber findest du nicht, daß wir uns langsam auf Birdsong vorbereiten sollten? Er wird in *uarrgh!* – in zehn Minuten hier sein.»

Ah-ha! Madelein ist eine *Mitarbeiterin* ...

«Wie du meinst, J. S.»

«Wir sehen uns dann.»

«Ach, und J. S., da ist noch was ...»

«... Ja, Madelein?»

«Wenn du mich heute vormittag siehst, denk immer an eins.»

«*Umpff* ... An was?»

«Ich hab kein Höschen an.»

Sein Penis legt noch einen Extrazentimeter zu. «Ahhh ... Oh, Gott, *warte,* Madelein, du trägst doch nicht etwa dieses weiße Kleid, oder?»

«Bis dann, J. S.»

Sein Orgasmus ist auf dem Weg. Ich packe seinen Hals noch fester.

«Mein Gott, du wirst doch ... Madelein? Madelein ...? *Huhuuuuu* ...» Er verdreht seine Augen. Dieser Idiot.

«J. S.?» schleimt es im Lautsprecher.

Sein Kopf rollt auf die Seite. «... Verdammt. Wer jetzt, Sloane?»

«Hy Slatkin von den Farenheit-Studios auf sechs.»

«Mach eine Notiz. Wer noch?»

«Biff Audrey von St. Marvin's Dress auf vier.»

«Ich ruf ihn heute nachmittag zurück. Wer noch?»

Ich steige ab und beginne mit dem Aufwischen.

«Chadwick Elder von Messias-Kondome hat angerufen, anscheinend droht die Christliche Brigade mit einer Protestaktion wegen unserem letzten Fernsehspot.»

«Was, wegen diesem Streifen über Maria Magdalena? Sag Chad, die sollen sich nicht so haben. Ist doch völlig harmlos, ich meine, Gott im Himmel, es ist doch nicht so, als ob die Leute damals nicht gefickt hätten.» Sein Blick ruht auf meinen Brüsten. «Da fällt mir ein, wo steckt denn unsere Praktikantin? Sag ihr, sie soll mir binnen fünf Minuten einen Teller grüne Schokolinsen bringen, vor dem Termin mit Birdsong.»

«In Ordnung.»

«Und sag ihr, sie soll die Herrentoilette saubermachen, falls Birdsong mal kacken muß.»

«In Ordnung.»

«Und sag ihr, sie soll Wolfgang anrufen und fragen, ob mein Ferrari fertig ist.»

«Schon passiert.»

«Und eins noch. Sag ihr, sie soll in die Bibliothek gehen. Wir haben nächste Woche das Honeyman-Bankett, ich brauche ein paar Hintergrundinfos von ihr.»

«Wird besorgt. Und worüber, wenn ich fragen darf?»

«Kunst. Sag ihr, sie soll alles über Kunst lesen, was sie in die Finger kriegen kann, vor allem Philosophisches. Ich meine Platon, Aristoteles – jeden, der irgendwas über Kunst gesagt hat, ich will alles drüber wissen.»

«Geht ... in ... Ordnung.» Über den Lautsprecher höre ich Sloane eilig mitschreiben. Ich greife nach meinem Schuh.

«Und wenn sie alles gelesen hat, soll sie mir eine Kurzfassung machen. Ein paar gute Zitate soll sie markieren, damit ich sie in meinen Festvortrag einbauen kann.»

«Wird gemacht, J. S.»

«Gut. Und jetzt leg mir Birdsongs Akte raus, damit ich bei dem Gespräch nicht wie ein Trottel dastehe.»
Ich bin inzwischen fertig angezogen und fahre mir mit dem Kamm durchs Haar. Er bleibt noch auf dem Tisch liegen, sein glitschiger kleiner Schwanz sackt seitlich zur linken Hüfte hin. Er sieht aus, als warte er darauf, autopsiert zu werden. Ich habe ihn wirklich gut fertiggemacht. Ich puste ihm einen Abschiedskuß zu.
Und wer läuft mir im Empfangszimmer über den Weg, wenn nicht der Ex-Vizepräsident persönlich. Er starrt auf ein Werbeplakat für Messias-Kondome (**Gut für größere als den Größten** . . .), und sein Gesicht drückt eine Mischung aus Schock und Faszination aus. Sechs Aufpasser halten sich dezent im Hintergrund. Seine lachhafte Gattin empört sich ein paar Schritte neben ihm, und ihr Pferdegesicht sieht dabei noch unappetitlicher aus als sonst. Mit energischer Stimme ruft sie ihn zur Ordnung; er wendet sich schuldbewußt ab.
Das also ist der Mann, der unser Land regieren will.
Als ich schon im Aufzug stehe und darauf warte, daß sich die Tür schließt, habe ich eine plötzliche Eingebung. Blitzschnell streife ich meinen Slip herunter. «Mrs. Birdsong?» rufe ich mit zuckersüßer Stimme.
Gattin und Gatte drehen sich nach mir um und runzeln die Stirn. Tief in die Augen des Pferdegesichts blickend, hebe ich langsam meinen Rock. «Hat Ihnen schon jemand gesagt», frage ich und werfe ihr meinen Slip zu, «daß Sie die schärfste Frau auf Erden sind?»

✗

Gleich in der nächsten Woche bat mich J. S., ihn zu dem erwähnten Honeyman-Bankett im St. Phlebus zu begleiten.

Etwa hundert hohe Tiere aus Werbung und Öffentlichkeitsarbeit würden dort zusammenkommen, um sich selbst zu beweihräuchern, und Bane war ausersehen, den Festvortrag zu halten.

Man kann nicht umhin, den Lebensstil der Reichen und Mächtigen zu mögen. Bane eskortierte mich in einer Stretchlimousine zum Hotel, und beim Bankett wurde ich mit Kaviar und Champagner bei Laune gehalten. Während wir uns unter all den Schickis ergingen, dachte ich verbittert an Professor Lank und unseren zotteligen Hausstand. Das Problem bei der Prostitution auf meinem Level lag in der Illusion, das Milieu der Kunden wäre auch meins.

Wir wurden an einem Sechsertisch zusammen mit zwei anderen !-Managern und deren Begleiterinnen plaziert. Einer der Vorgenannten war der Vizepräsident der Firma, McStoat Bourbenal, ein weißer, angelsächsischer Protestant aus Bronxville mit dem verhärteten Kehlkopf, den aneinanderklebenden Zähnen und den streng gezüchtigten Haaren, die seinesgleichen auszeichnen. Seine Frau Flookie war ein brustloses, in Safrangelb gehülltes Nichts, dessen Pagenschnitt und Knabenfigur den Eindruck eines kleinen Kindes erweckten, das sich als Erwachsene verkleidet hat.

Auch die rätselhafte Madelein, Banes Bürogeliebte, war anwesend. Sie entpuppte sich als schlanke, über einsachtzig große Blondine, die sich für den Anlaß mit einem transparenten Kunstseidenoverall aufgetakelt hatte, durch dessen schimmerndes Gewebe nur leicht verschleierte Brustwarzen und Schamhaare um die Aufmerksamkeit des Betrachters wetteiferten. Wenn sie nicht ständig in Bewegung blieb, wirkte sie etwas linkisch, so als könnte sie mit dem Wort Ausgeglichenheit nichts anfangen. Ihre Begleiterin war eine

kurvenreich gebaute Latina mit einem blutroten Minikleid und ebenso blutrot geschminkten Lippen – eine Frau von der Sorte, die jeden nichtschwulen Mann auf pubertäre Verhaltensmuster zurückwirft und jede nichtlesbische Frau veranlaßt, ihre Präferenzen zu überdenken.
Die Chemie der Beziehungen in einem Raum voller Menschen muß sich neu austarieren, sobald Schönheit hinzukommt, und die strahlende Dreifaltigkeit von mir, Madelein und der Latina beanspruchte das delikate Gleichgewicht aufs äußerste. Jeder Mann im Raum versuchte, uns in sein Gesichtsfeld zu bekommen, wobei sorgsam der Anschein erweckt wurde, daß die wandernden Blicke nur zufällig auf uns landeten, ehe sie nach kurzer Kontemplation wie gleichgültig weiterschweiften, um bei der erstbesten Gelegenheit rasch wieder zurückzukehren.
Ich glaube, daß nur ein Abend im Kreis von Rechtsanwälten noch ätzender sein kann als ein Abend in der Gesellschaft von professionellen Meinungsmachern. Meine Tischgenossen verbrachten ihre Zeit mit dem Durchhecheln von Konkurrenzkampagnen, mit leidenschaftlichen Debatten über Marktanalyse oder den Einfluß von Umfrageergebnissen auf Wahlentscheidungen. McStoat brüstete sich mit einer angeblich von ihm erfundenen neuen Philosophie der Schadensbegrenzung «im Aikido-Stil», bei der die destruktive Energie unbequemer Fragensteller auf diese selbst zurückgelenkt werde. J. S. verleibte sich ein ordentliches Quantum Rotwein ein, und als schließlich sein Festvortrag angekündigt wurde, war er sturzbetrunken.
Er erhob sich und visierte, von neidischem Applaus befeuert, das Podium an. Schon auf der ersten Stufe stolperte er und knallte mit dem Gesicht voran auf die Bühnenbretter, was ein besorgtes Getuschel hervorrief. Er erholte sich aber

rasch, wies jede Hilfe zurück und taumelte, unverdrossen grinsend, weiter in Richtung Vortragspult.

«'n Abend, Jungs und Mädels», begrüßte er mit einem kurzen Winken seine Zuhörer. Dann begann er, mit der flachen Hand seinen Leib abzuklopfen, wobei sich sein Lächeln in ein Stirnrunzeln verwandelte. Ein Ausdruck fast kindlichen Erstaunens erschien auf seinem Antlitz, während er sich mit wachsender Hektik überall betastete und seine Taschen durchwühlte. Als ihm schließlich klar wurde, daß er die Karteikarten mit seinen Vortragsnotizen nirgends finden würde, warf er seinen Mitarbeitern hilfeheischende Blicke zu. McStoat zuckte mit den Schultern, während Madelein rudernde Handbewegungen machte, die ihn zum Weiterreden und Improvisieren auffordern sollten. Er zwang sich zu einem Lächeln und wandte sich seinem Publikum zu.

«Ich kann euch gar nicht sagen, wie aufregend ich es finde, hier oben zu stehen und euch allen etwas zu erzählen», begann er, mit ausladenden Gesten seine Worte unterstreichend. «Dachte mir, daß es keinem von uns schaden könnte, wenn wir ein wenig über das Thema Kunst plaudern. Was zum Henker ist das eigentlich, Kunst? Große Philosophen schlagen sich seit ewigen Zeiten mit dieser Frage rum, aber der eine sagt hü, und der andere sagt hott, und uns sagt keiner, wem wir nun glauben sollen. Es ist wirklich ein verzwicktes Thema. Ich meine, es ist ein höllisch komplexes Thema.» Er legte eine Denkpause ein, vermutlich in der Absicht, an dieser Stelle ein paar Zitate von Platon und Tolstoj und Lord Shaftesbury einzuflechten, die seine Praktikantin bei ihrem Tagesausflug in die New York Public Library exhumiert hatte. Doch keine dieser Wissensperlen war J. S. Bane gegenwärtig, und die Stille wurde allmählich drückend.

«Also stellt sich uns eine bedeutsame Frage», fuhr er endlich mit dem Mut der Verzweiflung fort. «Nämlich: Was ist Kunst? Ich meine, man muß es sich auf der Zunge zergehen lassen: *Was zum Teufel ist eigentlich Kunst?* Das Komische daran ist, daß Kunst für verschiedene Menschen was ganz Verschiedenes sein kann. Da kann man lange im trüben fischen und doch keinen vernünftigen Fisch an die Angel kriegen, wenn ihr versteht, was ich meine.» Er schwieg abermals, wie um dem Publikum Gelegenheit zum Verdauen dieser Einsicht zu geben.
«Eines Tages also», ergriff er wieder das Wort, wobei er aus unerfindlichen Gründen mit dem erhobenen Zeigefinger wedelte, «eines Tages hat euer treuer Referent beschlossen, dem Ding auf den Grund zu gehen und diese bedeutendste aller Fragen, nämlich, was ist Kunst, zu beantworten. Und nach einigen wirklich tiefschürfenden Überlegungen bin ich auf ein paar, sagen wir mal, ziemlich überraschende Antworten gestoßen.
Ich habe mich gefragt: Was zum Teufel steckt dahinter, wenn bestimmte Kunst von früher immer noch Kasse macht – wie Opern zum Beispiel. Ihr und ich, wir alle gehen doch in die Met und schauen uns immer wieder denselben alten Kram an, ich meine Beethoven und Brahms und natürlich die großen italienischen Komponisten wie, wie, wie ... *Vivaldi* und so weiter. Nun weiß ich nicht, wie das bei euch ist, aber ich denke mir, daß auch heute irgendwo Komponisten rumsitzen und Opern komponieren. Nur, daß man von diesen Opern keinen müden Ton zu hören kriegt. Ich meine, es ist doch nicht so, daß man ins Lincoln Center geht und hört dann das neueste Stück von, von – von *Reggie Pinto* aus Des Moines, oder?
Was das heißt, ist ziemlich klar. Wir können die Augen nicht

vor der Tatsache verschließen, daß die Oper tot ist. Klar, dieses ganze Zeug von anno dazumal wird uns immer wieder aufgetischt, und es ist jedesmal ein kulturelles Ereignis und alles, aber die Sache ist die: Wenn wir dauernd den gleichen Altschrott zu hören kriegen, dann doch wohl, weil die alten Knacker damals schon all die Topmelodien komponiert haben, und heute muß es darum gehen, etwas Neues auf die Beine zu stellen. Ich meine, schauen wir uns doch um! Sieht man irgendwelche neuen Bilder im Metropolitan Museum? Sieht man dort eine neue Sammlung von, von – von *Hank-Flanagan-Originalen*?»

Bane hatte beide Hände in die Hosentaschen gerammt und stand ein Stück weit neben dem Vortragspult, den Blick auf einen unsichtbaren Punkt in der Ferne gerichtet. «Ich könnte noch mehr Beispiele bringen. Es gibt Millionen von Beispielen. Aber eins laßt euch sagen – manchmal lohnt es sich, über solche Dinge nachzudenken.» Er nickte wissend, als hätte er gerade einen Koan aufgelöst. «Also, wo war ich? Genau, ich habe darüber gesprochen, was Kunst ist. Und da frage ich mich nun: Wenn die Literatur tot ist – denn sagen wir's, wie's ist: Kein Schwanz liest heute noch Bücher –, wenn die Oper tot ist, *was sind dann die Kunstformen von heute,* die aktuellen, die avantgardistischen, die *Speerspitze des Fortschritts*? Die Musik? Kann man vergessen, ist alles nur Recycling. Der Film? Okay, gebongt, aber ist der Film etwa das einzige, was es da gibt?

Und da geht mir ein Licht auf! *Werbung, Public Relations,* das sind die neuen Künste! Hat die Kunst nicht eine Mission –» hier überlegte er eine gute halbe Minute lang, versuchte sich offensichtlich an die Notizen der Praktikantin zu erinnern – «hat Kunst nicht die *Funktion,* die Gesellschaft zu *formen*? Die Gesellschaft *widerzuspiegeln* und zu *verändern*? Und wenn dem so ist, sind dann nicht *wir* genau diejenigen, die das tun? Denkt drüber nach, Leute – es ist eine Frage der *Wahrnehmung*. Wir arbeiten nicht nur im Markt, wir *machen* ihn. Die Slogans, die wir uns ausdenken, die Begriffe, die wir prägen, gehen in die Alltagssprache ein. Wir haben die Macht, der Kultur unseren Stempel aufzudrücken. Und machen wir damit nicht *ganz genau* das *gleiche* –» er trommelte im Rhythmus seiner Worte auf das Vortragspult – «wie alle großen Künstler seit mehr als tausend Jahren? Ich sage euch, es ist *unsere* Arbeit von heute, die man in hundert Jahren an den Universitäten studieren wird. Es werden *unsere* Kampagnen sein, an die sich die Menschen erinnern, und man wird Bücher darüber schreiben, wie es eine kleine Firma auf die *Fortune-500*-Liste geschafft und mit ihrem Produkt die Welt verändert hat. Nur diejenigen Berühmtheiten werden in die Geschichte eingehen, die heute die richtige PR-Agentur haben, die es schafft, sie dem öffentlichen Bewußtsein einzubrennen. Es kommt nicht auf die Kunst als solche an; es kommt darauf an, wie die Kunst vermarktet wird. Nicht das Produkt ist wichtig, sondern sein Image! Schließlich ist so viel los auf der Welt, daß heute keiner mehr auf seinen, seinen – auf seinen ganz persönlichen *Kulturberater* verzichten kann, wenn er nicht das Risiko eingehen will, voll neben dem Trend zu liegen, und genau das ist es doch, was Werbung und PR leisten. Und *deshalb*, Ladies und Gentlemen, deshalb sind *wir* die Architekten der Zukunft.»

x

«Weißt du was? Heute gehen wir zu dir», sagte J. S. Bane. Wir saßen in der langen Limo und glitten an den funkelnden Glasfassaden der Park Avenue vorbei, einer Lichterstadt in der Stadt. Mit gelockerter Krawatte und aufgeknöpftem Hemd lag er hingelümmelt auf dem Sitz, eine Hand in seiner Hose und die andere unter meinem Kleid. Eine halbgeleerte Wodkaflasche lag neben ihm und ließ ihren Inhalt ins Polster sickern.

Tatsächlich widmete er mir weniger Aufmerksamkeit, als es den Anschein hatte. Stocknüchtern starrte ich aus dem Fenster, während er vor sich hin grübelte. Irgend etwas schien ihn zu beschäftigen, aber vielleicht überschätzte ich seine Kapazitäten. Es konnte ebensogut sein, daß er an überhaupt nichts dachte. Vielleicht hatte er den Weg entdeckt, der die geistig Armen schneller ins Nirwana führt.

«Genau», nahm er seinen dünnen Faden wieder auf, während er geistesabwesend meine Schamlippen öffnete. «Heute gehen wir mal zu dir.»

Es war mein Grundsatz, niemals Kunden in die Wohnung mitzubringen. Normalerweise wollten sie das auch nicht, so daß es keine Konflikte gab. Das Appartement war der einzige Ort, an dem ich Abstand von meinem Job – und von dieser gräßlichen Stadt im allgemeinen – gewinnen konnte; und außerdem legte ich großen Wert darauf, daß kein Freier meine Adresse kannte. Sie mußten sich an die Agentur wenden, wenn sie Kontakt mit mir aufnehmen wollten, und auf Bodleian konnte ich mich verlassen: Er gab nicht einmal Telefonnummern heraus, damit das Geschäft nicht an ihm vorbeilief.

«Ich glaube nicht, daß das eine gute Idee ist», sagte ich.

«Nun *komm* schon», sagte er in jenem ungeduldigen Glissando, das soviel bedeutet wie: jetzt sei nicht so stur/zickig/verklemmt.

«Warum können wir nicht dein Haus benutzen?»

«Wird renoviert.»

«J. S. . . .»

«Ich zahl dir das Doppelte. Ach was, ich zahl dir fünf Riesen.» Er wühlte in seinem Sakko, zog ein Scheckheft heraus. «Fünf Riesen. Was sagst du dazu?»

Ich blickte auf das Scheckheft. Fünftausend Dollar waren verdammt viel Geld für mich, und Cornell Bodleian brauchte nichts davon zu erfahren.

«Also gut», sagte ich. «Aber stell ihn als Barscheck aus.»

Er grinste. «Sieh mal an. Dann heißt du wohl gar nicht Dr. Wicked?»

Lank wußte alles über meinen Beruf, den er sogar als «höchst nobles Unterfangen, aller Ehren wert» (?!) bezeichnet hatte. Es sprach entschieden für ihn, daß er meine Dienste nie selbst in Anspruch zu nehmen gedachte. Als ich mit Bane in der Wohnung ankam, war Lank bereits zu Bett gegangen, was der Situation einiges von ihrer Peinlichkeit nahm.

Bane wanderte durch die Zimmer und machte sich mit der Fauna bekannt. Er pfiff den Hunden zu und zischte die Katze an. Er klopfte gegen das Goldfischbecken und spähte hinein. Er jagte das Gürteltier unter die Couch. Er flötete dem Ara etwas ins Ohr, worauf der Ara erwiderte, er solle sich zum Teufel scheren. Er verwickelte Gerard in einen Schattenboxkampf. Gerard warf mir einen vorwurfsvollen Blick zu und floh in die Küche. Am meisten aber war Bane von den Piranhas fasziniert, die er auf der Stelle füttern wollte.

«Ich glaube nicht, daß das meinem Wohnungsgenossen gefallen würde», sagte ich und zog ihn am Arm. «Laß die Goldfische noch einen Tag leben. Komm mit.»

Er inspizierte mein Schlafzimmer, nahm Notizzettel in die Hand, betrachtete Fotos. Er verhielt sich wie ein Collegeboy,

der zum erstenmal das Zimmer seiner Angebeteten betritt. Ich begann mich auszuziehen. Ich wollte ihn ficken und rausschmeißen und dann meine Ruhe haben.
«Sind das deine Eltern?» Er deutete auf den Hell's Angel, von dem ich Gerard bekommen hatte. Ich hatte ein Foto von ihm und seiner jungen Freundin aufgehoben.
«Ja.»
«Wo leben sie?»
«Nirgends.»
«Ach . . . Was ist mit ihnen passiert?»
«Ganz dummer Unfall.»
«Auto? Flugzeug?»
«Tiger.»
Er starrte mich an, wußte nicht, ob er lachen sollte. «Ein *Tiger?*»
«Im Zoo.»
Er entschied sich, mir zu glauben, und schüttelte den Kopf. «Du mußt Katzen hassen. Wie hältst du es aus, hier in der Wohnung mit einer zu leben?»
Ich saß nackt auf der Bettkante. «Du kannst dem Tiger nicht die Schuld geben», sagte ich mit einem Achselzucken. «Er war eingesperrt, außerhalb seiner natürlichen Umgebung. Und er hatte Hunger.»
«Allmächtiger.»
«Es ist erstaunlich, wie blauäugig die Menschen bei manchen Dingen sind. Aber egal. Komm her, solange ich noch wach bin.»
Er wollte das Übliche an diesem Abend. Ich benutzte eines meiner Halstücher, ritt auf seinem Schwanz und beobachtete gleichgültig, wie sein Gesicht vor Freude immer mehr anschwoll. Es fiel mir schwer, daraus eine ähnliche Befriedigung zu ziehen wie bei Baker Lewis, denn an Banes

Bemühungen war nichts Vergebliches. Er holte sich aus unseren Begegnungen genau den Lustgewinn, den er suchte, und was noch schlimmer war: Er beachtete mich kaum dabei. Er zog sich in sein Inneres zurück und überließ es mir, das Tempo zu bestimmen. Doch obwohl ich seinen Körper kontrollierte, hatte ich keine psychische Gewalt über J. S. Bane. Er war zu sehr mit sich selbst beschäftigt und zu leicht zufriedenzustellen. Für ihn war ich kaum mehr als frisches Fleisch und, falls nötig, von heute auf morgen zu ersetzen. Er war nicht *abhängig* von mir, und in dieser Nacht begann ich, ihm das zu verübeln.

Wie konnte das angehen, fragte ich mich, daß er so viel von diesem Fick hatte und ich so wenig? Was gab ihm das Recht zu solchem Egoismus auf meine Kosten? Die fünftausend Dollar? Gut. Dann soll aber niemand sagen, daß man Glück nicht kaufen kann.

Über solche Dinge nachzudenken, zog mich noch mehr runter.

Was möglicherweise erklärt, warum ich, während er dem Höhepunkt entgegeneilte, achtlos wurde, was den Druck der Schlinge um seinen Hals betraf. Er stieß mit wahrer Wonne in mich, mit wahrer *Inbrunst,* so als *glaube* er an das, was er da tat, seine Hände umklammerten meine Brüste, sein Kopf war in den Nacken zurückgeworfen, es war, als triebe Gott persönlich ihn auf seinem Weg voran. Dieser kleine Scheißer. Ich ritt ihn noch wilder. Was für ein großartiges Gefühl es war, dieses Halstuch zusammenzuziehen, so fest wie nur möglich, all meine Energie mit so schrecklicher, animalischer Entschlossenheit zu verausgaben. Und als der Narr, der er war, machte es ihn nur um so glücklicher, so als steuere er auf den gewaltigsten, schwanzsprengendsten Orgasmus seines Lebens zu.

Ich öffnete die Augen und stöhnte auf, vollkommen erschöpft. Als ich nach unten blickte, sah ich milchig überzogene Augäpfel, die mich unter halbgeschlossenen Lidern anstarrten, und ein breites Lächeln auf einem graugrün angelaufenen Gesicht.

Die Augenblicke, die folgten, waren seltsam erheiternd. Die Erkenntnis, daß ich J. S. Bane ermordet hatte, drang nur langsam in mein Bewußtsein, ähnlich dem Hufgetrappel einer Reiterhorde hinter fernen Hügeln, das erst als unsichtbare Kräuselung der Luft durchs Dorf zieht, als unmerkliche Störung im Gespinst der Raumzeit, ehe es sich in ein Gebirge aus Donnerhall verwandelt und über den Häusern zusammenbricht und die Bewohner aufblicken und die Reiter wie eine Flutwelle aus dem Moor auftauchen sehen, eine gischtende Masse aus losgetretener Erde, schon die ersten Schwerter zückend, die in grausamer Vorschau Sonnenlicht wie Blitze reflektieren ...

Ich lachte, und dann lachte ich noch viel mehr. Ich lachte, weil die Situation, wie bei einem versehentlich umgestoßenen Glas Milch, plötzlich sehr akut war und doch so vermeidbar hätte sein sollen. Was hatte es für einen *Sinn* gehabt, ihn zu töten? Hatte ich es wirklich gewollt? (Wahrscheinlich nicht, dachte ich zu meinen Gunsten.) Die Absurdität stieg mir wie Galle in der Kehle hoch, würgte mich, ließ mich panisch nach Luft schnappen, während ich noch immer breitbeinig auf dem dahinwelkenden Phallus von J. S. Bane saß und hysterisch kicherte, weil ich nicht glauben konnte, was geschehen war. Daß ich fähig gewesen sein sollte, einen Mann zu töten, erschien mir so unwahrscheinlich wie die Story eines Groschenromans ... aber solche Romane werden millionenweise gekauft, und J. S. Bane war ganz unbestreitbar mausetot.

Ah, was war zu tun, was war zu tun . . . Als erstes stieg ich von Banes totem Körper herunter und sah aus Neugierde nach, ob er noch abgespritzt hatte. Ja, er hatte – schon schlängelte sich eine dünne, gerinnende Samenspur zu seinen Eiern hinunter. Wenigstens hatte ihn der Tod auf dem Höhepunkt seiner Männlichkeit ereilt.
Ich zog mein Femidom heraus, knotete es zu und wischte mich trocken. Ich zog mir ein Sweatshirt und eine Trainingshose an und dachte dabei über die sich bietenden Optionen nach. Das Unangenehme an Leichen, so wurde mir keinen Augenblick zu früh klar, war der viele *Ärger*, den sie einem bereiteten. Eine Leiche bedeutete Telefonanrufe, Besuche, Untersuchungen, Absprachen, *Fragen*.
Und noch etwas: Selbst in einer Stadt, in der die Toten an den Straßenecken herumliegen, hatte dieser eine Tote Nachrichtenwert. Bane war bekannt, nicht nur in seiner Zunft, sondern auch in größeren New Yorker Gesellschaftskreisen. Daß er beim Ficken mit einer käuflichen Geliebten gestorben war, wäre ein gefundenes Fressen für die Pressegeier gewesen – um so mehr angesichts meines verruchten Künstlernamens. Ich würde mich im Scheinwerferkegel wiederfinden, jeder Winkel meines bedeutungslosen Lebens würde taghell ausgeleuchtet, und kein Kunde, dem ich jemals zu Diensten gewesen war, bliebe unentdeckt. Man würde mir in irgendeiner TV-Show einen Schauprozeß machen **(Venus oder Teufelin – Sie entscheiden!)**, und ich fände mich in eine Kunstfigur verwandelt, in der ich mich selbst nicht wiedererkennen könnte. Ich würde jede vergangene und gegenwärtige Privatsphäre verlieren, bis zwei oder drei Wochen verstrichen wären: Dann würde man sich dem nächsten Skandal zuwenden, und ich wäre abgelegt, eine traurige kleine Fußnote in der Geschichte der Popkultur.

Andererseits konnte es ohne weiteres auch Filmangebote geben oder Buchverträge (na, wäre das nicht eine hübsche Ironie?). Ich könnte die Hurerei aufgeben, für einen Tag berühmt werden, mich dann in irgend einem anderen Land zur Ruhe setzen, mir ein paar Bienen halten, großen Gedanken nachhängen ...

Ich lachte wieder. Die ganze Vorstellung war lächerlich. Es würde keine Untersuchung geben und keine Bücherschnellschüsse. Ich wußte genau, was zu tun war.

Im Tod sah J. S. Bane nicht allzu gut aus. Seine Brust war schlaff und struppig, die Brustwarzen schienen zu schielen und waren von großen Höfen umgeben, als wäre er schwanger. Ein üppiger Bauch war beiderseits aufs Bett gesackt, als wolle er sich seitwärts aus dem Staub machen. Der Penis war schlaff und nichtig, die Beine wirkten unproportioniert dünn. Das also blieb unterm Strich von J. S. Bane übrig – eine Summe, die jetzt gleich null war.

Ich verstaute seine Kleidungsstücke in einem Müllbeutel. Dann packte ich ihn bei den Fußknöcheln und schleppte ihn in den Flur hinaus. Gerard erschien in der Küchentür, um zuzusehen. Sein feierlicher Gesichtsausdruck ließ den Schluß zu, daß er nur allzu gut begriff, was vorgefallen war. Am Ende des Flurs ließ ich einen Knöchel los und drehte den Schlüssel im Türschloß herum. Ich öffnete die Tür eine Handbreit und knipste das Licht an. Killjoy hob den Kopf und starrte mich an.

«Schon zu Abend gegessen, Freundchen?» fragte ich und schob Bane hinein. Killjoy betrachtete die Leiche mit fragend pendelndem Kopf, dann blickte er wieder auf mich. Ich winkte ihm ermutigend zu und zog mich diskret zurück. Ganz kurz sah ich noch, wie sich die scharnierlosen Kiefer zu einem gewaltigen Schlund öffneten, und mußte an das Kapitel aus dem *Kleinen Prinzen* denken, das von einem Hut handelt, der kein Hut war. Ich schloß die Tür und drehte den Schlüssel herum. Kaum hatte ich mein Schlafzimmer erreicht, als ich zu zittern begann und mein Lachen sich in Tränen verwandelte. Meine Knie gaben nach, und ich brach zusammen. Wie ein Häufchen Elend lag ich auf dem Boden – ebenso unfähig, über meine Tat nachzudenken wie ihre Tragweite zu ignorieren. Gerard kam ins Zimmer gesprungen, hockte sich neben mich und streichelte meinen Kopf. Lieber Gerard, mein einziger Freund auf dieser Welt ... was würdest *du* unter diesen Umständen tun?

Ich beschloß, keine Schuldgefühle aufkommen zu lassen. Bane hatte keine Familie, es kümmerte niemanden, ob er am Leben oder tot war. Er übte einen Beruf mit hohem Krebsrisiko aus. Vielleicht hatte ich ihn *tatsächlich* umgebracht ... na und? Niemand brauchte jemals davon zu erfahren. Und ich hatte derweil einen doppelten Nutzen davon. Ich hatte einen Menschen getötet und mir damit bewiesen, daß ich lebendig war *(Ich töte, also bin ich)*, aber gleichzeitig hatte ich es nicht *wirklich* gewollt, nicht im sprichwörtlichen Grunde meines Herzens. Es war eine Mogelei hinter dem Rücken Gottes.

Nachdem mein Gewissen mit einemmal reingewaschen war – hatte ich meinem Land nicht einen großen Dienst erwiesen, indem ich dazu beitrug, Jay Birdsong als Präsidenten zu verhindern? –, beschloß ich, mir wegen dieser Sache keine grauen Haare mehr wachsen zu lassen. Ich würde Banes Klamotten in den (was sonst?) East River werfen, und damit basta. Es war an sich so einfach.

Jedenfalls fast. Es blieb immer noch die Möglichkeit, daß ich geschnappt wurde.

Ein paar Stunden später schlich ich über den Flur, um bei Killjoy nach dem Rechten zu sehen. Die Anakonda lag da und schlief, aber auf halber Höhe ihres Rumpfes war eine eindreiviertel Meter lange zylindrische Ausbuchtung zu sehen – die Reste eines Meinungsmachers, der von Killjoys Verdauungssäften der Phosphorylierung unterzogen wurde. So weit, so gut. Aber was war mit den anderen Spuren? Ich durchstöberte Wohn- und Schlafzimmer nach verräterischen Zeichen von Banes Anwesenheit. Ich holte den Staubsauger heraus, hoffte auf ausreichende Schlaftiefe bei Lank und saugte jedes Staubkorn und jeden Faserrest ein, der in der Wohnung herumschwirren mochte. Ich polierte jede nur sichtbare Oberfläche, um alle Fingerabdrücke zu vernichten. Zwar war ich mit den neuesten Kriminalromanen nicht vertraut, aber mein Gefühl sagte mir, daß die Polizei mit Infrarot- und Ultraviolettsensoren, mit Elektronenmikroskopen und gnadenlosen Hundenasen in der Lage sein würde, das Geschehen an diesem Tatort bis hinunter zu den kleinsten Kleinigkeiten zu rekonstruieren, wenn ich nicht sehr, sehr vorsichtig war.

Der Morgen graute schon, als die Arbeit getan war. Der einzige noch verbleibende Unsicherheitsfaktor war der Fahrer der Stretchlimousine, der uns beide heute nacht bei mir abgesetzt hatte. Na schön – der konnte mich mal. Ich würde sagen, daß Bane am frühen Morgen gegangen war und ich ihn seitdem nicht wiedergesehen hatte. Wer wollte mir das widerlegen?

Und überhaupt: Gerard würde mich decken.

Sie schwebte auf der Wasseroberfläche, trieb sanft inmitten eines Blütenteppichs, der sich, langsam kreisend, in Tausenden von weißen, gelben und burgunderroten Tupfern bis an den Rand des Schwimmbeckens erstreckte. Das Becken war oval, mit Natursteinen eingefaßt, und es erhielt frisches Wasser von einem kleinen Wasserfall, der am entfernten Ende über eine Felsformation herabstürzte. Rund um den Pool erhoben sich die gläsernen Wände des Raumes mehr als zehn Meter hoch, ehe sie in ein kuppelförmiges Glasdach übergingen, hinter dem die Sterne und ein zunehmender Mond von einem Himmel leuchteten, der so schwarz war, wie er es nur fern der Großstadt sein kann. Zehn oder zwölf Kerzen, die unweit des Beckenrandes brannten, verbreiteten ein weiches Licht, und in der Luft lag ein Hauch von Jasmin.

Der Raum hatte einen kreisförmigen Grundriß mit einem Durchmesser von vielleicht dreißig Metern. Er lag direkt hinter dem Landhaus, wirkte fast wie ein angrenzender Flügel. Eine Tür führte ins Haus, eine zweite nach draußen in den Garten, der jetzt, in der Dunkelheit, nicht zu sehen war. Aber er setzte sich in das Innere des Raumes fort, der daher von den Bewohnern das Arboretum genannt wurde. Das Schwimmbecken lag der ersten Tür gegenüber nahe der Wand, und die

Fläche, die sich dazwischen erstreckte, war von einem üppigen Pflanzenmosaik aus Rhododendren, Hyazinthen, Azaleen und Veilchen bedeckt. Der Duft der Blüten verlieh dem Raum, zusammen mit dem Jasminaroma, eine sanfte, narkotisierende Atmosphäre.

Eine Frau betrat den Raum und ging den mit Zedernholzspänen bestreuten Weg zum Schwimmbecken entlang. Ihr folgte eine zweite, die sich einige Schritte hinter ihr hielt. Beide waren nackt. Die erste Frau war blond und hochgewachsen und bewegte sich mit der aufrechten, unangestrengten Selbstsicherheit einer königlichen Hoheit in einer Mußestunde. Jeder ihrer Schritte wurde mit unwillkürlicher Disziplin gesetzt, und ihr ganzer Körper war von einer Symmetrie und Proportion, deren Makellosigkeit fast unheimlich wirkte, so als wäre sie das Produkt eines um ästhetische Perfektion bemühten Bildhauers. Ihre Taille war schmal, ihre Hüften waren geschwungen, ihre Brüste weder zu groß noch zu klein. Ihre Haut war hell und fast übernatürlich glatt, und ihr volles Haar fiel so wohlgeordnet auf die Schultern, als käme es frisch von einem Webstuhl. Sie mochte um die Dreißig sein.

Die zweite Frau wirkte ein paar Jahre älter. Ihr Körper war mager und ohne besondere Merkmale; nichts an ihm schien sich gegen das Älterwerden zu sträuben. Ihre Brüste wirkten funktionstüchtig, aber schon etwas abgenutzt, ins Gesicht hatten sich unverkennbare Falten eingegraben, und die Haare, die kurz, dunkel und lockig waren, schienen im Vergleich zu dem seidigen Flachs ihrer Begleiterin wirr und ungeordnet hervorzuquellen. Sie trug ein Handtuch in einer Hand und einen irdenen Krug in der anderen.

Vor dem Schwimmbecken erstreckte sich ein breiter Rasenstreifen. Hier blieb die erste der beiden Neuankömmlinge stehen, um auf die Schwimmerin hinunterzublicken, die noch immer mit geschlossenen Augen im Wasser trieb, berückend eingefaßt vom Blütenmuster, die Lippen ihres Geschlechts unter dem dünnen, dunklen Vlies leicht geöffnet. «Mary?» murmelte die Schwimmerin, ohne die Augen zu öffnen.

Die großgewachsene Frau nickte ihrer Begleiterin zu, worauf diese niederkniete und den Krug und das Handtuch am Bekkenrand plazierte. Dann verbeugte sie sich leicht und kehrte auf dem bestreuten Weg ins Haus zurück. Mary wartete, bis sie außer Hörweite war, ehe sie das Wort ergriff.

«Lucky, mein Liebling», sagte sie lächelnd. «Hab ich dich ganz für mich allein!» Ohne die Stufen am flachen Ende des Beckens zu benutzen, ließ sie sich unter die Wasseroberfläche gleiten und tauchte ungefähr in der Mitte wieder auf. Violette Blüten hatten sich in ihrem Haar verfangen. Das Lächeln war von ihren feuchten, jetzt leicht geöffneten Lippen verschwunden, und ihre Augen blickten beschwörend. Ein Schauer der Sehnsucht und ängstlichen Vorahnung überlief Lucky, während sie sich Wellen schlagend im Wasser aufrichtete. Zögernd fuhr sie mit ihrer Hand über Marys Wange, über die Lippen, die ihren Zeigefinger einsaugten, ihn die Liebkosung einer sanft aufgerauhten Zunge spüren ließen. Ein Prickeln fuhr ihr durch die Hand und den Arm entlang und hinunter zu den Lenden. Sie erschauerte, schlang ihren Arm um die Hüfte der anderen Frau, zog sie dichter an sich heran. «Du willst mich lieben», sagte sie.

Mary gab den Finger frei und drückte ihren Mund auf Luckys Ohr. «Später», flüsterte sie und nahm das Ohrläppchen zwischen die Lippen. «Jetzt will ich dich ficken.»

Lucky hielt den Atem an, ihre Finger gruben sich in Marys Hüfte.

«Komm mit», sagte Mary und zog sie in Richtung der Stufen.
Auf dem Rasen am Rand des Schwimmbeckens streckte sich Lucky aus. Mary tauchte ihre Finger in den Krug und begann, Lucky am ganzen Körper mit Zuckersirup einzureiben. Ihre Fingerspitzen berührten kaum die Haut, entflammten jeden Nerv, versetzten jeden Rezeptor in höchste Empfindungsbereitschaft. Als Mary fertig war, fühlte sich Lucky fast unerträglich erregt. Sich vor Ungeduld windend, beobachtete sie, wie Mary sich erhob und die Glasur, ganz ohne Eile, auch bei sich selbst auftrug, wobei ihre Hand zwischen ihren Schenkeln verweilte. Als sie fertig war, kniete sie nieder und bot diese Hand Luckys Lippen dar, die dasselbe taten, was Mary soeben im Wasser gemacht hatte.
«Willst du mich?» fragte Mary, was angesichts der Tatsache, daß nichts offensichtlicher war, seltsam anmutete und doch nicht rhetorisch gemeint war.
Lucky blickte ihr in die Augen. «Ja», flüsterte sie.
Sie blieben für einen langen Augenblick im Gras liegen, Mary über Lucky, und küßten einander, wobei ihre Körper in entgegengesetzte Richtungen wiesen. Als Mary sich zu Luckys Brüsten vorarbeitete, robbte auch diese ein Stück aufwärts, bis sie Marys überzuckerte Brustwarzen zwischen die Lippen bekam und spürte, wie sie sich, voller köstlicher Süße, unter dem Druck ihrer Zunge vergrößerten. Als Mary noch tiefer hinabstrebte, hob Lucky, die nur noch ansatzweise mitbekam, was sie tat, erwartungsvoll ihre Hüften an. Doch Mary hatte keine Eile: Sobald sie in der Nähe von Luckys Scham angelangt war, umzirkelte sie das Ziel ihrer Wünsche in weitem Umkreis, und das war Reiz genug, um den ersten Orgasmus auszulösen.
Plötzlich unterbrach sich Mary abrupt. Sie schwang ihre Bei-

ne herum und zog Lucky, die noch immer über ihr war, eng an sich heran, so daß sie einander ins Gesicht blicken konnten und unten Kitzler sich an Kitzler rieb. Mit der einen Hand stützte sie Luckys Hintern, mit der anderen fuhr sie ihr über die Stirn und strich ihr die Haare aus den Augen.

«Du liebst mich, nicht wahr?» sagte sie, während ihre Hüften kreisten.

Ein zweiter Orgasmus baute sich auf. Lucky widerstand dem Druck und versuchte, eine überzeugende Antwort zu formulieren.

«Nun?» Mary lächelte. Ihr Blick war gelassen und schrecklich zugleich.

«Ich, ich – natürlich», keuchte Lucky, und dann schrie sie auf, als der Orgasmus sie durchzuckte.

Mary hielt sie weiter im Scherengriff ihrer Schenkel, wandte den Blick nicht von ihr ab. Hinter ihrem äußerlichen Gleichmut verbarg sich Härte, aber auch ein großes Sehnen, eine . . . kindliche Abhängigkeit?

«Und du weißt, daß auch ich dich liebe», sagte sie und ließ ihr Becken rotieren, bis Lucky wieder aufschrie.

«Du bist – meine beste Freundin», sagte Lucky mit rauher Stimme.

«Und du wirst mich niemals verlassen?»

Langsam zog sich Lucky zurück und setzte sich auf. Sie fühlte sich an wie ausgewrungen, und für einen Augenblick glaubte sie in Ohnmacht zu fallen. «Mary, Mary – bitte. Nicht jetzt.»

Mary zog sie wieder an sich, und Lucky konnte sich nicht widersetzen. Sie sank an Marys Brust, wo die Zuckerglasur, von keiner mehr beachtet, immer dünnflüssiger wurde.

«Weil ich dir niemals verzeihen würde», sagte Mary sanft, während sie ihren Kopf liebkoste.

Lucky sah, wie der Sirup über Marys Bauch hinabtropfte, und sie dachte daran, wie eng der Spielraum war, in dem Sexualität ausgelebt werden konnte, und wie absurd sie außerhalb wirkte. «Wer war sie?»
«Wer war wer?»
«Deine Dienerin. Als du hereinkamst.»
«Sie ist neu.»
«Ist sie nicht ein wenig zu alt für dich?»
«Sie ist vierunddreißig.»
«Sie sieht aus wie vierzig.»
«Ich dachte, du hättest sie gar nicht bemerkt. Sie ist aus England, eine Schriftstellerin, die zu irgendwelchen Recherchen hier ist. In ihrer Heimat soll sie als ein weiblicher Don Juan bekannt sein, sagt sie jedenfalls, aber ich kann's mir nicht recht vorstellen.»
«Da hast du ja mal wieder eine tolle Wahl getroffen. Schläfst du mit ihr?»
«Das tu ich», erwiderte Mary ganz ruhig.
Wieder zog sich Lucky zurück, und diesmal stand sie auf. «Du Heuchlerin.»
Auch Mary erhob sich, streckte eine Hand aus, aber Lucky half ihr nicht und sprang statt dessen in den Pool. Sie tauchte wieder auf und wischte sich die Zuckerreste ab, die noch an ihr hafteten.
«Lucky.»
«Ich kann's dir nicht ersparen, Mary. Ich weiß nicht, wie du damit fertig wirst, aber ich muß dir wirklich sagen, daß ich – nein, verdammt noch mal, ich will dich nicht hier drin haben.»
Mary war zwei Stufen weit ins Becken hinuntergestiegen. Jetzt blieb sie stehen, bis zu den Waden im Wasser, und sagte unwillig: «Lucky, das haben wir doch alles schon gehabt. Du

wirst immer die Nummer eins sein. Das weißt du genau.»

Lucky schlang die Arme, auf denen nun Gänsehaut zu sehen war, um ihren Oberkörper und rieb sie fröstelnd. «Du hast kein Recht», sagte sie, «von Vergebung zu sprechen. Du hast kein – oh, Mary, bitte nicht.»

Mary war lächelnd ins Wasser gestiegen und zu der Stelle geglitten, wo Lucky stand. Mit unerwarteter Gewalt zog sie Lucky an sich. «Wenn du mich jemals verläßt», sagte sie, während ihre Hand nach Luckys Geschlecht tastete, «dann werde ich dir niemals verzeihen. Ist das klar?»

Lucky sträubte sich einen Moment lang, aber Mary lockerte ihren Griff nicht. Ihre Finger gelangten ans Ziel, und Lucky erschlaffte, während ihr eine Träne über die Wange lief. «Ja», flüsterte sie und blickte hoch in diese freundlichen, herablassenden, kalten blauen Augen.

Marys Gesichtszüge waren weich und wohlwollend geworden. «Du bist so simpel gestrickt, alles in allem», murmelte sie, schüttelte den Kopf in gespielter Verzweiflung und verfolgte, wie sich in Luckys feuchtglänzenden Augen der Orgasmus ankündigte. «So leicht zu befriedigen.»

Im nächsten Augenblick, ganz ohne Vorwarnung, nieste sie Lucky mitten ins Gesicht.

Der Raum ist quadratisch, der Boden mit Hartholzbrettern ausgelegt; ein Spiegel bedeckt eine der Wände. Ein schwerer Sandsack hängt in einer der Ecken wie ein Pendel, langsam schwingend. Nicht weit entfernt ist ein mächtiger hölzerner Pfosten, der *Makiwara*, senkrecht in den Boden eingelassen. Sie ist die einzige Frau unter den zwölf Männern verschiedenster Herkunft und Altersklassen. Sie steht in der Mitte des Raums, mit dem Rücken zum Spiegel. Die Männer haben sich, mit einer Ausnahme, vor der gegenüberliegenden

Wand aufgereiht. Ihre weitgeschnittenen weißen Anzüge erinnern an Pyjamas, obwohl sie aus Leinen und alle makellos gebügelt sind. Jeder wird an der Hüfte von einem langen schwarzen Gürtel zusammengerafft; einige dieser Gürtel sind mit goldenen Streifen versehen.
Ein Mann steht abseits von den anderen – ein kahlköpfiger, stämmiger Weißer, dessen knorrige Unterarme, vorgewölbte Brustmuskeln, sehnige Handgelenke ahnen lassen, daß sein ganzer Körper hart ist wie Granit. Sein schwarzer Gürtel ist schon ganz zerschlissen, und an einem Ende sind goldene *Kanji*-Schriftzeichen daraufgestickt: Er ist der *Sensei*.
Auch sie trägt einen weißen Anzug, einen *Gi*, aber ihr Gürtel ist braun. Sie steht barfüßig, die Zehen in den Boden gekrallt, die Füße eine Schulterbreite auseinander, die Knie leicht gebeugt. Die rechte Ferse ist auf einer Höhe mit dem linken großen Zeh und leicht auswärts gedreht. Ihr Rücken ist vollkommen gestreckt, ihr Blick gerade nach vorn gerichtet. Die Arme hält sie vor sich, in den Ellenbogen, die fast die Rippen berühren, um neunzig Grad angewinkelt; die Hände sind zu Fäusten geballt, die Handflächen weisen nach oben. Fast alle Muskeln in ihrem Körper sind aufs äußerste gespannt. Selbst ihre Kehle ist wie zugeschnürt: Jeder Atemzug wird als langsames, rasselndes Keuchen hörbar, wie das Todesrasseln der Klapperschlange.

Nackt und tropfnaß verließ sie das Arboretum und betrat das eigentliche Landhaus, dicht gefolgt von Mary. Ihre Schritte fielen exakt zusammen, als sie den langen, mit Rosenholz ausgelegten Flur hinuntergingen, so als übten sie sich in militärischem Gleichschritt.
«Ich will nicht gesehen werden, wenn ich mit dir streite», sagte Mary mit zusammengebissenen Zähnen.

«Dann laß mich verdammt noch mal in Ruhe», erwiderte Lucky, die sich Reste von Rotz aus dem Gesicht wischte.

Ein *Makiwara* ist mannshoch, zehn Zentimeter breit, etwas über zwei Zentimeter dick und in Schulterhöhe mit einem dünnen Schlagpolster versehen. Er wird entweder in den Boden eingelassen oder so mit Bolzen befestigt, daß er einem Schlag kaum nachgibt und sofort in seine ursprüngliche Lage zurückfedert. Der *Makiwara* wird meistens mit der geschlossenen Faust geschlagen, vor allem mit den großen Knöcheln des Zeige- und des Mittelfingers. Du beginnst mit zehn Schlägen pro Hand und Tag, zunächst mit verhaltener Kraft, so daß sich in den Knöcheln allmählich ein Kalziumdepot aufbauen kann.

Der *Sensei* hält ein kurzes Holzbrett, fingerdick und vielleicht fünfzehn Zentimeter breit, in der Hand. Er tritt auf sie zu und schwingt es gegen ihren linken Unterarm. Beim Auftreffen zersplittert das Brett in zwei Teile, das lose Ende fällt polternd zu Boden. Sie hat nicht mit den Wimpern gezuckt, ihre Haltung ist unverändert.
Der *Sensei* wirft den Rest des Bretts zur Seite und versucht, ihre Arme erst zusammen-, dann auseinanderzudrücken. Beides mißlingt. Er schlägt mit der Handkante gegen ihren Bauch. Sie atmet im Augenblick des Aufpralls aus und bleibt in Positur.
Mit einem Grunzen tritt er hinter sie. Er tritt ihr in beide Kniekehlen, aber sie verliert nicht das Gleichgewicht. Er schlägt ihr auf die Schultern, auf die Oberarme, aber das Fleisch gibt nicht nach. Dann schwingt er seinen Fuß zwischen ihren Beinen nach oben. Wenn sie ein Mann wäre und ihren Körper nicht genauestens unter Kontrolle hätte, träfe

der Fußtritt mit schmerzhafter Wucht ihre Hoden. Doch auf das Geschlecht kommt es nicht an: Sie reagiert blitzartig. Gnadenlos schließen sich ihre Schenkel, klemmen seinen Fuß auf halbem Weg zwischen Knien und Rumpf ein, und der Tritt ist unschädlich gemacht.

Der Vorraum des Hauses diente jetzt als Verwaltungsbüro für die Kolonie. Zwei Sekretärinnen saßen direkt hinter der Haustür an Mahagonischreibtischen voller Computer, Faxgeräte und Kopierer. Eine eichenholzgetäfelte Tür nahe der Treppe führte in Marys Büro, das früher der Aufenthaltsraum des Butlers gewesen war. Die Sekretärinnen – eine jung, eine mittleren Alters, beide in dunkelgrüne Kimonos gehüllt – blickten verblüfft auf, als die Liebenden wortlos durch den Vorraum und die Treppe hinauf eilten und auf dem Boden eine Tropfenspur hinterließen.

Einen Monat später schlägst du den *Makiwara* schon eine Spur härter, zwanzigmal pro Tag und Faust.

«*Kumite*», befiehlt der *Sensei* – freier Kampf.
Sie verbeugt sich vor der Reihe der Männer, die Männer verbeugen sich vor ihr.
Der *Sensei* bellt ein Kommando. Der Mann links außen löst sich aus der Reihe und läuft auf sie zu. Sie verlagert ihr Gewicht nach vorn in die Kampfposition, hält die Arme locker, um abzuwehren oder anzugreifen, fixiert mit ihren Augen einen imaginären Punkt auf seiner Brust.
Für den Kampf, der folgt, gibt es nur wenige Regeln. Unterhalb des Halses ist überall Vollkontakt gestattet, am Kopf nur Halbkontakt. Verboten sind lediglich Bisse, das Eindringen in Körperöffnungen und Schläge gegen den Hals.

In dem Schlafzimmer, das sie miteinander teilten, packte Lucky ihren Koffer, und Mary sah ihr mit einem abschätzigen Lächeln zu.

«Du hast außerhalb dieses Ortes keine Macht», sagte Mary. «Ich hoffe, daß dir das klar ist.»

«Da haben wir ja was gemeinsam», schnaubte Lucky. «Du magst für diese Frauen hier eine Göttin sein, aber dort draußen schert sich kein Schwein um dich. Und ich auch nicht – nie mehr.»

Wenn die Kante deiner Hand – oder deine Faust mit den großen Fingerknöcheln – zum erstenmal ein Brett, selbst ein dünnes, glatt durchschlägt, fühlst du eine Mischung aus Stolz und Unglauben. Wahrscheinlich stimmte etwas nicht mit dem Brett, und deshalb war es so leicht. Du mußt noch ein paar weitere Bretter durchschlagen, um dich selbst zu überzeugen, daß es kein Zufall war – und es war kein Zufall. Inzwischen schlägst du den *Makiwara* dreißigmal pro Tag und Faust, bereits mit halber Kraft.

Der erste Mann heißt Witherspoon, ein Stier von einem Kerl, etwa fünfunddreißig Jahre alt. Sie kontert seine kurzen Haken mit Tritten gegen seine Beine, die ihm zweimal fast die Füße unter dem Körper wegreißen. Zwar ist Witherspoon weit kräftiger als sie, aber er ist nicht schneller: Ihren Reflexen ist die gleiche, schwindelerregende Promptheit antrainiert. Ihr Körper ist nicht minder geschult, alles, bis auf schwerste Verwundungen, zu tolerieren. Sie reagiert rein instinktiv auf jede seiner Attacken, muß nicht ein einziges Mal überlegen. Auf ihrer Ebene ist Selbstverteidigung zur zweiten Natur geworden.

Witherspoon setzt zu einem seitlichen Tritt an. Sie unterläuft seinen Angriff und nimmt sein Bein in die Zange, bringt ihn zu Fall. Ohne sein Bein loszulassen, stößt sie ihm ihren Fuß in den Schritt. Witherspoon hat heute nicht vergessen, seinen Lendenschutz anzulegen, aber trotzdem ist der Kampf damit praktisch beendet. Um der Form Genüge zu tun, deutet sie eine Fußschere an, und Witherspoon klopft dreimal auf den Boden: Er gibt auf.

«Ich würde zu gern wissen», sagte Mary, «womit du dich eigentlich durchbringen willst in der sogenannten wirklichen Welt.»
Sie biß sich auf die Unterlippe. Sie hatte gehofft, abreisen zu können, ohne vorher die Fassung zu verlieren, und noch war sie nicht einmal mit dem Packen fertig. «Das habe ich ja wohl *dir* zu verdanken», erwiderte sie und klappte den Kofferdeckel zu. «Du hast schließlich dafür gesorgt, daß ich in meinem ganzen Leben nie weiter als zehn Meilen von diesem Fleck hier weggekommen bin.»

Es gibt keinen Grund für die Annahme, eine menschliche Faust könne einen Schlackenstein durchdringen, selbst wenn es bei deinem Lehrer einfach aussieht. Aber du kannst nichts Verkehrteres tun, als dich durch Zweifel zu schwächen. Selbst der geringste Mangel an Selbstvertrauen wird dazu führen, daß deine Knochen brechen und nicht der Stein. Es geht hier nicht um alles oder nichts; es geht um alles oder minus alles. Du stehst über den Stein gebeugt, du kalkulierst die Entfernung, du mobilisierst all deine Konzentration, ballst deine Faust, atmest einige Male tief durch ... und wenn du siehst, wie der Steinblock in zwei Teile zerbirst und zu Boden fällt, dann denkst du: Ja, es tut weh, aber das war es wert.

Gegen den *Makiwara*: fünfzigmal pro Tag und Faust, jeder Schlag mit voller Kraft. Die großen Knöchel deiner ersten beiden Finger fühlen sich wie Steine an und sehen auch so aus, grotesk mißgestaltet und nicht mehr sehr *weiblich*. Während du vor dem Balken stehst und unermüdlich auf das Holz eindrischst, erinnerst du dich an die Bemerkung des *Sensei*, daß eine Faust, die einen Schlackenstein zu zertrümmern vermag, um so leichter auch menschliche Knochen zertrümmern wird.

Der zweite Mann, Ramirez, macht den Fehler, sie nicht hart genug anzufassen, Hemmungen vor körperlicher Gewalt gegenüber einer Frau zu haben. Die Kampfkünste verzeihen solches Zartgefühl nicht, und so ist es nur natürlich, daß Ramirez dafür bezahlt. Seine wenigen, tastenden Fußtritte werden voller Verachtung weggeschlagen, und dann zeigt sie ihm, was kämpfen heißt. Ein Tritt, aus der vollen Körperdrehung geführt, rammt ihre ausgestreckte große Zehe in seinen rechten Innenschenkel, zwei schnelle Fausthiebe gegen die Rippen folgen. Ramirez merkt endlich, in welcher Gefahr er sich befindet, aber er ist zu benommen, um zu reagieren. Sie dringt auf ihn ein, ihre rechte Hand packt ihn am Hals, der rechte Fuß schlägt ihm das linke Bein weg, er geht zu Boden. Sie setzt ihm die Ferse auf die Kehle. Dreimaliges Klopfen.

Draußen vor dem Haus stand sie neben dem silberfarbenen Bentley und suchte nach den Schlüsseln. Mary lehnte mit vor der Brust verschränkten Armen an dem atemberaubenden, absurden Gefährt, das sie Lucky erst kürzlich zum Geburtstag geschenkt hatte. Sie hatte sich noch nicht die Mühe gemacht, etwas anzuziehen: Als Königin all dessen, was sie vor Augen hatte, schämte sich Mary Stillwater vor niemandem, nicht zuletzt deshalb, weil sie nur halb so alt aussah, wie sie tatsächlich war. In einer Umgebung, in der herkömmliche Schönheit keine Bedeutung hätte haben sollen, war ihr vollstens bewußt, daß ihr, bekleidet oder nackt, keine ihrer zweihundert Anhängerinnen das Wasser reichen konnte – ausgenommen Lucky.

«Bekomme ich noch eine Antwort?»

Lucky zog die Tür auf und warf ihren Koffer auf den Beifahrersitz. Sie wollte gerade einsteigen, hielt jedoch inne und wischte sich Tränen aus dem Gesicht. Sie wagte nicht, noch einmal in diese unergründlichen grauen Augen zu blicken; denn dann würde sie vollends zusammenbrechen.

«Ich habe die Frage vergessen», sagte sie.

Wenn du dein Gewicht gleichmäßig verteilst, ist es erstaunlich leicht, auf einem Nagelbrett zu liegen. Weniger leicht wird die Sache, wenn dir dabei ein Stapel Dachziegel auf den Bauch geschichtet wird, um dort mit einem Vorschlaghammer zertrümmert zu werden. Als Lucky sich erstmals dieser Übung unterzog, als sie ihre Bauchmuskeln anspannte, bis sie glaubte, es würde ihr die Rippen durch die Haut treiben, hätte sie fast ein Stoßgebet gesprochen. Danach war sie so durcheinander, daß man ihr beim Aufstehen helfen mußte. Aber tatsächlich war ihr nicht das geringste passiert.

Der dritte Gegner: Yoshida. Ein As im Ausweichen. Immer bleibt er knapp außerhalb ihrer Reichweite, tänzelt und täuscht, steht keinen Augenblick still. Es gibt nur einen Weg, mit ihm fertig zu werden: frontal auf ihn losgehen und versuchen, ihn umzuwerfen. Was ihr auch gelingt, weil Yoshida seinen Abwehrschlag gegen ihren Frontalangriff zu spät ansetzt. Sie taumeln beide zu Boden, Yoshida packt ihren Kopf und verdreht ihn schmerzhaft. Sie kann sich aus seiner Klammer befreien, schiebt sich an ihm hoch und erreicht die Position rittlings auf seinem Körper, aus der sie ein Gewitter von Faustschlägen auf sein Gesicht niedergehen läßt. Dreimaliges Klopfen und eine gebrochene Nase.

«Du haßt mich, stimmt's?» sagte Mary mit leichtem Spott in der Stimme.
«Das habe ich nie gesagt.»
«Gib's zu. Jetzt, wo du's endlich weißt. Es war der entscheidende Tropfen zuviel.»
«Wenn du's genau wissen willst: Das war es nicht.»
«Hm, denkst du vielleicht an Kinder? Ich bin sicher, wir könnten eine Lösung finden.»
«Es hat überhaupt nichts mit Kindern zu tun, ich meine, ich bin gerade mal siebzehn, was soll ich mit Kindern?»
«Aber was ist es dann?»
«Mary –» Lucky packte sie bei den Händen, während ihr Blick über die Fassade des Landhauses irrte – «was ich von dir will, ist Respekt. Kannst du das verstehen?»
Mary wich der Frage aus: «Ich glaube, was du willst, ist ein Mann.»
«Ach, dann verrat mir mal eines, Mary: Woher, zum Teufel, sollte ich das überhaupt wissen?»

Auch die übrigen Männer kämpfen, einer nach dem anderen, gegen sie. Sie landet viele Treffer, aber noch mehr muß sie einstecken. Der Gegner ist in dieser Phase nicht mehr der andere Kämpfer: Der Gegner steckt in ihr selbst. Jede neue Runde ist ein Kampf mit ihrem Willen, mit ihrer Angst vor dem Versagen. Der Weg des Kämpfers ist ein Weg zur

Selbstbeherrschung, mehr nicht. Ihre Arme und Beine beginnen vor Erschöpfung zu schmerzen, und es kostet sie Kraft, gleichmäßig zu atmen. Jeder neue Gegner, der vor sie hintritt, ist um so vieles frischer als sie, und es dauert nicht lange, bis sie kaum noch die Arme in Deckungsbereitschaft halten kann. Nach dem elften Kampf ist sie vom Kopf bis zu den Zehen voller Blutergüsse und hat nur noch den Wunsch, sich fallen zu lassen. Aber die Prüfung ist nicht vorüber, noch nicht.

Der letzte Mann, der gegen sie antritt, ist der *Sensei* selbst, ein Träger des schwarzen Gürtels, siebter *Dan*, mit dreißig Jahren Training. Obwohl er von untersetzter Statur ist, bewegen sich seine Hände und Füße so flüssig und anmutig, als wäre er im Besitz einer höheren Macht. Sie weicht hastig zurück, versucht die letzten Reserven ihrer Kraft zu mobilisieren und weiß genau, daß es hier nur noch ums Überleben geht. Aber sie ist so müde wie noch nie in ihrem Leben. Jede Faser ihres Körpers wiegt bleischwer vor Erschöpfung, vor Schmerz, der von Sekunde zu Sekunde zunimmt. Natürlich steht es ihr frei, den Kampf zu jedem beliebigen Zeitpunkt abzubrechen: Sie unterzieht sich dieser Strafe aus freiem Willen. Die Versuchung, aufzugeben, ist ein Teil der Prüfung, und wie sirenenhaft hört sie in diesem Augenblick ihren Gesang . . .

Sie stolpert und schüttelt sich wach, hebt wieder die Arme. Ihr *Gi* ist schweißdurchtränkt, sein Gewicht scheint sie zu Boden zu ziehen. Tief in den hintersten Winkeln ihres Bewußtseins hört sie Marys Stimme, die lacht und sie verspottet. Noch nicht, flüstert sie. Du wirst es nicht mehr erleben, du nicht . . .

Der Meister kommt mit einem Ausfallschritt und geöffneten Armen auf sie zu, lädt sie zum Angriff ein. Als Trägerin eines niedrigeren Gürtels ist es an ihr, den Kampf zu eröffnen: Jedes Zögern wird als Verstoß gegen die Etikette betrachtet. Sie zielt mit einem Halbkreistritt auf seine Rippen. Er versucht nicht, den Treffer abzuwehren, im Gegenteil, er ignoriert ihn völlig. «Mehr Kraft!» brüllt er und dringt weiter auf sie ein. «Mehr Kraft!» Sie landet einen seitlichen Tritt auf seinem Brustbein. Er nickt, immer noch unbeeindruckt: *«Mehr Kraft!»*

Sie mobilisiert ihre letzten Energiereserven und prescht zu einem wütenden Angriff vor, deckt ihn mit Schlägen, Stößen, Tritten ein. Er zieht sich in vollendeter Ruhe ein paar Schritte zurück; sie ist so leichtsinnig, ihm zu folgen. Im nächsten Augenblick kämpft sie um ihr Gleichgewicht, ist das Opfer eines Fußfegers geworden. Es folgt ein Faustostoß gegen ihre Rippen, der sie mehrere Meter weit zurückschleudert.

Das Herz pocht ihr hoch in der Kehle. Sie kämpft um jeden rasselnden Atemzug. Masochismus? Mag sein, aber immerhin hat sie vier Jahre lang fünfmal pro Woche auf diese Chance hingearbeitet. Sie rafft sich, wankend, noch einmal auf und nimmt die Kampfstellung wieder ein.

Er geht auf sie los, treibt sie in die Enge. Sie greift an.

Sie stößt ihm einen Vorwärtsfußtritt in die Leiste, dann stürzt sie sich auf ihn, umschlingt seine Brust mit beiden Armen, preßt ihren Kopf in seine linke Achselhöhle. Das ist kein Angriff mehr – sie klammert sich nur noch verbissen an ihn, als wolle sie sich vor einem tiefen Sturz retten. Er schiebt ihr mit seinem Fuß ein Bein weg, und sie fallen beide zu Boden. Er blockiert ihr anderes Bein und bringt seinen linken Arm unter ihren Hals, um zu einem Würgegriff anzusetzen. Sie landet eine Reihe von Treffern an seinen Rippen und in der Magengrube, aber es steckt keine Kraft mehr dahinter. Binnen Sekunden hat er seinen Griff pla-

ziert und drückt ihr den Hals zu, gerade fest genug, um die Blutzirkulation in der Schlagader zu unterbrechen.
Sie klopft auf den Boden und ist schon glücklich, daß sie nicht das Bewußtsein verliert.

Zwei Tage später steht sie, bolzengerade wie ein *Makiwara*, in der Mitte des Raumes und achtet nicht auf die Schmerzen, die sie noch überall in ihrem Körper spürt. Der *Sensei* steht vor ihr. Langsam und sehr feierlich schlingt er ihr den nagelneuen schwarzen Gürtel um die Taille. Etwas Rituelles und tief Berührendes liegt im letzten Teil dieses Aktes, dem Augenblick, da er den Knoten knüpft und ihn mit einer jähen, blitzartigen Bewegung zuzieht. Er tritt einen Schritt zurück, nimmt die Grußstellung ein und verbeugt sich vor ihr. Sie erwidert den Gruß, und das erste Kapitel ist endlich abgeschlossen.
Die anderen Schwarzgurte treten an, um ihr zu gratulieren. Sie kann den neugewonnenen Respekt von ihren Gesichtern ablesen, und jeder Händedruck bestätigt ihr erneut, daß sie in einen der exklusivsten Klubs dieser Welt aufgenommen ist, einen Klub, zu dem nicht Geld oder die richtige Hautfarbe Zutritt verschaffen, sondern nur vollkommene Selbstbeherrschung. Natürlich kann jeder den Titel des Schwarzgurts anstreben; ihr Lehrer aber ist Teil einer Sukzession, die direkt auf die Begründer des *Goju-ryu*, auf die Karatemeister Kanryo Higaonna und Chojun Miyagi, zurückgeht. Der Nachweis ihrer Leistung hätte authentischer nicht sein können.
Als der Champagner eingeschenkt ist, nimmt sie der Meister zur Seite.
«Denk immer daran», sagt er mit erhobenem Finger, «ein schwarzer Gürtel bedeutet nur –»

«– daß es an der Zeit ist, mit dem wahren Training zu beginnen», beendet sie lächelnd seinen Satz.
«Ich erwarte, daß du morgen wieder hier erscheinst, um dieses Training aufzunehmen.»

«Nun sag schon», forderte Mary. «Sag mir ein für allemal, was um alles in der Welt du vorhast.»
Ich werde dich entwaffnen, dachte Lucky. Hör gut hin.
«Mutter», sagte sie, berührte Marys Wange und blickte ihr in die Augen, «Mutter, ich werde jetzt gehen.»

Sechs Jahre, nachdem sie Kalifornien verlassen hat – und zwei Jahre nach dem Erringen des schwarzen Gürtels –, gehört sie immer noch diesem *Dojo* an, wo sie sich inzwischen bis zum Rang des zweiten *Dan* emporgearbeitet hat.
Im Augenblick aber befindet sie sich in einem anderen *Dojo,* einem *Dojo,* in dem es keine Männer gibt. Sie ist es, die, in den gewohnten weißen *Gi* gekleidet, eine Übungsgruppe leitet. Vor ihr stehen, fünf Reihen tief in den Raum gestaffelt, zwanzig Frauen in Trikots und Trainingsanzügen. Sie bringt ihnen Fertigkeiten bei, die ihnen eines Tages das Leben retten können.
Die Stunde ist bereits halb vorüber; gerade übt sie mit der Gruppe Fußangriffe, als in der Tür eine der Verwaltungsangestellten erscheint und sie zu sich winkt. Sie gibt ihrer besten Schülerin ein Zeichen, ihren Platz einzunehmen, und diese setzt die Übung fort, ohne einen einzigen Takt zu überspringen.
Barfuß geht sie den Flur hinunter zum Büro, vorbei an Beratungszimmern und Sanitätsräumen und einer Bank, auf der vier Frauen mit unterschiedlich stark verwüsteten Gesichtern sitzen – mit gebrochenen Kiefern, ausgeschlage-

nen Zähnen, dick verschwollenen Augen. Innerhalb einer Stunde werden sie etwas zu essen, etwas Frisches anzuziehen, ein Bett zum Schlafen und die notwendige medizinische und psychotherapeutische Erstversorgung erhalten haben. Bezahlen müssen sie dafür nichts; nur Spenden werden angenommen, und wer nichts hat, braucht nichts zu geben.

Als sie im Büro angekommen ist, greift sie nach einem bereits abgehobenen Telefonhörer und ist überrascht, die Stimme ihrer Mutter zu vernehmen.

«Lucky. Es ist so lange her.»

«Mutter.» Ein wenig mißtrauisch läßt sie sich auf einen Stuhl sinken. In den vergangenen sechs Jahren hat sie kein einziges Mal mit Mary gesprochen, geschweige denn sie besucht. Ihre Briefe sind ohne Antwort geblieben, und so hat sie das Briefeschreiben schon lange eingestellt.

«Wie geht es dir?»

«Mir –» sie atmet tief durch – «mir geht es gut, Mary, ich komme klar. Und wie geht's dir?»

«Ich sterbe», antwortet Mary ruhig.

Trotz ihrer Distanz – und trotz des unverkennbaren Kalküls in dieser Eröffnung (sie spürt eine gewisse Genugtuung in Marys Stimme) – erschrickt Lucky. Ihre Mutter ist erst vierundvierzig. «Was ist passiert?»

«Krebs. An den Eierstöcken.»

Jetzt überkommt Lucky der grausame Impuls, zu lachen: Es ist einfach zu symbolisch.

«. . . Bist du noch dran?»

«Entschuldige, Mary. Ich bin da.»

«Kannst du kommen?»

«Sag mir eins, Mary. Was hast du dagegen unternommen?»

«All das Übliche. Du weißt schon.»

In der Tat, sie weiß, was das bedeuten soll. Mary will sagen, daß sie nicht bei der westlichen Schulmedizin Hilfe gesucht habe, sondern bei den Naturheilmitteln und den spirituellen Hilfsangeboten, für die ihr Wicca-Zentrum berühmt ist: Kräutertinkturen, Polaritätstherapie, Kristallographie, Handauflegen, Visualisierungsprogramme. Doch obwohl Mary ihren Anhängerinnen diese Methoden empfiehlt, hat sie selbst sich nie darauf verlassen. Als sie vor zehn Jahren an Pfeifferschem Drüsenfieber erkrankte, ließ sie Lucky nach dem Notarzt rufen, kaum daß ihre Temperatur über 38 geklettert war.

«Blödsinn», sagt Lucky. «Ich wette, du bist allein in dieser Woche bei zehn Onkologen gewesen.»

Schweigen, so als hätte Mary nicht mit einer solchen Antwort gerechnet. Lucky wartet.

«Du bist nicht sehr einfühlsam», sagt ihre Mutter schließlich.

«Und du bist nicht sehr neugierig.»

«. . . Wieso?»

«Na ja, immerhin haben wir kein Wort mehr miteinander gewechselt, seit ich siebzehn war. Bist du denn *kein bißchen* gespannt darauf, was ich in den vergangenen sechs Jahren gemacht habe?»

«Du wirst entschuldigen», erwidert Mary kühl, «daß ich mich im Augenblick ein wenig mehr um mich selbst kümmere.»

«Ich arbeite in einem Frauenhaus in Manhattan. Ich bringe den Frauen Selbstverteidigung bei. Ich habe an der härtesten Karateschule von New York einen schwarzen Gürtel im zweiten Grad erworben. Ich mache wirklich etwas Nützliches. Du könntest das alles längst wissen, wenn du meine Briefe gelesen hättest. Aber du wirst sie wohl auch gelesen

haben, sonst hättest du ja meine Nummer nicht.»
Immer noch Schweigen.
«Ich bin mit fünfzig Dollar in der Tasche hier angekommen. Ich habe dein Geld nicht angerührt und dich nie um Geld gebeten. Am Anfang habe ich im Auto geschlafen und zwei Tage gehungert, bis ich einen Job gefunden hatte – du wirst es nicht glauben, als Funktaxifahrerin, mit dem Bentley. Es war so ungefähr das einzige, was ich konnte.»
«Lucky, *ich liege im Sterben.*»
«Es wird dich auch beruhigen, Mary, daß ich noch immer eine Lesbe bin.»
Ein Seufzen. «Lucky, willst du denn –»
«Ich habe sogar mit fünf Männern geschlafen, seit ich hier bin. Ich muß dir eins sagen, Mary, es waren keine traumatischen Erlebnisse. Es war nur nicht besonders interessant. Ich habe es aus Langeweile wieder aufgegeben.»
«Lucky, *bitte*!»
«Es tut gut, zu wissen, daß ich mit Frauen vögeln kann, weil ich es *will*, weil ich es vorziehe. Und nicht, weil ich keine andere Wahl habe. Aber egal. Jetzt zu deinem Krebs.»
«Schönen Dank auch!»
«Vielleicht komme ich, vielleicht auch nicht. Ich muß es mir überlegen.»
«Lucky, ich, ich –»
«Willst du etwa sagen, daß du mich brauchst, Mutter? Zum erstenmal in deinem Leben?»
«... Ich glaube, ich fang gleich an zu weinen.»
«Prima. Und was nun deinen Krebs angeht: Ich werde darüber nachdenken, Mary, aber ich kann dir nichts versprechen. Vielleicht stehe ich plötzlich vor der Tür, vielleicht auch nicht. Es kann morgen sein, nächste Woche oder nie. Ich weiß es nicht. Wir werden sehen.»

Es folgt eine lange Pause. Endlich sagt Mary: «Du schämst dich, stimmt's? Du willst alles auslöschen, als wäre es nie gewesen.»

Sie strafft sich, kämpft die plötzlich aufsteigenden Tränen nieder. «Nein, Mary», preßt sie mühsam heraus, «im Gegenteil, ich schäme mich nicht im geringsten. Aber nachdem das gesagt ist –» sie schluckt, sie mahlt mit den Zähnen –, «habe ich doch seit ewigen Zeiten keine bessere Nachricht gehört. Lebwohl.»

Sie legt den Telefonhörer auf die Gabel.

Ich bin grausam, denkt sie. Bitte, laß mich nicht so grausam sein . . . aber zu wem betet sie eigentlich? Sie kann die Frage nicht beantworten, denn sie ist nicht gläubig. Wenn sie es wäre, würde sie die Worte zu einem Gebet für ihre Mutter finden. Aber im Gegensatz zu Mary hat Lucky niemals die dreigestaltige Göttin von Erde, Sonne und Mond, von Jungfrau, Mutter und altem Weib verehrt. Ceridwen wird sie gerufen und Isis und Astarte und Diana und Demeter und noch drei Dutzend anderer Namen. Wie auch immer – Lucky glaubt an keine Göttin und an keinen Gott, die doch stets Menschenwerk bleiben, und sie weiß, daß ihre Gebete nur Selbstverspottung sind. Außerdem braucht ihre Mutter etwas ganz anderes als Gebete.

Mary Stillwater hatte das Wicca-Frauenzentrum vor dreiundzwanzig Jahren in dem Haus gegründet, in dem sie selbst aufgewachsen war. Ihre Eltern, beide reiche Erben aus alten Familien, waren bei einem Raubüberfall getötet worden, als Mary zwanzig war. Sie verbrachte damals, nach ihrem zweiten Studienjahr in Berkeley, die Sommerferien daheim und war zum Zeitpunkt des Überfalls im Haus. Wie ihre Mutter war auch sie von mehreren Männern vergewaltigt, niedergeschossen und als tot liegengelassen worden.

Anders als ihre Mutter hatte sie überlebt und war nach zwei Monaten im Krankenhaus in den leeren Familiensitz zurückgekehrt, der nun ihr gehörte. Sie war nicht in der Lage, ihr Studium in Berkeley fortzusetzen, und unterzog sich einer siebenmonatigen Therapie bei einer selbsternannten Schamanin, die ihr die alternativen Heilmethoden, die indianischen Überlieferungen Amerikas und die europäischen Hexenkulte nahebrachte. Im Frühjahr nach dem Raubüberfall brachte Mary eine Tochter zur Welt.
Zu diesem Zeitpunkt verließ die Schamanin sie, und Mary nahm das ehrgeizige Projekt in Angriff, eine autonome Welt für Frauen zu verwirklichen. Der Überfall und die Lehren der Schamanin hatten sie veranlaßt, nicht nur ihre Lebensplanung, sondern ihre gesamte Weltsicht radikal zu überdenken. Ihr schwebte eine Freistatt vor, wo Frauen – vor allem Opfer wie sie selbst – ihr Leben ohne Druck von außen neu gestalten konnten. Im Lauf der Jahre wuchs das Wicca-Zentrum weit über das eigentliche Landhaus hinaus. Ein Grundbesitz von sechzehn Quadratkilometern erlaubte es den Bewohnerinnen, Weizen, Gerste, Mais und andere Feldfrüchte anzubauen. Teile des Geländes waren früher Wein- und Obstgärten gewesen, die jetzt alle wieder rekultiviert wurden. Was nicht selbst verbraucht wurde, ging in den Handel, und so entwickelte sich das Wicca-Zentrum bald zu einem ausgewachsenen Geschäftsunternehmen. Weitere Projekte folgten – ein Kunstzentrum im Hauptgebäude, Workshops und Gästehäuser für neugierige Besucherinnen, sogar ein eigener, feministischer Verlag.
Die Frauen im Zentrum versorgten sich mit selbsterzeugten Lebensmitteln, nähten ihre eigenen Kleider und bauten sich – als ihre Zahl zunahm und schließlich in die Hunderte ging – ihre eigenen Häuser. Die meisten waren Lesben; Männer

hatten keinen Zutritt zum Gelände. Ihre Religion war das dianische Wicca, eine Form von Hexenkult, die weitgehend auf Marys Neudeutung griechischer, ägyptischer und keltischer Symbolik beruhte. In Marys persönlicher Theologie war das Band zwischen Mutter und Tochter das heiligste von allen, nicht zuletzt deshalb, weil es hier keinerlei Beschränkungen zu geben brauchte. Biologische Bedenken waren überflüssig, da keine Nachkommen gezeugt werden konnten. Moralische Zweifel wurden von mythischen Bilderfluten hinweggespült,in denen alles Weibliche geheiligt und miteinander verflochten war. Kaum jemals sprach sie mit Lucky über den Überfall, obwohl sie ihr erzählt hatte, daß einer der Vergewaltiger ihr Vater war. Da die Gangster nie gefaßt worden waren, erfuhr Lucky nicht, wie er hieß. Die Traurigkeit, die sie beim Gedanken an diese gewalttätige Zeugung erfaßte, wurde beiseite gewischt: Laut Mary war Vaterschaft ein Phantom, das im Leben einer Frau nicht die geringste Rolle spielte.

Als Lucky allmählich in die Pubertät kam, hatte Mary sich schon längst aus der praktischen Arbeit in ihrer Kolonie zurückgezogen und sich im ehemaligen Aufenthaltsraum des Butlers ein Büro eingerichtet. Hier schrieb sie etliche Bücher, gab zahllose Interviews und organisierte internationale Konferenzen, die im Wicca-Zentrum stattfanden. Bald wurde sie in feministischen und New-Age-Kreisen zur Legende, und ihr Ego hielt mit dem wachsenden Ruhm Schritt. Sie sah sich selbst als wohltätige Hüterin ihrer Herde, als weise und gütige Übermutter. In den ersten Jahren der Kolonie hatte sie ein hartes und entbehrungsreiches Leben auf sich genommen, wie um den anderen und sich selbst ihre Zähigkeit zu beweisen. Im Lauf der Zeit gelangte Mary jedoch zu dem Schluß, daß sie sehr wohl das Recht hatte, ihr Vermögen mit so vollen Händen auszugeben, wie sie nur wollte. Gab es etwa einen Zielkonflikt zwischen ihrem Unabhängigkeitsstreben und dem Wunsch nach einem guten Leben? Doch wohl nicht. Auch beschränkte sie ihre Großzügigkeit keineswegs auf sich selbst: Sie schaffte eine ganze Flotte von BMWs an, die jeder Frau in der Kolonie – von denen die meisten das Gelände freilich nie verließen – zur Verfügung stand. Auch bezahlte sie die Krankenhausrechnungen für eine neue Siedlerin, die an Brustkrebs litt. Einer anderen Frau finanzierte sie den Prozeß um das Sorgerecht für ihre Tochter. Ihren Anhängerinnen erschien Mary als allwissend und allerbarmend, und sie vergötterten sie. Nie übte sie den leisesten Zwang aus; sie herrschte durch pures Charisma.

Lucky dachte oft, daß Marys makellose Fassade eine Frucht ihres Entschlusses sein mochte, sich nie wieder verletzen zu lassen. Selbst in privaten Augenblicken, wenn zu erwarten gewesen wäre, daß Mary ihre Abwehr auf ein Minimum reduziert hatte, ließ sie nie eine Spur von Selbstzweifel erkennen und stellte ihre Überzeugungen niemals in Frage. Obwohl Lucky sie mehr als alles andere daran erinnern mußte, daß sie vergewaltigt worden war, kannte Mary keine größere Angst als die, Lucky zu verlieren. Lucky verkörperte die Zukunft, nicht die Vergangenheit; sie war ein Symbol der Hoffnung, nicht der Verzweiflung. Vielleicht war es für Mary die natürlichste Sache der Welt gewesen, sie so zu lieben, wie sie es getan hatte, und den Moment zu fürchten, da Lucky auf die Welt außerhalb der Kolonie neugierig werden würde – dies um so mehr, als Lucky unter allen Bewohnerinnen der Kolonie, mit Ausnahme der jüngsten Mädchen, in einer entscheidenden Hinsicht eine Sonderstellung einnahm: Sie kannte nichts anderes von der Welt, war nie weiter als ein paar Meilen vom Wicca-Zentrum weggekommen. Während ihrer gesamten Teenagerzeit, überlegte Lucky, mußte Mary sich für den unvermeidlichen Tag gewappnet haben, an dem Lucky den Entschluß faßte, zu gehen. Ihrer beider Beziehung war Marys einzige Schwäche, ihre Achillesferse. Lucky und das Wicca-Zentrum waren fast zur gleichen Zeit geboren worden. Erst als Tochter und später als Geliebte war sie für Mary eine ständige Stütze gewesen. Sie wußte, trotz aller schnippischen Dementis, daß es ihr Verschwinden gewesen war, an dem ihre Mutter zerbrochen war. Aber sie wußte auch, warum Mary sie nicht schon früher gebeten hatte, zurückzukehren. Seit Lucky fort war, wurde Mary von einer neuen Angst verzehrt: bei ihrer Gefolgschaft das Gesicht zu verlieren.

Lucky war zwölf Jahre alt, als sie ihre erste sexuelle Erfahrung mit Mary machte. Daß es so etwas wie ein Inzesttabu gab, erfuhr sie erst Jahre später. Aber Mary, und nicht das Tabu, war der Grund für ihre Abreise gewesen, und diese Tatsache machte ihr zu schaffen. Obwohl sie wußte, daß es anders hätte sein sollen, fühlte sie sich nicht abgestoßen von dem Gedanken, daß ihre Mutter mit ihr schlief. Sie hatte nicht gewußt, daß es *verboten* war, und selbst im nachhinein fiel es ihr schwer, dem gemeinsam Erlebten eine moralische Wertung überzustülpen. Sie war nicht das Kind, das von zu Hause wegläuft; sie war eine Geliebte, die sich von ihrer Partnerin trennte. Jede Frau in der Gemeinschaft war eine Mutter für sie, genauso wie für alle anderen Mädchen. Sie hatte diese Regelung, die dem Vorbild vieler afrikanischer und indianischer Stämme folgte, akzeptiert und nie einen Mangel an Zuwendung oder Anleitung erfahren, obwohl die Anleitung natürlich einem engen, ideologisch vorgegebenen Muster folgte.

Jedenfalls konnte sie es Mary nicht zum Vorwurf machen, daß sie eine abwesende Mutter gewesen war. Doch daß sie Lucky nach deren zwölftem Lebensjahr mehr als Geliebte denn als Tochter behandelte, beschwor in ihrer Beziehung die gleichen Gefahren herauf, denen auch eine Ehe unterworfen ist. Lucky war zu jung, um vollends zu begreifen, wie sich die Gewichte verschoben; dennoch gab es Regeln, die zu beachten waren. Was sie empfunden hatte – und was sie veranlaßt hatte, zu gehen – war die Eifersucht einer Liebenden und das Gefühl, benutzt zu werden. Denn in Wahrheit war Mary, bei aller emotionalen Abhängigkeit, Luckys in sexueller Hinsicht überdrüssig geworden und hatte begonnen, unter allen möglichen fadenscheinigen Vorwänden mit anderen Frauen aus ihrer Anhängerschaft zu schlafen. Lucky litt maßlos darunter, und die Mischung aus Bedauern und Verdammung, die sie von seiten der Gesellschaft zu erwarten hatte, sobald sie die Kolonie verließ, machte es ihr nicht eben leichter. Man würde von ihr erwarten, daß sie ihre Mutter haßte, daß sie sich *mißbraucht* fühlte. Etwas in ihr wollte sich auch mißbraucht fühlen, wollte diesen gerechten Zorn gegen Mary wenden. Doch sosehr sie sich bemühte, es gelang ihr nicht.
Trotzdem war sie schließlich gegangen und hatte die folgenden sechs Jahre dazu gebraucht, sich aus den Verstrickungen dieser Ehe zu lösen. Sie lebte zunächst in einer primitiven Wohnung im New Yorker Drogenviertel und verbrachte sechzig Stunden pro Woche als Taxifahrerin in ihrem Bentley und weitere zwanzig Stunden im *Dojo,* so daß ihr kaum Zeit für neue Bekanntschaften blieb. Sie hatte kein Geld für eine Garage, also parkte sie den Bentley draußen auf der Straße. Er wurde oft aufgebrochen, aber niemals gestohlen – er wäre ein viel zu auffälliges Beutestück gewesen. Als die

Stereoanlage aus ihm verschwand, verzichtete sie darauf, sie zu ersetzen, und auch die vielen Beulen, die sich in der Karosserie ansammelten, blieben unrepariert. Sie spielte nie mit dem Gedanken, nach Kalifornien zurückzukehren, obwohl sie oft wünschte, daß Mary sie darum bitten würde, und sei es nur um ihres Stolzes willen. Doch als Mary all ihre Versuche, Kontakt zu halten, mit Mißachtung strafte, dachte Lucky immer seltener an sie. Die Geliebten, die sie sich in Manhattan nahm, ob männlich oder weiblich, waren kaum etwas anderes als Abführmittel – sie dienten dazu, ihre Mutter aus ihrem Körper auszutreiben, ihn ein für allemal von Mary zu reinigen.

Unterdessen verfolgte sie zielstrebig ihren Weg. Nach der Verleihung des schwarzen Gürtels wurde sie als Vollzeitkraft im Frauenhaus angestellt und gab das Taxifahren auf. Sie zog in ein Einzimmerappartement nur ein paar Straßen weiter, gleich beim Columbus Circle. Ihre Erinnerungen an das Wicca-Zentrum waren jetzt in einen sanften Hauch von Nostalgie gehüllt, weil Mary keine Rolle mehr in ihnen spielte: Es war Lucky gelungen, den Ort von der Person zu trennen. Doch die Erinnerungen waren ohne Wert für die Entscheidungen, die Manhattan ihr abverlangte: Der Feminismus ihrer Kindheit ließ sich nicht auf New York übertragen – so erschien es ihr jedenfalls. Nachdem sie Göttinnen noch nie besonders ernst genommen hatte, konnte sie in dem neuen Leben, das sie sich aufbaute, erst recht auf Märchen verzichten. Solche Mythen waren schließlich eine wesentliche Grundlage für den Separatismus ihrer Mutter gewesen, und Lucky hegte keine besondere Feindseligkeit gegenüber Männern. Ihre Absicht war es nicht, Distanz zu ihnen zu halten, sondern sich auf gleichberechtigter Basis einen Platz in ihrer Welt zu erobern. Daß sie lernte, sich

gegen ihre Übergriffe zu wehren, gehörte dazu. Um Lucky zu besiegen, mußte ein Mann ebenso gut trainiert oder bewaffnet sein. Oder er mußte sehr viel Glück haben.
Vom persönlichen Zwist abgesehen, mußte Lucky anerkennen, daß Marys Projekt seine Berechtigung hatte. In einer schmerzvollen Phase ihres Lebens hatte Mary den Feminismus über die Grenzen akademischer Theorien und politischen Opposition hinausgeführt und eine lebensfähige, autarke Welt der Frauen geschaffen. Ihre Anhängerinnen waren nicht nur vom Wicca-Zentrum, sondern von ihr selbst als der Königin und Beschützerin abhängig geworden – Lucky war es nicht anders ergangen –, und das mochte für manche Frauen gut sein, für andere jedoch nicht.
Sie sollte ihre Mutter hassen, und in vieler Hinsicht tat sie das auch. Aber sie haßte sie aus den falschen Gründen.

Draußen klopft es, und die Tür öffnet sich einen Spalt breit.
«Lucky . . .?»
«Entschuldige bitte. Komm rein.»
Eine große, elegante Brünette betritt den Raum. Sie heißt Megan Rosenbaum und ist die stellvertretende Leiterin des Frauenhauses; außerdem gehört sie dem Vorstand des Trägervereins an. Formal gesehen, ist sie Luckys Vorgesetzte, obwohl sich hier niemand um Hierarchien schert.
Lucky atmet tief durch. «Megan, ich muß dich um einen Gefallen bitten.»

Die drei männlichen Reisenden speisten an diesem Abend als zahlende Gäste von Truck World, einem gigantischen Komplex aus Raststätten, Großtankstelle und Einkaufszentrum am Rand des Highways. Nach dem Essen flanierten sie über die Plaza, kamen an der Motellobby, einem Friseursalon, dem Kino, der Rodeoarena, dem Vergnügungspark, einem Minigolfplatz und einem Kaufhaus vorbei, ehe sie in den Supermarkt einbogen, um sich mit Junk Food für die nächsten Tage einzudecken.
Als er den Einkaufswagen in die erste Gasse schob, bemerkte Dorian: «Das eindrucksvollste Merkmal dieses Landes, das verräterischste Zeichen für seinen elenden Überfluß, ist der Supermarkt. Mein Gott, wie ich Amerika liebe.» Er griff in die Salatbar neben sich und stopfte sich eine Handvoll gewürfelte Melonen in den Mund, ehe er zur Feinkosttheke weiterzog.
«Gut, wonach steht uns der Sinn?» fuhr er fort, die säuberlichen Reihen warmer Fleischgerichte im Blick, während der Mann hinter der Theke Plastiktüten bereitlegte. «Warum lassen wir uns nicht je ein Pfund von allem einpacken, dazu noch ein paar von den gegrillten Hühnchen.»
«Dorian, wer zum Teufel soll das alles essen?» fragte Prophet, während sich der Verkäufer an der Waage zu schaffen machte.

«Wir wohl eher nicht», antwortete der Waliser. «Mir macht es einfach Spaß, Sachen zu kaufen, das ist alles.»
Sie arbeiteten sich weiter durch den Laden, häuften Brot und Gebäck, Alkoholika und Säfte in ihrem Einkaufswagen auf. Dorian führte sie an, schaufelte mit vollen Händen Waren in den Wagen. Prophet nahm jede Packung in die Hand, studierte die aufgedruckte Liste der Inhaltsstoffe und warf sie angeekelt wieder fort.
«Schau dir an, was für ein Scheiß da drin ist», sagte er, mit einem Napfkuchen wedelnd, «wer das ißt, der leuchtet im Dunkeln!»
«Was in deinem Fall sicher besonders interessant zu beobachten wäre», erwiderte Dorian.
Fish, der die Nachhut bildete, hatte eine seltsame Veränderung in seiner Psyche festgestellt. Seit sie den Supermarkt betreten hatten und er die Tausende von säuberlich aufgeschichteten Lebensmittelpackungen sah, beschlich ihn ein wachsendes Gefühl der Unwirklichkeit; das Hintergrundgedudel schien immer mehr Bromid in immer tiefere Winkel seines Bewußtseins zu pumpen und jede Verwirrung, jeden Anflug lästiger und paradoxer Ungewißheit aus seinen Neuronennetzen herauszuspülen, so als würde in seinem Gehirn ein Ölwechsel vollzogen. Alles – die Schachteln auf den Regalen, die kichernden Flöten, der träge Trott des Schlagzeugs – hatte plötzlich eine eigene, unerklärliche Bedeutung. Verwirrt stierte er die Gasse auf und ab: überall, wohin er auch blickte, sah er halbverborgene Zeichen der Verschwörung, den verräterischen Schimmer von Betrug – und er, wer sonst, war der Narr in diesem Spiel.
«Kümmert's mich?» fragte er in den Raum hinein.
«Der Mythos von Sisyphus», gähnte Dorian, als sie in die

Kekse/Cracker/Kaffee-Gasse einbogen. «Ich entsinne mich, daß Camus einmal folgendes –»

«Dorian», sagte Fish plötzlich, «hast du Camus wirklich gelesen?»

Dorian starrte ihn verblüfft an. «Was meinst du damit?»

«Wenn du ihn wirklich gelesen hast, dann könnten wir drüber reden.»

Sie blieben mitten in der Einkaufsgasse stehen. «Die Sache ist nämlich die», fuhr Fish fort, «daß ich seit, äh, Jahren versuche, mir darüber klarzuwerden, ob, ob – ob Glück etwas ist, das wir tatsächlich . . . also, sag ehrlich, hast du ihn gelesen?»

«Aber selbstredend», entgegnete Dorian in seinem hochnäsigsten Tonfall. «Ganz abgesehen von der übrigen Existentialistenbande; du weißt schon – Dostojewski, Nietzsche, Kafka, Sartre.»

Fish schüttelte den Kopf. «Nein, nein, das ist genau der Fehler, den jeder macht, sie sind keineswegs alle Existentialisten. Aber darum geht's nicht, ich meine, was ich sagen will, ist . . . ich meine, da nagt etwas in einem, und zwar die Idee, daß – daß man vielleicht über diese Art Denken wegkommen sollte, diese Art, die jetzt Mode ist, einfach nur rumhocken und das Leben absurd finden und sagen, hat doch alles keinen Sinn und am Ende stirbst du doch . . . Klingt doch fast, als sollte man's selbst in die Hand nehmen . . .»

«Polysorbat 80?» sagte Prophet, der ein paar Schritte entfernt stand und eine Tüte Vanille-Krispies (mit Zimt!) in der Hand hielt. «Was für'n Scheißdreck ist denn das nun wieder?»

«. . . Aber dann liest man sie noch mal und steigt richtig durch und denkt, nein, sie haben von Anfang an recht gehabt.»

«Tscha», sagte Dorian, «was *mich* betrifft, ich hatte nie etwas für Optimismus übrig. Liegt völlig neben dem Trend. *Naiv* wie nur was, wenn du mich fragst.»
Fish runzelte die Stirn. «Warum bist du dann in dieses Land gekommen? Optimismus ist der Grundstein –»
«Nein, nein, nein, du hast das alles mißverstanden», fiel ihm Dorian mit flatternden Händen ins Wort. «Optimismus hat nichts damit zu tun. Dies ist das zynischste Land auf Erden, und Aggression ist die eigentliche –»
«Moment, Moment», Fish fuchtelte seinerseits mit den Händen. «Willst du damit sagen, daß du dich keinen Deut um die Zukunft kümmerst?»
«Kümmern? Warum sollte ich mich *kümmern*? Ich meine, nimm doch mal Camus, wenn wir schon dabei sind. Was ich an Camus liebe, ist, daß er sich um *rein gar nichts* gekümmert hat.»
Fish sah aus, als hätte man ihm einen Tritt unter die Gürtellinie versetzt. «Wie bitte? Dann hast du ihn offensichtlich völlig falsch gelesen.»
Dorian starrte ihn verständnislos an. «Was meinst du damit?»
«Kaliumstearat?» rätselte Prophet weiter unten in der Einkaufsgasse. «Werde ich davon so weiß wie ihr?»
«Du hast von Camus überhaupt nichts gelesen, gib's zu», sagt Fish verärgert.
«... Und ob ich ihn gelesen habe, das möchte ich doch meinen.»
«Na gut, dann sag mir: Was ist das zentrale Thema in seinem Werk?»
«... Na ja. Der Existentialismus natürlich, und –»
«Selbstmord. Wobei Camus die Berechtigung des Selbstmords *eindeutig widerlegt*.»

Dorian kramte in seinem Gedächtnis nach dem Lexikonwissen, das er sich angelesen hatte. «Aber ich dachte, er hätte absichtlich diesen Autounfall –»

«Und noch was», sagte Fish. «Wenn Camus sich um rein gar nichts gekümmert hat, warum hätte er dann *schreiben* sollen?»

Dorian lächelte herablassend, um seine Verlegenheit zu verbergen. «Das hast du völlig mißver –»

Aber Fish wandte sich angewidert ab. «Typisch. Da meint man, jemanden gefunden zu haben, der, der – der den Durchblick hat, und dann stellt sich raus, du bist doch nur wie alle andern. Du solltest dich um diese Fragen *kümmern,* so wie ich, jahrelang hab ich versucht, rauszukriegen –» er schwankte, torkelte gegen einen Stapel Pfefferminz-Feigen-Häschen, fegte sie aus ihrem Nest. «Aber am Ende bleiben immer nur Lügen übrig, wo man auch hinschaut. Ich meine, wie kannst du drüber reden, *wie* man leben soll, wenn dir schon mal nicht klar ist, *warum* du eigentlich lebst?» Er taumelte davon, seine Soutane wischte über den glattpolierten Boden.

Prophet kam von seinem Kontrollgang durch die Einkaufsgasse zurück, eine Packung Cheezo in der Hand. «Seht euch diesen Dreck an, künstlicher Käse! Muß nicht mal mehr in die Kühltruhe!»

Mit langen Schritten umkreiste Fish die Plaza, rannte beinahe, auf der Flucht vor dem flüsternden Chor, der ihm aus dem Supermarkt folgte und nicht von seinen Fersen wich. Er kannte dieses Flüstern – es war das erwachende Politbüro. Da noch immer Reste von Stelazin in ihm wirkten, blieb ihm eine kurze Frist, in der er das Heraufdämmern des Wahnsinns mit leidlicher Klarheit verfolgen konnte, ehe er von ihm verschlungen wurde. Die Trucker und die Familien um ihn herum – sie konnten sein Dilemma unmöglich verstehen, das Dilemma des Lebendigseins. Sie hatten keine Ahnung, wie sehr ihr Leben auf der Kippe stand. Sie existierten einfach vor sich hin, von einem Tag zum andern, wie hypnotisiert, und keiner von ihnen wußte, wie tragisch ihr Dasein war. Er allein kannte das Geheimnis, und daß er von solcher Ahnungslosigkeit umgeben war, machte ihn einsam wie den letzten Menschen auf dieser Erde.

Er floh hinaus an die frische Nachtluft und atmete tief ein, er hörte das Brummen der Lkws auf dem Highway, und in diesem Brummen hörte er plötzlich ein Gelächter, das ihn verhöhnte. Er erreichte den Mustang, dessen Verdeck offen war, und warf sich auf die Rückbank. «Nein», stöhnte er, die Hände gegen die Ohren gepreßt. «Raus aus meinem Kopf, *bitte*!»

«Na denn, eine Verbeugung vor der Gesundheit», sagte Dorian angesichts der Obst- und Gemüseauslagen. Er verbeugte sich und schob den Einkaufswagen weiter.

«Moment mal, davon nehm ich was», sagte Prophet.

Dorian blieb stehen. «Die entscheidende Frage», sagte er, auf den Handgriff des Wagens gestützt, «ist die, wie man sie beide zugleich ins Bett bekommt.»

Prophet wickelte gerade ein paar Blumenkohlköpfe ein. «Wer ist ‹beide›?»

«Lucky und das neue Mädchen, wer sonst?»

Prophets Blick schnellte hoch. «Wie bitte?!»

Dorian griff sich ein paar Bananen und drückte auf ihnen herum, bis die Schale aufplatzte und der zermatschte Inhalt auf den Kunststoffrasen der Auslage spritzte.

«Tscha, ich wollte nur sagen, daß Lucky allein ein verdammt

harter Brocken ist. Also stellt sich die Frage, ob man nicht eine Troika anschirren kann . . .»

Prophet ließ seinen Kohlkopf fallen. «Finger weg von dem Mädchen», rief er und trat auf Dorian zu. «Mach mit Lucky, was immer du willst, aber laß die Finger von dem Mädchen. Ist das klar?»

Überrascht schielte Dorian auf ihn hinunter. «Sieh mal an, Prophet», höhnte er. «Ich hatte ja keine Ahnung.»

«Keine Ahnung wovon?»

«Daß du so hehre Gefühle für sie hegst.»

Prophets Herzschlag kam ins Stolpern. «Was hat denn das mit mir zu tun?»

«Also leugnest du, daß du höchstselbst Interesse an ihr hast?»

«Dorian, laß den Scheiß, ich will doch nur, daß man Ariel in Ruhe läßt. Nur darum geht's mir, Mann.»

Dorian kicherte. «Und ich dachte, Fish wäre mein Hauptkonkurrent. Ich dachte, du stehst treu zur Parteilinie. Du weißt schon, Rassensolidarität und all das.»

Prophet sandte einen funkelnden Blick zu ihm hinauf und fühlte genügend AFRO in sich, um nicht der SÜNDE zu verfallen. «Tatsächlich?» sagte er. «Dann hör mir mal zu, du blasses Bleichgesicht. Dieser Nigger hier wird dir mehr Konkurrenz machen, als so ein schütterhaariges, kohlenschürfendes, im Knabensopran quäkendes, pseudo-oxford-akademisches, möchtegern-englisches, aber doch nur kolonialkeltisches, teesaufendes, schlappschwänziges, auf Fotzen fixiertes, kricketspielendes, schafefickendes, fast schon irisches, von den Römern untergebuttertes walisisches Bauerntrampelarschloch wie du verkraften kann. Kapiert?»

Dorian klappte die Augen auf und zu, seine Lippen bebten, und er fragte sich, ob er kontern oder kuschen sollte. Er überlegte so lange, daß inzwischen unwillkürlich das letztere eintrat. Er schluckte und verfluchte innerlich die Angst, die seine Verärgerung abgelöst hatte. Und staunte darüber, daß Prophet offenbar mehr von England wußte als er selbst. Prophet lächelte begütigend und tätschelte Dorians Wange wie ein Mafia-Pate. «*Braver* Junge.»

Ariel schlief in dieser Nacht zusammengerollt wie ein Fötus, dicht an die hinter ihr liegende Lucky geschmiegt. Lucky selbst fand wenig Schlaf, sie grübelte darüber nach, wie sie Ariel ins Leben zurückhelfen könnte. Vielleicht mußte sie die Polizei verständigen, aber was war, wenn Ariels Vater schon dasselbe getan hatte? Oder vielleicht auch ihre Mutter? Sie überlegte, ob sie sich nicht die Vulva des Mädchens ansehen sollte, um auch dort nach Verletzungen zu suchen.

Irgendwann in dieser Nacht legte Ariel ihre Hand auf Luckys Handgelenk. Lucky drückte sich noch enger an sie, hielt das Mädchen fest umarmt, dessen Träume so voll von Gewalt waren, daß es im Schlaf zitterte und sich wand.

Im Frauenhaus hatte Lucky als Karatetrainerin gearbeitet, nicht als Beraterin. Sie hatte Frauen gesehen, die halbtot hereingewankt kamen, aber sie hatte kaum direkten Kontakt mit ihnen gehabt, jedenfalls nicht, ehe sie soweit wiederhergestellt waren, daß sie mit dem Training beginnen konnten. Die meisten ihrer Schülerinnen aber waren keine mißhandelten Frauen gewesen, sondern junge Berufstätige, die Selbstverteidigung lernen wollten. Die Intimität, die sie jetzt mit Ariel erlebte, war etwas völlig Neues, denn hier war sie selbst die Retterin. Noch nie in ihrem ganzen Leben hatte sie sich so reich beschenkt gefühlt.

Die Männer waren am vergangenen Abend mit Pizza und Pommes und Limos und anderen Standardprodukten der amerikanischen Küche ins Motel zurückgekehrt. Ariel erwachte aus ihrem Schlaf, sah das Essen und stürzte sich sofort mit animalischer Gier darauf – es war das erste Mal, daß sie etwas aus eigenem Antrieb tat. Sie schlang in sich hinein, ohne sich von irgend etwas ablenken zu lassen, sie verdrückte vier Pizzastücke, etliche Handvoll Pommes frites, ein Hühnersandwich und einen Eisbecher mit Früchten und warmer Schokosauce. Vorsorglich hatte Dorian auch ein Sechserpack Nero's Ale mitgebracht. Lucky nahm sich zwei Dosen und war überrascht, als Ariel, die schon eine große Kirschlimonade und einen Vanillemilchshake intus hatte, sich über die restlichen vier hermachte. Lucky erwartete halb, daß das Mädchen sein Lager für den Rest der Nacht auf dem Klo aufschlagen müßte, aber zu ihrer Erleichterung drehte sich Ariel einfach um und schlief weiter, als wäre nichts gewesen.

x

Der Morgen dämmerte wolkenlos und warm. Sie verließen das Motel und frühstückten in einem Diner in der Nähe, wo sie von Truckern und Farmarbeitern aus der Gegend angegafft wurden, bis deren Spiegeleier kalt geworden waren. (Ihr Auftauchen schien sich im ganzen Bezirk herumgesprochen zu haben: Es dauerte nicht lange, bis ein paar Autos voller Schaulustiger vorfuhren, die sich am Eingang drängten und von der nicht sonderlich um Diskretion bemühten Wirtin die Fremden zeigen ließen.)

Obwohl sie kein Wort sagte, registrierte Ariel, was um sie herum vorging, ließ sich davon jedoch nicht beim Essen stören. Sie verzehrte drei Spiegeleier, Kartoffelrösti, zwei

Pfannkuchen und wollte gerade einen Stapel French Toast in Angriff nehmen, als ihr Lucky, die sich ernsthaft um den Magen des Mädchens sorgte, den Teller vor der Nase wegzog.
Als sie vom Diner wegfuhren, sagte Lucky: «Ich frage mich, ob wir nicht zur Polizei gehen sollten.»
Ariel, die neben ihr auf dem Rücksitz saß, packte Luckys Hand und schüttelte den Kopf.
«Was ist?» fragte Lucky.
Das Mädchen schwieg, aber in seinen Augen stand die nackte Angst.
«Du willst nicht zur Polizei?» fragte Lucky, um ganz sicher zu gehen.
Ariel schüttelte den Kopf ganz schnell, wie ein Kind.
«Ein Mädchen ganz nach meinem Herzen», sagte Prophet, der ebenfalls hinten saß und ein wenig erleichtert war, daß Lucky zwischen ihm und Ariel Platz genommen hatte. Die ganze vergangene Nacht und auch während des Frühstücks hatte er nur an Ariel gedacht. Obwohl Dorian keine Gefahr mehr darstellte, scheute sich Prophet, Lucky von seinen Gefühlen zu erzählen, zumal angesichts Ariels Zustand. Statt dessen wollte er mit launigen Bemerkungen ihre Aufmerksamkeit erregen und womöglich ihre Stimmung aufhellen.
«Halt die Klappe, Prophet, das ist nicht komisch.»
Er war überrascht und gekränkt. «Ich habe nicht behauptet, daß es komisch sein soll.»
«Um so besser, dann sei jetzt still. Wir müssen überlegen, was wir unternehmen wollen.»
«Unternehmen?» sagte Dorian.
«Wegen Ariel! Wir können sie nicht nach Kalifornien mitschleppen, wenn sie nicht will!»
Doch Ariel hatte wieder Luckys Handgelenk gepackt, und es war deutlich, was sie wollte.

«Du möchtest mit nach Kalifornien?» fragte Lucky. «Bist du dir sicher?»
Ariel nickte, und diesmal war nichts Kindliches an ihrer Geste. Ihr Blick sprach von Sehnsucht und Erlösung.
«Aber wie alt bist du denn, Ariel? Ich meine, am Ende werde ich noch angeklagt wegen . . . Ach Quatsch, wovon rede ich eigentlich?»
«Keine Ahnung», sagte Dorian. «Wovon redest du eigentlich?»
«Das Mädchen braucht mich. Da kann mir doch die Polizei den Buckel runterrutschen.»
«Mir schon lange», nahm Prophet einen neuen Anlauf. «Außer, die Bullen schießen auf mich.»
«Prophet», sagte Dorian, der seit dem vergangenen Abend vor Rachegelüsten köchelte und nun, nachdem er Prophet schon den ganzen Morgen belauert hatte, die Gelegenheit zum Zuschlagen gekommen sah, «bist du eigentlich schon mal in deinem Leben verhaftet worden?»
Prophet erkannte die verborgene Spitze und versuchte eisern, sich dumm zu stellen. «Was soll das heißen?»
«Du hast mich genau verstanden. Ich meine, haben die *Bullen* dich schon mal verknackt oder auf dich geschossen oder von mir aus auch nur die Straße runtergejagt?»
«Na, aber klar doch!»
«Wann?»
«. . . Oft genug!»
«Wo?»
«Kann man kaum aufzählen!»
«Tat-*säch*-lich?» Dorian zog das Wort in bester Snob-Manier in die Länge. «Und ich sage: Hirnschiß.»
«Was soll das heißen?»
«Ich *sagte* Hirnschiß. Hast du nicht gehört, wie mir diese Silben entfleuchten? *Hirn-schiß.*»

«Das reicht. Halt sofort an, damit ich dir die Fresse polieren kann.»

«Haha! Ich liege wohl richtig?»

«Ich sagte: Sofort anhalten!»

«Prophets Problem», informierte Dorian den Rest der Reisegesellschaft, «besteht darin, daß er sich für erheblich größer und schwärzer hält, als er tatsächlich ist. Oh, ich bin sicher, er könnte uns mit wahren Heldensagen beglücken von polizeilichen Durchsuchungen, rechtswidrigen Verhaftungen und von seinen besten Freunden, die alle schon im Kindergarten erschossen wurden, stimmt's, Straßenkämpfer?»

Als wolle er den Schaden abschätzen, der seinem Selbstbild zugefügt wurde, schielte Prophet zu Ariel hinüber und stellte zum erstenmal Blickkontakt her. Augenblicklich war sein Zorn in weite Ferne gerückt. Diese Augen: Mein Gott. Er spürte, wie er in ihren ozeanischen Tiefen versank und nur noch einen Gedanken fassen konnte: daß er sich, zum erstenmal in seinem Leben, verliebt hatte.

«Keine Sorge, mein tapferer Freund», fuhr Dorian fort und unterbrach Prophets Träumerei. «*Unsereins* brauchst du doch von deiner Glaubwürdigkeit nicht zu überzeugen. Vergiß nicht, wir sind *weiß*. Und du bist *schwarz*. Wir erzittern *a priori* in Ehrfurcht vor dir. Wir leiden ein Leben lang darunter, daß wir nicht schwarz sein können wie du. Wir werden immer nur weiß sein – dumpf und dumm mit unseren dämlichen Visagen, uncool in alle Ewigkeit. Kein Grund zur Klage, oder?»

«Dorian, was hast du denn heute?» sagte Lucky.

«Meine Faust in der Magengrube, das wird er gleich haben!»

«Ah, da läßt er wieder den schwarzen Macho raushängen.

Ist es nicht *merkwürdig*, daß Schwarze auch nicht die leiseste Andeutung einer Beleidigung verkraften können, nicht einmal dann, wenn sie von ihresgleichen kommt? Ich meine, Herr im Himmel, neben eurer Angst, das Gesicht zu verlieren, kommen einem die Asiaten geradezu gleichgültig vor.»
«Halt den Wagen an, Dorian.»
«Was?»
«Halt den Wagen an», wiederholte Fish.
Dorian schielte argwöhnisch zu ihm hinüber. «Warum sollte ich?»
«Prophet will dir die Fresse polieren.»
«Und?»
«Ich will das sehen.»
«Du willst . . .?»
«Genau. Wenn *ich* ein Schwarzer wäre, dann würde ich dich auf der Stelle windelweich prügeln. Er hat seine Chance verdient.»
«Weißt du was, Glotzo», sagte Prophet von hinten. «Ich glaube, das könnte der Beginn einer wunderbaren Freundschaft sein.»
«Ich liebe die Schwarzen», sagte Fish geheimnisvoll, so als beziehe er sich auf etwas anderes. «Einige meiner besten Freunde sind Schwarze – ich meine die Freunde in meinem Kopf, versteht ihr? Ich bin schon von so vielen Schwarzen gerettet worden.»
«Das ist doch zum Weghören», sagte Dorian, «aber wißt ihr was?» Er trat auf die Bremse. «Ich bin jederzeit für ein wenig Gewalt zu haben. Pustet die Seele durch. So macht man das in Amerika.»
Die Fahrbahnen des Highways wurden von einem schmalen Waldstreifen getrennt. Dorian bog in eine versteckte Halte-

bucht für lauernde Polizeifahrzeuge ein und hielt unter den Bäumen an.

«Das kann nicht wahr sein», sagte Lucky.

«Denk dir nichts, Mädchen. Es ist ein Männerritual, so alt wie die Erde selbst.»

«Ich mach's kurz», sagte Prophet.

Die Türen schwangen auf, und alle bis auf Ariel, die mit einem ängstlichen Gesichtsausdruck auf der Rückbank sitzen blieb, kletterten aus dem Wagen. Lucky beugte sich zu Ariel hinüber und nahm ihre Hand. «Ich weiß, das hier ist lächerlich», sagte sie zu ihr, «aber ich verspreche dir, daß es nicht lange dauert. Bleib eine Minute sitzen und schau nicht hin.»

Prophet machte sich mit Schattenboxübungen warm, die seinen Kaftan flattern ließen. Dorian versuchte ein paar Grätschsprünge, bei denen er wie ein Hampelmann aussah, dann lehnte er sich erschöpft an den Wagen. Fish stand dabei und steckte sich eine Zigarette an.

«Weißt du überhaupt, wie man kämpft, Dorian?» fragte er.

«Tscha, Fish, es ist schon seltsam. Ich habe noch nie eine Frau gevögelt, und ich habe noch nie einem Mann eine reingehauen. Und soll ich dir was sagen? Ich glaube, ich habe beide Male was verpaßt.»

«Und du, Prophet?»

«In einer schwarzen Haut steckt immer ein geborener Kämpfer, Johnny. Hast du schon mal einen Boxkampf zwischen einem Bruder und einem weißen Weichei gesehen? Ein schwarzer Schwinger, und dem Weißen haut's den Kopf zur Seite wie einen Sack voll Scheiße.»

«Boxen hat mit einem echten Kampf gar nichts zu tun», sagte Lucky. «Gemessen an einem echten Zweikampf ist Boxen die reinste Schaumschlägerei. Nur damit du Bescheid weißt, Prophet: In meinem *Dojo* habe ich schwarze Männer fertiggemacht, in die du zweimal reingepaßt hättest. Weiße Männer sowieso. Jeder Boxer, der in einem freien Kampf gegen einen trainierten *Karateka* oder auch nur einen guten Ringer antritt, ist in zehn Sekunden erledigt.»

«Denk an die Biker», sekundierte Fish.

Dorian ging in die Mitte der Bucht. «Ich bin bereit, wenn du's bist, Malcolm.»

Sofort ging Prophet auf ihn los, drosch mit dem Elan des Ungeübten auf ihn ein. Dorian wich zurück, wobei er sich mit hilflos erhobenen Armen, so als wolle er grelles Licht abschirmen, vor den Schlägen zu schützen suchte. Mehrere Treffer durchbrachen den Schutzschild, und schon blutete seine Nase, schwoll seine Lippe an. Er versuchte, den Vorteil seiner Körpergröße auszunützen und Prophet an sich zu ziehen, aber die Hiebe prasselten gnadenlos auf ihn ein. Er stürzte, und Prophet warf sich auf seine Brust, ohne einen einzigen Trommelschlag auszulassen. Lucky verfolgte den ungleichen Kampf mit distanziertem Kennerblick, bis sie endlich einschritt und das Gemenge auflöste. Sie zog Prophet von Dorian herunter und verbannte ihn in sichere Entfernung. Dann beugte sie sich über Dorian, dessen Gesicht von einer fröhlichen roten Maske aus Blut bedeckt war. Ein Schneidezahn war ausgeschlagen, das linke Auge schwoll rapide zu. Lucky untersuchte die Wunden, tastete ihn mit ein paar schnellen Griffen ab und stand wieder auf.

«Nicht viel passiert», sagte sie zu ihm.

«Pfluh», japste Dorian. «Ich hasse die Menschheit. Ich hasse jedes einzelne Arschloch.»

«Die Arschlöcher werden sich geschmeichelt fühlen», sagte Lucky und drehte sich um.

Ein paar Meter entfernt tänzelte Prophet und markierte Scheinangriffe. «Die Rache ist mein, Baby!»

«Es ist vorbei», sagte Lucky. «Zurück ins Auto.»
«Spinnst du? Ich bin noch nicht mal richtig warm.»
«Ich sagte: Es ist vorbei.»
Prophet wollte protestieren, doch ihr Blick brachte ihn zum Schweigen. Er zuckte die Achseln, strich sich seinen Umhang glatt und stolzierte hocherhobenen Hauptes zurück zum Wagen.
Dorian saß erschöpft und verdattert am Boden und starrte ungläubig auf sein Blut. Lucky zog ein Papiertaschentuch heraus, kniete sich neben ihn hin und wischte ihm das Gesicht ab. «Du bist ein Idiot», sagte sie. «Und ein selbstgerechter Heuchler noch dazu.»
Er spuckte Blut. «Ich hab's nur für dich getan», protestierte er.
«Um so schlimmer», sagte sie und tupfte, ohne auf sein Wimmern Rücksicht zu nehmen, mit kräftigem Druck die aufgeplatzte Lippe ab. «Wenn du mein Beschützer wärst, dann säßen wir jetzt wohl beide in der Scheiße. Als Kämpfer bist du keinen Pfifferling wert.»
Er versuchte ein schwächliches Lachen, von Tränen unterfüttert.
«Wenn's dir darum geht, mich zu beeindrucken», fuhr sie mitleidlos fort, «dann kannst du dir die Mühe wirklich sparen.»
Er warf ihr einen einäugigen Blick zu. «Gibt es keine Hoffnung für uns?»
«Null», antwortete sie. «Ich bin eine Lesbe, schon vergessen? Die Frage stellt sich gar nicht.»
Plötzlich schrak er zusammen und kroch, rückwärts wie ein Krebs, auf allen vieren von ihr weg. «Scheiße. Verdammte Scheiße. O Gott, o Scheißescheiße*scheiße*!»
«Dorian, was –»

290/291

«Mein Gott!» Er rappelte sich keuchend hoch und starrte auf die blutigen Taschentücher. «Lucky, es könnte sein, daß ich HIV-positiv bin. Ich war noch nicht beim Test, aber alle meine Freunde in Oxford ...»

Sofort lief es ihr kalt den Rücken herunter, aber sie verlor nicht die Fassung. Sie inspizierte ihre Hände: Da waren keine Schnitte, keine Abschürfungen, nichts, wodurch sein Blut mit ihrem hätte in Kontakt kommen können. Ihr Pulsschlag beruhigte sich wieder. «Mir kann nichts passiert sein», sagte sie im Aufstehen, «aber ich sollte mal bei Prophet nachschauen.»

«Prophet», flüsterte er. «*Scheiße* ...»

Sie war kaum schneller beim Wagen als er.

«Prophet, steig aus, wir müssen etwas nachsehen.»

«Ich werde mich nicht entschuldigen», sagte er, während er aus dem Wagen kletterte. «Was ...»

Lucky untersuchte seine Hände. «Wir müssen irgendwo ein Waschbecken finden», sagte sie. «Ich kann nicht erkennen, ob er blutet oder nicht.»

«Dorian, was ist ... Oh, nein ... oh, *nein* ... nur das nicht!»

«Tut mir leid, Prophet, ich hab nicht dran gedacht –»

«Nicht dran gedacht? *Daran* nicht gedacht? Verdammt noch mal, Mann, ich sollte dir gleich noch eins verpassen!»

«Schhh», unterbrach Lucky, «hey, *hey*, mach langsam. Wir wollen uns nicht aufregen, okay? Dorian muß das Virus ja nicht haben, und wenn doch, dann ist überhaupt nicht sicher, daß er dich angesteckt hat.»

Prophet begann herumzulaufen, ruderte heftig mit den ausgestreckten Armen. «Das ist ja prima, wirklich prima», sagte er und schielte himmelwärts. «Was hab ich eigentlich getan, um das zu verdienen? Ich bin kein schlechter

Mensch. Ich *bin kein* schlechter Mensch!» Er umkreiste Dorian: «Mann, du bist eine *Gefahr*, ich meine, warum zum Teufel hast du dich nicht *testen* lassen?!»

«Weil ich», sagte Dorian, «solche Angst davor habe.»

«Das geht doch nicht. Du hast eine Verantwortung. Du zettelst Schlägereien an, du bist es den anderen schuldig, daß du –»

«Prophet, es reicht», sagte Lucky. Also, wir machen jetzt folgendes: Fish, kannst du fahren?»

Fish hatte das Geschehen schweigend verfolgt, im Gesicht einen Ausdruck, den Lucky nicht zu deuten vermochte. «So lala», antwortete er.

«So lala», murmelte sie. «Das war's nicht, was ich hören wollte, verdammt noch mal.» Sie fuhr sich durch die Haare, und ihr Blick blieb an Ariel hängen, die die anderen mit ernster Miene beobachtete.

«Dorian, gib mir den Schlüssel.»

«. . . Warum –»

«Weil ich im Augenblick keinem von euch mein Leben anvertrauen würde. Gib mir den Zündschlüssel.»

Er suchte in seinen Taschen. «Ich glaube, der Schlüssel steckt.»

«Gut.» Sie ging auf die andere Seite des Wagens. Ehe sie einstieg, sagte sie: «Ach, übrigens, meine Herren, ihr habt mir gerade ein perfektes Beispiel dafür geliefert, warum Frauen die Welt regieren sollten.»

«Warum? Weil Männer kämpfen?» schnaubte Prophet.

«Nein», lächelte Lucky. «Weil sie nicht wissen, *wie* man kämpft.»

Ein Stück weiter an der Interstate fanden sie einen Trucker-Rastplatz, wo Prophet und Dorian sich auf die Toiletten zu-

rückzogen, um sich zu waschen. Sie sprachen kein Wort dabei. Fish stand hinter ihnen wie eine Anstandsdame. Schließlich sagte Dorian: «Tut mir leid, Prophet. Was ich gesagt habe.»
Prophet seifte sich so heftig ein, als wolle er sich die Haut von den Knochen schrubben.
«Ich mein's ehrlich. Ich bin ... einfach so gefrustet, so, so ... erschöpft.» Er schielte hoffnungsvoll zu ihm hinüber. «Wie geht's deinen Händen?»
«Sobald wir in die nächste Stadt kommen», sagte Prophet, ohne ihn anzublicken, «gehen wir auf der Stelle ins erstbeste Krankenhaus, und du läßt dich testen, kapiert?»
Dankbar griff Dorian nach diesem Strohhalm der Vergebung: «Kann man so was machen?»
«Dauert nur fünf Minuten», schaltete sich Fish ein. «Sie pieksen dir in den Finger wie beim Blutzuckertest. Das Ergebnis ist sofort abzulesen.»
Dorian schluckte. «Aha ... Ja, klar, was sonst, das mach ich.» Er sah Prophet an, der sich umdrehte und ohne ein weiteres Wort den Waschraum verließ.
Dorian seufzte. Er drehte den Wasserhahn ab und betastete die verschiedenen Wunden in seinem Gesicht. «Und du, Fish», sagte er. «Wie geht's der Neurochemie?»
«Ich höre Geräusche, aus ganz weiter Ferne», antwortete Fish. «Glocken und Schlitten und eine Million lachender Stimmen. Mir scheint, sie kommen langsam näher.»
Dorian kicherte. «Ich kann's kaum erwarten.»

Die Krankenschwester an der Notaufnahme war von ihrem Erscheinen nicht sonderlich beeindruckt. Sie wies die Gruppe ins Wartezimmer und gab keinerlei Hinweis, wann Dorian mit seiner Untersuchung rechnen könne.

Sie nahmen auf einer Reihe weißer Plastikstühle Platz. Alte Exemplare der *Hexenjäger-Rundschau* und des *Amerikanischen Vivisektors* lagen auf einem Beistelltisch zur Lektüre bereit. Dorian füllte ein Formular aus, in dem unter anderem nach seiner Religionszugehörigkeit gefragt wurde. Er antwortete mit **Unbestimmt**. Als er zur Krankenversicherungsspalte kam, erfand er einen Namen und eine Versicherungsnummer, dann brachte er das Formular zum Schalter zurück. Die Krankenschwester quittierte den Empfang mit einem finsteren Blick und beschied ihn, weiter zu warten. Sie warteten. Ein um Luft ringendes Kleinkind wurde hereingetragen und sofort behandelt. Ein Mann mittleren Alters stand plötzlich im Raum und klagte über Kopfschmerzen; er wurde auf einem Rollbett weggefahren. Ein Sechsjähriger wurde hereingebracht, der wirres Zeug vom Schwanz eines gewissen Geryoneus redete; er bekam eine Zwangsjacke verpaßt. Sie warteten weiter.

An der gegenüberliegenden Wand, knapp unter der Decke, war ein Fernseher angebracht. Es lief MTV, und im Bild war gerade die Kultfigur Ithyphallus, das Wortungeheuer, das in einer Klinik für Geschlechtskrankheiten, von halbnackten Krankenpflegern umringt, einen Song zum besten gab. Es folgte ein Clip mit einem Schwarzen namens Cool Sly Ichabod, der mit einem Dutzend Schußverletzungen in einem Krankenhausbett lag und, von halbnackten Krankenschwestern umringt, ein Hoheslied der Mutterliebe anstimmte. Ihm folgte eine junge Frau, die sich über die genetische Ungunst beklagte, die ihr kleine Brüste eingetragen und sie dadurch fast in den Selbstmord getrieben habe. Nur die Verpflanzung von Fettgewebe **[das ich ohnehin loswerden mußte]** aus ihren Arschbacken hatte ihrer Büste den erwünschten Umfang und ihrem Selbstbewußtsein Auftrieb

gegeben, was sogleich durch das Auftauchen eines wissenden jungen Adonis an ihrer Türschwelle und die Andeutung der bevorstehenden Vereinigung beglaubigt wurde.
Überboten wurde dieser Spot vom nachfolgenden Auftritt eines ältlichen, nadelgestreiften Sprechers der Firma IBM oder Internationales Bestattungs-Management, der die Zuschauer davon in Kenntnis setzte, daß der Tod keineswegs der große Gleichmacher sein müsse, wenn man nur, kostengünstiger als erwartet, rechtzeitig eine Grabstelle in einem der weltweit achtundfünfzig exklusiven IBM-Luxusfriedhöfe reserviere. Als Grabdenkmäler stünde eine Auswahl von zweiunddreißig vorgefertigten Monumenten, darunter Nachbildungen des Tadsch Mahal oder des Eiffelturms, zur Verfügung, und für einen maßvollen Preisaufschlag von dreißig Prozent könne auch ein ganz persönlicher kleiner See (komplett mit Schwänen) rund um das Grab angelegt werden. Noch könne im Rahmen der Sonderaktion «Drei für zwei» zum günstigen Familientarif gebucht werden, ebenso sei es im Rahmen eines limitierten Sonderangebotes möglich, bereits verstorbene Verwandte aus weniger prestigeträchtigen Gottesäckern exhumieren und zum halben Preis auf einen IBM-Friedhof überführen zu lassen, was zwanglos zu . . .
. . . einem jungen Mann im weißen Laborkittel überleitete, der jedermann in Hörweite über eine brandneue Studie aufklärte, die bewiesen habe, daß bestimmte Meditationstechniken einen durchschnittlichen Kontostand binnen sechs Wochen verdoppeln konnten und daß die Visualisierung von Geld in der Tat der unfehlbarste Weg sei, es zu erwerben – vor allem dann, wenn man sich dabei der Anleitung durch eine Serie von sechs Videokassetten bediene, die für nur 99,95 Dollar pro Stück (500 Dollar für alle sechs) erhältlich

seien; leider jedoch nur (er klang betrübt) in streng begrenzter Stückzahl.

Es folgte ein Videoclip mit dem ewig glücklosen Grammy-Bewerber Ten Inch Tails, in dem ein schmerzgepeinigter Sänger mittleren Alters sich alle Kleider vom Leibe riß, um die Sternbilder zu enthüllen, zu denen sich blasenwerfende weiße Pusteln überall auf seiner Brust und seinem Bauch formierten. (Der Polarstern prangte auf dem Brustbein, das Siebengestirn wuchs unter die Armbeuge, Sirius hatte sich knapp über dem nicht mehr sichtbaren Schambein in eine Nova verwandelt.) Eins nach dem anderen brachte er all diese Geschwülste zum Platzen, bis sein ganzer Leib mit ockerbraunem Schleim bedeckt war.

«Ich hasse diese Band», rief Prophet. «Schalt mal um.»

Sie zappten sich durch den New-Age-Kanal (ein bärtiger Weißer im weißen Umhang legte einem an Bauchspeicheldrüsenkrebs Erkrankten Kiesel und billige Halbedelsteine auf den Bauch); den Militärkanal (Schwenk über die Ruinen einer zentralafrikanischen Hauptstadt endet auf Nahaufnahme eines hellhäutigen, kurzgeschorenen Reporters im roten Sporthemd, der neben einem Krater kniet und den Detonationsradius einer amerikanischen Bombe mißt); den Schlankheitskanal (Blick von oben auf einen Operationstisch, an dem ein kahl werdender weißer Chirurg gerade einen unappetitlichen Fleischklumpen aus der linken Hinterbacke einer weißen Frau entnimmt); den Kanal der National Rifle Association (Vergleichstest zwischen halbautomatischen Pistolen und Maschinenpistolen für das Anforderungsprofil des Eigenheimbesitzers); den Kanal der Republikaner (ein Tag im Leben von Gimp Toadflax, Sprecher im Repräsentantenhaus); den Geldkanal (der bekannte Steuerexperte Wick Shipley über die Absetzbarkeit von

Haus- und Schoßtieren); den Seancenkanal (ein grinsender, vollbärtiger Weißer versichert einer besorgten schwarzen Frau, daß ihr Reggie ihr dort oben treu bleibt); bis sie schließlich im Romanzenkanal landeten, wo gerade eine junge Blondine im durchsichtigen Negligé in einem schummrig beleuchteten Raum an den drahtähnlichen Brusthaaren eines doppelt so alten Mannes herumknabberte, der währenddessen unter Zuhilfenahme eines Handys telefonierte. Sie konnten sich nur für Sekunden an dieser Szene weiden, denn schon –

– erschien statt ihrer ein händeklatschendes nacktes Baby weiblichen Geschlechts auf dem Schirm, während ein männlicher Sprecher aus dem Off eine revolutionäre neue Windel anpries, dank welcher die Ausscheidungen des besagten Säugers künftighin geruchsdicht und sicher verwahrt seien. Die Botschaft wurde von einer Computeranimation untermauert, die ein Konkurrenzprodukt zeigte, das sich unter dem Ansturm virtueller Scheiße in tausend digitalisierte Fetzen auflöste –

«Dorian Bray?» fragte eine ältliche Krankenschwester in der Tür.

Er folgte ihr in ein kleines Zimmer mit zwei Liegen. Die eine war leer, auf der anderen ruhte, mit halbgeschlossenen Augen, die Leiche des Mannes, der vor einer halben Stunde über Kopfschmerzen geklagt hatte. Das Hemd war ihm ausgezogen worden; auf seiner haarigen Brust gerann eine Blutlache. Den Blick in grimmiger Faszination auf dieses Bild geheftet, nahm Dorian auf dem knisternden Plastikbezug der freien Liege Platz. Schmallippig maß die Schwester seine Temperatur und seinen Blutdruck, ohne ihn über das Ergebnis zu informieren. Dann ging sie wieder und ließ den Vorhang offen, der die beiden Liegen voneinander hätte

trennen können. Dorian zog selbst am Vorhang, aber vergeblich: Die Schiene war durch irgend etwas blockiert.
Zehn Minuten später betrat ein pummeliger weißer Techniker den Raum, der etwas schob, das wie ein Kleinkopierer aussah. «Sind Sie das mit dem EKG?» fragte er.
Dorian schüttelte den Kopf. Der Techniker sah sich die Leiche näher an und zuckte die Achseln. «Hoppla», murmelte er und rollte die Maschine wieder weg.
Eine halbe Stunde später, während welcher Dorian der Leiche beim Erbleichen zusah, erschien ein Mann fortgeschrittenen Alters in schlechtsitzender grüner OP-Kluft, der diesen Auftrag ganz offensichtlich unter seiner Würde fand. Wortlos warf er einen kurzen Blick auf Dorians Karteiblatt, um es dann sorgfältig abzulegen. Mit spürbarem Widerwillen legte er sein Stethoskop an Dorians Brust, und Dorian glaubte den Anflug eines hämischen Grinsens zu erkennen.
«Einen Aidstest brauchen wir?» sagte der Arzt mit einer Stimme, die wie ein rostiges Scharnier klang.
Dorian antwortete in seinem herablassendsten Oxfordenglisch: «Mir ist, als hätte ich dies bereits angegeben.»
Der Arzt wühlte in einer Schublade und zog schließlich ein kleines schwarzes Ding heraus, das einem Taschenrechner ähnelte. Dann streifte er sich zwei Paar weiße Einmalhandschuhe über die Finger und brachte eine frische Nadel zum Vorschein. Ohne Vorankündigung rammte er sie in Dorians Fingerspitze, preßte einen Blutstropfen heraus und strich ihn auf einen Papierstreifen ab.
«Schwul?» setzte der Arzt seine Konversation fort, während er den Papierstreifen in den Taschenrechner schob.
«Ist *Ihnen* etwa schwül?» entgegnete Dorian.
Der Arzt legte das schwarze Ding auf die Liege. Es hatte

einen kleinen LED-Bildschirm, auf dem **WARTEN** zu lesen war.

«Wenn hier ein Pluszeichen erscheint, sind Sie positiv», erläuterte der Arzt. «Ein Minuszeichen bedeutet negativ. Wegen der Bezahlung wenden Sie sich an die Schwester am Empfang.» Er verließ den Raum, ohne die Leiche eines Blikkes zu würdigen.

Wieder allein, umklammerte Dorian das kleine Gerät. Immer noch stand **WARTEN** auf dem Bildschirm. Nervös legte er das Ding wieder hin und ging im Zimmer auf und ab, wobei er, von der ungewohnten Nähe des Todes zermürbt, den Anblick der Leiche sorgsam zu vermeiden suchte. Dann trat er plötzlich direkt vor die andere Liege hin, wappnete sich mit dem Anschein wissenschaftlicher Neugier und begann, die Augenlider zurückzuschieben, die Starre der Finger zu prüfen, sich der seltsamen Empfindung eines Handgelenks ohne fühlbaren Pulsschlag auszusetzen (während sein eigener Puls raste). Er versicherte sich, daß er keine Angst vor dem Tod hätte, er doch nicht, er würde dem Tod ins Gesicht sehen wie dem nächstbesten Mann. Dieser Kadaver auf der Liege – na und! Die natürlichste Sache von der Welt, und . . . und Herr im Himmel, wie gut es sich doch anfühlte, am Leben zu sein und jung zu sein und noch nicht in die Jahre zu kommen, da man mit Herz- und Schlaganfällen und Alzheimer und all dem Scheißdreck rechnen mußte, der die Gegenwart von *älteren* Menschen so unheimlich machte, und . . . Er sprang fast an die Decke, als das Gerät mit einem kurzen Piepsen ankündigte, daß es bereit war, ihm sein Todesurteil zu verkünden, ihm zu bestätigen, daß er zum Wirt der winzigen Viren geworden war, denen die *älteren* Menschen irgendwie zu entgehen wußten . . . Er kniff die Augen zu, griff nach dem Gerät, verdeckte den

Bildschirm mit seinem Daumen und öffnete die Augen wieder. Er ließ den Daumen nach unten gleiten und wartete darauf, daß die Spitze eines senkrechten Kreuzbalkens erschiene: Ganz langsam, millimeterweise, ohne Eile rutschte der Daumen abwärts – und eine gerade, horizontale schwarze Linie wurde sichtbar, undurchkreuzt.

Gott sei Dank.

Plötzlich wurde ihm ganz schwach, er setzte sich einen Moment hin, und sein Herz hämmerte, nicht mehr vor Angst, sondern aus Erleichterung. Er ließ seinen Blick durch den Raum wandern und blieb an einem Regal voller weißer Pappbecher hängen.

Er steckte das Diagnosegerät in seine Tasche und nahm einen der Becher. Nach einem kurzen Blick zur Tür zog er den Reißverschluß herunter und pißte in den Becher, bis er fast voll war.

Mit dem Becher in der Hand marschierte Dorian zum Empfang zurück. Der Arzt, die ältliche Schwester und ihre Kollegin von der Aufnahme saßen rauchend hinter dem Schalter.

«HIV-positiv!» feixte Dorian. Mit einem großen Armschwung leerte er den Becher, dessen Inhalt sich über die drei Eingeborenen ergoß. «Und jetzt die gute Nachricht für euch blöde Provinzarschlöcher», fügte er hinzu, als die Begossenen aufsprangen. «Jetzt hat's euch auch erwischt.»

Seine Reisegefährten saßen noch im Wartezimmer. «Mir nach!» rief er und lief zum Ausgang.

«Dorian!» japste Prophet, während sie über den Parkplatz rannten. «Dorian, zum Teufel, was ist los –»

«Ganz ruhig, alter Knabe», sagte Dorian, als sie den Mustang erreicht hatten. «Es war nur ein Scherz. Ich bin so negativ, wie dein Schwanz lang ist.»

Voller Zweifel starrten sie ihn an, bis er seufzend das Diagnosegerät hervorzog und es Prophet in die Hand drückte. «Jetzt kommt», sagte er und wandte sich zum Wagen. «Machen wir, daß wir hier wegkommen.»

x

Um Mitternacht waren sie auf einer Landstraße in Richtung Westen unterwegs.

Das Verdeck war offen. Fish saß auf der Rücklehne der hinteren Sitzbank, fast schon auf dem Kofferraum. Er hielt die Arme weit ausgebreitet, wie gekreuzigt vom Wind, und hatte den Kopf in den Nacken gelegt, als empfinge er einen Segen. Abermilliarden von Wörtern offenbarten sich am Firmament als stumme Zeugen ihrer Reise. Außerhalb des Lichtkegels der Scheinwerfer verloren sich die schimmernden Umrisse von Feldern in der Dunkelheit.

«Hat in letzter Zeit mal jemand auf die Landkarte geschaut?» erkundigte sich Dorian.

«Egal, solange wir nur nach Westen fahren», sagte Lucky.

«Schon gut, ich dachte nur, daß vielleicht jemand anhalten will. Was mich betrifft, ich könnte noch stundenlang weiterfahren.»

«Am Horizont ist keine Stadt zu sehen», sagte Prophet, «aber hey, von mir aus können wir jederzeit anhalten.»

«Hier? Du meinst mitten auf freiem Feld?»

Prophet zuckte die Achseln. «Hier oder sonstwo, das bleibt sich gleich. Wir haben genug zu essen dabei. Es könnte ganz lustig werden.»

«Was sagen die Hinterbänkler?» fragte Dorian, zu den Rücksitzen gewandt.

«Mir ist es recht», antwortete Lucky. «Und du, Ariel?»

Ariel blieb zwar noch immer stumm, reagierte aber auf die

meisten Fragen zumindest mit einfachen Gesten. Jetzt lächelte sie ein wenig und nickte.

«Fish?»

«Gebt der Nacht ihre Macht zurück», sagte er.

«Ich nehme mal an, das bedeutet Zustimmung.»

Dorian fuhr in ein Stoppelfeld am Straßenrand und ließ den Wagen ausrollen. Er schaltete die Scheinwerfer aus. Nur eine sanfte Brise durchbrach die vollkommene Ruhe und Stille.

«Unendlichkeit, hm?»

«Unter freiem Himmel daheim», sagte Prophet. «Meint ihr, wir können ein Feuer anmachen?»

«Es ist eigentlich nicht kalt», sagte Lucky.

«Yeah, aber was ist mit der *Stimmung*? Wir sind beim Camping!»

«Also gut», sagte Lucky. «Aber du sammelst das Holz.»

Wenig später saßen sie rings um ein Lagerfeuer und ließen eine Flasche Rotwein rumgehen. Dorian enthielt sich, er zog Tartarus-Wodka und eine Schachtel Sugar Babies vor. Prophet tunkte Karotten und Sellerie in einen Napf mit Erdnußbutter. Lucky tat sich an Vollkornbrot und ungespritzten Nektarinen gütlich. Fish knabberte haushälterisch an einer Wassermelone. Ariel hatte bereits ein ganzes Grillhuhn verputzt und nuckelte jetzt an einer Riesenpackung Vanillecreme.

Nach einiger Zeit verschwand Fish in den Büschen. Er blickte zum Himmel empor, empor, empor und drehte, drehte, drehte sich, bis er fast das Gleichgewicht verlor. Er stellte sich vor, daß er abhob, daß er flog, daß sein Körper, vom Wind in purer Lust davongetragen, zu den Sternen entfleuchte. Angenehm betrunken, stolperte er bald und fiel auf den Rücken und spürte, wie sein Kopf in der Erde versank. Das Politbüro ergriff die Gelegenheit zur Vollversammlung, es trat aus dem Unterholz hervor, als hätte es seit Jahrhunderten dort gelauert und auf einen Augenblick wie diesen gewartet. Alle waren sie zur Stelle, Junge und Alte, Männer und Frauen, Säugetiere und Reptilien und Amphibien und natürlich alle nur denkbaren Kombinationen. In seinem besäuselten Zustand brachte Fish ihre Namen nicht zusammen: Es waren Tausende und Abertausende, eine endlose, aufgewühlte Masse, die sein ganzes Gesichtsfeld einnahm.

«Fishy!»

«Gluckgluck!»

«Rat mal, wer wieder da ist, altes Wrack!»

Ein schwebender Kopf ließ sich auf seiner Brust nieder, ein kahler weißer Kopf mit dicken Brillengläsern und einem winzigen Mundschlitz und ganz ohne Augen. Fish erinnerte sich nur zu gut an diesen nominellen Vorsitzenden der Versammlung.

«Wichtige Themen heut nacht, was?» sagte der Kopf. «So viele Sterne. Was die wohl alle bedeuten?»

«Die großen Fragen! Die großen Fragen!» kicherte der Chor, überzirpt von fiebrigem Gelächter.

«Hü und hott und hü und hott», sagte der Kopf. «Und was ist heute nacht dein Standpunkt? Gibt es Gott, oder gibt's ihn nicht?»

«Weiß nicht», sagte Fish. «Was meinst du?»

«Ah, jetzt willst du's aber wissen», sagte der Kopf. Der Chor gickerte, und ein Stachelschwein schlug sich kreischend in die Büsche, nachdem ein dicker Zirkusclown mit den Ohren eines Bluthunds seinen Schwanz angezündet hatte.

«Wir wissen die Antwort!» johlte der Chor. «Aber du nicht! Du nicht!»

«Machen wir unserem Kretin doch den Prozeß», sagte der Kopf. «Das ist längst überfällig. Jeder von uns ist das Opfer eines Mordversuchs. Gut, ich bin der Richter. Aber wir brauchen noch einen Inquisitor. Wer will . . .?»

«Ichichichich!» quiekte es aus Dutzenden von Kehlen, und ein wildes Gedrängel begann. Es war offensichtlich, daß der Kopf großes Ansehen genoß. Er seinerseits unterzog die Bewerber einer eingehenden Prüfung, ehe er sich für eine zwergwüchsige Hexe entschied, deren funkelndes Haar in der Dunkelheit leuchtete wie eine Eruption tanzender Partikel.

«Schwörst du, die Wahrheit zu sagen, die ganze Wahrheit und nichts als die Wahrheit, so wahr dir Stelazin helfe?» fragte sie.

«Vielleicht», sagte Fish.

«Reicht nicht! Reicht nicht!» geiferte der Chor. Ein Schwarm weiser Insekten ging auf ihn nieder, fußlange Wespen und Libellen und Hummeln, die um sein Gesicht summten und in seine Nase hinauf und in seine Kehle hinunterschwirrten, bis er kapitulierte. Diejenigen, die bis in seinen Magen vorgedrungen waren, mußten daraufhin wieder ausfliegen und die vorgeschriebenen Positionen zwischen ihren Kollegen einnehmen.

Sie hatten ihn jetzt umringt. Ein Heer von Wanderameisen begann rund um seinen Körper zu patrouillieren.

«Sehr gut», sagte der Kopf. «Du kannst fortfahren.»

«Frage Nummer eins», sagte die Hexe. «Gibt es Gott?»

Fish überlegte. «Na ja», sagte er, «meinst du im wörtlichen Sinn oder rein metapho –»

«Neinneinnein», schrie sie. «Es ist eine einfache Frage. Es ist die einzige Frage auf der Welt, und sie hat nur eine Antwort. Gibt's ihn, oder gibt's ihn nicht?»

«Ja», sagte Fish, der sich in die Enge getrieben fühlte.
Vielstimmiges Geheul.
«Beweise?» hechelte die Hexe. «Beweise?»
«Ich glaube, der Bursche ist ganz durcheinander», sagte ein alter Yorkshire-Mann in Tweed.
«Er hat sich völlig verrannt», sagte der Kopf. «Man kann förmlich hören, wie sein Hirn all diese alten Nüsse zu knakken versucht: den kartesianischen Dualismus, Kants ontologische und kosmologische und teleologische Beweisführung, die weder so noch so das geringste gebracht hat (daher auch Nietzsches Aphorismus). Nehmen wir die Newtonsche Physik dazu, dann hat er noch nicht einmal das achtzehnte Jahrhundert hinter sich gelassen! Erbärmlich.»
«Er ist einfach sentimental», schlug eine Riesenheuschrecke vor, die ihre Fühler über dem Kopf verknotet hatte. «Du weißt schon, diese alten, träumerischen Argumente, die den Romantiker und den Puritaner gleichermaßen ansprechen. Nenn es Angst, nenn es Wunscherfüllung im freudianischen Sinn. Mir scheint, die Wurzel der Probleme unseres gescheiterten Benediktiners ist bei Aquinas zu finden – einigen der unlogischsten und wertlosesten Schriften, die je verfaßt wurden, wenn ihr mich fragt. Feuer ist der Ursprung der Hitze, daher ist Gott der Ursprung alles Guten. Was für ein Mist.»
«Ist das so?» fragte der Kopf. «Steckst du noch immer so tief im Gestern, Fishy-Fishy?»
«Jesus, ich hab doch nicht mit der Inquisition gerechnet», japste Fish.
«Jesus kam vor die Inquisition», bemerkte die Hexe, «und dann hatten seine Jünger ihre Rache, so wie hier. Aber du solltest uns besser kennen, Fish. Wir sind die Inquisition, und wir werden's immer sein. Egal, zurück zu unserem

Thema. Warum machen wir nicht mit Jesus weiter, und wie Paulus die Sau rausließ.»

«Pfüüüüh!» sagte die Heuschrecke verächtlich. «Moses ist schuld. Ach, zum Teufel – *Abraham* ist an allem schuld.»

«Man kann tatsächlich wenig zugunsten des Monotheismus anführen», pflichtete die Hexe bei, «ja, ich halte ihn sogar für die meistüberschätzte menschliche Entwicklung seit der Erfindung des Selbstbewußtseins. Ein Aberglaube mit einem menschlichen Gesicht. Einem weißen Männergesicht, so unglaublich das klingen mag. Den Heiden fehlte vielleicht der große Wegweiser, aber dafür wußten sie, wie man sich eine schöne Zeit macht.»

«Einfach göttlich», sagte der Yorkshire-Tweed. «Köpfe abschlagen, nackt herumtanzen, rammeln wie die Karnickel.»

«Die gute alte Zeit», seufzte der Kopf.

«Als Frauen die Macht hatten», sagte die Hexe.

«Na ja, aber der Monotheismus hat immerhin die moderne Gesetzgebung hervorgebracht», warf ein in Hermelin gekleideter Adeliger ein, dessen linkes Auge von einem Speer durchbohrt war.

«Und die Rechtsanwälte», schnaubte der Kopf. «Gut, fahren wir fort. Ich weiß nicht recht, ob ich als nächstes den logischen Positivismus ansprechen soll –»

«Nein, nein, nein, vergiß die alten Narren», fiel ihm die Heuschrecke ins Wort. «Das ist nur eine Bande von Philosophen, die Naturwissenschaftler spielen. Für sich genommen ganz vernünftige Leute, aber ziemlich überflüssig und nach dem Aufkommen der Quantenmechanik ganz und gar veraltet. Fang mit Darwin an und mach dann den Sprung zu Einstein und Bohr und Heisenberg und Dirac. Ich glaube, für unsere Zwecke hier können wir uns Maxwell und Dalton und Rutherford sparen, oder?»

«Augenblick mal», sagte die Hexe. «Ich dachte, ich bin hier die Inquisiteuse.»
«Du hörst dich nur gern reden», sagte die Heuschrecke. «Und im übrigen gibt es das Wort gar nicht –»
«Blödsinn», keifte sie. «Was weißt *du* schon von Quantenmechanik?»
«Friede, Friede sei mit uns», beschwichtigte der Kopf. («Er sei mit uns allen», murmelte der ganze große Chor wie auf Kommando.)
«Worauf ich hinaus will», sagte die Heuschrecke, «ist, daß die Positivisten in der Arena des Geistes praktisch keine Rolle spielen. Es geht mir nur darum, die Spreu vom Weizen zu trennen.»
«Wir nehmen es zur Kenntnis», sagte der Kopf.
«Dann kann ich fortfahren?» fragte die Hexe. «Gut, also, wenn wir Kopernikus und Darwin und Einstein zusammennehmen, dann haben wir das Alte Testament mit einem einzigen Streich aus den Angeln gehoben –»
«Schon gut, *das* kann ich unterschreiben», fiel ihr die Heuschrecke ins Wort, «aber Ehre, wem Ehre gebührt: Aristarchos von Samos war der erste Heliozentrist, zweitausend Jahre bevor Galileo und Kepler und der gute alte Nicki K. sich damit aufplusterten. So was nennt man Beschiß.»
«So geht's eben zu im Showbiz», sagte der Kopf. «Denk an den armen Boethius im Kerker. Glaubst du, von denen hat jemals einer Klage eingereicht?»
«Können wir bei der Sache bleiben?» sagte die Hexe. «Ich meine, können wir uns wenigstens darauf einigen, daß das Alte Testament Geschichte ist?»
«Du meinst, es ist Geschichte, ohne geschichtlich zu sein?» sagte ein Rhinozeros, dessen Horn mit einem Brillantring gepierct war.

«Sehr gut, setzen», sagte der Kopf. «Das Alte Testament ist also erledigt. Wie steht's mit dem Neuen?»

«Wenn diese vier Schwachköpfe als Zeugen der Verteidigung aufmarschieren», sagte die Heuschrecke, «dann lacht sich der Staatsanwalt ins Fäustchen. Und der Angeklagte hat sein Todesurteil in der Tasche.»

«Warum soll dann Abraham an allem schuld sein?» sagte der Hermelin. «Ist Paulus nicht ebenso belastet?»

«Ganz meine Meinung», sagte der Kopf. «Die Geschichte ist keine Fußnote zu Platon und Aristoteles. Sie ist eine *idiotische* Fußnote zu Paulus.»

«Ganz zu schweigen von Johannes», sagte der Tweed. «Offenbarung – und alles offen.»

«Habe ich eigentlich schon erwähnt», sagte die Heuschrecke zur Hexe, «hab ich jemals erwähnt, daß ich deine Muschi meilenweit riechen kann?»

«Ha!» bellte sie, «darauf läuft's also hinaus, ja?»

«Es ist schon ein köstliches Fötzchen, das stimmt», sagte der Hermelin.

«Ich frage mich manchmal», sagte der Tweed, «ich frage mich, ob wir nicht die großen Fragen anderen überlassen sollten, um unsere Aufmerksamkeit etwas Wichtigerem zuzuwenden.»

«Dem Ficken?» lächelte der Kopf.

«Ficken?» gickerte der Chor. «Er hat Ficken gesagt!»

«Tja», errötete der Tweed, «ich hätte es . . . nicht *ganz* so direkt –»

«Jeder hat nun mal 'ne Meinung», sagte die Heuschrecke, «genau wie jeder ein Arschloch hat. Und alle stinken.»

«Jetzt ist es aber an der Zeit, wieder etwas von unserem Angeklagten zu hören», sagte die Hexe. «Vielleicht kann er uns erklären, welchen Gott er überhaupt gemeint hat.»

«Und warum er bei diesen überlebten Mythen Zuflucht sucht», sagte der Kopf. «Damit demütigst du dich selbst, alter Freund. Daß die meisten zu beschränkt sind, um die völlige Sinnlosigkeit des Universums zu erkennen, gibt dir noch nicht das Recht, dich mit Beruhigungsmitteln zuzuschütten und uns ganz zu vergessen. Wir hätten dir all das ersparen können, wenn du uns nur gelassen hättest. Warum hast du dich gegen uns gewehrt? Wir sind schließlich und endlich das einzige, was du hast.»
«Ja, warum, Fishy-Fishy?» gurrte die Hexe. «Hat der kleine Fishy immer noch Angst vorm *Ster-ben*?»
«Eins muß man ihm aber lassen», meinte die Heuschrecke. «Zumindest hat er die Quantenphysik nicht zu irgendeinem New-Age-Mist verdreht. Ich wünschte manchmal, Dirac hätte diese verdammte Gleichung nie aufgestellt und Niels Bohr wäre ins Hotelmanagement gegangen.»
«Ja, ja, die ganze Verschwörung von Pop und Psycho», schnaubte der Kopf. «Als ob die Geheimnisse des Lebens in Taschenbuchbestsellern verborgen wären.»
«Also gut!» schrie Fish, «also gut: Er existiert nicht! Er existiert *nicht*! Und jetzt laßt mich in Ruhe.»
«All deine Alpträume sind wahr geworden», flüsterte ihm der Kopf vertraulich zu, in grimmigem Triumph. «War es denn so schwer, das zu akzeptieren? Hör auf, dich gegen uns zu wehren. Du bist nichts, du bedeutest nichts, und dir war nie vorherbestimmt, auch nur die geringste Bedeutung zu erlangen. Es sei denn, *wir* wollen es so. Und daß du mich nicht enttäuschst, Fish! Diese Medikamente, die du eingenommen hast – nimm sie nie wieder, oder ich sorge dafür, daß du allen, die du liebst, etwas Schlimmes antust. Und schlag dir auch alle anderen albernen Ideen aus dem Kopf, wie zum Beispiel, Buddhist zu werden. Verdrängung funk-

tioniert nicht. Das Nirwana ist eine Häresie. Ich werde jeden deiner Schritte verfolgen.»
Er schwebte ein Stück weit empor und wandte sich an die anderen. «Hey, alle mal herhören», rief er. «Kommt ihr zum Abendessen zu mir?»

«Schläft sie?» fragte Dorian mit einem Blick auf Ariels hingestreckte Gestalt. Er hatte die erste Wodkaflasche geleert und war bereits mitten bei der zweiten.
«Glaub schon», sagte Lucky, die eine weitere Weinflasche entkorkte. «Weißt du was? Ich bin schon ewig nicht mehr so besoffen gewesen, nicht seit – seit –» sie dachte angestrengt nach «– dieses eine Mal, da war ich etwa zehn, am Abend des keltischen Maifests, aber – ich glaube nicht, daß ich da *so* besoffen war –»
«Tscha, das muß man feiern», sagte Dorian, der auch betrunken war, aber nicht *so*, und der nur an eins dachte: daß er ihr binnen einer Stunde das Hirn weichvögeln würde. Er rappelte sich hoch. «Laß uns einen Spaziergang machen.»
Sie warf ihm ein wissendes, leicht sabberndes Lächeln zu. «Damit du mich in die Nacht verschleppen kannst?»
«Genau.»
Sie brauchte eine halbe Minute, um aufzustehen. Als sie es geschafft hatte, fiel sie wieder um, wobei sie Wein verschüttete. Kichernd lag sie mit dem Gesicht nach unten auf dem Boden.
«Komm schon», sagte Dorian und griff ihr unter die Achselhöhle, um ihr aufzuhelfen. Selbst diese Berührung genoß er, als sei damit bewiesen, daß auch Lucky aus gewöhnlichem Fleisch und Blut bestand. Beide standen einen langen Augenblick schwankend da, dann ließ sie sich in seine Um-

armung fallen. Er hielt sie aufrecht; seine Daumen streiften ihre Brust. Sie nahm einen tiefen Zug aus der Flasche und machte sich, noch immer kichernd, von ihm los.

«Hört mal», sagte Prophet, der noch immer auf seinem Laptop herumhackte. «Wenn ihr unbedingt 'ne Nummer schieben wollt, dann schiebt gefälligst ab.»

«Schau ihn dir an», sagte Dorian mit verschwörerischer Stimme zu Lucky. «So sieht unser nächster Präsident aus.»

Prophet schielte seufzend zu ihnen hoch. «Wißt ihr was», sagte er. «Mir ist es egal, ob Lucky Muhammed Ali auf die Bretter schicken kann. Noch zwei Sekunden, und ich trete euch beiden in den Hintern.»

«Ich glaube, wir gehen besser», sagte Dorian *sotto voce* zu Lucky.

Sie bot ihm geziert ihre Hand. «Führ mich, aber bilde dir bloß nichts ein ...»

«Nicht doch, nicht doch, du ziehst voreilige Schlüsse. Platon sagt –»

«Platon hatte nur Kacke im Kopf.»

Sie bahnten sich ihren Weg in die Dunkelheit, gingen eine Zeitlang schweigend, und für ihn bestand die Welt nur noch aus Wind und Sternen und Erde und vor allem ihrer Hand in der seinen. Erst als das Lagerfeuer bloß noch ein ferner Lichtpunkt war, sprach er wieder. «Was denkst du eigentlich über das alles?»

«Ich denke, ich muß bald kotzen.»

«Nein, das hab ich nicht gemeint. Ich meine diese ganze Reise. Die merkwürdige Art, wie wir alle zusammengefunden haben.»

«... Ich denke, ich muß bald kotzen.»

Er schüttelte ihre Hand ab, plötzlich verärgert. «Verdammt noch mal, das ist *wichtig*. Kapierst du nicht, daß – daß sich ein Häufchen sogenannter Erwachsener niemals auf diese Weise zusammengetan hätte? Es ist ein Bekenntnis zur Macht der Jugend.»

«Oder zur Macht des Wodkas.»

Er wurde laut vor lauter Wut: «Warum, zur Hölle, kannst du mich nicht *einmal* ernst nehmen?»

Sie begann so heftig zu lachen, daß sie fast zu Boden ging. «Sag mir eins, Dorian», japste sie, «sag mir, was du an dir hast, das irgend jemand jemals ernst nehmen könnte.»

«Weil ich ein Philosoph bin! Weil –» er gestikulierte ratlos «– weil *ich* Sachen weiß, die niemand sonst weiß!»

«Ah-*haaa*», sagte sie und hob sokratisch den Zeigefinger. «Und was sind das für Sachen? Raus damit, ich flehe dich an!»

«Also gut», sagte er, ohne ihre Ironie zu bemerken. «Nimm zum Beispiel die alten Klischees über die Jugend. Du weißt schon, schnell leben, jung sterben, eine schöne Leiche abgeben.»

«Damit wir dich im Schneewittchensarg ausstellen können, wie Lenin?»

«Hör mir doch zu, verdammt. Worauf ich hinaus will, ist die Idee der verlorenen Unschuld, die Idee, daß nur der Ruhm, abgesehen vom Wahnsinn, diese Unschuld erhalten kann. Die Idee, daß Ruhm und Jugend eng verschwistert sind, daß sie einander ergänzen – was ist denn jetzt schon wieder?»

Sie war abermals in Gelächter ausgebrochen. Sie nahm noch einen Zug aus der Weinflasche, ehe sie antwortete. «Dorian», nuschelte sie, «ich geb mir jetzt echt Mühe, etwas Ernsthaftes zu sagen, okay? Nur, nur 'ne Minute Zeit mußt du mir geben.» Sie unterbrach sich, bis sie wieder ruhiger atmete. «Okay, jetzt kommt's. Dorian, ich glaube – ich glaube, daß ich jetzt wirklich *ganz bald kotzen* muß.»

Er trottete ins Dunkel davon. Sie sah ihm einen Augenblick lang nach, dann stolperte sie hinterher. «Na, *komm* schon, Dorian, ich meine, wie kann man was Wichtiges zu sagen haben, wenn man dermaßen betrunken ist?»
Er ging weiter, sah sie nicht an. «Die größten Weisheiten auf Erden», bemerkte er, «werden uns von Trunkenen verkündet. Nur bei ihnen kommt die Wahrheit ans Licht.»
«*Uuuh*, wie *tiefgründig*, ist das etwa einer von diesen, von diesen – Scheiße, wie nennt man die Dinger?»
«Aphorismen?»
«... Nein, ich meine ... verdammt noch mal, wie *heißt* das gleich wieder ...»
«Herr im Himmel, was bist du blöd.»
«... Ach, *tatsächlich*? Tja, Mister Schlaumeier, dann hör dir mal folgenden Afroismus an.»
Er blickte sie an. «Welchen?»
«*Meine* Philosophie ist, daß man höllisch aufpassen sollte, was einem die Leute in diesem Leben verkaufen wollen, ganz egal, ob's um Kochtöpfe oder Kultur oder speziell um Mythen geht. Verlaß dich niemals auf das, was sie dir sagen. Alles hat seinen Preis, und du zahlst nicht nur mit Geld. Das ist meine Meinung.» Sie fing wieder zu lachen an. «Herrgott, hab ich das eben alles gesagt?»
«Was du gesagt hast, war platt. Los, gib mir einen Schluck Wein.»
Sie hielt die Flasche so, daß er nicht rankam. «Finger weg, das ist meiner. Und es war nicht platt. Es hat sich höchstens so angehört, weil du deine ganzen verdammten Phantasien reinprojiziert hast. Und weil ich, im Gegensatz zu dir, nicht mit meinen Gedanken hausieren gehe und sie den Leuten um die Ohren schlage. Dafür kann ich mich bei meiner Mutter bedanken, für diese – diese *Gabe*.»

«Weil sie schwachsinnige Ansichten hatte?»
«Weil sie denkt, daß Gott einen Tampon trägt und keinen Schwanzhalter. Weil sie denkt, daß Männer belanglos sind. Weil sie denkt, daß Frauen sich von der Welt isolieren und alles ignorieren können, was in ihr vorgeht. Und weil sie all das, was sie behauptet, gar nicht wirklich glaubt. Es ist ein Schutzwall.»
«Ah», sagte Dorian. «Mir scheint, wir haben einen wunden Punkt berührt. Sehr gut.»
Aber sie hörte ihn nicht: Sie starrte zum Himmel empor und hatte das Gefühl, sie wäre die Achse, um die sich das Universum dreht. «Herrgott, wie ich sie hasse», flüsterte sie.
«Aber Männer magst du auch nicht.»
Sie kippte den letzten Rest des Weins hinunter. «Dorian», sagte sie langsam, während ein Schmerz durch ihren Kopf zuckte und das Universum sich immer schneller zu drehen begann, «ich hasse Männer und Frauen gleichermaßen, okay?»

Nach einiger Zeit gelangten sie an das Ufer eines kleinen Sees, in dem sich die Sterne leuchtend spiegelten, und sie machten sich daran, ihn zu umrunden. Eine Weile ließ er die Stille auf sich wirken, dann sagte er: «Daß du eine Lesbe bist – ist das deine Entscheidung oder die deiner Mutter?»
Sie zuckte zusammen, dann merkte sie, daß seine Frage ohne Hintersinn war. «Ach, Dorian, wer weiß. Es fällt mir schwer, darüber zu sprechen. Es geht nicht so sehr darum, ob man eine Lesbe ist, sondern – ich meine, da steckt mehr dahinter . . . Laß mich mal so sagen: Im Augenblick brauche ich einfach Frauen. Die Politik dahinter, die ganze Lesbenbewegung, kann mir gestohlen bleiben, dieses ‹Alles, was ich tue, hat eine lesbische Dimension› oder ‹Alles Private ist

politisch›. Es ist doch viel komplizierter, ich meine, ich folge meinen Gefühlen, und dann – ach, ich *weiß nicht*, was dann. In zwanzig Jahren bin ich vielleicht eine treusorgende Ehefrau mit zehn Kindern, oder ich bin der kesseste Vater der ganzen Ostküste. Ich weiß nicht, ob ich so geboren oder so geworden bin, und ich scheiß auch drauf, ich meine, warum muß das überhaupt ein *Thema* sein?»

«Weil ich dich umwerfend aufregend finde und weil ich ein Verlangen habe, das kannst du dir gar nicht vorstellen . . .»

Sie ließ seine Hand los und blieb stehen. Seine Gesichtszüge waren in der Dunkelheit nicht auszumachen, und das gleiche mußte theoretisch auch für die ihren gelten. Trotzdem fühlte sie sich plötzlich unwohl. Sie wandte ihm den Rücken zu und blickte über den See hinaus.

«Warte, laß mich ausreden», sagte er. «Und versuch bitte, diese – diese ganze klebrige Gefühligkeit zu überhören, die ich gleich absondern werde, ja? Sei nachsichtig mit mir.» Er atmete tief durch. «Die Sache ist nämlich die, daß diese Reise das tollste ist, was mir seit meiner Ankunft in diesem Land passiert ist, und ich gewöhne mich allmählich daran. Es fällt mir schwer, der Tatsache ins Auge zu sehen, daß in ein paar Tagen alles vorbei sein wird. Ich möchte etwas Bleibendes für mich herausziehen, ich will diese Reise zu meinem Leben machen.»

Es folgte ein langes Schweigen.

«Lucky?»

«Ich glaube, Dorian, dein Problem ist, daß du tief drinnen verdammt sentimental bist.»

«Und? Warum soll das verkehrt sein?»

«Vielleicht, weil es so gefährlich ist. Vielleicht auch, weil . . . weil es so etwas Mythisches hat.»

«Du lieber Gott. Gibt's denn gar nichts bei dir, was nicht der Dekonstruktion zum Opfer fällt?»

«Ich glaube nicht an Mythen. Das sind alles Klischees.»

«Na ja, aber geht dabei nicht auch etwas Lebenswichtiges verloren?»

«Ganz im Gegenteil. Du siehst die Dinge viel klarer.»

Sie spürte mehr, als daß sie es sah, wie seine Hände hinter ihr ärgerlich umherflatterten. «Zum Teufel», krächzte er, «ich bin nicht einfach nur sentimental, ich bin *authentisch*. Verstehst du denn nicht, was hier abläuft, hier, jetzt, in diesem Moment, es ist – Herrgott noch mal, es ist so wirklich und so echt, wie's nur sein kann, ich meine, was gibt's denn sonst noch im Leben? Nur Abklatsch, nur Fassade, nur, nur . . . Du sagst, du – folgst deinen Gefühlen, und ich, nun gut, ich folge auch nur meinen Gefühlen. Du bist das hübscheste Mädchen, nein, die schönste *Frau*, die ich jemals gesehen habe – wie schmeckt dir dieses Klischee? Ich meine, hat schon mal irgend jemand so was zu dir gesagt?»

Sie blieb stumm, und die Sterne wurden immer verschwommener, je länger sie ins Wasser starrte.

«Ich will dich noch was fragen: Hast du jemals jemanden geliebt? Hältst du es für *möglich*, jemals jemanden zu lieben, im romantischen Sinne, mein ich.»

Eine volle Minute verstrich, bis sie ihre Stimme wiederfand, eine schwache Stimme tief unten in der Kehle, kaum mehr als ein Flüstern, das leise, aber ohne zu zittern die Lügen artikulierte, aus denen die Wahrheit bestand: «Um deine drei Fragen zu beantworten: Nein. Nein. Nein.»

Unbeirrt trat er hinter sie, legte seine Hand leicht auf ihre Schulter. Sie zuckte bei der Berührung zusammen, entzog sich ihm aber nicht.

«Du redest immer mit mir, als wäre ich ein Kind», sagte er

ruhig. «Wahrscheinlich hast du recht, wenn man bedenkt, wie ich mich aufgeführt habe und, und – tscha, es ist gar keine Frage, daß andernfalls ... Aber ich habe alles, was ich gesagt habe, auch so gemeint, und ... und ... Ach, zum Teufel, das wird mir noch leid tun –» Sie spürte, wie sie plötzlich um hundertachtzig Grad herumgerissen wurde und wie sich seine Lippen, hungrig und ganz ohne Zögern, auf die ihren preßten. Sie erstarrte, und ihre erste Regung war, das Erlernte anzuwenden und ihn mit ein paar gekonnten Griffen in den See hinaus zu befördern. Schon hatten ihre Hände die Angriffspunkte ertastet, bereit, ihn in die schmerzhaftesten Verrenkungen zu zwingen. Wenn er es merkte, so zeigte er es nicht, baute statt dessen seinen Vorteil aus, schlängelte seine Zunge neben ihre, ließ eine Hand zu ihrem Hintern hinuntergleiten, um sie an sich zu ziehen, bis ihre Geschlechtsteile sich aneinander rieben. Ihre Muskeln gaben nach; sie fühlte sich von einer seltsamen Lähmung übermannt, einer merkwürdigen Trägheit des Körpers und der Seele, und während dieses Augenblicks der Wehrlosigkeit glaubte sie, einen langsam dahinströmenden, sanften Fluß hinabzutreiben, bewegungslos, so sicher in der Strömung aufgehoben, daß sie keinerlei Neigung zum Widerstand in sich verspürte.

Dorian zog sich zurück, als wäre sein Mut plötzlich verbraucht.

«Du küßt sehr gut», sagte sie ruhig.

«Was? Ach so, na ja, die alte Oxford-Schule, ich –»

«Komm schon.»

«Wie bitte?»

Sie ließ seine Hand los, trat einen Schritt zurück und zog sich das Kleid über den Kopf. Dann watete sie ein paar Meter ins Wasser hinaus und wandte sich lächelnd zu ihm um.

«Kommst du mit rein? Oder willst du stehenbleiben und glotzen?»

Sein Blick verharrte auf den elegant geschwungenen Brüsten, tastete sich dann über einen glatten, weißen Bauch hinunter zu dem schemenhaften Haarvlies, unter dem die Spalte zu erahnen war. Ihm stockte der Atem.

«Mach schon, zieh dich aus. Ich ficke gern im Wasser.»

Und weg war sie, untergetaucht im Silbergekräusel des Mondlichts, um zehn Meter weiter draußen, umgeben von einem Heiligenschein funkelnden Wassers, wieder aufzutauchen. Er zerrte sich hastig Schuhe, Socken, Hemd und Hose vom Leib, hielt jedoch, wie in einem Hollywoodfilm, vor den Boxershorts inne. Unsicher watete er ins Wasser hinein, das seine Waden warm umspülte. Er fand keine Worte für seine Verlegenheit, aber sie kam ihm zu Hilfe.

«Macht nichts, Dorian. Wenn du die Wahrheit wissen willst: Ich finde, Männer mit Erektionen sind der interessantere Anblick. Aber falls dir dabei nicht wohl ist, werde ich die Augen zumachen, bis du im Wasser bist. Oder du könntest rückwärts reingehen.»

Er lachte. «Ich bin so ein Idiot», sagte er, streifte die Boxershorts ab und gönnte ihr einen kurzen, prüfenden Blick, ehe er nach vorne wegtauchte. Er schwamm hinaus zu der Stelle, wo sie ihn erwartete, wo seine Füße Grund suchten, als ihre stützende Umarmung ihn bereits umschloß, als seine Haut mit einem Stromschlag ihre Haut berührte und sie sich unteilbar verklammerten, das Gleichgewicht verloren und sich der Tiefe überließen, mit unverwandt aufeinandergepreßten Lippen unter den Wasserspiegel schnitten, ihrem unmerklichen Versinken keinen Widerstand entgegensetzten, während Luckys Beine sich um seine Hüften schlangen und seine Hände abwärts glitten, um ihnen Halt zu geben, und sein Schwanz sich in sie einnistete und seine Hüften schon mit instinktiven Stößen in die köstliche Enge begannen. Ihre Körper trieben wieder an die Oberfläche, und sie lenkte sie, ohne die Vereinigung zu unterbrechen, ins flachere Wasser, bis sie sich schließlich auf dem Strand niederließen, wo sie mit noch größerem Begehren zueinanderfanden, während die Wellen über ihnen schäumten und sie endlich übertönten.

x

Prophet saß vor dem Laptop und sah seine E-Mail durch. Da war ein Brief von Gyeppi, der ihn anwies, vorerst keine weiteren Bombendrohungen mehr abzusetzen und die Unruhen ihrer Eigendynamik zu überlassen. Er fühlte sich erleichtert. Auch wenn Russell Chunks Fernsehauftritt seinen Stolz gekitzelt hatte, war er doch im höchsten Grad beunruhigt angesichts der prompten und drastischen Folgen, die seine Faxe gezeitigt hatten – genau der Folgen, ironischerweise, die er erhofft hatte. Sein Platz in der Kausalitätskette kam ihm irgendwie unwirklich vor: Die Verbindung zwischen seinen Drohungen und Chunks Pressekonferenz schien ihm kaum nachvollziehbar, erinnerte ihn an Matheaufgaben, die weniger durch logische Herleitung als durch intuitive Gedankensprünge gelöst wurden und den Tadel des Lehrers nach sich zogen, weil Lehrer unkonventionellem Denken grundsätzlich mißtrauen. Es lag etwas Bedrohliches darin, über solche Macht zu verfügen, und wenn er darüber nachdachte, fühlte er eine leise Übelkeit in der Magengegend aufsteigen.

Auch die Reise nach Westen blieb nicht ohne Wirkung auf ihn, in anderer Hinsicht. Er spürte, daß die Gesellschaft seiner vier weißen Reisebegleiter – darunter ein Mädchen, das er liebte – seine Militanz unterhöhlte. Seine separatistischen Ideale gründeten nicht, wie bei Natare, auf dem festen Fundament einer durch Jahre hindurch erhärteten Überzeugung; sie waren ihm zur Verfügung gestellt worden wie ein Satz neuer Möbel, und nichts, was er zur Zeit erlebte, war geeignet, ihm diese Umgebung wohnlich erscheinen zu lassen. Wenn er die Summe zog, war ihm nicht mehr klar, wie er eigentlich zu Natare, zu Karibus, zu den Unruhen stand, die in diesem Augenblick die Städte verwüsteten. Er wußte nur, daß er ein Schwarzer war und daß es kein Zurück zu seinem früheren, farbenblinden Leben gab. Seine Gefährten mochten ihn nicht ganz verstehen – waren vielleicht sogar *unfähig*, ihn zu verstehen –, trotzdem wurde ihm auf einmal bewußt, daß er an ihnen hing, selbst an Dorian. Sie brachten eine Spontaneität in sein Leben, die ihm an der Columbia University immer gefehlt hatte. Bei Natare war alles vorhersehbar: Jede Meinung war vorgefertigt, jede Aktion nur Teil eines größeren Plans. Sobald Prophet den Weg des Rebellen eingeschlagen hatte, war er nichts mehr und die Sache alles.

Er fühlte sich hohl, verwirrt, seiner Illusionen beraubt. Wohin sollte ihn sein Weg von hier aus führen? Wenn diese Reise erst einmal zu Ende war – was dann? Gab es noch einen dritten Weg, irgendwo zwischen Separatismus und Anpassung, den er sich bahnen konnte? Oder war er schon zu weit gegangen, um noch umkehren zu können?

Er hatte gerade den Computer abgeschaltet, als Ariel zu schreien begann. Sie lag nur ein paar Schritte entfernt, dicht beim Feuer. Ehe er seinen Laptop aufklappte, hatte er eine Zeitlang ihren Schlaf beobachtet, in dem sie nicht minder schön war als im Wachen. Sie hatte auf dem Rücken gelegen, das Gesicht ihm zugewandt und einen Arm weit hinter den

Kopf ausgestreckt. Die Haltung hatte etwas Klassisches an sich, genau wie er es liebte, und er mußte der Versuchung widerstehen, mit den Fingerspitzen über ihre Wange zu streifen.
Ihre Sprachlosigkeit hatte nicht nur zu der geheimnisvollen Aura beigetragen, die sie umgab; Ariel wurde dadurch auch für ihn nur um so attraktiver. Er wußte nichts über sie, aber diese Ahnungslosigkeit erlaubte es ihm, seine Vorstellung von ihr nach Belieben auszuschmücken, so als wäre sie nur ein Foto oder eine fleischgewordene Romanfigur, eine lebende Leinwand für seine Projektionen. Natürlich war dieses Szenario, bei dem das Verborgene seinen Schatten über das Enthüllte warf, nicht ohne Risiko. Doch solange sie schwieg, konnte er den Drang der Phantasie nicht zähmen. Sie beherrschte seine Gedanken zu sehr, und er brauchte einen Zusammenhang, in den er sie stellen konnte.
Aber jetzt schrie sie im Schlaf, zusammengerollt wie ein Fötus, einen Arm erhoben, wie um einen Angriff abzuwehren. Prophet eilte zu ihr und kniete sich neben sie. Er nahm ihren Arm und beugte sich über sie, bis seine Lippen dicht an ihrem Ohr waren.
«Schhh, schhhh, Ariel, hey, ist schon gut, ist schon gut, schhhh . . .»
Sie schreckte aus dem Schlaf und setzte sich auf. Hastig atmend, starrte sie ihn mit offenem Mund und weit aufgerissenen Augen an, ohne ihn zu erkennen.
«Hey», sagte er leise. «Ich bin's, erinnerst du dich? Ich bin's doch nur.»
Sie schlang die Arme um seinen Hals und ließ sich gegen ihn sinken, drängte ihn zu Boden. Er legte sich zurück und zog ihren Kopf an seine Brust und wischte ihr die Tränen ab. Sie schluchzte und wollte gar nicht mehr aufhören. Er wagte

nicht, sich zu bewegen, auch dann nicht, als sein rechter Arm einschlief. Er redete leise auf sie ein, beruhigte sie mit seiner Stimme, nicht den Worten. Er erwartete, daß sie sich bald wieder von ihm losmachen würde; doch als sie schließlich zu weinen aufhörte, schmiegte sie sich zu seiner Überraschung noch enger an ihn und legte eine Hand auf seine. Wie auf Wolken schwebend, hielt er sich mucksmäuschenstill, als würde die geringste Bewegung diesen märchenhaften Verlauf der Dinge unterbrechen. Statt dessen hielt er sie einfach fest und sagte schließlich: «Wahrscheinlich bist du noch nicht soweit, daß du reden willst?»

Doch sie redete, auch wenn es nur ein einziges, geflüstertes, kaum hörbares Wort war: «Nein.»

Die eine Silbe genügte, um ihn aufzurütteln. Für einen Augenblick war er versucht, sie noch weiter aus sich herauszulocken. Er zwang sich, von dem Gedanken abzulassen. «Möchtest du, daß ich dir was erzähle?»

Sie nickte; er spürte die Reibung ihres Kopfes an seiner Brust.

«Prima, das paßt mir gut. Ich weiß auch schon, was. Siehst du diese Sterne da oben, die zusammen so was wie einen Hund bilden? Das ist Canis major, und der hellste Stern davon heißt Sirius. Und wenn du ein Stück rüberwanderst, siehst du einen kleineren Hund, Canis minor – erkennst du, wie die Sterne zusammengehören? Der große Stern dort heißt Procyon. Das Sternbild mit den vier Ecken ist Orion, das kennt jeder, und rechts davon kommt Taurus, der Stier. Mal schauen, was wir da noch haben – dort, dieser Stern, das ist Vega, und Vega steht in der Leier, und da drüben ist Spica in der Jungfrau. Dann wär da noch Regulus im Sternbild Leo, das ist natürlich der Löwe, obwohl's dir schwerfallen wird, den Löwen da oben zu erkennen. Meine besonderen

Lieblinge sind allerdings die Nebel, und wenn du bei Orion in die Mitte schaust – sieht wie ein winziges Wölkchen aus –, dann siehst du M 42, das ist so ein Nebel! Und noch einen kannst du sehen, wenn wir dort drüben –»

✘

Sie erwachte von einem brennenden Schmerz in ihrem Kopf und ihrem Magen, einem Schmerz, der sie so ausfüllte, daß sie einen Augenblick lang keinen klaren Gedanken fassen konnte. Sie lag da, für Sekunden, Minuten, Stunden – es war egal, denn es gab keine Zeit mehr für sie; nur noch den Schmerz. Ihr Kopf fühlte sich an, als würde er von einem Preßlufthammer durchbohrt wie ein Pflasterstein. In ihrem Magen brannte es so wild und vorwurfsvoll, daß sie nicht zu schlucken wagte, aber ihre Kehle war ohnehin wie zugeschnürt.

Dann bemerkte sie den Druck, der auf ihrem Oberkörper lastete. Sie schlug die Augen auf und sah einen vertrauten Schwall blonder Haare, der sich über ihre Brüste ergoß. Ein jäher Adrenalinstoß ließ sie aufschrecken, und sie war mit einemmal hellwach. Für einen Augenblick hatte sie den einen Schmerz mit dem anderen vertauscht.

«Du bist es», flüsterte sie. Und schlug zu.

Ein kurzer Haken gegen Marys linkes Ohr, die verwundbare Stelle, die am leichtesten erreichbar war. Als ihre Mutter mit einem leisen Aufschrei zurückfuhr, schwang Lucky das rechte Bein über Marys Kopf, so daß Mary nun zwischen ihren Füßen kniete. Mary hielt den Kopf gesenkt, preßte beide Hände an ihr verwundetes Ohr. Lucky packte sie am linken Handgelenk und streckte ihr den Arm, während sie gleichzeitig das linke Bein über Marys Schulter brachte und es um ihren Nacken legte. Als Mary zu Boden gedrückt wurde, hakte sie den Spann ihres linken Fußes in ihrer rechten Kniekehle ein und hatte Marys Hals nun in der Beuge ihres linken Beines so fixiert, daß Marys linke Wange gegen ihren rechten Oberschenkel gepreßt wurde. Ohne das Handgelenk loszulassen, spannte Lucky die Beinmuskeln zu einem Würgegriff an und schlug Mary gleichzeitig mit der freien Hand ins Gesicht.

«Lucky!» ächzte ihre Mutter. «Lucky, hör auf, um Himmels willen.»

«Zum Teufel mit dir», keuchte Lucky und schluchzte zugleich. «Ich hasse dich, o Gott, wie ich dich hasse!»

«Lucky, Himmel, *ich* bin's, ich will doch nur – *ahh! öhhh* –»

«Als hätt' ich –» flüsterte Lucky «–als hätt' ich jemals die Wahl gehabt, Mary. Als hätte ich dich nicht auch gebraucht.»

Sie trieb ihre Fingerknöchel in Marys Schläfengrube.

«Lucky, um Gottes willen, du bringst mich ja um!!»

Die Stimme, irgendwo zwischen einem Grunzen und einem Schrei, ließ sie aus ihrem Traum aufschrecken. Etwas stimmte nicht an dieser Stimme, die ganz vertraut und doch ganz falsch klang. Sie öffnete ihre Beinschere ein wenig.

«Heilige Scheiße! Ist denn *jeder* auf dieser Reise drauf aus, mich ins Krankenhaus zu bringen?»

«Dorian?» sagte sie und starrte ihn abwesend an.

«Scheiße nochmal, Cliff Richard ist es jedenfalls nicht, wärst du jetzt *bitte* so freundlich, mich freizugeben?»

Aber sie hielt ihn noch immer gefangen. «Was hast du gemacht?»

«Ich hab mein Ohr auf deine Brust gelegt, blöde Fotze! Ich hab geglaubt, dein Atem hätte ausgesetzt.»

Zögernd gab sie ihn frei. Er schob sich ihr Bein von der Schulter, setzte sich auf und rieb sich den Hals. Im Licht des

Mondes konnte sie sehen, daß einige der Wunden in seinem Gesicht wieder aufgeplatzt waren. Er nahm von dem Blut keine Notiz, als wolle er sie beschämen.
«Ähmm . . . was ist eigentlich passiert?» druckste sie.
Er starrte sie an. «Du bist umgekippt, und dann hast du angefangen zu kotzen. Und danach hast du rumgewürgt und danach warst du mucksmäuschenstill. Ich hatte Angst, du wärst erstickt, um Himmels willen.»
Sie rappelte sich hoch; noch immer drehte sich alles. Sie blickte auf ihr Kleid hinunter, auf dem feuchte Schleimspuren glitzerten. Plötzlich wurde ihr ganz schwach, sie stützte den Kopf auf die Hände und stöhnte. Mühsam registrierte sie, daß sie nicht nur vollständig bekleidet, sondern auch völlig trocken war. Dorian ebenso. Und das bedeutete . . .
Sie kämpfte sich auf die Knie, und als sie es geschafft hatte, übergab sie sich so heftig, daß ihr die Tränen über das Gesicht liefen. Während sie ihre Innereien in das hohe Gras entleerte, kniete Dorian neben ihr, legte ihr eine Hand auf den Rücken und sagte kein Wort. Als sie nichts Kotzbares mehr im Leibe hatte, lehnte sie sich zurück und wischte sich die Tränen ab. Er ließ sich neben ihr ins Gras sinken.
«Macht's dir was aus, mir zu erzählen, was eigentlich los war?» fragte er.
«Tut mir leid», flüsterte sie. «Es war ein Traum.»
Er stöhnte auf. «Das ist ja schön und gut, aber –»
«Ich kann nicht drüber reden», sagte sie verstockt und spürte, daß es sie wieder zu Boden zog, daß das Universum wieder zu rotieren begann. «Niemals werde ich drüber reden können, kapiert?»
«Prachtvoll», murmelte Dorian, während sie das Bewußtsein verlor. «Verdammt beschissen prachtvoll. Bei Gott, ich wollte, jemand würde das alles aufschreiben.» Er fühlte sich

fast klar im Kopf, und die Welt war plötzlich kalt und grausam, aber wenigstens machte sie ihm nichts mehr vor. Weitere Flüche brummend, sortierte er Luckys Glieder, schlängelte sich unter sie und wuchtete sie mühsam in die Höhe. Sie war fast zu schwer für ihn, und nur die verschwommene Vorstellung, daß er ein einziges Mal in seinem Leben etwas Heroisches vollbrachte, gab ihm die Kraft, sie taumelnd – und unablässig fluchend – zum Lagerfeuer zurückzuschleppen.

KAPITEL 14 ARGUMENTE FÜR DIE KETZEREI...

Sie schliefen bis weit in den Nachmittag hinein, und als sie ihre Kleider und Uhren, die Zigaretten und die Essensreste zusammensuchten, wurde nicht viel gesprochen. Das Feuer war verloschen, seine Aschenreste wirkten wie die Erinnerung an eine außerirdische Erscheinung, vergleichbar dem Ozongeruch nach einem Blitz. Die Luft stand vor Hitze, die struppigen Felder lagen bleich unter einem brennenden weißen Himmel.

Als sie halbwegs in den Wachzustand zurückgefunden hatten, sagte Prophet: «Moment mal. Wo steckt Fish?»

«Vielleicht spazierengegangen?» sagte Lucky.

«Ich hab ihn seit gestern abend nicht mehr gesehen», sagte Dorian. «Und du, Ariel?»

Das Mädchen dachte einen Augenblick nach, dann deutete sie in die Felder hinaus.

«Ich glaub nicht, daß er zurückgekommen ist», sagte Prophet.

«Wahrscheinlich liegt er irgendwo», sagte Dorian. «Wir sollten uns auf die Suche machen, Prophet und ich.»

Sie brachen auf, und es dauerte nur ein paar Minuten, bis Prophet den Vermißten gefunden hatte. Fish lag hingestreckt im Dreck, mit dem Gesicht nach unten, in einer Haltung, die nicht nach Schlaf aussah.

«Dorian!»

Prophet kniete neben Fish nieder, während Dorian herbeieilte.

«Um Gottes willen.»

«Er ist noch warm, und, und, ja, da ist auch ein Puls. *Verdammt,* hat der mich erschreckt! Vielleicht sollten wir ihn umdrehen.»

«Ganz vorsichtig . . .»

Als Fish auf dem Rücken lag, inspizierten sie sein Gesicht. Aus einem Mundwinkel sickerte ein Speichelfaden, Stalaktiten aus getrocknetem Rotz hingen ihm aus der Nase. Sein Atem kam mühsam, aber gleichmäßig.

«Was meinst du, sollen wir ihn wecken?» sagte Dorian.

«Wegschleppen können wir ihn nicht, und den ganzen Tag hier rumhängen kommt nicht in Frage. Wir würden gegrillt.»

«Wahrscheinlich hast du recht. Fish –» Dorian stupste ihn ins Gesicht – «Fish?»

«Sei nicht so zimperlich, Mann.»

Dorian schlug immer heftiger zu. Plötzlich begann Fish zu husten, zu niesen, er übergab sich, öffnete die Augen und setzte sich auf, ohne einen der beiden eines Blickes zu würdigen. Erbrochenes troff ihm über das Kinn auf die Soutane.

«Tycho?» gurgelte er, *«Tycho? TYCHO!!»*

«Schlecht geträumt, alter Kumpel?»

«Das Schlupfloch», sagte Fish. «Es kommt drauf an, das Schlupfloch zu finden.»

In Dorians Blick sah Prophet die gleiche Sorge.

«Das Leben ist wie eine Steuererklärung», sagte Fish, der inzwischen aufgestanden war. Er wankte ein wenig und klopfte sich den Staub von den Gewändern. «Die außergewöhnlichen Belastungen sind das A und O. Sonderabschreibungen über soundsoviel Jahre. Amortisierung. *Das gottverdammte Schlupfloch finden!*»

«Mist», sagte Prophet. «Das kann Ärger geben. Hey, Fish? Glotzo! Er-*kennst* du mich, Mann?»
Fish schob ihn zur Seite. «Aber eine Erstattung gibt's nicht. Niemals kriegt man Geld zurück. Drum kommt's drauf an, das Schlupfloch zu finden. Kreatianismus? Kannste vergessen. Jüdisch-christliche Religionen? Kannste vergessen. Spencerscher Utilitarismus?» Er machte ein obszönes Zeichen mit dem Finger. «Nicht verhandelbar. Ohne jede Auswirkung auf die jeweilige Steuerklasse und -progression. Und dann gibt's noch Aufschläge für Schwarze, Übergewichtige und Erbkranke.»
«Ich glaube, wir haben ein Problem, Dorian.»
«Verdammter Mist. Fish? *Fish?!*» Er nahm zu weiteren Ohrfeigen Zuflucht. «Fish, zum Donnerwetter, jetzt erkenn mich endlich!»
Fish rülpste ihm ins Gesicht. «Christus ist nicht für unsere Sünden gestorben, ist das klar? Es gibt keine Sünden. Es gibt nur Geldgeschäfte. Kredite mit Zinsen, Depots und Gewinne.»
«Sag mal, Prophet, wie hieß dieses Beruhigungsmittel noch gleich?»
«Ähm ... irgend so ein Frauenname, Dora, Nora, Flora ... Thorazin, das war's! Nein, Moment ... Nell ... Melba ... *Stela*zin, jetzt hab ich's! Stelazin.»
«Wo können wir das klauen?»
«Na ja, in jeder Apotheke wahrscheinlich, aber wart mal, vielleicht gibt's ja einen Arzt, der ihn –»
«Prophet, jeder Arzt, der ihn zu Gesicht kriegt, ruft auf der Stelle die Polizei.»
«Kann schon sein. Du mußt in jedem Fall damit rechnen, daß sie dich hopsnehmen.»
«Aber was bleibt uns anderes übrig – außer, wir lassen ihn

einfach liegen, und das kommt nicht in Frage. Weißt du was, Prophet, ich mach's allein. Ich werde dich da nicht mit reinziehen.»

Prophet seufzte. «Ich mein doch nicht, daß ich es nicht könnte, Dorian. Ich sage nur, wir sollten nichts überstürzen, okay? Laß uns erst mal in die nächste Stadt fahren und die Lage peilen.»

Dorian kratzte sich am Kinn. «Das wird das beste sein. Gut. Komm mit, Fish, wir gehen.» Er packte Fish am Arm, und Fish schüttelte ihn ab.

«*Demokrit!*» zischte er. «Na also, jetzt stecken wir in der Tinte. Ganz zu schweigen von apeiron, phlogiston –»

«Prophet, kannst du ihn nicht bewußtlos schlagen?»

«Weiß nicht recht, ob das 'ne gute Idee wäre. Der Mann ist wahnsinnig. Er kann uns gefährlich werden.»

«Aber wir können auch nicht ewig in dieser Hitze rumkrebsen. Es sind bestimmt vierzig Grad.»

Prophet blickte nach Westen. «Sind das dort Berge?»

Dorian wandte sich um und blinzelte. Erst jetzt erkannte er die bläuliche Wellenlinie, die sich am Horizont erstreckte. «Mein Gott, tatsächlich! Dort wird es kühler sein. Wenn wir nur erst diese Ebene hinter uns haben ...»

«Das Gespenst in der Maschine», sagte Fish. «Pawlow, Watson, Skinner, die behavioristischen Ärsche. Wo ist das gottverdammte Schlupfloch, Prophet, wo?»

«Fish? Redest du mit mir?»

«Die Christen», sagte Fish, als spräche er von einem Geheimnis, «sind so *knusprig*, ein Schuß Ketchup drauf und *presto*! Der Jude dagegen ist irgendwie labberig, am besten serviert man dazu zwei Tassen Hindu. Die Moslems – vergiß es. Allerdings kennen sie keinen Trichinenbefall –»

«Prophet, geh irgendeinen Holzknüppel suchen. Oder hol die Brechstange, die im Kofferraum liegt.»
«Bin gleich wieder da.»
«Seht her», sagte Fish mit ausgebreiteten Armen. «Das bin ich. Ich bin ein hübsches kleines Päckchen, ein Koffer voller Atome, die herumwirbeln und wirbeln und wirbeln. Haltet mich zusammen – ich bin ein Schwarm fröhlicher Moleküle. Im Endeffekt ist alles nur Physik, seht ihr? Nennt mich einfach Dr. Gluon.»
«Prima», sagte Dorian, als Prophet mit der Brechstange zurückkam und sie ihm reichte. «Jetzt lenk ihn einen Augenblick ab, damit ich hinter ihn komme . . .»
«Wahrheit, Pubertät und Liebe», sagte Fish. «Die Drogen des Großen Schmutzfinks. Schaltet alle Videorecorder auf Schock, und schickt Plutarch mit der Handycam vorbei!»
Dorian schlug nur einmal zu, mit halber Kraft. Obwohl Fishs Augen blitzartig zuklappten und er auf dem Boden zusammensackte, blieb sein Gesichtsausdruck unverändert: Der Mund stand offen, die Stirn war zerfurcht, ein Finger erhoben, so als würde er seinen Monolog im nächsten Augenblick fortsetzen.
«Was hältst du davon?» sagte Prophet. «Wir schleifen den Wichser einfach hinter uns her.»
Jeder von ihnen packte einen Arm, und so zerrten sie ihn durchs Gestrüpp. Als sie sich dem Lagerplatz näherten, kamen ihnen Lucky und Ariel entgegen.
«Mein Gott!» rief Lucky. «Was –»
«Es ist der Anfang vom Ende», sagte Dorian. Er hielt weiter auf den Wagen zu, und Prophet folgte seinem Beispiel.
Sie verstauten Fish auf der Rückbank des Mustang und kehrten dann zum Lagerplatz zurück, um ihre Habseligkeiten zusammenzupacken. Als sie aufbrachen, nahmen Lucky

und Ariel zu beiden Seiten des erstarrten Fish Platz, während Prophet sich auf den Beifahrersitz setzte.

Dorian rollte zurück zur Straße und folgte ihr nach Westen, wo das Hochland lockte. Der Nachmittag war schon weit fortgeschritten. Keiner von ihnen sprach ein Wort.

Als Fish eine halbe Stunde später erwachte, sah er sich um und fragte: «Welches Jahr haben wir?»

Prophet sagte es ihm.

«Am Scheitel des Millenniums», sagte Fish. «Das Tausendjährige Reich. Ich hätte Chamberlain sagen sollen, daß seine Beschwichtigungspolitik vor der vegetarischen Gefahr versagt. Und futsch war's, das Empire.»

Lucky bemerkte, daß Ariel voller Anteilnahme auf Fish blickte. «Schizophrenie», sagte sie leise. «Wir haben sein Medikament nicht.»

«Eine Prophezeiung für den Großen Schmutzfinken», fuhr Fish fort. «Am Eingang Gedanken sortieren und ein Lächeln ins Gesicht pappen. Schickt Marduk auf seine muntere Tour.»

«Hört euch diesen Trottel an», sagte Prophet.

«Höhere Wesen», entgegnete Fish, «haben für so billige Tricks wie Alliteration nichts übrig.»

«Wie lange noch?» fragte Lucky.

«Keine Ahnung», sagte Dorian. «Irgendwo muß doch bald eine Stadt kommen.»

«Nennt mich einfach Schlomo», sagte Fish. «Lord Schlomowicz, Talmudgelehrter und Marquis im Reich des Dünndarms. Vielleicht liegt hier das Schlupfloch? Ein Hoch auf den geschwollenen Dickdarm!»

«Lucky, kannst du mir einen Gefallen tun und aus dem Kissenbezug eine Gesichtsmaske rausschneiden?»

«Eine Gesichtsmaske?»

«Für den Überfall.»
«Welchen Überfall?»
«Auf die Apotheke», raunzte er. «Und ich will keine Widerworte hören!»
«Dorian, was wir brauchen, ist ein Arzt und kein Haftbefehl.»
«Nur, damit wir ihn los sind? Und was ist mit der Solidarität der Jugend?»
«Er braucht Hilfe. Wir können ihm nicht helfen, wenn er in diesem Zustand ist.»
«Wir könnten es durchaus, und zwar mit – wie heißt das Zeug, Prophet?»
«Stelazin.»
«Stelazin! Wir schütten ihn damit zu, bis er alles vergißt.»
«Ich glaub's einfach nicht», sagte Lucky und verschränkte die Arme. «Ich weiß nicht, wo zum Teufel ihr diese *idiotischen* Ideen herhabt –»
«Dörrfleisch in Streifen», sagte Fish. «Gerechtigkeit für Lamarck! Was Darwin für die Biologie ist, das ist Lamarck für die Kultur. Aber im Endeffekt die gleiche natürliche Auslese. Nur die Starken überleben.»
Als die Straße endlich in das Bergland aufzusteigen begann, erreichten sie die Vorposten einer Siedlung namens Durkham, die aus einer Reihe protziger Bungalows und öden Abstellplätzen voller Wohnwagen bestanden. Vor einem Fertighaus im Ranchstil baumelte eine Braunbärin vom Ast eines Eichbaums; als Trophäe ausgestellt zu jedermanns Bewunderung. Die Vorderläufe hingen schlaff an ihren Seiten herab, als stünde sie in Bequem-Stellung auf einem Kasernenhof.
«Glaubst du, daß es in diesem Kaff einen Arzt gibt?« fragte

Prophet. «Würde mich schon überraschen, wenn sie hier *lesen* könnten.»
«Es muß ein Krankenhaus geben», sagte Dorian. «Selbst diese Leute brauchen Ärzte.»
Sie fuhren ins Zentrum des Ortes. Die Straßen waren merkwürdig leer, kein Auto und kein Fußgänger war zu sehen. Als sie durch die Hauptstraße rollten, kamen sie an verlassenen Kneipen und Läden vorbei, über denen noch die alten Schilder hingen: **Crimmin's Arsenal (Jede zweite Runde geht auf Kosten des Hauses!); Postamt/Gemischtwarenhandlung; Ma's Diner; Pa's Im- und Export; Sis's Frisuren- und Maniküre-palast.** Am Ende der Häuserzeile stand die Baptistenkirche von Durkham.
«Vielleicht stecken sie alle da drin», sagte Dorian. «Haben wir Sonntag?»
«Weiß ich nicht mal mehr», sagte Prophet.
«Immer noch nichts von einem Krankenhaus zu sehen.»
«Vielleicht wird man hier einfach erschossen, wenn man krank wird.»
«Bischof Berkeley!» rief Fish, der die Kirche ebenfalls gesehen hatte. «*Esse est percipi*, ho, ho, ho. Zu euresgleichen kommen wir noch!»
«Tscha, wir können hier nicht ewig rumsitzen und warten», sagte Dorian. «Ich geh rein in die Kirche und sehe nach, ob jemand drin ist.»
«Ich komme mit», sagte Prophet und öffnete die Tür.
Sie stiegen die Stufen zur Kirche empor, die einer großen weißen Schuhschachtel mit grünen Verzierungen glich, bis auf die Darstellung des gefolterten Jesus, die wie ein Blitzableiter auf dem Dach montiert war. Sie öffneten eine grüne Tür und fanden sich in einem schlauchförmigen, langen Raum wieder. Ein Dutzend leerer Bänke blickte auf ein

Lesepult am gegenüberliegenden Ende. Die Luft war abgestanden und staubig, und ihre Schritte wurden ohne jeden Widerhall verschluckt.

«Jesus», sagte Dorian. «So eine Kirche habe ich noch nie gesehen. Wo ist der Altar?»

«Diese Wiedergeborenen brauchen solchen Schrott nicht», sagte Prophet. «Ziemlich steril, wenn du mich fragst.»

«Und das sind *Christen*?»

«Na, und ob, Baby. Sie nehmen die Bibel wortwörtlich. Sie glauben, daß das Universum sechstausend Jahre alt ist, ich meine, nicht mal der *Papst* denkt so was.»

«Kann ich Ihnen behilflich sein?»

Sie wandten sich um. Über der Tür befand sich eine Empore, auf der ein alter weißer Mann in einem braunen Anzug stand. Er hatte eine kleine schwarze Bibel unter seinen Arm geklemmt, und sein erhöhter Standpunkt verlieh ihm eine gebieterische Aura.

«Hallo», sagte Dorian. «Könnten Sie uns vielleicht sagen, wo wir hier ein Krankenhaus finden?»

«Ein Krankenhaus», sagte der Mann. «Ins Krankenhaus zu gehen hat keinen Sinn. Es wird niemand dort sein.»

Dorian warf Prophet einen Seitenblick zu. «Und wo sind die ganzen Leute?»

«Hinaus ins Tal gezogen», sagte der Mann. «Ausgezogen, um die Wiederkunft des Herrn zu feiern. O nein», sagte er mit einem leisen Lachen, «wir brauchen keine Krankenhäuser mehr. Wir brauchen gar nichts mehr, jetzt, wo Seine Zeit gekommen ist.»

Prophet schien eine scharfe Entgegnung auf der Zunge zu haben, aber Dorian kam ihm zuvor. «Dieses Tal», sagte er, «wo ist das denn?»

«So etwa fünfzehn Meilen außerhalb der Stadt, im Westen.

Ihr werdet die Schilder sehen. *Alle* werden dort sein. Seid ihr denn Christen?»

«Vielen Dank», sagte Dorian.

Durch Mischwälder schlängelte sich die Straße weiter bergauf. Als sie elf Meilen zurückgelegt hatten, stießen sie auf eine lange Autoschlange. Dorian mußte auf Tempo dreißig abbremsen, als er sich an ihrem Ende einreihte. «Sieht ganz so aus, als hätten wir die Party gefunden», sagte er.

«Ich blicke nicht ganz durch», sagte Lucky. «Was soll sich denn abspielen in diesem Tal?»

«Der Messias landet», schnaubte Prophet. «Bin gespannt, was passiert, wenn sie merken, daß er schwarz ist.»

«Ich hab keine Ahnung, was da los ist», sagte Dorian. «Ich weiß nur, daß jeder aus dieser Gegend, der uns ein Rezept ausstellen könnte, dort sein wird.»

Fish hatte derweil ein klammheimliches Gespräch mit Ariel begonnen. Natürlich war nur er es, der dabei den Mund aufmachte. Er schilderte mit großer Ausführlichkeit, was ihm am vergangenen Abend zugestoßen war. Um die Ereignisse in einen Zusammenhang zu stellen, schaltete er einen detaillierten Hintergrundbericht über das Politbüro ein. Ariel hing mit feierlichem Ernst an seinen Lippen, so als hörte sie ihm tatsächlich zu. «Aber am Ende läuft es auf folgendes hinaus», sagte er schließlich und nahm sie bei den Händen. «Der Sinn des Lebens ist nicht Weisheit und nicht Nächstenliebe und noch nicht einmal die schlichte Fortpflanzung. Es ist alles viel raffinierter. Der Sinn des Lebens besteht vor allem anderen darin, das Schlupfloch zu finden. So, jetzt weißt du's.»

Die Prozession der Autos rollte langsam, aber stetig weiter. Nach einer halben Stunde erreichten sie eine weiträumige Lichtung, vor der sich ein steil abfallendes Tal öffnete – *das* Tal, wie es schien. Die Autos bogen auf die Lichtung ein, die in einen Großparkplatz verwandelt worden war. Hilfskräfte in orangeroten Westen, mit aufgemalten weißen Kreuzen, regelten den Verkehr. Mehrere tausend Fahrzeuge hatten schon Platz gefunden, und es dauerte weitere zehn Minuten, bis Dorian eine halbvolle Reihe erreicht hatte und eingewiesen wurde. Die Wagen hinter ihm schlossen sich nahtlos an, wie Zahlenkolonnen in einem Drucker.

Schilder mit der Aufschrift **ZUM TAL** → waren in regelmäßigen Abständen aufgestellt worden, und ein stetiger Strom von Seelen folgte diesen Wegweisern. Die fünf Reisenden reihten sich ein. Zahllose hellhäutige Familien krochen aus ihren Autos, die Erwachsenen stemmten ihre fetten Leiber grimassenschneidend an die frische Luft, die Schar der übergewichtigen Kinder stand in Netzhemden dabei und machte große Augen, klammerte sich an Puppen und Videospiele, ihr Eis am Stiel und die kleinen Kinderbibeln, auf deren Umschlag der immergleiche blauäugige Jesus grinste. Kofferraumdeckel wurden geöffnet, Picknickkörbe und Klappstühle, Zelte, Luftmatratzen und Eßgeschirre herausgekramt. Es war die Woche der Wiederkunft, und die Gläubigen waren heimgekehrt, um sich zu sammeln.

Es war keine Überraschung, daß die Reisenden Aufmerksamkeit erregten. Vergebens hielt Prophet nach einer Hautfarbe Ausschau, die dunkler als Schweinchenrosa gewesen wäre, aber das Farbspektrum dieses europiden Schlags war mörderisch schmal. Er wußte die Seitenblicke zu lesen, er spürte die latente Feindseligkeit, die mit Neugierde gepaarte Verachtung, die tief in die Erinnerung zurückreichende Abneigung. Das fatale Wort mit den sechs Buchstaben schlief im Bewußtsein eines jeden aus dieser Menge, und es war leicht zu wecken. Er prägte sich den Standort des Wagens genau ein, zählte die Reihen der parkenden Fahrzeuge ab, an denen sie vorbeikamen. Er wollte gewappnet sein für einen überstürzten Aufbruch.

Fish wurde noch argwöhnischer gemustert. Katholiken sind, im strikten evangelischen Verständnis, nicht erlöst, und solange er nicht erlöst ist, kann der Papist der göttlichen Gnade nicht teilhaftig werden. Dem gleichen Mythos anzuhängen bedeutet im Endeffekt nichts: Für die Erlösten bleibt der Katholik der Widersacher, und Priester sind kaum besser als Teufelsanbeter. Obendrein roch er nicht gut.

«Das alles ist doch lächerlich», sagte Lucky. «Wir brauchen einen Arzt und keinen Exorzisten.»

«Hier muß es eine medizinische Versorgung geben», sagte Dorian, während sie über das niedergetretene Gras stapften. «Andererseits könnt's ja sein, daß sie alles mit dem Glauben heilen.»

Sie erreichten den Rand des Tals. Unter ihnen lag eine wimmelnde Zeltstadt, die sich gut achthundert Meter weit nach jeder Seite und etliche hundert Meter tief in den Hintergrund erstreckte, wo das Tal sich nach Osten gen Jerusalem öffnete. Die Presse schwebte in Hubschraubern darüber, um ja nichts zu verpassen. Ein sanfter Wind hatte sich erhoben, und das Licht der untergehenden Sonne blutete über der Versammlung, als wolle es seine eigene Form von Segen spenden.

Weiter unten im Tal war ein Dutzend großer, gelber Zelte errichtet worden, die scheinbar offiziellen Zwecken dienen sollten und wie ein Ortszentrum wirkten. Rundherum drängten sich dicht an dicht die Wohnzelte der Familien. Die

herumspazierenden Menschenmassen ließen Wogen von heller Haut hin und herschwappen, und der Himmel über all dem hatte die Farbe von Löwenzahn.
Trupps stämmiger Kerle in Drillichhosen und graublauen T-Shirts mit der Aufschrift **Soldaten Christi: Mit der Knarre für Jesus!** hielten an den Abstiegen ins Tal Wache und betrachteten die Reisenden mit unverhohlenem Mißtrauen. Jeder von ihnen war mit einem Walkie-talkie und einem Schnellfeuergewehr des Typs Zygote Vegas-1® ausgerüstet, welchletzteres in Kennerkreisen als «der Abzocker» bekannt ist (Slogan: **Pfoten hoch und Hosen runter!**) und die achtzig Patronen in seinem Gurt mit einer Rate von neun Schuß pro Sekunde verballern kann.
«Dorian», ließ sich Prophet vernehmen, «das gefällt mir nicht!»
«Aber wir müssen ihm einfach sein Beruhigungsmittel besorgen», erwiderte Dorian und deutete auf Fish, der pausenlos im Flüsterton Beleidigungen vor sich hinlallte – im Augenblick war Paul Tillich dran, der als Betrüger gegeißelt wurde. «Und überhaupt, schließlich ist das eine religiöse Versammlung, und die Presse ist auch da. Sie können dich nicht *lynchen,* Himmel noch mal.»
«Ja, weil's keine Bäume gibt.»
Sie stiegen hinunter, bahnten sich ihren Weg zwischen lagernden Familien hindurch, die an offenen Feuern ganze Schweine grillten und vorzugsweise koffeinfreie Limonaden tranken. Mobile Toiletten waren zu einem eigenen kleinen Dorf zusammengefaßt worden und erfuhren regen Zuspruch von Seiten der Wiedergeborenen, die dort ihre sterblichen Därme entleerten und mit dem reinen Gewissen frisch Absolutierter zurückkehrten.
Die Stimmung war zwanglos, von freundschaftlicher Nek-

kerei getragen. Eine zweite, kürzere Reihe von offiziellen, gelben Zelten war in der Nähe aufgeschlagen worden und bot Raum für Bibellesekreise *(Versöhnung mit Johannes, Die Lektion der Korintherbriefe, Die Schöpfungsgeschichte und Darwins Irrtum)* und spontane Gebetsrunden. Kinderplanschbecken wurden für improvisierte Taufen zweckentfremdet. Basebälle flogen herum, und an gekennzeichneten Kiosken wurden Gratisbibeln verteilt.

Als sie sich endlich zu den größeren Zelten durchgeschlagen hatten, waren die Reisenden einigermaßen erleichtert, noch nicht auf einem Scheiterhaufen gelandet oder zumindest einer halbherzigen Steinigung unterzogen worden zu sein. Dorian, der wieder seinen schwarzen Rollkragenpullover trug, wirkte wie ein heruntergekommener Ästhet. Prophet hatte sein Signal der Entwarnung – einen weiteren Schwarzen in der Menge – noch immer nicht gesichtet. Fish wurde bei jedem zweiten Schritt gefragt, ob er gekommen sei, um sich bekehren zu lassen. Was Lucky und Ariel betraf, so gab es kaum einen Mann unter den versammelten Christen – ob Wiedertäufer, Pfingstler, Charismatiker oder schlichter Protestant –, der sie nicht, trotz einer gegenteiligen Konditionierung, die Pawlows würdig gewesen wäre, mit den Augen ausgezogen und vergewaltigt hätte. Die Ehefrauen standen baff dabei, rückten ihre dicken Hornbrillen zurecht, runzelten unter billigen Dauerwellen die Stirn und starrten mit offenen Mündern auf derart gotteslästerliche Schönheit, derartige Versuchung im Angesicht ihrer Männer.

Die Reisenden kamen an Essenszelten vorbei, an Trinkzelten, an Gemeinschaftszelten, an Informationszelten und an Pressezelten, in denen sich die Christenmenschen vor Kamerateams, Printjournalisten und anderen Bluthunden aus dem ganzen Land produzierten. Überall lagen Broschüren herum: *Wie man Christen in Staatsämter wählt, Tips für christliche Lobbyarbeit, Christen und PR: Eine im Himmel geschlossene Ehe*. Alle zehn Schritte war eine Sammelbüchse aufgestellt.

«Ziemlich dreist, falls ER nicht kommt», bemerkte Dorian.

«Soll das ein Witz sein?» sagte Lucky. «Wenn es wirklich passieren würde, wäre ohnehin alles für die Katz. Wer braucht dann noch Spenden?»

Plötzlich wurde eine Fernsehkamera auf Fish gerichtet, und eine mit sattem Make-up bemalte Frau hielt ihm ein Mikrophon unter die Nase. «Verzeihung, Hochwürden, könnten Sie unseren Zuschauern ein paar Worte über die Rolle der Katholiken bei diesem Ereignis sagen?»

Fish starrte in die Kamera. «Ich bin der letzte Kantianer», verkündete er.

Die Reporterin nickte eilfertig und wedelte mit der freien Hand, um weitere Worte aus ihm herauszulocken. Als keine mehr folgten, fragte sie: «Ist das ein Orden innerhalb der Kirche? So wie die Jesuiten?»

Er runzelte die Stirn. «Ist Ihnen klar», sagte er, «daß Sie mit Ihrer Anspielung auf das Konzil von Trient die Frage auf – Moment mal. Ihr Gesicht erinnert mich an Tetzel. Sind Sie mit Tetzel verwandt?»

«Vielen Dank», brummte sie, ließ das Mikrophon sinken und wandte sich ab. «Das kannst du vergessen, Linus», sagte sie zu ihrem Kameramann. «Sieh zu, daß wir diese ‹Juden für Jesus› finden.»

«Na, Dorian, wo bleibt der brillante Einfall?» spottete Lucky.

«Herr im Himmel, sie müssen doch Erste-Hilfe-Zelte haben. Ich kann mir nicht vorstellen, daß es hier keinen einzigen Fall von Pflanzenvergiftung oder dergleichen geben soll.»

Sie drangen noch ein wenig weiter vor, bis sie neben dem größten der Zelte, das mindestens hundert Meter lang war, haltmachten. Sie spähten ins Innere und sahen, daß Brettertribünen aufgestellt worden waren, wie im Zirkus. Auch Kameraplattformen waren errichtet worden, und alles war auf eine Bühne ausgerichtet, auf der etwa zwanzig Stühle und ein Vortragspult standen. Über dieser Bühne schwebte ein riesiger Fernsehbildschirm, der noch dunkel war.

Ein stetiger Zustrom von Christenmenschen füllte das Zelt. Die Eintretenden waren festlich gekleidet, ein Ozean grellbunter Farben in einer fundamentalistischen Auslegung guten Geschmacks. Die Männer trugen Sportsakkos, vorwiegend in Limonengrün, Lila und Türkis. Die Frauen, frisch vom Friseur und mit reichlich Make-up verspachtelt, hatten sich für Chiffonkleider aus Kunstfasern in ähnlichen Farbtönen entschieden. Die Kinder waren kleine Ebenbilder ihrer Eltern; man wußte sofort, wie sie in ihren mittleren Lebensjahren aussehen würden.

«Großer Gott», sagte Dorian. «So etwas habe ich noch nie gesehen. Und der Geruch, du lieber Himmel. Ist das Parfum?»

«Wer weiß, welches Unheil in den Herzen der Christen lauert», sagte Fish.

«Wie fühlst du dich, Fish?» fragte Dorian und wandte sich nach ihm um. «Hast du noch den Durchblick?»

«Durchblick, Einblick, Tiefblick», erwiderte Fish. «Das Spiel kann beginnen.»

«Sieht aus, als wollten sie eine Kundgebung abhalten», sagte Lucky.

«Nichts anderes wollen wir, junge Frau», intonierte eine

342/343

rollende Baritonstimme hinter ihnen. Sie drehten sich um und standen vor einem Mann mittleren Alters, der ein senfgelbes Jackett und karmesinrote Hosen trug. Er war von stämmiger Statur und im Gesicht rot angelaufen, und seine wäßrig-blauen Augen musterten sie mit einem Hauch von Argwohn. «Seid ihr gekommen, um vor das Antlitz des Herrn zu treten?» fuhr er fort.

«Gott Vater, Gott Sohn, Gott im Apothekenregal», sagte Fish.

«Er braucht einen Arzt», erläuterte Lucky, als der Mann einen irritierten Seitenblick auf Fish warf. «Gibt es hier irgendwo eine Sanitätsstation?»

«Oh, wir brauchen keine Ärzte hier», sagte der Mann. «Die reinen Geistes sind, sind auch rein an ihren Leibern. Woran leidet dieser junge papistische Sünder?»

«Er ist – naja, ein wenig überreizt», sagte Dorian. «Diese, diese Wiederkehr des Heilands ist so was von aufregend, er platzt fast vor lauter apokalyptischen Gefühlen, wenn Sie mir folgen können.»

«Je nun, wenn dieser Mann vom Wort des Herrn erfüllt ist, wie könnte das von Übel sein?»

«Der Herr kann mich kreuzweise», verkündete Fish. «Laß dir eins sagen, Bruder in Christo: Der Herr ist ein feines weißes Pulver mit der chemischen Formel $C_{21}H_{24}F_3N_3S$.»

Der Mann setzte einen Schritt zurück, ehe er Fish wieder anzublicken wagte. «Ist das die Stimme Luzifers, die aus ihm spricht?»

«Luzifer», sagte Fish, «ist mein Hirte. Mir wird nichts mangeln –»

«Ganz ruhig, er ist schizophren, sonst nichts», schaltete sich Lucky ein. «Wir müssen ihn in ein Krankenhaus bringen.»

Der Mann begann wieder zu lächeln. «Ich habe da eine

Idee», sagte er. «Ich glaube, das könnte die Lösung sein.» Er streckte Dorian seine Hand entgegen. «Mein Name ist J. Barnaby Thatch, und ich bin der Hauptredner hier heute abend. Wir haben alle möglichen Heilungen geplant. Warum bringen wir euren Freund nicht auf die Bühne, und ich erfülle ihn dort mit dem Geist des Herrn? Ihr werdet eines leibhaftigen Wunders gewahr werden, mit eigenen Augen!»
Dorian und Prophet tauschten gequälte Blicke, aber zu ihrer Überraschung stimmte Fish zu: «Genau», sagte er. «Auf der Bühne!»
Thatch strahlte. «Ich wußte, ihr würdet das Licht erkennen.»

Fish saß auf einem der Stühle und blinzelte in die gleißende Helle. Draußen war es dunkel geworden, doch im Zelt ließen Scheinwerfertürme keinen Winkel der Bühne unbeleuchtet. Dutzende von Fotografen kauerten in einem Graben unmittelbar vor der Rampe. Hinter ihnen erstreckten sich die Tribünen, die bis auf den letzten Platz gefüllt waren.
Wenige Schritte von Fish entfernt ließ sich J. Barnaby Thatch, auf dem Bildschirm über ihren Köpfen als überlebensgroße Projektion verdoppelt, über die christliche Tugend der Buße aus. «Der Endkampf zwischen Gut und Böse steht bevor», informierte er die Menge, die glucksend ihre Zustimmung signalisierte. «Für jeden, der da lebt, ist nun die Zeit gekommen, Rechenschaft abzulegen vor unserem Herrn Jesus Christus. Ich frage euch: Seid ihr würdig? Könnt ihr vor den Herrn treten voll Stolz, weil ihr eure sündige Natur und Ihn als euren einzigen Erlöser angenommen habt? Könnt ihr es nicht, so rufe ich euch zu: besinnt euch! Noch ist es nicht zu spät, o meine Freunde, aber die

Zeit wird knapp! In zwei Tagen werden die Heerscharen des Herrn vom Himmel herabsteigen und die Spreu vom Weizen trennen. Und alle, die nicht mit Ihm sind, werden der Verdammnis anheimfallen. Der Verdammnis! Ich frage jeden einzelnen von euch: Kannst du dich einen wahren Christen nennen?»

Er drehte sich um und deutete mit einer ausholenden Gebärde auf die Reihe der Sitzenden. «Es sind einige unter uns, die sich danach sehnen, den Herrn in ihre Seelen aufzunehmen, aber dies nicht ohne Hilfe schaffen. Ich werde euch zeigen, über welche Heilkraft Jesus verfügt und daß jeder gerettet werden kann.» Er deutete auf eine hochbetagte Frau. «Zu dir, meine Liebe! Was ist dein Leiden?»

«Arthritis», krächzte die Frau. «I-ich kann nicht mal mehr *stehen*!»

«Und wie heißt du?»

«Mabel», sagte sie.

«Also dann, Mabel», Thatch legte seine Hand auf ihre Schulter, «willst du unseren Herrn Jesus Christus annehmen als deinen einzigen Erlöser und als Gottes eingeborenen Sohn?»

«Oh, oh, ja, ja», stotterte sie.

«Wenn du es wirklich willst», donnerte Thatch, «so steh auf und wandle!»

Ein anfeuerndes Raunen ging durch die Menge. Mabel strahlte, dann sammelte sich höchste Konzentration in ihren Gesichtszügen. Zitternd stemmte sie sich gegen den Stuhl, versuchte sich hochzuwuchten. Nach kurzem Kampf stand sie aufrecht und wurde mit tosendem Applaus belohnt.

Thatch war ein paar Schritte zurückgetreten. «Komm zu mir, Mabel!» rief er. «Zeig uns, daß du gehen kannst!»

Stöhnend und schwankend schob Mabel einen Fuß vor den

anderen; ihr Gesicht war schmerzverzerrt. Auf halbem Weg zu Thatch gab das eine Bein nach, Mabel stürzte kopfüber in den Fotografengraben, ihr fuchsienrotes Kleid flog ihr über die Ohren und enthüllte knochige Beine und eine voluminöse Windel, die sich beim Aufprall selbständig machte. Die Zuschauer hielten den Atem an. Sie sprangen auf, machten lange Hälse, um einen besseren Blick zu erhaschen. Einer der Fotografen beugte sich über Mabel, sein Gesicht tropfnaß von ihrem Urin. Im nächsten Augenblick stand er auf und schüttelte den Kopf.

Tot! dachte Fish. Mausetot!

Jede Hilfe zurückweisend, zerrte Thatch Mabels Körper zurück auf die Bühne. Sie entglitt ihm und schlug mit dem Schädel krachend auf die Bodenbretter. Thatch stand breitbeinig über ihr und legte seine Stirn in grüblerische Falten, als drücke ihn eine schwere Last.

«Brüder in Christo», sagte er leise. «Ich hoffe, ihr stimmt ein in meinen Jubel über dieses Wunder, das sich vor unseren Augen ereignet hat. Unser Herr und Hirte wollte nicht länger auf Mabel warten. So überwältigt war Er von ihrem Mut, daß Er sie sogleich zu sich genommen hat. Lobet den Herrn!»

Die Menge, die vor Schreck verstummt war, begann langsam und zögernd, sich wieder zu regen. Sie fiel in den Jubelruf ein, während Mabel mit nach hinten gesacktem Kopf und weit offenem Mund auf ihren Stuhl zurückverfrachtet wurde. Eine Freiwillige wurde zu ihr beordert, um die Windel wieder zu befestigen.

«Ihr alle, wo auch immer auf der Welt ihr dies gesehen habt», sagte Thatch in eine Fernsehkamera, «ich wünschte, ihr könntet spüren, welch eine besondere und mächtige Kraft soeben unter uns war. Gott ist allbarmherzig. Er spendet seinen Segen auf tausenderlei Art, mitten in diesem Zelt. Wer könnte sich ein reineres Zeichen Seiner Liebe denken als dieses Wunder, das Er hier gewirkt hat.»

«Und nun zu diesem jungen Mann», sagte Thatch und wandte sich Fish zu. «Er ist besessen von der Teufelskrankheit. O ja, einige von unseren weltlichen Humanisten sprechen lieber von Schizophrenie, aber seit der Zeit, da unser Messias zum erstenmal auf Erden wandelte, weiß jeder Gläubige, daß diese sogenannte Krankheit nichts anderes ist als die Stimme des Leibhaftigen selbst, der sich der geistig Schwachen bedient, um zu uns zu sprechen. Dieser Mann hier braucht dringend unsere Hilfe, denn er ist nicht in der Lage, sich selbst von diesem Satan zu befreien. Anders als unser Herr und Erlöser kann er dieser Geißel nicht wehren. Hat nicht Gott Vater einst Luzifer ausgestoßen aus dem Himmel? Hat nicht Sein Sohn den Einflüsterungen des Versuchers auf dem Berge zu widerstehen vermocht? Ich bin überzeugt, liebe Brüder, daß kein Mensch, der Jesus Christus bereitwillig aufnimmt in seinem Herzen, von den Mächten des Bösen bezwungen werden kann, und ich werde hier und jetzt den Beweis dafür antreten. Wie heißt du, mein junger Freund?»

«Belacqua», sagte Fish.

«Nun denn, Mr. Belackwaah, seid Ihr gekommen, um Euch dem Herrn zu ergeben?»

Plötzlich wimmelte es in Fishs Psyche von Mitgliedern des Politbüros, sie schwärmten in alle Gehirnwindungen aus und überfluteten ihn mit weißem Rauschen. Wie üblich war der Kopf an vorderster Front.

«Satans Marionette!» schnaubte er. «Sehe ich aus wie Satan? Ist dies das Gesicht eines Erzengels? Gib Antwort!»

Leise und bestimmt sagte Fish: «*Halt's Maul.*»

«Du bist erledigt», sagte die Heuschrecke. «Kein psychotropes Pillchen meilenweit. Endlich haben wir dich.»
«Wie bitte?» sagte Thatch und neigte sein Ohr näher zu ihm.
«Raus hier!» brüllte Fish. «Raus aus meinem Kopf, auf der Stelle!»
Thatch wandte sich dem Publikum zu; sein Blick war wissend und verständnisvoll. «Kommt vor», sagte er, «daß jemand nicht sogleich bereit ist, Christus anzu –»
«Ich nehme gar nichts an!» bellte Fish. «Ich leugne.»
Die Hexe stellte ihn zur Rede: «Hast du im Ernst geglaubt, du könntest jemals frei von uns sein?»
«Wir sind deine Seele», pflichtete der Kopf bei. «Das ist das einzige, was zählt. Und jetzt stopf diesem Idioten endlich das Maul. Los jetzt, Fish. Gibt es Gott?»
«Nein!» schrie Fish auf. «Es gibt ihn nicht. Es hat ihn nie gegeben, nie! Man hat mich belogen. Man hat mich angelogen. *Alle diese Arschlöcher haben gelogen!*»

Am Bühnenrand sprangen Dorian und die anderen auf.
«Jetzt ist Tempo gefragt», sagte Prophet. «Nichts wie raus aus diesem Alptraum.»
Doch noch ehe sie sich in Bewegung setzen konnten, waren zwei stämmige Soldaten Christi auf die Bühne gestürmt. Thatch trat zurück, wobei er traurig den Kopf schüttelte und einen Gesichtsausdruck aufsetzte, der soviel sagen sollte wie: *Tja, Leute, ich hab mein Bestes gegeben ...*
Fish schien sich eine Seite aus dem Buch Lucky vorgenommen zu haben. Als die beiden Wachmänner auf ihn losgingen, versetzte er dem ersten einen Fußtritt zwischen die Beine, dem anderen einen Fausthieb auf den Nasenrücken. Dann erleichterte er den letzteren um dessen Waffe.

«Fish!» brüllte Dorian. «Fish, um Himmels willen, tu's nicht!»

Aber Fish hörte ihn nicht. Er starrte kurz auf das Maschinengewehr, dann sah er sich in der Menge um. Alle waren aufgesprungen, doch die meisten standen nun wie erstarrt. Nur ganz hinten gelang es einigen, das Zelt ungehindert zu verlassen. Diejenigen, die weiter vorne Platz gefunden hatten, widerstanden der Versuchung einer panischen Flucht. Schon wegen der Tribünen wäre es unmöglich gewesen, zum Ausgang zu gelangen.
«Gut gemacht», sagte der Kopf. «Obwohl dir natürlich klar sein muß, daß dieser Akt so sinnlos war wie jeder andere. Alles bleibt, wie es ist. Es führt zu nichts.»
«Nein, nein», sagte Fish. «Hier irrst du. Ich habe die Macht, etwas zu *verändern*.»
«Das mag schon sein», sagte der Kopf. «Aber werd nur nicht übermütig. Ob du den Abzug durchziehst oder nicht, denk immer daran: Abgesehen von uns bist du allein. Du bist allein.»
«Ich bin allein», pflichtete Fish bei. «Wie immer.»
Er hob das Maschinengewehr. Ein friedvolles Lächeln umspielte seine Lippen.
«Ihr Narren», sagte er zu der Menschenmenge. «Einen Garten Eden hat es nie gegeben.»
Die Reisenden duckten sich, als das MG Feuer spuckte. Nur Ariel sah hin, beobachtete den glückstrahlenden Fish, der die Gläubigen mit Kugeln bedachte. Die Zuschauer in den vorderen Reihen wurden zurückgeschleudert, ihre Kleidung war von einem Augenblick zum anderen mit Blutflekken übersät, die sich für einen Rorschach-Test geeignet hätten. Dann drehte sich Fish zu den auf der Bühne Ver-

sammelten um und scheuchte sie mit einer Handbewegung weg – alle bis auf J. Barnaby Thatch, der flehend die Arme erhoben hatte und käsebleich geworden war. Seine Hände und die Unterlippe zitterten. Er sah aus wie ein Süchtiger auf Entzug.

«Nicht schießen», sagte er mit krächzender Stimme. «Ich habe eine Frau und drei kleine –»

«Du behauptest, dein Heiland wird dich erlösen», sagte Fish in seltsam sachlichem Tonfall, während er auf ihn zuging. «Du kannst jetzt zu ihm beten.»

Thatch schielte zum Ausgang und fuhr sich mit der Zunge über die Lippen; zweifellos hoffte er, daß weitere Soldaten Christi aufkreuzen würden. «Hör mich an», sagte er, «ich bin sicher, wir kommen zu einem –»

«Beten!» brüllte Fish und setzte den Lauf des Maschinengewehrs an Thatchs Schläfe.

«O-o-o-okay, okay», blubberte Thatch, «okay, äh, Vater unser, der Du bist im Himmel, ge-ge-geheiliget w-werde Dein Name, Dein Reich komme –»

«Da haben wir's!» fiel ihm Fish ins Wort. «Genau darum geht's. Es ist kein Reich gekommen. Wo man heute auch hinschaut, man sieht nur verdammte Lügen. Ihr habt mir Lügen aufgetischt, über alles und jedes.»

Wieder schielte Thatch zum Ausgang, aber es ließen sich keine bewaffneten Diener des Herrn blicken. Alle drängten nur nach draußen. «Du glaubst, daß es einen Himmel gibt?» sagte Fish und drückte ihm den Lauf nun in die Kehle. «Du glaubst, daß dein Gott herniedersteigen und dich retten wird? Ihr alle habt versucht, mir das einzureden, und jetzt weiß ich, daß da nichts dran ist. Willst du wissen, was ich dir rate, du Lumpenhund? Ich rate dir, die falschen Propheten zu meiden, denn sie bringen dir falschen Gewinst.»

Thatchs wäßrige blaue Augen, die flehentlich an ihren goldglänzenden Gegenstücken hingen, zuckten hinunter zum Lauf des MGs und wieder zurück. Dicke, leuchtende Tränen bildeten sich in ihren Winkeln und drohten, über die Wangen zu laufen.

«Sperr deine Ohren auf», flüsterte Fish, während er den Druck gegen die Kehle erhöhte. «Hörst du die apokalyptischen Reiter? Ich höre *nichts*. Ich höre das Schweigen des Alls, absolutes Schweigen. Ich höre, daß deine Gebete verschluckt werden wie von einem schalltoten Raum. Wenn du überhaupt einen Erlöser hast, dann bin ich es, denn ich bringe dir die Wahrheit – die Wahrheit des Nichts und den traumlosen Schlaf, die Wahrheit des Schweigens ohne Ende. Mein Freund, hiermit übergebe ich dich diesem Schweigen.»

Amen.

Er ließ die Leiche von Thatch liegen, ging der Reihe nach zu sämtlichen Fernsehkameras und feuerte in die Objektive. «So schön und häßlich sah ich nie 'nen Tag», bemerkte er, «doch jetzt hab ich etwas Ruhe verdient, verflucht noch mal.» Als alle Kameras zerstört waren, drehte er sich um und blickte zu dem riesigen Fernsehschirm hinauf, der nun kein Bild mehr von ihm zeigte. «Götzendämmerung», rief er aus, «oder wie man mit dem Sturmgewehr philosophiert.» Er feuerte die letzten Patronen in seinem Gurt auf die Halteseile ab, die das Gerät trugen und nun aus ihren Befestigungen sprangen und zu Boden pfiffen. Fish grinste, als der Bildschirm auf ihn herabzustürzen begann, schleuderte das MG zur Seite, warf seine Arme senkrecht in die Höhe und spitzte die Lippen zu einem Kuß, einem Kuß für das gläserne Monstrum, das ihn zermalmte und dabei in tausend Splitter zersprang, die seine Arme und Beine auf die Bühnenbretter nagelten, während er noch immer lächelte.

Die Versammlungsteilnehmer stauten sich jetzt vor den Ausgängen. Die Wachsoldaten, die viel zu spät kamen, mußten sich gegen den Strom ihrer flüchtenden Glaubensgenossen vorwärtskämpfen, um schließlich vor Dutzenden von zusammengesackten Opfern zu stehen und ihre Waffen sinken zu lassen, als sie merkten, daß ihre Jagdbeute tot war.

«Wie gesagt: nichts wie raus hier», sagte Prophet.
«Und was ist mit –»
«Wir sind Freiwild, Lucky. Diesen Burschen ist jetzt jeder Vorwand recht, um loszuballern.»
Und so rannten sie los, rissen ein Loch in die Leinwand, dort, wo sie schon von Schüssen perforiert war, und schlüpften hinaus. Die Zeltstadt war hell erleuchtet, unter anderem von den Scheinwerfern der Hubschrauber, die sich wieder über ihren Köpfen zusammenfanden. Sie faßten sich bei den Händen und zwängten sich durch das Gewühl, in dem ihnen ein Trupp von Reportern auf dem Weg zum Tatort entgegenkam. Das allgemeine Chaos bot ihnen Schutz. Die Soldaten Christi liefen vor dem Hauptzelt zusammen, ohne genau zu wissen, was eigentlich vorgefallen war. Familien standen schluchzend beisammen und trösteten sich gegenseitig und wurden gleichzeitig von Journalisten mit Fragen bombardiert. Einzig die Reisenden wußten genau, was sie wollten, doch die Woge der Andrängenden schlug über ihnen zusammen, so daß der Druck der fremden Leiber sie am Vorankommen hinderte.
Als sie endlich die Außenbezirke der Zeltstadt erreicht hatten, spürten sie die ersten Regentropfen. Die Abhänge des Tals wurden nur von Akkulampen und ein paar vereinzelten Lagerfeuern beleuchtet, die rasch verloschen, als der Regen zu einem Wolkenbruch anschwoll. Die Reisenden kämpften

sich hinauf, während ihnen Schaulustige entgegengestolpert kamen. Offensichtlich hatte sich die Neuigkeit mittels Funktelephonen bereits überall im Tal verbreitet. Das Wetter vermochte niemanden abzuhalten. Die Reisenden klammerten sich aneinander, rutschten im Schlamm aus, wischten sich den Regen aus den Augen. Wenn sie gefragt wurden, was unten passiert war, gaben sie keine Antwort.
Immer mehr Hubschrauber erschienen am Himmel, und einige flogen extrem tief. Zelte wurden losgerissen und den Abhang hinuntergeweht, ihre Insassen verhedderten sich in den Seilen. Feuerreste, Kleidungsstücke, Bibeln, alles wurde vom Wind mitgerissen und innerhalb weniger Augenblicke über das gesamte Tal verstreut. Frauen und Kinder kreischten auf, während Männer in Schlafanzügen sich hochzurappeln versuchten und wieder umgeblasen wurden. Das Regenwasser sammelte sich rasch zu Sturzbächen, die alle Habseligkeiten mit sich rissen und in Treibgut verwandelten. Suchscheinwerfer richteten sich von oben auf das Schauspiel, und keineswegs nur für die Kameras: Die Hubschrauber, dem Unwetter nicht mehr gewachsen, suchten Plätze für eine Notlandung. Als sie herunterkamen, flüchteten die Wiedergeborenen in panischer Angst. Mütter umklammerten ihre kleinen Kinder, fanden aber selbst keinen Halt auf dem glitschigen Boden und rutschten reihenweise den Hang hinunter.
Die Reisenden kniffen die Augen zusammen, um sich vor dem Regen und der aufgewirbelten Asche zu schützen. Dichtgedrängt robbten sie über den Boden nach oben. Lucky hielt sich hinter Ariel, um sie notfalls aufzufangen. Prophets Fes saß plattgedrückt auf seinem Kopf wie ein unter die Räder gekommener Pappbecher. Dorian konnte kaum glauben, daß er das alles tatsächlich erlebte.

Eine weitere halbe Stunde verging, bis sie den oberen Rand des Abhangs erreicht hatten. Eine Anzahl Streifenwagen, aus dem Landkreis und von der State Police war bereits eingetroffen; ihre aufblitzenden roten Lichter schienen die Reisenden zu verhöhnen, als sie vorbeischlichen. Und der Regen prasselte weiter.

«Wo zum Teufel steckt unser Wagen?» rief Dorian.

Prophet sah sich um und entdeckte eine Reihe geparkter Autos, die ihm bekannt vorkam. «Hier lang», sagte er und setzte sich in Bewegung.

Die Lichtung war menschenleer. Sie kamen jetzt ungestört vorwärts, hielten sich aber immer noch bei den Händen. Prophet führte sie ein-, zweihundert Meter weit, wobei er die Parkreihen abzählte, und bog schließlich in eine überflutete Gasse ein. Wenige Augenblicke später hatten sie ihren Mustang erreicht.

«Zum Glück haben wir das Verdeck zugemacht», sagte Dorian.

«Glaubst du, es gibt Straßensperren?» fragte Lucky.

«Wahrscheinlich», sagte Dorian. «Wir müssen die Kalaschnikow loswerden.»

«Nur über meine Leiche», sagte Prophet. «Ich traue diesen Bullen keinen Furz weit.»

«Prophet, wenn sie die Kanone bei uns finden, kommen wir nie mehr aus diesem Staat raus», sagte Lucky, die schon den Kofferraum öffnete. «Ich weigere mich, dieses Ding mitzunehmen.

Dorian hob die Kalaschnikow heraus und schob sie unter einen Pickup, der in der Nähe parkte. Als er zurückkam, waren die anderen bereits eingestiegen.

Sie fuhren weiter nach Westen, höher hinauf in die Berge, von wo ihnen Dutzende von Streifenwagen entgegenkamen. Es schien keinen Polizisten in diesem Bundesstaat zu geben, der nicht in Alarmbereitschaft versetzt worden war.

«Wie spät ist es?» fragte Prophet.

Dorian blickte auf seine Uhr. «Fünf vor neun.»

«Wir sollten mindestens ein paar Stunden in Bewegung bleiben», sagte Prophet. «Wenn wir auf eine Interstate stoßen, dann nichts wie drauf.»

Ein Schweigen folgte, in dem jeder mit sich selbst beschäftigt war. Alle waren tropfnaß, aber wenigstens hatte der Regen den Schlamm von ihnen abgewaschen. Selbst ihre Schuhe sahen einigermaßen sauber aus.

«Es ist schließlich nicht so, als wenn wir etwas getan hätten», ließ sich Dorian nach einiger Zeit vernehmen.

«Wir haben ihn im Stich gelassen», sagte Ariel.

Wieder folgte ein Schweigen. Alle drehten sich nach ihr um.

«Wir haben ihn im Stich gelassen», wiederholte sie ruhig. Ihre Stimme war ein tiefer Alt, der seltsam erwachsen wirkte.

«Ja, das stimmt», sagte Prophet. «Aber wir hatten keine andere Wahl, Ariel. Sie hätten Hackfleisch aus uns gemacht.»

Ariel dachte kurz darüber nach. «Schon gut», sagte sie schließlich. «Er ist jetzt in Sicherheit. Er ist bei Gott.»

«Das wäre schon eine ziemliche Ironie», sagte Dorian.

«Er hat's nicht so gemeint», fuhr sie fort, als hätte sie ihn nicht gehört. «Gott wird es verstehen.»

«Wo immer er auch sein mag, er ist erlöst», sagte Lucky. «Was für eine schreckliche Krankheit.»

«Er ist auch jetzt bei uns», sagte Ariel. «Er ist hier. Er wollte niemandem weh tun.»

Es war fast Mitternacht und sie rollten auf einem Interstate Highway nach Westen, als ihnen die zufluchtverheißende Neonleuchtschrift eines Motels ins Auge stach.

«Laßt mich reingehen», sagte Lucky, während sie in den Parkplatz einbogen. «Ich tue so, als sei ich allein, und nehme mir ein Zimmer, dann können wir zusammenbleiben.»

Fünf Minuten später befanden sie sich in einem kleinen Appartement mit zwei Doppelbetten. Lucky zog die Vorhänge zu, und Prophet schaltete den Fernseher ein, auf dem ein Schwarzweißbild mit marschierenden Skinheads erschien.

«Wo zum Teufel ist denn hier bloß CNN?» sagte er und griff nach der Sendertabelle. «Kanal 32, gut dann wollen wir mal sehen, was Sache ist.»

Kanal 32 begrüßte sie mit einer Innenaufnahme aus einem Einkaufszentrum, in dem alle einsehbaren Räume verwüstet waren und sich rapide mit dunklem Rauch füllten, vor dem ein blinzelnder Weißer mit Anzug und Krawatte den Zuschauern anvertraute, er heiße Shane Major und berichte für CNN.

Ihm folgte eine bleiche Moderatorin mit zerrauften, wasserstoffblonden Haaren und geschockter Miene, die verkündete, daß man nun wieder auf die Spitzenmeldung aus Colorado zurückkäme, **wo bis zu fünfzig Gläubige bei einer –**

«Yup, da kommt's, aufgepaßt!»

«Mein Gott» flüsterte Dorian, als die Bluebox hinter der Moderatorin – die noch davor warnte, daß die folgenden Szenen grausam und nicht für Kinder geeignet seien – eine nächtliche Luftaufnahme der wohlbekannten gelben Zelte sichtbar werden ließ, die von den Scheinwerfern der Hubschrauber grell ausgeleuchtet wurden. In der darauf folgenden Einstellung war zu sehen, wie J. Barnaby Thatch Fish fragte, ob er gekommen sei, um sich dem Herrn zu ergeben.

«O mein Gott», sagte Lucky. «Ich weiß nicht, ob ich mir das ansehen kann.»
«Pssst», machte Dorian, während Fish J. Barnaby Thatch den MG-Lauf in die Kehle rammte und dieser sich mit einem Blutstrahl revanchierte, als Fish den Abzug durchdrückte und sein Opfer leblos zusammensank. Und dann sah ihnen Fish direkt ins Gesicht, zitierte Shakespeare und hob den Lauf, um die Kamera zu erschießen.
Früher am selben Abend, sagte eine Sprecherin aus dem Off, **gab der Mann, der inzwischen als Michael Fishbein aus Scarsdale im Staat New York identifiziert wurde, ein Exklusivinterview für CNN, in dem ich ihn nach der Rolle befragte, die die katholische Kirche, in welcher der Zeitpunkt der Wiederkunft Christi bekanntlich umstritten ist, bei diesem Ereignis spielt.**
Ich bin der letzte Kantianer, sagte Fish mit unbewegtem Gesicht in die Kamera.
Der Vatikan wollte hierzu keine Stellungnahme abgeben, jedoch scheint es sich, soweit Informationen hierzu vorliegen, bei den Kantianern um keinen wichtigen Orden der Kirche zu handeln.
Inzwischen [eine Einstellung zeigte prasselnden Regen, gebeugte Männer in gelben Schutzanzügen, Tragbahren mit Körpern ohne erkennbare Lebenszeichen] **geben die Behörden die Zahl der Toten mit sechsundzwanzig und die der Verletzten mit dreißig an, davon zehn in kritischem Zustand. Unter den Toten befinden sich sechs Kinder, zwölf weitere unter den Verwundeten; es wird befürchtet, daß sich die Zahl der Opfer noch weiter erhöht.**
Eine hellhäutige Frau, die ihnen nur zu bekannt vorkam, blinzelte unter der schwarzen Kapuze eines Mantels in die Kamera, während ihr der Regen über das Gesicht lief und die Wimperntusche schwarze Spuren auf den Wangen hinterließ.

Eine der vielen Fragen, die man sich heute abend stellt, betrifft die Identität der vier Begleiter des Priesters. Nach Zeugenaussagen handelt es sich um einen kleinwüchsigen Schwarzen in traditionellen afrikanischen Gewändern, einen blonden Mann mit deutschem Akzent und zwei weiße Frauen, alle ungefähr Anfang Zwanzig –

«Deutscher Akzent! Hör ich mich etwa an wie so ein behämmerter *Deutscher*?»

– wurde eine landesweite Fahndung nach den Komplizen eingeleitet, die vermutlich unmittelbar nach dem Massaker aus dem Tal entkommen konnten.

«Komplizen?!»

«Schnauze, Dorian, hör zu.»

– die Veranstalter die Absicht bekundet, ihre sogenannten Vigilien für die Wiederkunft Christi trotz der Abreise von bereits der Hälfte der versammelten Gläubigen fortzusetzen. Die zum Bleiben Entschlossenen haben mit wolkenbruchartigen Regenfällen zu kämpfen, die bereits Erdrutsche ausgelöst und zu einem Chaos geführt haben, das alle Bemühungen –

«Meint ihr, daß wir hier sicher sind?» fragte Lucky.

«Für den Augenblick», sagte Prophet, «es sei denn, irgend jemand hat uns vor oder während dieser Veranstaltung auf sein Videoband bekommen.»

«Es ist nur eine Frage der Zeit», sagte Dorian. «Denkt an diese Frau im Pleasant Acres. Sie kennt uns alle. Und habt ihr gesehen, wie uns diese Familien auf dem Parkplatz heute angegafft haben? Irgendwer erinnert sich bestimmt.»

«Gut, was bleibt uns dann?» sagte Lucky. «Sollen wir uns die Schädel rasieren? Oder uns verkleiden? Uns stellen?»

«Aber wir haben doch gar nichts *getan*, Herr im Himmel!»

«Die Sache gefällt mir nicht», sagte Prophet. «Was heute abend passiert ist, hat nichts damit zu tun. Ich finde auch, daß wir nichts Böses getan haben. Was mich beunruhigt, ist New York. Fish hat doch dieses Geld geklaut, und die Bullen haben gesehen, wie er mit uns weggefahren ist.»

«Geld geklaut? Welches Geld denn?» sagte Lucky.

«Das ist dieselbe Sache», sagte Dorian. «Da waren's auch nicht wir, die was ausgefressen haben. Wir konnten Kacke nicht von Kaviar unterscheiden, bis wir aus der Stadt raus waren.»

«Mag ja sein. Ich sage nur, daß ihnen alles recht sein wird, was sie uns in die Schuhe schieben können. Mit Lucky und Ariel ist es natürlich was anderes. Vielleicht wär's am besten, wenn sie – Scheiße, mach das lauter, Dorian.»

Kanal 32 kündigte keinen Geringeren als den New Yorker Polizeichef Russell Chunk an, der auch schon bei einer improvisierten Pressekonferenz zu sehen war, in einen Smoking gekleidet und mit schwarzem Staub im Gesicht. Er sagte, die Explosion habe sich in unmittelbarer Nähe der Bühne ereignet.

Glauben Sie, daß es sich um das Werk eines Nachahmungstäters handelt?

Nun ja, wir können das natürlich nicht ausschließen. Aber ich kann Ihnen versichern, daß wir die Drohungen der Afrikanischen Faust! inzwischen sehr ernst nehmen. Das FBI und das Bundesamt für Alkohol, Tabak und Feuerwaffen haben bereits gemeinsame Ermittlungen aufgenommen.

«Ach, du verdammte Scheiße», sagte Prophet.

«Was ist los?» sagte Lucky.

– nehme ich mich nun auch nicht *so* wichtig. Ich wurde erst heute nachmittag in die Oper eingeladen, also kann es kaum sein, daß irgend jemand –

«Prophet, ist alles in Ordnung?»

«Prophet», sagte Dorian, «vermute ich richtig?»

«Nein», flüsterte er, «unmöglich. Das kann einfach nicht sein.»

– rannte sofort nach vorn, um Erste Hilfe zu leisten. Die vorderen zehn Reihen und der Orchestergraben haben das meiste abbekommen, auf der Bühne gab es meines Wissens keine Todesopfer.

«Hört mal, Jungs», sagte Lucky, «würde es einem von euch was ausmachen, uns zu erklären, was eigentlich los ist? Du wirst ja ganz blaß, Prophet!»

«Hast du nicht behauptet, daß man die Spur unmöglich zurückverfolgen kann?»

Prophet schielte zu Dorian hinüber. «Ja, theoretisch.»

– mehr sagen als ich im Augenblick. Die Zahlen, die mir vorliegen, sind 61 Tote und 122 Verletzte. Weitergehende Spekulationen möchte ich nicht –

«Prophet, jetzt sag endlich was, das ist ein Befehl!»

– natürlich hab ich's gesehen. Ich habe auf die Bühne geblickt, so wie alle anderen auch.

«Das können sie nicht gewesen sein», sagte Prophet zu sich selbst. «Das würden sie mir nicht antun, niemals . . .»

– mich zu Boden. Nach etwa zehn Sekunden war ich wieder auf den Beinen.

Aufseufzend erzählte Dorian von den Presseverlautbarungen, die Prophet verschickt hatte.

«Unglaublich», sagte Lucky, als er fertig war. «Aber ich muß zugeben, du hast Mumm, Prophet. Meine Mutter könnte sich da glatt 'ne Scheibe abschneiden. Feministischer Terrorismus im Cyberspace – kaum auszudenken, diese Möglichkeiten!»

«Und jetzt zu Fish», fuhr Dorian deprimiert fort. «Erinnerst du dich noch an unseren ersten Abend, nach dem Zwischenfall mit den Bikern, wie du ihn nach seiner Maschinenpistole gefragt hast?» Er erläuterte auch hier die Hintergründe.

«Also sind wir dreifach auf der Flucht», schloß sie mit einem ungläubigen Lachen: «Das Geld, die Bombendrohungen und die Wiederkunft Christi. Irgend jemand sollte ein Buch über uns schreiben.»

– heitsmaßnahmen im Pierre Hotel und im Metropolitan Museum of Art wurden verschärft –

«Ich kann diesen Dreck nicht mehr sehen», murmelte Prophet. «Ich kann's nicht.» Er schaltete auf ein anderes Programm, gerade rechtzeitig für folgende Ankündigung: **Dieses Familiendrama aus Suburbia enthält anzügliche Sprache, Nacktheit, Gewaltdarstellungen und sexuelle Handlungen. Nur für mündige Zuschauer geeignet.**

«Finger weg von der Fernbedienung», rief Dorian, während die Kamera eine baumbeschattete Wohnstraße zwischen weiten Rasenflächen und Einfamilienhäusern abschwenkte. Über den Bildern erschien der Titel: **Sackgasse Nummer 84**.

«Exquisit», sagte Dorian. «Von dieser Serie habe ich schon gehört. Es ist die erste Seifenoper mit echtem Sex, deshalb zeigen sie sie auch erst um halb eins in der Nacht.»

«Dorian», sagte Lucky, «wir haben gerade gesehen, wie ein Freund von uns Dutzende Menschen und dazu sich selbst getötet hat. Wir sind auf der Flucht vor der Polizei. Wie bringst du es fertig, unter diesen Umständen an Sex zu denken?»

«Ich lebe immer nur für den Augenblick», erwiderte er, während die Kamera auf die pumpenden Arschbacken eines mittelalten blonden Mannes zoomte, unter dem sich eine brünette Frau spreizte.

«Du bist echt ein erbärmlicher Scheißkerl, weißt du das?» Sie schlug ihn auf einen Schmerzpunkt an seiner Schulter,

was er mit einem schrillen Schrei quittierte, und wandte sich dann angewidert ab. «Prophet, komm hierher, geht's dir gut? Komm zu mir.»
Die beiden machten es sich auf dem anderen Doppelbett bequem, während Dorian sich dem Bildschirm entgegenneigte und sein Schwanz erwachte.

***Himmel!* Er kommt!**

Hä?

Er kommt nach Hause!

Er hob den Kopf. **Was?**

Pollo ist da. Zieh ihn raus, schnell!

Rausziehen? Du spinnst wohl, *ich* komme doch gerade!

Raus, Kevin. O Gott, die Tür –

Er wurde abgeworfen und rollte sich zur Seite. ***Pollo?***

Versteck dich unterm Bett! Hier – eine zerknüllte Hose, ein schwarzer Socken, Boxershorts wurden ihm in den Arm gedrückt. **Beeil dich!**

Herrgott, was soll das? Ich dachte, er kommt erst um –

Hier, hier ist dein Hemd –

Mary? tönte es aus dem Erdgeschoß.

Na prima, 'ne tolle Nummer! Ich –

Scheiße, deine Schuhe. Hier – sie flogen zu der Stelle, wo er mit schrumpfendem Schwanz am Bettrand saß. **Jetzt mach schon!**

Das Gesicht nach oben, schlängelte er sich unters Bett. Schwere Schritte näherten sich, die Dielenbretter knarzten unter ihrem Gewicht. **Mary?**

Ich – ich bin hier drin!

Unter dem Bett hervorspähend, sah er ein Paar weiße Reeboks in der Tür. **Liebling?**

Ich – äh – hallo!

Hallo, Baby. Was zum Teufel tust du hier oben?

Ich hab nur, äh –

Alles in Ordnung? Geht's dir nicht gut?

Neinnein, ich wollte nur ein Nickerchen machen, bin eingeschlafen –

Er sah, wie sich ein Fuß aus seinem Blickfeld hob und unbeschuht wieder senkte.

Na dann, noch schnell ein Quickie vor dem Abendessen.

Oh, Pollo, ich glaube nicht –

Ach, komm schon. Jeans fielen auf die schon nackten Füße, die sich freistrampelten und dem Bett näherten. **Schau mich an, so kann ich ihn nicht lassen, oder?**

Warte –

Ja, was seh ich denn da.

Pollo, ich –

Seit wann ziehst du dich nackt aus, wenn du ein Nickerchen machen willst, hm?

Ich hab doch nur –

Auf mich gewartet, du geile kleine Schlampe, was? Die Matratze sackte plötzlich durch, nagelte ihn auf dem Fußboden fest. **Und? Wie geht's dir dabei?**

Gut. Ich, ich –

Was'n das für ein Geruch?

. . . Wie bitte?

Schnüffelnd: **Riechst du das nicht?**

Schnüffelnd: **Ich, ich weiß nicht, was du –**

Schnüffelnd: **Ich *kenne* diesen Geruch . . . ach, was soll's. Her mit dir.**

Speichel wurde ausgetauscht. Die Matratze verformte sich an diversen Stellen. Unter dem Bett wurde das Atmen für ihn schwierig.

M'mm.

Warte, du mußt erst – ahh! –

Verdammt, bist du naß. Die Matratze buchtete sich nach unten aus wie eine Amöbe auf der Suche nach ihrer Idealfigur. Der Klagelaut einer rostigen Bettfeder untermalte das Geschehen.

Autsch . . .

Hä?

Du, du drückst mich zu fest . . .

Hoppla.

Das Tempo zog an. Er lauschte und biß sich auf die Lippen.

Ah, yeah . . . *ahh*, yeeh . . . uff . . .

Nnng . . .

Pfff . . . pfffff . . .

Uach. Uach.

Haaaaaaa . . . huuuuu . . . gaaaah! . . .

Uaaaaach.

Aaaaahhhh . . .

Die rhythmische Bewegung verebbte. Flachgedrückt wie eine Flunder, formten seine Lippen über den zusammengepreßten Zähnen ein stummes W-ch-s-r.

. . . Pollo? . . . *Pollo?*

Ein Schnarchen durchpulste die Luft.

Pollo, verdammt noch mal!

Ein zweiter Schnarchlaut, tiefer und weniger nasal.

Herrgott . . .

Er wand sich hinaus in die Freiheit, strudelte seine Kleider ans Licht. Als er wieder ganz zum Vorschein gekommen war, setzte er sich auf und hatte zwei aufeinanderliegende Körper vor der Nase. Mühsam erhob er sich, blickte hinunter auf den behaarten Rücken eines Mannes, auf den schattigen Spalt seiner Arschbacken.

Kevin . . .

Sein Blick suchte den ihren, fand ihn hinter der Kuppe einer fleischigen Schulter. Eine wedelnde Hand wies ihn zur Tür. **So heirate mich doch, Himmel noch mal**, flüsterte er, seine Kleider an die Brust gepreßt wie eine verängstigte Mutter. Ihre Augen weiteten sich flehentlich, schwenkten zwischen ihm und der Zimmertür hin und her.

Er zog eine Grimasse und stakste wie ein Storch zur Tür hinaus in die Diele, von wo er sich auf leisen Sohlen die Treppe hinuntermachte. Erst unten hielt er inne, um sich anzuziehen. Der Reihe nach wurden die Boxershorts, die Hose, zwei Entenschnabelschuhe, Hemd und Krawatte und ein Nadelstreifenjackett angelegt. Dann trat er durch die Haustür hinaus in den Halloween-Abend.

Die Dämmerung hatte schon eingesetzt. Kerzenerleuchtete Kürbismasken grinsten ihm von der anderen Straßenseite entgegen, Lichtpunkte in der diesigen Luft. Er blickte nach oben und sah malven- und fliederfarbene Wolken vor einem karmesinroten Himmel. Er durchquerte den Vorgarten bis zur benachbarten weißen Haustür im Kolonialstil und fingerte bereits nach seinen Schlüsseln.

Drinnen empfing ihn der Vorraum – mehr noch: das ganze Erdgeschoß – mit Dunkelheit. Er tappte durch den Flur und die Treppe hinauf, wo er sich nach rechts zu einer geschlossenen Tür wandte, unter der ein Lichtspalt leuchtete. Er öffnete die Tür und war noch nicht vollends eingetreten, als ihm bereits ein **Zieh die *Kleider* aus, verdammt noch mal!** entgegenschallte. Folgsam zog er sich zurück und schloß die Tür. In grimmigem Schweigen legte er Jackett, Krawatte, Hemd, Schuhe, Hose, Socken und Boxershorts ab, schleuderte die Kleidungsstücke von sich wie verdorbenes Essen, öffnete dann wieder die Tür, trat ein und schloß die Tür sorgfältig hinter sich. Das Summen eines Luftreinigungsgeräts begrüßte ihn, kontrapunktiert vom Rascheln von Klarsichtfolien, die alle Wände und den Fußboden bedeckten. Er richtete seinen Blick auf das Bett, das einzige Möbel im Zimmer, auf die hohlwangige, bleiche Frau mit dem gespenstergleichen Blick, der sich aus trüben Augen auf ihn heftete.

Wie oft hab ich dir das schon gesagt, Herrgott.

Es tut mir leid.

Du bist spät dran.

Es tut mir leid.

Ich habe Hunger.

Er seufzte. **Was darf es heute sein?**

Karotten.

. . . Nur Karotten?

Gekocht. In Quellwasser.

Er ging zum Bett, setzte sich ans Fußende. Sie streckte einen knochigen Arm unter der Decke hervor, um sich Schweiß von der Stirn zu wischen.

Wie war der Tag?

Na, was glaubst du?

Er starrte durch die Klarsichtfolie und das Fenster, das sie bedeckte, während sich draußen eine Brise erhob und die Blätter zum Rascheln brachte. **Wenn du nur endlich ins Krankenhaus gingest.**

Was würde das schon nützen.

Du bist krank, Elise. Sehr krank.

Laß mich mit diesem Mist in Ruhe. Ich bin nicht krank!

Ach, wie würdest du's denn nennen? Zwei verdammte Monate in diesem Schlafzimmer, kein einziges *Molekül* darf durch die Tür –

Du weißt verdammt gut, was los ist! Sie setzte sich auf, die Bettdecke rutschte herunter und entblößte Haut, die sich über fleischlose Knochen spannte, faltige Brüste, die schlaff herabhingen. (Wow, das nenn ich Maskenbildnerei vom Feinsten, dachte Dorian.) **Warum kannst du mir nicht endlich glauben? Es kommt mir wirklich so vor, als dächtest du –**

Ich denke, daß das alles nicht normal ist! «Universelle Reaktion!» Wer zum Teufel hat je von einer «universellen Reaktion» gehört? Du *kannst* einfach nicht auf *alles* allergisch sein! *Niemand* ist allergisch auf *alles!*

Sie hatte schon tief Luft geholt, um ihm zu antworten, aber er ließ sie nicht zu Wort kommen, sprang auf und begann im Zimmer auf und ab zu tigern. **Gott allein mag wissen, was du noch wiegst. Du willst nichts essen, du wagst es nicht, ein Buch zu lesen, weil du von der Druckerschwärze niesen mußt, du kannst dich nicht mehr waschen, weil du von der Seife Hautausschlag bekommst. Mein Gott, wo soll das hinführen? Ich darf nicht mal mehr in meinen Kleidern in dein Zimmer, weil du von den Fasern die Krätze kriegst!**

Aber das *stimmt* doch, du hast doch selbst *gesehen* –

Einen Scheißdreck hab ich gesehen. Es ist psychosomatisch, Elise. Du hast eine allergische Persönlichkeitsstruktur, da liegt der Hund begraben. Ich hab mir mindestens fünfzig Bücher aus der Schulbibliothek geholt, im Erdgeschoß haben wir einen ganzen verdammten Buchladen, und alles beweist nur, daß der ganze Mist aus deinem Kopf kommt! Seine Hände, so fest zu Fäusten geballt, daß die Knöchel weiß hervortraten, zitterten vor Erregung. **Weiß der Henker, wie es so weit kommen konnte, schließlich war vor drei Monaten noch alles in schönster Ordnung, und dann taucht plötzlich dieser elende Guru auf –**

Es war *keineswegs* alles in schönster Ordnung, die Ärzte haben mir gesagt, daß ich keine Kinder bekommen kann, und *untersteh* dich, Saheed zu beleidigen –

Saheed, daß ich nicht lache. Der Kerl ist weißer als ich und er legt sich irgend so einen lächerlichen Indernamen zu, als hätte er schon das letzte Welträtsel gelöst –

Immerhin hört er mir zu!

Ja, genau, zuhören, das kann er. Du glaubst, er tut etwas gegen deine Neurose, aber eins laß dir sagen, Elise, in Wirklichkeit gibt er ihr immer neue Nahrung! Er erzählt dir, daß du allergisch auf alles bist, und schon glaubst du's und läßt ihn dreimal pro Woche antanzen, damit er dich mit diesem Weißlichthumbug behandeln kann –

Kevin –

Hundert Dollar pro Schuß, und was bekommst du für deine hundert Dollar? Deine Chakras werden geöffnet, aber was zum Teufel soll das eigentlich sein, ein Chakra? Ich will dir verraten, auf welcher Masche er reitet – da sitzen Hausfrauen in ihren Vorstadthäusern herum und langweilen sich, und dann kommt er daher wie der Messias persönlich, kein Wunder, daß er einen verdammten Mercedes fährt. Warum gibst du mir das?

Es muß ausgeleert werden.

Nicht mal die eine Tür weiter zum Klo kannst du gehen, der Staub könnte dich ja umbringen. Er nahm das Gefäß und ging damit zum Fenster, wo er die Klarsichtfolie teilte, einen Flügel öffnete und den Inhalt in die hereinbrechende Nacht hinauskippte. Dann starrte er eine Weile auf die Sackgasse hinunter, auf die Häuser, deren Fenster durch das Dunkel leuchteten.

Dräng mich nicht, Kevin.

Dorian schaltete den Fernseher aus. Die anderen waren schon eingeschlafen, alle drei auf dem gleichen Bett. Die anfängliche Sexszene hatte ihm einen geradezu mörderischen Ständer beschert, den nur der Aufritt von Mrs.

Magersucht vor dem Abspritzen bewahrt hatte. Da es sich aber noch lohnte, taumelte er schnell ins Badezimmer, während die anderen weiterschliefen.

Gerard hat den Kaffee gebracht, den wir in geselligem Schweigen schlürfen. Ich habe einen von Lanks Anoraks herausgesucht, um ihn zu wärmen, ganz zu schweigen von der russischen Bärenfellmütze (die natürlich nur ein Imitat ist). Wir würden ein prächtiges Bettlerduo im Gorki-Park abgeben.

Ich komme jetzt zu *dem Zwischenfall.*
Sitzen Sie gut? Es wird ziemlich heftig.

x

Der Mensch im Singular ist problematisch genug. Die Menschheit im Plural ist um einiges schlimmer, und ihre Steigerungsform ist die männliche Menschheit. Mein Beweis: Der Junggesellenabschied, für den ich im vergangenen Mai engagiert wurde. Ich hatte früher schon drei solche Polterpartys mitgemacht und mich jedesmal danach gefühlt wie ein gebrauchtes Kondom. Aber das Honorar war immer wieder unwiderstehlich, und ich lerne einfach nichts dazu.
Bei diesem speziellen Anlaß trug ich, wie gewünscht, ein schwarzes Cocktailkleid. Tatsächlich war es so knapp geschürzt, daß es mehr einem

Unterhemdchen glich: Ich konnte mich darin kaum hinsetzen, ohne alle meine Geheimnisse preiszugeben. Zu meinem Aufzug gehörten die üblichen schwarzen Strümpfe mit Strumpfhaltergürtel, dazu ein schwarzer Slip und, um die Sache abzurunden, schwarze Stöckelschuhe.
Ein Detail war freilich anders als sonst: Die Spießgesellen des Bräutigams hatten eine Blondine geordert, so daß ich den ganzen Nachmittag beim Friseur verbrachte. Um der Authentizität willen ließ ich auch meine Augenbrauen und mein Schamhaar bleichen und kaufte mir ein Paar rezeptfreie blaue Kontaktlinsen. Glücklicherweise haftete meiner Haut noch einiges an Winterblässe an: Ich sah zwar nicht gerade nordisch aus, aber für eine Slawin, die gerade vom Urlaub in Antigua zurückkam, konnte ich allemal durchgehen.
Als ich mich, nachdem ein exquisites Make-up aufgetragen war, kritisch im Spiegel beäugte, dachte ich: Einfach zauberhaft siehst du aus ... Selbst das Kleid wirkte elegant und nicht geschmacklos, wie ich befürchtet hatte. Ich hätte ein Mädchen auf dem Weg zu einem Rendezvous sein können.
Als nächstes dachte ich: Und warum gehst du nicht zu einem Rendezvous? Wo bleiben die einfachen Freuden im Leben, wie lauschige Restaurantbesuche, Spaziergänge am Pier, Kuscheln auf dem Rücksitz eines Taxis, um die Winterkälte zu vertreiben? Ein guter Freund an meiner Seite wäre mir genug gewesen, ich hätte nicht auf Liebe bestanden. Eine problemlose Freundschaft voller Wärme, Zuneigung, Intimität ... Ach ja, es wäre genug ...
Aber denkste: Ich war nicht auf dem Weg zu einem Rendezvous, weil mich niemand um ein Rendezvous gebeten hatte. Tatsächlich war das schon seit Jahren nicht mehr geschehen, was auch nicht überraschen konnte: Schließlich traf ich nur Männer, von denen ich mich für Geld ficken

ließ, und auch wenn Hollywood uns etwas anderes weismachen will, ist das kein guter Einstieg in eine Beziehung.

Als ich meine Lippen inspizierte, die in schimmerndes Scharlachrot getaucht waren, konnte ich nicht umhin, den Hauch von Traurigkeit zu bemerken, der sie umspielte. Diese Lippen fühlten sich schon jetzt betrogen, weil sie genau wußten, daß sie etwas Besseres verdient hatten. Sie waren makellos geschminkt, aber für nichts, das den Aufwand lohnte. Für die Hurerei war er verschenkt, und meine Lippen haßten die Verstellung. Bei allen meinen Sitzungen waren sie noch kein einziges Mal geküßt worden.

An kalten, dunklen Abenden frage ich mich manchmal, wieviel Zeit mir noch bleibt, um mich zu retten. Ich frage mich, ob mir der letzte Rest meiner Jugend bereits unbemerkt durch die Finger geronnen ist. Ich frage mich, ob alles, was ich tue, nur ein Abklatsch von Jugend ist, ein mühsamer Versuch der Rekonstruktion. Und dann erinnere ich mich daran, daß ich niemals eine Jugend zu verlieren hatte.

Trotzdem glaube ich, daß es mir möglich ist, immer noch, im Brutkasten des Sommers unter einem Baum zu sitzen und meinen Körper genauso zu vergessen wie meine Vergangenheit und etwas zu empfinden, was ich anderswo seit Jahren nicht empfunden habe – *Frieden;* und mich dabei in eine Welt zu versetzen, selbst wenn sie nur geträumt ist, in der ich sicher und geborgen bin. In der die Wirklichkeit in Schach gehalten wird. In der mein Panzer aus Zynismus, Stumpfheit und Groll sich vorsichtig öffnet. In der ich mir selbst vergeben kann.

Doch ich habe auch Angst vor dieser Welt. Ich habe Angst vor ihrer Verführung, vor ihrer falschen Hoffnung. Ich habe Angst vor ihrer Flüchtigkeit. Und mit jedem Jahr fällt es mir schwerer, sie noch zu finden.

Ich frage mich, ob ich mich je wieder aus meiner Deckung herauswagen werde. Ich neige zu der Befürchtung, daß ich es nicht mehr kann.

Ich nahm ein Taxi zum Atheneum, dem angesagtesten Fitneßstudio der Upper West Side. An der Kreuzung Broadway/75. Straße gelegen, erfreute es sich eines Publikums aus der Riverside und dem Theaterviertel nebst Betuchten aus der Central Park West und den belaubten Querstraßen, die dorthin führen. Es mußte ein Vermögen gekostet haben, diesen Klub für den Abend zu mieten, und überhaupt war es ein merkwürdiger Ort, um den Abschied vom Junggesellendasein zu feiern. Was würde mich dort erwarten? Freikörper-Aerobic? Striptease auf dem Laufband? Orales Squash?
Um halbzehn kam ich am Tatort an. Die Tür war unversperrt und unbewacht, also ging ich hinein. In der Lobby war kein Mensch zu sehen, und im ganzen Gebäude herrschte eine unheimliche Stille. Ich drang weiter in das Innere vor, auf der Suche nach der Party.
Nichts im New York der Reichen und Schönen ist nur funktional. Hätte ich ein Fitneßstudio für mich gesucht, so wäre mir wahrscheinlich eine dampfige Turnhalle in Brooklyn am liebsten gewesen, voller drittklassiger Boxer und Schwaden säuerlichen Schweißgeruchs – etwas *Echtes*. Die Studios der Luxuskategorie sind darauf aus, das Training als schick zu verkaufen und nicht bloß als nützliche Anstrengung, so als würde eine exklusive Atmosphäre den Schweißfilm daran hindern, etwas anderes zu tun als nur zu glänzen. Als würden flauschige Teppiche und frischgepreßte Säfte für zehn Dollar und vergoldete Hanteln der japsenden Erschöpfung Klasse verleihen.
Das Atheneum hatte sich, welch Überraschung, dem grie-

chischen Stil verschrieben. Hinter der Lobby öffnete sich ein weiträumiges Atrium, in dem sieben Springbrunnen selbstverliebt vor sich hinschäumten. Die Decke ruhte auf dorischen Säulen, überall blühten Blumen. Es erinnerte mehr an ein Hotel.

Ich schlich durch die halberleuchteten Räume. Die Stille war verwirrend, die ungenutzten Apparaturen standen überflüssig und verlassen herum. Nicht, daß ich unbeeindruckt geblieben wäre: Das Atheneum erlaubte es, so gut wie jeder sportlichen Neigung am Modell zu frönen. Da gab es die übliche Ansammlung von Krafttrainern, Zugmaschinen und Butterflies, Steppern, Laufbändern und Ergometern. Da gab es Skisimulatoren und Rudermaschinen und Schlagmaschinen und Schlittenmaschinen. Es gab eine fünfzehn Meter hohe Wand, an der sich Freikletterer versuchen konnten. Es gab sisyphäische Schwimmbecken, in welchen man gegen eine künstliche Strömung ankämpfen mußte. Es gab Tennisplätze, Squashplätze, Racketplätze. Es gab vier Tanzstudios. Es gab, nach den Hinweistafeln zu schließen, eine hauseigene chemische Reinigung, einen Schuhputzservice, einen Frisier- und Maniküresalon, ganz zu schweigen von zahllosen Masseuren und Masseusen und Chiropraktikern, die ohne Voranmeldung zur Verfügung standen. Es gab auch einen Öko-Lebensmittelmarkt samt makrobiotischer Snackbar, dessen Kühlregale wie außerirdische Roboter durch das Halbdunkel leuchteten. Es gab Sanitätsräume und Krankenschwestern und Radiologen und einen Kernspintomographen und sogar eine Praxis für plastische Chirurgie. Es gab Schlammbäder und Elektrolysebäder und Tiefentspannungstanks. Es gab Ultraschalltherapeuten und Sportpsychologen, die vermutlich permanent durch die Räume zirkulierten, um den Athleten in Krisensituationen zu

Diensten sein zu können. In jeder Ecke waren Telefonkabinen und Faxgeräte zu finden. Niemand mußte hier das Training unterbrechen, wenn ein Warentermingeschäft seine elektronische Aufmerksamkeit erforderte. Ich stellte mir die Fitneßbeflissenen vor, wie sie, zwergenhaft, in diesen gigantischen Räumen sich mit verbissenem Fleiß an den Maschinen mühten, während ihre Aktiendepots von einem Crash vernichtet wurden. Ich stellte mir moderne Herkulesgestalten neben schwammigen Büromenschen vor, alle schwitzend, keuchend und gerötet. Seltsam, daß so viel Bewegung so sehr an einen Ort gebannt blieb – ein Hamsterrad, das sich unablässig drehte und doch nicht vom Fleck kam. Ganz wie das Leben selbst.
Es dauerte nicht lange, bis ich die Party gefunden hatte. Zu den Besonderheiten dieses Fitneßtempels gehörte ein Schwimmbassin von olympischen Ausmaßen, und hier war es, wo der zum Eheglück Verdammte die letzten Stunden seiner Junggesellenfreiheit verbrachte. Einen Augenblick, bevor sie mich bemerkten, sah ich die zirka dreißig hellhäutigen Männer, die knielange Schwimmanzüge trugen und sich bereits am Pool vergnügten. Einige alberten am Beckenrand herum und verspotteten ihre Kameraden im Wasser. Andere hüpften von den Sprungbrettern und landeten platschende Arschbomben. Alle waren ungewöhnlich gut gebaut, und die meisten trugen eine Bürstenschnittfrisur. Ihr Durchschnittsalter mochte bei vierundzwanzig liegen.
Ein Barkeeper war angeheuert worden, der seine Flaschenbatterie am entfernten Ende der Halle aufgebaut hatte und bestens beschäftigt schien. An einem benachbarten Tisch bot der uniformierte Kellner eines Partyservice kalte Platten und allerlei Junk Food an.
Schließlich sah mich einer der Partygäste, der gerade aus

dem Wasser auftauchte, in der Tür stehen. Er klatschte in die Hände und stieß einen Freudenschrei aus. «Hey, Jungs!» brüllte er, während seine Blicke an mir auf und nieder wanderten. «Sieht ganz so aus, als bekämen wir 'ne Fotze spendiert!»

Die anderen stimmten in sein Gegröle ein. Ich betrat die Halle, lächelte und wollte gerade fragen, wo ich meine Handtasche ablegen könne. Ich beendete den Satz nicht.

Zwei der Männer hatten sich auf mich gestürzt. Einer packte mich bei den Armen, der andere bei den Beinen. Ehe ich noch protestieren oder schreien konnte, lag ich bereits am flachen Ende des Pools im Wasser, und die Meute fiel über mich her.

Meine Schuhe und die Handtasche hatten sich bereits verabschiedet, ich hatte keine Ahnung, wohin. Mein hübsches Kleid war auf der Stelle durchnäßt und klebte schwer an meiner Haut. Als ich meinen Kopf, würgend und blinzelnd, über die Wasseroberfläche brachte, lag bereits der erste Polterer auf mir, packte mich bei den Schultern und drückte mich wieder nach unten. Ich riß die Augen auf. Lüsterne, gaffende Fratzen drängten sich von allen Seiten über mich. Ich versuchte sie wegzustoßen, aber irgend jemand griff sich mein Bein und drehte mich auf den Bauch. Ich wußte nicht mehr, wo oben und unten war. Ich spürte Wasser in meine Nase eindringen, ein brennendes Gefühl in der Nasenhöhle. Aber jetzt war mein Selbsterhaltungstrieb erwacht. Ich schlug um mich, bäumte mich auf, kam wieder an die Oberfläche, wo sich sofort ein Dutzend Hände in mich krallten und nach Fusel stinkender Atem mich einhüllte. Kaum konnte ich die vielen Griffe unterscheiden, spürte nur zwei Hände auf meinen Brüsten und die rauhe, schuppige Haut der Finger, die mir in die Kehle drangen – entschieden männliche Finger, von beißendem Geschmack. Andere fummelten an meinen unteren Regionen, wieder andere versuchten, mir mein Kleid abzustreifen. Zu viele Hände zerrten in zu viele verschiedene Richtungen; ihr Kompromiß bestand schließlich darin, das Kleid zu zerreißen und die Fetzen von meinem Körper zu schälen wie verbrannte Haut. Was ich sonst noch trug, leistete keinen großen Widerstand mehr, war nur noch Nachspiel.

Unter normalen Umständen wird Wasser, das die nackten Lenden umspielt, als höchst angenehm empfunden: Kaum ein Sinneseindruck kann natürlicher, kann paradiesischer sein. Diesmal war alles anders. Als mein Geschlecht entblößt war und Wasser an meine Vulva drang, fühlte ich mich wie eine Patientin, die für eine Injektion vorbereitet wird. Das Entfernen meiner Unterwäsche entsprach der Einreibung des Zielpunkts mit desinfizierendem Alkohol: Beides hinterließ das gleiche, heißkalte Brennen, verursachte das gleiche, vorauseilende Angstgefühl. Ich malte mir den Schmerz aus, bevor er noch begann. Ich brauchte nicht lange zu warten.

Ich hörte einen Schrei – «*GIB'S IHR, BILLIEEEE . . .*» – und spürte den vertrauten Pfahl im Fleisch. Irgendwann in den vergangenen Minuten war ich gegen die Beckenwand gedrängt worden. Nun hob es mich teilweise aus dem Wasser, als sich Billys Hände um die Unterseite meiner Schenkel schlossen und mich weit spreizten, um ihm ein leichteres Eindringen zu ermöglichen. Ich sah ihn an. Sein Blick war glasig, halb auf mich, halb über mich hinweg gerichtet; er hatte seine Zähne entblößt, die Augen zusammengekniffen, und begleitete jede Attacke mit einem gepreßten, mannhaften Grunzen. Ich hatte das Gefühl, irgend etwas tun zu sollen – mir die Seele aus dem Leib zu schreien, wäre ein guter Anfang gewesen –, doch ich war wie gelähmt. Ich habe gelesen, daß manche Vergewaltigungsopfer sich von dem Erlebnis distanzieren können, indem sie ihren Körper verlassen und erst wieder in ihn zurückkehren, wenn keine Gefahr mehr besteht. Ich brachte es nicht ganz so weit. Tatsächlich fühlte sich mein Körper, obwohl er zu keiner Handlung fähig war, seltsam lebendig an, vibrierte jeder Nerv in fiebriger Spannung. Ich wußte nur zu gut, was mit meiner malträtierten Möse geschah; mein Unterbewußtsein erlaubte mir keine Flucht, um nichts in der Welt.

Wo war meine Macht, jetzt, wo ich sie brauchte?

Nachdem Billy auf weichen Knien davongewankt war, nahm Troy seinen Platz ein. Troy war ein schwerer Junge, beleibt und behaart. Anders als Billy, der sich aufrecht gehalten und seinem Schwanz die ganze Arbeit überlassen hatte, warf Troy sich mit solcher Wucht auf mich, daß mir die Luft wegblieb. Er begrub mich unter seiner Masse, klebte klamm auf mir, ließ mir eine Gänsehaut über die Arme kriechen, versengte mir mit seinem hochprozentigen Atem das Gesicht . . . All das wurde von einer Geräuschkulisse untermalt, die sich, wenn meine Erinnerung mich nicht im Stich läßt, ungefähr in folgende Wortfetzen fassen läßt: «Uah, yeah, Baby, m'mm-h'mm . . . jaa, das ist gut, Honey, *uuuh yeah* . . . du kannst es, Schätzchen, und ich besorg's dir, ahhh, mein Baby, komm zu deinem Daddy, jaah, das isses, das ist das Wahre . . . da kommt's . . . da kommt's . . . *iuuuahhhh! Iuuuahhhh! Da hast du's, Baby, jaa-hha!*»

Als nächster kam Chad, dessen gnädigerweise kurze Attacke annähernd mit folgenden Lauten wiedergegeben werden kann: «Schhh-hah-schhh-hah-schhh-hah-*schhh-hah-schhh-hah-schhh-hah-SCHHH-HAH-SCHHH-HAH-SCHHH-HAH – SCHHHHHHH-HUUUUUUU!*»

Aus meiner Sicht existierten wir in unterschiedlichen Gefügen von Raum und Zeit. Die wirkliche Welt stand still, ihre Bewegung war eingefroren und wartete darauf, daß dieses Geschehen zu Ende ging. Die einzige Zeit war die Vergewaltigungszeit, die ich von Augenblick zu Augenblick in einem Hagel von Sinneseindrücken erlebte. Ich war unfähig zu denken, registrierte nur Impulse, die in einem steten Strom, doch unverbunden auf mich eindrangen. Ich brachte nichts zuwege, das auch nur entfernt einem Gefühl geglichen hätte. Meine Reaktionen beschränkten sich strikt auf die physiologische Ebene. Zum Beispiel stellte ich fest, daß ich weinte, und das hatte ich bestimmt nicht gewollt. Jemand anders mußte diese Entscheidung für mich getroffen haben.
Bruce und Wade und Gavin ... Plötzlich hatte ich die Bekkenwand vor meinem Gesicht: Da stand einer auf Arschfick. Genauso der nächste, der übernächste. Unterdessen stellten sich Ron und George und Den und Bill und Al um mündliche Erleichterung an, und auch Lyndon und Ricky und Gerry und Jimmy brachten sich in Erinnerung, und hinter mir lauerte sonstwer, und Pat und Ollie und Pat zwo standen auf der Warteliste. Wer gerade am Zug war, wurde von lautstarkem Gebrüll angefeuert, etwa so: «*Ramm ihn rein, Lyndon ... Schau ihn dir an, der Bursche ist ein richtiger Fickhengst ... bei dem Schwanz gibt's kein Nein!*» Oder: «*Steck ihn nur rein, Ollie ... Mann, du stößt ja wie ein Rammbock! Das ist ja nicht mehr menschlich!*» (beiseite: «*Fickt echt in der Oberliga, bei Gott.*») Oder: «*Schmier mir das Baby gut ein, Cal, nur immer rein mit der Plempe, mach die Mutter schön naß ...*»
Und mittendrin ich, vollkommen leblos. Aber ich registrierte, katalogisierte, zeichnete auf.
Alles schwamm ineinander. Der Schwanz in meinem Mund

war Jederschwanz. Der Schwanz in meinem Arsch war Jederschwanz junior. Die zahllosen Hände und Finger ihren Besitzern zuzuordnen, wäre völlig sinnlos gewesen. Die Hände waren einfach da. Die Finger waren einfach da. Nur ich hatte eine Identität, ich im Zentrum dieses Mahlstroms. Und ich war dabei, sie schnell zu verlieren – mein Ich zu verlieren? Meine Bindungen an die Welt? War das der Weg zur Erleuchtung, zum spontanen Sein?

Wie losgelöst ich bin. Noch immer spüre ich nichts.

Als ich klein war, wurden wir Waisenkinder oft an den Strand geführt. Damals war ich ein Wassergeist, eine Nixe; und ich kann mir nicht erklären, warum mir im Lauf der Jahre das Wasser, die dunkle, befreiende See, die meine kalte Mutter war, so fremd geworden ist . . . Was hatte ich mir dabei gedacht, in dieses unmenschliche New York zu ziehen, diese gleichgültige und mörderische Stadt, die so fern ist von allem Reinen, Heiligen, Geweihten? Oft tötet sie schnell und ohne Vorwarnung; aber sie tötet auch durch Strangulation, durch langsam wirkendes Gift, durch Erschöpfung, und ständig lauert das unermüdliche Raubtier einen Schritt hinter dir und wartet, allgegenwärtig, auf den ersten Fehltritt, das Straucheln, die Ermattung, immer bereit zum tödlichen Sprung; oder es kreist, wie ein Geier, in den Lüften und wartet ab, bis sich das Opfer selbst zu Tode gebracht hat, um dann herabzustoßen und zu fressen, fressen, fressen . . .

Dagegen das Wasser, meine unsterbliche Liebe . . . wie ist es möglich, daß wir auf diese Weise wieder zueinander finden? Kannst du denn gar nichts tun, um mir zu helfen? Kannst du nicht steigen und sie alle wegspülen, sie in deine Tiefen hinabsaugen, sie unter deinen Wogen begraben, sie so verschlingen, wie sie mich verschlungen haben, bis keine Spur mehr von ihnen zurückbleibt?

Damals am Meer kam es hin und wieder vor, daß mich eine Brandungswelle packte und benommen, mit schlaffen Gliedern, auf den Strand warf. In diesen kurzen Augenblicken hatte ich das Gefühl einer unwillentlichen Selbstaufgabe, einer Gewißheit, daß mein Schicksal in allmächtigen Händen lag. Genauso war es in diesem Swimmingpool. Was hier geschah, war ein weiterer Tsunami, auf dem ich hilflos dahingetragen wurde, der Gnade der Elemente ausgeliefert. *Eine Naturgewalt . . .*

Unwillentliche Selbstaufgabe: War es *das*, was mein Martyrium verlängerte? Meine Unfähigkeit, zu protestieren, mich zu widersetzen, jenes einsilbige Wort herauszuschreien, das meinen erleuchteteren Schwestern angeblich so dringend ans Herz gelegt wird? Hatte dieses Wort in der Sprache der Partygäste überhaupt einen Wert? Ich wußte es nicht – denn ich hatte es nicht ausprobiert. Ich hatte es nicht ausprobiert, so glaube ich, weil ich den ganzen Kampf im Grunde schon vor langer Zeit aufgegeben hatte – den Kampf ums Schreiben, um Veröffentlichung, um einen Sinn in meinem Leben, der über den bloßen Daseinskampf hinausgegangen wäre, der mehr gewesen wäre als nur das Abmelken der Lebenskraft jener Männer, die ich fickte. (Ereilte mich jetzt die gerechte Strafe?) Ich leistete keinen Widerstand, weil mich die Stadt besiegt hatte. Ich leistete keinen Widerstand, weil es nichts geändert hätte – nicht für mich. Nicht mehr. Weil ich mir selbst endgültig abhanden gekommen war.

Inzwischen hatten sich, so kam es mir vor, auch der Barmann und der Kellner ausgezogen und sich ein Stück vom Kuchen gesichert. Ein Stück von mir.

Doch plötzlich, einmal mehr, entschloß sich mein Körper, selbst zu handeln, ohne vorher meinen Kopf zu fragen. Offenbar erkannte er, daß der Kopf auf Urlaub war, sich mit anderen Dingen beschäftigte. Die tödliche Bedrohung witternd, entschloß sich mein Körper, dem Selbsterhaltungstrieb zu folgen, dem gesegnetsten aller Triebe. Ich weiß nicht mehr, wer vorne und wer hinten an mir zugange war – Lance und Pierre oder Whitey und Jay –, aber aus meiner Sicht war das auch ganz egal.

Zwölf Zentimeter eines evolutionären Irrwegs hatten sich in mein Rektum gebohrt, doch meine Aufmerksamkeit richtete sich auf die zehn Zentimeter, die in meinem spermaverschleimten Mund steckten und mir die Mandeln im Rachen weichklopften. Hände fuhren mir durch die Haare, zerrten an meinem Skalp. Von allen Seiten drängte sich Fleisch gegen mich, bliesen mir Stürme fermentierten Atems ins Gesicht, doch meine ganze Aufmerksamkeit verengte sich auf diese Fortpflanzungskloake zwischen meinen Zähnen, diesen entarteten Kitzler, von dem ein Idiot aus Wien wollte, daß ich ihn den Männern neidete. Ich war nicht mehr dieselbe, Baby. Ich mobilisierte alle Kraft der Welt in meinen Kiefern und biß zu.

Es war nicht leicht, und es ging nicht schnell. Ein- oder zweimal mußte ich den Kopf heftig hin und herschütteln wie eine Löwin, die ihre Beute zerfetzt. Dann hatte ich die ganzen zehn Zentimeter lose im Mund.

Matt oder Mark oder Luke oder John oder wer immer da vor mir kniete, stieß einen langen, lauten Schrei aus. Ich hob den Kopf und spuckte meine Beute, eingehüllt in einen Blutschwall, aus.

Er hatte den Mund so weit aufgerissen – und ich so gut gezielt –, daß das Geschoß, ohne mich im geringsten zu

überraschen, in der Öffnung verschwand und mit Schwung in seine Luftröhre glitt.
Seine Augen, eben noch fest zusammengekniffen, weiteten sich vor Entsetzen. Er begann zu röcheln. Er fuhr sich mit den Händen an die Kehle, sprang auf, taumelte am Beckenrand entlang, stieß gurgelnde Laute aus, während sein phallischer Stummel Blut ins Wasser pißte, als wolle er es segnen oder fruchtbar machen. Ein paar seiner Kumpel eilten ihm zu Hilfe, klopften ihm auf den Rücken. Er sank in die Knie, immer noch seinen Hals umklammernd. Das letzte, was ich von ihm sah, war die vertraute Bläue, die sein Gesicht überzog ...
Ich weiß noch, daß ich meine letzte Stunde für geschlagen hielt. Es waren genug von den Burschen übrig, um mir den Fluchtweg zu versperren, und ich machte noch nicht einmal den Versuch, zu fliehen. Statt dessen nahm ich all meine Wut zusammen, um diesen Kerlen so viel Schmerz wie möglich zuzufügen, ehe ich starb. Ich begann mit einem Amazonenschrei, oder dem, was ich dafür hielt. Er war so hoch und so schrill, daß es selbst mir kalt den Rücken hinunterlief, als er von den Wänden der Schwimmhalle zurückgeworfen wurde. Für einen Augenblick standen die Männer starr und stumm da. Dann gingen sie auf mich los. Wer-auch-immer steckte immer noch in meinem Arsch. Blindlings schwang ich meine Ellenbogen nach hinten, in die ungefähre Richtung seines Kopfes, und wand mich dabei in der Hüfte, um den Stößen mehr Kraft zu verleihen. Mein linker Ellenbogen schien ihn an der Schläfe erwischt zu haben, denn plötzlich strömte Wasser in meinen Enddarm, und ich spürte, wie sein Schwanz erschlaffte.
Im Gegensatz zu meiner Heldin Lucky bin ich keine Kampfkunstmeisterin, aber ich brachte alle Waffen zum Einsatz,

über die ich verfügte. Meine Fingernägel waren ziemlich lang, und der nächste Angreifer bekam sie in beide Augen. Ein dritter nahm mich in den Schwitzkasten; dafür drehte ich ihm den Hodensack ab.

Als sich immer mehr von den Kerlen ins Getümmel stürzten, tauchte ich weg. Unter Wasser, immer dicht am Grund, schwamm ich in den tieferen Teil des Beckens und spürte das altbekannte Gefühl der Befreiung. Ich gewann einen Vorsprung vor meinen nächsten Verfolgern, hatte aber keine Ahnung, was ich als nächstes tun sollte. Das Becken wurde von einer Reihe grünlicher Lampen erleuchtet, die unter Wasser gespenstisch vergrößert wirkten: Sie schienen mich anzuspringen wie Autoscheinwerfer einen flüchtenden Hasen. Ich blickte nach oben und sah die verschwommenen Umrisse einer Leiter. Ich stieß mich vom Beckenboden ab und schoß zu ihr empor.

Und jetzt wurde es eng. Ich kletterte die Leiter hinauf und schwang mich aus dem Wasser. Der Ausgang war vielleicht zehn, zwölf Meter entfernt, und niemand stellte sich mir in den Weg. Meine Verfolger waren alle noch im Wasser, kraulten jetzt in hektischer Eile, Gischtfahnen aufwirbelnd, zum nächstgelegenen Beckenrand.

Ich rannte los.

Die Tür kam immer näher. Ich konnte es schaffen, sah mich vor meinem inneren Auge schon auf die Straße taumeln, tropfnaß und splitternackt und froh wie nie, meinen Mitstädtern zu begegnen. Ich achtete nicht mehr auf das Gebrüll hinter mir und streckte schon die Hand nach dem Türgriff aus ...

... als ich auf dem nassen Boden ausrutschte und mit voller Wucht auf meine linke Seite fiel. Nur dank einer schnellen Armbewegung federte ich den Sturz mit der Schulter ab und nicht mit dem Schädel. Erstaunlicherweise schien mir nicht viel passiert zu sein: Mein Adrenalinspiegel war hoch genug, um jeden Schmerz zu betäuben. Ich rappelte mich wieder hoch und konnte tatsächlich noch den Türgriff pakken, ehe sich ein Arm von hinten um meine Taille legte und mich zurückzerrte.

Sie gingen mit Händen und Füßen auf mich los. Sie gingen mit Gürteln und abgebrochenen Flaschenhälsen auf mich los, die Treffer landeten auf mir wie Einschläge eines Maschinengewehrs, der Schmerz ließ Knallfrösche überall auf meinem Körper explodieren, *peng, peng, peng, peng*.
Ich riß den Mund auf, um zu schreien.
Ein zusammengeknülltes Handtuch wurde mir in die Gurgel gerammt. Es schmeckte nach Waschmittel.
Dann blendete ich, zum Glück, für eine ganze Weile aus.

x

Lange Zeit lag ich dort, in einem Zustand reiner Bewußtseinslosigkeit. Es war kein Schlaf, denn meine Augen waren weit geöffnet. Und doch kann ich mich nicht erinnern, auch nur einen einzigen Gedanken in meinem Kopf gehabt zu haben. Ich war erstarrt, war unter die Schwelle des Denkens und Fühlens geglitten. Ich lag auf meiner rechten Seite, die Wange auf den feuchten Boden gepreßt, und starrte ins Leere. Vielleicht waren meine Sinne überfordert; vielleicht war es ein Schockzustand. Rings um mich her war es totenstill. Das einzige, was zu mir durchdrang, war der Chlorgeruch aus dem Schwimmbecken, das jetzt ruhig dalag.
Irgendwann – es mußten Stunden vergangen sein – kämpfte ich mich auf die Beine, wankend und schwankend. Die improvisierte Bar und der Tisch mit dem zur Hälfte verzehrten

Büfett standen verlassen da. Blutige Rinnsale zogen sich über den Boden, dazwischen lag zersplittertes Glas. Ich blutete an zahllosen Stellen, doch ich spürte meine Wunden nicht. Ich hatte keine Ahnung, wo ich mich befand. Ich wußte nicht einmal, wie ich hieß.

Ich suchte auch nicht nach meiner Handtasche, aber sie lag in der Nähe der Tür und geriet so in mein Blickfeld. Ich hob sie auf und preßte sie an meine Brust, als wolle ich sie vor einem Straßenräuber schützen. Sie kam mir vor wie ein Zufallsfund, nicht wie etwas, das mir bereits gehörte. Trotzdem empfand ich einen seltsamen Besitzerstolz. Hätte mir jemand die Handtasche nehmen wollen, so hätte ich sie verteidigt wie eine Mutter ihr Kind.

Von den Partygästen war keine Spur mehr zu sehen. Ich wanderte abermals durch das Labyrinth des Fitneßstudios, wußte nicht, in welche Richtung ich mich halten sollte, starrte verständnislos auf die schimmernden Apparaturen, blinzelte dumpf in das trübe Licht der Leuchtstoffröhren. Irgendwann kam ich am roten Glimmen einer Digitaluhr vorbei, auf der 12:21 zu lesen war.

Wie hypnotisiert ging ich weiter, auch wenn ich nicht wußte, welcher Auftrag mich lenkte. Ich war ein Computer, der auf Zufall programmiert war. Mein Weg verfolgte kein Ziel, keinen Plan, war ganz von der blinden Variablen des Programms bestimmt.

Eine weitere Stunde mochte vergangen sein, als ich endlich auf den Ausgang stieß. Ich stieg die sechs Marmorstufen hinunter und sah durch die Glastür auf den Broadway hinaus, der zu dieser Stunde immer noch von schlurfenden Obdachlosen und wohlbetuchten Clubhoppern belebt wurde; letztere flogen wie zwitschernde Sprechblasen vorbei, die rasch kleiner und leiser wurden – offensichtlich hatten

all diese mitfühlenden Seelen etwas Dringenderes vor als ich.
Ich öffnete die Tür und trat hinaus. Eine Gruppe von erlesen gekleideten Weißen mittleren Alters, die gerade vorbeikam, starrte mich an, als sei ihnen der Leibhaftige erschienen. Die beiden Männer fühlten sich augenscheinlich angezogen von meiner Nacktheit und gleichzeitig abgestoßen von den vielen Wunden. Vielleicht schafften sie es, das Blut weitgehend zu ignorieren, um dem Anblick so viel Lust abzugewinnen wie nur möglich. Eine der Frauen zog die Stirne kraus und schien auf mich zugehen zu wollen; die Gesichtszüge der anderen entgleisten zu einer Miene beleidigten Ekels, empörten Ekels. *(Muß ich mir das wirklich ansehen? Ich meine, war es wirklich* nötig, *daß mir so spät am Abend noch so was passiert?)*
Ich schlich auf die Nachtschwärmer zu, wie sich ein außerirdischer Besucher einer unbekannten Spezies von Eingeborenen genähert hätte. Ich weiß nicht, was ich von ihnen erwartete, außer vielleicht einer Spur menschlichen Kontakts.
Wäre ich im Vollbesitz meiner Fähigkeiten gewesen – hätte ich beispielsweise einen normalen Satz wie: «Äh, könnte mir vielleicht einer von euch helfen? Ich bin gerade vergewaltigt und halbtot geprügelt worden» von mir geben können –, so wären mir meine New Yorker Mitmenschen, dessen bin ich sicher, mit spontaner und selbstloser Hilfsbereitschaft begegnet. Aber sie bemerkten ohne Zweifel meinen leeren Blick, die Aura des Elends, die jedes kranke Tier umgibt und dafür sorgt, daß sich die anderen von ihm fernhalten. Auch das viele Blut war nicht hilfreich. Sie kamen gerade aus der Oper, von einem späten Abendessen, einer fröhlichen Runde in einer Bar und wollten schlicht

und einfach nur nach Hause. Alle vier ergriffen die Flucht, wobei die beiden Männer eine Nachhut bildeten, um ihre Frauen vor dem Schlimmsten zu bewahren. Ich streckte die Arme aus, machte ein fragendes, flehendes Gesicht, wie es ein mit einer Zeitmaschine angereister Urmensch angesichts der Wunder der modernen Welt machen würde – die Art von Mimik, für die schlechte Schauspieler einen Oscar® kassieren. Sie eilten schneller davon, als ich ihnen folgen konnte, und an der nächsten Ecke waren sie mich los.

Ich weiß kaum noch, was in dieser Nacht sonst noch geschah. Ich erinnere mich, daß ich durch die Stadt irrte, und es schien eine Ewigkeit zu dauern. Ich erinnere mich an die ungerührten Blicke der Penner, deren Augen sich vielleicht ein wenig mehr weiteten angesichts eines Schauspiels, das selbst für sie eine Premiere darstellen mußte. Ich war dankbar für meine Wunden. Ohne sie hätte jede der diversen Jugendbanden, denen ich begegnete, meine Nacktheit als Einladung begriffen, an Bord zu gehen. Einmal kam ich an einer Gruppe schwarzer Teenager vorbei, die an einer Straßenecke herumlungerten und Marihuana rauchten. Mein Anblick entlockte ihnen folgende Kommentare:

«Mann, guck dir diese Scheiße an!»

«Hey, Baby, was 'n mit dir passiert?»

«Ver*dammte* Kacke, die hat's nicht schlecht erwischt.»

«'ey, Fotze, warum siehst mich nicht an, wenn ich mit dir rede?»

«Die Titten von der Puppe sind Zucker!»

«Was redst 'n für Müll, Nigger, ich seh keine Titten.»

«Echt, dieses Blut sieht aus wie Rost oder Scheiße.»

«Hey, Baby, wo willst 'n hin?»

«Laß bloß die Finger davon, wahrscheinlich positiv oder was.»

«Weiß mir zu helfen, Mann, die soll sich mit ihrem Dreck verpissen.»
«Yeah, dieser Dreck zieht Fliegen an, und Fliegendreck.»
«Aufgefressen wird sie bei lebendigem Leib.»
Dann war ich vorüber.

Ich erwachte in der 84. Straße, zwischen Columbus Avenue und Central Park West. Irgendwann hatte ich mich einfach fallenlassen und wie ein Fötus zusammengerollt, dicht neben einem Treppenaufgang, der zur Tür eines Mietshauses führte. Es mußte noch früh am Morgen sein, kurz nach der Dämmerung. Eine junge weiße Frau mit Pferdeschwanz und einem blauen Designer-Trainingsanzug musterte mich mit allen Anzeichen des Entsetzens.
«O mein *Gott*», sagte sie und kniete neben mir nieder. Sie schüttelte den Kopf, fand offensichtlich keine Worte und achtete darauf, mir nicht zu nahe zu kommen. Nach kurzer Begutachtung richtete sie sich wieder auf.
«Ich bin *gleich* wieder da», sagte sie, während sie sich bereits entfernte. «Bleiben Sie, wo Sie sind, okay? Bin *gleich* wieder da ...»
Keine Sorge – ich hatte nicht vor, auf Wanderschaft zu gehen. Ich hatte nicht vor, auch nur die kleinste Bewegung zu machen. Jeder Quadratzentimeter meiner Haut wehrte sich dagegen mit stechendem Schmerz. Mein gesamter Körper war ein einziges epidermisches Nein. Ich schloß die Augen in der Hoffnung, wieder einzuschlafen und nichts mehr zu spüren.
Doch binnen weniger Augenblicke war meine Samariterin, nunmehr in einem funkelnden roten Jaguar-Kabrio, wieder zur Stelle. Sie ließ den Motor laufen, stieg aus, kniete wieder an meiner Seite nieder und umhüllte mich mit einer

weichen weißen Decke. Mir fiel auf, daß sie Gummihandschuhe übergestreift hatte. «Ich bring Sie ins Krankenhaus, okay?» sagte sie. «Steigen Sie in mein Auto und wir fahren direkt rüber.»
Ich blinzelte sie an. Sprache war etwas, das der Vergangenheit angehörte, das ich in den letzten Stunden verlernt hatte. Mein Blick wanderte zu dem Jaguar.
«Na los», sagte sie und packte mich am Arm. «Wir brauchen nur quer durch den Park.»
Sie zog mich hoch, ich ließ sie gewähren. Jede Bewegung löste höllische Schmerzen aus. Da ich immer noch meine Handtasche umklammerte, konnte ich die Decke nicht festhalten. Meine Retterin raffte sie um mich, so gut sie konnte, und verstaute mich auf dem Beifahrersitz. Dann ging sie um das Auto herum, stieg ein und drückte einen Knopf, der das Verdeck schloß.
«Ich heiße Rebecca», sagte sie, während der Wagen, an ein paar bewaffneten Joggern vorbei, durch den Central Park glitt. Als ich ihr meinen Namen schuldig blieb, warf sie mir einen Seitenblick zu. «Sind Sie auch vergewaltigt worden? Außer den Schlägen, meine ich?»
Ich wollte bejahen, aber ich fühlte mich noch immer isoliert von allem, was mich umgab. Meine Sinne nahmen alles auf und speicherten es, doch ich war nicht in der Lage, selbst etwas von mir zu geben. Rebecca, gesegnet sei sie, schien zu verstehen. Während sie weiterfuhr, gab sie einen Monolog über die Gefahren der Straße und die Verletzlichkeit der Frauen von sich.
«Das wird nie besser», sagte sie, als wir die Fifth Avenue und die baumbeschattete Ruhe der Upper East Side erreichten. «Zwar reden alle davon, daß die Kriminalität zurückgegangen sei, aber in Wirklichkeit wird's immer schlimmer. Eine

Frau, die mit mir zusammen auf der Schule war, ist vorige Woche vergewaltigt worden. Nicht im Central Park. Nicht um zwei Uhr morgens. Nichts dergleichen. In der *Linie 6 am hellichten Tag,* kann man's glauben! Ich meine, das muß man sich mal vorstellen.»

Wir fuhren an frisch renovierten Sandsteinfassaden vorbei, kreuzten die Park Avenue.

«Deswegen habe ich jetzt immer eine Waffe dabei», monologisierte Rebecca weiter. «Nach der Sache mit Liz vorige Woche bin ich sofort los und hab mir eine Pistole gekauft. Eine Neunmillimeter oder so was, ich hab vergessen, wie sie heißt, etwas wie Signal oder Siegmund oder so. Das Modell ist schon ein paar Jahre alt, aber es gefällt mir besser als diese andere, die sie hatten, Lady Zymox oder so ähnlich. Die war federleicht und alles, speziell für Frauen gemacht, aber –» sie seufzte – «ich weiß auch nicht, sie sah so harmlos aus. Der Verkäufer meinte zwar, daß man damit auch einen Dreihundertpfundmann auf der Stelle umlegen könnte, aber irgendwie war ich nicht überzeugt. Ich dachte, wenn ich mir schon eine Kanone kaufe, dann richtig. Diese Sigma, oder wie sie heißt, die ist zwar ziemlich groß, aber dafür hat sie auch einen ordentlichen Rückstoß. So nennt das mein Trainer, glaub ich. Rückstoß. Am Montag hatte ich meine erste Stunde, und er hat gesagt, nicht mal so ein überdrehter Kokser hätte da noch eine Chance, nicht mal mit diesem Adrenalinspiegel, den sie haben, der würde glatt über den Haufen geschossen.»

Ach, die zwitschernde Rebecca und ihre Litanei vom selbstbewußten reichen Mädchen ... Ihre Worte erreichten mich kaum, aber den Klang ihrer Stimme empfand ich als wohltuend.

«Da sind wir», sagte Rebecca, als sie in die Einfahrt zur

Notaufnahme irgendeiner Klinik einbog. «Ach ja, das hätte ich fast vergessen. Auf dem Rücksitz hab ich was zum Anziehen für Sie, ein altes Kleid, das ich im College getragen habe. Es müßte Ihnen passen.»

Noch eine weitere Stunde stand sie mir bei, in der ich mit einem Wust von Formularen überschüttet wurde. Sie durchsuchte meine Brieftasche, aber ich hatte nichts bei mir, was meine Identität hätte preisgeben können. Ich besaß kein Auto, und mit Kreditkarten konnte ich erst recht nicht dienen. Im Endeffekt war keinerlei Information über mich zu finden, und ich tat nichts dazu, diesem Manko abzuhelfen: Ich faßte den Kugelschreiber nicht einmal an. Die Frau am Aufnahmeschalter – eine Asiatin, die nicht ein einziges Mal lächelte und sich über meinen Zustand keine großen Sorgen zu machen schien – kam wohl zu dem Schluß, daß ich verrückt war. Sie sammelte die unausgefüllten Formulare wieder ein und beschied uns, zu warten.

Als ich endlich ins Behandlungszimmer gerufen wurde, stand Rebecca auf, um sich zu verabschieden. «Viel Glück», sagte sie und legte einen Arm auf meine Schulter. «Falls ich noch irgend etwas für Sie tun kann, hier ist meine Telefonnummer.» Sie gab mir eine Visitenkarte, die ich fest umklammert hielt, während ich hineingeführt wurde.

Im Behandlungsraum standen sechs Betten, von denen fünf hinter Paravents verborgen waren. Nach den Schreien zu urteilen, befanden sich dort Patienten, denen es noch erheblich schlechter ging als mir. Ich mußte geraume Zeit warten und konnte mir dabei die barschen Dialoge der Ärzteteams anhören, die an den Fast-schon-Leichen arbeiteten. Das Seltsame an solchen Notaufnahmestationen ist folgendes: Keiner – abgesehen von den Ärzten und Schwestern selbst – ist morgens mit dem Vorsatz aufgestanden, sich dorthin zu begeben. Alle haben wir ganz andere Pläne, bis plötzlich Gott aus der Kulisse tritt und sich einen schlechten Scherz mit uns erlaubt. Niemand soll sich darüber täuschen: Wenn es ihn gibt, was nicht der Fall ist, dann schaut er in solchen Momenten keineswegs voller Mitgefühl von oben runter und beißt sich vor lauter Anteilnahme auf die Unterlippe. Weit gefehlt: Er steht gleich dort hinten in der Ecke, ein wenig abseits der hektischen Aktivität, und weidet sich am Anblick des fetten, verkalkten Siebzigers, des glücklosen Junkies oder des durchgeknallten Jugendlichen, der besser nicht mit seiner Wasserpistole auf einen Polizisten gezielt hätte – er weidet sich daran, wie sie Blut spucken und sich winden wie Marionetten. Er deutet mit dem Finger auf sie, um keinen Zweifel daran zu lassen, wem sein Spott gilt. Diskretion auch nur vortäuschen zu wollen, ist nicht sein Ding: Er wirft den Kopf in den Nacken und johlt vor Vergnügen beim jammervollen Anblick deines Hintern, der das ganze schneeweiße Bett mit Blut besudelt. Er kugelt sich vor Lachen, Baby. Er hat jede Menge Spaß, und warum auch nicht? Wem ginge es anders?

Ich will nicht alt werden.
Ich will nicht sterben.
Ich hasse euch alle.

Als meine Schicksalsgefährten, so oder so, versorgt waren, wurde endlich auch mir einige Aufmerksamkeit zuteil. Zum Glück war es eine Ärztin, die sich meiner annahm: Es hätte mir gerade noch gefehlt, schon wieder die Hände eines Mannes an mir zu spüren. Ich kann mich nicht mehr an ihren Namen erinnern, aber sie war ziemlich jung, wahrscheinlich eine Assistenzärztin. Sie hatte kastanienbraunes Haar, blaue Augen und ein Gesicht, dessen weiche, rundliche Züge für mich auf eine irische Herkunft hindeuteten. Während sie meine Wunden mit einer ekelhaft riechenden und höllisch brennenden Flüssigkeit einpinselte, brachte sie die üblichen teilnahmsvollen Fragen an. Vermutlich hatte sie einen eifersüchtigen Ehemann oder Liebhaber im Verdacht. Dann inspizierte sie meine verwüstete Möse, und ihr freundlicher Gesichtsausdruck versteinerte. Meine Genitalien mußten regelrecht zerfetzt sein: Sie untersuchte sie volle fünf Minuten lang, wobei sie gelegentlich sanft die Finger zu Hilfe nahm. Die Frage *Tut das weh?* schenkte sie sich ziemlich bald. Dann drehte sie mich vorsichtig auf den Bauch und warf auch einen Blick in die hintere Öffnung. Nach all dem mußte ihr klar sein, daß ein brutaler Ehemann oder eine Vergewaltigung bei einem Rendezvous als Ursachen ausschieden, es sei denn, ich frönte der Vielmännerei. Sie warf einen Blick auf meine Karteikarte, auf der vermutlich als Füllsel «Jane Doe» zu lesen stand. Ich schloß, daß irgend jemand bereits meine Temperatur und den Blutdruck hätte messen sollen, was nicht geschehen war. Sie murmelte ein paar Verwünschungen und schob mir ein Digitalthermometer in den Mund. Dann zurrte sie die Manschette an meinem Oberarm fest. Wahrscheinlich nahm sie an, daß ich mich in einem Schockzustand befand, und wahrscheinlich hatte sie damit auch recht. Ich fragte nicht nach.

Das Jod oder Antiseptikum oder was immer es war, womit sie mich eingeschmiert hatte, gab mir das Gefühl eines heftigen Sonnenbrands am ganzen Körper. Sie schien zu ahnen, welche Schmerzen ich litt, denn schon bekam ich eine Kanüle in den Unterarm, durch die sie mir eine Ampulle Morphium injizierte. Ich versank in einem wohligen Dämmern, kaum noch lebendig und in der beruhigenden Gewißheit, daß ich nicht viel versäumte.

Ehe ich vollends einschlief, hörte ich die Stimme meiner Ärztin, die sich mit einer männlichen Stimme stritt. Es ging um meine Krankenversicherung, beziehungsweise um deren Nichtvorhandensein. Die Männerstimme erläuterte in geduldig herablassendem Tonfall die Richtlinien des Krankenhauses. Meine keltische Gönnerin setzte zu einer geharnischten Entgegnung an. Ihre Worte waren das letzte, was ich hörte, ehe ich in die Unterwelt abtauchte, wohin mir selbst mein Schmerz nicht zu folgen vermochte.

✘

Ich lag auf dem Rücken im Dunklen. Dir wird auffallen, mein lieber Sam (mußtest du ablassen von deinem Warten? Du fehlst mir), daß niemand mir Gesellschaft leistete. Ich war bis an die Grenze gegangen (pestwärts, ho!), und dies war mein Endspiel. Die Schwänze und die Magenschwinger hatte ich gekostet, und ich kann nicht sagen, was schlimmer war. Überrascht hatte mich beides nicht. Meine Strafe war nur angemessen; sie stand in meinem Huroskop. So war's und nicht anders.

✘

Ich schlief sechs Tage lang, fast ohne Unterbrechung – ein Zeitraum, der das erste von vielen schwarzen Löchern in meiner Vergangenheit markiert, die der Erinnerung verschlossen bleiben. Ich weiß, daß ich intravenös ernährt wurde; daß ich von Kopf bis Fuß, fast flächendeckend, in Mullbinden eingewickelt war; daß ich das Bett niemals verließ; daß ein Team von Pflegeschwestern sich meiner Ausscheidungen annahm; und daß ich zu niemandem ein Sterbenswörtchen sagte. Hin und wieder wachte ich kurz auf, um den einen oder anderen Weißbekittelten über mein

Krankenblatt gebeugt zu sehen und zu hören, wie er die Schwestern fragte: *Hat sie schon irgendwas gesagt? Ach, immer noch nichts? Ob Sie's glauben oder nicht, wir haben bis heute keine Ahnung, wer sie eigentlich ist.* Und einmal hörte ich auch jenes höchste Lob: *Tja, dieses Mädchen ist wirklich eine Überlebenskünstlerin ...*

Am siebten Tag wurden mir die Verbände abgenommen, und mein Körper lüftete sich aus. Als ich spät in der Nacht erwachte, war die Station so still und dunkel wie immer. Ich weiß noch, daß ich aus dem Bett stieg und das Gehen sehr schwierig fand. Ich tapste im Zimmer herum, entdeckte schließlich einen Lichtschalter und stellte fest, daß mir zumindest meine Handtasche geblieben war. Es steckte sogar noch einiges Geld darin. Cornell Bodleian zahlte normalerweise bar auf die Hand; das Geld mußte von einem meiner früheren Aufträge stammen. Für gewöhnlich versteckte ich es, da ich kein Bankkonto besaß, unter meiner Matratze.

Als nächstes erinnere ich mich daran, daß ich durch den Korridor der Klinik schlurfte, durch einen schimmernden Überfluß wechselnder Weißschattierungen. Ich trug nicht mehr das krankenhauseigene Nachthemd, sondern das blaue Baumwollkleid, das Rebecca mir gegeben hatte. Schuhe hatte ich keine. Der Boden war erst vor kurzem feucht gewischt worden und fühlte sich unter meinen nackten Fußsohlen klamm an. Die Handtasche hing über meiner Schulter.

Ich kam direkt am Stationszimmer in der Mitte des Korridors vorbei. Zwei Schwestern der Nachtwache befanden sich darin, in ein ruhiges Gespräch vertieft. Sie wandten mir den Rücken zu, so daß sie mein leises Vorübergleiten nicht bemerkten. Die Vorsehung hatte Regie geführt: Es wäre mir nicht im Traum eingefallen, mich zu verstecken.

Ich marschierte geradewegs in einen Aufzug, den der Zufall mit offenen Türen auf meinem Stockwerk lauern ließ. Ich drückte auf sämtliche Knöpfe und verbrachte eine gute halbe Stunde damit, allen Etagen einen Besuch abzustatten. Als ich, auf dem Weg nach unten, den fünften Stock passierte, stieg ein schwarzer Krankenpfleger zu, der ein Stethoskop um den Hals hängen hatte. Er drückte auf Erdgeschoß und war einigermaßen verblüfft, als wir auf dem Weg dorthin auch im vierten, dritten, zweiten und ersten Stock haltmachten. Er fixierte mich mit einem langen Blick und schien schon im Begriff, etwas zu sagen, als er es sich doch noch anders überlegte. Er wich zurück, lehnte sich gegen die Wand der Aufzugkabine und beobachtete stoisch, wie sich die Tür in jedem Stockwerk öffnete. Ich habe keine Ahnung, was er dachte, aber jedenfalls wollte er in nichts hineingezogen werden.

Ich bewegte mich wie eine Schlafwandlerin. Ohne eine bewußte Wahl zu treffen, trieb ich durch die Korridore des Krankenhauses, bis ich auf den Haupteingang stieß und das Gebäude verließ. Es konnte noch nicht allzu spät sein, vielleicht um Mitternacht herum, denn die Straßen waren noch ziemlich belebt. Ich hielt mich in westlicher Richtung, passierte die Wohnviertel der aufzuglosen Häuser, überquerte eine nach der anderen die geschäftigen Avenues. Die Luft war warm und schwül, binnen weniger Minuten war ich schweißnaß.

Ah, wieviel Wachsamkeit diese Stadt erfordert! Die Grundregeln für die Durchquerung Manhattans sind einfach und überschaubar, aber sie können lebenswichtig sein. Man rät uns zu einer forschen, beherzten Gangart, mit erhobenem Kopf, die Blicke entschlossen nach vorn gerichtet, so als würde diese Demonstration von Lebensmut jedermann einschüchtern und auf Abstand halten. Als würden hoffnungsvolle Straßenräuber sich beim Anblick unserer geballten Energie mit einem resignierten Achselzucken begnügen und auf die Suche nach scheuerem Wild machen.

Was natürlich völliger Schwachsinn ist. Jedem sollte klar sein, daß Räuber (und Mörder genauso) ihre Opfer nach anderen Kriterien auswählen: Körpergröße; Kleidung; *Geschlecht.*

Es ist nun mal eine Tatsache, daß die meisten Frauen auf der Straße keinen besonders wehrhaften Eindruck machen – auf jeden Fall gilt das für weiße Frauen, denen die Vortäuschung von Drohgebärden noch zuverlässiger mißlingt als die Vortäuschung von Orgasmen. An einem Ort wie Manhattan wirken die Weibchen der europiden Rasse seltsam deplaziert. Ihr Verhältnis zu New York ist ganz und gar auf blinde Schicksalsergebenheit gegründet. In der Düsternis der Querstraßen und selbst im Gewühl der Avenues sind sie (wir?) immer auf einen Angriff gefaßt, wenn auch nicht vorbereitet. Es ist ein Spiel mit Wahrscheinlichkeiten, und die weißen Frauen lassen sich darauf ein: der Tag ist besser als die Nacht, Midtown ist besser als Harlem, Frauen sind besser als Männer, alle sind besser als die Schwarzen, ein Taxi ist besser als die Subway. Man braucht nur vor die Haustür zu treten, und schon dreht sich das Roulettrad. Irgendwann, früher oder später, klickt die Kugel auf deine Zahl.

Und was dann? Was soll eine Frau, die plötzlich vor einem fauchenden, waffenfuchtelnden Angreifer steht, was soll diese Frau tun? Nun, sie wird ihm alles geben, alles, was er will. Worauf sich das Roulettrad noch einmal in Bewegung setzt, um zu ergründen, ob er nicht trotzdem schießt.

Der springende Punkt ist der: Frauen sind immer Zielscheiben. Solange sie nicht eine Uzi mit sich herumschleppt oder einen schwarzen Gürtel trägt, befindet sich die durchschnittliche Fußgängerin immer genau im Schwarzen. Ihr selbstbewußter Schritt wird den Mann, der sie mit einem Hieb niederschlagen kann, nicht beeindrucken. Und vielleicht ist das auch ganz gut so, zumindest, wenn sie eine Weiße ist. Vielleicht wird es sie daran erinnern, daß sie, wie Gyeppi Natare sagen würde, in einem darwinistischen Milieu lebt, dem sie nicht auf Dauer aus dem Weg gehen kann. Ich allerdings entdeckte einen möglichen Ausweg. Nach der Bewaffnung ist der nächstbeste Schutz nicht der Anschein von Stärke, sondern der Anschein von Wahnsinn. Vor einer Woche war ich stundenlang splitternackt durch die Stadt gelaufen, ohne daß mir etwas passierte: Das Blut hatte mich geschützt. Heute bestand dieser Schutz im Wahn. Auf einem Zickzackkurs durchquerte ich die ganze Stadt, schwamm manchmal mit der Menschenmenge, ging dann wieder lange Strecken ganz allein. Mein Schritt war schwankend und mein Gesichtsausdruck bestimmt leer genug, vielleicht sogar gespenstisch. Der Wahnsinn hat etwas an sich, das die Menschen auf ähnliche Weise abstößt wie Aids. Kriminelle scheuen ihn, weil er das einzige ist, was sie nicht verstehen. Waffen sind eine klare Sache: Man hat eine, oder man hat keine, und man verhält sich entsprechend. Der Wahnsinn dagegen ist eine variable Größe. Man mag sich ein paar höhnische Bemerkungen einhandeln oder auch einen Schubser. Wenn sie das Gefühl haben, daß du nur auf Drogen bist, hast du keine Chance. Aber mit dem wirklichen Wahnsinn kommt Unberechenbarkeit ins Spiel, und das ist die Achillesferse der Verbrecher.

Aber vielleicht rede ich auch nur Mist. Vielleicht hatte ich einfach ein Schweineglück.

Ich umkreiste Midtown, mit gelegentlichen Schlenkern. Ich sehe mich noch in westlicher Richtung über die Central Park South wandern, vorbei am Plaza, am St. Moritz, am Essex House und anderen Touristenhochburgen. Irgendwann landete ich am Times Square.

Wahrscheinlich gibt es keinen anderen Ort in der westlichen Welt, an dem sich ein Mensch so völlig der Natur entfremdet fühlen kann – nicht einmal das mittlere New Jersey. Gedankenverloren stand ich da, bewegungslos in einer Flutwelle von Menschen, eingeschüchtert von der hektischen Aktivität, dem Frontalangriff auf alle meine Sinne. Niemand schenkte mir große Aufmerksamkeit: Alle paar Schritte gab es lohnendere Attraktionen, sowohl auf der Straße wie in den Gebäuden.

Tatsächlich aber ist der Times Square sehr wohl ein Stück Natur. Es entbehrt nicht der Ironie, denn trotz all dem Beton und Stahl, trotz des postmodernen Außenskeletts liegt das Wesen des Times Square, seine wichtigste Triebfeder, in der Biochemie verborgen. Die Kultur, die sich hier mit so glitzernder Gewalt präsentiert, wird von ihrem eigenen Narzißmus als Schwindel entlarvt – als eine rissige, papierdünne Schale, eine modernde Fassade, unter der die wirklich wichtigen Antriebskräfte des Menschen im sekretesten Kessel brodeln, vielfältig wie sonst nirgends.

Da stand ich also, verwirrt und orientierungslos. In ihrem Umgang mit der Zeit haben sich die Menschen auf eine Stufe zurückentwickelt, die sie den meisten Tieren gleich macht: Sie sind nachtaktiv. Auf die Arbeit kommt's nicht an – wir essen und ficken bei Nacht, und das ist das Entscheidende. Was ich hier vor mir hatte, war nur eine andere Form von Wildnis, in der die Raubtiere aus ihren Löchern kamen, um zu fressen.

Ich wankte in den Busbahnhof der Port Authority an der 42. Straße, Ecke Eighth Avenue. Trotz der späten Stunde war das Gebäude von zahlreichen mitternächtlichen Reisenden und eingeborenen Pennern belebt. Während ich die Halle durchwanderte, ging in meinem schlafenden Gehirn ein Licht auf: Ich verstand plötzlich, wozu Busse da sind, warum sie hier- und dorthin fahren. In diesem Augenblick befiel mich das Verlangen, zu einer Reise aufzubrechen. Mir wurde klar, daß ich dieser Stadt entkommen mußte, diesem Außenposten weit draußen im leeren Raum, von dem mich Omnibusse zu anderen, vertrauteren Planeten bringen konnten. Ich ging zum nächstbesten Fahrkartenschalter – es war der von Greyhound – und öffnete meine Handtasche. Ich versuchte sogar, mit dem Mann hinter dem Schalter zu sprechen, einem Schwarzen mittleren Alters. Meine Lippen formten Silben, meine Hände gestikulierten unbestimmt. Er nahm logischerweise an, ich sei Ausländerin oder taub oder beides, und startete einen übertriebenen, aber rührenden Versuch, sich mir in der Zeichensprache verständlich zu machen.

«Sie wollen eine Fahrkarte», er rieb den Daumen gegen den Zeigefinger, «*kaufen?* Eine – Karte – *kaufen?*»

Als ich nickte, lächelte er erfreut und fuhr fort: «*Wo*», sagte er mit demonstrativem Schulterzucken, «*wo* – wollen – Sie – hinfahren?» Er ahmte Motorengeräusche nach, wie es Kinder tun, die mit Modellautos spielen.

Seine Frage verwirrte mich. Wohin mit mir, in der Tat ... Ich versuchte mit aller Kraft, Worte zu bilden, und brachte es immerhin zu einem fragenden Grunzlaut. Zur Verdeutlichung fuchtelte ich mit den Händen herum.

Er runzelte die Stirn, sein Oberkörper schwankte rhythmisch hin und her, als könne er mich auf diese Weise besser verstehen. Der arme Bursche gab sich wirklich Mühe ... Nach einiger Zeit verzog er das Gesicht und schüttelte den Kopf mit einem Ausdruck schmerzlichsten Bedauerns. Dann schnippte er plötzlich mit den Fingern.

«Ich hab's!» sagte er. «Ich werde Ihnen sagen – Verzeihung – ich – werde – Ihnen – *sagen* – welche *Busse* – jetzt fahren. Wollen Sie nach Arcadia? *Ar-ca-di-a?*»

Jetzt war es wieder an mir, die Stirn zu runzeln. Gab es tatsächlich einen Ort dieses Namens?

«Oder wie wär's mit Elysium? *E-ly-si-um?*»

Ich war mir ziemlich sicher, wo Elysium lag, aber dafür reichte wohl mein Geld nicht.

«Valhalla? *Val-hal-la?* Yeah, Valhalla?!» Denn ich nickte und lächelte. Schließlich hatte ich meinen Snorri Sturluson gelesen, verdammt noch mal. Plötzlich erfüllte mich Hoffnung. Ich würde ein paar Krüge mit Odin und seiner Sippschaft leeren, mir ein wenig nordische Luft um die Nase wehen lassen, meinen Kopf auslüften ... Valhalla, das war's.

Die Fahrkarte kostete neunundachtzig Dollar. Ich schob ihm einen feuchten Klumpen aus lauter Fünfzigern über den Tresen. Er lächelte versonnen und schob mir die meisten wieder zurück. Er legte das Wechselgeld dazu und auch die Fahrkarte.

«Der Bus fährt vom Gate 192 ab», sagte er. «*Eins – neun – zwo*, um –» er streckte den linken Arm aus, deutete auf die Armbanduhr «*– drei Uhr vierunddreißig.*»

Ein hilfsbereiter Polizist begleitete mich zum Gate 192, wo bereits ein paar andere Reisende von bettelndem Nachtgelichter bedrängt wurden. Ich kam gerade noch rechtzeitig. Als ich den Bus bestieg und meinen Fahrschein vorzeigte, merkte ich, daß ich immer noch das Geld in der Hand hatte. Ich setzte mich auf den erstbesten Platz und öffnete meine Handtasche. In ihr entdeckte ich, neben Kleingeld und Kosmetikartikeln, die aufgewickelten Glieder einer Halskette. Ich zog sie heraus. Es war eine Kette, die ich vor vielen Jahren, als ich ungefähr sechs war, bei einem unserer Ausflüge ans Meer von einer Lehrerin geschenkt bekommen hatte. Wir waren durch ein Souvenirgeschäft geschlendert und auf einen rotierenden Ständer voller solcher Ketten gestoßen, jede mit einem eingearbeiteten weiblichen Vornamen. Meiner war nicht gerade gängig, aber die Lehrerin fand ihn trotzdem. Mein Gott, wie einmalig ich mich fühlte! Bei einem Kind bewirkt der Anblick seines Namens ein tiefes Gefühl der Anerkennung, so als hätten es die herrschenden Mächte vor allen anderen ausgezeichnet, ihm seinen Platz auf dieser Welt bestätigt. Mir wurde ganz heiß vor Stolz, ich wäre fast gehüpft, als sie mir die Kette um den Hals legte.

Lichtjahre entfernt vom Meer, von der Wärme längst vergangener Sommer, rumpelte der Drei-Uhr-vierunddreißig-Bus nach Valhalla durch die Eingeweide des Busbahnhofs und drang hinaus in eine andere Art von Dunkelheit. Langsam legte ich mir die Halskette um.

Auf abgelegenen Straßen fuhren sie nach Süden, wo sich die kahlen Weiten einer Wüste bis zu leeren Horizonten erstreckten, die in den elfenbeinweißen Mittagsglast eines brennenden Himmels übergingen. Nichts bewegte sich in dieser Ödnis, kein Auto, kein Schakal, kein Hase, und auch am Himmel war kein Schattenriß eines Adlers aus den Bergen im Osten zu sehen, der es mit der Hitze und der Einsamkeit aufgenommen hätte. Der Mustang hatte keine Klimaanlage, und obwohl sie das Verdeck geöffnet hatten, waren die Reisenden in Schweiß gebadet. Bevor sie ihren letzten Übernachtungsort verlassen hatten, war Lucky in einen Kramladen gegangen, während Dorian den Wagen auftankte. Sie hatte sieben Flaschen Mineralwasser erstanden, mit dessen Hilfe sich die Reisenden jetzt zu erfrischen suchten. Sie hatten keine Ahnung, in welchem Bundesstaat sie sich befanden. Dies war ein Land für sich, ein grenzenloses Reich der Gleichförmigkeit.
«Wir können nicht ewig auf der Flucht sein», sagte Lucky.
«So spricht ein wahrer Flüchtling», sagte Dorian.
«Ich hab's euch doch schon letzte Nacht gesagt», sagte Prophet. «Lucky und Ariel sind in nichts verwickelt. Wir können euch auf der Stelle aussteigen lassen.»
«Hier draußen? Nein danke», sagte Lucky. «Aber auch,

wenn wir bis zur nächsten Stadt warten, würde man uns sofort festnehmen. Sie wollen uns komplett.»

«Vielleicht sollten wir alles loswerden, was uns irgendwie belasten könnte», sagte Dorian. «Die Wahrheit ist auf unserer Seite. Wenn wir das Geld und den Computer nicht mehr bei uns haben, wird es ihnen schwerfallen, uns etwas anzuhängen. Prophet braucht doch nur zu leugnen, daß er irgend etwas mit den Bombendrohungen zu tun hat. Was haltet ihr davon?»

«Was Besseres fällt mir auch nicht ein», sagte Lucky.

Prophet seufzte. «Gebt mir Zeit, drüber nachzudenken. Ich hab ein paar wirklich wichtige Dateien im Computer, privater Kram, in dem Monate von Arbeit stecken. Ich habe keine Disketten, um das abzuspeichern.»

Sie fuhren weiter, ohne eine Siedlung oder ein anderes Auto zu Gesicht zu bekommen. Das Mineralwasser war bald verbraucht, und gegen Abend hatten sie auch nichts mehr zu essen. Die Landschaft zog an ihnen vorüber, ohne die geringste Veränderung. Die Berge zu ihrer Linken kamen weder näher, noch rückten sie weiter in die Ferne, und die Straße erstreckte sich endlos vor ihnen, bis sie schließlich, schon in der Dämmerung, ein handgemaltes Holzschild passierten, auf dem **MUDDY GAP 30 Meilen** stand.

«Eine Ortschaft, dem Himmel sei Dank», sagte Dorian. «Also, wir sind uns einig?»

«Vielleicht», sagte Prophet. «Wenn wir eine geeignete Stelle finden, wo wir alles verschwinden lassen können, dann machen wir's halt. Hier draußen geht's nicht, nicht ohne Schaufel.»

«Was ist das für Zeug, das du im Speicher hast?» fragte Lucky.

«Tagebuch, Aufsätze, ein paar selbstgeschriebene Programme. Ganz zu schweigen von den Computerspielen, die ich gerettet habe. Ich werde wieder ganz bei null anfangen müssen.»

Die Dunkelheit zog herauf. Eine lavendelfarbene Wolkenlandschaft überzog den Himmel mit einem geriffelten Muster, das die letzten Reste des Sonnenlichts wie blutige Flecken auf den Wüstenboden warf. Die Hitze lockerte ihren Griff ein wenig, und selbst diese zähe Landschaft schien erleichtert aufzuatmen, als wäre eine Pause eingetreten im Kräftemessen zweier Riesen.

«Dort vorne kommt eine Kreuzung», sagte Dorian zwanzig Minuten später. «Ein paar Häuser sind auch da. Das muß es sein.»

Doch als sie sich der Straßenkreuzung näherten, wurden sie nur von einer Reihe verlassener Gebäude und einem riesigen Schuppen begrüßt, auf dessen Dachschräge mit weißer Farbe **MUDDY GAP** gepinselt war. Etwas abseits stand noch ein einzelnes, größeres Bauwerk aus Beton und Eisen. An der Ecke der Kreuzung waren die Überreste einer Tankstelle zu sehen, rostige Zapfsäulen, wie sie schon seit Jahrzehnten nicht mehr in Gebrauch waren. Dorian hielt den Wagen an.

«Ein Scheißkaff», sagte er.

«Wieviel Sprit haben wir noch?» fragte Lucky.

«Etwa ein Achtel der Tankfüllung. Das reicht nicht mal für dreißig Meilen.»

Ein Quieksen drang aus dem geschlossenen Kofferraum. Sie schreckten hoch.

«Eine Ratte?» sagte Lucky und blickte fragend von Prophet zu Dorian.

Es quiekste abermals.

«Ich glaube, das ist mein Fax-Modem», sagte Prophet.

Sie stiegen aus, und Dorian öffnete den Kofferraum. Prophet holte seinen Computer heraus und schaltete den Monitor ein. Alle drängten sich um den Bildschirm und lasen:

AN: Kenley O'Hare
VON: Dana Saddle
BETRIFFT: Interview

Wie ich erfahren habe, sind Sie einer der Freunde von Michael Fishbein, die sich zur Zeit auf der Flucht befinden.
Haben Sie nicht längst auf eine Gelegenheit gewartet, Ihre Sicht der Dinge zu erzählen? Haben Sie das Gefühl, daß man Ihnen schlechte Karten ausgeteilt hat? Lechzen Sie nach der Chance, sich Gehör zu verschaffen?
Wie Sie ohne Zweifel wissen, ist *In der Klemme* die führende Reality-Show der USA und bereits seit zwei Jahren auf Sendung. Wenn Sie und/oder weitere von Mr. Fishbeins Freunden sich bereit erklären, *In der Klemme* ein Exklusivinterview zu gewähren, können wir Ihnen ein Honorar von $ 50 000 pro Kopf anbieten. Sie erreichen mich unter der Handy-Nummer (800) 383-5968.
Sie können sich auf unsere Diskretion verlassen. Sollte ein Interview zustande kommen, so wird die Polizei den Ort auf keinen Fall erfahren. Wir übernehmen auch alle Kosten, die Ihnen dabei entstehen. Ich appelliere an Sie, diese seltene Gelegenheit nicht ungenutzt verstreichen zu lassen.

«Wie zum Teufel sind sie an diese Nummer gekommen?» zischte Prophet.
«Ist das dein richtiger Name?» fragte Lucky. «Den hab ja nicht mal ich gekannt. Woher dann sie?»
«Das ist nun auch egal», sagte Dorian. «Aber hört mal – was ist das für ein Geräusch?»

Ein beständiges Summen hatte sich in die Stille geschmuggelt, ein tiefer, rhythmischer Gesang, der aus dem größten, dem abseits stehenden Gebäude zu kommen schien. Es hatte die Gestalt eines Würfels, dessen Kantenlänge etwas über fünfzig Meter betrug. Während sie noch dastanden und lauschten, veränderte sich die Tonhöhe des Summens. Ein Orchester mischte sich ein, trieb den Gesang mit Trommeln und Becken an. Die summenden Stimmen, allesamt männlich, brachen in beschwingten Chor- und Sologesang aus, von dessen Texten jedoch kein Wort zu verstehen war.

«Spinn ich?» sagte Prophet.

«Kommt mit», sagte Dorian, der sich schon in Richtung des Gebäudes in Bewegung setzte. «Wir brauchen Benzin. Vielleicht können uns diese Leute da helfen.»

Als sie, auf der Suche nach dem Eingang, um eine Ecke des Bauwerks bogen, standen sie plötzlich vor etlichen Dutzend Polizeiwagen, die in säuberlicher Formation geparkt waren.

«Ich glaube, wir ziehen besser Leine», sagte Prophet und wich zurück.

«Moment mal, hört euch das an», sagte Lucky mit erhobener Hand. «Klingt das nicht – wie ein Broadwaymusical?»

«Die Bullen machen sich einen schönen Abend», schnaubte Prophet. «Erinnert ihr euch an Russell Chunk?»

«Tscha, ich bin für reingehen», sagte Dorian. «Die Tür ist gleich dort vorn.»

«Mal langsam, Dorian, was soll das? Was kann da schon drin sein, das uns weiterhilft?»

«Vielleicht nichts, aber ich muß zugeben, daß ich neugierig geworden bin. Und außerdem», sagte er, schon auf dem Weg zu den Stufen, die zum Eingang hinaufführten, «bleibt sich's gleich. Wir sind am Arsch, so oder so. Warum das Unabänderliche rauszögern?»

Die Fassade des Gebäudes hatte nach Art Deco ausgesehen, aber der Theaterraum im Innern entpuppte sich als freskierter Neorenaissance-Alptraum, dessen Decke der Sixtinischen Kapelle nachempfunden war. Nur in der ersten Reihe waren einige Plätze besetzt. Die Reisenden hielten sich im dunklen Hintergrund.

In der Mitte der Bühne flackerte ein Feuer. Rund um dieses Feuer hüpften etwa drei Dutzend händchenhaltende nackte Polizisten. Genaugenommen waren sie nicht völlig nackt: Jeder der Männer trug einen breitkrempigen Hut und ein Pistolenhalfter. Die linken Brustwarzen waren mit goldenen oder silbernen Dienstabzeichen gepierct, je nach Dienstrang. Im Uhrzeigersinn umtanzten sie die Flammen in einem galoppierenden Twostep.

Im Orchestergraben war ein Symphonieorchester zugange, dessen Musiker ebenfalls Polizisten waren, allerdings in vollständiger Uniform. Sie spielten Triolenfolgen ähnlich jenen im zweiten Satz von Beethovens Neunter, jedoch einfacher gestrickt: Die Tonart war a-moll, und die Melodie bestand aus zwei Tönen, a und e, denen jeweils eine Triole zugeordnet war. Hin und her, hin und her, *a-a-a-e-e-e-a-a-a-e-e-e*, wozu die Tänzer in ihrem Kreis herumsprangen und ein paar nackte Zuschauer anfeuernd in die Hände klatschten, bis sich den Männerbrüsten Lustschreie in kerniger Baritonlage entrangen:

Poliiiiiiiiiiiiiii-zisten!
Poliiiiiiiiiiiiiii-zisten!

Ein neuer Darsteller in einem weiten schwarzen Umhang trat aus der Seitengasse. Er hatte eine antike Steinschloßflinte bei sich, der kultische Verehrung zuzukommen schien. Es bedurfte nur eines Kommandos von ihm, und das Orchester verstummte, die Tänzer nahmen Haltung an. Dann ließ er die Flinte unter den nackten Polizisten herumgehen, die ehrerbietig den Lauf und den Abzugshebel küßten, ehe sie sie an den nächsten weiterreichten. Als das Gewehr die Runde gemacht hatte, wurde es auch von dem Schwarzgekleideten geküßt. Dann hob er es, die Augen himmelwärts gerichtet, hoch über seinen Kopf und murmelte dabei eine Beschwörung, die die Reisenden nicht von seinen Lippen abzulesen vermochten. Mit entschiedenen Bewegungen, die den Schluß zuließen, daß jede Geste genau vorgeschrieben war, richtete er schließlich den Gewehrlauf auf das Feuer und zog den Abzug durch. Wie ein Mann zogen daraufhin sämtliche Polizisten im Kreis ihre Pistolen aus dem Halfter, zielten ebenfalls in die Flammen und leerten ihre Magazine in einer kurzen, doch ohrenbetäubenden Folge von Feuerstößen.

Noch immer im Gleichtakt, stopften die Männer ihre Pistolen zurück in die Halfter, nahmen Haltung an und salutierten. Auf a tremolierend, setzten die Streicher ein und bauten, vom leisen Schnarren der Trommel befeuert, ein Crescendo auf, bei dessen Höhepunkt die Männer im Chor *Weia!* riefen.

Nach dieser Verlautbarung kehrte ein Augenblick der Stille ein. Dann brach ein leises, klagendes Klavier das Schweigen, und ein weiterer Darsteller betrat die Bühne, auch er nackt bis auf Pistolenhalfter und Hut. Sein Gesicht wirkte schroff, aber doch empfindsam, in seinen Augen brannte der Schmerz ob irgendeiner mythischen Missetat, und seine knödelnde Tenorstimme erhob sich zu einem unwilligen Klagegesang:

Oh, du, den keiner je versta-ha-haaand!
Oh, du, der nicht zu halten wagte meine Ha-ha-haaand!
Ach, wie bebend stand ich da-ha,
Wenn ich dein pralles Halfter sah
Und die Patronen, spitz und glänzend,
Und deinen Hintern, feist und schwänzelnd!

Mein Beretta-Mann, oh, mein Beretta-Mann,
Weder Colt noch Mauser sind dir gut genug!
Mein Beretta-Mann, ach, du, Beretta-Mann,
Fünfzehn Kugeln schicktest du auf den Flug.

Grausam war der Tod zu dir, mein stolzer Ritter,
Im Sarg erschienst du mir gut zehn Pfund dicker,
Der Leichenwäscher verschmierte deine Maskara
Und das Kleid von meiner guten Tante Sarah
Rutschte über deinen Arsch hinauf, ach ja,
Auf dem man einen verirrten Terrier sah.
Aber dennoch kenn ich keinen Frust, ich schwör,
Ich werd noch immer lus-ti-gör . . .
(Wow!)

Oh, Beretta-Mann, einziger Beretta-Mann,
Mein Augenstern, mein Glück-Glück-Glück!
Oh, Beretta-Mann, süßer Beretta-

«Hm», grübelte Lucky, während sich die Reisenden zurückzogen, «sollten sie uns nicht eigentlich festnehmen oder so was?»
«Eins ist mal sicher», sagte Prophet. «Um Benzin werd ich diese Jungs nicht bitten.»
«Machen wir, daß wir hier wegkommen», pflichtete Dorian

bei. «Wir müssen einfach hoffen, daß die Karre bis zum nächsten Kaff durchhält.»
«Eine innere Stimme sagt mir», sagte Prophet, während sie zum Wagen zurückgingen, «daß diese Burschen hier nicht gerade viel zu tun haben. Verstehst du, was ich meine?»
Prophet hatte seinen Laptop auf dem Kofferraumdeckel liegenlassen. Als er ihn wegräumen wollte, sah er, daß auf dem Monitor ein neues Fax leuchtete:

AN: Kenley O'Hare & Co.
VON: Dana Saddle
BETRIFFT: Unser Interview

Vielleicht haben Sie meine erste Nachricht nicht erhalten. Vielleicht fanden Sie auch unser Angebot zu niedrig. Was würden Sie sagen, wenn wir auf $ 100 000 pro Kopf erhöhen?
Ach, übrigens – wir wissen genau, wo ihr seid.
Nicht vergessen: Die Nummer ist (800) 383-5968.

«Sie wissen, wo wir sind . . . Den Teufel wissen sie.»
«Vielleicht sollten wir annehmen», sagte Dorian. «Es ist ein Haufen Geld und eine Menge Publicity, und wir können unsere Namen dabei reinwaschen.»
«Nie im Leben», entgegnete Lucky. «Ich hab ihre Show gesehen, letzte Woche, glaub ich, da haben sie einen Mann interviewt, der seine Frau erschossen hatte, weil sie sich für ein Warzenschwein hielt, ‹eheliches anti-zooanthropisches Syndrom› oder so nannten sie das. Er hat fünfundsiebzigtausend Dollar bekommen, und jemand dreht einen Film über die Sache. Und er selbst schreibt schon an seiner Autobiographie.»
«Tscha, und was machen wir dann?»

«Weiterfahren. Was sonst?»

Sie bogen an der Kreuzung ab und fuhren unter einem Baldachin von Sternen nach Westen, während über den Bergen der Mond aufging und sein unheimliches Licht über sie warf, als wolle er ihnen den Weg zu einem gespenstischen Zufluchtsort weisen. Sie hatten kaum zehn Meilen zurückgelegt, als Dorian einen hellen Lichtpunkt bemerkte, der sich ihnen von hinten näherte, und zwar nicht am Boden.

«Was zum Teufel ist das?» fragte er. «Ein Flugzeug?»

«Vielleicht ein Ufo», sagte Prophet. «Wär kein schlechtes Fluchtvehikel, was?»

«Unser Ruhm wäre grenzenlos. Drück uns die Daumen!»

«Es ist kein Ufo», sagte Lucky, als sie den Kopf nach hinten umwandte, «und ich glaube auch nicht, daß es ein Flugzeug ist. Ich kann mich irren, aber es sieht aus wie ein Hubschrauber.»

«Herrgott, die Bullen», rief Dorian. «Und keine Deckung, nirgends, verdammt.»

Es dauerte nicht lange, und sie konnten das unheilverkündende Knattern der Rotoren hören, spürten seinen Widerhall in ihren Knochen wie die Vorboten eines epileptischen Anfalls. Der Hubschrauber flog sehr tief, vielleicht dreißig Meter über dem Boden, und er schloß schnell zu ihnen auf. Als er über ihren Köpfen war, verlangsamte er sein Tempo, paßte es dem ihren an. Ein blendender Lichtstrahl wurde auf sie gerichtet.

«Scheiße!!» Dorian stieg auf die Bremsen, brachte den Wagen mitten auf der Straße zum Stehen. Der Hubschrauber ging in einen donnernden Sinkflug über und setzte fünfzig Meter vor ihnen auf.

«Das sind nicht die Bullen», sagte Lucky. «Der ist von einem Fernsehsender.»

«Er blockiert die verdammte Straße», sagte Prophet.

Als die Rotorblätter zum Stillstand gekommen waren, öffnete sich die Tür, und drei Gestalten stiegen heraus, zwei Männer und eine Frau. Einer der Männer schleppte eine Fernsehkamera, der andere eine Akkuleuchte. Die Frau war eine brünette Dreißigerin in einem weißen Businesskostüm von Goering, dessen ausgepolsterter Uniformstil der letzte Schrei unter Karrierefrauen war **(Goering: Ran an den Feind!)**.

«Mr. O'Hare?» rief sie und blickte sich suchend unter den Reisenden um.

Prophet rührte sich nicht. Der Kameramann wuchtete die Kamera auf seine Schulter, der Beleuchter schaltete die Lampe ein und richtete sie auf den Wagen. Die Frau blieb wenige Meter vor dem Mustang stehen.

«Kenley?» sagte sie und sah Prophet an.

«Was ist.»

«Ich bin Dana Saddle von –»

«Was zum Teufel haben Sie hier verloren?»

«Wir haben Ihr Faxmodem im Mobilfunknetz geortet», sagte sie mit einem Lächeln. «Es ist schon erstaunlich, wie weit –»

«Was wollen Sie?» fiel ihr Lucky barsch ins Wort.

Dana Saddle warf einen Seitenblick auf Lucky und auf Ariel, dann faßte sie Dorian ins Auge.

«Ihr seid doch alle Michaels Freunde, oder?»

«Ich hab Sie was gefragt.»

Saddle blickte wieder zu Lucky, als wolle sie abschätzen, wieviel Ärger sie von dieser Seite zu erwarten hätte. «Wie ich Ihnen schon per Fax mitgeteilt habe, machen wir Ihnen ein Angebot von –»

«Vergessen Sie's.»

«– wenn Sie mich bitte ausreden lassen. Wir steigern unser –»

«Ich sagte: Vergessen Sie's.»
Saddle verschränkte die Arme. «Darf ich euch einen guten Rat geben? Ich weiß nicht, wie ihr euch eure weitere Flucht vorstellt, aber die Polizei sucht euch an jedem bewohnten Ort in einem Umkreis von fünfhundert Meilen.»
«Wir hatten mit der Schießerei überhaupt nichts zu tun», sagte Dorian. «Er war krank, er war schizophren. Wir wußten nicht, daß er durchdrehen würde.»
«Mag sein», sagte sie. «Aber sie wissen auch, daß Kenley die Faxe mit der Bombendrohung abgeschickt hat. Er muß mit einer Mordanklage rechnen.»
«Woher wissen Sie das alles?» fragte Prophet.
«Wir hängen in allen Netzen drin», erwiderte sie. «Wir wußten so schnell Bescheid wie jeder andere, wir waren nur etwas fixer, euch anzupeilen. Aber nach allem, was ich weiß, können sie jeden Augenblick hier sein. Dies ist vielleicht die letzte Chance, eure Sicht der Dinge zu erzählen.»
«Wieviel haben Sie noch gleich gesagt?» erkundigte sich Dorian, der jetzt quer über der Rückenlehne seines Sitzes saß.
«Hundertfünfzig für jeden. Ich würde mir das sehr genau überlegen.»
Dorian sah seine Gefährten an. «Ich stimme dafür.»
«Was soll das?» bellte Lucky. «Wie zum *Teufel* . . .?»
Aber er hatte sich schon aus dem Wagen geschwungen. Sie sahen, wie er auf Dana Saddle zuging, die ihm ihre Hand entgegenstreckte. Er schlug ein und blickte zu den anderen zurück.
«Kommt schon», sagte er. «Wir werden berühmt.»
Prophet öffnete die Tür auf der Beifahrerseite. «Dorian –»
«Ganz ruhig, alter Knabe. Wir sind Teil des Top-Kriminalfalls der Epoche und noch dazu völlig unschuldig. Sei kein Narr und verdirb uns nicht den Spaß.»

«Ich habe vorbereitete Verträge im Hubschrauber», sagte Dana Saddle. «Inzwischen –» sie wandte sich an den Kameramann – «sag schon mal dem Studio Bescheid, daß wir in zwei Minuten live auf Sendung gehen können.»

«Aha, das Satellitenzeitalter», sagte Dorian, flocht die Finger beider Hände ineinander und ließ die Knöchel knacken. «Ms. Saddle, hätten Sie vielleicht einen Spiegel zur Hand, den ich mir aus . . .»

«Dorian!» erklang Luckys Stimme irgendwo in seinem Rücken.

Er drehte sich um. «Ja?»

Sie stand anderthalb Meter hinter ihm, die Arme vor der Brust verschränkt. «Kann ich dich mal kurz sprechen? Allein?»

Dorian zwinkerte Dana Saddle zu. «Dauert nur eine Sekunde.»

Sie gingen drei Dutzend Schritte auf der Straße zurück, am Mustang vorbei, vom Mondlicht belauert. Als sie sich umdrehte, um ihm ins Gesicht zu sehen, und er den Ausdruck auf ihrem Gesicht sah, erfaßte ihn ein Gefühl der Panik. Instinktiv duckte er sich und hob die Arme, um sich zu schützen.

«Du Scheißkerl», krächzte Lucky. «Ich kapier wirklich nicht, was mit dir los ist, aber wenn du dein Ding hier durchziehst, dann werde ich nie wieder ein Wort mit dir reden. So wahr mir Gott helfe.»

Verlegen – denn sie hatte nicht einmal einen Finger gegen ihn erhoben – streckte er sich wieder zu voller Größe und setzte eine Miene schmerzlicher Verärgerung auf. «Lucky, es kann doch nichts falsch dran sein, wenn wir –»

«Es ist nicht nur falsch, es ist völlig *irrsinnig*, ich meine, wie kannst du ernsthaft an so was denken, wenn unser *Freund* –» sie deutete auf Prophet, der jetzt mit Ariel neben

dem Wagen stand – «einer Anklage wegen schweren Mordes in soundsoviel Fällen entgegensieht? Von so alten Hüten wie Freundschaft oder Loyalität rede ich gar nicht, das sind ja wohl ohnehin Fremdwörter für dich. Aber hast du schon mal einen Gedanken daran verschwendet, daß du womöglich seine ganze Verteidigung sabotierst?!»
Nur die Dunkelheit ermöglichte es ihm, ihrem Blick standzuhalten, obwohl ihre grauen Augen für einen Sekundenbruchteil gespenstisch aufblitzten, als sich das Mondlicht in ihnen fing. Doch auch sie konnte die Glut auf seinen Wangen nicht erkennen, die ihm den Mut gab, sich ihr dieses eine Mal entgegenzustellen. «Jetzt hör mir mal zu, du selbstgerechte Schlampe», krähte er, «auf dieser ganzen verfluchten Reise hab ich mir anhören müssen, wie du an allem und jedem rummeckerst, was ich tue. Und jetzt sag mir eins, Lucky: Warum sollte es mir da nicht scheißegal sein, ob du noch mit mir sprichst oder nicht? Die Sache ist die, daß ich nicht das geringste auf dem Kerbholz habe, und trotzdem stecke ich hier mitten im Nirgendwo und bin von früh bis spät auf der Flucht vor der ganzen Welt und ihrem lesbischen Papagei, und ich hab's verdammt noch mal satt, begreifst du das? Mein halbes Leben lang hab ich auf diesen Augenblick gewartet, ein gottverdammtes halbes Leben! Und jetzt passiert's, genau hier, genau jetzt, und du stehst da und, und –» er atmete tief ein, suchte nach Worten, schüttelte den Kopf, wie um ihn klarzubekommen – «und gibst die Klugscheißerin, immer so verdammt überlegen, immer ein Gegicker und Gegacker auf der Zunge zu jedem gottverfluchten Thema, ich meine, sag mir, tu mir bloß den einen Gefallen und sag mir, ob du überhaupt eine Vorstellung hast, ob du die allergeringste Ahnung hast, was für eine *große Sache* das hier ist?»

In dem langen Schweigen, das folgte, wappnete er sich für ihre Reaktion, für die Gemeinheit, die er sicherlich zu erwarten hatte. Er war verblüfft, als sich statt dessen eine Träne aus ihrem Auge stahl und über die Wange hinunterlief. Sie wandte den Blick ab, biß sich auf die Lippe, aber er konnte trotz der Dunkelheit sehen, daß ihr Unterkiefer zitterte. Er trat näher an sie heran, legte seine Hände auf ihre Schultern und dachte: Ich hab's geschafft, ich habe es endlich geschafft. Ich habe gewonnen.

«In weniger als fünf Minuten», sagte er sanft, «wird uns die gesamte Nation sehen. Dieser Augenblick gehört uns. Er wird niemals wiederkommen. Alle wollen etwas, das sie nur von uns kriegen können, und es wird unser Leben für immer verändern.»

Sie begegnete seinem Blick, ihre Augen schimmerten noch feucht, und er fand ihre Verletzlichkeit so berauschend, daß er vor lauter Dankbarkeit fast den Nachthimmel angekräht hätte.

«Das ist also alles, was unterm Strich bleibt», sagte sie leise.

Ihm lag eine rüde Entgegnung auf der Zunge, die er gerade noch runterschlucken konnte. Er ging leicht in die Knie, beschwor sie mit seinen Blicken, knetete ihre Schultern, um seinen Worten Nachdruck zu verleihen. «Lucky, das ist ein *Riesending*. Es ist größer als wir alle zusammen, und wir könnten nichts dagegen tun, selbst wenn wir's wollten. Es ist immer das gleiche mit diesen Sachen. Entweder du benutzt sie, oder du läßt dich von ihnen benutzen.»

Sie schüttelte seine Hände ab und sah die Straße hinunter. Dreißig Meter entfernt traf ihr Blick auf Dana Saddle, die ungeduldig winkte.

«Ich muß gehen», sagte Dorian und drängte sich an ihr vorbei. «Wenn du einen Funken Verstand hast, kommst du mit.»

Sie beobachtete seinen Rückzug, atmete tief ein und hielt den Atem an, bis keine Tränen mehr drohten; dann ließ sie die Luft langsam, in einem langen Glissando der Resignation, aus ihren gespitzten Lippen entweichen. Deprimiert folgte sie ihm.

«Sind wir auf Sendung?» fragte er, als er bei Dana Saddle ankam, die von Licht umflossen wurde und in der Dunkelheit schimmerte wie ein Engel. Sie hielt ein drahtloses Mikrofon in der Hand, ein drahtloser Ohrhörer steckte in einem ihrer Ohren. Der Kameramann, der jetzt mächtige Kopfhörer übergestülpt hatte, stand wartend in wenigen Metern Entfernung. Der Beleuchter fummelte an seiner Lampe, um auch Dorian in den Lichtkegel zu bekommen. «Noch sechzig Sekunden», informierte sie ihn. «Cherice Liverpool hat im Studio schon mit der Anmoderation begonnen. Allerdings haben wir hier keinen Monitor, deshalb müssen Sie genau auf die Einsätze achten, die ich Ihnen gebe. Ich werde Sie fragen, wie Sie Michael Fishbein kennengelernt haben, was bei dieser religiösen Kundgebung passiert ist und wie ihr nachher der Polizei entwischt seid. Hundert Millionen Menschen werden uns zusehen und –» sie hob eine Hand, lauschte ihrem Ohrhörer – «okay, noch dreißig Sekunden, schauen Sie mich an und nicht in die Kamera, und wenn Sie reden – Moment, kommen Sie doch mal –» sie runzelte die Stirn, klemmte das Mikro zwischen die Knie, packte Dorian mit einer Hand am Kinn und rieb mit der anderen über seine Wange – «das ist künstlicher Ruß, ich habe ihn auf Ihrem Gesicht verrieben, weil es unecht aussieht, wenn alles auf einem Fleck ist, jetzt sieht's so aus, als wären Sie in der Nähe einer Explosion gewesen oder hätten sonstwas Abenteuerliches erlebt –»

«Achtung!» sagte der Kameramann.

«Alles klar, es geht los.» Sie griff wieder nach ihrem Mikro und packte Dorian am Arm, um ihn näher heranzuziehen. «*Und* fünf, vier, drei, zwei . . .»

Vor Erwartung zitternd, sog Dorian seine Wangen zwischen die Zähne.

«Cherice, ich stehe hier neben einem der meistgesuchten Männer in Amerika –»

Plötzlich begannen die Rotorblätter sich grummelnd in Bewegung zu setzen, und sofort wurde Dana Saddles Stimme übertönt. Die Positionslichter des Hubschraubers blendeten auf, und ein Windschwall blies dem TV-Team und seinem Opfer um die Ohren.

Dorian starrte an dem Kameramann vorbei, sein Mund öffnete sich zu einer filmreifen Grimasse der Verblüffung. Er wandte den Kopf zurück zum Auto, dann wieder zum Hubschrauber.

«Nein!» japste er und setzte sich in Bewegung. *«Nein!!»* Und er begann zu rennen.

Er hörte, wie Dana Saddle hinter ihm herrief, und verschärfte das Tempo.

«Lucky!» schrie er. «Lucky, um Himmels willen, warte! Warte doch!»

Er war keine zehn Meter mehr entfernt, als der Hubschrauber vom Boden abhob. Er hechtete nach den Kufen, als wolle er Saigon im Jahre 1975 neu inszenieren. Seine Hände fanden Halt, und schon wurde er emporgehoben, und seine Füße baumelten in der Luft, wie einst, in frivoleren Zeiten, vor einem Badezimmerfenster. Er spähte hinauf in die Kabine und sah Lucky, die ausdruckslos auf ihn herunterstarrte.

«Lucky!»

Seine Finger gerieten ins Rutschen. Er verlor seinen Griff

und plumpste aus geringer Höhe zu Boden, genau auf seinen Arsch. Vom Aufprall benommen, konnte er nur noch gaffen, während der Hubschrauber am Firmament kleiner wurde und das Fernsehteam neben ihm einlief und seinem Blick folgte.

«Scheiße», sagte der Kameramann keuchend.

«Da geht sie hin, unsere Satellitenverbindung», bemerkte Dana Saddle, ebenfalls nach Luft ringend. Sie wartete, bis sich ihr Atem beruhigt hatte, dann sah sie auf Dorian hinunter. «Aber wir können das Gespräch immer noch auf Band aufnehmen.»

Er erwiderte nichts. Er verfolgte den Hubschrauber, der am westlichen Horizont verschwand, folgte ihm mit seinem Blick, bis die Lichter von der Dunkelheit verschluckt wurden und völlige Stille eingekehrt war.

Dann rappelte er sich hoch und klopfte sich den Staub ab. «Den Teufel können wir», sagte er mit rauher Stimme.

«Mr. Bray, Sie haben eingewilligt –»

«Das war vorher, altes Mädchen.» Schlurfend setzte er sich in Bewegung, auf den Mustang zu.

«Ich kann's nicht glauben», sagte sie unwillig. «Ich weigere mich einfach, das zu glauben.»

Als die erwünschte Antwort ausblieb, stöckelte sie hinter ihm her, ihre Absätze klapperten auf dem Pflaster. «Zweihundertfünfzigtausend», sagte sie, als sie ihn eingeholt hatte.

Er kicherte. «Da müssen Sie aber noch einiges drauflegen, Dana. Immerhin kommen Sie hier ohne mich kaum weg.» Er sah sie an. «Und bis es soweit ist, können Sie schon mal darum beten, daß meine Tankanzeige kaputt ist.»

x

Lucky zog die Schiebetür auf und kletterte hinein; Prophet und Ariel folgten ihr mit dem Gepäck. Ein dicklicher, rothaariger Pilot lag ausgestreckt auf seinem Sitz und döste friedlich vor sich hin. Lucky packte ihn bei den Haaren und rüttelte ihn wach.

«Hä?» sagte er und kniff die Augen zusammen. «Was zum –»

«Fliegen Sie uns hier raus», sagte sie. «Auf der Stelle.»

Er starrte sie an, dann blickte er nach draußen, zum TV-Team. «Was'n los?»

«Mein Freund hier», sagte sie atemlos und deutete auf Prophet, der reaktionsschnell zusammensackte, «hat einen akuten Blinddarmdurchbruch, er muß sofort operiert werden.»

Er zuckte zusammen, als der sich am Boden krümmende Prophet zu schreien begann. «Is ja gut, aber –» er sah wieder nach draußen und erhob seine Stimme, um Prophets Schmerzensschreie zu übertönen «– ich meine, was soll mit –»

«Mein Freund hat einen Wagen», erwiderte Lucky, «er wird sie zum nächsten Ort fahren, aber wir müssen jetzt *wirklich* hier weg, es ist ein Notfall –»

«Schon gut, schon gut.» Er schob sie von sich weg. «Hinsetzen bitte!»

Sie schnallte sich an, während der Rotor sich in Bewegung setzte und Prophet stöhnend auf dem Boden der Kabine liegenblieb, wo Ariel neben ihm kniete. Als sie die Straße hinunterblickte, sah Lucky rennende Gestalten, die sich dem Hubschrauber näherten, und ihre Herzfrequenz verdreifachte sich. Scheiße, dachte sie und wartete darauf, daß der Pilot sie ebenfalls entdeckte oder daß Dorian – den sie jetzt in vorderster Front erkannte – den Hubschrauber noch erreichen und an die Tür klopfen würde.

Doch der Pilot konzentrierte sich auf seine Instrumente, und es dauerte nur Augenblicke, bis sie in die Dunkelheit entschwebten. Lucky sah, wie Dorian gerade noch die Kufe zu packen bekam. Für einen Moment trafen sich ihre Blicke. Sie spürte das Verlangen, die Tür zu öffnen und auf seine Finger zu treten – oder ihn hereinzuziehen, sie wußte es nicht genau –, aber da rutschte er schon ab und fiel zur Erde zurück. Sie preßte die Hände gegen die Glasscheibe, wie um sich festzuhalten, und sah ihn unwiederbringlich hinwegschrumpfen, während in ihrem Innern unerklärliche Tränen aufsteigen wollten.

Sie blickte zum Piloten hinüber, der sie skeptisch und gleichzeitig amüsiert ansah, als wolle er fragen: *Ihr verscheißert mich, stimmt's?* «Mannomannomannomann, jetzt mal ganz langsam, ganz langsam, eins nach dem anderen», sagte er. «Ihr seid doch alle auf der Flucht?!»

Sie bemühte sich um eine feste Stimme, wobei ihr das Dröhnen des Rotors half. «Was soll der Quatsch?»

Er schüttelte den Kopf, und sein Grinsen bekam jetzt einen fatalistischen Zug. «Mag ja sein, daß ich die trübste Tasse bin, die je in einem Cockpit saß», begann er. «Aber ich hab noch nie einen Sträfling gesehen, der so hübsch war wie Sie. Wahrscheinlich sollte ich jetzt die Hosen voll haben, aber das hab ich nicht, und wißt ihr auch, warum?» Er zwinkerte verschmitzt. «Weil keiner von euch diese Kiste fliegen kann, wenn ihr mich umbringt. Und deshalb denk ich mal, daß ihr mir nichts tun werdet.»

Lucky blickte ratsuchend zu Prophet hinüber.

«Scheiße», sagte der und setzte sich auf. «Das war wohl nichts, falls du verstehst, was ich meine.»

Lucky legte ihre Hand auf den Arm des Piloten und wartete, bis er sie ansah. «Ich bin kein Sträfling und nie einer gewe-

sen», sagte sie. «Und ich schwöre, daß meine Freunde hier keiner Fliege was zuleide tun, okay? Das ganze ist nur ein Mißverständnis.»
«Jedenfalls zum Teil», murmelte Prophet, der gerade Ariel auf der Rückbank anschnallte.
«Na schön», entgegnete der Pilot, «das mag stimmen oder auch nicht. Aber eins steht fest, nämlich, daß mir keiner Beihilfe oder sonst ein krummes Ding anhängen wird.» Der Hubschrauber legte sich in eine weite Kurve.
«*Bitte!*» stöhnte Lucky.
«Nix zu wollen, schöne Dame», erwiderte er. «Und wie gesagt – Hände weg von mir. Ohne mich fliegt ihr geradewegs in den Orkus.»
«Weißt du was?» sagte Prophet, der sich inzwischen auch angeschnallt hatte. «Zuerst dachte ich, du bist ein blödes Arschloch und ein Weichei noch dazu.»
«Ach wirklich?» sagte der Pilot und kicherte. «Und was denkst du jetzt?»
«Jetzt denk ich, daß du nur ein blödes Arschloch bist.»
Einen Augenblick lang fühlte sich Lucky wie gelähmt, konnte nur tatenlos zusehen, wie der Pilot sie zu Dana Saddle und Dorian Bray zurückbrachte – oder Kurs auf das nächste Polizeirevier nahm, wo immer sich das befinden mochte. Der Streß der vergangenen Tage – das hektische Tempo, das Wechselbad der Gefühle, vor allem aber die ständig zunehmende Unwirklichkeit – überfiel sie wie ein klinischer Schock, weitete all ihre Blutgefäße, ließ ihren ganzen Körper vereisen. Zum erstenmal in ihrem Leben empfand sie wirkliche, absolute Verzweiflung.
Aber Prophets Bemerkung brachte ihre Gedanken wieder in Fahrt. Jetzt gibt es keinen Ausweg mehr, dachte sie. Wir sind nicht mehr von dieser Welt.

Nicht mehr von dieser Welt . . . Der tiefe Sinn dieser Formel überraschte sie, waren die Worte doch ohne erkennbaren Anlaß in ihr aufgestiegen. Wir sind nicht mehr von dieser Welt, dachte sie voller Trauer und wußte gleichzeitig, wie schal das klang, wie klischeehaft – und wie wahr. Es machte nichts, daß sie die Worte nicht laut herausbrachte, daß keiner der anderen ihre Bedeutung spürte, daß sie nicht in den Rang eines unumstößlichen, mühsam erworbenen Wissens aufsteigen konnten. Sie gaben ihr Energie zurück, und das allein war Rechtfertigung genug.

Wir sind nicht mehr von dieser Welt, dachte sie. Und warum auch? Es war besser, in der Hölle zu herrschen als im Himmel zu dienen.

Mit routinierten Griffen entledigte sie sich ihrer Sicherheitsgurte und stand auf. Sie schob sich hinter den Piloten, riß seinen Kopf in den Nacken, legte ihren rechten Arm um seinen Hals und schob den Kopf wieder nach vorn, wobei sie ihre Muskeln anspannte. «Es macht mir nichts aus, zu sterben», flüsterte sie in sein Ohr. «Meinen Freunden macht es auch nichts aus. Die Frage ist, ob es *dir* was ausmacht, wenn *du* abkratzt.»

Er wand sich in ihrem Griff, zerrte mit einer Hand an ihrem Arm, während er mit der anderen den Steuerknüppel hielt. Die Gurte behinderten ihn in seiner Gegenwehr. Sie behielt ihn weiter im Schwitzkasten, zog ihren Arm noch enger um seinen Hals zusammen, bis er zu röcheln begann.

«Das, worauf ich drücke, ist deine Halsschlagader», informierte sie ihn. «Wenn ich will, wird dir binnen drei Sekunden schwarz vor Augen. Mehr Zeit hast du nicht, und selbst wenn du dich wehrst, werde ich locker mit dir fertig. Haben wir uns soweit verstanden?»

«Schon gut, schon gut», krächzte er. «Jesus!»

«Na also», sagte sie, ohne ihren Griff zu lockern. «Und jetzt möchte ich, daß du wendest und wieder nach Westen fliegst – so weit nach Westen, wie's nur geht. Und übrigens, ich weiß, wo der Kompaß ist; also komm nicht auf dumme Gedanken.»

Der Hubschrauber legte sich in eine Kurve.

«Gut», sagte sie, als sie wieder geradeaus flogen. «Jetzt werde ich mich wieder setzen. Du wirst genau das tun, was ich dir sage, sonst kannst du verdammt sicher sein, daß wir nicht lebendig runterkommen. Ist das klar?»

Aber sie würgte ihn zu heftig: Sosehr er sich auch bemühte, er konnte nicht antworten. Sie gab ihn frei und nahm ihren Platz wieder ein, während er ausprobierte, ob er noch atmen konnte. Sie wagte nicht, den hinter ihr Sitzenden in die Augen zu schauen.

x

«Also dann», sagte Dana Saddle auf dem Beifahrersitz: «Eine halbe Million.»

«Ich liebe dieses Land», erwiderte Dorian mit einem Blick in den Rückspiegel. «Bei euch da hinten alles in Ordnung?»

«Heilige Scheiße», sagte Dana Saddle, ehe noch eines ihrer Teammitglieder antworten konnte.

Sein Blick kehrte zur Straße zurück, zu dem Wald aus blitzenden roten Lichtern, der plötzlich in der Ferne sichtbar geworden war. Mit einem Schlag entwich sämtliche Energie aus seinem Körper, und ihm wurde so schwach, daß er den Druck aufs Gaspedal nicht aufrechterhalten konnte. Seine Hände am Lenkrad zitterten, als der Wagen ausrollte und stehenblieb.

«Sieht nach einer Straßensperre aus», sagte Dana Saddle

426/427

und verschränkte die Arme vor der Brust. «Sie kommen nicht näher.»
«Mir ist schlecht», sagte er.
«Die Frage ist», überlegte sie, «ob die Zeit noch für ein kurzes Interview reicht, ehe sie sich in Bewegung setzen. Wäre eine saugute Einstellung, findet ihr nicht?»
Dorian klammerte sich ans Lenkrad, wartete darauf, daß die Übelkeit vorüberging. «Können wir nicht umdrehen? Wegfahren?»
«Ich glaube nicht, daß du das wirklich ausprobieren willst, Sweetie», erwiderte sie und öffnete die Wagentür. «Also los, wir fangen sofort an, ich will alles auf Band haben – vor, während und nach der Verhaftung.»
Kameramann und Beleuchter sprangen aus dem Wagen.
«Hoffentlich erschießen sie uns nicht», fuhr Dana Saddle fort, während sie mit einem Taschenspiegel in der Hand vor den Scheinwerfern niederkniete. «Also, Dorian, wir beginnen mit ein paar allgemeinen Fragen und gehen dann gemeinsam die Straße hinunter, dabei setzen wir unser Gespräch fort. Du kannst mir erzählen, wie man sich fühlt, wenn man verhaftet wird, wo du glaubst, daß deine Freunde sind, und ähnliches Zeug. Mist, wo steckt mein Eyeliner?»
Eine einsame Polizeisirene drang durch die Nacht.
«Sie kommen auf uns zu», sagte der Kameramann.
Sie stand auf und blickte die Straße hinunter. «Verdammt», murmelte sie, «das kostet uns das ganze Inter-» Sie sah zu Dorian hinüber, der auf die herannahenden Lichter starrte, als wäre er von ihrem Glanz geblendet, als vollzöge sich vor seinen Augen die Landung eines fremden Raumschiffs voller ungeahnter Wunder.
«Na gut», sagte Dana Saddle. «Wißt ihr was, wir nehmen einfach nur die Verhaftung auf. Das ist immer noch ein

Knüller, und erschießen wird uns dabei auch keiner. Und vor allem brauchen wir ihm keinen Cent dafür zu zahlen. Bleibt ein paar Schritte zurück. Wir überlassen ihn den Bullen.»

«Ist das eine Stadt dort unten?» fragte Lucky. Zwei Stunden waren vergangen.

«Na ja», sagte der Pilot. «Schwer zu sagen, bei all den Stromausfällen. Ihr wißt schon, wegen der Unruhen.»

«Von wo aus seid ihr eigentlich gekommen? Ich meine vorher, als ihr uns gejagt habt?»

«Wir haben über diesen religiösen Zirkus berichtet. Dana war hinten im Publikum dabei, als euer Freund alles niedergemäht hat. Warum hat er das eigentlich getan?»

«Schizophrenie. Er konnte nichts dafür.»

Er starrte sie ungläubig an. «Soll das auf Unzurechnungsfähigkeit rauslaufen?»

«Yup.»

Er schnaubte verächtlich. «Das kauf ich euch keine Sekunde ab.»

«Dann halt besser den Mund über Dinge, von denen du nichts verstehst.»

«Ein plötzlicher Windstoß schüttelte den Hubschrauber und ließ die Gepäckstücke durch die Kabine fliegen.

«Scheiße», sagte der Pilot.

Der Wind nahm zu. Der Hubschrauber hüpfte wie ein Korken in der Brandung.

«Hört mal», sagte der Pilot, «hier oben wird's langsam ungemütlich. Wir fliegen mitten in irgendeine Front rein, und Besserung ist nicht in Sicht.»

«Welche Stadt ist das denn nun?»

«Was weiß ich.»
«Ja, gibt's denn hier an Bord keine Karten oder Instrumente oder *sonstwas*?»
Wieder packte eine Böe den Hubschrauber, der wild herumgeschleudert wurde.
«Kommt schon», sagte der Pilot, der plötzlich sehr nervös war. «Ich hab Frau und Kinder, ich verspreche euch, daß ich kein Sterbenswörtchen –»
«Halt's Maul und bring uns runter.»
Der Pilot nickte erleichtert. «Und wo?»
«Egal wo.»
Eine verdunkelte Stadt wuchs ihnen entgegen. Sie sah aus wie ein gedruckter Schaltkreis.
«Keine Ahnung, ob die Nationalgarde hier ist», sagte der Pilot. «Es gibt so viele andere Städte, wo sie auch sein müßte.»
Ein Funken, begleitet von einem heftigen Schlag, blitzte an der Außenhaut des Hubschraubers auf.
«Was war das?»
«Oh, Scheiße», sagte der Pilot: «Auf uns wird geschossen.»
«Landen wir doch auf diesem Dach hier, gleich da unten.»
«Ich weiß nicht, ob – *verdammt*, schon wieder.»
«Ist das Glas kugelsicher?»
«Ich bin nicht scharf drauf, das auszuprobieren.»
«Okay, vergessen wir's, setz uns einfach auf der Straße ab. Und paß auf die Leitungsdrähte auf.» Zum erstenmal drehte sie sich nach den anderen um, denen sie keine Wahl gelassen hatte, wohin sie fliegen wollten. Sie sah sie unsicher an und spürte, wie die Wut in ihr verrauchte, so als käme sie nach einem langen Fieberrausch wieder zu klarem Bewußtsein. Sie erwartete, daß Prophet sie tadeln, daß er ihr eine Erklärung abverlangen würde. Er aber gab ihren Blick mit einem

Ausdruck kindlichen Staunens zurück, wie sie ihn seit Jahren bei niemandem gesehen hatte. Sie wollte gerade etwas sagen, als sie bemerkte, daß er Ariels Hand hielt. Er folgte ihrem Blick und lächelte.

«Das geht in Ordnung, Lucky», sagte er ganz ruhig. «Ich werde mich von jetzt an um sie kümmern.»

In seinem Gesicht las sie die Gefühle, die ihn bewegten, und sie war verwirrt, war verblüfft angesichts der Offenheit dieses Bekenntnisses. Sie sah Ariel an, die spontan ihre Arme um Prophets Hals schlang und ihn an sich zog. Lucky mußte einen Anflug von Eifersucht unterdrücken, die teils sexuellen, überwiegend aber mütterlichen Ursprungs war. Ihre Empfindungen für dieses Mädchen hatten immer etwas Besitzergreifendes gehabt, und nun fühlte sie sich wie ein Elternteil, das sein Kind freigibt. Sie blinzelte, um aufsteigende Tränen zu unterdrücken, und stellte fest, daß sie ebenfalls lächelte.

«Paß gut auf sie auf», sagte sie, wie in einer Seifenoper.

Der Hubschrauber ging mitten auf einem großstädtischen Boulevard nieder. Auf beiden Seiten der Straße reihten sich Hotels und Spielcasinos aneinander, aber alle waren dunkel, leere Schalen mit gähnenden, zersplitterten Fenstern im Erdgeschoß. Auf der Fahrbahn war keinerlei Verkehr zu sehen; die Stadt wirkte wie ausgestorben.

«Was sollen wir mit ihm machen?» sagte Prophet, als sie ihre Gurte lösten.

Lucky sah zu dem Piloten hinüber. «Am besten, er funkt um Hilfe. Seine Leute, die wir zurückgelassen haben, könnten's brauchen.»

«Du meinst, wir lassen ihn laufen?»

«Was sollen wir sonst tun, Prophet? Ihn als Geisel nehmen?»

«Ach, du lieber Gott», sagte der Pilot.

Sie blickte auf. Ein paar hundert Meter entfernt, am Rande ihres Blickfelds, schien der Boden zu zittern und seine Gestalt zu verändern, wie der Kamm einer Düne bei starkem Wind. Sie hörte den Lärm ferner Stimmen und erkannte bald Hunderte, vielleicht Tausende von Gestalten, die sich in langsamem Trab auf dem Boulevard näherten. Eine Windböe schüttelte den Hubschrauber, wirbelte Staub und winzige Scherben auf, die gegen die Verglasung der Kabine prasselten wie ein höhnischer Vorschein dessen, was sie erwartete.

«Große Mutter», flüsterte Lucky. «Mach, daß wir hier wegkommen.»

«Keine Chance», sagte der Pilot. «Dort oben ist es genauso gefährlich wie hier unten.»

Lucky schob die Tür auf und sprang hinaus. «Kommt mit», rief sie Prophet und Ariel zu. «Vergeßt das Gepäck.»

«Und was wird aus mir?» blökte der Pilot, während die anderen hinauskletterten.

«Woher soll ich das wissen?» entgegnete sie. Sie schob die Tür zu und rannte, von den anderen gefolgt, zum Bürgersteig. Überall auf der Straße standen die Wracks ausgebrannter Autos herum. Das Pflaster war mit Glassplittern übersät. Die Eingänge der Hotels öffneten sich einladend der Nachtluft, Türen und Fenster schienen vom Druck einer Explosion aus ihren Angeln gerissen worden zu sein. Straßenaufwärts war der Mob jetzt kaum noch zweihundert Meter entfernt. Die Reisenden konnten Stimmen heraushören – johlend und aggressiv. Es folgte ein kurzes Knattern von MG-Feuer.

«Schnell in Deckung», sagte Prophet.

Sie liefen zum nächstgelegenen Hotel. Ein junger Schwarzer kauerte neben dem Eingang und beobachtete mit glasigen, weit aufgerissenen Augen, wie sie näherkamen. Er hatte einen Revolver in der rechten Hand.

«Schaut euch diesen Niggerbruder an, läuft rum, als wär Halloween!» sagte er und hob die Waffe. «Gib's zu, Nigger, du willst mich erschrecken.»

Die Reisenden blieben stehen, Lucky stellte sich schützend vor ihre beiden Begleiter. Sie starrte auf den langen, schwarzen Lauf des Revolvers hinunter und spürte für einen Augenblick, wie es sie kalt überlief. Der Lauf taumelte, hob und senkte sich, schwenkte hin und her, malte unbeholfene Unendlichkeitszeichen in die Luft.

«Hat einer von euch Nuke dabei?» fragte der Schwarze, womit er das Halluzinogen meinte, das offiziell unter dem Namen «Radioactive» bekannt war.

Der Mob war noch hundertfünfzig Meter entfernt, die anschwellenden Stimmen erfüllten die Straße mit weißem Rauschen.

«Gleich haben sie euch», sagte der Revolverheld und lachte schleppend.

«Prophet, sprich mit ihm», sagte Lucky.

«Scheiße, was soll ich ihm denn sagen?»

«Mein Freund hier –» Lucky deutete auf Prophet – «er, er ist ein Vertreter der schwarzen Unabhängigkeitsbewegung, er ist selbst ein wichtiger Führer in eurem Kampf.»

«Hä?»

«Hör mir zu, Mann», sagte Prophet mit einem giftigen Seitenblick auf Lucky, «ich bin ein Vertrauter von Kweisi Natare und –»

«Von *wem?*»

«Kweisi Natare, er ist der –»

«Nie gehört von dem beknackten Macker», sagte der Revolverheld und puhlte einen Popel aus seiner Nase.

«Nichts für ungut», sagte Prophet und zog Ariel mit sich zur Tür. «Man sieht sich.»
Sie hatten keine Zeit zu verschenken. Ohne den Revolver zu beachten, drehten sie sich um und flohen in das Hotel.

x

Wo aber bleiben sie, die Träume der Frauen und die Träume der Männer? Wo bleibt die Seele, jene seltsamste der menschlichen Erfindungen?
Jedes Jahr versammeln sich Schriftsteller und Akademiker überall in Amerika auf steuerlich absetzbaren Konferenzen, um sich die Frage vorzulegen: «Wohin entwickelt sich der Roman?» Aber ach, diese Frage ist falsch gestellt. Jeder ernsthafte Autor, so sagt man uns, ist darum bemüht, das Universelle dingfest zu machen. Aber was, außer unseren Körpern und deren Funktionen, ist universell an uns? Nur eins – die Seele. Was den Körper betrifft, so wird er, wenn wir den Medizinern Glauben schenken, von Tag zu Tag weniger geheimnisvoll. Daher lautet die entscheidende Frage nicht «Wohin entwickelt sich der Roman?», sondern vielmehr – Kenner und Liebhaber, aufgepaßt! – «Wohin entwickelt sich die Seele?» Ganz in der Tradition von Bürgermeistern, Gouverneuren, Präsidenten, die ihren Wählern alle Jahre wieder eine Grundsatzrede über die aktuelle Lage ihrer Stadt, ihres Staates, der Nation abliefern, berichtet jeder Autor in seinen Romanen über die aktuelle Befindlichkeit der Seele. Und keineswegs nur einer individuellen Seele, nein, per Definition schreibt jeder ernstzunehmende Autor über die universelle Seele, die sogenannte Seele aller Dinge. Nicht jeder von uns kann eine Rede zur Lage der Nation halten – wir wissen zuviel, um uns mit Politik abzugeben –, aber es ist keiner unter uns, der nicht die Lage

der Seele zu deuten vermöchte. Es mag der Naturwissenschaft gelungen sein, einen Keil zwischen die Seele und die Theologie oder die Psychologie zu treiben, aber es wird ihr nie gelingen, der Literatur ihre Rolle als Sprachrohr der Seele streitig zu machen. Der Romancier, der Dichter, der Dramatiker – sie sind die unumschränkten Herrscher im Reich der Seele.
Hier ist eine Frage für euch – und, ja, sie kommt auch in der Prüfung dran: Der engste Verwandte des Neurophysiologen ist (a) der Psychiater; (b) der Evolutionsbiologe; oder (c) der Buddhist.

×

Stellt euch eine Welt vor, in der es kein Geräusch gibt – außer dem Geräusch des Denkens; eine Welt, in der folglich jedes Geräusch subjektiv, eine innere Projektion, ein Phänomen unter der Schädeldecke ist: der Soundtrack der Träume und der Soundtrack von Alpträumen. Jeder will dieses Geräusch mit anderen teilen, aber es gelingt nicht: Jeder hat mit seinen eigenen, persönlichen Dämonen zu kämpfen, keiner kümmert sich um die des anderen. Der Schrei, den du hörst, ist stets der Schrei deines eigenen Kopfes.
Genau das ist die Welt, in die sich unsere Reisenden versetzt finden. Sehen wir's uns an.

Sie befinden sich in einem großzügig angelegten Hotelfoyer, viele Stockwerke hoch und ohne jeden Anflug, in Atmosphäre oder Ausstattung, des Sakralen. Notstromaggregate sorgen für die Beleuchtung, für einzelne, helle Lichtinseln, die den größten Teil des Raumes der Finsternis überlassen. Kein Windzug dringt hier herein. Alles ist still.
In der Mitte befindet sich ein Springbrunnen, jetzt außer

Betrieb. Leichen liegen reglos im Wasser, zwischen den hineingeworfenen Münzen, inmitten der Wünsche. Weitere Leichen sind auf dem Boden verstreut, liegen herum wie beiläufig gruppiert, nur Bauern in einem vorbestimmten Spiel, fleischgewordene Kunst. Am nächsten liegen drei ältere Frauen, teuer gekleidet und ungraziös verrenkt, ihre Gesichter gespenstisch bleich im Staunen über ihren unerwarteten Tod. Fleischgewordene Kunst, in der Tat – woher sonst das hochfrisierte Haar, so makellos gefärbt; oder die Perlenkette; oder die Fingernägel und die Lippen im präzisen Farbton ihres Blutes; oder die eleganten Schuhe, nun ohne jeden Zweck? Ein Künstler muß hier am Werk sein, ein Bühnen-, Masken- und Kostümbildner. Der ganze Schauplatz ist eine einzige Komposition. Dem Künstler zu verweigern, was ihm zukommt, ist gleichbedeutend mit der Unterstellung, daß diese Mannequingestalten, diese *Kunstobjekte*, nicht im Leben, sondern ganz woanders aktiv gewesen sind – in einer großen Spiegelfechterei vielleicht, die die Frage aufwürfe, warum man sich überhaupt um sie kümmern soll? Weil man den Tod nicht erwartet, nicht, wenn man so gekleidet ist wie sie. Man erwartet nicht, zumal in diesem Alter, wenn man morgens aufwacht und noch einmal davongekommen ist, am Abend desselben Tages als Kadaver zu enden. Man erwartet nicht, daß das eigene Blut den sorgsam gewachsten Boden verfärbt, während anderswo, beim Leichenbalsamierer, schon ein anderes Wachs auf einen wartet. Und wo bleibt sie hier, die Seele? Nun, sie ist allgegenwärtig – um aufgewischt und abgerieben, verdünnt und fortgespült zu werden, lauter Teile von dir, von deiner DNA, von der Erbinformation, die du bist. Die Seele ist nicht entschwebt nach grüneren Weiden. Sie lebt nicht nur, sie klebt, im wahrsten Sinn des Wortes. Wenn es sie gibt.

Was nicht der Fall ist. Daher der Künstler. Und daher gibt's die Seele doch. Alle verwirrt? Prima.

Ah, diese Frauen hier, diese Golden Girls ... bemitleidet sie nicht, denn sie sind in guter Gesellschaft. An einem Ende des Foyers – und nicht das Blut vergessen, dort hinten rutscht man leicht – ruhen sich ein junger Mann und ein Mädchen aus, beide im Hotelpagenschick von Las Vegas gekleidet und umgeben von einem Kofferset aus Krokodilleder. Der Tod hat euch in vorzeigbarem Zustand ereilt, ihr Hübschen, beladen mit dem Statusschnickschnack eurer Oberen. Das bringt euch ein paar Fleißpunkte ein, dort, wo ihr hingeht; wir legen ein gutes Wort für euch ein, versprochen!

Die Reisenden bewegen sich im Gleichklang, klammern sich aneinander, stützen sich gegenseitig, denn, sagen wir's, wie's ist, keiner will sich solchen Bildern allein aussetzen, obwohl ihm im Endeffekt nichts anderes übrig bleibt. Sie dringen tiefer ins Innere vor und stoßen auf etwas, das man für ein Kinderspielzimmer halten könnte. Man sieht sich all die Spielzeuge an: Rouletträder, einarmige Banditen, Tische voller Spielkarten und voller bunter Chips. Die Luft ist abgestanden und verbraucht, und die Hitze ist in jede Pore, jede Vertiefung eingesunken. Sieht man sich unter den Toten um, so ertappt man sich vielleicht bei dem Versuch, sie zu klassifizieren: Männer und Frauen. Alte und Junge. Chefs und Untergebene. Wirklich seltsam sind natürlich die sechs oder sieben Schwarzen, deren Leichen zwischen den anderen verstreut liegen, junge Männer in Straßenkleidung, so als wären dem Personal der Posteingangsstelle Gästeausweise ausgestellt worden, ganz zu schweigen von den Pistolen – denn da sind Pistolen, in ihren erstarrten, ausgestreckten Händen. Ein großer Teil des Lichts stammt von den einarmigen Banditen, die an die Notstromaggregate angeschlossen sind, auf daß kein Gast des Hauses sich während eines Wirbelsturms langweilen möge. Rentner und Süchtige sind gegen die Maschinen gesackt, ihre Gehirne sind über die Glasscheiben verspritzt wie Vogeldreck. Alles duftet süßlich nach Tod und Verlust.

Dies also sind die Ausgewählten, die ihr Fleisch zu Markte getragen haben, damit andere leben. Welche anderen? Die Ratten, zum Beispiel – und sie lassen sich's gutgehen wie nie in ihrem Leben. Sie sind überwältigt, diese Ratten, von ihrem Glück. Sie können nicht fassen, welches Füllhorn die Natur an diesem schwülen Abend über ihnen ausgeschüttet hat. Sie starren in den Raum und wissen nicht, wo sie beginnen sollen. Ein paar Trippelschritte hierhin, ein paar Trippelschritte dorthin, neugieriges Schnüffeln – mnjam, alles in Ordnung, diese Leiche sieht so lecker aus wie jede andere. Rasch verbreitet sich die frohe Kunde, wie stets in solchen Fällen. Es gibt mehr Ratten hier als in einem Schulhaus in der Bronx. Freunde und Verwandte, Schwippschwäger und Zugereiste – sie hauen rein, daß es eine Freude ist. Sie feiern ein großes Familienfest.

Und sie sind nicht allein dabei: Die Party wäre unvollständig ohne die Fliegen, schwärmende Wolken von Fliegen, ein bißchen überdreht von der Hitze und doppelt von den Sokken angesichts der Umstände. Diese Fliegen können überhaupt nicht mehr stillsitzen: Kaum sind sie auf der einen Leiche gelandet, schwirren sie schon ab zur nächsten und rotieren wie Brummkreisel vor Erregung. Und bei all dem ist noch kein Wort über die Tausendfüßer gefallen, aber keine Sorge: Es ist genug für alle da.

Ihr habt alle eure Einsätze verspielt, Freunde – ihr seid gekommen, habt die Glücksmaschinen angeworfen und habt euren letzten Atemzug getan. Gott würfelt nicht, hat einer gesagt? Unsinn, du alter Schlaumeier – wollen wir wetten? Denk nur dran, wie clever du bei so vielen anderen Gelegenheiten warst, ehe Niels und Erwin, Paul und Werner dich genauso vorgeführt haben, wie du einst Isaac und James vorgeführt hattest. Beantworte doch mal diese Frage, Kumpel: Wenn Gott nicht würfelt, warum sehen dann die Toten so *unentschlossen* aus?

Gott würfelt nicht . . . weil zwar hinter jeder Ordnung das Chaos herrscht, jenseits dieses Chaos aber wieder eine Ordnung? Jeder weiß inzwischen – d. h. jeder, der eine halbwegs anständige Ausbildung genossen hat –, daß der Taumelflug des Schmetterlings in Fukien zur Entstehung eines Hurrikans in Fort Lauderdale beiträgt. Im Spielkasino ist's nicht anders: Hinter dem Zufall steckt die gleiche Ordnung. Es ist die Mathematik, die hier, wie überall, die Fäden zieht, denn Geld ist nichts ohne Mathe. Gleichungen stellen die Verhaltensregeln auf. Tatsächlich sind die Gleichungen nichts anderes als Gott in Verkleidung, und das ist ihre Schwäche: Man kann sich nicht auf sie verlassen, wenn's wirklich darauf ankommt. Zuschlechterletzt danken sie alle ab, genau wie die Naturgesetze sich in der Planckregion des Urknalls oder seines Gegenteils in Wohlgefallen auflösen. Und dann geraten wir ins Schwimmen. Also würfelt er doch, der liebe Gott, aber es wäre kleinlich von uns, ihm seinen Spaß zu vermiesen.

Reißen wir uns also zusammen, und sehen wir mal, wo zum Teufel wir eigentlich sind.

Die Reisenden sind aus dem Spielkasino geflohen und stehen jetzt in einem Ballsaal. Die Leichen hier sind alle männlich, sie haben dunkles Haar und helle Haut, und sie tragen weiße, mit Goldknöpfen besetzte Schlaghosen. Sie

liegen Hand in Hand mit den Gesichtern nach unten in konzentrischen Kreisen rund um ein Podest in der Mitte des Saals, auf welchem eine gigantische Punschschüssel aus Kristallglas thront, in dem noch der Bodensatz einer roten Flüssigkeit zu erkennen ist. Der Geruch des Todes wird hier von etwas noch Stärkerem überdeckt – etwas Bitterem, Beißendem, das Brechreiz erregt. Die Reisenden haben keinen Namen dafür, aber sie beginnen prompt zu würgen.
Ich halte das nicht aus, keucht Prophet.
Es kommt von diesem Punsch, krächzt Lucky. Nichts wie raus hier.
Sie machen auf dem Absatz kehrt, um den Raum zu verlassen, und entdecken noch einen Mann, der in der Nähe der Tür zusammengebrochen ist. Er trägt ein Hemd mit offenem Kragen, eine Sonnenbrille mit großen Gläsern und weißer Fassung sowie die gleichen, verzierten Schlaghosen wie die anderen. Die Initialen KCN sind quer über seinen Bauch geschrieben.
Erinnert ihr euch, dringt es mühsam aus seiner Kehle.
Erinnern? fragt Prophet.
Santayana, erwidert er.
Sein Tod ist beiläufig, eine Antiklimax, vielleicht das größte Nicht-Ereignis des Tages. Was unsere Reisenden angeht, so kommen wir gleich auf sie zurück.

✘

Das alles hier hat einen Haken, falls Sie es noch nicht bemerkt haben. Dieser Haken bin ich. Die ganze Zeit habe ich so getan, als wollte ich einen Roman mit Bestsellerpotential schreiben, aber in Wahrheit schreibe ich über mich. Ich habe mich in meiner Story verfangen: Sie handelt einzig und allein von mir. Die Ich-Erzählungen aus dem Hurenleben –

so wahr sie sein mögen, so sehr sind sie auch Tarnung für meine nabokovsche Absicht, für das heimliche Programm, vor dem ich Sie schon früher gewarnt habe. Oh, der Anfang war recht vielversprechend: eine Gruppe von Fremden, einer davon bewaffnet, und ihre hastige Flucht aus New York. Aber jetzt kann ich die Tinte nicht mehr halten, und Sie merken es sehr wohl. Ich *blute* aufs Papier, ich habe jede Selbstkontrolle verloren. Wir sind fast an dem Punkt angelangt, da ich nicht mehr unsichtbar bleiben kann. Diese Welt der inneren Geräusche ist meine Welt, die Klangkulisse meines eigenen Alptraums. Ich muß aus meiner Deckung kommen und endgültig zum Subjekt dieser Zeilen werden. Aber noch ist es nicht soweit. Noch bin ich nicht ins Leben zurückgekehrt.

x

Die Reisenden finden sich schließlich in der Halle eines Kongreßzentrums wieder, das direkt an das Hotel anschließt. Hier liegen noch mehr Tote, als sie bisher gesehen haben, und das Blut ist zu zähen, sirupartigen Lachen geronnen. Messestände sind übers ganze Areal verteilt, und jede wird von einem unübersehbaren Firmenzeichen geschmückt: Smith & Wesson; Zygote; Filigree; Python. Einen Stromausfall scheint es hier nicht gegeben zu haben: Die Leuchtstoffröhren oben an der Decke, gut fünfzehn Meter hoch, tauchen die gesamte Halle in ein gleißendes Licht, das die Leichen noch bleicher wirken läßt.
An einem Ende der Halle ist eine kleines Podium errichtet worden, vor dem mehrere Reihen von Liegestühlen stehen. Auf und unter ihnen liegen noch mehr Tote hingestreckt, und eine weitere Leiche hängt wie erschöpft über dem Rednerpult.

Die Reisenden können sich nicht länger beherrschen. Bedenkt man, was sie gesehen haben, so ist es schon erstaunlich genug, daß sie sich so lange in der Gewalt hatten. Jetzt knien sie nieder wie ein Mann und übergeben sich auf die nächstbeste Leiche, wieder und wieder und wieder, bis sie nichts mehr in sich haben.

x

«Ich sage es ungern», verkündete Lucky, «aber ich glaube, hier sind wir sicherer als irgendwo sonst, zumindest für den Augenblick. Es sieht so aus, als – als wären sie schon hiergewesen, versteht ihr? Vielleicht kommen sie nicht zurück. Und die Fliegen sind hier auch nicht so schlimm.»

«Die entscheidende Frage», sagte Prophet, «ist, wo zum Henker bleibt die Nationalgarde?»

«Du hast den Piloten gehört», sagte Lucky resigniert. Sie hockte am Boden und lehnte sich gegen einen Zygote-Verkaufsstand, der aufgebrochen und seines Inhalts, vermutlich Schußwaffen, beraubt worden war. Es fiel ihr merkwürdig leicht, die Toten zu ihren Füßen zu ignorieren, als wären sie bloß Möbelstücke. «Sie müßten überall zugleich sein. Bis hierher sind sie offensichtlich noch nicht gekommen.»

«Wenn sie's jemals schaffen», sagte Prophet, «dann werd ich mich zum erstenmal in meinem Leben richtig freuen, einen Bullen zu sehen.»

«Verrückt, nicht wahr?» pflichtete ihm Lucky bei. «Erst laufen wir vor dem Gesetz davon, und jetzt würden wir ihm nachlaufen, wenn wir nur könnten. Die Polizei von Vegas hat sich offenbar aus dem Staub gemacht wie nix, und man kann's ihr kaum verdenken.»

«Na, ihr zwei habt ja nichts zu befürchten», sagte Prophet. «Ihr hattet keine Ahnung von meinen Faxbotschaften, und daß Fish das Geld geraubt hatte, habt ihr auch nicht gewußt. Ihr seid fein raus.»

«Prophet, hör doch auf damit, ich meine, was wird dann mit dir?»

«Ich werde gestehen.»

«Und wenn –» sie schluckte, vermied seinen Blick – «wenn Dorian bereits für dich gestanden hat?»

Prophet schnaubte. «Wenn er das getan hat, findet die Polizei vielleicht doch hierher. Mit uns ist das keine gewöhnliche Stadt mehr für die Bullen.»

Lucky seufzte. Sie legte den Kopf in den Nacken und ließ ihren Blick durch die Halle wandern, über all die vorwiegend männlichen, vorwiegend weißen Toten. Es waren Männer aller Alterstufen, unterschiedlich gekleidet in Jeans, Arbeitskittel oder Uniformen; in T-Shirts, Sporttrikots oder Sakkos. Leichenstarre und Verfärbung ließen den Schluß zu, daß sie schon seit vielen Stunden tot waren. Wie im Spielkasino, so gab es auch hier ein paar Leichen schwarzer Hautfarbe, meistens Teenager mit T-Shirts und Baseballmützen. Alle, ob schwarz oder weiß, schienen durch Schußwaffen zu Tode gekommen zu sein, von denen jedoch nichts zu sehen war – nur Abertausende von Patronenhülsen bedeckten den Boden wie Konfetti nach einer Parade oder Reiskörner nach einer Hochzeit.

Ihr Blick fiel schließlich auf Ariel, die sich eng an Prophet preßte und hemmungslos zitterte. Seit der Nacht der religiösen Kundgebung hatte sie kein Wort mehr gesprochen, und obwohl sie auf Prophets Zuwendung reagierte, spürte Lucky, daß das Mädchen sich wieder in seine eigene, innere Welt zurückgezogen hatte. Es war ein Wunder, daß Ariel noch nicht vollständig zusammengeklappt war – ein Zustand, dem Lucky sich gefährlich nahe fühlte. Ihrer unerschütterlichen

Fassade zum Trotz hatte sie das Gefühl, in eine emotionale Leere abzugleiten. Nur schiere Erschöpfung, die Überforderung aller Sinne, erlaubte es ihr, diese Abstumpfung distanziert und nüchtern zu betrachten. Die Reise beraubte sie jeden Halts, den sie sich in den vergangenen sechs Jahren geschaffen, jeden Schutzwalls, den sie gegen die Einsamkeit ihres Erwachsenenlebens errichtet hatte. Obwohl sie wie gelähmt war, obwohl sie dasitzen und diese Tausende von Toten sehen und nichts dabei empfinden konnte, wußte sie genau, daß ihr nur noch Stunden blieben, bestenfalls, bis die Dämme in ihr brachen und die Verzweiflung sie überflutete. Nicht, daß das irgend etwas ausmachte: Sie würden ohnehin nicht lebend aus dieser Stadt herauskommen.
Sie fragte sich, woher Prophet die Kraft nahm, wagte aber nicht, ihn darauf anzusprechen.
«Was ich vorhin auf der Straße gesagt habe, tut mir leid», sagte sie und sah ihn an. «Ich wollte dich nicht als Vertreter der schwarzen Rasse mißbrauchen.»
Prophet zuckte die Achseln. «Ich war wohl dein einziger Bezugspunkt. Aber für die Zukunft merk dir eins: Ich behandle dich nicht als die universelle Lesbe, und für dich bin ich nicht der universelle Nigger.»
Sie nickte. «*Touché.* Es wird nicht wieder vorkommen.»
«Davon mal abgesehen, hab ich vorhin auf der Straße auch was gelernt», fuhr er fort und begann unerwartet zu kichern. «Mir ist aufgegangen, daß Kweisi Natares Vision von der unabhängigen schwarzen Nation noch nicht so ganz zu den Massen durchgedrungen ist, falls du verstehst, was ich meine.»
Sie lachte. «Das verstehe ich nur zu gut, Prophet. Das darfst du mir glauben.» Sie lehnte sich zurück und schloß die Augen. Die Halle war riesig, und von dem Chaos, das draußen

herrschen mußte, war drinnen nichts zu hören. Doch wenige Augenblicke später vernahm sie aus dem Hotelkorridor, durch den sie gekommen waren, das Geräusch von Marschtritten. Sie schlug die Augen auf, schielte zu Prophet. «Soldaten?»

Er lauschte. Jetzt konnten sie Stimmen erkennen, die die Schritte begleiteten – ein Chor, der im Marschrhythmus sang.

«Wenn überhaupt», sagte er, «dann sind das Soldatinnen.»

Das Lied war eindeutig ein Soldatenlied. Jeder Satz wurde erst von einer weiblichen Solostimme vorgetragen und dann vom Chor wiederholt:

Ich hab gehört: Latino-Zicken
Wollen die ganze Nacht lang ficken.
Und jeder schwört: Chinesenmösen
Haben Haken dran und Ösen.

In A-las-ka die Eskimäuse
Treiben's gern im Schneegehäuse.
In Schweden aber: Kann das sein?
Schmecken Fotzen glatt nach Leim.

Zwei Dutzend Frauen, untergehakt in sechs Viererreihen, kamen in die Halle marschiert. Jede von ihnen war mindestens einsfünfundsiebzig groß und trug einen aquamarinblauen Tutu voller glitzernder Pailletten, schwarze Netzstrümpfe, schwarze Stilettos und einen silbrigen Kriegerhelm im trojanischen Stil, der von einem kecken lila Federbusch gekrönt wurde. Die meisten waren hellhäutig und, ihrem Aussehen nach zu schließen, zwischen zwanzig und vierzig Jahre alt. Als sie auf die Leichen stießen, hielten sie abrupt inne, und es folgte ein Augenblick des Schweigens.

Dann begann eine von ihnen zu kichern und steckte die übrigen an. Sie prusteten vor Lachen, kugelten sich auf dem Boden, strampelten mit ihren Beinen in der Luft und wälzten sich in den Blutlachen.

«Ha-*haaaaa!*» kreischte eine. «So sieht's aus, wenn der Verband der Handfeuerwaffen-Hersteller eine Tagung abhält!»

Die Reisenden waren besorgt aufgesprungen. Auch die Frauen rappelten sich wieder hoch und schwärmten zwischen den Messeständen aus wie Kinder auf der Schatzsuche. Drei von ihnen bahnten sich zwischen toten Körpern hindurch den Weg zum Zygote-Stand, und die Gerüche von Parfum und Verwesung prallten aufeinander.

«Sehen wie Zivilisten aus, was, Fontainella?» sagte die hinterste, eine Blondine mittleren Alters mit rasselnder Raucherstimme. «Oh, und paß auf, Kandy, du hast Blut an den Schuhen.»

«Arme Kerle», sagte Fontainella, die ungefähr gleichaltrig und dunkelhäutig war. Sie stolperte, als sie die Reisenden erreichte, und ihre Brüste lappten über Prophets Stirn, bis sie das Gleichgewicht wiedergefunden hatte. «Hoppla! Schau her, Kandy, der hier ist wirklich süß. Wie alt bist du denn, Kleiner?»

«Willst du Amme spielen bei ihm?» fragte Kandy, ein junger Rotschopf mit dem näselnden Akzent eines Farmermädchens aus dem Mittleren Westen. Ihr Absatz verfing sich zwischen den Zähnen eines Toten, und auch sie verlor das Gleichgewicht und streckte hilfeheischend eine Hand nach Lucky aus. Lucky fing sie auf, konnte aber das Gewicht nicht halten und fiel auf die Leiche, Kandy obenauf. Lucky strampelte, um sich wieder zu befreien; ihre Wange wurde in die Leiste des Mannes gepreßt, auf ihren Lippen lastete Kandys paillettengepanzerte Brust. Als Lucky das Gewicht nicht abzuschütteln vermochte, nahm sie Kandys Brustwarze zwischen die Zähne.

«Uijuijuijuuuh!» rief Kandy und rollte auf den Boden. «Du bist aber ganz schön garstig, weißt du das?»

Lucky erhob sich keuchend und spürte, daß sie dem Abgrund wieder einen Fußbreit nähergerückt war. Die seltsame Ruhe, die sie vorhin verspürt hatte, war verflogen, hinweggefegt von dieser jähen Begegnung. «Herr im Himmel», japste sie, «wer seid ihr denn?»

«*Ha-haaa!*» Also sprach Fontainella in akzeptabler Annäherung an eine Trompetenfanfare. «Wir sind die Clits, Schätzchen, auch bekannt als die Cunni-Lingualen Internationalen Troubadour-Showgirls. Allzeit bereit zu einem Besuch in deinem Boudoir oder an deinem Fensterbrett.» Sie sah sich beifällig in der Halle um. «Schau's dir an. Zu passend, um wahr zu sein: Eine Tagung der National Rifle Association genau dann, wenn der Bürgerkrieg ausbricht, und schon konnten die Burschen am eigenen Leib ausprobieren, was Feuerkraft bedeutet! *Haaa!!*»

«Wie wenn's nicht schon genug Ironie gäb auf der Welt», bemerkte Kandy, während sie Lucky vom Kopf bis zu den Zehen musterte. Lucky kannte diesen Blick, und sie rutschte noch ein Stückchen weiter Richtung Abgrund, trotz oder eher wegen des spontanen Kribbelns zwischen ihren Schenkeln. Sie schluckte, sah sich nach Prophet und Ariel um. Das Mädchen schien nichts von seiner Umwelt wahrzunehmen; es starrte ins Leere und klammerte sich zitternd an Prophet, der es wie eine Boa umschlang, als wolle er die Angst aus ihrem Körper herauspressen.

Die anderen Showgirls hatten mittlerweile ihren Beutezug beendet und verglichen jetzt die gehobenen Schätze.

«Eine Panzerfaust fürs Heim von Filigree!» jubilierte eine riesenhafte Brünette, während sie die besagte Waffe auf ihre Schulter wuchtete. «Köpfe hoch, Ladies!» Sie feuerte, und die Granate verschwand zischend in der Decke. Alle duckten sich und bedeckten schützend ihre Köpfe, als ein kurzer Gipsregen auf sie niederging.

«Jesus, Tammi!» rief eine der Frauen. «Paß auf, wo du hinschießt!»

«Seht mal, was ich entdeckt habe», kreischte eine blonde Amazone, die den Leichnam emporstemmte, der das Vortragspult geziert hatte. «Das ist der Sprecher von diesem Verein, ich hab ihn im Fernsehen gesehen, Pee Wee Calais!»

«Schau nach, ob sein Schwanz zu seinem Namen paßt!» schlug eine ihrer Kolleginnen vor.

«Wißt ihr was?» mischte sich eine andere ein. «Wir nehmen bei all den Jungs hier Maß. Ich hab da nämlich so 'ne Theorie – je größer die Knarre, desto kleiner der Schwanz.»

Fontainella beobachtete amüsiert, wie ihre Freundinnen den Leichen die Kleider vom Leib rissen. Lucky wurde mit einemmal ganz schwindlig, ihre Beine waren wie Gummi, und sie spürte, wie sie fiel. Sie nahm kaum noch wahr, daß Kandy heransprang und sie auffing, sie sanft zu Boden gleiten ließ. Kandy bettete Luckys Kopf in ihrem Schoß, streichelte ihr die Stirn, und Lucky überließ sich wohlig ihrem Zugriff, während die Festlichkeiten weitergingen.

«Pee Wee stimmt genau!» johlte die Frau auf dem Podium. «Heilige Scheiße, schau dir den an! Der könnte mit seinem Ding ein Nilpferd erdrosseln!»

«Der da ist auch nicht übel. Schau her, ich hab einen Knoten reingemacht!»

«Es ist genau umgekehrt wie beim Sex! Alles steif, aber der Schwanz ist weich!»

«Schau dir mal die Farbe von dem Zipfel da an. Schwänzchen Immergrün läßt grüßen!»

«Lucky –» sie hörte Prophets Stimme wie aus weiter Ferne – «vielleicht sollten wir uns verdrücken.»

Eine weitere Explosion ließ den Boden erbeben, dann erklang fröhliches Gelächter. Kandy barg Lucky noch immer in ihrem Schoß, und ihre Hände waren weich und warm und wohltuend.

«Lucky, ist alles in Ordnung?»

«Scheint ohnmächtig geworden zu sein», sagte Fontainella.

«Übrigens, was ich euch fragen wollte. Ihr müßt doch mächtig stolz sein wegen all dem, was da abgeht.»

«Abgeht? Wo geht was ab?»

«Überall in Amerika, Kleiner.»

«Ich kann's nicht glauben, daß sie die übriggelassen haben. Braucht irgend jemand Munition?»

«– na*türlich* herrscht Gleichberechtigung beim Plündern, oh, *guck* mal, die zwei da, so was von *niedlich* –»

«Der leichte Mörser für den Hausgebrauch von Python! Da ist 'ne neue Song- und Tanznummer fällig!»

Von Prophet: «– ihre Hilflosigkeit ausnützen, nur weil sie 'ne Lesbe ist, also ich finde –»

Lucky sah, wie Kandy den Kopf hob. «Ist nicht wahr?!»

«– räum sie mal aus dem Weg, *autsch*, na, das nenn ich einen Schwanz ohne Zukunft –»

«– sieht überhaupt nicht aus wie einer dieser eingebildeten Intellektuellen, weißt schon, diese verkniffenen Professorentypen, die eine Zunge nicht von einer Zahnprothese unterscheiden könnten, wenn sie –»

Kandy blickte wieder nach unten. «Du raffiniertes Luder, du», sagte sie lächelnd.
«– wetten, daß der hier 'ne Haubitze mit sich rumgeschleppt hat, um was wettzumachen –»
«– diese reichen weißen Mädels, die sich einbilden, sie hätten das Recht gepachtet –»
«– brauch mehr Platz zum Ausstrecken, Freddie –»
Sie rutschte nicht mehr auf den Abgrund zu. Sie befand sich im freien Fall.
«– Zeit für diesen theoretischen Kram», von Fontainella, «wir müssen uns mit der Realität –»
«Rrummms!»
«Paß doch auf, du slawische Schlampe!!»
«– Verbeugung vor Sappho, yeah, aber unser Ding ist mehr eine –»
«– und sie bluten wirklich nicht mehr, wenn sie in diesem Zustand sind, oder –»
«– Art von Sappho *plus*, Sappho in einer *Fin-de-siècle*-Version –»
«– enttäuscht von der Qualität der Schwänze, die hier im Angebot –»
«– gibt diese asexuellen Typen und die Klugscheißertypen, und dann gibt's noch Typen wie uns –»
Kandy strich mit ihren Fingern über Luckys Wange, immerfort lächelnd.
«– sind nun mal nicht hier, um unsere Zeit mit Haarspaltereien zu verplempern –»
«– ich einen Pulsschlag spüre, bin ich die erste, die ihm in die Eier tritt –»
Ihre früheste Erinnerung: Mary saß mit ihr am Klavier, führte ihren Zeigefinger über die Tasten, ließ sie eine Melodie spielen, die lange aus ihrem Gedächtnis entschwunden

war. Mary hielt sie eng umschlungen. «Mutter», flüsterte Lucky dem über sie gebeugten Gesicht zu.

«– Agamemnon, Schutzschild für Straßenkämpfe! –»

«– nur volle Power bringt echtes Leben, scheiß auf diese Opferideologie –»

«– diese Unterwasserkanone für U-Boote, oder vielleicht die Vierlingsflak –»

Von Prophet: «– nichts davon, aber gut, worauf ich hinaus will, ist, daß ihr alle völlig überdreht seid –»

Auf den Sommerwiesen der Vergangenheit gingen sie durch Löwenzahnfelder, Mutter und Tochter, Hand in Hand. «Mutter. Bitte halt mich ganz fest.» Sie seufzte, sie schloß die Augen.

«– läuft's auch raus, falls du das nicht gemerkt hast –»

«– irgendwas zur Melodie von *In the Mood,* und vielleicht könnten wir's in so 'ner Art amerikanischem Honky-Tonk-Französisch singen –»

«– dich zum Schweigen bringen. Kandy, was ist mit dir los?»

«Ach, Fontainella, könnten wir sie nicht mitnehmen? *Bitte!*»

«Lucky, wach auf!» Prophet kniete neben ihr und zerrte sie hoch. Lucky schlug die Augen auf – gerade rechtzeitig, um sieben oder acht Showgirls, die Nachtsichtgeräte über die Augen geschnallt hatten, auf das Podium tänzeln zu sehen:

> *Hey-hey veneeeez, ici!*
> *hey-hey veneeeez, ici!*
>
> *Dites-dites pourquoi? PARCE-QUE!*
> *Oh-dites pourquoi? PARCE-QUE!*

Je vous demandais
Que vous me commandez!

A cause de votre vagin,
A cause de votre très grandes seins,
Et parce-que vous êtes ma reine;
Oh! Venez dans mon jardin!

Je vous demandais
Que vous me commandez!

Oh! Assiez-vous sur ces lèvres
Et je ne serai jamais pauvre,
Parce que je vous lécherai,
Encore, et encore!

Donc venez, donc venez,
Ici ici ici ci ciiii-

Es folgte ein weiterer Knall, die Mutter aller Explosionen. Die Wand hinter dem Podium zerbarst, der Song verstummte, und die Showgirls wurden achtlos auf die Liegestühle hinuntergeblasen, wo die Leichen ihren Aufprall dämpften. Auch die Reisenden wurden zurückgeschleudert, und ihr Blickfeld war für einen Augenblick vom aufgewirbelten Staub verdunkelt.
«Prophet!» gellte Lucky mit tränenden Augen. «Wo –»
Aber sie sah nur Kandy, oder vielmehr roch sie den Pfefferminzhauch auf Kandys Atem: «Bloß keine Angst, Liebste. Ich paß auf dich auf, heute und immer.»
«Hilf mir», stöhnte Lucky, gefangen in Kandys Umarmung. «Um Gottes willen, was ist los, so hilf mir doch!»

Die Detonation hatte ein Loch zur Straße aufgerissen, durch das sich menschliche Gestalten im Trümmerschutt den Weg ins Innere der Halle bahnten. Windstöße wirbelten weiteren Staub auf, doch für einen Augenblick konnte Lucky den dunklen Nachthimmel erkennen, die Luft der Wüste auf ihrer Haut spüren. Sie riß sich von Kandy los und stolperte auf die Öffnung zu, wie gebannt von der Möglichkeit, draußen dem Tod zu begegnen, zu ihren eigenen Bedingungen.

«Lucky, Momentchen, wo willste hin, du?»

Mit brennenden Augen kämpfte sie sich vorwärts, bis sie sich zwischen den Eindringlingen befand, überwiegend Skinheads, weiß und hager, voller Tätowierungen, in schwarzen T-Shirts und Drillichhosen. Einer von ihnen johlte, als er Lucky zu Gesicht bekam, rutschte über den Schutthaufen hinunter und nestelte bereits an seinem Gürtel. Sie blieb stehen, wandte sich zu ihm um und wartete, bis er fast bei ihr war; dann täuschte sie kurz an und schlug die rechte Faust in seinen Adamsapfel. Sie spürte, wie hinten in seinem Hals die Wirbel brachen, und wußte, während er noch zu Boden sackte, daß er es nicht überleben würde.

«Prophet!» schrie sie. «Ariel!»

«Verdammte Neonazis! Genau das Richtige!» jubelte Fontainella. «Seht euch nur um, Boys! Ihr kommt ein bißchen spät zur Festversammlung!»

Lucky krallte sich durch den Schutt, während in ihrem Rücken Skins und Showgirls aufeinander losgingen, wobei die ersteren, nach dem Geschrei zu schließen, von den letzteren überrascht und übel zugerichtet wurden. Ein Schußwechsel war zu hören, dann eine weitere Explosion, die sie fast bis an den Fuß des Schutthaufens zurückwarf. «Prophet», flüsterte sie, «Prophet, hilf mir, bitte . . .» Ihre Ellbogen und Knie waren aufgeschürft, ihr Kleid war an der rechten Seite aufgerissen, und sie hatte sich in ihrem ganzen Leben noch nicht so allein gefühlt wie jetzt, da sie den Haufen wieder hochkroch. Niemand war ihr geblieben – nicht Prophet, nicht Ariel, nicht einmal Kandy, ihre verliebte Wohltäterin. Sie hatte Kandy im Stich gelassen, wie sie ihre Mutter einst im Stich gelassen hatte.

Sie erreichte den Gipfel und richtete sich auf. Unter ihr, auf der anderen Seite des Schuttgebirges, lief der Mob auf der Straße in die Richtung zurück, aus der er gekommen war. Sie sah sich die Gesichter an, sah Männer und Frauen, Schwarze und Weiße, Indianer und Latinos, Kinder und Erwachsene. Einige trugen Baseballschläger, andere Revolver, wieder andere schleppten Videokameras, Hi-Fi-Verstärker oder Elektrogitarren. Aber sie bewegten sich nicht wie gelassen nach Beute spähende Plünderer – sie rannten, als ginge es um ihr Leben.

Sie hörte ein Rumpeln in der Ferne und blickte die Straße hinunter. Zu ihrem Erstaunen stand der Hubschrauber noch genau dort, wo er gelandet war, nur knappe hundert Meter entfernt. Sie ließ sich über den Schutt hinuntergleiten, von dem Hubschrauber angezogen nicht etwa, weil sie mit ihm zu entkommen hoffte, sondern weil er ihre einzige Verbindung zu der Welt darstellte, die sie verlassen hatte. Wie üblich, schwamm sie gegen den Strom. Zentimeterweise kämpfte sie sich die Straße hinunter, wurde von Randalierern hin- und hergeschoben, spürte knirschendes Glas unter ihren Sohlen und im Gesicht die Nadelstiche aufgewirbelter Staubteilchen. Rings um sie her kreischte der Mob, und obwohl sie den Worten wenig Beachtung schenkte, bekam sie mit, daß die Nationalgarde irgendwo in der Nähe eingetroffen sein mußte. Sie senkte den Kopf und rammte sich in die entgegenstürmende Flut, ihr Gesichtsfeld erfüllt von Füßen, die paarweise auftauchten und ebenso schnell verschwunden waren. Das rumpelnde Geräusch wurde lauter, und als sie aufblickte, sah sie, weiter unten auf der Straße, eine Kolonne von Militärfahrzeugen. Sie blieb stehen, der fliehende Mob teilte sich an ihr wie die Strömung an einem Felsen. Der Hubschrauber war noch fünfzig Meter entfernt, und die Kolonne kam schnell näher.

«Lucky!»

Sie wandte sich um und sah Prophet und Ariel, die hinter ihr herkamen. Tränen traten ihr in die Augen, Tränen, die nichts mit dem Wind und dem Staub zu tun hatten. Plötzlich konnte sie wieder klar denken, wenn auch die Gedanken düster waren. Prophet hielt Ariel aufrecht, die kaum aus eigener Kraft stehen konnte, und er wirkte angespannt und entschlossen.

«Wir sind dir gefolgt!» rief Prophet, während der Mob beiderseits an ihnen vorbeiströmte. «Wir müssen von dieser Straße runter!»

Sie wollte gerade antworten, als sie ein neues Geräusch in ihrem Rücken hörte. Die Rotorblätter des Hubschraubers hatten sich in Bewegung gesetzt. Ein junger Schwarzer sprang hinein und zog die Schiebetür zu. Für einen Augenblick konnte sie nur noch starr geradeaus blicken. «Wer ...?»

Die Kolonne war nicht mehr weit entfernt. Zwei Panzerspähwagen und ein Panzer rumpelten über den Asphalt, füllten die Straßenschlucht mit einer Woge metallischen Lärms. Schnatterndes MG-Feuer begleitete ihren Vormarsch. Der Hubschrauber begann aufzusteigen, er schwankte im Wind, seine jugendlichen Entführer, alles

Schwarze, grinsten auf die Reisenden herunter und winkten zum Abschied. Die Kolonne hielt an, Soldaten sprangen aus den Fahrzeugen und schwärmten unter dem Hubschrauber aus. Einer der Männer kam, seinen Helm mit den Händen festhaltend, auf die Reisenden zugelaufen.
«Wer zum Teufel ist da drin?» brüllte er.
Doch sie starrten alle drei nach oben und beobachteten, wie der Hubschrauber, schon mehr als fünfzig Meter hoch, seine Schnauze senkte wie ein Fisch, der von einer Welle hochgerissen wird, um dann, ohne sich wieder aufzurichten, geradewegs in ein Hotel hineinzufliegen: Der Rotor sägte sich bereits ins Glas der Fassade, während der Rumpf noch in Bewegung blieb, dann in einem Funkenwirbel anprallte, sich langsam auf die Seite legte und zu stürzen begann. Der Soldat riß Ariel und Prophet zu Boden, auch Lucky warf sich hin, und schon krachte der Rumpf auf den gegenüberliegenden Bürgersteig, ließ die Erde erzittern, spuckte eine Stichflamme in die Luft wie ein Ausrufungszeichen, während Hitzewellen über die Reisenden hinwegfegten und der Luftdruck ihre Gesichter auf das unnachgiebige, achtlose Pflaster preßte.

Dann waren Stimmen zu hören, erbarmungslos durcheinanderschreiende Stimmen.
Sie hatten sich kaum wieder hochgerappelt, als sie die herannahenden Sirenen bemerkten. Die Soldaten waren bis zur Absturzstelle vorgerückt und beobachteten das brennende Wrack; die Randalierer hatten sich weiter zurückgezogen.
Ariel sackte gegen Prophet; da sie fünfzehn Zentimeter größer war als er, sah es trotz ihres heftigen Zitterns so aus, als würde sie ihn stützen. Lucky war unverletzt geblieben, aber von einer dicken Schmutzschicht bedeckt.

Der Soldat der ihnen geholfen hatte – ein Lieutenant –, sprach über die Schulter zu ihnen, während er gleichzeitig in die Flammen starrte. «Was zum Teufel habt ihr eigentlich hier gemacht?»

Sie konnten nicht antworten, denn jetzt hatten die Sirenen sie erreicht. Reifen quietschten auf dem Asphalt, Türen sprangen auf, Schritte hasteten auf sie zu. Prophet blickte der heranstürmenden Menge entgegen, den Polizisten, Sanitätern und Reportern, den Kameras und Lampen und Pistolen, und er zog Ariel noch enger an sich, als sie überrannt und zu Boden geschleudert wurden. Er legte sich über sie, versuchte sie mit jedem Quadratzentimeter seines Körpers zu decken, zuckte zusammen, als ringsum Schreie ausgestoßen wurden und die Scheinwerfer angingen. Er preßte seine Lippen an ihr Ohr und flüsterte: «Ich bin bei dir, Baby, ich werde es nicht zulassen, daß dir irgend jemand etwas tut.» Sie zitterte noch immer; unter anderen Umständen hätte er vermutet, daß sie einen epileptischen Anfall hatte.

Eine Hand schloß sich um den Kragen seines Umhangs und zerrte daran. Er verharrte in seiner Umarmung, klammerte sich an Ariel wie eine Krabbe. Weitere Hände zogen an ihm, aber sie konnten ihn nicht von Ariel lösen.

«Kenley!» gellte eine Frauenstimme, «können Sie uns sagen, ob die Schießerei bei der Versammlung irgend etwas mit den Bombenattentaten zu tun hatte?»

«Laß sie los, du Mistkerl!» bellte eine Männerstimme in sein Ohr, als wäre es die Antwort. Es kam ihm vor, als zerrten tausend Hände an seinem Kopf, an seinen Schultern, an Armen und Beinen, aber er lockerte seinen Griff nicht. Solange er mit Ariel verbunden blieb, waren sie beide in Sicherheit. Es war die einzige Wahrheit, an die er noch glauben konnte.

Plötzlich zogen alle Hände vereint an ihm, und er wurde, Ariel noch immer im Arm, in die Senkrechte gehievt. Ein Faustschlag traf sein linkes Ohr, seine Hände wurden Finger um Finger aufgebogen und gelöst. Jemand umschlang ihn von hinten und hob ihn hoch. Er verlor den Boden unter den Füßen und trat nach den Uniformen, die ihn umringten. Blitzlichter flammten auf wie Applaus.

«Ariel!» schrie er und trat weiter um sich. *«Ariel!»*

Aber er konnte sie schon nicht mehr sehen – sie war im Gewoge der Körper verschwunden. «Ariel!» rief er nochmals und wußte, daß es vergebens war. Er hatte sie verloren. Er hatte sie für immer verloren.

«Wir werden uns nie wiedersehen», sagte Prophet zu Lucky, als sie, mit den Armen auf dem Rücken, nebeneinander auf die Motorhaube eines Polizeiwagens gedrückt wurden, von allen Seiten von Kameras belauert.

Ihre Gesichter wurden auf das Blech gepreßt, es sah aus, als würden sie die Ohren auf den Boden legen, um Feindesschritte zu erlauschen. Sie starrte ihn an. «Ich verabschiede mich von niemandem.»

«Schade, daß wir uns nicht besser kennengelernt haben», fuhr er fort, während die Handschellen angelegt wurden.

«Prophet, *bitte!*»

«Wenn du Ariel wiedersehen solltest, dann sag ihr, daß ich sie liebe.»

«Prophet», flüsterte sie, ihr Gesicht schimmerte feucht.

«Und dich liebe ich vielleicht auch, wenn du verstehst, was ich meine.»

Sie hörten die Stimme des Lieutenants: «Sergeant, was geht hier eigentlich vor?»

«Fette Beute, Sir, wir haben die anderen drei. Sagen Sie

Ihren Leuten, sie sollen diese Arschlöcher verscheuchen.»
«Welche anderen drei?»
«Verdammt noch mal, was glauben Sie denn? Wir sitzen hier auf dem Präsentierteller aller Fernsehsender und machen den Fang des Jahrhunderts, und Sie wollen mir erzählen, daß Sie die Verhafteten nicht erkennen?»
«Könnten Sie ein Stück zur Seite rücken, Officer? Ich krieg den Kopf der Frau nicht ins Bild.»
«Ich glaube, Sie haben sich gerade eine Beförderung vermasselt, Lieutenant.»
«Lucky, können Sie mir sagen, wie viele andere Weiße an den Aktionen der Afrikanischen Faust! beteiligt sind?»
«Sergeant, es könnte sein, daß diese Menschen bei der Explosion verletzt wurden.»
«Mir kommen die Tränen. Jetzt sagen Sie Ihren Männern endlich, daß sie diese Idioten wegdrängen sollen, damit wir hier rauskommen.»
«Am Ende ist man immer der Angeschissene», sagte Prophet, als er hochgezerrt wurde.
Ehe Lucky etwas erwidern konnte, wurden sie schon getrennt, und er war im Gewühl der Uniformen verschwunden.

x

Prophet saß in einem fensterlosen, grauen Raum, in dessen Mitte ein Stahltisch stand. Nach der Ankunft im Revier war er von einem gelangweilten Mediziner untersucht und dann wortlos in diesen Raum abgeschoben worden. Man hatte nicht einmal seine Fingerabdrücke genommen.
Die Anklagen, die er zu erwarten hatte, beunruhigten ihn nicht sonderlich. Nachdem ihn an den Bombenanschlägen selbst keine Schuld traf, wollte er seine Beziehung zu

Gyeppi zugeben und rechnete mit einem milden Urteil. Er war nicht vorbestraft, also konnte er ohne weiteres mit Bewährung davonkommen. Bombendrohungen waren zwar keine Kleinigkeit, aber dennoch konnte er sich keinen halbwegs vernünftigen Richter vorstellen, der ihn deswegen ins Gefängnis brachte. Er war Jahrgangsbester an seiner High School gewesen, er studierte an einer Elite-Universität. Sein Flirt mit dem Radikalismus konnte als Jugendsünde durchgehen, begangen in gutem Glauben. Er war in schlechte Gesellschaft geraten. Er war naiv und idealistisch gewesen. Aber, und darauf kam es an, er hatte aus seinen Fehlern gelernt. Mit etwas Glück würde er im September sein Studium fortsetzen können.

Was die schwarze Unabhängigkeitsbewegung anging – die konnte ihm gestohlen bleiben. Natare hatte ihn benutzt, schlicht und ergreifend. Hätte Prophet gewußt, daß die Bombenattentate tatsächlich stattfinden würden, so wäre er niemals bereit gewesen, den Boten zu spielen. Das wußte Gyeppi. Und gerade weil er den wahren Plan nicht kannte, konnte Prophet auch nichts ausplaudern, was Gyeppi belastet hätte. Wenn sie sich jemals wieder begegneten, würde Natare behaupten, das ganze sei ein letzter Test seiner Loyalität gewesen und er könne sich jetzt endgültig als Eingeweihten betrachten. Außerdem würde er Prophet daran erinnern, daß sie den Absender der Faxe für nicht lokalisierbar gehalten hatten.

Prophet lächelte grimmig. Höchstwahrscheinlich waren Gyeppi und sein Vater längst um Schadensbegrenzung bemüht. Seine Festnahme hatte sie vermutlich ebenso überrascht wie jeden anderen.

Außer einem. Außer Kenley O'Hare senior.

Er fühlte Tränen der Scham in seiner Brust aufsteigen und

atmete tief durch. Bitte, Sir, dachte er und faltete die Hände wie zum Gebet. Bitte, verzeihen Sie mir. Ich werde Sie nie wieder enttäuschen, ich schwöre es, Sir. Ich werde brav sein. Ich *schwöre* ...

Ihn schauderte, und er richtete seine Gedanken auf Ariel – auch so ein deprimierendes Thema, aber nicht ohne Hoffnung. Daß er sie liebte, daran gab es nicht den Schatten eines Zweifels. Es trieb ihn zu ihr, wie es nur die erste Liebe vermag, ohne Vorbedacht oder bewußtes Wollen. Selbst ihre Lebensumstände waren ohne Bedeutung. Zugegeben, er wußte so gut wie nichts von ihrer Vergangenheit. Zugegeben, sie war höchstwahrscheinlich geistig gestört. Aber ihre Schönheit und Unschuld, ja, schon ihre pure Gegenwart flößten ihm eine Sehnsucht ein, für die er kein anderes Wort wußte. Er liebte sie – und damit basta. Er wollte sie nackt in seinen Armen halten, wollte jede Erinnerung an einen Schmerz von jedem Quadratzentimeter ihres Körpers küssen.

Er wollte glauben, daß es möglich war: Nach ihrer Nacht unter dem Sternenhimmel hatte er glauben wollen, daß zwischen ihnen alles möglich war. Aber schon hatte sich eine andere Stimme in seinem Kopf eingenistet, ein höhnischer Zwischenrufer aus den Kulissen. Zum Teil war es die Stimme von Gyeppi Natare: *Du Narr. Du verrückter, zwergwüchsiger Niggernarr. Glaub nur nicht, daß du je wieder zurück kannst. Du wirst diese Linie nie mehr überschreiten, Mann ...*

RICHTIG oder FALSCH ...

RICHTIG oder FALSCH ...

Entscheide dich, Motherfucker. Entscheide dich ...

Scheiße: Du hast gar keine Wahl, Mann ...

Die Tür ging auf, und drei weiße Männer betraten den

Raum, alle im dunklen Anzug mit einem Aktenköfferchen, das sie auf dem Tisch ablegten, ohne Prophet eines Blickes zu würdigen.

Der erste war großgewachsen, blond und um die Dreißig. Mit seinen breiten Schultern, seinen scharfen Bügelfalten, der zügigen und kontrollierten Art, wie er seinen Aktenkoffer aufschnappen ließ und einen Stuhl heranzog, strömte er Selbstbewußtsein und Effizienz aus. Sein Mund war breit, die Lippen waren dick und rot, wie mit Lippenstift hervorgehoben, und auch rund um die Augen schien er Make-up aufgetragen zu haben. Er warf Prophet ein feuchtes, anzügliches Lächeln zu.

Der zweite Mann mochte zehn Jahre älter sein. Er war mittelgroß und setzte schon Fett an: Sein Bauch hing über den Hosengürtel wie ein vom Vater hochgehobener, widerspenstiger Säugling, der sich schwer macht, um wieder abgesetzt zu werden. Abgesehen von einem braunen Schnurrbart hatte er kein einziges Haar am Schädel. Seine Ausstrahlung war, im Gegensatz zu seinem jüngeren Kollegen, lustlos und fast schon depressiv: Sein Kinn hing herunter, und auch in seinen Augen stand bleierne Ermattung.

Der dritte Mann paßte nicht zu den anderen. Er sah sehr alt aus – Prophet schätzte ihn auf mindestens achtzig –, und er ging langsam, an einem Krückstock. Er hatte ein Glatze, doch an den Schläfen sprossen wirre, weiße Haarbüschel aus seinem Kopf, die lange keinen Kamm gesehen hatten. Das Gesicht glich einem Dreieck, das unten in einen ungepflegten Spitzbart auslief, und sein langgezwirbelter weißer Schnurrbart war seit hundert Jahren aus der Mode. Langsam, mit verzerrtem Gesicht, ließ er sich auf dem mittleren Stuhl nieder, wobei ihn seine Kollegen von beiden Seiten stützten.

Dann nahmen auch die beiden anderen Männer Platz. Der zweite – der jetzt zur Rechten von Prophet – zog einen kleinen Kassettenrekorder aus seinem Aktenkoffer, stellte ihn auf den Tisch und drückte auf einen Knopf. «Mr. O'Hare», sagte er mit einer brummenden Baritonstimme, «ich bin Special Agent Casey, und meine Kollegen hier sind Special Agent Buchanan –» er nickte dem blonden Mann zu, der zurückzwinkerte – «und Chefinspektor Samson.» Der alte Mann bedachte ihn mit einem haßerfüllten, steinernen Blick. «Ich belehre Sie hiermit, daß unser Gespräch auf Tonband aufgezeichnet wird. Ich belehre Sie ferner, daß alles, was Sie sagen, vor Gericht gegen Sie verwendet werden kann. Ebenso kann das Ausbleiben einer Antwort auf eine gestellte Frage gegen Sie verwendet werden.»

«Und was ist mit meinem Recht, die Aussage zu verweigern?» fragte Prophet verwundert.

Samson lächelte eisig. «Das war einmal. Haben Sie noch nichts vom New Deal gehört?» Seine Stimme wirkte so alt wie seine äußere Erscheinung – ein asthmatisches Krächzen, das Prophets Nerven strapazierte wie das Geräusch von Fingernägeln auf einer Schultafel.

«Franklin D. Roosevelt?» sagte Prophet mit einem Achselzucken.

Das Lächeln dauerte an. «Falsches Jahrzehnt, mein Freund. Ich spreche von dem Gesetz, das vor drei Stunden verabschiedet wurde.»

«Die Lage ist außer Kontrolle geraten», sagte Casey, ehe Prophet noch etwas erwidern konnte. Er nuschelte müde und beiläufig, als wären sie Kaffeehausphilosophen, die über ihrem Schlummertrunk versackten. «Es mußte rasch gehandelt werden, ehe alles noch schlimmer wird.»

«Was noch milde ausgedrückt ist», sagte Samson, dessen

Lächeln erstarb, während seine Oberlippe sich fast bis hinauf zur Nase kräuselte, als hätte er Prophet gerade beim Masturbieren überrascht. «Fest steht, Mr. O'Hare, daß wir uns an einem singulären Scheideweg in der Geschichte dieses Landes befinden. Welche Rolle unsere Nation im nächsten Jahrhundert in dieser Welt spielen wird – darüber wird in den kommenden Wochen und Monaten entschieden, zu einer Zeit, da es mehr Kriminelle in unserem Land gibt als redliche Bürger. Als einem der letzteren bereitet es mir tiefe Befriedigung, Sie hier auf der anderen Seite dieses Tisches vor mir sitzen zu sehen. Sie sind die Verkörperung all dessen, was in diesem Lande schiefgegangen ist, und genau darüber werden wir uns eine Weile unterhalten. Wenn das erste Licht des neuen Tages dämmert, werden wir eine kurze Reise durch die amerikanische Geschichte hinter uns haben. Und Sie, mein Freund – Sie werden alles gestanden haben.»

Prophet war verdattert. Er hatte ein Verhör erwartet, keinen soziologischen Vortrag. Samson starrte ihn unverwandt an, seine Lippen bebten, wie in Vorfreude auf die Gelegenheit, einen langen Rachefeldzug zum Abschluß zu bringen. Prophet schlug die Augen nieder, plötzlich verängstigt. Er hatte sich kooperativ zeigen wollen, aber jetzt wagte er nicht, auch nur ein Wort zu sagen: Der alte Mann schüchterte ihn ein.

«Mr. O'Hare», sagte Casey, «wir beschuldigen Sie der Aussendung terroristischer Drohungen sowie der Verabredung zum einfachen Mord und zum Mord in besonders schwerem Fall. Uns liegt ein Auslieferungsbegehren zur Überstellung nach New York vor, wo Ihnen der Prozeß gemacht werden wird. Sie werden noch im Laufe des heutigen Tages in ein Flugzeug gesetzt werden. Bis dahin, so muß ich Sie informieren, steht Ihnen kein Rechtsbeistand zur Verfügung; wenn Sie sich trotzdem aussagewillig zeigen, so könnte Ihnen dies langfristig von Nutzen sein. Ich muß Sie nochmals darauf hinweisen, daß Schweigen als ein Schuldeingeständnis gewertet werden kann.»

Entnervt sprang Prophet auf und ging ein paar Schritte mit verschränkten Armen auf und ab, wobei er sich zu einer ruhigen Gangart zwingen mußte. «Einen Scheiß werd ich sagen.»

«Mir scheint, Mr. O'Hare», krächzte Samson, «eine korrekte Formulierung Ihrer Einlassung würde etwa so lauten: ‹Ich weigere mich, irgend etwas auszusagen.› Und das ist *nur eins* der vielen Themen, die wir im Verlauf dieser Nacht streifen werden. In Ihrem Dossier lese ich beispielsweise, daß Sie an der Columbia University immatrikuliert sind. Ihre Grammatik läßt darauf schließen, daß Sie dort von Anfang an nur der Quoten-Joe waren.»

Prophet wirbelte herum. «Ich war Jahrgangsbester in meiner High School.»

Samson zuckte die Achseln. «Nach welchen Maßstäben?»

«Ich kann's einfach nicht glauben», sagte Prophet, dessen Empörung seine Angst besiegte. «Wir schreiben das Ende der neunziger Jahre, und ich muß mir von euch Arschgesichtern so was anhören.»

«Sie dürfen versichert sein, Mr. O'Hare, daß ich nicht weniger verwundert bin als Sie», entgegnete Samson. «Die Republik ist mehr als zweihundert Jahre alt, und ihre Kinder beherrschen nicht einmal die Landessprache. Das Entscheidende sind die Maßstäbe, Mr. O'Hare – nicht mehr und nicht weniger. Es ist Mode geworden, an Kinder von schwarzer Hautfarbe weniger strenge Maßstäbe anzulegen, und die Folge ist, daß wir heute praktisch in einer zweisprachigen Gesellschaft leben. Was sage ich, in einer dreisprachigen! Ich habe all die Abkömmlinge der Spanier vergessen. Es ist wie der gottverdammte Turm von Babel.»

Langsam setzte Prophet sich wieder hin, der starre Blick seines Gegenübers schreckte ihn nicht mehr. In seinen eigenen Augen blitzte pure, gnadenlose Feindseligkeit auf. «Das war redundant, Mr. Samson.»

Samson zog die Brauen zusammen, und Prophet konnte an seinem Gesicht ablesen, wie er seine Worte durchging. Buchanan schaute ihn noch immer lüstern an, die Lippen zur Schnute gespitzt. Dann schaltete sich Casey ein, ohne im geringsten auf den Wortwechsel Bezug zu nehmen, so als wäre er darauf programmiert, Gesprächspausen zu füllen. «Mr. O'Hare, haben Sie irgend etwas zu den Beschuldigungen zu sagen, die gegen Sie vorgebracht wurden?»

Plötzlich nickte Samson, und das kalte, schmale Lächeln erschien auf seinen Lippen. «*Touché*, Mr. O'Hare, ich habe Sie unterschätzt. Aber ich bin noch nicht am Ende meiner Ausführungen, und Sie würden gut daran tun, mir zuzuhören.

Bedenken Sie folgendes: Durch die Geschichte dieser Nation ziehen sich zwei immer wiederkehrende Probleme – die Indianer und die Schwarzen. Von den Indianern brauche ich hier nicht zu reden. Sie wurden durch einfache Wanderungsbewegungen verdrängt, wie sie bei jeder Spezies auf diesem Planeten vorkommen, und sind dabei weitgehend unsichtbar geworden. Es gibt einfach nicht mehr genug von ihnen, um Ärger zu befürchten, und die Übriggebliebenen sind die meiste Zeit so sturzbetrunken, daß es ein Kinderspiel wäre, mit ihnen fertig zu werden.

Aber die Schwarzen – das ist eine ganz andere Geschichte. Im Gegensatz zu den Indianern vermehren sich die Schwarzen wie die Fliegen. Ich habe schwarze Mädchen gesehen, die mit achtzehn Jahren schon fünf Kinder hatten, jedes von einem anderen Vater. Wo führt das hin, Mr. O'Hare? Es führt dazu, daß wir in diesem Land eine ganze Unterart von Menschen haben, die keinen Lebensraum findet. Wir stehen an der Schwelle des einundzwanzigsten Jahrhunderts, und das Rassenproblem ist ungelöster denn je.»

«Ja», sagte Prophet, «stimmt genau.» Er schielte zur Tür in der vagen Hoffnung, daß sie sich plötzlich öffnen und jemand hereinkommen würde, der ihm diese offensichtliche Farce erklärte. Nur der vage Verdacht, daß alles ein schlechter Witz war, hielt ihn davon ab, sich auf sein Gegenüber zu stürzen. Selbst als Witz war es natürlich unter jeder Würde. Vielleicht würde er trotzdem auf Samson losgehen, aus schierem Stolz, doch noch immer hielt ihn etwas davon ab, etwas Unheimliches an dem Kerl. Vielleicht war es das Gefühl, daß Samson bei der geringsten Berührung zu Staub zerfallen würde.

Samson erhob sich und begann, auf und ab zu gehen – das heißt, er humpelte, schwer auf seinen Krückstock gestützt, mühsam hin und her. «Nun erhebt sich die Frage», sagte er und wedelte mit dem Zeigefinger, «es erhebt sich die *Frage*: Wo liegt die Ursache für diesen Fehlschlag? Die Schwarzen behaupten, daß ihnen von den Weißen nicht die gleichen Chancen eingeräumt werden, aber seien wir doch ehrlich: Seit drei Jahrzehnten haben wir Förderungsprogramme und Quotenregelungen in einem Ausmaß, das man nur noch als verfassungswidrig bezeichnen kann. Schwarzen Kindern genügt die halbe Punktzahl, um an den besten Universitäten zugelassen zu werden. Schwarzen Arbeitern genügt die Hälfte an Erfahrung oder Ausbildung, wenn sie überhaupt eine haben. Und die Armen leben von der Wohlfahrt, zahlen nichts für ärztliche Behandlung und erhalten Lebensmittelgutscheine. Wie kann man so etwas als fehlende Chancengleichheit bezeichnen?

Die Frage wird noch drängender, wenn wir andere Einwanderergruppen zum Vergleich heranziehen. Wie kommt es, Mr. O'Hare, daß ich schon so viele junge Asiaten gesehen habe, die hier an Land gehen, ohne ein Wort Englisch zu können, und vier Jahre später in Harvard auftauchen? Wie kommt es, daß Generationen von bettelarmen Iren, Italienern oder Juden heute in die obere Mittelschicht oder sogar noch höher aufgestiegen sind? Warum nicht die Schwarzen? Können Sie mir darauf eine Antwort geben?»

Auch Prophet wäre gerne aufgestanden, um dem Arschloch Auge in Auge gegenüberzutreten; aber er zitterte so heftig, daß seine Knie ihn nicht tragen wollten. Samson legte den Finger auf seine wunden Stellen, auf all die wunden Stellen, die jeder Schwarze hatte. Ihm wurde plötzlich bewußt, daß er, trotz seiner Beziehung zu Natare, selbst niemals unter Rassismus zu leiden gehabt hatte, daß dies seine Feuertaufe war. So also fühlte sich das an. Die Offenheit, mit der sich Samsons Haß artikulierte, erschütterte ihn in seinen Grundfesten. Er schien einer Opposition gegenüberzustehen, die so festgefügt und allumfassend war, daß jedes Wort des Widerstandes von einem – wie lautete der Ausdruck, den Fish bei Barnaby Thatch verwendet hatte? – schalltoten Raum verschluckt werden würde. Ohne jeden Nachhall. Ohne Spur. Und nach historischen Maßstäben betrachtet, war das alles noch gar nichts. Noch nicht einmal ein gottverdammter Streifschuß. «Ich werde darüber nicht mit Ihnen diskutieren, klar?» sagte er mit belegter Stimme. «Ich möchte auf der Stelle Ihren Vorgesetzten sehen.»

«Also haben Sie keine Antwort?»

«Das habe ich nicht gesagt. Ich werde Ihre Frage keiner Antwort *würdigen.*»

«Dann werde wohl ich Ihnen die Antwort geben müssen»,

fuhr Samson kummervoll fort. «Und diese Antwort, Mr. O'Hare, ist sehr einfach: Der Schwarze ist unfähig, sich in die westliche Kultur einzugliedern.»

Mit weit gespreizten Armen klammerte sich Prophet an den Tischkanten fest. Es gelang ihm nicht, die Träne in seinem linken Auge zurückzuhalten, und ihn schauderte, als sie träge, ohne die geringste Eile, über seine Wange hinablief. «Ich hasse Sie», flüsterte er. «Ich hasse euch alle, ihr dummen, abstoßenden Rassistenschweine. Leck mich doch am Arsch, Mann. Leckt mich doch allesamt am Arsch.»

Samson fixierte Prophet, auf die Rückenlehne seines Stuhls gestützt. Buchanan leckte mit der Zunge über seine Unterlippe. Casey schien eingeschlafen zu sein. «Verstehen Sie mich nicht falsch, Kenley. Es hat Abweichungen von der Regel gegeben. Biologische Schwankungen. Aber die Tatsache bleibt bestehen, daß *ein* intelligenter Schwarzer unter hundert nicht das Problem der neunundneunzig anderen löst. Die Fakten sprechen für sich. Wir mögen alle aus Afrika gekommen sein, aber wir sind nicht alle dort geblieben. Sehen Sie sich die wirklich bedeutenden Kulturen an. Griechenland. Rom. England. China. Und sehen Sie sich das Afrika von heute an: So gut wie jeder Staat südlich der Sahara gehört zur Dritten Welt – ausgenommen der eine, der von Weißen aufgebaut wurde: Südafrika.

Soll ich Ihnen sagen, was ich glaube? *Ich* glaube, daß das alles auf folgendes hinausläuft.» Samson beugte sich über den Tisch, bis sein Gesicht nur noch eine Handbreit entfernt war. Prophet blinzelte nicht. Er hatte die Fäuste geballt und wartete nur auf den richtigen Moment, um Samsons Nase zu verunstalten. «Ich liebe dieses Land, Kenley. Ich liebe alles, wofür es steht. Und ich werde nicht untätig zusehen, wie Banden von farbigem Gesindel unsere Städte in Schutt und Asche legen. Die Schwarzen sind immer nur eine Last für dieses Land gewesen. Jefferson und Washington wußten nichts mit ihnen anzufangen, und wir, zweihundert Jahre später, wir wissen es auch nicht. Aber jetzt haben wir endlich eine Chance, etwas dagegen zu unternehmen.»

Prophet schob seinen Angriff auf. Wenn auch widerwillig, war er doch gespannt darauf, was Samson als nächstes sagen würde. Er hoffte, daß Samson den Krieg der Rassen für eröffnet erklären würde: Er wollte, daß es offiziell war.

«Um auf die Beschuldigungen zurückzukommen», lenkte ihn Casey mit schläfriger Stimme ab. «Wir wissen von zwei Bombendrohungen, die an verschiedene Massenmedien und polizeiliche Organisationen gefaxt wurden. Wollen Sie leugnen, diese Faxe abgesandt zu haben?»

«Leck mich am Arsch», wiederholte Prophet. Er sprach zu Casey, aber sein Blick blieb auf Samson geheftet, dessen Lächeln wie ein vermaledeiter Sonnenaufgang auf seine Lippen zurückgekehrt war.

«Nun könnten Sie annehmen», sagte Samson, «daß Menschen wie ich über all das Chaos auf den Straßen entsetzt sind. Das Gegenteil ist der Fall, Mr. O'Hare, ich begrüße es ausdrücklich. Seit Jahren haben sich die Kriminellen in den Schlupflöchern unseres Rechtssystems verborgen gehalten, und die Polizei hatte keine Handhabe gegen sie. Jetzt sieht die Sache anders aus. Sie könnten auch annehmen, daß die Revolution ausgebrochen ist, doch da sind Sie ebenfalls in einem Irrglauben befangen. Von meinem Standpunkt aus haben wir lediglich grünes Licht bekommen, um endlich zu tun, was seit Jahrzehnten überfällig ist.»

«Wir wissen ferner», seufzte Casey, «daß Sie der Zimmergenosse von Gyeppi Natare waren. Das ist nun der Punkt, an dem Sie Ihre Situation verbessern können, Kenley. Wir wußten immer, daß Sie unter dem Schirm einer größeren Organisation arbeiten, und diese Verbindung erklärt alles. Nennen Sie uns Namen, Daten, Orte.»

«Während wir hier miteinander plaudern», fuhr Samson fort, «patrouillieren Männer der Nationalgarde durch die amerikanischen Städte, und sie haben die Vollmacht zum Todesschuß. Viele hätten nicht für möglich gehalten, daß es so weit kommen könnte, Kenley. Nicht hier, so protestieren sie, nicht in Amerika. In El Salvador, in Nicaragua, in China, Rußland, Bosnien – aber nicht hier, niemals in den USA, es sei denn in Science-fiction-Romanen. Aber das ist genau das Problem, das wir hier hatten, Kenley – nur die Klügsten unter uns lesen Science-fiction, während alle anderen sich nur um die Gegenwart kümmern. Menschen wie ich wissen seit Jahren, daß der Durchschnittsbürger die Welt mit extremen Scheuklappen betrachtet. Er hat nichts aus der Geschichte gelernt. Er hat nichts aus all den Kriegen gelernt, die im vergangenen Jahrzehnt geführt wurden. Er hat nichts aus den Ereignissen in Los Angeles 1992 oder in Oklahoma City gelernt. Aber ich bin keiner von diesen Durchschnittsbürgern, Kenley. Ich sehe mich um, und ich bin nicht im mindesten überrascht. Ich habe seit langem auf diesen Augenblick gewartet. Ich habe ihn kommen sehen. Und es könnte gar nicht besser laufen. Wir haben so viele Verdächtige auf den Revieren, daß die Truppen sich die Mühe weiterer Festnahmen sparen. Die Feuerwehr rückt nicht mehr aus. Für jedes Beverly Hills, das in Flammen aufgegangen ist, haben mindestens drei Gettos das gleiche Schicksal erlitten, denn die Zerstörungswut Ihrer Leute kennt kein Halten, Kenley, nicht einmal vor den eigenen Häusern. Und so etwas wie in Beverly Hills wird nicht wieder vorkommen. Ihre Leute haben vor einigen Tagen ein paar üble Dinge in den Vorstädten angestellt, aber dem ist ein Riegel vorgeschoben worden. Wir haben Panzer auf jeder Kreuzung stehen, mit Soldaten, denen die Finger am Abzug jucken. Und währenddessen brennt das schwarze Compton nieder, und niemand reicht die Hand zur Hilfe. Unser Kalkül ist ganz einfach: Wenn alles vorbei ist, werden die Schwarzen keine Wohnviertel mehr haben, in die sie zurückkehren könnten. Dann bleiben nur noch Flüchtlingslager. Und wir haben den Vorwand, auf den wir seit Ewigkeiten warten, um Marcus Garveys Traum Wirklichkeit werden zu lassen.»

«Wir vermuten seit Jahren, daß Kweisi Natare Dreck am Stecken hat», sagte Casey. «Bis jetzt konnten wir ihm nie etwas nachweisen. Ich kann Ihnen so gut wie garantieren, Mr. O'Hare, daß der Staatsanwalt in New York die Todesstrafe für Sie beantragen wird. Wenn Sie uns freilich genügend Informationen liefern, um Natare hinter Gitter zu bringen, so könnte es durchaus sein, daß Sie mit einer Haftstrafe von zehn bis fünfzehn Jahren davonkommen.»

«An Ihrer Stelle», sagte Samson, «würde ich mir sehr genau überlegen, was Mr. Casey soeben gesagt hat. Vielleicht kann ich Ihnen bei Ihrer Entscheidung helfen, wenn ich Sie kurz unterrichte, was sich hinter dem bereits erwähnten New Deal verbirgt. Es handelt sich um eine Notstandsgesetzgebung. Um die Aufhebung der Grundrechte bis zur Wiederherstellung von Ruhe und Ordnung. Sie meinen, auch so etwas könnte in Amerika nicht geschehen? Ha! Die Öffentlichkeit selbst hat es *gefordert!*»

Prophet lehnte sich in seinem Stuhl zurück. Er lächelte. Ihm war plötzlich etwas eingefallen, und nun wurde er von einer seltsamen Ruhe erfüllt.

«Die Grundidee des New Deal», sagte Samson, «ist die einer

Arbeitserleichterung für die Ordnungsorgane. Seit Ausbruch der Unruhen hat die Polizei allein in den großen Städten über fünfzigtausend Menschen festgenommen. In den Gefängnissen gibt es nur noch Stehplätze, die Gerichte leiden an Verstopfung, die Krankenhäuser werden des Ansturms nicht mehr Herr. Was soll da noch das Recht, friedlich zu demonstrieren? Kann man vergessen. Das Recht auf einen ordentlichen Prozeß vor einem Geschworenengericht? Kann man vergessen. Ab sofort führt ein Einzelrichter die Verhandlung, schlicht und einfach. Wir können durchsuchen und beschlagnahmen, was und wo wir wollen, ohne richterlichen Durchsuchungsbefehl, und wir brauchen keine Rücksicht mehr darauf zu nehmen, daß sich ein Zeuge mit seiner Aussage nicht etwa selbst belastet. Der fünfte Verfassungszusatz? Kann man vergessen. Bei den Abgeordneten in Washington haben die Telefone Sturm geläutet, auf beiden Seiten des Hauses, und alle haben sie gefordert: Schluß damit! Der einzige Verfassungszusatz, den sie nicht angetastet wissen wollen, ist der zweite. Teufel auch, die Geschäfte sind fast ausverkauft.»

Prophet nickte. «Was ist mit den Rechtsanwälten?»

«Na, hören Sie mal!» sagte Samson. «Rechtsanwälte wird es immer geben.»

«Wo ist meiner?»

«In New York werden Sie einen bekommen. Wie Mr. Casey schon sagte, steht zur Zeit kein Rechtsbeistand zur Verfügung; sie sind alle mit anderen Fällen beschäftigt.»

«Gibt es noch weitere Anklagepunkte? Wegen des Hubschraubers vielleicht?»

«Die hiesige Staatsanwaltschaft hat sich entschlossen, sie niederzuschlagen», antwortete Casey. «Gewisse Straftaten gehen anderen vor, und die Bombenanschläge sind mit Abstand die gravierendste Beschuldigung. Deswegen werden Sie auch nach New York überstellt.»

«Und wie ist es bei meinen Freunden?»

«Da bin ich nicht genau im Bilde», sagte Casey. «Wahrscheinlich läuft es auf tätlichen Angriff und Entführung eines Luftfahrzeugs hinaus, aber nageln Sie mich nicht fest.»

«Berücksichtigen Sie vielleicht noch folgendes, Mr. O'Hare», sagte Samson und richtete einen knochigen Finger auf ihn. «Berücksichtigen Sie ein Gespräch, daß Gyeppi Natare gestern mit unserem New Yorker Büro führte. Er leugnete jeden Zusammenhang mit den Faxdrohungen oder den Bombenattentaten, und vor allem stritt er ab, jemals Ihr Freund gewesen zu sein.»

Prophet zwang sich zu einem Lächeln. «Ich habe nichts anderes erwartet. Er ist ein sehr kluger Mann.»

«Das tut weh, nicht wahr?» sagte Samson.

«Im Gegenteil», sagte Prophet. «Harte Zeiten erfordern harte Worte. Sie erfordern harte Herzen.»

Samson war verblüfft, doch sofort schaltete sich Casey ein. «Deswegen brauchen wir Ihre Hilfe. Wir haben keinerlei faktischen Beweis, mit dem wir irgend jemanden der Bombenattentate überführen könnten, aber wir gehen davon aus, daß Karibu darin verwickelt ist. Es ist nun mal so, Kenley, daß die Bundesanwaltschaft auf einer Mordanklage bestehen wird, auch, wenn sie Natare nichts nachweisen kann. Im Endeffekt kommt er dann ungeschoren davon, und auf Sie wartet das Todesurteil.»

«Bedenken Sie auch folgendes», sagte Samson. «Unter dem New Deal lassen sich Prozesse sehr viel zügiger abwickeln als bisher. Ihr Verfahren wird so bald wie möglich eröffnet werden, und ein Todesurteil könnte binnen weniger Monate vollstreckt sein. Sie haben nur eine einzige Berufungsmöglichkeit beim Obersten Bundesgericht, und das war's dann. Wenn Sie also vorhaben, im Namen der Rassensolidarität den Mund zu halten, dann sollten Sie sich das noch einmal gründlich überlegen. Ihre Freunde in Karibu haben Sie im Regen stehenlassen. Sagen Sie uns jetzt, was Sie über Natare und seinen Vater wissen, und wir versuchen, Sie nach zehn Jahren rauszuholen. Wir werden sagen, Sie hätten nie gewußt, daß die Bombendrohungen ernst gemeint waren, okay? Wir schaffen die Mordanklage aus dem Weg.»

Endlich gelang es Prophet, sich zu erheben. Er sah erst Casey, dann Buchanan und dann Samson an, auf dem er seinen Blick schließlich ruhen ließ. «Vor wenigen Augenblicken, Mr. Samson – und wie Sie sehen, kann auch ich mich förmlich und analfixiert verhalten, wie der weiße Mann es liebt –, vor wenigen Augenblicken wollte ich Sie noch umbringen, mit jeder Faser meines Körpers. Ich wollte Ihnen Ihr weißes Fell über die Ohren ziehen und von oben bis unten bepissen. Aber soll ich Ihnen was verraten? Das ist vorbei. Ich bin jetzt cool. Mir geht's blendend.»

Er begann auf und ab zu gehen, wobei er Samsons Vortrag imitierte. «Bedenken Sie folgendes, Mr. Samson. Bedenken Sie, daß ich weder Ihnen noch Mr. Casey noch irgendeinem Ihrer Stammesbrüder beim vortrefflichen FBI auch nur ein Jota an Information preisgeben werde. Bedenken Sie meinen dringenden Wunsch, daß der Oberstaatsanwalt an seinen eigenen Exkrementen ersticken möge. Bedenken Sie meine Versicherung, daß weder Gyeppi Natare noch sein Vater die Bombenattentate, die mir zur Last gelegt werden, veranlaßt haben und daß sie von meinen Faxdrohungen nicht das geringste wußten – entsprechend ihrer Aussage. Und bedenken Sie schließlich, im Sinne der historischen

Wahrheit, daß der Vorläufer der westlichen Kultur das alte Ägypten war, wo Schwarze eine ebenso große Rolle spielten wie die Semiten.
Nehmen Sie auch, lieber Freund Samson, meine Dankbarkeit für die Verlautbarung Ihrer Ansichten zur Kenntnis. Denn was Sie zur Sprache gebracht haben, ist nicht weniger als der kollektive Kern der innersten Gedanken weißer Menschen überall auf dieser Welt. Ich ziehe eine kuriose Kraft aus solchen Verwünschungen, und wollen Sie auch wissen, warum? Weil mich all das, was mich nicht umbringt, stärker macht. Und damit ist auch erklärt, warum die Afroamerikaner stärker sind als jedes andere Volk auf der Welt. Unsere Kultur *pulsiert,* meine bleichen Freunde, sie pulsiert so lebendig, daß ihr Scheintoten nicht einmal in der Lage seid, es wahrzunehmen. Und eines Tages, wenn wir endlich aufhören, zu dem Gott zu beten, den ihr über uns gebracht habt, zu diesem weißen Mann eurer Träume, eines Tages werden unsere Gebete auch erhört werden. Wir haben dieses Land aufgebaut, meine Freunde. Wir können es ebensogut zerstören.
Um zum Schluß zu kommen, meine Herren, erwägen Sie bitte noch eins. Was das sogenannte Rassenproblem anbelangt, so schlage ich höflichst vor, dessen Lösung den Schwarzen selbst zu überlassen – sie kennen die richtige Methode, während ihr Weißen euch als hoffnungslos überfordert erwiesen habt. Ich schlage höflichst vor, daß ihr *dummen, windigen Arschkratzer* jeden Soldaten in Marsch setzt, den ihr nur finden könnt, denn wißt ihr was, ihr weißen Schweine? Wir werden eure Geisterstädte niederbrennen, Mann, habt ihr kapiert? Wir werden eure Städte *in Schutt und Asche legen*!»

✘

«Ich begreife nicht, warum Sie sich so aufregen», sagte ein anderer FBI-Agent im Verhörzimmer nebenan, das ein kleines, vergittertes Fenster hatte. «Es ist doch offensichtlich, daß das Mädchen nicht ganz sauber tickt. Wir haben nicht vor, sie wegen irgend etwas anzuklagen.»

Lucky wischte sich Tränen aus dem Gesicht. «Warum kann ich sie dann nicht wenigstens sehen? Ich hab sie noch nicht zu sehen bekommen, seit wir hier sind.»

«Da kann ich Ihnen leider nicht helfen», sagte er leichthin. Er trug einen dreiteiligen Anzug, und sein dunkles Haar war makellos frisiert. Ein paar Papiere lagen vor ihm ausgebreitet, und daneben stand eine Kaffeetasse. «Wir versuchen gerade, uns ein Bild von ihr zu machen. Wir versuchen herauszufinden, wer ihre Eltern sind. Vielleicht muß sie auch in ein psychiatrisches Krankenhaus eingeliefert werden.»

«Aber genau darum geht es mir. Haben Sie sie gesehen? Was ist, wenn ihre Eltern ihr all das angetan haben?»

«Das werden wir schon feststellen. Ich würde mir wirklich keine Sorgen um sie machen.»

Lucky atmete tief durch. «Hören Sie, ich glaube nicht, daß Sie mich verstanden haben. Das Mädchen braucht mich. Wahrscheinlich jagen ihr all diese Fremden um sie herum eine Sterbensangst ein. Verstehen Sie, das ist doch wie bei einem jungen Hund – manchmal müssen sie einfach eine vertraute Stimme hören, die ihnen sagt, daß alles in Ordnung ist.»

«Es ist Ihnen nicht gestattet, Kontakt mit anderen Inhaftierten aufzunehmen.»

«Sie haben doch gesagt, daß sie nicht angeklagt wird?»

«Tut mir leid, ich habe meine Anweisungen. Geben Sie Ruhe, okay?»

Sie stand auf, wandte sich ab und weinte leise. Der FBI-Mann blätterte in seinen Papieren, nippte am Kaffee, blickte dann unvermittelt auf.

«Sind Sie bald fertig damit? Sie stören mich.»

«Leck mich am Arsch», flüsterte sie und lehnte ihre Stirn an die Mauer.

«Schauen Sie, mir ist ja klar, daß Sie schon die ganze Nacht in diesem Zimmer verbracht haben, aber in den Zellen ist nun mal nichts frei. Wir wissen immer noch nicht, wo wir Sie hinstecken sollen. Draußen warten vierzig Verdächtige in einem Mannschaftswagen, weil wir keinen Platz für sie haben.»

«Kann ich sie nicht wenigstens für ein paar Minuten sehen?»

Der FBI-Mann stöhnte. «Was ist denn los mit Ihnen? Sie kennen das Mädchen erst seit drei oder vier Tagen, aber Sie führen sich auf, als wären Sie in sie verliebt.»

Sie fuhr herum. «Was soll das heißen?»

«Das soll heißen, daß Sie sich wie eine beknackte Lesbe benehmen, und das paßt nicht zu Ihnen. Sie sind viel zu attraktiv dafür.»

Erst hatte er den Kaffee im Gesicht, einen Sekundenbruchteil später kam sie über den Tisch gehechtet, versetzte ihm einen Kinnhaken und brachte mit ihrem Gewicht seinen Stuhl zum Kippen, so daß er rücklings hinschlug. Er rollte sich zur Seite, spuckte Zähne aus. Sie drehte ihn auf den Bauch, warf sich auf seinen Rücken, quetschte sein Gesicht auf den Steinboden und hakte ihre Beine unter die seinen. Ihre rechte Hand schlüpfte unter sein Kinn, während die linke den Kopf nach unten preßte und so den Druck auf den Kehlkopf verstärkte.

«*Ja*, ich *liebe* sie, du blöder Bulle», zischte sie in sein Ohr, «und ich *bin* eine beknackte Lesbe, kapiert?» Sie zerrte seinen Kopf hoch und bohrte ihm Zeige- und Ringfinger in die Augen, preßte sie gegen die Augäpfel.

«Hi- . . . Hilfe!» ächzte er. «Iiiieh – uääääh –«

«Ich will zwei Dinge. Erstens will ich, daß du kapierst, wie leicht ich dir jeden Knochen im Leib brechen kann. Haben wir uns soweit verstanden?» Ihre Finger drückten fester.

«Jahh – jahhh –»

«Gut. Und zweitens will ich fünf Minuten mit ihr alleine sein. Ich sehe nicht ein, warum das nicht möglich sein soll.»

«*Uarrgh – äckchhh* –»

«Draußen können sie dich nicht hören. Ich könnte dir in die Eier treten, bis sie dir aus der Gurgel springen, und keiner würde es merken. Ich könnte dir den Schwanz rausreißen und dir dein Maul damit stopfen. Wenn du mir noch einmal so dumm kommst wie eben, dann bring ich dich um. Hast du verstanden?»

«*Jachz – jaaachz* –»

«Gut.»

Sie ließ ihn los und sprang zurück, auf einen Gegenangriff gefaßt. Er war gefährlich jetzt, da sein Stolz auf diese unwiderrufliche Weise verletzt war. Mühsam richtete er sich auf, sein Anzug war zerknittert und beschmutzt. Sein Haar, dem reichlich Spray ein gutes Formgedächtnis verlieh, war gegen den Strich zerwühlt, und sein Kopf hing nach einer Seite. Die Lippen bluteten reichlich, dahinter fehlten ihm drei Vorderzähne.

Er sah sie an, einen endlosen Augenblick lang, das Gesicht vor Schmerz und Demütigung aufgedunsen wie ein schrecklicher Halloweenkürbis, dessen Augen jedoch den Wunsch verrieten, unter sein Jackett zu greifen und die Pistole zu ziehen, die mit Sicherheit dort steckte. Sie hielt dem Blick stand, ohne zu weichen, beobachtete seine Pupillen, ob sich in ihnen die Verwandlung des Wunsches in eine Tat abzeichnete. Sie hatte bereits einen Mann in Notwehr getötet; es machte ihr nichts aus, einen weiteren im Affekt umzubringen. Anscheinend spürte er, daß sie dazu fähig und willens war, denn er entspannte sich plötzlich und ging zur Tür.

«Hier aufsperren!» rief er.

Als die Tür aufging, rauschte er an dem Wachtposten vorbei, der direkt davor stand, und seine Stimme hallte durch den Flur: «Den Staatsanwalt her, auf der Stelle. Ich will dieses Biest endlich los sein.»

Der Wachtposten spähte ins Zimmer. «Sie haben einen Schlag drauf, alle Achtung», sagte er: «Ehrlich gesagt, ich traue diesen FBI-Bastarden auch nicht übern Weg.»

x

Zweihundert Meilen entfernt saß Dorian in einem ähnlichen Verhörzimmer vor einem anderen FBI-Mann, einem kettenrauchenden Asiaten, der trotz der Dunkelheit, die draußen herrschte, eine Sonnenbrille trug. Nach seiner Festnahme – die Dana Saddle und ihr Team pflichtschuldig für die Nachwelt festgehalten hatten – war Dorian umgehend in die nächste Stadt verfrachtet worden, die von den Unruhen gänzlich unberührt geblieben war («keine Nigger vor Ort», hatte einer der Hilfssheriffs gesagt und breit gegrinst). Man hatte ihn durch leere, stille Straßen zum Verwaltungszentrum gekarrt, vor dem eine Einheit der Nationalgarde in Stellung gegangen war, ohne etwas beschützen zu müssen.

«Die Sache ist gegessen», sagte der FBI-Mann zu Dorian. «Sie werden von der Nationalgarde zum Flughafen gebracht, und noch ehe es zwölf Uhr schlägt, sitzen Sie in einem Flieger nach New York.»

«Warum New York? Muß ich mich dort vor Gericht verantworten?»

Der FBI-Mann schüttelte den Kopf und stieß eine Rauchwolke aus. «Dort werden Sie abgeschoben. Wir haben zur Zeit genug damit zu tun, Amerikaner hinter Gitter zu bringen. Ausländer schicken wir nach Hause und lassen sie nicht wieder rein. Morgen früh sind Sie in London.»

«Und ich kann nie mehr in die USA zurück?»

Der FBI-Mann zuckte mit den Schultern. «Warten Sie ein paar Jahre ab», sagte er und zündete sich eine neue Zigarette an einem Stummel an, den er anschließend ausdrückte. Er blinzelte. Er blies Rauch durch seine Nase. «Reden Sie mit einem Anwalt, der sich im Einwanderungsrecht auskennt. Man weiß ja nie.»

«Jedenfalls muß ich nicht ins Gefängnis?»

«Nicht in diesem Land. Übrigens glaube ich nicht, daß man Ihnen was anhängen kann. Soweit ich sehe, scheinen Sie *überhaupt nichts* ausgefressen zu haben.»

«Was ist mit meinen Freunden?»

«Ich hab gehört, daß man sie in Vegas geschnappt hat. Der kleine Hacker steckt so tief in der Scheiße, daß er nicht mehr rauskäme, selbst wenn er fliegen könnte. Was mit den Frauen ist, weiß ich nicht.»

«Es ist wohl nicht mehr möglich, sie noch einmal zu sehen?»

«Leider nein. Ich warte nur noch auf den Staatsanwalt, damit wir Sie auf den Weg nach Osten bringen können. Raum ist kostbar, falls Sie es noch nicht wissen. In ein paar Stunden schickt man uns Gefangene, die anderswo nicht mehr unterkommen.»

«Aber die Frau, diese Brünette.» Er seufzte, mußte Tränen unterdrücken. «Ach, Gott, was soll's.»

«Tut mir leid, Mr. Bray. Soll ich ihr eine Botschaft übermitteln?»
Dorian dachte lange nach, setzte Worte zu verschiedenen Sätzen zusammen, von denen keiner richtig klang. «Nein», sagte er endlich. «Nein, ich glaube, sie weiß schon alles.»

✘

Der Bezirksstaatsanwalt, ein weißer Albino, hatte offensichtlich seit Tagen nicht mehr geschlafen. Tränensäcke aus zerknittertem, altem Rupfen hingen unter seinen wäßrig-hellen Augen, und seine Kleidung sah aus, als hätte er soeben einen Triathlon in ihr absolviert. Sie wartete, und es war ihr völlig gleichgültig, was mit ihr geschehen würde.

«'tschuldigung», sagte der Staatsanwalt, nachdem er so ausgiebig gegähnt hatte, daß er völlig desorientiert wirkte. Er blinzelte und runzelte die Stirn, als sähe er seine Umgebung zum erstenmal. «Tut mir leid. Jedenfalls ist er eindeutig zu weit gegangen, als er das gesagt hat.»

Lucky zuckte die Achseln.

«Wie dem auch sei . . . ich hab mir ein paar Gedanken über Ihren Fall gemacht.»

Sie blickte auf. Er stand an die Wand gelehnt, Hemdkragen geöffnet, Krawatte gelockert, Ärmel bis zu den Ellbogen hochgekrempelt.

«Ich hab keine Ahnung, was dort draußen eigentlich vorgeht», sagte er und deutete zum Fenster hinaus. «Vielleicht hat sich der ganze Schlamassel schon seit langem angebahnt – wer weiß. Worauf ich hinaus will, ist jedenfalls, daß mein Amt hier so etwas wie eine Hauptschlagader darstellt, und der Cholesterinspiegel ist jenseits von Gut und Böse. Wir stecken schon mitten im Herzinfarkt, und ich habe einfach keine Zeit für jeden, der aufgegriffen wird. Manchmal muß man einfach Risiken eingehen. Ich lasse Sie laufen.»

Zum erstenmal an diesem Tag spürte Lucky den Anflug eines Lächelns in den Mundwinkeln. Ihre Augen weiteten sich eine Spur zu begierig, und er hob einen mahnenden Finger.

«*Aber* . . . jetzt hören Sie mir erst noch einen Augenblick zu. Unter normalen Umständen könnte ich Sie vor Gericht bringen und für ein paar Monate einlochen lassen. Aber wir haben keine normalen Umstände, also muß ich mich entscheiden. Nach allem, was ich über Sie weiß, möchte ich annehmen, daß Sie keine Bedrohung für die Gesellschaft darstellen. Ich kann Ihnen nur raten, mich nicht zu enttäuschen.»

«Und was ist mit Ariel?»

Seine müden Augen wandten sich ab. «Ich bedauere, Ihnen – etwas mitteilen zu müssen.»

«Ist sie im Krankenhaus?»

«. . . Es tut mir leid, aber sie ist tot.»

Sie wartete darauf, daß er sie wieder ansah, aber er tat es nicht. «Nein», flüsterte sie.

Er schüttelte den Kopf, den Blick zu Boden gerichtet. «Ein merkwürdiger Fall. Wir konnten ihre Identität nicht aufklären, wir hatten auch keine Vermißtenanzeige. Nachdem die Krankenhäuser überfüllt sind und die Polizeipsychologin eine Selbstmordgefährdung ausgeschlossen hatte, dachte ich mir, was soll's. Ich war bereit, sie in Ihre Obhut zu übergeben. Aber dann bekam sie wieder einen epileptischen Anfall, genau wie bei der Festnahme. Der diensthabende Polizist rief den Notarzt, aber bis er da war, verging eine Stunde. Und währenddessen ging es zu Ende mit ihr, sie hat gezappelt wie auf dem elektrischen Stuhl. Normalerweise würden wir eine Autopsie vornehmen, um festzustellen,

was eigentlich los war, aber zur Zeit ist daran nicht zu denken.» Er seufzte. «Leider dürfen wir die Leiche nur an Angehörige oder an einen offiziellen Vormund herausgeben. Aber wenn Sie sie noch einmal sehen möchten, ehe Sie gehen, dann kann ich das arrangieren.»
Sie brachte ein kurzes Nicken zustande. Nur der Schock verhinderte, daß sie heulend zusammenbrach, daß sie alles und jeden um sich verfluchte.
«Noch eins. Ihr Name ist jetzt im Computer. Wenn Sie sich auch nur das Geringste zuschulden kommen lassen, was über einen Parkverstoß hinausgeht, dann werden wir einen freien Platz im Kittchen für Sie finden. Haben Sie mich verstanden?»

x

Sie war im Tod nicht weniger schön als im Leben, ihr Gesicht voller Unschuld und Wissen, so als hätte sie an ihrem Ende etwas begriffen, von dem noch Spuren auf ihren weichen Zügen sichtbar waren. Man hatte sie in der Schublade eines Registraturschranks für Menschen abgelegt und nur mit einem dünnen, blauen Tuch bedeckt. Lucky legte eine Hand auf ihre kalte Stirn und dachte daran, wie warm diese noch vor wenigen Tagen und Lebensaltern gewesen war.
Ein fettleibiger Weißer in einem Arbeitskittel stand in der Nähe und beobachtete Lucky, als würde er sich von ihr eine Offenbarung erhoffen. Sie bewegte sich nicht, und sie sagte kein Wort, und so wurde er bald unruhig.
«Sie war ziemlich übel zugerichtet», sagte er.
Lucky wollte noch einen letzten Blick auf den narbenübersäten Körper werfen, aber in Gegenwart dieses Mannes mochte sie das Tuch nicht herunterstreifen, auch wenn er schon alles gesehen hatte.

«Haben Sie – ähmm – irgendeine Idee, wer das gemacht hat?»
«Ach, Liebes», flüsterte sie.
«Sagenhaft hübsch ist sie aber. Ich denk mir, das wird ihr Alter gewesen sein, der sie Tag und Nacht vermöbelt hat.»
Sie zog das Tuch eine Handbreit nach unten und sah, daß Ariel noch immer ihr Halskettchen trug. Mit zitternden Händen nahm sie es ab und legte es sich selbst um den Hals.
«Echt schade, wie das hier ausgeht. Keiner will die Leiche abholen, also kriegt sie die Uniklinik. Für die Pathologie. Vorausgesetzt, daß der Betrieb wieder losgeht.»
Lucky strich das Haar zur Seite und beugte sich hinunter, bis ihre Lippen Ariels Lippen trafen, wo sie für einen langen Augenblick verharrten. Ein Hauch von Wärme und Weichheit war noch immer zu spüren.
«Sie – ähmm – scheinen sie recht gut gekannt zu haben?» sagte der Mann.
Lucky fuhr sich mit einem Finger über die Wange, bis die Fingerspitze naß war von ihren Tränen. Dann strich sie mit diesem Finger über die Innenseite von Ariels Lippen. Als letztes küßte sie die beiden geschlossenen Augen und zog dann das Tuch wieder über den Kopf des Mädchens.

×

Ich schwebte reglos, am Eingang eines Tunnels, der ins Licht führte. Hinter mir war Finsternis.
Obwohl es taghell leuchtete, wirkte das Licht seltsam gebrochen, so als würde es von einer unscharfen Linse zerstreut. Ich versuchte, ihm näherzukommen, aber ich konnte mich nicht bewegen.
Plötzlich wurde das Licht von einer dünnen, schwarzen Linie durchschnitten, die mir entgegenwuchs wie eine lange,

versteifte Schnur. Ihr vorderes Ende war zu einem Haken gebogen, und es dauerte nicht lange, bis er mich eingefangen hatte. Dann wurde die Schnur wieder eingeholt, und auch ich setzte mich in Bewegung und wurde langsam in die Helligkeit gezogen.

Der Tunnel stieg nach oben an, und das Licht wurde immer stärker, bis ich von einem gleißenden Schimmer umgeben war. Je höher ich kam, desto deutlicher erkannte ich, daß das Licht von etwas gefiltert wurde, das wie eine durchscheinende, geriffelte Platte aussah. Plötzlich wurde mir klar: Ich befand mich unter Wasser.

Immer noch wurde ich emporgezogen, bis ich endlich die Wasseroberfläche durchbrach und mich weiter ans Licht erhob.

Als die Bewegung aufhörte, blinzelte ich und sah einen fetten, dunkelhäutigen Riesen mit einem schmierigen Schnurrbart vor mir. Er war bestimmt zwanzigmal so groß wie ich, und er war es, der die Schnur hielt. Auf seiner Schirmmütze stand die Aufschrift **Rohrfrei**, und das Namensschild, das auf seinen weißen Overall genäht war, lautete **DEMIURG**.

Er inspizierte mich einen Augenblick lang, wobei er seine Stirn in Falten legte. Dann sagte er mit einer Stimme, die laut genug war, um mir die Knochen im Leib durcheinanderzuschütteln: *NA, DAS HAT HIER ABER NICHTS VERLOREN*. Und warf mich zurück ins Wasser. Als ich japsend wieder auftauchte, griff er nach einer silbrigen Kette hoch über mir und zog. Wasser begann herabzuströmen und bildete einen Strudel, in dem es mich schmählich herumwirbelte, bis ich plötzlich mit den Füßen voraus in den Tunnel gesogen und wieder von der Dunkelheit verschluckt wurde.

Als ich wieder zu mir kam, lag ich flach auf dem Rücken und fror. Mir war noch ganz schwummrig von dem Erlebnis im Tunnel, auch war ich ganz starr vor Kälte, so daß ich mich zunächst nur minimal regte. Dabei stellte ich fest, daß ich nackt war. Ich schlug ein Auge auf.

Ein Mann stand über mir: ein Weißer von etwa dreißig Jahren mit schon schütterem braunem Haar und einer randlosen Brille. Mit der einen Hand umklammerte er meine Brust, mit der anderen fummelte er an dem Gürtel, der seinen Arbeitskittel zusammenhielt.

Trotz meiner nachgeburtlichen Benommenheit war mir schlagartig klar, was da ablief. Ich hatte es schon so oft erlebt, daß mir noch die geringsten Vorkehrungen wohlvertraut waren. Demgemäß trieb mich ein innerer Impuls, zu schreien – doch im letzten Moment konnte ich mich beherrschen. Ich schloß das Auge wieder und lauschte still, wie er sich den Kittel abstreifte und an Bord geklettert kam. Als er sich auf mir niederließ, öffnete ich die Augen, schlang die Beine um ihn und bohrte ihm meine Zunge in den Mund. Er fuhr zurück und fiel von mir herunter auf den Boden, wo er mit einem erfreulich harten Schlag aufkam. Ich setzte mich auf und spähte über die Kante der Stahlwanne, in der ich gelegen hatte. Nackt und bloß krabbelte er auf allen vieren rückwärts über den Boden und schrie, als wolle er . . . na gut: die Toten aufwecken. Folgsam erhob ich mich, schwang die Beine über die Kante und ließ mich auf den Boden hinunter, wobei die auflebende Blutzirkulation wie ein Zündfunken durch meine Glieder fuhr. Der Mann drückte sich mit eher unästhetisch gespreizten Beinen gegen die entfernteste Wand. Seine Hoden hatten sich zurückgezogen, was seinem Sack das Aussehen eines Golfballs verlieh.

Langsam näherte ich mich diesem glubschäugigen, bebenden Wrack, auf das ich mit einer Art gütiger Strenge, wie ein Lehrer angesichts eines schwänzenden Schülers, hinunterblickte. «Ich kann mich nicht erinnern, daß ich dir die Erlaubnis gegeben habe, mich zu ficken», sagte ich, als ich ein paar Schritte vor ihm stehenblieb.
«Allmächtiger!» ächzte er. «Sie sind doch tot!»
«Diese Behauptung kann ich leider nicht bestätigen.»
«Du lieber Gott», fuhr er fort und schluckte schwer. «Haben Sie mich erschreckt.»
Ich sah mich um. Auf einem Tisch in der Nähe lag ein nackter junger Mann, dessen Haut teilweise abgelöst war, wie alte Tapete.
«Ist das ein Skalpell, dort auf dem Tisch?»
«J-j-jja. Wieso?»
«Und diese Leiche, ist sie obduziert worden?»
«J-j-jja. Warum?»
«Sieht verdammt dilettantisch aus. Sogar ich kann sehen, daß du die Leber völlig falsch wieder reingelegt hast.»
Er richtete sich langsam auf. «Darum schert sich keiner.»
Ich nahm das Skalpell in die Hand und betrachtete es mit großem Ernst. «Du meinst, die Angehörigen werden es nicht erfahren. Du nähst den Burschen einfach wieder zu und ziehst ihm seinen Sonntagsstaat an.»
«Großer Gott, haben Sie mich erschreckt.»
«Ich wußte gar nicht, daß ein Skalpell so scharf ist. Wahrscheinlich muß das so sein, oder?»
«Ich meine, gütiger Gott.»
«Hättest du jetzt Lust, mich zu ficken?»
«Ich meine, ich kann alles erklären, okay? Lassen Sie mich nur erst meine Hose suchen.»
«Komm mal kurz her.»

«Wie . . .?»

«Es ist nicht nett, Leute zu ficken, ohne sie vorher um Erlaubnis zu fragen. Hab ich recht?»

«Schauen Sie, ich sage doch, ich kann's erklären, ich meine, ich hab ja nicht gedacht, daß es Ihnen noch was ausmacht. Wahrscheinlich glauben Sie, ich bin pervers oder so was.»

«Weißt du, was ich gerade denke?»

«Was?»

«Na ja, wenn das hier irgend so ein Bestseller wäre, dann würde ich dich mit diesem Skalpell umbringen. Klar.»

Er lachte. «Wahrscheinlich würden Sie mir die Eier abschneiden.»

«Und wenn's das wirkliche Leben wäre, dann würde ich meine Story anschließend verkaufen, stimmt's?»

Er schwankte ein wenig, wie ein chassidischer Jude beim Gebet, dann dachte er über die Frage nach. «Klar doch. Ich sehe nichts, was dagegen spräche.»

Ich seufzte und rückte dichter an ihn heran. «Soll ich dir was verraten? Ich auch nicht.»

KAPITEL 17 GLÜCK, GLANZ, RUHM . . .

Gleich hinter der Zollschranke warteten sie auf ihn, ein undurchdringliches Dickicht aus Kameras und Mikrofonen, aus dem sich plötzlich ein schrilles Geschrei erhob: *Doriandoriandoriandoriandorian??!!* Innerhalb von Sekunden wurde er von der Menge verschlungen. Er versuchte, sich hindurchzukämpfen, ein Objektiv knallte ihm gegen die Stirn, der ummantelte Phallus eines Mikrofons wollte sich in seine Kehle bohren, die Schlinge zog sich enger und enger und enger um ihn, bis er schließlich aufgab und einfach in Ohnmacht fiel.

Er erwachte in einem Raum, in dem es kein Fenster und keine Farben gab, einem Raum mit weißen Wänden und grauem Fußboden und einer schmalen, weißen Krankenpritsche, auf der er nun lag. Neben ihm saß ein Polizist in Uniform.
«War einfach zuviel, dieses Gedränge, nicht wahr, Sir?»
Dorian stützte sich auf die Ellbogen und blinzelte. Im Licht der Neonröhren schienen die weißen Wände zu vibrieren, einen verrückten Tanz aufzuführen. Ihm wurde plötzlich schlecht. «Wie – wie lange war ich denn weg?»
«Zwanzig Minuten sind es jetzt.»
«Herrgott.» Er ließ sich zurücksacken, rieb sich die Augen und starrte den Polizisten an – einen jungen Mann

Mann mit roten Haaren, blauen Augen und dem permanenten Anflug eines Lächelns im Gesicht. «Bin ich noch in Heathrow?»

«So ist es, Sir. Das ist der Raum, in dem wir normalerweise Leibesvisitationen durchführen.»

«Und? Haben Sie bei mir?»

«Das glaube ich nicht, Sir.»

«Gott sei Dank.»

«Ein Wagen wartet auf Sie, sobald Sie bereit sind. Außerdem ein paar Burschen vom Sonderkommando.»

«Wo werden die mich hinbringen?»

«Ich denke mal, das ist Ihre Sache, Sir.»

«Also werde ich nicht verhaf- . . . Dann wäre wohl Paddington am besten für mich, danke.»

«Wäre Ihnen Wales nicht lieber?»

«Wales? Wäre das nicht ein bißchen viel verlangt?»

«Ich glaube nicht, daß Paddington zur Zeit ein sicherer Ort für Sie ist, Sir.»

«Warten sie dort auch auf mich?»

«Ich glaube, sie sind so gut wie überall, Sir. Haben Sie die Zeitungen schon gesehen?»

«Nein. Nein, ich meine, ich bin ja schließlich gerade –»

«Sie sind eine Berühmtheit, Mr. Bray. Nun sind wohl alle hinter Ihrer Story her.»

«Komisch, nicht wahr; ich meine, eben wird man noch . . . Moment mal, Sie wollen – Sie wollen doch nicht etwa sagen, daß man mir bis nach Gwynedd folgen würde?»

«Ausschließen kann ich's nicht, Sir.»

«Na großartig. Einfach verdammt großartig.»

«Ach, ich weiß nicht, Sir. Ich denke, da steckt auch 'ne Menge Geld drin, meinen Sie nicht?»

Es regnete leicht, als sie nach Westen fuhren, die Hügel und Felder erstreckten sich vor ihnen im diffusen Morgenlicht, und der Himmel lag über dem Land wie eine lastende graue Decke – jener englische Himmel, der die ganze Insel bedeckt, als wolle er sie mit Chloroform in einen sanften, endlosen Schlaf versetzen.

Und Dorian schlief, mit kleinen Unterbrechungen, während sich die beiden Polizeibeamten auf den Vordersitzen über Gott und die Welt unterhielten, von den Fußballergebnissen von Arsenal und Liverpool bis zu dem bevorstehenden Prozeß der Peckham Twelve, jener berüchtigten Mitglieder der National Party, denen man den Bombenanschlag auf einen westindischen Nachtklub in Tottenham zur Last legte, der 43 Todesopfer und 112 Verletzte gefordert hatte; ganz zu schweigen von dem ebenso begierig erwarteten Verfahren gegen Neville Scone, den ehemaligen Oppositionsführer aus Ipswich, der während einer Fragestunde im vergangenen Februar eine Neun-Millimeter-Kugel durch das linke Auge des Premierministers geschossen hatte.

Es war früher Nachmittag, als er erwachte, und er wußte sofort, daß sie die Grenze zwischen England und Wales überschritten hatten – die Hügel sahen runder aus, die Hekken schlängelten sich enger, das Grün zeigte dunklere Schattierungen. Je tiefer der Wagen ins Innere, ins Herz des Landes vordrang, desto höher wuchsen die Hügel empor und wurden endlich Berge, die sagenumwobenen Traumlandschaften seiner Kindheit. Mit grenzenloser Langmut schienen sie ihn willkommen zu heißen wie einen heimkehrenden Odysseus. Er fühlte sich als Verräter, der leichtfertig zugelassen hatte, daß andere diesem Land den angestammten Platz in seinem Herzen streitig machten. Es war verrückt, aber er hatte das Bedürfnis, diese Landschaft, diesen kleinen Winkel der Welt um Vergebung zu bitten.

Ein paar Stunden später rollten sie in Abergynolwyn ein. Das steinerne Dörfchen lag still im Regen, zwischen die umgebenden Berge geschmiegt, deren Gipfel von ewigen Nebeln verhüllt waren. Der Himmel war hier ein zarter Schleier, schwerelos und unendlich, scheinbar aus dem gleichen Stoff gemacht wie die Luft unter ihm. Man konnte kaum sagen, wo das eine endete und das andere begann.

«Ich steige hier aus, wenn Sie nichts dagegen haben», sagte Dorian.

Der Fahrer drehte sich zu ihm um. «Ich dachte, Sie wohnen auf einer Farm.»

«Es ist schon gut. Ich kann zu Fuß gehen.»

Der Fahrer zuckte mit den Schultern. Der Begleiter stieg aus und öffnete die Fondtür. Mit seinem einzigen Gepäckstück, einem Rucksack, den er in New York gekauft hatte, kletterte Dorian heraus. Alle seine sonstigen Besitztümer, darunter auch sein Notizbuch, waren von der Polizei beschlagnahmt und nicht wieder ausgehändigt worden.

«Sie werden bestimmt naß werden», sagte der Begleiter ein wenig ungehalten.

«Ich weiß. Vielen Dank auch.»

Er marschierte die Nebenstraße hinunter, die in das Dysinni-Tal hineinführte, vorbei an einer Reihe graubrauner Häuser, hinter denen sich die Straße in die Berge hinaufwand und das Dorf hinter sich ließ. Es dauerte nicht lange, und er war tropfnaß, aber der Regen war ihm so vertraut wie die Landschaft und störte ihn nicht im geringsten.

Wenig später bog er um eine Kurve, und da lag das Tal vor ihm ausgebreitet wie sein ureigenes Königreich, ein mächtiger, schimmernder Smaragd, jede Wiese in einem anderen

Grün, die verstreuten Bauernhäuser zwischen den steilen Hängen geborgen wie im Mutterschoß. Schafe standen mit mahlenden Mäulern am Wegrand und beobachteten ihn mit wachsamer Gleichgültigkeit. Er sah sich ihre Marken an: Sie gehörten seiner Familie, und er erinnerte sich plötzlich, daß er auf seines Vaters Grund stand. Er streckte die Hand nach ihnen aus, aber sie wichen zurück und warfen ihm argwöhnische Blicke zu. Er lachte verlegen und ging weiter, den Blick zur dräuenden Masse des Cader Idris erhoben, dessen mythischer Gipfel jäh in einem Wolkenloch sichtbar wurde. «Warte nur», rief Dorian dem Berg zu. «Warte nur, alter Freund.»

Nichts hatte sich hier verändert, versteht sich, denn schon seit Hunderten von Jahren schien die Zeit hier stillzustehen. Schon allein die Ruhe war so verführerisch wie verwirrend. Er war in einem anderen Jahrhundert gelandet.

In seinem Jahrhundert? Er wußte es nicht, noch nicht. Aber zum erstenmal, seit er Amerika verlassen hatte, entspannte er sich, hier auf diesem Flecken Erde, der vertraut war wie ein geliebter Körper und nachsichtig wie ein Freund. Er wußte, hier würde er Leben finden und Trost und Zuflucht. Hier war ein Ort, dessen Stimmungen, Geheimnisse und verwunschene Ecken so frei von allem Bösen waren, wie es nichts anderes auf der Welt sein konnte, nicht für ihn. Niemals durfte sich dieses Tal verändern. Niemals durfte die Welt hier eindringen, seine unvergleichliche Reinheit beflecken.

Er hörte, wie sich von hinten ein Auto näherte. Einen Augenblick später tauchte es neben ihm auf, eine weiße Limousine, deren Marke er nicht erkannte. Das Seitenfenster surrte bereits herunter. Er dachte, es könnte ein Bekannter sein, also hielt er an und spähte ins Wageninnere.

«Mr. Bray?» Er hatte das Gesicht einer jungen Frau vor sich – kein besonders hübsches Gesicht, hart und berechnend und wenig ebenmäßig geformt. Er schielte hinunter auf den Beifahrersitz, wo eine zerknitterte, vielfach gefaltete Generalkarte lag.

«Mr. Bray, ich bin Phillipa Jove vom *Quasar*. Kann ich Sie einen Augenblick sprechen?»

«Phillipa», sagte er, während er sich wieder aufrichtete und Regentropfen aus den Augen blinzelte, «ich habe einen ziemlich langen Tag hinter mir –«

«Es dauert keine Minute.» Sie hatte längst die Tür geöffnet, war ausgestiegen und kam nun um den Bug des Wagens zu ihm herum. Sie war kaum mehr als einsfünfzig groß. Ihre kastanienbraunen, brettsteifen Haare waren mit Chemikalien angereichert – ein dornenreicher Baldachin, an dem der Regen abperlte, als wäre er imprägniert.

Sie streckte ihm eine winzige Hand entgegen, die er kurz schüttelte. «Hier leben Sie also?» fragte sie mit einem Blick über das Tal.

«Tatsache.»

«Und hier sind Sie auch aufgewachsen?»

«So ist es.»

«Es überrascht mich nicht, daß Sie weggegangen sind», sagte sie mit einem leichten Schaudern. «Wirkt ein wenig unheimlich, finden Sie nicht?»

«Für manche vielleicht.»

«Diese Berge –» sie deutete hin, runzelte dabei die Stirn – «haben etwas Gespenstisches an sich mit diesem ganzen Nebel, als würde man beobachtet, aber man sieht nicht, von wem.»

«Mag sein.»

«Na ja, wie gesagt, mich wundert's nicht, daß Sie von hier

weggegangen sind. Ich würde mich zu Tode langweilen hier. Gibt nicht viel Abwechslung, oder?»

Er zuckte die Achseln, rückte seinen Rucksack zurecht. «Lassen Sie mich zur Sache kommen, Mr. Bray. Es sieht so aus, als wäre ich die erste, die's hierher geschafft hat, aber die letzte bin ich sicher nicht. Es ist nur eine Frage der Zeit, bis all die anderen herfinden. Ich hatte einfach Glück. Gerade erst hab ich gehört, daß sich ein paar von ihnen in der Gegend von Tywyn verfranzt haben.»

Sie unterbrach sich, als erwarte sie eine Antwort. Dorian schwieg.

«Ich bin überzeugt, daß Sie keinen Wert darauf legen, von ihnen belästigt zu werden», fuhr sie fort. «Und Sie können Ihre Schäfchen sofort ins Trockene bringen. Der *Quasar* ist bereit, Ihnen die Exklusivrechte an Ihrer Story anzubieten.»

«Sie wollen *mir* Rechte *anbieten*?»

«Ja, wir schlagen Ihnen einen Multimedia-Deal gemeinsam mit Tandem Louse Publishing und Haute Line Cinema vor. Wie Sie ja sicher wissen, gehören wir alle zur Foremost-Entertainment-Gruppe, so daß alles in der Familie bleibt. Sie hätten erst einen Serienabdruck im *Quasar*, dann eine Veröffentlichung als Hardcover bei Tandem, und Haute Line würde unverzüglich mit der Entwicklung eines Filmstoffs beginnen.»

«Tatsächlich.»

«Ja, erst vor einer halben Stunde habe ich per Fax eine Bestätigung dieses Angebots erhalten, dort hinten auf dem Rücksitz liegt es. Es sieht so aus, als wollte Sie Sid Edelweiss höchstpersönlich kennenlernen!»

«Was Sie nicht sagen!»

«Ihr Gesicht scheint ihm zu gefallen. Er möchte, daß Sie so bald wie möglich Schauspielunterricht nehmen, dann können Sie Ihre Rolle im Film selbst spielen. Damit würden wir alle anderen ausstechen.»

«Wieviel?»

«Genau. Die Foremost-Gruppe beabsichtigt – oh, machen Sie, daß er da weggeht –» denn ein Mutterschaf war die Straße heraufgekommen und kurz vor ihr stehengeblieben, um sie voller Gleichmut zu betrachten.

«Die tut Ihnen nichts, Phillipa.»

«Jedenfalls, die Zahlungen sollen folgendermaßen terminiert sein: Einhunderttausend Pfund bei Vertragsabschluß, weitere hundert bei Erscheinen des Hardcovers, hundert ür die Taschenbuchausgabe, hundert bei Abschluß der Dreharbeiten und hundert bei der TV-Ausstrahlung des Films in den Staaten. Alles in allem macht das eine halbe Million Pfund.»

«Kein Interesse.» Er setzte sich wieder in Bewegung. «Einen Moment noch, *bitte,* Mr. Bray . . .!»

Er blieb stehen, wandte sich um.

«Also haben Sie schon andere Angebote? Darf ich fragen, von wem? Von *Weißer Zwerg? Roter Riese? Schwarzes Loch?* Wir - überbieten das höchste um zehn Prozent!»

«Hören Sie, ich will einfach nicht –»

«Es ist Nigel Burden, stimmt's? Sie wissen doch, das Vixen-Network? LarkerFollies Publishing?»

«Ms. Jove, ich möchte einfach nur . . .» Er starrte mit großen Augen auf einen zweiten Wagen, der hinter ihrem ausrollte. Noch bevor er ganz zum Stehen gekommen war, sprang bereits ein blonder Mann heraus.

«Scheiße», brummte Phillipa Jove. «Mr. Bray, ich habe Vollmacht, unser Angebot um den Faktor zwei zu erhöhen, das ergibt eine Gesamtsumme von einer Mi-»

«Ah, Phillipa!» sagte der junge Mann strahlend. «Ich dachte

mir gleich, daß du mich in die Irre führen willst. Du hast Aberystwyth statt Abergynolwyn gesagt, um mich abzuhängen. Glücklicherweise mußte ich tanken und hab mich noch mal erkundigt.» Er streckte Dorian seine Hand hin. «Mr. Bray, ich bin Simon Pock-Cresskill von *Supernova*, wie geht's Ihnen heute nachmi-»
«Simon, verpiß dich, ich war zuerst da –»
«Oh, nur kein Streit», sagte Simon aufs freundlichste. «Ich bin sicher, wir kriegen alles geregelt. Liegt schon ein Angebot auf dem Tisch?»
«Eine Million ist zu schlagen», schnaubte Phillipa Jove.
«Peanuts», sagte Simon Pock-Cresskill verächtlich. «Wie hört sich zweikommafünf an, Mr. Bray? Wir werden sofort eine Kurzfassung des Vertrags aufsetzen und unterschreiben, und ich faxe sie gleich an –»
«Entscheiden Sie noch nichts, Mr. Bray», rief Phillipa, die ein Handy herausgezogen hatte und wild auf die Tastatur hämmerte. «Ich hab die *Privatnummer* von Sid Edelweiss – oh, verdammter Mist, wer ist das?»
«Ah», sagte Simon, als er sich umgewandt hatte. «Sieht wie Giles Tallow von *Schwarze Materie* aus. Aber egal, wir halten bei allem mit, was er anbie-»
«Gibt's hier 'ne Party?» rief der Neuankömmling, ein kleiner dicklicher Mann mit braunen Haaren. «Habt ihr noch Platz am Tisch?» Er sah sich im Tal um. «Gottchen, ist das nett hier. Oh, ich würde aufpassen, wo du hintrittst, Phillipa, dort ist alles voller Schafscheiße. Und Sie sind Mr. Bray, vermute ich? Giles Tallow von *Schwarze Materie*, ich will nicht viele Worte machen, mein Angebot lautet auf zwei Millionen Pfund für die exklusiven –»
«Spar dir deinen Atem», sagte Pock-Cresskill. «Die Latte liegt auf zwokommafünf.»

«Nein, es ist wirklich wichtig, dann müssen Sie ihn eben stören, Ms. Sobel, mein Gott, diese New Yorker Sekretärinnen und ihr gräßlicher Akzent –»

«Wir bieten drei», sagte Tallow, an Phillipas Wagen gelehnt.

«Gottchen, ist das 'ne Aussicht.»

«Dreieins», sagte Pock-Cresskill, der sich neben ihm aufbaute.

«Zwei. Und die Garantie für einen Spielfilm.»

«Drei. Und Mr. Bray erhält die erste Nennung, noch vor dem Titel.»

«Vier. Plus fünf Prozent von hundert Prozent der Nettoerlöse aus Filmrechten plus Nennung als Drehbuchautor.»

«Scheiße, Moment noch, rühren Sie keinen Finger, Mr. Bray, ich muß noch Rücksprache neh-»

«Seht mal, wer da kommt», sagte Tallow mit einem Blick straßenabwärts. «Wenn das nicht Squirmy St. Andrews höchstselbst ist, und auch noch in einem Daimler mit Chauffeur.»

Ein Vertreter der weißen Rasse mit Nadelstreifenanzug, Hornbrille und Halbglatze entstieg mit ausgestreckter Hand der Limousine. «Mr. Bray, kein Wort zu irgend jemandem, ehe wir nicht miteinander gesprochen haben. Ich kann mindestens fünf aus dieser Sache rausholen, garantiert, und wenn Sie schon einen Agenten haben, ist das auch kein Problem, in Nullkommanichts zeige ich Ihnen, wie wir das Blut aus den Adern dieser – Mr. Bray? Mr. Bray, wo sind –»

«Sid, dem Himmel sei Dank, daß ich Sie endlich an der Strippe habe, es ist halb sechs hier, ich bin am absoluten Arsch der Welt gelandet, aber ich habe unseren Mann, bleiben Sie dran, was wird jetzt geboten? Giles? Herrgott, wo steckt er, warten Sie nur einen Moment, Sid – Dorian? *DORIAN??*»

KAPITEL 18

DIE HEIMKEHR DER ODYSSEA, ODER: VON DEN VORZÜGEN EINER GRÜNDLICHEN KARATE-AUSBILDUNG...

Zwei Tage nach ihrer Freilassung stand Lucky an der Abzweigung der langen Zufahrt, die in das Wicca-Frauenzentrum hineinführte; auf der nassen Straße hinter ihr zischte das Taxi davon, mit dem sie gekommen war. Regen fiel stetig, und die Felder und Wälder, in denen sie als Kind gespielt hatte, schienen sich dem Naß wohlig entgegenzurecken. Sie atmete tief ein, sog den Duft der Umgebung mit jeder Faser in sich auf. All die vertrauten Gerüche – ob Kiefer, Eiche oder Gerste – versetzten sie mit verblüffender Unmittelbarkeit in die Vergangenheit zurück. Sie ebneten den Weg zu Erinnerungen, die lange in ihr geschlummert hatten und jetzt mit belebender Frische erwachten.

Sie folgte der Zufahrtsstraße durch das ganze Dorf, vorbei an Blockhütten, Wohngebäuden und sogar einigen Zelten. Vor ihr erstreckten sich die Kornfelder und Weingärten bis an den dunklen Wall der Berge im Westen. Doch alles wirkte wie verlassen, und das machte sie unruhig: Trotz des strömenden Regens war es ungewöhnlich, niemanden im Freien zu sehen. Ihr fröstelte, und sie versuchte, die Füße etwas fester auf die Erde zu setzen, als könnte sie auf diese Weise Kontakt zu einer verborgenen Kraft knüpfen, die alles wieder einrenken würde. Doch der Trost blieb aus.

Sie überquerte den Kamm eines kleinen Hügels und bekam das Landhaus in Sicht, das noch etwa zweihundert Meter weit entfernt war. Es war um die Jahrhundertwende im Stil der englischen Gotik errichtet worden, mit zinnenbewehrten Türmen, die starr vor einem schiefergrauen Himmel standen. Der Regen schien das Gebäude in den Boden zu drücken, von den Giebeln troff der Efeu, die Fenster blickten düster und stoisch. Ihr wurde ganz schwach bei dem Anblick, und sie war schon im Begriff, auf der Stelle kehrtzumachen, um niemals wiederzukommen, als aus dem Hauptportal menschliche Gestalten aufzutauchen begannen, eine nach der anderen, die sich ihr in einer langen Reihe auf der Zufahrtsstraße näherten. Es dauerte etliche Minuten, bis alle aus dem Haus getreten waren, Hunderte von weißen Frauen aller Altersstufen, alle in jene tiefgrünen Kimonos gehüllt, die im Lauf der Jahre zur zeremoniellen Tracht des Wicca-Zentrums geworden waren. Lucky kniff die Augen zusammen, versuchte, vertraute Gesichter zu erkennen.

An der Spitze der Prozession gingen vier Frauen, die je einen Handgriff einer Bahre trugen. Auf dieser Bahre lag eine weiße, vollkommen regungslose Gestalt. Lucky wußte sofort, um wen es sich handelte, und ihr Gesichtsfeld begann zu verschwimmen.

«Mutter», flüsterte sie.

Die Spitze der Prozession rückte immer näher. Lucky stand am Straßenrand, ließ schweigend ihre Tränen fließen. Der Kakophonie der brennenden Städte war sie glücklich entkommen, nur um hier von der gespenstischen Stille des Begräbnisses ihrer Mutter begrüßt zu werden. Ohne Prophet oder Ariel – oder Fish oder Dorian – an ihrer Seite fühlte sie sich unfähig, dem traumähnlichen Geschehen vor ihren Augen einen Platz in der Realität zuzuweisen. Und sie würde keinen von den vieren jemals wiedersehen.

Die vordersten der Frauen hatten sie bereits bemerkt, und sie sah die Freude und Überraschung in ihren Gesichtern. Als sie kurz vor ihr angelangt waren, blieben sie stehen und geboten der ganzen Prozession Einhalt. Eine von ihnen – die schon ergrauende, mollige, eulenhafte Autumn – kaum auf sie zu, um sie zu begrüßen.

«Lucky», sagte sie mit seltsamer Ehrfurcht in der Stimme. «Woher wußtest du . . .?»

«Ich habe mit ihr gesprochen», antwortete Lucky, während sie einander umarmten. «Es tut mir leid, daß ich nicht eher hier sein konnte – ich wurde, wie soll ich sagen, aufgehalten . . .»

Autumn löste sich aus der Umarmung, ohne Lucky loszulassen. Sie hielt sie mit ausgestreckten Armen fest und betrachtete sie mit einem Gesichtsausdruck, in dem sich Staunen und Verehrung mischten. «Du hast die Gabe, ich spüre es», sagte sie und schüttelte den Kopf. «Genau wie deine Mutter.»

Lucky runzelte die Stirn und sah sich unter den anderen Frauen um. In all den Gesichtern konnte sie die gleiche Ehrfurcht erkennen, die gleiche, stille Verehrung.

Dann fiel ihr Autumn wieder um den Hals. «Jetzt wird alles wieder so sein wie früher. Du bist zurückgekommen – genau wie es Mary prophezeit hat.»

Große Mutter, dachte Lucky und wandte sich halb ab, damit niemand die Verwirrung und den Ärger von ihrem Gesicht ablesen konnte. «Ich wußte nicht, daß Mary schon so weit war», sagte sie und ließ die Worte in ihrem Doppelsinn stehen.

Endlich löste sich Autumn von ihr. «Na ja, wir haben natürlich immer gewußt, daß sie einzigartig war, aber jetzt würde ich sagen, sie ist – oh, sie war ein derart hochentwikkeltes Geschöpf, so reich an Gaben ...»
Lucky verzog das Gesicht «Ich meinte den Tu-» Sie unterbrach sich, von einem jähen Zweifel bedrängt: «Hat sie denn leiden müssen?»
«Nein, sie ist friedlich eingeschlafen, in der Nacht. Es sah fast so aus, als hätte sie es geplant, obwohl – ja, natürlich *konnte* sie so etwas nicht planen, aber jetzt offenbart sich langsam der Sinn, der dahinter steckt.»
Lucky stöhnte auf. Autumn hielt es für eine Äußerung des Schmerzes und faßte nach ihrem Arm, doch Lucky schüttelte sie ab. Ihre Worte mit Bedacht wählend, sagte sie: «Aber was – Moment, sag mir genau, wann es passiert ist.»
«Wir denken, es muß gegen zwei Uhr früh gewesen sein. Sie war – ach weißt du, als Jade nach ihr sehen wollte an diesem Morgen, da war sie schon ganz weiß.»
Einen Tag zu spät, dachte Lucky und wischte sich die Augen. Sie wollte zu ihrer toten Mutter hinunterschauen, aber sie konnte es nicht, nicht vor den anderen. Sie hielt sich weiter abgewandt und fragte: «Wie ist es ihr in den letzten Wochen gegangen? Ist sie – ist sie zu einem Arzt gefahren?»
«Ach, ich glaube, sie hat seit zwanzig Jahren keinen Arzt mehr gesehen», erwiderte Autumn voller Stolz, ohne zu bemerken, wie Lucky zusammenzuckte. «Aber das weißt du ja alles. Was sie kürzlich mal erwähnt hat, war Grippe, oder vielleicht war's auch dieses Drüsenfieber ... ich glaube, das war's, Pfeiffersches Drüsenfieber, sie hatte eine ganze Zeit lang Temperatur und hat auch etwas an Gewicht verloren, Jade kann dir mehr davon erzählen, aber ... na ja, keiner von uns hat sich deswegen Sorgen gemacht, ich meine, jeder

hat mal so eine Entzündung. Ich kann's immer noch nicht glauben, aber daß du nach Hause gekommen bist, oh, Lucky, das ist das beste, was passieren konnte.»

Jetzt drehte Lucky sich um, sah erst Autumn an und dann all die anderen, vier- oder fünfhundert Frauen, die ihr den Blick mit solchem Mitgefühl und solcher Liebe zurückgaben, daß sie sich schwach fühlte. Sie begann zu lachen, während sie sie anstarrte, schnappte hysterisch nach Luft, bis das Lachen in ein Weinen umschlug, bis sie auf ihren Knien lag und mit der Stirn auf den Boden einhämmerte und schrie. Hände streckten sich nach ihr aus, um sie zu berühren, um sie zu trösten, aber sie nahm nichts davon wahr. Mitten auf der Zufahrtsstraße warf sie sich, mit blutender Stirn und blutenden Händen, vor der Leiche ihrer Mutter in den Staub und schlug sich selbst bewußtlos.

x

Drei Tage lag sie im Hospiz des Frauenzentrums und verließ ihr Bett nur, um auf die Toilette zu gehen. Während die Stunden vergingen, nippte sie Baldriantee, der ihren Nerven wohltat, und aß kleine Häppchen von den Speisen, die ihr gebracht wurden. Sie dachte über alles nach, und sie dachte an nichts. Immer wieder tauchte sie in das Dickicht der Erinnerungen ein, durchlebte von neuem die einst begangenen Rituale oder die stillen Morgenstunden im Frühling, da sie in dem Fluß nördlich des Hauses geschwommen war. Dazwischen starrte sie stundenlang Löcher in die Luft, und ihr Kopf war leer. Sehr oft dachte sie auch an die vergangene Woche, ohne das Vorgefallene jedoch zu verstehen oder sich allzusehr um Verständnis zu bemühen. Ganz selten aber galten ihre Gedanken ihrer Mutter. Alle Erinnerungen, die mit ihr zu tun hatten, schienen in eine Gruft versenkt zu sein, zu der sie keinen Schlüssel mehr besaß. Marys Totenfeier war nach Luckys Zusammenbruch fortgesetzt worden. Die Frauen hatten keine Möglichkeit, den Leichnam zu konservieren, und so war sie in Luckys Abwesenheit beigesetzt worden. Soweit sie überhaupt daran dachte, war es Lucky egal. Sie würde sich ohnehin bald wieder mit ihrer Mutter vereinen, ganz für sich.

x

«Ich habe dieses Haus immer geliebt», sagte die blonde Frau im schwarzen Goering-Businesskostüm, als sie vor dem Schreibtisch, der Mary gehört hatte, Platz nahm. Hinter dem Schreibtisch, in einen grünen Kimono gekleidet, saß Lucky auf dem Stuhl ihrer Mutter. Sie erlaubte sich ein angedeutetes Lächeln.

«Ms. Stillwater, mein Name ist Heather Hornet, ich bin als Testamentsvollstreckerin Ihrer Mutter eingesetzt worden. Meine Kanzlei vertritt das Wicca-Zentrum bereits seit sechs Jahren. Ich schlage vor, daß wir gemeinsam alle Einzelheiten der letztwilligen Verfügung durchgehen und uns alle Vermögenswerte ansehen, die hier vorhanden sind. Ich weiß, daß das für Sie ein sehr trauriger Anlaß ist, daher werde ich versuchen, mich kurz zu fassen. Aber ich habe immer die Erfahrung gemacht, daß es sich auszahlt, diese Angelegenheit nicht auf die lange Bank zu schieben, vor allem bei einem so umfangreichen Nachlaß wie diesem hier. Ich gehe davon aus, daß Sie die künftige Leitung des Zentrums übernehmen werden, was auch auf der Hand liegt, da Sie Marys Alleinerbin sind.»

«Darüber ist noch keinerlei Entscheidung getroffen worden.»

«Ach, tatsächlich? Ms. Autumn hat mir den Eindruck vermittelt, daß das Zentrum ohne Sie gar nicht überleben kann.»

«Wahrscheinlich wollte sie mir schmeicheln.»

«Nun, wie Sie hier sehen können, muß das Zentrum seine Gemeinnützigkeit gegenüber der Finanzbehörde nachweisen. Innerhalb der nächsten paar Monate wird eine Anhörung stattfinden, um hier Klarheit zu schaffen. Ohne dem vorzugreifen, beziffert sich das persönliche Vermögen Ihrer Mutter, gerundet, auf einundvierzig Millionen Dollar. Das schließt dieses Haus und zirka sechzehn Quadratkilometer Grundbesitz ein, ferner Aktien und sonstige Wertpapiere, den Fuhrpark, Juwelen und Kunstwerke. Auf den Seiten zwei bis elf ist alles detailliert aufgeführt, vielleicht hätten Sie gerne einen Augenblick Ruhe, um sich das anzusehen.»

«Was ich gerne hätte, Ms. Hornet», sagte Lucky, «ist eine Mutter.»

«. . . Tja, ich verstehe Sie sehr gut, und wissen Sie was? Ich konnte es einfach nicht *glauben*, als ich hörte, daß sie gestorben war, ich dachte *mein Gott* –» sie legte die Hand auf die Brust und riß die Augen weit auf – «sie ist doch erst vierzig oder so was, und sie sieht aus wie *fünfundzwanzig*! Es muß furchtbar für Sie sein.»

«Ms. Hornet», sagte Lucky, «muß ich hier irgend etwas unterschreiben? Oder was ist damit?»

«Auf den Seiten zwölf bis vierzehn, die Stellen sind mit einem Kreuz markiert. Wissen Sie was, ich habe zwei von den Büchern Ihrer Mutter gelesen, letztes Jahr erst, und ich könnte gar nicht einiger mit ihr sein. Das ist eine der großartigen Sachen an unserer Kanzlei, Lung-Carbuncle ist nämlich ein reiner Frauenbetrieb, wahrscheinlich hat Mary auch genau deshalb mit uns zusammengearbeitet. Im College war ich eigentlich noch keine Feministin, aber dann kam diese Jura-Professorin, einfach *unglaublich*, ich meine, sie hat mich praktisch über Nacht politisiert. Man braucht sich doch nur umzusehen, trotz der ganzen Frauenbewegung sind immer noch die Männer am Ruder, bei so gut wie jedem Konzern und jeder Regierung auf dieser Welt. Es ist, wie Ihre Mutter sagte, Männer sind vollkommen wertlos, sie haben keine andere Funktion als die, ihren Samen abzuliefern. Mehr ist nicht los mit ihnen! Warum sonst haben wir die Politik und die Wall Street und zahllose Kriege? Weil die Männer nichts zu tun haben!»

«Ms. Hornet», sagte Lucky, während sie an den angekreuzten Stellen unterschrieb, «meine Mutter war in vieler Hinsicht eine bemerkenswerte Frau, aber wenn es um Männer ging, hatte sie nur Mist im Kopf. Wenn es keine Männer gäbe, dann würden Sie und ich noch heute in einer Strohhütte hausen und eine Angel nach dem Frühstück auswerfen. Vorausgesetzt natürlich, wir wären dann überhaupt geboren worden.»

Heather Hornet konnte ihre Überraschung nicht verbergen. «Kommt das daher ... Ich meine, Sie sind eine ganze Weile weg gewesen, nicht wahr?»

«Mehrere Jahre.»

«... also haben Sie ihre Ansichten nicht geteilt?»

«Ich habe sie weder geteilt noch verworfen.»

«Aber Sie müssen doch ... ich meine, haben Sie womöglich geheiratet oder ...? Es tut mir leid, wenn ich aufdringlich bin. Ich stecke selber mitten in einer Scheidung, die vergangenen Monate waren ein einziger Alptraum.» Sie ließ ihren Blick durch das Büro schweifen. «Es ist schon komisch. Ich hatte eigentlich daran gedacht, eine Weile hier zu bleiben. Dieser Ort hier hat mich immer fasziniert.»

«Tatsächlich.»

«Und auch die Frauen hier, mit einigen habe ich ja vorhin

gesprochen. Sie verehren praktisch den Boden, auf dem Sie stehen, Lucky!»

«Ja, ich weiß», sagte Lucky mit einem kühlen Lächeln. «Es ist völlig verrückt. Sie haben nicht den leisesten Schimmer, wer ich eigentlich bin. Es ist seltsam, wie sich die Geschichte wiederholt, wieder und wieder und wieder –»

«Tja, Ms. Stillwater», sagte Heather Hornet und sammelte die Papiere wieder ein. «Sie hören von mir. Ich weiß, daß Sie sich um eine Menge wichtiger Dinge zu kümmern haben. Ich will Sie nicht aufhalten.» Sie erhob sich, bot ihr die Hand zum Abschied. «Einen guten Tag wünsche ich noch.»

✗

In dem Bett, das sie einst mit ihrer Mutter geteilt hatte, las Lucky am Abend dieses Tages den Brief, den Mary bei Heather Hornet für sie hinterlegt hatte.

Liebste Lucky,

ich hoffe sehr, daß Du diesen Brief nicht zu lesen bekommst; denn wenn Du ihn liest, so heißt das, daß ich gestorben bin, ohne noch einmal mit Dir sprechen zu können.

Wie Du inzwischen erfahren haben wirst, hat keine der Frauen von meinem Krebs gewußt. Er wurde vor sechs Monaten erkannt, und gleichzeitig sagte man mir auch, daß er nicht mehr operabel sei. Es war erschreckend, wie schnell es bergab gegangen ist, und es hat mich viel Kraft gekostet, meinen Zustand vor den anderen zu verbergen. Ich habe ihnen erzählt, ich litte an Drüsenfieber, das schien mir die einzige plausible Erklärung dafür zu sein, wie schwach ich in diesen paar Wochen geworden bin.

Wie Du auch erfahren haben wirst, habe ich Dir meinen ganzen Besitz vermacht. Obwohl Du mich vor sechs Jahren verlassen hast, hatte ich niemals etwas anderes vor. Mir ist klar, daß Du versucht sein wirst, die Erbschaft auszuschlagen: Ich bitte Dich, es nicht zu tun. Unabhängig davon, was zwischen uns passiert ist, brauchen Dich die Frauen, die hier leben. Niemand sonst kann das Zentrum leiten. Ich habe immer daran geglaubt, daß Du eines Tages zurückkommen würdest und daß wir noch viele gemeinsame Jahre vor uns hätten. Der Besitz steht auf einer soliden finanziellen Basis, trotz einiger Probleme mit dem Finanzamt, aber ich fürchte, daß sehr schnell alles verspielt sein könnte. Ich bitte Dich nochmals, die Aufgabe zu übernehmen. Nicht für mich, sondern für die anderen.

Ich hoffe auch, daß Du fähig sein wirst, mir zu vergeben. Ich weiß, daß ich Dir sehr weh getan habe. Es war mein größter Wunsch in diesen Jahren, daß Du zurückkommst. Ich liebe Dich mehr als alles andere auf der Welt. Ich habe große, große Angst – eine Angst, wie ich sie bisher nur einmal erlebt habe, in jener Nacht, als ich vergewaltigt wurde. Wie erleichtert wäre ich, wenn ich es den anderen sagen könnte, aber das wage ich nicht. Denn ich schäme mich dessen, was diese Krankheit aus mir gemacht hat, ich schäme mich dieses verfallenden Leibes. Ich fürchte, selbst Du würdest vor meinem Anblick zurückschrekken.

Nur eines hat mich nach der Vergewaltigung am Leben erhalten, Lucky, und das warst Du. Um der Göttin willen, komm wieder heim.

Mary

Der Regen war warm, also ging sie nackt den Hügel hinauf zu dem Eichenhain, in dem der Friedhof lag.
Die Eichen waren uralt und mächtig; sie bildeten einen schützenden Ring rund um die etwa dreißig Grabstätten, die vor ihr in der Dunkelheit lagen. Jede wurde von einem schlichten Stein markiert, der neben dem Namen und den Lebensdaten der Verstorbenen ein Pentagramm oder ein ägyptisches Lebenskreuz oder ein Mondsymbol oder manchmal auch eine Verszeile trug. Marys Grab lag auf einer Erhebung an der höchsten Stelle der Anlage, doch ihr Gedenkstein – der erst an diesem Morgen, fünf Tage nach der Totenfeier, aufgestellt worden war – unterschied sich in nichts von den übrigen.
Sie hatte keine Schaufel mitgebracht, doch darauf kam es nicht an. In Finsternis und Regen kniete sie vor dem Grab ihrer Mutter nieder und begann, mit bloßen Händen die nasse Erde aufzuscharren. Die Göttin fühlte sich weich und wohltuend an zwischen ihren Fingern. Sie verschmierte das Erdreich auf ihrem Körper, doch der Regen wusch es immer wieder von ihr ab. Sie arbeitete stundenlang, der Regen fiel mit leisem Rauschen in die Bäume, und sie fühlte sich erhaben in ihrer Winzigkeit und Nacktheit inmitten der Umarmung der Natur. Obwohl ihre Aufgabe noch vor ihr lag, hatte sie das Gefühl, daß der Heilungsprozeß schon eingesetzt hatte.
Sie hatte etwas mehr als einen Meter tief gegraben, als sie auf etwas Helles stieß – eine Hand. Vorsichtig begann sie, die Erde rund um den Körper ihrer Mutter zu entfernen. Sie legte einen Arm frei, die beiden Beine, den Rumpf, den anderen Arm und endlich den Kopf, bis Mary nackt unter dem Himmel lag, befreit.
Marys bräunlich-grauer Leichnam hatte sich bereits zu zer-

setzen begonnen, und er stank entsprechend. Dennoch kroch Lucky in die Grube und bettete ihre Mutter an ihre Brust. «Verdammt sollst du sein», flüsterte sie. «*Verdammt* sollst du sein, weil du mir das antust. Du glaubst, du kannst dich davonstehlen wie ein Dieb in der Nacht, genau dann, wenn ich dich am dringendsten brauche? Du kapierst gar nichts. Du hast *nie* etwas kapiert.»

Sie überließ sich ihren Tränen, wiegte sich hin und her, die kalte Wange ihrer Mutter an die Brust geschmiegt. «Weißt du, was ich durchgemacht habe, nur um jetzt bei dir sein zu können?» Sie lachte bitter. «Ist schon gut. Die anderen wissen es auch nicht. Das ist typisch für euch, kein einziger Fernseher, keine einzige Zeitung in dem ganzen verdammten – in diesem ganzen *beschissenen* Haus. Ich sollte euch einfach euch selbst überlassen, aber ich kann's nicht, verdammt noch mal; ich *kann's* nicht.»

Sie weinte lange, und immer hielt sie ihre Mutter fest umklammert. Dann ließ sie sie zurück in ihre ursprüngliche Lage gleiten, kauerte sich über sie und wartete, bis die Tränen versiegten. Kurz spielte sie mit dem Gedanken, selbst in diesem Grab zu versinken. Sie würde Mary und sich selbst mit Erdreich bedecken und sich für immer der Göttin, den kalten Armen von Mutter Erde überlassen. Sie lag auf Marys Körper, spürte den Regen auf ihrem Rücken und den Schlamm an ihren Beinen und Füßen. Sie fühlte, daß sie dem Schlaf entgegensank, einem Schlaf, aus dem sie nie mehr erwachen wollte. Sie konnte sich nicht erinnern, jemals in ihrem Leben solchen tiefen Frieden empfunden zu haben.

Doch dann begann sie zu frösteln. Der Regen nahm an Heftigkeit zu, peitschte mit wütender Hartnäckigkeit über ihr Gesicht. Langsam richtete sie sich auf, bis sie kniete. Sie fing an, das Erdreich wieder über ihre Mutter zu scharren, wobei sie an den Füßen begann. Die Arbeit war jetzt viel leichter, und nach zehn Minuten lag nur noch Marys Kopf frei. «Ich möchte, daß du eines nie vergißt», sagte sie, während sie den Erdhaufen zusammenkratzte, der das Gesicht ihrer Mutter bedecken sollte. «Du darfst nie vergessen, daß ich es nicht für dich tun werde. Ich werde es auch nicht für die anderen Frauen tun. Ich tue es für mich. Und vielleicht auch für die Mädchen, die noch gerettet werden können. Du wirst noch von mir hören. Du bist noch längst nicht aus dem Schneider.»

Halb neun: fast Zeit zum Aufbruch.

Ich kauere jetzt vor dem Fernseher und schaue CNN, wo man unter der Kapuze eines roten Parkas die vage Andeutung eines Gesichts ausmachen kann, eines schwarzen Gesichts. Dahinter stehen vielleicht hundert ähnlich vermummte, ähnlich gekleidete Gestalten, die Spruchbänder und Transparente tragen. Ein Mikrofon reckt sich in den Schatten der Kapuze.

– typischer Fall von weißer Siegerjustiz, dringt es aus dem Dunkel hervor.

Sie wollen also abstreiten, Mr. Natare, daß irgendwelche Verbindungen zwischen Karibu und einer Organisation bestehen, die sich Afrikanische Faust! nennt?

Wie ich schon mehrfach betont habe, ist Karibu keine paramilitärische Organisation, und ich kenne niemanden, der sich Afrikanische Faust! nennt.

Also glauben Sie, daß Mr. O'Hare unschuldig ist?

Mr. O'Hare hat eingeräumt, die Bombendrohungen verschickt zu haben, das ist aktenkundig. Aber Drohungen und Taten sind zwei völlig verschiedene Dinge. Beweise, daß dieser Mann vielfachen Mord begangen hat, gibt es nicht. Daß er keine Verbindung zu Karibu hergestellt hat, bedeutet noch nicht, daß er allein verantwortlich ist. Unsere Meinung ist, daß zahlreiche Personen schon

vor den Bombenanschlägen vom Inhalt dieser Faxe wußten – sie alle kommen theoretisch als Urheber in Frage! Das FBI versucht seit Jahren, uns etwas anzuhängen, daher fordern wir eine gründliche Untersuchung, um herauszufinden, ob nicht die Strafverfolgungsbehörden selbst für dieses Verbrechen verantwortlich sind und ob sie nicht die gesetzestreuen Bürger von Karibu zu den Sündenböcken einer Verschwörung machen wollen, die von der Regierung ausgeht. Was Kenley O'Hare betrifft, so wissen wir, daß andere Kriminelle, meist weißer Hautfarbe, trotz ernsterer Vorwürfe ungeschoren davongekommen sind, weil es in den Gefängnissen an Platz fehlte. Können Sie mir erklären, warum achtzig Prozent der im vergangenen Monat Hingerichteten Schwarze waren? Können Sie mir erklären, warum ein Angeklagter schwarzer Hautfarbe immer noch mit viermal größerer Wahrscheinlichkeit zum Tode verurteilt wird als ein Weißer, der das gleiche Verbrechen begangen hat? Uns trennen nur noch Stunden vom Jahr 2000, aber wir kämpfen immer noch gegen die gleiche alte *(Pfeifton)* wie unsere Vorfahren zu Beginn dieses Jahrhunderts.

Der Kongreß hat beschlossen, die Grundrechte morgen früh, eine Minute nach Mitternacht, wieder in Kraft zu setzen. Was sagen Sie dazu?

Kenley O'Hare wird's nichts mehr nützen!

Ich schalte den Fernseher aus. Ich muß jetzt los.

Ich brauche mich nur aus meinen Decken zu wickeln, und schon bin ich fertig.

✗

Bestimmt sind Ihnen ein paar Dinge nicht ganz klar. Hab ich recht?

Lassen Sie mich einige von Ihren Fragen vorwegnehmen.

Erstens: Seien Sie versichert, daß mir ein anderer Ort glei-

chen Namens vorschwebte, als ich im Busbahnhof das Ticket nach Valhalla löste.
Zweitens: Ob ich den nekrophilen Pathologen umgebracht habe oder nicht, ist ohne Belang. Es kommt einfach nicht drauf an – und genau das ist der Punkt, auf den es ankommt!
Drittens: Meine Vergewaltiger – es waren blaue Jungs von unserer Marine, nebenbei – hatten ihren Auftritt vor Gericht. Die Pointe: Ich war die Angeklagte. Man brummte mir zehntausend Dollar Buße wegen gefährlicher Körperverletzung (d. h. Abbeißen eines Schwanzes) auf, dazu dreißig Tage Haft, zur Bewährung ausgesetzt.
Viertens: Ich bin nicht sicher, ob Prophet mich heute abend erkennen wird; was meinen Sie? Meine Haare haben wieder ihre ursprüngliche Farbe, und auch die blauen Kontaktlinsen trage ich nicht mehr. Alles in allem glaube ich eher, daß er mich nicht erkennt.
Fünftens: Darauf weiß ich noch keine Antwort.

✘

Es ist so kalt draußen, daß ich die Kälte nicht mehr spüre. Die Luft betäubt nicht nur die Sinne, sie scheint selbst ganz taub zu sein. Ich habe den Eindruck, mein Körper könnte dieser Kälte zum Opfer fallen, ohne daß ich es merke, ohne einen Schmerz oder eine Vorwarnung. Eben noch lebe ich dahin wie immer. Im nächsten Augenblick wachsen Eiszapfen in meiner Lunge.
Die Straßen sind so ausgestorben und so still, daß ich das Gefühl habe, mich in einem Gemälde zu bewegen. Manhattan ist niemals so ruhig: Es darf einfach nicht so ruhig sein. Nirgends ist die geringste Bewegung auszumachen. Ich habe die Welt für mich allein.
Ich ertappe mich dabei, nach irgendwelchen Lebenszeichen

Ausschau zu halten, nach irgend etwas Vertrautem, das mir beweist, daß New York City nicht von allen Menschen verlassen ist. Ich sehe Licht in den Fenstern der Wohnungen, aber keine Silhouetten, die sich drinnen bewegen. Alle Geschäfte sind geschlossen. Ich höre nicht einmal ein fernes Motorengeräusch.

Ich beginne, den Broadway hinunterzulaufen. Eine endlose Reihe fröhlicher grüner Ampeln verliert sich vor mir in der Ferne, beherrscht die leere Straße wie ein Dirigent ein unsichtbares Orchester. Ich bin ungefähr drei Querstraßen weit gegangen, als ich in meinem Rücken ein Auto näherkommen höre. Ich drehe mich um. Dazu muß ich meinen ganzen Körper herumschwingen, wobei die Arme an der Seite wegstehen wie bei einem Schneemann. Ich sehe ein einsames Taxi, das den Broadway entlangschleicht.

Ich gebe ihm ein Zeichen und frage mich gleichzeitig, ob ich wirklich einsteigen will. Halb erwarte ich, daß der Fahrer eine Charon-Gestalt ist, ein Fährmann über den Fluß des Vergessens. Das Taxi hält an. Nach kurzem Zögern öffne ich die Tür und steige ein.

In Wahrheit ist der Fahrer ein freundlicher Nigerianer, der noch keinen Winter gesehen hat. Er ist nicht einmal auf der Suche nach einem Fahrgast. Er ist einfach unterwegs, um über die Kälte zu staunen.

«Aber natürlich kann ich eine Dame nicht im Stich lassen», fügt er hinzu und wackelt, um seine Worte zu unterstreichen, mit dem Zeigefinger. «Also, wo soll's denn hingehen heute abend?»

«Auf die Insel.»

Er sieht mich an, erstaunt. «Sie?»

«Ich.»

«Das ist eine schlimme Sache», sagt er, während wir den

Broadway hinuntergleiten. «Schrecklich ist das, einen Unschuldigen zu erschießen.»
Bei der Insel, von der hier die Rede ist, handelt es sich übrigens nicht um Riker's Island, die im East River liegt und von den New Yorkern nur *the Rock* genannt wird. Die Insel, die der Fahrer und ich meinen, liegt im Hudson River vertäut, nicht weit von der Freiheitsstatue entfernt, was einen hübschen Kontrapunkt ergibt. Sie stellt eine Wende im modernen Strafvollzug dar, denn diese Insel ist, im wörtlichsten Sinn, eine schwimmende Festung, eine völlig autarke Welt, die auf scheinbar zufälligen Kursen den Hudson rauf und runterschippert, so daß die Gefangenen – die meistens keine Ahnung haben, wo sie sich gerade befinden – bei einem Ausbruchsversuch ziemlich schlechte Karten haben.
Jetzt ist ein Fährdienst zu der Insel eingerichtet, um die Dutzende, womöglich Hunderte von Journalisten zu befördern, die dem Ereignis beiwohnen wollen. Eisbrecher haben die vergangene Woche damit zugebracht, schmale schwarze Kanäle in die gefrorenen Gewässer rund um Manhattan zu schneiden, so daß ein Minimum an lokalem Schiffsverkehr aufrechterhalten werden kann. Trotzdem ist der Hafen fast leer.
Zwei Marshals der Bundespolizei durchsuchen jeden Fahrgast, während ein dritter die Ausweise kontrolliert und mit den Namen auf der Gästeliste vergleicht. Mir hat man für diesen Anlaß extra einen Anstecker geschickt, der mich als Mitglied des Pressekorps ausweist – abgesehen von meinem Halskettchen der einzige schriftliche Existenznachweis, den ich je besessen habe. Trotz der Kälte sind die Polizisten gründlich und verbissen, besonders bei mir. Sie wissen, was den Journalisten unbekannt ist – daß mir als einziger ein Gespräch mit dem Verurteilten gewährt worden ist, daß ich als einzige seine Fluchthelferin sein könnte.

In einer leeren Zelle sitzen wir uns an einem Tisch gegenüber, nur von einer Überwachungskamera beobachtet. Durch ein kleines Fenster hinter ihm kann ich, winzig wie Nadelstiche, ferne Lichtpunkte erkennen. Es sind nicht die Sterne, es ist die Stadt, die wie ein Organismus lebt und atmet. Ich kann sogar zwei Autoscheinwerfer ausmachen, ein kurzes Aufblitzen auf dem West Side Drive. Vielleicht ist es mein Taxi auf dem Rückweg nach Uptown, mein Fahrer in seiner eigenen Welt, die so fern ist von dieser hier.
Ach, Prophet, mein Geliebter ... Seine graue Gefangenenkluft schlottert erbärmlich um seine hagere Gestalt. Er trägt keine Brille und sein Schädel ist frisch rasiert. Sein Gesicht ist abgespannt und seltsam farblos: Eine Schicht Kalkweiß scheint unter seinem Teint zu liegen, eine fast milchige Blässe. Seine Augen liegen tief in den Höhlen, sein Blick ist müde, aber selbst in diesem Zustand strahlt er Würde aus, eine sehr attraktive Art von Würde.
«Schlechter Tag für die Haare?» frage ich – eine brillante Gesprächseröffnung, rückblickend betrachtet.
«Schlechter Tag für den Körper», antwortet er. «Noch ein paar Stunden, und ich bin ihn los.»
Er betrachtet mich eingehend, er will sich ein Bild machen von dieser Frau, mit der er in den vergangenen Monaten Briefe gewechselt und die ihn dazu bewegt hat, ihr seine Geheimnisse anzuvertrauen, weil sie sie dringender benötigte als er; weil sie ihr das Leben retten werden, während sie das seine zu Fall brachten. Im Gegenzug war ich nicht sehr freigebig mit Einzelheiten aus meinem Leben. Prophet weiß nur, daß ich eine gescheiterte Romanautorin bin und daß ich vergewaltigt wurde. Er hat noch immer keine Ahnung, daß ich, Venus Wicked, identisch bin mit seiner geliebten Ariel.

Nein: Er hat mich nicht erkannt. Er schaut mich zwar ein wenig seltsam an, so als nehme sein Unbewußtes eine Ähnlichkeit wahr, aber den entscheidenden Schritt kann er nicht vollziehen. Mein Problem ist nun: Wird es grausamer sein, es ihm zu sagen oder es zu verschweigen?
Ich bin unsicher. Im Augenblick kann ich nur improvisieren.

«Warum ich?» frage ich ihn. «Sie hätten Millionen für diese Story kriegen können.»
«Dort, wo ich hingehe, brauche ich keine Millionen. Außerdem wußte ich, daß ich Ihnen trauen kann.»
Wieder packen mich Gewissensbisse. Wie oft habe ich ihn in den vergangenen Monaten vernachlässigt. Wie oft habe ich nichts anderes im Kopf gehabt als mein eigenes Überleben, meine Erlösung. Erinnern Sie sich noch, wie ich am Anfang von meinem Egoismus gesprochen habe? Von meinem Bedürfnis, ihn zu benützen? In dieser Hinsicht bin ich noch grausamer geworden. Es ist eine weitere, verquere Reaktion auf die Liebe, die er mir so bereitwillig geschenkt hat. Ach, Prophet, Liebster, bitte vergib mir . . . Ich bin deiner unwürdig, in jeder Beziehung.
Ich muß ihm alles sagen. Ich muß . . .
. . . aber ich kann es nicht. Noch nicht.
Statt dessen frage ich ihn: «Warum ein Erschießungskommando?» (Der Staat New York war so zuvorkommend, ihm verschiedene Methoden des sanktionierten Mordens zur Auswahl anzubieten.)
«Schauen Sie sich die Alternativen an», erwidert er. «Der elektrische Stuhl? Unbrauchbar. Ich bin nicht überzeugt, daß er auf Anhieb funktionieren würde. Die Todesspritze? Erinnert mich an diese alte Redensart: Nimm's nicht im

Liegen ein. Die Gaskammer? Kann man vergessen. Ich würde versuchen, die Luft anzuhalten, und das brächte mich in Teufels Küche.»

«Also bleibt nur das Erschießungskommando?»

«Gut unterrichtete Kreise», sagt er mit einem schwachen Lächeln, «haben mir versichert, daß der Tod sofort eintritt. Daß eine Kugel dabei ist, die einen geradezu ins Nichts *schnipst.*»

«Und wenn sie hier noch den Galgen hätten?»

«Komisch, daß Sie das erwähnen. Einer der Wächter hat mir ein Kernspintomogramm von einem gezeigt, den sie in Washington aufgeknüpft haben. Wissen Sie, welches Wort mir als erstes in den Sinn kam? *Giraffe.*»

»Also gut: Schierling.»

Er lächelt wieder. «Jetzt schmeicheln Sie mir aber.»

Er erzählt mir, daß er seit seiner Inhaftierung nicht mehr richtig gegessen hat; und obwohl er für seine Henkersmahlzeit freie Auswahl gehabt hätte, zog er es vor, streng zu fasten. «Die Innereien», erklärt er. «Stellen Sie sich vor, wie all das schöne Essen verdaut wird, bis zu dem Augenblick, wenn –» Er macht eine wegwerfende Handbewegung. «Es ist einfach ein sinnloses Geköchel . . .»

Für einen Mann, der bald hingerichtet wird, ist er bemerkenswert gefaßt und zuvorkommend. Ich sage ihm das.

«Ich kann's ja nicht ändern», sagt er. «Je mehr man darüber nachdenkt, desto mehr belastet es einen.»

«Ja, aber . . . wie *fühlen* Sie sich?»

«Wie eine Totgeburt», antwortet er. «Als ob die Zeit stehengeblieben wäre. Wie das Leben . . . metaphysisch gesprochen.» Er zuckt die Achseln. «Ich denke mir, es ist so ähnlich wie der Tod, nur in schwächerer Dosierung.»

Ich habe ihn auf ein verfängliches Terrain gelockt. Schnell wechsle ich das Thema. «Haben Sie in letzter Zeit etwas von den anderen gehört? Mir gegenüber sind sie alle sehr hilfreich gewesen.»

«Ach ja?»

«Ich habe Telefon-Interviews mit Dorian und Lucky geführt, und beide haben mir auch per Post eine Menge nützliches Material zugeschickt. Sogar die Eltern von Fish waren kooperativ. Ich schulde ihnen allen so viel, aber am meisten stehe ich natürlich in Ihrer Schuld.»

«Papperlapapp.» Er zieht abwiegelnd eine Schulter in die Höhe. «Jedenfalls hat Dorian mir Grüße geschickt. Er wollte auch kommen, aber man läßt ihn nicht mehr ins Land. Was Lucky betrifft, so habe ich sie gebeten, zu Hause zu bleiben. Ich würde mich ... wie soll ich sagen, irgendwie befangen fühlen, wenn ich wüßte, daß sie zusieht. Es wäre, glaub ich, die alleräußerste Demütigung. Bei Ariel wäre es wohl etwas anderes, aber sie ist ja tot.»

«... Und Ihre Eltern? Wie werden sie damit fertig?»

«Nicht besonders gut.» Er bemüht sich um ein Lächeln. «Sie haben mich jeden Tag hier besucht, und ich kann meinem Vater von der Stirn ablesen, was er denkt: Ich hab's ja kommen sehen. Aber er sagt es nie, er sagt nie: Da siehst du's, Kenley, du hättest bei der Physik bleiben sollen. Er hat einfach solche Angst um mich. Beide haben Angst. Aber ich verstehe ihn ganz genau. Ich blicke zurück auf alles und denke mir, was für ein verdammter Narr ich doch war.»

«Was den schwarzen Nationalismus angeht?»

«Was so viele Dinge angeht. Ich habe mich in diese ganze Vorstellung von einem Krieg der Rassen verbissen, und jetzt sehen Sie sich einmal an, was daraus geworden ist. Gut, wir hatten ein paar Monate bürgerkriegsähnliche Zustände, aber jetzt stehen wir wieder genau dort, wo wir angefangen haben. Keine Seite hat irgend etwas gewonnen. Alles ist so wie früher, nur ein bißchen schlimmer. Bald wird es wieder von vorne losgehen, und dann wird es *sehr viel* schlimmer sein, vor allem, wenn Karibu betroffen ist.»

«Es ist bemerkenswert, wie loyal Sie sich gegenüber Karibu verhalten haben.»

«Ich hatte keine Wahl. Es gab keine vernünftige Alternative zu dieser Art von Rassismus. Jetzt stehen Kweisi und seine Leute auf der Straße und demonstrieren, aber was zum Teufel bedeutet das schon? Sie leugnen ihre Beteiligung nach wie vor ab, und daß ich zum Märtyrer werde, ändert gar nichts – vor allem nicht an der Tatsache, daß ich tot bin.» Er seufzt, starrt an die Decke. «Ich habe das Gefühl, daß ich in den vergangenen sechs Monaten um zwanzig Jahre gealtert bin. Ich habe das Gefühl, daß ich gar nicht mehr weiß, wer ich damals war. Wenn man für eine gute Sache zu kämpfen glaubt, ist alles so eindeutig, so kristallklar, aber soll ich Ihnen was verraten? Sie können mir jederzeit wieder einen Computer hinstellen. Ein Teleskop. Es gab mal eine Zeit, da habe ich jede Nacht die Sterne beobachtet, vor allem im Winter, und nie bin ich dem Wunderbaren so nahe gewesen wie da draußen in der Kälte, im Schnee, unter dem leuchtenden Himmel. Es hat mich eine Menge über Relationen gelehrt, obwohl ich damals keine Worte dafür gefunden hätte. Dinge wie die ethnische Abstammung sind dermaßen scheißegal in einem solchen Augenblick. Wissen Sie, welchen Rat ich Natare und Samson geben möchte? Welchen Rat ich heute jedem dieser Idioten geben würde, die glauben, irgend etwas zu wissen? Schaut euch die Sterne an. Schaut euch die verdammten Sterne an und zittert.» Er unterbricht sich. «Das war auch so großartig an Ariel. Sie hat nie ein Wort gesagt, aber ich weiß genau, daß sie das alles verstanden hat.»

Es folgt ein langes Schweigen. Ich greife über den Tisch und schließe meine Hände um die seinen, die in Handschellen stecken und so warm und weich sind. Es sind die gleichen Hände, die mich damals unter den Sternen gehalten haben, die den Wahnsinn in meinen Träumen zu lindern wußten.

«Prophet, da ist so vieles, was ich Ihnen sagen möchte. Ich habe das Gefühl, Sie besser zu kennen als irgend jemand anderen in meinem Leben. Und, bei Gott, ich beneide Sie, mehr als Sie sich jemals vorstellen können, und in so vieler Hinsicht . . . Weil ich finde, daß Sie Gelegenheit hatten, authentisch zu leben, zumindest für einen kurzen Zeitraum, statt . . . statt sich nur durch diesen faden Abklatsch zu quälen mit all der Langeweile und all dem Schrecken, wie ich es schon seit so vielen Jahren tue.»

«Mag sein, aber wissen Sie eins, Venus?» antwortet er ruhig und schließt seine Hände fester um meine. «Ich würde die ganze Langeweile gern wieder in Kauf nehmen, wenn ich nur hier rauskäme. Wenn Ariel wieder bei mir wäre.»

Ich muß mich offenbaren, verdammt, ich muß . . .

Aber ich habe schon zu lange gewartet.

Die Tür der Besuchszelle öffnet sich, die Wärter treten herein, und Prophet Kenley O'Hare steht auf, um sich abführen zu lassen. Auch ich stehe auf, suche nach Worten, die ich nicht finde. So wie immer. Ich habe das Gefühl, mehr zu seinem Tod beizutragen als jede Kugel.

Er ist der einzige Mann, der mich jemals geliebt hat, und ich habe ihn zurückgewiesen.

«Danke» ist das einzige, was ich herausbringe, wobei ich schnell noch seinen Arm berühre. «Danke für alles.»

«Ach, Venus», sagt er aufseufzend. «Mir selbst hat es ja auch geholfen, das alles aufzuschreiben. Ich hatte das Gefühl, noch über so vieles reden zu müssen, ich konnte einfach nicht sterben, ohne es loszuwerden. Und jetzt liegt es an Ihnen, ich verlasse mich darauf, daß Sie die letztgültige Fassung dieser Geschichte schreiben, daß Sie berichten, was wirklich passiert ist. Ich habe die Schnellschüsse gesehen, die auf den Buchmarkt geworfen wurden, sie sind nicht mal ihr eigenes Gewicht in Scheiße wert, vor allem deshalb, weil ich in allen der Schuldige bin! Schreiben Sie einfach die Wahrheit, und ich bin glücklich und zufrieden.»

Ich habe mich schon während des ganzen Gesprächs gefragt, ob ich das Projekt nicht besser aufgeben soll. Wie könnte ich es ertragen, Profit daraus zu schlagen? Wie könnte ich mich selbst ertragen? Und auch, wenn ich dieses Buch nun schriebe, um endlich publiziert zu werden – was dann? Woher sollte eine wie ich, die vorher schon so gründlich als Autorin gescheitert ist, dann den Stoff zu ihrem *nächsten* Buch nehmen?

Doch jetzt ist alles klar. Ich werde dieses Buch herausbringen, aber ich werde es nicht für mich tun. Ich werde es herausbringen, weil ich ihm nichts Geringeres schulde. Weil meine Feigheit und mein Selbstbetrug öffentlich werden müssen, wenn sein Tod irgendeinen Sinn haben soll.

Und dann geht mir noch etwas auf: Indem er mir erlaubt, diese Geschichte zu veröffentlichen, enthüllt Prophet die wahre Rolle, die Natare bei den Bombendrohungen gespielt hat. Er revidiert seine Entscheidung, den Sündenbock für Karibu zu spielen – und trotzdem wird er, ehe es ihm Entlastung bringen könnte, hingerichtet worden sein.

Das ist ihm doch klar ...?

Mein Mund öffnet sich, will ihn zurückrufen, aber man fällt mir ins Wort.

Während er hinausgeführt wird, kommt draußen Unruhe auf. Ein großgewachsener Schwarzer bahnt sich seinen Weg durch den Flur, von vier oder fünf Wächtern ziemlich erfolglos gehindert. Sie versuchen, ihn niederzuringen, aber sie werden seiner nicht Herr.

«Kenley!» brüllt er. «Kenley!»

Prophet starrt auf das Handgemenge. «Sir!» keucht er und versucht, sich von seinen Wärtern loszureißen.

Das Gesicht des alten Kenley ist von Tränen überströmt. Seine tiefe, sonore Stimme erfüllt den ganzen Flur mit seinem Schmerz: *«Kenley!»*

«Was zum Teufel hat der hier verloren?» schreit einer von Prophets Gefangenenwärtern. «Schmeißt ihn raus, verdammt noch mal.»

Eine Alarmglocke gellt los, verstärkt den Lärm mit einem schrillen Oberton. Der ganze Flur ist ein Chaos aus kämpfenden Körpern.

«Ich bring euch um, ich bring euch alle um!» brüllt Kenley senior und schüttelt einen Wärter ab, während ihm ein anderer auf den Rücken springt und ihn in die Knie zu zwingen versucht. «Ihr nehmt mir meinen Jungen weg, Kenley! Kenley . . »

Weitere Wärter tauchen auf, die Alarmglocke gellt weiter ihre Hilfeschreie, der alte Kenley bricht unter einer Lawine von Leibern zusammen und schlägt immer noch wild um sich. «Ich bring euch alle um!» wiederholt er, aber diesmal hört es sich eher an wie ein Stöhnen, grundiert von seinem Kummer. «Ich bring euch alle um, das ist mein Junge dort, oh, Kenley, Kenley, mein Kind, mein Kind . . .»

«Bring dieses Arschloch zum Schweigen!» bellt einer der Wärter, während ein anderer mit einer Spritze kommt.

«Daddy! Daaad!»

«Kenley! Kenley, du bist mein Junge, Kenley, Ken – Ken – Kehhh . . .»

x

Ich stehe auf einem Balkon über dem Sportplatz, der so still, so kalt, so leer ist. Alle anderen befinden sich im Empfangsraum gleich nebenan, wo sie durch ein langes Plexiglasfenster die Vorbereitungen verfolgen. Es sind Dutzende, alle nervös lachend, alle mit einem Sektkelch in der Hand, um hier, an diesem endgültigen Schauplatz, das Jahrtausend zu begrüßen, das nicht beginnt.

Ich werde hier draußen bleiben, allein. Ich will diese Kälte in jedem meiner Knochen spüren, in den tiefsten Verliesen meiner Seele. Dieses Eis, das die Erde bedeckt – das bin ich. Jenseits des Platzes, eine halbe Meile entfernt, ragt New York über uns auf, unzerstörbar und gnadenlos, ein glitzerndes Monstrum. Das uns verhöhnt. Ein beißender Wind erhebt sich, kühlt mich aus, bis ich fast das Bewußtsein verliere, aber ich werde nicht weichen. Ich werde hier stehen und Wache halten, bis der Morgen über dieser schlimmsten Stadt der Welt dämmert und jedes einzelne dieser Lichter verlischt.